누구에게도 털어놓지 못한 비밀을 간직하고 있다면, 돌아가고 싶지 않은 곳이 생겼다면, 누군가가 나를 특별하게 불러주기를 바란다면, 내 이야기를 들어줄 단 한 사람이 필요하다면 '푸른 여자'를 만나야 한다.『푸른 여자』속 주인공 살라의 '푸른 여자'는 바다 곁에 있다. 언어에 예민한 '푸른 여자'는 듣는다. 고백하게 한다. 쓰게 한다. 상처를 극복하기 위해 '푸른 여자'는 기꺼이 빈 페이지가 되어주고 살라의 뮤즈가 되어준다. 살라가 이야기를 시작하면 멈췄던 시간이 그제야 다시 흐른다. 살라가 주저함을 내려놓고 시간과 인내로 무장함으로써 "자기를 보호하는 법"과 "일상의 관습에서 벗어나는 법"을 배우는 동안 '푸른 여자'는 갑자기 떠났다가 홀연히 나타나기도 하지만 살라는 그녀에 대한 생각을 놓지 않는다. 그리고 나란히 보폭을 맞춰 걷던 '푸른 여자'의 모습에서 살라는 어느 순간 익숙한 누군가를 마주한다. "자신의 목소리를 따르는 사람"이자 "아름답고 강인한 사람", 바로 살라 자신.

살라는 '푸른 여자'를 통해 상처 입은 영혼을 이해하고 보듬으며, 자신의 삶을 비로소 써내려간다. 그 시간이 살라를 살게 한다. 이야기로 하여금 스스로를 살려낸다. 살라는 여러 이름을 거쳐 지금을 살고 있지만 "머릿속에 가지고 있는 말들"을 펼칠 수 있는 한 어떤 이름으로든 자신이 속한 세계를 힘차게 걸어갈 수 있을 것이다. 그 길에서 다른 빛깔로 빛나고 있을 누군가를 또 만난다면 좋겠다. '꼬마 모히칸'에서 '살라'까지를 살아낸, 이야기로 삶을 지켜낸 살라에게 경의를 표한다. "건배, 살라! 너를 위해."

- 김선영 (핀드 출판사 대표, 한강『소년이 온다』책임편집자)

푸른 여자

Blaue Frau by Antje Rávik Strubel
© 2021 S. Fischer Verlag, Frankfurt am Main
Korean Translation © 2025 by PADO c/o MONEY TODAY
All rights reserved.
The Korean language edition published by arrangement with S.
Fischer Verlag GmbH through MOMO agency, Seoul.

이 책의 한국어판 저작권은 모모 에이전시를 통해 S. Fischer Verlag GmbH사와의
독점계약으로 PADO에 있습니다. 저작권법에 의해 한국 내에서 보호를 받는
저작물이므로 무단전재와 무단복제를 금합니다.

푸른 여자
Blaue Frau

안트예 라비크 슈트루벨
Antje Rávik Strubel

이지윤 옮김

PADO 북스

차례

1장. 헬싱키　　　　　　　　　　　　11
2장. 리키의 작업실　　　　　　　　163
3장. 오데르강 변의 저택　　　　　　223
4장. 먼 길을 가로질러　　　　　　　317

친구이자 스승인
실비아 보벤쉔(Silvia Bovenschen)에게
이 책을 바친다.

* 일러두기
1. 본문에 있는 지명은 한국어로 검색이 불가능한 경우에만 원어를 병기하였습니다.
2. 본문에서 진하게 표기된 내용은 독일어 외의 다른 언어로 쓰였습니다.
3. 본문의 각주는 모두 옮긴이주입니다.

1장.　　　　　　　　　　　헬싱키

당신이 21쪽에서 만난 여자가 나라고 들었다.
- 잉거 크리스텐센(Inger Christensen)

매일 밤 자동차 소리가 들린다. 3차선 도로를 달리는 자동차 소리와 마가목 잎사귀가 바스락거리는 소리.

이곳의 소리다.

소리는 열린 창문 틈새를 비집고 들어온다. 파도 소리는 들리지 않는다. 패널 건물들* 남쪽 너머에는 발트해가 있다. 갈대가 우거진 그 바다의 만(灣)은 겨울이 오면 금세 얼어붙는다.

구부정하게 허리를 숙인 가로등이 길을 비춘다. 밤이면 그 창백한 불빛이 길을 따라 늘어선 작은 아파트의 발코니와 도로의 연석 위로 떨어진다. 금속으로 된 가로등 갓은 바람에 흔들린다. 집의 침실에서는 작은 놀이터와 자전거 보관대와 마가목이 있는 안뜰이 보인다.

복도 쪽 벽에만 거울이 하나 걸려 있을 뿐 거실 흰 벽엔 아무것도 없다. 부엌 싱크대 위에는 그림엽서가 두 장 걸려 있다. 환한 뉴욕 밤거리를 달리는 노란색 택시가 찍힌 컬러 사진과 여성 둘이 파리의 노상 카페에 앉아 있는 흑백 사진이다. 여성들은 1920년대 스타일의 클로슈 모자를 쓰고 우아한 스커트를 차려입었다.

이곳의 풍경이다.

발코니에 방치된 철제 선반에는 꽃이 없는 화분이 있다. 그 안에는 거미줄뿐이다. 거미들이 살아 움직인다. 지금은 9월이다.

지평선 저 멀리엔 창고들과 거대한 무선 송신탑 하나가 첩첩이 이어진 패널 건물을 막아선다. 그 위로 뭉게뭉게 솟아오른 구름이 마치 산처럼 보인다. 아무런 특징이 없는 이 지역에 불쑥 솟아오른

---

* 1960-1970년대에 대량 건설된 미리 제작된 콘크리트 패널을 조립하여 만든 건물.

송신탑은 유일한 물표物標가 된다.

그녀가 어디에 있는지 아는 사람은 없다.

벽시계가 2시 30분을 가리킨다. 은색 시계판에는 세계지도가 그려져 있다. 초침은 따로 없고, 작고 빨간 비행기가 은색 지구를 돈다. 1분 만에 지구 한 바퀴를 도는 비행기지만 느리고 느긋하게 느껴진다. 비행기 아래 있는 작은 그림자가 지구를 함께 돈다. 반짝이는 지구에 떨어지는 빛의 각도에 따라 비행기와 그림자가 앞서거니 뒤서거니 한다.

그녀는 어디에든 있을 수 있다.

니나. 살라. 아디나.

부엌에는 냄비 한두 개와 전기주전자, 그리고 커피로 얼룩진 모카포트가 있다. 불 위에서 압력을 받은 포트는 삐- 소리를 내며 수증기를 내뿜는다. 찬장에 놓인 찻잔엔 대문자로 '이케아'라고 적혀 있다. 이곳은 진짜 아파트, 그러니까 정말로 사람이 사는 곳처럼 보인다. 책 몇 권과 요리와 패션에 관한 잡지들, 촛대도 있다. 바닥에는 낡은 러그가 깔려 있고, 행거 옆엔 지팡이가 세워져 있다.

이곳의 물건들이다.

그녀는 워킹스틱을 복도 신발장에 옮겨 놓는다. 욕실에서 물소리가 들린다. 바깥 계단 쪽에선 아무 소리도 들리지 않는다. 현관문은 단단히 잠겨 있다. 창문에도 나사로 된 걸쇠를 끝까지 돌려 놓았다. 열린 데라곤 방한용 덧창뿐이다. 그마저도 머리 하나 내밀 수 없을 만큼 아주 좁은 틈이다. 해가 비쳐 집이 더워지고 있지만 그래도 그녀는 문들을 열어 둘 마음이 없다.

부엌에 뚜껑이 열린 플라스틱 병이 하나 서 있다. 그녀는 뚜껑에

다 병 속에 든 액체를 가득 따라서 커피에 살짝 흘려 넣는다.

"딱 한 모금만." 그녀는 혼잣말하듯 중얼거린다. 마치 누군가가 곁에 있는 것처럼.

벽시계가 작고 은은한 교회 종소리처럼 울린다.

"건배, 살라! 너를 위해." 그녀는 잔을 높이 들고서 지저분한 발코니 창문을 향해 고개를 끄덕인다. "너를 위해! 모든 좋은 일들을 위해!"

창문 틈으로 바람이 들어온다. 벽시계는 거의 3시를 가리킨다. 은색 지도에 그려진 대륙의 윤곽에는 도시도 거리도 산맥도 강도 드러나지 않는다. 그녀는 슈납스* 술병을 냉장고에 집어넣는다. 자기 집도 아니고 그녀에게도 낯선 곳이니 병은 제자리에 놓아야 한다. 지금 그녀는 알지 못하는 나라에 있다. 북쪽의 어느 나라, 나무도 다르고 사람들의 말도 다르고 물 냄새도 다르며 지평선이 무채색인 땅이다.

이 낯선 곳에서 그녀의 심장은 달음박질친다. 그녀는 잠시 딴생각에 빠진다. 참나무와 밤나무, 보리수와 소나무를 떠올리고, 나무와 흙의 냄새와 침실 앞에 선 마가목을 떠올린다. 시간을 초월한 것처럼 보이는 나무의 생애는 얼마나 평화로운가. 나무들의 무심한 듯한 멋과 그들에게 주어진 영원에 비하면 질주하는 자신의 심장은 얼마나 보잘것없는가. 나무들은 벌목장에 서 있지 않은 한 영원히 살 것이고, 그녀가 떠올린 나무들은 옆집과는 담 하나 사이로 떨어져 있는 어느 반단독주택 앞에서 무탈하게 자라고 있다. 그녀가 돌

---

* 독일에서 흔히 마시는 독주.

보고 있는 한 아무도 그것들을 쓰러뜨리지 못할 것이다.

아니, 돌보고 있었던 한.

과거다.

그녀에게는 상상 속에서나마 과거에 머물 권리가 있다. 그곳엔 눈이 내린다. 계절은 겨울이고, 그녀는 아직 어린 소녀다. 수정처럼 맑은 밤, 달빛이 내려와 갈림길과 소나무와 전나무와 스키 리프트의 기둥을 비춘다. 사람들은 나무를 베어 버린 언덕 위를 스노 스팀롤러로 다진 다음, 눈을 덮어 스키장을 만들었다. 그다지 깊지 않은 계곡에 지어진 반단독주택에선 산의 능선이 높아 보인다. 그곳은 여기서 한참 멀다. 직선거리 1,500킬로미터, 헬싱키에서 차로 스무 시간, 시차마저 한 시간 벌어지는 체코와 폴란드 국경의 산골이다. 상상 속에서 그녀는 아이를 위해 꾸며 놓은 다락방에 누워 있다. 침대는 줄줄이 이어진 작은 전구들로 장식되어 있다. 침대에서 일어나 앉으면 창밖으로 체르토바호라산*이 보인다. 밤하늘 아래에선 그 산의 정상만이, 눈 덮인 바위만이 보인다.

잠자리 인사를 하러 다락으로 올라온 그녀의 어머니는 블라인드를 내리고 전구도 껐다. 하지만 어머니가 나가자마자 아디나는 블라인드를 다시 올린다. 달빛이 자기 살결 위로 내려와 자신의 모습을 변화시키는 것을 보려는 것이다. 그녀는 잠옷 원피스를 배까지 걷어 올린다. 어슴푸레한 달빛 아래 드러난 두 다리가 낮보다 한결 가냘프게 보인다. 그녀는 한 손을 허벅지 위에 올려 반쯤 꼭 움켜쥔다. 다리를 구부려 뼈밖에 없는 무릎을 달빛에 비춘다. 그녀는 한

---

* Čertova hora, 폴란드 접경지역에 있는 체코의 산.

남자아이를 떠올린다. 얼굴도 몸도 없는 아직 손만 있는 소년이다. 그 손은 이제 그녀의 것이고 그 손끝이 허벅지를 쓸어올리면 기분이 좋아진다.

마을에는 또래 남자아이가 없다. 젊은 남자라곤 4성급 호텔 칵테일 바에서 휴가 온 관광객에게 쿠바리브레나 올드패션드를 만들어 파는 바텐더들뿐이다. 그들은 가끔 그녀에게 공짜로 오렌지주스를 내어 주기도 한다. 관광객들이 데려온 아이들은 있다. 그 애들은 온종일 스노보드를 타고, 서걱거리는 스키복을 입은 채 저녁을 먹는다. 소매에서 팔만 꺼낸 다음, 덜렁대는 소매를 허리에 질끈 묶는 희한한 행색으로.

"아침에 일찍 좀 일어나렴!" 어머니가 전등과 장식용 조화에 달린 전구를 하나씩 끄면서 말한다. "빵은 냉장고 서랍 칸에 있어. 사과도 먹거라."

아디나는 침대 시트 위와 의자 등받이에 걸어 놓은 옷가지 위로 내려앉은 달빛을 바라본다. 그녀는 다음 날 입을 옷을 전날 밤에 미리 준비해 두었다. 솜이 들어간 바지와 너무 커서 헐렁한 초록색 스웨터다. 소매가 손끝까지 흘러내리는 그 옷을 입으면 그녀는 탐험에 나선 박물학자라도 된 것 같다.

책가방도 이미 다 싸 놨다. 아침엔 챙길 겨를이 없다. 무엇보다 캄캄하다. 아침엔 불을 켜지 않기 때문이다. 그녀는 철두철미한 계산에 맞춰 정시에 양치를 마치고 버스를 타는 데 성공한다. 버스는 기다려 주지 않는다. 운행 시작 후 15분이 지나는 동안 태울 승객이라곤 그녀 하나뿐이지만 기다려 주는 법이 없다. 저녁에는 마을로 올라가는 좁고 굽은 길이 얼어 있을 때가 있다. 이럴 땐 마지막 몇 킬로미터를 한참 걸어서 집에 가야 한다. 버스 기사가 마지막 정류장의 유일한 승객인 그녀를 위해 굳이 스노체인을 장착할 리 없기 때문이다.

마을은 첩첩산중에 있다. 크르코노셰 산맥*이 자연스러운 경계를 이룬다. 마을 뒤편은 숲으로 우거진 가파른 비탈이다. 가로등도 없는 길이라 아디나는 집까지 남은 몇 킬로미터를 도로변 눈더미에 바짝 붙어 걷는다. 그래도 눈에서 반사되는 희미한 빛이 있고, 골짜기 아래에 있는 스키장에서 출발해 그녀의 동네인 하라초프로 올라가는 자동차들이 전조등으로 전나무 꼭대기를 비춰 주기에 집은 얼추 찾아갈 만하다.

그녀는 다시 매트리스에 무릎을 올리고 두 다리를 유심히 살핀다. 두 개의 점, 오른쪽 무릎에 흉터 하나. 나머지는 희고 매끈하다.

시선.

이 시선은 현재의 것이다. 아이였을 때는 희고 매끈한 다리가 그녀의 시선에 들어오지 않았을 테고 신경을 쓰지도 않았을 것이다. 체르토바호라산이 보이는 침실에서 다리를 볼 때만 해도 그런 시선으로는 보지 않았다. 어머니가 전구를 끄면 아디나는 이내 잠이 들었다. 이래야 말이 된다. 그 외 다른 것은 모두 끼워 넣어진 이야기다.

"연극 무대." 그녀는 소리 내어 말하고 마지막 한 모금을 마신다.

창문 틈새를 파고드는 바람, 욕실의 물 흐르는 소리.

그녀는 연극을 잘 해낼 자신이 없다. 진술은 정확해야만 한다.

---

* 체코에서 가장 큰 산맥. 체르토바호라산은 그 서쪽 끄트머리에 있다.

어떻게 진술해야 하는지 모른다. 법정에 서야 할 것이다. 헬싱키에 법원이 있다. 도시라는 파도 속에서 바위처럼 솟아오른 대성당 근처다. 하지만 무작정 법원 건물에 찾아가 문을 두드릴 수는 없다. 그녀는 이 나라의 말을 하지 못한다. 누구를 찾아가야 할지도 모른다. 변호사가 필요하다는 것과, 그러려면 돈이 필요하다는 것만 안다. 또한 목재로 만들어진 법정에서, 배심원들 앞에서 선서하고 진술해야 한다는 것도 안다.《바텐더Barkeeper》라는 미국 드라마에서 본 적이 있다. 검정색 법복을 입은 여자 판사가 자리에 앉으면, 피고는 손에 수갑을 차고 들어온다. 그때부터 모든 것을 세세히 찍는 카메라가 줌인하여 피고를 비춘다. 모공 하나, 비듬 한 톨, 한 번의 눈 깜빡임까지 빠짐없이 기록된다.

변호사가, 이의 있습니다, 재판장님, 저들의 진술은 말도 안 됩니다, 라고 말하면 판사가 고개를 들 것이다. 판사는 시간을 들여 각 변호사의 의견을 검토할 것이다. 그러느라 꽤 오랜 시간이 흐를 것이다. 이런 부류의 남자들에겐 변호사가 여럿 붙기 때문이다.

이의를 기각합니다, 판사가 말할 것이다. 아디나 셰이발, 진술을 계속하세요.

남자들은 그들 앞에 선 사람이 누구인지를 어렴풋이 깨닫기 시작할 것이다. 수갑 찬 그들의 손이 떨리기 시작할 것이다. 그리고 배심원들이 자리에서 일어설 것이다. 누구를 처형해야 합니까? 배심원들이 외치면 장내가 술렁일 것이다. 누가 죽어야 마땅한지 한 번 더 물으면 법정은 조용해질 것이다. 그러면 그녀가 말할 것이다. 모두요!

어느덧 그녀는 아침 햇살에 자작나무 이파리가 촉촉하게 빛나는 듯한 기분을 느끼게 될 것이다. 마치 자작나무 이파리를 바다에 떨어뜨리는 순간 일렁이는 햇살과 흩어지는 작은 물방울이 눈앞에 그려지는 듯하다.

"살라?"

바다. 패널 건물이 늘어선 저 너머에서 시작되기에 여기서는 보이지 않는 바다.

"살라!"

레오니데스다.

"살라, 또 꿈꾸는 거야?"

둥근 턱을 가진 레오니데스. 갈색 코듀로이 정장에 반짝이는 넥타이 차림이다. 매일 사과를 세 개씩 먹고, 절대 벌거벗은 채 잠드는 법이 없으며, 자연은 그저 그림으로만, 그것도 네덜란드 화가의 그림으로만 좋아하는, 독특한 취향의 레오니데스.

레오니데스가 "살라" 하고 부르는 소리를 그녀는 다시 듣지 못할 것이다.

바다가 육지를 향해 움푹 들어온 만의 끝자락, 자작나무 숲 너머 바위 위에 푸른 여자가 보인다. 그 형체가 너무도 선명해서 다른 모든 것을 압도한다.

날카로운 빛이 바위 위로 떨어진다.

바위 뒤에는 자갈이 덮인 검은 물막이 길이 있다. 자갈이 없는 곳에는 도시 쪽으로 물이 스며들어 지반이 약하고 진흙탕이 된다. 고지대 늪과 교외 습지에서 바다로 흘러가다 작은 개울로 새어 나온 것이다.

물은 물이끼를 씻고 블루베리와 야생 로즈메리와 고사리를 키운다. 물은 강둑 진흙에 스며들고, 바위틈에 파고들며, 도로 아스팔트 바로 아래에 고인다. 비가 내리면 물이 불어난다. 그리고 바다는 방파제를 넘어 물을 육지로 돌려보낸다. 돌풍이 물을 육지로 실어 나른다. 스칸디나비아의 바위섬들 사이에서도 전혀 약해지지 않은 바람은 항구를 둘러싼 고속도로와 그 너머에서 여전히 공사 중인 건물들을 강하게 채찍질한다.

푸른 여자가 서서히 다가온다.

그녀가 보트들이 정박해 있는 작은 항구를 둘러싼 담 안으로 들어선다. 겨울에 보관할 보트를 끌어 올리는 용도의 녹슨 레일을 밟고 지나간다. 그리고 보트들 옆을 지나간다. 스카프가 바람에 날리자 그녀는 아예 벗어 버린다.

그녀는 가만히 서서 머리를 정돈한다. 그녀의 손에 들린 스카프가 바람에 휘날린다.

푸른 여자가 나타나면 모든 이야기는 멈춰야 한다.

욕실에 물이 흐른다. 창문 없는 욕실에는 발이 달린 욕조가 하나 있다. 리놀륨 바닥에는 석회가 잔뜩 끼었다. 벽에 붙은 라디에이터가 한껏 달아올라서 그녀는 알몸으로 서 있는데도 더위를 느낀다.

발 하나를 욕조에 담근다. 찬물을 틀어 온도를 맞추면서 나머지 한 발도 마저 담근다. 천천히 무릎을 굽히고서 허벅지에 이어 가슴까지 물에 담근다. 그러다가 에나멜 욕조 벽에 엉덩이가 미끄러져서 물로 가득 찬 욕조 속으로 깊이 빨려 들어간다. 그녀의 머리가 물속에 거의 잠긴다.

날아갈 듯 가벼운 거품이 산맥처럼 그녀를 덮는다. 거품이 턱에 닿아 터진다. 그녀는 물속에서 다리에 손을 뻗는다. 허벅지를 잡고서 당기자 세워진 무릎이 눈송이를 뒤집어쓴 산봉우리처럼 보인다.

몸이다.

발그레해진 그녀의 피부 위에서 물이 반짝인다. 거품을 잔뜩 두르자 모공이 열리고 피부는 연해진다. 그녀는 조심스레 몸의 끝을 손으로 더듬는다. 마치 레오니데스가 그녀를 어루만졌던 것처럼. 그는 지금 여기에 없고 그녀의 상상 속에서도 더 이상 그의 손길은 느껴지지 않는다. 하지만 이 순간 그 사실은 중요하지 않다. 그 느낌이 좋다는 게 중요하다.

쿵쾅대는 심장이 목구멍 밖으로 뛰쳐나갈 지경이다. 그녀는 심장이 가라앉을 때까지 천천히 심호흡하고는 서늘한 그의 아파트를 떠올린다. 높은 천장과 단순한 가구들을 생각한다. 식탁과 의자는 다 자라면 결이 살아나는 밝은 원목으로 만들어졌다. 여느 나무들과는 달리 유연함을 가진 자작나무 원목이었다. 누군가 이 유연한 나무 줄기를 구부려 엎드린 자세로 만든 후 유리와 크롬으로 상판을 만들었는데, 레오니데스는 그 위를 이딸라* 식기로 장식한 후 주방 바닥의 초록 대리석 위에 놓았다. 이 집은 대학 소유여서 가구에도 다양한 취향이 반영될 수밖에 없다고, 그가 말했다.

그녀의 물건 몇 가지는 아직 거기에 있다. 레오니데스의 옷방에 그녀의 모자와 잠옷, 파란 셔츠, 그리고 청바지 한 장이 남아 있다. 잠옷은 그의 선물이었다. 아마 그는 그걸 보관하고 있을 것이다. 그의 실크 잠옷 옆에 개켜져 있을 것이다. 그가 그 집을 계속 쓰는 한은 그럴 것이다.

"의사한테 가 봐." 그녀가 목에서 맥박이 너무 강하게 느껴져 질식할 것 같다고 하자 레오니데스가 말했다.

"어릴 때 벌써 가 봤어요."

"신경과민인 아이였군."

"그렇진 않았지만." 그녀는 비누칠을 하고, 겨드랑이 그리고 다리 사이에 물을 뿌리고, 샤워 타월로 부드러운 피부를 뽀득뽀득 문지른다. 그리고 조심스레 욕조 밖으로 나온다. "그건 내가 알아. 나는 신경과민은 아니었어."

거품이 바닥으로 가볍게 쏟아진다. 그녀는 티슈로 비눗물을 닦고서 젖은 티슈를 변기에 던져 넣고는 수건으로 몸을 감싸고 복도로 나간다. 리놀륨 바닥에 젖은 발자국을 남기며 거실을 가로질러 유리창으로 둘러싸인 발코니로 나간다. 그녀의 몸에서 나는 김 때문에 유리창이 뿌옇게 흐려진다. 발트해는 여기서 보이지 않는다. 패널 건물들과 고속도로 너머에 있는 바다를 보기에 이곳 3층은 너

---

* 핀란드의 주방용품 브랜드.

무 낮다. 여기서는 뿌연 유리창 사이로 오직 주택가 앞 골목길과 맞은편 건물의 평평한 지붕만이 희미하게 보일 뿐이다. 길에는 쓰레기통이 있고 그 앞으로 나무 세 그루가 서 있다. 아직 열매가 달린 린덴 나무 두 그루와 붉은 잎사귀가 달린 단풍나무 한 그루다. 온도계는 섭씨 10도를 가리킨다. 화분 속 거미들은 잠결인 듯 천천히 움직인다.

이별이다.

진술할 때 그녀는 침착해야 한다. 겨울잠에 든 짐승처럼 모든 감각을 닫아야 한다. 뼛속까지 얼어붙어야 한다. 모든 것이 얼어붙을 때까지 둔해져야 한다. 모든 분노와 모든 나약함, 죄책감과 수치심, 그리고 모든 고민이 완전히 잠잠해질 때까지 기다려야 한다. 중요한 것은 하나뿐이다. 피고들이 최고형을 받게 하는 것이다.

"당신은 이별의 명수로군."

"내가요?"

"응."

그녀는 각자의 속도로 계절과 헤어지는 나무들처럼 많은 시간을 들여 이별한다. 추위 때문에 단풍나무는 벌써 물들었지만 린덴 나무는 아직 여름을 품고 있다.

"당신 아니면 여기에 또 누가 있나?"

하라초프에도 체르토바호라산의 그늘 아래에서 린덴 나무가 자란다. 유리그릇 공장 앞에는 나이 많은 린덴 나무가 서 있고, 식료품점 옆에는 1990년대에 심긴 어린 린덴 나무가 있다. 그녀의 집인 반단독주택 앞 계단에는 낙엽송이 그늘을 드리운다. 가파른 숲길 가장자리에는 가문비나무와 전나무가 커다란 스키 점프대를 둘러싸고 자란다. 겨울이면 눈 덮인 도로와 주유기가 두 개뿐인 주유소 입구 위로 눈의 무게를 이기지 못해 부서진 나뭇가지가 끊임없이 떨어진다.

그녀의 어머니는 야간 교대근무를 마치고 아침에 돌아와서는 곧장 잠자리에 드는 대신 빗자루를 들고 집 앞 인도의 눈을 치운다. 그녀의 어머니는 집 앞에서 누가 넘어질까 봐 불안해한다. 그녀의 집 앞으로는 어깨에 스키를 둘러맨 휴가객들이 하루도 빠짐없이 지나간다. 대부분은 독일인이다. "독일에서는 누군가 집 앞에서 넘어져서 다치면 소송당한다더라." 그 얘길 들은 후로 어머니는 동이 트면 눈부터 치운다. 그녀는 소송을 감당할 능력이 없다. 법률비용보장 독일보험이 없기 때문이다. 사실 그녀에겐 그 어떤 법률비용보험도 없다. 가끔 어머니가 너무 피곤해서 눈을 치우지 못할 때면 아디나가 빗자루를 들고 계단을 치운다. 학교에 가면 땀에 젖은 옷 때문에 추위를 느끼지만 옷을 갈아입을 시간이 없다. 버스는 유일한 승객이 스웨터를 갈아입을 때까지 기다려 주지 않는다.

반단독주택은 하라초프의 가장자리, 마을 입구 아래쪽에 있다. 그 건물은 이미 오래전부터 거기에 있었다. 갱도에서 광물을 채굴하던 모라비아 광부들이 이 집을 지었다. 스키 점프대와 리프트가 생기기 전이었다. 그다음으로 독일인들이 거기에 살다가 전쟁에서 패배하자 떠났다. 그리고 소련군이 들어왔다. 붉은 군대는 그 집을 군인병원으로 썼다. 전쟁 후에는 석고 벽이 세워지고 현관문도 두 개가 달렸다. 석고 벽이 집을 반으로 가르자 두 가구가 살 수 있는 공간이 되었다. 한 가구가 이사를 들어왔고, 나머지 절반에는 그녀의 할머니가 입주했다. 할머니는 빨치산의 딸이었다. 전쟁에서 살아남은 빨치산은 반파시즘 체제에서 영웅이 되었다. 영웅의 딸인 그녀의 할머니는 다른 젊은 여성들처럼 셋방에 살 필요가 없었다. 할머니는 지위를 인정받아 국가로부터 집 반 채를 받았다. 들어올 때부터 집에는 이미 현대식 정화조가 있었고 커다란 마당에는 과일나무가 자랐다.

독일인들이 돌아왔다. 겨울이면 그들은 스키를 타러 하라초프에 온다. 그녀의 집 가까이에는 연습용 스키 슬로프가 있다. 어린이용 리프트와 무빙워크, 그리고 밧줄에 묶인 채 부는 바람에 따라 팔다리를 펄럭이는 산의 정령 풍선도 있다.

"그 생각을 안 한 지 한참 됐어요."

"무슨 생각?"

"어릴 때 어땠는지 하는 생각이요."

"요새는 생각이 나?"

"네."

"어땠는데?"

"난 긴장했던 것 같지 않아요. 난 예민한 아이가 아니었어요."

하라초프의 다락방 창문 너머로 체르토바호라산이 빛난다. 바람이 불면 스키 리프트 의자가 덜거덕거리는 소리도 들린다. 창문을 닫아도 그 소리는 들린다. 의자가 기둥의 롤러 위를 지나갈 때마다 철제 고정장치가 덜거덕거린다. 힘은 질량 곱하기 속도. 아디나의 얇은 공책에 그렇게 적혀 있다. 모눈 공책은 수학과 물리를 위해 쓰고, 줄 공책은 체코어와 역사와 독일어를 위해 쓴다. 독일어에서 부정문을 만드는 방법은 세 가지다. 나인$_{Nein}$, 아니다. 카인$_{Kein}$, 없다. 그리고 니히트$_{nicht}$, 않다. 그녀는 원하지 않는다. 그래도 스키 리프트의 덜거덕거리는 소리는 계속 들린다.

가끔은 의자가 덜거덕거리는 소리가 잠든 그녀의 머리 위로 들려온다. 큼지막한 스키 신발을 신은 남자애들이 리프트로 그네를 타는 소리다. 그들은 리프트 기둥에 붙은 금지 표시에도 아랑곳하지 않는다. 글씨를 몰라도 이해할 수 있도록 리프트로 그네를 타선 안 된다는 뜻의 그림을 그려 놓았는데도 그들에겐 의미가 없다.

아디나가 숙제를 하는 작은 테이블은 자꾸 흔들린다. 그녀는 테이블을 방 이곳저곳으로 옮겨 본다. 하지만 나무 바닥의 수평이 맞지 않아 책상이 흔들리는 게 아니다. 상다리 하나가 너무 짧기 때문이다. 원래 다리 네 개의 끄트머리에는 동물 머리 모양을 한 장식이 있었다. 마치 상다리를 물어뜯으려는 양, 입을 잔뜩 벌린 사자가 조각돼 있었다. 하지만 빨치산은 전쟁에 나가기 전에 책상 다리에서 사자 머리를 모두 톱으로 잘라 냈다. 물론 그는 소련이 승리하리라고 확신했다. 하지만 그 승리의 날을 직접 볼 수 있을 거라고는 기대하지 않았다. 그래서 만약 그가 전투에서 목숨을 잃었을 때, 동지들이 자기 집에서 부르주아적 가구이자 봉건주의적 장식을 한 책상을 발견해서는 안 되었다. 치장과 장식은 봉건주의의 잔재였고, 봉건주의는, 특히 사자 머리는 지배층과 귀족, 왕실의 상징이었으므로 제거되어야 마땅했다. 빨치산은 그걸 알았기 때문에 사자들을 흔적도 없이 잘라냈다. 그래야 딸이 계층의 적으로 몰려 교화 시설에 들어갈 위험을 방지할 수 있었다. 마지막 다리를 자르던 그는 실수를 저질렀다. 다른 다리들보다 몇 밀리미터 위에다 톱질을 시작한 것이다. 왜 그랬는지는 아무도 모른다. 그 작은 테이블 위에서 복숭아와 체리 병조림, 사과파이와 베리 주스를 만들던 할머니도 이유를 몰랐다. 할머니는 테이블을 조리대로 썼다. 할머니의 심장이 멈추고 손때 묻은 가구가 폐기물로 버려질 때 아디나는 쓰레기장에서 조리대를 건져 왔다. 그녀는 폐기물 더미에서 테이블을 찾아 다시 집으로 들고 왔고, 열 칸도 넘는 계단을 올라 다락방으로까지 가져왔다.

그녀는 오래된 붉은 얼룩들 위에 컴퓨터를 놓았고, 짧은 다리 밑에는 할머니가 하던 대로 종이를 접어 괴었다. 그래도 테이블은 흔들린다.

아디나는 스키 슬로프에 가지 않는다. 연습 슬로프에도, 스노보더들과 마주칠 수 있는 놀이동산 근처에도 가지 않는다. 그녀는 스키를 잘 탄다. 세 살부터 타는 법을 배웠다. 하지만 그녀는 드넓은 벌판을 가로지르는 크로스컨트리를 더 좋아한다. 만들어진 슬로프가 아니라, 인적이 드물고 길이 안 나 있는 들판을 신나게 달리며 가문비나무 사이로 두꺼운 눈더미를 파헤치고 나가는 게 좋다. 어머니는 그녀에게 헤드 랜턴을 선물했다. 고무밴드에 달린 전구가 깜빡이게 설정할 수 있는 제품이다. 그녀는 그걸 이마에 차고 귀신 같은 빛을 비추며 숲을 가로지른다. 시야에 눈 덮인 나무줄기가 희미하게 나타났다가 다시 어둠 속으로 사라진다. 아디나는 자기가 이곳을 걸어본 최초의 인간이라고 상상한다. 아니, 인간이 아니라 이마에서 신비한 빛을 내는 어떤 존재라고.

숙제가 끝나면 그녀는 일주일에 네 번, 스키 리프트 승강장의 글뤼바인* 판매대로 간다. 그리고 정오부터 계산대 뒤에 서 있던 여자

---

* 과일, 계피, 설탕 등을 넣어 따뜻하게 마시는 적포도주. 프랑스에서는 뱅쇼, 영어권에서는 멀드와인이라고 부른다.

와 교대한다. 이 여자는 원래 크르코노셰의 방직공장에서 일했다. 하지만 공장이 문을 닫자 글뤼바인을 팔아 얼마 안 되는 연금에 보탠다. 아디나도 거기서 용돈을 조금 번다. 그녀는 계산대에서 새 영수증을 한 장 뜯어낸다. 글뤼바인 한 잔을 팔 때마다 그 위에 볼펜으로 줄을 하나씩 긋는다. 체코 전통주인 베체로프카나 자두 브랜디인 슬리보비츠처럼 도수가 센 술은 별로 표시한다. 저녁이면 매대 앞은 빨갛게 염색한 머리를 닭 볏처럼 세우거나 토끼 귀가 달린 헬멧을 쓴 스키어와 스노보더 그리고 산책 나온 사람들로 장사진을 이룬다. 스노보더들도 헬멧을 쓰지만 장식은 하지 않는다. 그들은 눈처럼 창백하고 푸석한 얼굴 위에 새까맣거나 금속 광이 나는 헬멧을 덮어쓴다. 스노보더들은 아디나보다 나이가 많다. 그렇다고 글뤼바인을 마셔도 될 정도로 나이를 먹은 것 같지는 않다. 그래서 아디나는 술을 팔기 전 그들에게 몇 살인지를 물어봐야 했다. 하지만 그러면 그들이 어떻게 쳐다볼지 뻔히 안다. 그들은 마치 매대에 구경이라도 난 것처럼, 무언가 조사할 것이 생긴 것처럼, 뚫어져라 쳐다볼 것이다. 개구리 다리를 잘라 놓고선 그것이 다리 없이 어떻게 움직이는지를 알아내기 위해 조사하던 같은 반 남자애들처럼.

딱 한 번, 그녀가 어떤 스노보더에게 열여덟 살이 되었는지를 물은 적이 있다. 글뤼바인 판매대에서 일을 시작한 첫날이었다. 검은 군복 차림에 볼에는 여드름이, 코 밑에는 가느다란 수염이 난 스노보더였다. 그의 친구들은 그를 로니라고 불렀다. 로니는 그 말을 듣고는 아무 말도 하지 않더니 그녀가 무알코올 펀치 음료수를 건네자 빙긋이 웃으며 눈 위에 쏟아 버렸다. 그러고선 아디나가 이해할 수 없는 말을 했다. 그의 친구들이 소리를 질렀다. 그들은 스키 장

갑으로 그의 헬멧을 두드리면서 카운터 쪽으로 그를 떠밀었다. 그는 그녀를 향해 몸을 숙이고선 천천히 혀를 내밀었다. 그의 혀는 잡혀서 발버둥치는 나비처럼 일정한 속도로 퍼덕였다. 축축한 나비였다. 다음 날 그가 다시 왔다. 그녀의 앞에 선 그는 팔을 카운터에 올리고선 글뤼바인을 내놓으라며 다시 혀를 퍼덕였다. 그리고 그녀의 팔을 잡아서 자기 쪽으로 끌어당겼다. 그녀의 머리가 그의 헬멧에 맞닿자 매대 조명 아래에서 번들대는 그의 수염이 눈에 들어왔다. 곧이어 그녀의 입술로 축축한 공격이 들어왔고 그녀는 손에 든 컵을 떨어뜨렸다. 로니의 값비싼 스키복에 글뤼바인이 튀었다. "블뢰데 폿체!"*

아디나는 그 말을 이해했다. 그 정도 독일어는 알아듣는다. 누군가에게 그 신체 부위를 보여 준 적이 없으므로 그곳은 예쁘지도 흉하지도 않다.

하지만 어쩌면 그게 핵심이 아닐지도 모른다. 로니 같은 사람이 그녀의 입에 혀를 불쑥 집어넣을 수 있다는 것은 아마 바텐더들이 독일 여자들에 대해 하는 말과 관련이 있을지 모른다. 그들은 독일 여자들 얘기를 자주 한다. 심지어 바에 앉아 쿠바리브레를 빨대로 마시는 독일 여자들을 면전에 두고서도 한다. 바텐더들은 독일어를 할 줄 모른다. 그리고 빨대를 든 여자들 역시 쿠바리브레를 건네는 바텐더들이 미소 띤 얼굴로 당신들은 체코 사람들이 모두 멍청이라고 생각하냐고 물어도 그게 무슨 말인지 알지 못한다. 그런데도 바텐더들은 독일 여자들의 의견을 묻는다. 체코 사람들이 독일 사람

---

* Blöde Fotze, '바보 같은 보지'라는 뜻의 독일어.

들의 엉덩이를 리프트에 앉히고 독일 사람들의 쓰레기를 치우고 동네 가게에서 파는 소라빵 만큼이나 싼 매춘을 하는 것에 대해서.

그런 의미에서 로니도 그녀가 멍청한 체코인이라고 생각했을지 모른다. 그걸 어머니에게 물어볼 수는 없다. 어머니는 그녀가 술 파는 일을 하도록 내버려 두지 않을 것이다. 나이가 어려서 마실 수 없는 것이라면 팔아서도 안 된다는 게 어머니의 지론이다. "네가 친구 만나는 걸 한 번도 못 봤구나." 어느 밤, 그녀의 방에 들어와 블라인드를 내리면서 어머니가 말했다. "집에 초대해 보렴. 너희 반에 분명 친한 친구가 하나쯤은 있을 거 아니니." 학교에서 아디나는 맨 끝에 앉는다. 그녀에겐 짝이 없다. 수업 시간에 손을 드는 법도 없다. 아이들의 질문에 선생님이 뻔히 아는 대답을 하는 게 그녀에겐 멍청하게 느껴진다. 걔는 좀 건방져. 아디나는 다른 아이들이 그렇게 생각하는 건 자기가 쉬는 시간에 그들과 몰려다니지 않기 때문이라고 믿는다. 그녀는 그들과 함께 남자아이들을 훔쳐보지 않고, 아직 가슴이 나오지 않은 반 친구를 괜히 헐뜯지도 않는다. 그녀는 아무 패거리에도 들지 않고 그 누구의 편도, 그 누구의 적도 아니다. 그녀는 같은 동네에 사는 아이들에게 큰 관심이 없다.

그보다는 관광객 아이들을 쉽게 사귄다. 아디나는 동네 사람들만 다니는 오솔길과 하천으로 들어가는 비밀 통로와 전나무 숲을 가로질러 능선을 오르는 지름길을 안다. 그녀는 바에서 공짜로 오렌지주스를 마시려면 바텐더들을 어떻게 다뤄야 하는지도 안다. 관광객 아이들은 그런 사소한 정보도 감지덕지 받는다. 그녀는 이미 너무 많은 아이를 알아서 누가 누군지 분간하지 못할 정도다. 같은 아이가 다음 해에 다시 오면 그제야 간신히 알아본다. 그러면 의기

양양하게 그 아이를 바텐더에게로 데려가서 재회를 축하하는 의미에서 주스를 한 잔 달라고 청한다. 하지만 관광객 아이들은 일주일 이상을 머물지 않는다. 친구가 되기에 일주일은 너무 짧다.

진짜 친구들은 '**리오**~Rio~'에 있다. 아디나의 다락방 창밖이 어둑해지고 체르토바호라산의 실루엣이 눈빛으로 반짝일 무렵에, 친구들은 아침이거나 점심이거나 한밤중이다. 리오에서는 그런 게 중요치 않다. 그녀가 컴퓨터를 켜기만 하면 리오에서는 항상 누군가를 만날 수 있다.

그녀의 어머니는 블라인드를 내리고 잘 자라는 키스를 하고선 인근 마을인 즐라타 비흘리드카로 간다. 그때부터는 집에 아무도 없다. 아디나는 아무런 방해 없이 온라인 친구들과 수다를 떨 수 있다. 그녀는 무릎에 노트북을 올리고 링크를 입력한 다음, 인터넷이 그녀를 리오로 데려다주길 기다린다.

때론 연결 상태가 좋지 않다. 폭풍우나 비바람이 통신을 방해하기 때문이다. 그녀는 침대에 책상다리를 한 채 과도로 매니큐어를 벗기면서 리오로 가는 관문이 열리기를 기다린다. 그녀는 아무도 모르게 매니큐어를 칠해 보았다. 하지만 매니큐어를 칠한 손톱으로는 리오에 갈 수 없다. 거기 사람들은 갈라드리엘이나 ZP, 다스베이더 등의 이름으로 불린다. 그녀의 이름은 라스트 모히칸이다. 라스트 모히칸에게 매니큐어라니, 가당치 않다.

ZP와 그녀는 하나만 남은 라스트 모히칸이 자기 부족을 구할 수 있을지를 두고 긴 대화를 나눈다. ZP는 아이를 낳아 보라고 권하지만 그녀는 아이를 원하지 않는다. 다스베이더는 그녀가 모든 적을 괴멸시켜야 한다고 생각한다. 그녀의 부족이 다른 부족보다 오래 살면 그게 곧 구원이라고 한다. 하지만 그녀에겐 적도 없다. 적이 되기에도 일주일은 너무 짧다.

로니만 빼고.

나흘 후에 그는 다시 글뤼바인 판매대에 나타났다. 그녀는 숨고 싶었다. 그가 다가오는 것을 보는 순간 판매대 아래로 몸을 숙이려 했다. 군복 차림을 한 그가 전나무 그림자 아래에서 모습을 드러냈다. 하지만 음료를 한 잔 팔 때마다 전표에 줄을 하나씩 그어야 하는 사람은 매대 아래로 몸을 숨길 수 없었다. 그날 그녀는 글뤼바인에 독한 슬리보비츠를 섞었다. 꽤 많은 양이었다. 그걸 마신 로니의 스키 시즌은 예상보다 일찍 막을 내렸다. 그는 조명이 환한 슬로프임에도 리프트 기둥에 처박혀서 스키를 계속 탈 수 없게 되었다.

리오의 친구들에게는 그런 얘기도 할 수 있다. 다른 데서는 할 수 없는 얘기지만 리오에서는 괜찮다. 그녀도 로니가 리프트 기둥에 처박힐 줄은 몰랐다. 하지만 미리 알았더라도 슬리보비츠를 섞었을 거라고, 채팅창에 쓴다. 리오의 친구들은 작은 악마 얼굴 이모티콘으로 화답한다. "끝까지 버텨, 꼬마 모히칸!"

아디나는 가슴이 뿌듯하다. 리오의 친구들은 그녀의 이름이 뜻하는 바를 안다. 리오에서는 그녀가 하라초프에 남은 마지막 십 대라는 사실이 특별한 것이 된다.

푸른 여자가 보트 보관소에 도착했다. 보관소에는 배의 뼈대와 판자 그리고 수리할 때 쓰는 도구들이 보관돼 있다. 비바람에 삭은 문에는 굳게 잠긴 자물쇠가 달려 있다.

그녀가 나를 향해 다가온다. 나에게 미소 짓는 그녀의 얼굴은 독특한 광채로 빛난다.

어딘지 낯이 익다.

분명 착각일 것이다.

베란다 앞 보리수에는 아직 열매가 달려 있는데, 단풍나무는 벌써 가을이 온 것을 아는지 알록달록하게 물들었다. 오로라 빛 때문에 식물들은 계절 감각을 잃고 혼란에 빠졌다.

"살라, 들어와!"

송신탑 꼭대기 앞까지 비구름 떼가 몰려온다. 안개가 송신탑의 붉은색 경고등을 삼켜 버린다. 발코니마저 똑같이 생긴 패널 건물들은 서로 구분이 되지 않는다. 서 있는 방향만 다를 뿐이다. 하지만 구름 떼는 이 서 있는 방향의 차이마저 지워 버린다.

"그러다 감기 걸리겠어!"

레오니데스다.

"살라?"

레오니데스의 차분한 목소리. 그의 침착함. 그는 아디나라는 이름이 예쁘다고 생각한다. 하지만 살라가 더 마음에 든다고 한다. 좀 더 강하고 확실하게 들린다며 그녀에게 잘 어울리는 애칭이라고 말한다. 그가 무성음인 'S'와 첫 모음인 'A'에 강세를 주어 발음할 때마다 그녀도 그런 인상을 받는다. 레오니데스. 사람은 추위를 피해야 한다고 안달할 사람. 그가 지금 그녀를 보았다면 그 특유의 세심함과 배려심으로 안달이 났을 것이다. "당신은 자기를 괴롭히는 그 이상한 버릇 때문에 병이 들고 말 거야!" 몸을 기댈 따뜻한 벽이 필요한 이 순간, 그녀에겐 그 고집스러운 보살핌이 간절하다. 하지만 여기에 그는 없다.

발아래 리넨 매트가 얼음장처럼 차다.

그녀는 온기를 찾아 안으로 들어간다. 발코니 문을 닫고 침실로 들어가는 도중에 몸에 둘렀던 수건을 벗는다. 그녀는 텅 비다시피

한 옷장, 그녀에겐 필요치 않은 서랍들 앞에 벌거벗은 채로 선다. 그녀는 두 손으로 납작한 배를 어루만지고 꽁꽁 얼어붙은 가슴 끝을 문지른다. 그러고선 깨끗한 팬티와 부드러운 바지와 어두운색 스웨터를 입는다.

옷이다.

커피를 내렸던 모카포트가 그대로 부엌 가스레인지 위에 있다. 그녀는 거름망에서 커피 찌꺼기를 두드려 털어내고 물과 커피를 새로 채운 후, 증기 밸브에서 '삐-' 하는 소리가 날 때까지 기다린다. 창밖에 어스름이 깔린다. 부엌과 거실에 들어온 희미한 빛이 느릿느릿 오후를 지운다. 그녀는 대문자 알파벳이 적힌 잔에 커피를 따른다. 어둑한 거실로 나와 발코니 방향으로 붙여 놓은 좁은 책상 앞에 앉는다. 앉을 때 의자 쿠션이 덜컹거린다. 의자는 고장났다. 하지만 그녀에게 필요한 모든 것이 그곳에 있다.

그녀는 노트북 카메라의 검은 렌즈에 눈을 맞춘다. 홍채를 인식한 노트북이 부팅을 시작한다. 비록 시간은 오래 걸렸지만 필요한 모든 것이 준비되었다. 그녀는 진술을 할 것이다. 그녀를 도울 수 있는 단체가 있다. 변호사들을 거느리고 기부금을 충분히 보유했으며 시내 중심가에 주소를 둔 단체를 찾았다. 거기까지 직접 가는 것보다 인터넷을 통해 접근하는 것이 훨씬 빠르다. 집을 나서지 않아도 된다. 홈페이지는 핀란드어로 되어 있다. 하지만 핀란드어를 모르는 사람이라도 누구나 영국 국기를 클릭한다면 영어로 된 페이지를 읽을 수 있다. 아니, 누구나는 아니지. 그녀는 생각한다. 누구나가 아니라 여성만 영국 국기를 클릭할 것이다. 단체는 곤경에 빠진 여성들을 위해 만들어졌다. 그녀가 국기를 클릭한 다음, 스크롤로 페이지를 내려 제일 하단 이메일로 연락을 취하는 순간, 그녀도 그런 여성 중 하나가 된다. 그녀는 여태껏 단 한 번도 그런 여성 중 하나가 돼 본 적이 없다. 자신을 그런 식으로 생각해 본 적도 없다. 그녀는 **꼬마 모히칸**이었다. 하지만 남자는 아니다.

"그냥 확실히 해 두려고." 그녀가 소리 내어 말한다. 하지만 그 말에 반문할 사람은 애초에 없었다.

그녀는 다시 자리에서 일어난다. 주방 냉장고에 슈납스가 있다. 그녀는 잔과 병의 각도를 맞추어 정확하게 '샷'을 따른다. 믿기 어려울 수도 있겠지만 그녀는 지금 곤경에 빠져 있지 않다. 한때는 그랬을지도 모른다. 하지만 그땐 인터넷이 없었다. 임대료를 빳빳한 지폐로 선납한 아파트에 살지도 않았다. 진짜 곤경에 빠진 사람은 도움을 청할 수 있는 단체, 긴급 전화번호, 상담 핫라인이나 이메일 주소를 알지 못한다. 진짜 곤경과 맞닥뜨린 순간에는 인터넷으로 정보를 찾을 여유가 없다.

그녀는 무심하게 커피를 한 모금을 들이켠다.

곤경에 빠진 사람들을 돕는 단체에서 볼 때 그녀는 많은 사람 중 하나에 불과하다. 아무도 기억하지 않을 한 사람…. 정작 잊어 주길 바랐던 사람들만 그녀를 기억했다.

1년은 긴 시간이다. 그녀는 1년 전 여름에도 진술을 할 심산으로 단체에 접촉을 시도한 적이 있었다. 하지만 그때는 진술하지 않았다. 레오니데스가 끼어들었기 때문이다. 그때 그녀는 레오니데스가 더 나은 대안이라고 생각했었다.

레오니데스는 더 나은 대안이었다.

레온, 그녀가 속삭인다. 레오, 나의 레.

나의 레벤이자 라이프이자 지보트[*]인 레.

그는 이 말을 좋아하지 않았다.

"건강하지 않은 생각이야. 그 안에는 강한 자기부정이 들어 있어." 그는 거만한 말투로 말했다. "모두 각자 인생을 사는 거야. 당신은 당신 인생을, 나는 나의 인생을. 그렇지 않으면 관계의 균형을 이룰 수 없어. 추가 항상 한쪽으로 기울게 되지."

그는 그의 초록빛 부엌에서 일장 연설을 늘어놓았다. 하지만 자기가 한 말을 지키지 못하고 얼마 안 가 그 말을 그리워했다. 레오, 나의 인생. 그는 그 말을 자꾸 듣고 싶어 했다. 그녀가 그 말을 해 주길 원했다. "**레오, 나의 레**"라고 그의 귀에 대고 조용하고 사랑스럽게 속삭이는 그녀의 목소리를 듣고 싶어 했다. 그는 금방 그 말에 익숙해졌다. 심지어 나중에 국립공원으로 소풍 갔을 때는 그 말을 해 달라고 조르기까지 했다.

기억이다.

그녀에겐 기억 속에 머물 권리가 있다. 비록 다시는 돌아갈 방법이 없는 기억이라 할지라도. 모든 것이 희미하고 허점투성이라 할지라도. 그 공원의 이름은 누리였던가, 눅시였던가, 아니면 눅소였던가. 핀란드어는 어렵다. 그래도 자작나무와 가문비나무가 늘어선 길 양쪽에 펼쳐진 습지와 셔츠를 풀어 헤친 레오니데스의 모습은 눈앞에 선하게 그려진다.

그들이 함께 여행을 떠난 것은 흔치 않은 일이었다. 레오니데스는 약속이 많았고 업무 일정이 빡빡했다. 그녀는 오직 레오 외엔 아

---

[*] Leben, Life, Život, 각각 독일어, 영어, 체코어로 '인생'을 뜻하는 낱말.

무 일정도 없었으며 다른 사람이 그를 원하지 않을 때 가장 행복했다. 휴일이나 그의 일정이 취소된 날이면 그들은 낡은 볼보를 타고 3차선 도로를 달려 근처 해변으로 달려갔다. 달리는 동안에는 라디오 볼륨을 끝까지 높여서 핀란드 가요를 들었다.

국립공원 앞 주차장에서는 소시지 바비큐가 한창이었다. 그들은 입구 매점에서 음료수와 모기장을 사고 산책로를 난이도별로 구분해 놓은 지도를 구했다. 빨간색과 노란색 루트가 갈라지는 지점에 이르자 레오니데스는 빨간색 루트를 골랐다.

작은 호수에 해가 비쳤다. 호수에 비친 해에 사람들이 호숫가에 피운 모닥불이 반사되었다. 물은 마치 어제 막 빙하에서 녹은 것처럼 차가웠다. 공기 중에는 신선한 이끼와 젖은 나무와 낙엽이 뒤섞인 향이 진동했다. 그녀는 그의 손을 잡고 뛰고 싶었다. 그를 나무 사이로, 일요일에 이곳으로 소풍을 나온 평범한 사람들의 행복 속으로 끌어들이고 싶었다. 그녀의 안에는 모든 것을 보려는 욕망이 차올랐다. 바위 하나, 호수 하나 놓치지 않고 공원 전부를 만끽하고 싶었다. 결국은 가장 아름다운 경치를 보게 되리라 확신했다.

다만 레오니데스의 신발이 문제였다. 가죽 구두라 금방 젖었다. 그래도 그는 그녀가 가자는 대로 따라갔다. 그녀가 눈치채지 못하는 동안 모기에도 물렸지만 신경 쓰지 않았다. 그녀는 계속해서 그와 걷고 싶어 했다. 하지만 레오니데스는 저녁에 약속이 있었다. 시간은 촉박했고 돌아가는 길에 커피 한잔 할 시간도 없었다.

"그 말 해 줘." 서늘한 바람 덕분에 바위엔 모기가 없었다. 바위 위에 앉은 그가 자꾸 졸랐다. "딱 한 번만 더."

그들은 싸 온 빵을 나누어 먹었다.

"어서. 말해 줘."

"그 말 금지라면서요, 레온."

"제발. 여기서 한 번만."

"그 안에는 강한 자기부정이 들어 있어서 안 돼요!"

"그래, 그럼 나도 당신 이름을 다시는 안 부를 거야."

"네, 그러세요."

그는 몸을 구부려 비닐 봉투에서 빵 하나를 더 꺼냈다.

"아디나, 살리나, 살라." 그는 아이들 돌림노래처럼 운율을 붙여 그녀 이름을 불렀다.

바위에 앉은 이상한 자세 때문에 개구쟁이 아이처럼 보였다. 한쪽 다리는 길게 뻗고 다른 쪽 다리는 구부려 팔 아래 낀 다음, 남은 손으로 빵을 입으로 가져가며 계속 주문을 외웠다. "아디나, 살리나, 살라."

샌드위치는 그녀가 만들었다. 부엌의 초록 대리석 상판 위에 빵을 올리고, 그녀의 어머니가 학교에 가져갈 샌드위치를 만들어 주었던 순서 그대로 크림치즈와 햄, 살라미를 올렸다. 레오니데스는 그걸 베어 물었다. 그는 첫 번째와 두 번째 샌드위치를 빠르게 먹어 치웠고, 여기에 부스러기를 흘렸다가는 큰일이라도 난다는 듯, 남은 포장지를 신중하게 접어서 정리했다. 하지만 그녀는 서둘러 소풍을 마무리하지 않아도 되도록 그가 남은 일정을 조정해 주길 계속 바랐다. 그를 바쁘게 만드는 사람들에게 적의는 없었다. 그래도 벌써 돌아가는 건 말이 안 된다고 생각했다. 그녀는 그가 전화를 걸어서 발목이 삐었다거나 습지에 빠졌다거나 갑자기 병이 났다고 말해 주길, 그래서 여기에 좀 더 머물 수 있게 되길 바랐다. 하지만 레오니데스는 그럴 생각이 추호도 없었다. 혹여나 그녀가 자기 바람을 말했어도 돌아올 대답은 뻔했다. 약속을 지키는 건 기본적인 예의의 문제야.

"아디나, 살리나, 살라." 그는 돌림노래를 멈추지 않았다. "당신은 어때?" 그가 도발적인 눈빛으로 그녀를 바라보았다. "살라. 강하고 확실하게 들리는 이름이야. 마치 당신처럼."

그녀는 그가 접은 포장지를 배낭에 넣는 모습을 지켜보았다. 그러고선 그의 뒤에 무릎을 꿇고 앉아 그의 셔츠 안으로 두 손을 집어넣었다.

"레온," 그녀가 부드럽게 말했다. "레오, 나의 레."

하지만 이런 얘기를 이메일에 쓸 수는 없었다.

푸른 여자가 나타났다. 항구에는 아무도 없다. 요트 선원도 해변에서 수영하는 사람도 보이지 않는다. 해변에서 피크닉을 즐기는 가족도 없다. 오직 그녀뿐이다. 그녀는 발목까지 닿는 밝은색 스웨이드 코트에 검은색 통굽 부츠를 신고 푸른색 스카프를 둘렀다.

그녀가 손을 들어 나에게 손짓한다. 분명 나에게 손짓한다. 마치 나를 만나리라 예상했다는 듯이.

우리는 자작나무 그늘에 앉아 대화를 시작한다. 날씨 얘기를 한다. 핀란드 라디오에서는 뉴스보다 일기예보가 더 길다. 작은 돌섬 하나하나의 강수량과 풍속을 알린 다음, 핀란드 군대가 훈련을 펼치는 모든 지역에 기상경보를 발령한다. 총알 우박$_{Kugelhagel}$이라는 독일어 표현처럼, 날씨와 전쟁은 피할 수 없다는 점에서 연결되어 있는 듯하다. 나는 '총알 우박'을 영어로는 어떻게 옮겨야 할까 고민해 본다.

총알 우박$_{hail\ of\ bullets}$, 푸른 여자는 말한다. 아니면 총탄 샤워$_{shower\ of\ shots}$, 그녀는 언어에 예민하다.

나는 핀란드의 일기예보를 독일의 교통체증 안내 방송과 비교한다. 핀란드에 체증이 생길 만큼 많은 것은 물뿐이야, 푸른 여자는 말한다.

우리는 지구온난화에 관해 이야기를 나눈다. 길어진 북유럽의 여름과 격해진 폭풍우에 관하여. 숲 그리고 활엽수들 사이에서 외톨이로 자라는 자작나무와 그 연한 줄기에 관하여. "나무에 대한 이야기는 죄악들에 대한 침묵일 수 있다." 어느 죽은 독일 시인이 지은 시에 그런 구절이 있지.

하지만 요즘은 그 침묵에 나무들도 포함돼 있어, 푸른 여자가 말한다.

그녀는 자기가 읽은 책에 관해 말한다. 그중 몇 권은 나도 알지만, 나머지는 몇 권은 모른다. 독일 작가 중 그녀에게 깊은 인상을 남긴 사람은 브레히트나 숲에 관한 글을 쓴 사람이 아니라 쿠르트 투홀스키다. 무엇보다 그녀에게 감동을 준 작품은 모니카 파게르홀름과 카슨 매컬러스의 소설이다.

나는 내가 쓸 소설에 대해 말한다. 보통 나는 낯선 사람들에게 내가 작가라는 사실을 숨긴다. 푸른 여자는 내가 왜 헬싱키에 왔는지 궁금해한다. 헬싱키는 두 해 전 내 소설의 아이디어가 처음 떠올랐던 곳이었다. 나는 내가 펠로우로 있는 헬싱키대학교 고등연구원에 관해 설명한다. 연구원 휴게 라운지에 달려 있던 커다란 자연광 램프와 한 달에 한 번씩 펠로우들에게 무료 마사지를 해 주던 마사지사 투오마스와 하리이스에 관해서도.

핀란드인들은 누군가 자기 나라에 관심을 보이면 기뻐하지, 푸른 여자는 말한다.

그녀의 영어는 흠잡을 데가 없었다. 심지어 그녀가 핀란드 사람인지 아닌지조차 알 수 없다. 나는 그녀에게 묻지 않는다.

나는 그곳 도서관의 편안한 건축 스타일과 개방적인 분위기가 마음에 들었노라고 칭찬한다. 예전에 나는 어두컴컴한 분위기와 대화 금지 표시와 엘리트적 책 먼지 때문에 도서관을 좋아하지 않았다. 하지만 여기는 다르다. 나는 가끔 그저 신문을 읽으러, 《다겐스 뉘헤테르》와 《가디언》과 《디 차이트》를 읽으러 도서관에 간다.

우리는 신문에 실린 것들에 관해, 유럽의 음울한 일들에 관해 얘기한다. 그녀는 모든 것에 대해 잘 알고 있었다.

"이제 슬슬 갈 때야." 사위가 어둑해지자 그녀가 말했다.

---

* 각각 스웨덴, 영국, 독일의 종합일간지.

알파벳 대문자가 적힌 잔의 커피가 차갑다. 가로등 불빛이 거실에 희미하게 걸려 있다. "디어 레이디스 앤 젠틀멘," 모니터가 켜진다. 그녀는 소리 내어 인사말을 읽은 후 "앤 젠틀멘"을 지운다. **제 이름은 아디나 셰이발입니다. 죄송합니다. 정말 죄송합니다. 하지만 그 사이에 무슨 일이 생겼습니다.**My name is Adina Schejbal. I'm sorry. I'm really sorry. But something came in between.

영어 단어 인터피어interfere가 그녀의 머릿속에 떠오른다. 그녀가 그 단체에 짧은 첫 이메일을 보낸 후 1년 사이에 어떤 일이 생겼던 것이다. 하지만 온라인 번역기를 돌려 보니 그 단어는 방해hindrance 혹은 장애obstacle와 관련된다고 한다. 레오니데스는 그 무엇도 방해하지 않았다. 장애가 있다면 그건 언어뿐이었다. 그녀는 초조해지면 학교에서 배운 영어 단어를 잊어버렸고, 그래서 레오니데스에게 가끔 간단한 러시아어나 바디랭귀지로 말했다.

아니, 레오니데스가 말했다고 해야겠다.

비행기 그림자가 은빛 지구를 빙 돌며 난다. 비행기는 그림자를 30초 앞서 내보냈다가 그것을 따라잡고 날아간다. 시간은 지구를 돈다. 그녀가 머무는 곳은 곧 여덟 시다. 구름이 어둠 속으로 사라진다.

모니터가 밝게 빛난다. 여성들이 그녀를 향해 환하게 웃는다. 여성들은 천장이 높은 방에서 벽에 걸린 사진들과 꽃을 배경으로 하고 있다. 수많은 사진들이 단체의 성과를 보여 준다. 마치 사진 업로드를 담당하는 직원이 따로 있는 것처럼 보인다. 한 사진에는 두 여성이 원본 서류를 들고 카메라를 향해 웃고 있다. 위기에 처한 사람들에게 희망과 용기를 주는 밝은 미소다. 사진 속에서 나이 든 여성은 한 명뿐이다. 그녀는 댕기오리나 수녀처럼 머리에 흰 두건을 쓰고 있다. 나이 든 '수녀'는 웃지 않는다. 하지만 눈빛은 빛난다. 선한 눈이다. 그런 눈앞에서는 신을 믿지 않아도 참회가 절로 나올 것 같다. 믿음에 힘이 있다는 것을, 지금 당장 창밖에는 산이 없지만 그래도 믿음이 있으면 옮길 수 있다는 말을 무시할 수 없을 것 같다. 하지만 참회할 게 하나도 없는 사람에게는 아무리 선한 수녀가 있어도 소용이 없다.

그녀는 그 홈페이지를 닫고 일기예보 사이트를 열어서 온난전선과 고기압을 확인한다. 이곳에도 희망이 가득하다. 희망찬 미래를 보여 줘야 방문자 수가 늘어나기 때문이다.

그녀가 피곤해서 놀랄 기력도 없을 때 초인종이 울린다.

한참 후에야 그녀는 초인종 소리가 자기 집에서 나는 소리일지도 모른다는 생각을 한다. 혹은 옆집 초인종 소리일 수도 있다. 패널 건물에서는 모든 집의 초인종이 같은 소리를 낸다. 똑같은 현관에서 똑같은 종소리가 난다. 그러니 옆집의 초인종 소리도 다르지 않을 것이다. 확실치는 않다. 그녀가 이곳에 사는 동안 단 한 번도 그녀의 현관에서 초인종이 울린 적이 없기 때문이다.

초인종 버튼 옆에는 핀란드 이름들이 적혀 있고 거기엔 그녀의 이름도 있다.

강한 가로등 불빛이 밤을 가로지른다. 그녀는 인터넷 연결이 잘 되어 있는지 확인한다. 가끔 접속이 끊길 때가 있다. 데이터 전송이 느리긴 하지만 어디서고 쓸 수 있는 모바일 통신망이다. 이것도 레오니데스의 선물이다. 그는 노트북에 꽂아 인터넷을 쓸 수 있는 USB 스틱을 선물했다. 그것은 그녀가 헬싱키에 도착한 지 3개월

8일, 그리고 18시간 만에 받은 첫 선물이었다.

레온, 나의 레.

어느 저녁, 그는 푹신한 소파에서 정장 차림을 한 남자들과 몇 안 되는 여자들에 둘러싸여 있었다. 그들은 사업가나 은행가, 혹은 변호사로 보였으며 영어로 대화를 나누었다. 간간이 웃음이 터질 때만 러시아어가 들렸다. 누군가 농담할 때였다. 농담은 러시아어가 더 잘 통했다. 그녀는 바 뒤에 서서 잔을 닦고 있었다. 퇴근 시간이 훌쩍 지났지만 그게 레오니데스 때문인 것을 그때는 몰랐다.

바텐더도 퇴근했고, 남은 건 그녀뿐이었다. 그녀는 새 음료로 잔을 하나씩 채우고 땅콩이 든 접시를 테이블에 놓았다. 마지막 손님이 나갈 때까지 카운터를 지킨 게 처음은 아니었다.

그는 주문을 새로 하려고 그녀를 쳐다봤다. 그의 앞에 세워진 와인병이 거의 비어 있었다. 다른 사람들은 맥주나 보드카를 마셨지만 그는 화이트와인을 마셨다.

"우리를 두고 퇴근하지 않았군요. 친절하셔라!"

그는 영어로 말했다. 외국인 억양이 약간 묻어나긴 해도 다 마신 와인병처럼 깨끗한 발음이었다.

"우리 함께 놀아요, 플리즈!"

그녀는 간곡히 사양했다.

"오늘 브뤼셀에서 중요한 토론이 있었어요. 앞으로 서유럽 사람들은 자기들이 성배의 기사라도 된 양 으스대지 못할 겁니다."

그녀는 잔이 든 쟁반이라도 손에 들고 있든가 뭐라도 할 게 있으면 좋겠다고 생각하며 소파 앞에 멀거니 서 있었다.

"이리 와서 우리와 같이 건배합시다! 200년을 이등 시민으로 살아온 사람들을 위하여! 맙소사, 200년은 너무 하잖아요."

몇몇이 고개를 끄덕였다.

"서유럽인들의 오만함에 대해 말하자면," 그가 다른 사람들을 향해 시선을 돌리며 말을 이었다. "얼마 전에 나는 서유럽 출신 동료와 함께 바에 갔어요. 그는 괜찮은 사람이에요. 나와는 벌써 몇 년째 함께 일해 온 사이죠. 이전에도 우리는 같은 회의에 참석하고 같은 바에 앉곤 했어요. 그런데 그가 갑자기 나를 마치 처음 보는 사람처럼 쳐다보는 겁니다. 새삼스레 제가 영어를 잘한다는 것, 와인에 정통하고, 바흐와 밥 딜런의 음악을 듣고, 이스라엘 정세를 안다는 것에 놀라는 거예요. 그러면서 자기와 내가 같은 재료로 만들어졌다는 것을 몇 년 만에 처음으로 깨달았다고 했어요. 물론 서독에서 고등교육을 받은 그 동료의 입장에서는 좋은 의도로 한 말이겠죠. 그러니 친구들이여, 지난해 유럽평의회에서 발표된 선언을 중요하게 받아들여야 합니다. 냉전이 종식된 지 20년이나 지났으니, 이제는 유럽 내 계층 차이를 종식시켜야 합니다."

새벽 두 시 헬싱키의 한 호텔 로비에 갈색 정장 차림으로 서서 남자는 이렇게 선언했다. 그녀는 석 달째 그 호텔의 창고에 기거 중이었다.

그녀가 카운터로 가려고 몸을 돌리자 그는 그녀의 겨드랑이 아래로 가볍게 팔을 두르며 이렇게 말했다. "유럽인으로서 제 말에 동의하시나요?"

그녀는 그런 생각을 해 본 적이 한 번도 없었다. 그의 말을 들으면서조차 그런 생각은 들지 않았다. 그녀가 그 주제에 대해 생각해본 적이 있었다면, 그는 그녀가 어디서 왔고 여기서 무엇을 하고 있는지, 그녀의 억양이 어느 지역의 것인지를 알고자 했을 것이다. 누가 들어도 그녀의 영어는 완벽하지 않았다. 그렇다고 핀란드 억양도 아니었다.

그가 다정한 목소리로 재차 묻자 그녀는 그제야 고개를 끄덕였다. 그녀는 유럽 대륙에 있다. 그녀는 이 대륙에서 태어났다. 이 대륙의 한 부분을 가로질러 넘어왔다. 그녀는 세 개의 국경을 넘고 네 개의 유럽 국가를 거쳐 여기에 왔다. 버스로, 도보로, 페리로, 무임승차로, 히치하이킹으로, 그리고 마침내 정식으로 기차표를 사서 오랜 이동을 감행한 끝에 헬싱키 중앙역에 도착했다. 한밤중에 기차에서 내린 그녀는 새벽까지 역전 벤치에서 노숙을 했고 날이 밝자 화장실에서 간단히 세수한 다음 일자리를 찾으러 나섰다. 은행가든, 변호사든 그 누구든 간에 이 로비에서 그녀만큼 이 대륙을 많이 경험한 사람은 없었다.

"좋아요!" 레오니데스가 외쳤다. "우리는 오늘날 유럽 여성에게 가장 필요한 것이 무엇인지 알고 싶어요."

그는 마치 그녀의 대답이 유럽평의회를 위해 중요하다는 듯 그녀를 바라보았다. 마치 그녀의 대답이 호텔 로비의 폭신한 소파에 앉은 사람 하나하나의 인생의 향방을 가른다는 듯. 그녀는 가느다란 모발 아래로 살며시 드러난 그의 오른쪽 귀가 붉게 달아오른 것을 보았고 그래서 오랜 고민 없이 그의 궁금증을 해소해 주기로 마음먹었다.

"지금 유럽 여성들에겐 인맥이 필요해요. 그러니까 네트워크 말이에요. 여성들도 인맥을 쌓아야 합니다."

레오니데스는 브르타뉴산 화이트와인인 뮈스카데가 찰랑이는 잔을 들어 그녀에게 찬사를 보냈다. 그가 그녀를 기억하게 된 것은 아마 그때부터였을 것이다. 그때부터 그는 밤에 서빙을 받고 아침이면 잊고 마는 다른 호텔 직원들과 그녀를 구분하게 되었다.

"어떻게 내가 여태껏 당신을 한 번도 보지 못했을까요?"

"이제는 제가 보이시는군요."

"선명히."

첫 데이트에서 그는 그녀에게 USB 스틱을 선물로 주었다.

푸른 여자는 물가에서 도로로 향하는 언덕길을 오른다. 그리고 지하도 입구 앞에 선다.

환하게 빛나는 그녀의 모습에 지하도의 어둠이 홀연히 사라진다.

그녀가 나를 바라본다.

나는 그녀에게 이 근처에 사는지를 묻는다. 항구에 자주 오는지를.

그녀는 손짓으로 방향이 아니라 동그라미를 그리며 대답한다.

그녀는 이곳에 오는 걸 좋아한다고, 돛대가 부딪치는 소리와 갈매기의 울음과 타르 냄새를 좋아한다고 말한다. 그녀와 나는 철로와 창고와 벤치가 놓인 해수욕장에 둘러싸인 이곳에서만 이야기할 수 있다.

그들의 첫 데이트 장소는 그녀가 한 번도 가 본 적 없는 구역에 있는 인적이 드문 거리였다. 그녀는 그와 만나기로 한 레스토랑의 이름과 주소를 적은 쪽지를 손에 들고 있었다. 하지만 그 레스토랑은 거기 없었다. 그녀는 거리의 끝까지 걸어갔다. 길 좌우에 라빈톨라Ravintola라는 간판이 여럿 보였다. 그중 한 라빈톨라는 화려한 장식의 아치문으로 들어가야 했고, 또 다른 곳은 평범한 술집처럼 보였다. 또 다른 라빈톨라는 외벽이 마치 성벽 같았다. 하지만 간판이 모두 그녀의 쪽지에 적힌 이름과 달랐다. 그녀는 교차로로 돌아가서 거리 이름을 확인했다. 거리 이름은 틀림이 없었다.

그녀는 쪽지에 적힌 것이 현실과 일치하지 않는다는 사실에 놀라지 않았다. 하지만 그 시점에서 그녀와 레오니데스의 유일한 접점은 그가 직접 쓴 쪽지뿐이었다. 그때까지 그녀는 그가 이 호텔을 좋아해서 헬싱키에 올 때마다 매번 같은 호텔에 방을 잡는다는 사실을 몰랐다.

아직 이른 저녁이었다. 저녁 햇빛에 나뭇잎이 빛나고 있었다. 그녀는 이 도시에 익숙하지 않았다. 핀란드의 관습에 대해서도 아는 것이 없었다. 쪽지에 적힌 주소가 무엇을 의미하는지, 새벽 두 시에 남자가 쪽지에 무언가를 적는 것이 이 나라에서 어떤 의미인지 전혀 알지 못했다. 그녀는 임시직으로 일하는 무허가 노동자였다. 투숙객에게 방 열쇠를 건네고, 쓰레기통을 비우고, 침대 시트를 정리하고, 숙박비와 조식 시간, 커피머신 사용법을 안내했다. 그녀는 검은 블라우스에 흰 앞치마를 유니폼으로 착용했다.

어쩌면 그녀의 오해일지도 모른다. 그는 술에 취했을 수도 있다. 어떤 사람은 술 취한 티가 전혀 나지 않으니까. 아니면 그가 일부러 가짜 주소를 적어 준 것일 수도 있다. 그는 재떨이를 비우고 술잔을 씻는 임시직 호텔 직원을 다시 만날 생각이 없었을지도 모른다. 그때 일은 그저 시간 때우기였을 뿐이다. 비싼 호텔의 푹신한 소파에 앉은 사람들 앞에서 벌이는 일종의 쇼이자, 자기 인기를 확인하고 만족을 얻는 행위에 불과했을지도. 그가 그녀를 이용한 것일 수도.

"당신 눈빛에서 오랜 시간에 걸쳐 쌓인 게 분명한 절망감이 보여!" 시간이 흐른 후 그가 말했다.

현관 초인종이 울린다. 그 소리가 뼛속을 파고든다.

"있는 그대로 받아들여지지 않으리라는 절망감은 누구보다 내가 잘 알아. 그럴 때 당신은 다른 사람들 눈에 보이지 않는 존재가 되지."

누군가 계단에 서 있다. 그 사람은 그녀가 이곳에 있다는 것을, 아파트 안에서 초인종 소리를 듣고 있다는 것을 알고 있는 것 같다. 그는 그녀가 집 안으로 들어가는 것을 보았고, 그녀가 일어나서 문을 열 때까지 초인종 누르기를 멈추지 않을 것이다. 그녀는 두 손을 가지런히 책상 위에 놓는다.

두려움이다.

그녀는 골똘히 생각한다.

그녀는 문 쪽으로 가지 않아도 된다. 문을 열지 않아도 된다. 그녀는 초인종 소리에 반응하지 않을 권리가 있으며 기억 속에 머무를 권리도 있다. 도심 속 낯선 거리에, 필요 이상으로 많은 라빈톨라 중에서 마침내 쪽지에 적힌 이름을 발견한 그 순간에 그대로 머물러도 괜찮다.

거리 맞은편의 라빈톨라에서는 레닌이 맥주를 마셨다고 했다.

100년도 더 전에, 혁명하러 떠나기도 전에. 약속 장소에 모습을 드러낸 레오니데스가 들려준 이야기다. 그는 해의 끝자락에 드리운 건물 그림자 사이에서 환하게 웃으며 나타났다.

"저 식당은 간 요리가 일품이죠." 레오니데스가 말했다. "하지만 내 생각에 당신은 간 요리를 그리 좋아하지 않을 것 같군요."

그의 예상대로 그녀는 간 요리를 좋아하지 않았고, 그는 장식이 화려한 라빈톨라로 그녀를 데리고 들어가서 벽난로 앞에 자리를 잡았다. 도자기로 장작 분위기를 내었지만 실은 가스난로였다.

"레닌이요? 정말요?"

"황제의 겨울궁전을 무너뜨리기 전에 마지막 맥주 한 잔을 여기서 마셨다죠."

"관광객들만 속는 얘길 수도 있죠."

"그가 식사를 했던 테이블도 아직 남아 있어요. 따로 전시하진 않지만. 여기는 공산주의자들, 특히 러시아인들에 관한 기억이 좋지 않으니까요. 테이블은 창고에 있어요. 원하면 보여 달라고 할 수도 있어요."

그녀는 마음이 편해졌다. 그녀는 레닌, 즉 블라디미르 일리치 울리아노프에 대해서라면, 그의 마지막 맥주와 혁명에 대해서라면, 몇 시간이고 이야기할 수 있었다. 다만 자기 앞에 앉은 남자에 대해서는 아는 게 별로 없었다. 그에 대해서 그녀가 아는 것이라곤, 헬싱키에서 라빈톨라 가는 길을 잘 알고 호텔 로비에 새벽까지 남아 마지막 손님이 되는 것을 좋아한다는 것뿐이다. 그는 모든 동료와 친구가 사라지고서도 호텔에 남아 카운터 뒤의 그녀와 단둘이 되었다. 결국은 불나방 두 마리가 친해지지 않는 것은 용서받지 못할 죄라는 말을 작별 인사로 남기고 사라졌다.

그리고 지금 그들은 친해지고 있었다. 약속대로 라빈톨라에서 만나 벽난로 옆 2인용 테이블에 마주 보고 앉았다. 방은 작았다. 몇 안 되는 테이블마다 사람들이 앉아 조용히 이야기를 나누었다. 의자에 기대어 앉아 긴장이 풀린 그녀의 얼굴에 미소가 살아나기 시작했다. 불타는 장작이 도자기라는 것을 알아챘고, 라빈톨라가 핀란드어로 레스토랑을 의미한다는 것도 깨달았다. 메뉴판에는 세 가지 메뉴에 대한 설명이 다양한 언어로 적혀 있었는데 그중 두 개는 그녀가 모르는 언어였다.

"나는 헬싱키에 오면 항상 여기를 와요." 레오니데스가 말했다. "말하자면 내 단골 골목 술집인 셈이지요."

빳빳하게 풀을 먹인 흰 테이블보가 씌워진 식탁에는 날씬한 토기 화병에 자작나무 가지가 하나씩 꽂혀 있었다. 웨이터가 얼음통에 든 와인을 들고 왔다.

"이 레스토랑을 골목 술집이라고 하다니, 너무 낮춰 부르는 것 같은데요?"

레오니데스가 웃었다. "이 버릇을 얼른 고쳐야 하는데 말이에요. 서유럽에서는 낮춰 부르기의 예술을 이해하지 못하죠. 그들은 말을 곧이곧대로 받아들이죠. 내가 헬싱키에 머무는 걸 좋아하는 이유도 그래서예요. 핀란드는 동과 서의 연결고리거든요. 러시아의 영혼과 스칸디나비아의 디자인이 겹치는 지점이 바로 핀란드입니다."

천장 조명의 희미한 불빛 아래에서 그녀는 처음으로 그를 자세히 들여다보았다. 그는 긴 칼라 셔츠 위에 코듀로이 재킷을 입었다. 주름이 거의 없는 뽀얗고 매끄러운 피부에 약간 상기된 양 볼이 앳

되어 보였지만. 두꺼운 안경테 때문에 교수처럼 보이기도 했다. 눈은 생기발랄하게 빛났지만 정장에 갇힌 몸동작은 어딘가 부자연스러웠다. 전반적으로는 왠지 모를 고풍스러운 느낌을 풍겼다.

"아, 지금쯤 당신은 이 녀석은 도대체 어디서 온 건가 궁금할 테죠. 음, 긴 여행 동안 내가 좀 바뀌었는지도 모르겠군요. 하지만 내 안에는 여전히 말수가 적고 어머니 말씀을 잘 따르는 소년이 남아 있어요. 나는 에스토니아 사람이에요. 정확히 말하자면 고향은 탈린이고요. 직선거리로 따지자면 탈린은 여기서 80킬로미터밖에 떨어져 있지 않아요."

웨이터가 종이봉투에 담긴 딱딱한 비스킷과 바게트를 올리브오일과 함께 내왔다.

"하지만 우리 에스토니아인들에겐 서유럽인이라는 확신이 없죠." 레오니데스가 말했다. "서양인이 되고 싶다는 확신도 없지. 우리에게 확실한 거라고는 우리의 동쪽이 나르바*에서 시작된다는 것뿐이죠. 물론 에스토니아가 소련에 속해 있을 때는 그런 생각도 금물이었지만." 그가 메뉴판을 펼쳤다. "무얼 먹을까요?"

그녀는 메뉴판을 들여다보았다. 하지만 음식 이름에 정신을 쏟는 대신, 첫 장에 그려진 북유럽 지도를 응시했다. 그녀의 시선은 도약하는 호랑이의 뒷다리에 머물렀다. 뒷다리 하나는 핀란드였고, 몸통은 스웨덴과 노르웨이였다. 나머지 뒷다리와 꼬리는 러시아에 속했다. 호랑이는 발트해로 점프하는 중이고, 그 뒷다리와 물이 맞닿은 곳에 자리한 나라가 에스토니아 같았다.

---

* 에스토니아의 동쪽 끝 국경 도시.

"소련 시절에는 확실했어요." 레오니데스가 말했다. "그때는 우리가 유럽인이었죠. 우리는 카페에 가는 사람들이었어요. 훌륭한 와인과 교회, 작곡가들도 있었죠. 우리는 술집 바닥에 침을 뱉지 않아요. 모스크바와 동독에 아름다운 디자인의 커피머신과 착즙기를 수출한 것도 우리였어요." 그는 웃으며 안경 아래로 눈을 비볐다. "우리 도시들의 역사는 중세까지 거슬러 올라가죠. 우리는 은식기를 능숙하게 다루고, 요즘도 핀란드 여성 중 절반은 우리나라까지 건너와서 미용을 합니다."

그의 말소리가 커지자 어떤 여자가 뒤를 돌아보았고 그는 목소리를 낮추었지만 무대 위 배우 같은 성량은 여전했다. 그는 답이 없을 것 같은 얘길 계속했다. 그게 거슬리진 않았다. 그가 말을 계속하는 한, 그녀에게 질문이 돌아오지 않을 것이기 때문이다. 그녀가 할 일이라곤 메뉴판을 펼쳐 들고 가만히 앉아 있는 것뿐이었다.

"지금까지 우리는 우리가 가지고 있던 우월감과 맞서 싸워야 했어요. 그런데 이제 우리의 서유럽 친구들은 우리에게 열등감이 있다고 믿게 만들려 하는군요."

그는 익숙한 몸짓으로 냅킨을 무릎에 올리고 올리브오일 병에 손을 뻗어 몇 방울을 접시에 떨어뜨리고 소금을 쳤다. 그리고 바게트 한 조각을 뜯어 거기에 찍어 먹었다. 몸에 밴 동작이었다. 식당이 마치 그의 집처럼 보였다. 그는 메뉴판을 읽고 그중 자기가 무엇을 원하는지를 결정할 수 있었다. 그러므로 응당 그녀도 생선 메뉴의 이름과 곁들임 반찬과 디저트를 잘 알아서 자기처럼 확실하게 선택하리라고 생각하는 듯했다. 그녀가 파티걸이 아니라 늦은 밤 호텔 주방에서 술잔을 닦는 웨이트리스라는 것을 뻔히 알면서도 그랬다.

그녀는 꽤 오랫동안 고향에 가지 않았다. 그게 나쁠 건 없었다. 그저 웨이터가 주문하지도 않은 샴페인 두 잔을 가져왔을 때 새삼스레 그 사실이 떠올랐을 뿐이다.

"헬싱키엔 자주 오세요?"

그가 고개를 들었다. "요즘은 주로 브뤼셀에 있고 미국에 강연도 갑니다. 타르투* 대학에 교수로 있고요. 그러니까 기본적으로는 여기에 있을 일이 거의 없죠."

"저와 비슷하네요."

둘은 영어로 대화했다. 영어는 그에게도, 그녀에게도 모국어가 아니었다. 그들은 서로가 외국어로 한 말을 머릿속에서 모국어로 변환해야 했다. 그는 에스토니아어로, 그녀는 체코어로 바꾸어 이해하느라 대화는 조금씩 주춤대며 흘렀다. 그녀는 그가 하는 모든 말에는 자신이 쉽사리 접근할 수 없는 어떤 색조가 있다는 인상을 받았다. 그 또한 그녀가 하는 말의 깊은 바닥을 또렷이 이해할 수는 없을 것이다. 아마 그래서 그 순간 그녀는 자신과 작은 테이블 하나를 사이에 두고 마주 앉은 이 남자가 사실은 엄청나게 멀리 있는 사람이라는 사실을 까맣게 잊을 수 있었을 것이다. 사실 그들 사이에는 황무지가, 황야가, 허허벌판이 놓여 있었다.

"나는 내가 있는 곳에 한 번도 진정으로 있어 본 적이 없어요." 그가 말했다. "어디에 도착하기도 전에 떠나야 하거든요. 나 같은 사람이야말로 세계인이 아닐까요."

"꼭 그렇지만은 않죠."

---

* 에스토니아에서 두 번째로 큰 도시.

"아니라고요?"

"때론 자기가 있는 곳에서 자기를 알아보는 사람이 없으면 거기에 있으면서도 없는 것처럼 느껴질 수도 있어요."

그는 오일과 소금, 바게트를 오가던 손을 멈추었다. 그의 눈이 가늘어졌다. 안경 때문일지도 몰랐다. 도수 높은 렌즈 때문에 그의 눈은 실제보다 작아 보였다. 그런데도 그가 그녀를 빤히 쳐다보는 게 느껴졌다.

"아, 맞다. 당신을 위해 준비한 게 있어요." 마침내 그가 입을 열었고, 동시에 재킷 안쪽 주머니에 손을 넣었다. "우리처럼 정처 없는 사람들을 위한 것."

그는 흰색 스틱을 꺼낸 다음, 일부러 높이 들어 혹시 재킷 속에서 부서지지 않았는지를 살폈다. 그가 테이블 위로 스틱을 건넬 때 그녀는 그의 핸드크림 향을 맡았다. 기분이 좋아지는 냄새였다.

"이제부터는 당신이 어디 있는지 모르겠으면 인터넷으로 찾아봐요." 그들은 서로를 바라보았다.

"어쨌건 이 식당은 우리와 딱이네요." 그녀가 시선을 돌리며 답했다. "당신도 여기에 없고, 나도 여기에 없고. 그리고 이 식당도 여기에 없잖아요. 그 어디에도 간판을 달지 않았으니까요. 나 혼자서는 이런 데가 있는 줄도 몰랐을 거예요."

"그렇게 말하니 본질적인 질문이 떠오르는군요." 레오니데스가 웃으며 말했다. "이 레스토랑의 간판 없음은 핀란드인들의 전형적인 자기부정의 표현인가, 아니면 단순 부주의인가?"

하지만 그녀는 이 나라에 관해 아는 바가 없었으므로 그 질문에 답할 말을 찾지 못했다.

푸른 여자가 만의 끄트머리, 바람에 휘어진 나무들과 이끼 사이에 앉아 있다.

곧 가을이 올 것이다. 자작나무는 붉게 타올랐다.

나는 그녀 옆에 앉는다. 그녀는 외투를 고쳐 입으며 여전히 쨍한 빛에 관해 얘기한다. 그 빛은 차가운 밤의 영향으로 색들을 더 선명하게 만든다고 한다. 그리고 그녀는 내 책에 관해 묻는다. 진척이 있는지, 이 빛도 글 쓸 거리가 될는지, 내가 정치적인 글을 쓰는 작가인지, 내 관심사가 현재에 있는지를 묻는다.

나는 그에 대한 대답은 바뀔 수 있다고 말한다.

무엇에 따라 바뀌는지를, 그녀가 캐묻는다.

당신에 따라.

푸른 여자가 웃는다. 대화의 초점이 자신에게 맞춰지는 순간, 그녀는 들어야 할 만한 게 없다는 듯 말꼬리를 돌린다.

맞아, 그녀는 내 말이 옳다고 말한다. 꼭 들어야 하는 건 아니야.

그녀는 편지 초안을 폴더에 저장하고 노트북을 덮는다. 두 손을 무릎에 올리고 가만히 어둠 속에 머문다. 계단에서 남자 목소리가 들린다.

자리에서 일어서자 의자 쿠션이 덜컹거린다. 덩달아 그녀의 관절에서도 덜컹, 큰 소리가 나는 것 같았다.

침실 창밖에 선 마가목의 그림자가 집 안 복도까지 드리웠다. 그녀는 오직 그 나무만 생각하려고 애쓴다. 나무의 진홍색 열매, 검게 빛나는 가지에 달린 선명한 빨강만을. 한 나무가 만들어 낸 그 찬란한 색감만을 생각하고자 노력한다.

그녀가 어디에 있는지 아는 사람은 없다.

그녀는 현관문 앞까지 간다. 문구멍 덮개는 언제나처럼 내려와 있다. 그녀에겐 그것을 밀어 올릴 용기가 없다.

"문 좀 열어 봐요!" 지근거리에서 목소리가 들린다. 그녀를 위협하는 목소리다. "열어요. 안 열면 경찰에 신고할 거예요!"

그녀는 몸을 웅크리고 싶은 충동을 느낀다. 웅크리고 웅크려서 보이지 않을 만큼 작아지고 싶다. 버스에 홀로 앉아 학교까지 가던 어린 시절처럼, 무릎에 얼굴을 파묻고 눈을 감고 싶다. 그 버스는 좌석 서른 개를 텅 비운 채 오직 그녀 한 명을 위해 하라초프까지 가야 했다. 유일한 승객인 그녀는 고개를 푹 숙이고 맨 뒷자리에 앉았다. 그래서 버스는 승객을 모두 내려 주고 나서 차고지로 돌아가는 것처럼 보였다.

그녀가 안전 체인은 내리지 않은 채 문을 조금만 연다. 복도 조명 아래 윤곽이 드러난다. 틈새로 불빛이 들어와 눈이 부시다.

"누구세요? 무슨 일이죠?"

그녀는 두툼한 얼굴의 주인공이 대머리라는 것을 알아본다.

"이 집에는 어떻게 들어왔소?"

"열쇠로요."

"열쇠는 어디서 났소?"

그는 그녀보다 머리 하나가 더 크다. 그녀를 아래위로 훑던 그의 눈길이 엉덩이에 머문다. 그녀가 한 걸음 뒤로 물러선다.

"부오크라오비Vuo-kra-ovi."

"네?"

"인터넷 집 구하기 사이트요."

밖에 선 남자가 정수리를 쓸어내린다. "거참, 여긴 비둘기 둥지 처럼 드나드는구먼."

그녀는 이런 집에도 이웃들이 있다는 사실을 떠올린다. 여기에 도 공용 복도가 자기 구역이라고 생각하고 지키는 사람들이 있다.

"열쇠는 봉투에 들어 있었어요." 그녀가 말한다. "봉투는 관리실 에서 찾았고요." 그녀는 서랍장에서 계약서를 꺼내 문틈으로 내민 다. 남자는 집게손가락으로 종이 위를 가리키면서 그 종이를 잡은 그녀의 손이 떨리는 것은 알아채지 못한다.

"이 이름이 당신이에요?"

그녀가 억지 미소를 짓는다. "그럼 누구겠어요?"

순간 남자가 당황한 듯하다.

"여기 혼자 사시오?"

"네."

"그럼 다른 사람들은요?"

"다른 어떤 사람이요?"

"여기 사는 다른 사람 말이오."

"그런 사람 저는 몰라요."

"며칠 전에 분명히 여기 계단에서 진상 같은 여자 하나와 마주쳤는데!"

"여기에는 저 말고 아무도 없어요." 그녀가 말한다. 하지만 그렇게 말하지 않는 편이 나았을지도 모른다.

남자는 코웃음을 친다. "그 여자가 말도 안 되는 질문을 하면서 온 동네를 뒤집어 놨소. 어디서 온 기자인지는 몰라도 녹음기를 들고 이 문 저 문 두드리면서 그 끔찍한 이야기를 전부 알아낼 때까지는 절대 가만히 있지 않을 태세였소." 그는 다시 한번 그녀의 어깨 너머로 집 안을 들여다보려고 애썼다. "정말 여기 혼자 사는 거죠?"

"네."

"아, 뭐 그럼. 그렇게 된 건가 보네요. 그 여자는 갔나 보군요. 그럼 당신은?"

그녀에게 다시금 호기심 어린 눈빛이 쏟아졌다. "여기 얼마나 오래 살 건가요?"

"아직 잘 모르겠어요."

"아하." 그의 목소리는 한결 누그러졌다. "그럼 더 이상 여기저기 들쑤시고 다니는 사람은 없겠군요." 그가 뒤로 한 걸음 물러서며 말한다. "이제 아무 걱정 없이 쓰레기 버리러 나올 수 있겠소."

계단으로 향하던 그가 다시 몸을 돌린다. "핀란드에 온 것을 환영합니다! 혹시 입주자용 사우나가 있는 거 알아요? 지하에 있소. 운영 시간표는 게시판에 있어요."

때로 나는 혼자다. 푸른 여자가 언제 항구로 올지, 얼마 만에 올지는 모른다.

그녀는 내가 그런 것에 신경 쓰지 않기를 바란다. 그녀는 내게 아무 약속도 하지 않으려 한다.

그러니 그녀의 등장은 홀연할 수밖에 없다.

"넌 무엇이든 해도 돼." 그녀가 말한다. "하지만 나에게 뭔가를 바라진 마."

그녀는 거실로 돌아와 소파 앞에 선다. 소파는 푹신푹신하지도 않고, 고급 인테리어 잡지에 나올 법한 거창한 소파 세트도 아니다. 교수 숙소의 소파처럼 우아하지도 않다. 대신 갈색 시트가 튼튼해 보이기는 한다. 소박한 세간살이라도 감지덕지할 사람들에게 어울리는 가구다.

그녀는 소파에 앉아 보려 하지만 쉽지 않다. 무릎이 돌처럼 굳었다. 한 손을 팔걸이 가장자리에 부딪히고 나서야 비로소 다리가 풀린다. 불꽃 같은 통증이 손목을 타고 올라온다.

습관이다.

"예상했던 일이에요." 그녀가 말한다. "당신이 화를 낼 거라고 예상했어요."

침묵이 계속되는 가운데 두꺼운 안경테 너머로 그녀를 쳐다보는 레오의 눈빛에는 당혹감이 가득하다. 우는 사람을 나무랄 수는 없기 때문이다. 눈물은 태곳적부터 이어져 온 인간의 권리다. 눈물에는 돌마저 녹이는 힘이 있다.

인권을 소중히 여기는 레오니데스. 레오는 인권을 마치 와이파이 스틱처럼 재킷 주머니에 넣고 다니다가 누구에게나 넉넉히 나눠 줄 수 있는 것처럼 굴었다. 그는 그런 방식으로 정의로운 일을 했다. 다른 많은 사람처럼 그도 사회 체제가 인간의 권리를 위하여 기능한다고 생각했다. 아이들이 학대당하고, 여성들이 염산 테러를 당하고, 아기들이 굶어 죽고, 사람들이 폭격으로 목숨을 잃는 것을 TV 뉴스로 볼 때마다 그는 자신이 하는 일이 가치 있음을 확신했고, 자신이 필요한 존재임을 확인했다. 그런 나쁜 뉴스를 볼 때마다 그는 내일은 좀 더 열심히 일해야겠다고 다짐했다. 하지만 그렇다고 해서 그녀와 함께 차가운 뮈스카데를 마시지 못할 이유는 없다.

아니, "없었다"라고 말하는 편이 옳아. 그녀는 생각한다. 현재 시제에 익숙해져선 안 된다. 그 무엇도 와인과 풍경화를 향한 그의 애정, 그리고 삶에 대한 그의 열정을 앗아갈 수 없었다. 아니, 이 말도 틀렸어. 그의 열정과 애정은 현재진행형이다. 그녀가 없어도 열정은 여전히 그의 것이다. 그는 매 순간 자신을 둘러싼 모든 것을 사랑한다. 실크 파자마와 고급 침구와 보트 여행과 상쾌한 겨울날과 레이스 속옷으로 감싼 여성의 가슴을 사랑한다. 그는 그 어떤 경우에도 그런 것을 포기하지 않을 것이며 그런 것들 덕분에 그녀를 수월하게 잊을 것이다. 그녀가 사라진 것을 알면 우선은 놀랄 것이다. 마치 나쁜 뉴스를 보고 놀라는 것처럼. 그리고 그 현상을 이해하는 데 시간이 걸릴 것이다. 그의 세계에선 예고 없이, 작별 인사도 없이 그냥 사라지는 일이 드물기 때문이다. 그건 예의가 아니었다. 하지만 내일은 좀 더 열심히 일해야겠다고 다짐하며 그녀의 실종을 받아들일 것이다. 그리고 새로이 뮈스카데 한 상자를 주문할 것이다.

모두 정해진 수순이다. 의심할 여지는 없다. 그녀는 주방으로 가서 냉장고 문을 연다. 안에는 양파 한 알과 치즈 한 팩뿐이다. 그녀는 술병을 잡는다. 파란 라벨에 흰 글씨로 '**비루 발게**Viru Valge'라고 이름이 적혀 있다. 글씨 아래에는 신호나팔을 부는 여자 그림이 있다. 플라스틱 병에 든 이 독한 술은 언뜻 물처럼 생겼다. 그녀는 아픈 손에 술을 몇 방울 떨어뜨려 문지른 후 한 모금을 마신다. 술은 통증에 효력이 없다. 목구멍에서 타는 느낌이 든 다음, 온몸에 온기가 퍼졌으나 그마저도 잠깐 새 사라진다.

현재 시제에서 벗어나기란 쉽지 않다. 현재 시제는 단순한 문법의 형식, 그 이상이기 때문이다.

레오, 내 인생.

이것은 자기부정과는 아무런 관련이 없다. 자기부정의 증상은 이와 다르다. 자기부정은 그 사람을 알게 모르게 흔들어서 결국은 휘청대게 만든다. 그녀는 레오니데스 때문에 휘청대지 않는다. 정반대다. 레오니데스와 같이 있는 동안 그녀는 무언가를 되찾았다. 그는 그녀를 그녀 자신에게로 되돌려 주었다. 마치 그런 일이 가능하기라도 한 것처럼, 공병을 반환하는 것처럼, 혹은 다른 누군가가 더럽힌 채 놓아둔 접시를 원래 주인에게 돌려주는 것처럼, 그녀를 그녀 자신에게 되돌려 주었다. 그 말을 그에게 했어야만 했다. 레오니데스와 시작한 시간 계산은 그와 함께 끝났다. 그에게 부족한 것은 단 하나, 상상력이었다.

"레오?" 시계가 나지막한 종소리를 울린다.

작년 이맘때, 10월의 어느 저녁, 그와 그녀가 라빈톨라에서 마주 앉았던 바로 그날, 그녀는 내면의 시침을 새로 맞췄다.

그 전까지 그녀는 한낱 임시직 노동자였다. 야간 근무를 자청하고서 낮에는 잠을 잤다. 하지만 자는 동안에도 각성상태에서 완전히 벗어난 적은 한 번도 없었다. 항상 신경이 곤두서 있었다. 오히려 깨어 있을 때는 다른 곳에 정신을 팔 수 있어 편했다. 무채색 유니폼을 입은 직원 노릇을 하면서 주의를 다른 곳으로 돌릴 수 있었다. 하지만 냉장고 앞에서만큼은 침착할 수 없었다. 그녀는 냉장고 문을 열 수가 없었다. 카운터 업무를 맡으면 냉장고 서랍에서 음료나 얼음을 꺼내야 할 때가 있었다. 주방 냉동고에서 감자튀김 봉지나 아이스크림을 꺼내야 할 때도 있었다. 그때마다 그녀는 온몸을 부들부들 떨었다. 눈부신 불빛과 냉기 앞에 까무러칠 것 같았다. 그래서 그 일만은 다른 사람에게 부탁해야 했다. 직업학교를 졸업하고 견습생으로 일하는 남자 하나가 그녀 대신 냉장고 서랍을 열어 샴페인이나 맥주를 꺼냈다. 대신 그녀는 더러운 접시 닦는 일을 도맡았다.

라빈톨라에서 주문한 음식을 들고 나온 웨이터는 접시 둘레는 자작나무 이파리 즙으로 거품을 내어 장식했고 그 안에 채 썬 감자와 클라우드베리를 곁들인 연어 스테이크를 올렸노라고 자랑스럽게 메뉴를 설명했다. 그 순간 그녀는 다른 세계로 빨려드는 듯한 기분을 느꼈다. 향기로운 핸드크림을 바른 남자의 손에 이끌려서.

그녀는 자작나무 이파리 즙으로 만든 거품을 먹어 본 적이 없었다. 그녀는 거품을 놓치지 않으려고 조심스럽게 포크를 들어서 비싼 공기를 빨아들였다. 그러다가 둘이 동시에 웃음을 터뜨렸다. 둘이 같이 웃은 것은 그때가 처음이었다. 웨이터가 다시 다가오자 레오니데스는 어째서 전나무로 즙을 내지 않았느냐고 물었다. 전나무의 침엽에서 즙이 더 많이 나올 게 분명하다며 능청스레 물었다. 알고 보니 레오니데스도 자작나무 거품은 처음이었다. 하지만 그렇다고 해서 그들 사이가 가까워진 것은 아니다. 그들 사이의 황무지, 나무 한 그루 없는 허허벌판은 여전히 존재했다. 다만 그녀가 그 거리감에 약간 익숙해졌을 뿐이다.

"애피타이저를 하나 시켜야겠군요." 레오니데스가 말했다. "샐러드 좋아해요?"

그녀는 배가 그리 고프지 않았다.

"샐러드가 저녁이라니! 가끔 나는 이곳 사람들과 친해지기 어렵겠단 생각을 해요. 브뤼셀의 동료들은 청소년 시절을 얘기할 때 꼭

록밴드 이름을 들먹이죠. 나와는 문화가 전혀 달라요."

"당신은 어렸을 때 샐러드를 먹지 않았어요?"

"가끔 빵에 넣어서는 먹었죠."

그들은 다시 웃음을 터뜨렸다.

"그러는 당신은? 어렸을 때 기억나는 거 있나요?"

"눈이요. 내 첫 기억도 눈에서 놀던 거예요."

순간, 그의 눈빛이 호텔 로비에서 그녀를 처음으로 알아보았을 때로 돌아갔다. 다정하면서도 의아한 눈빛. 마치 잃어버렸던 기억을 되찾은 사람처럼 새삼스레 상대를 알아보는 눈빛.

"왠지 러시아의 눈은 아닐 것 같네요."

"맞아요. 어떻게 알았어요?"

레오니데스는 손을 저으며 대꾸했다. "그냥 한번 짐작해 본 겁니다. 그래서 자란 곳이 어디죠?"

"그 얘긴 안 하고 싶어요."

"이해합니다." 레오니데스가 말했다. "안 하고 싶을 수도 있죠."

그런 그와 눈이 마주친 순간, 그녀는 마치 얇은 전선을 통해 몸 안에 전기가 흐르는 것 같은 기분이 들었다.

"리젠게비르게*에서 자랐어요." 그녀가 잠시 머뭇거리다 말했다.

"폴란드인가요?"

그녀는 대꾸하지 않았다.

"그렇다면 당신도 내 말을 이해할 것 같군요. 두려움의 문화와 냉정함의 문화가 무엇인지를 당신도 알 것 같아요." 레오니데스가

---

* 아디나의 고향 지방인 크르코노셰 산맥을 부르는 독일어 이름으로 '거인의 산맥'이란 뜻이다.

말했다. "동쪽에는 두려움이 있고, 서쪽에는 냉정함이 있죠. 둘 다 좋진 않아요. 하지만 둘은 완전히 다른 문화죠."

"내가 자란 리젠게비르게는 체코 쪽이에요." 그녀가 하는 수 없다는 듯 말했다. "하지만 그땐 너무 어렸어요. 벨벳혁명 때 나는 겨우 다섯 살이었는 걸요."

"아이들만큼 훌륭한 관찰자도 없습니다."

"꼭 그렇지만은 않아요."

"그런가요?"

"나이가 좀 더 많았다면 지금 더 많은 걸 기억하겠죠."

"현실과 타협할 필요가 없었던 사람이나 그런 속 편한 소릴 하죠."

"아무것도 모르면서 단정하지 말아요."

레오니데스가 어깨를 으쓱했다. "누구나 타협하면서 삽니다. 사람들은 흔히 증오나 질투 같은 악한 마음이 나쁜 시스템을 키운다고 생각합니다. 하지만 사실 살인적인 시스템이 자라게끔 하는 밑거름은 현실과 타협하는 인간의 능력입니다. 특히 사람들은 두려움과 금세 타협하죠. 그리고 금세 그것을 자연스러운 상태로 받아들이고 더 이상 저항하지 않아요." 그는 가라앉은 목소리로 말을 이었다. "그러나 자고 일어나면 잠옷 바람으로 길바닥으로 내몰릴지 모른다는 두려움은 결코 자연스러운 게 아닙니다. 누군가 얼굴에 총을 쏘거나 유두를 잘라낸 다음 어디론가 끌고 가 버릴지 모른다는 두려움도 정상은 아니죠."

그가 포크로 자작나무 거품을 납작하게 눌렀다. 그의 눈빛에 낯선 신호가 흘렀다. 텅 빈 얼굴엔 표정이 없었다.

"나쁜 의도로 한 말은 아닙니다." 얼마 후에야 레오니데스는 미소를 되찾았다.

"독립 문제에 있어서 체코인들과 에스토니아인들은 비슷한 경험을 했잖아요. 하지만 소련은 우리 발트인에게 훨씬 더 무자비했죠. 고르바초프가 나타났을 때 우리가 얼마나 기뻐했는지, 당신들과는 비교도 안 될 겁니다."

그녀가 앉은 자리에선 거리가 보였다. 그들이 들어올 무렵부터 거리엔 인적이 드물었다. 길 건너편 집들 위에 어스름이 깔렸다. 황혼은 건물 외벽과 장식이 달린 문들을 거쳐 맞은편 라빈톨라까지 붉게 물들였다. 그는 그녀와의 거리감에서 오히려 편안함을 느끼는 것 같았다. 그래서 그들은 서로 가까워지지 않은 상태로도 현재를 함께할 수 있었다.

"내 어머니는 체제 붕괴를 경험했다는 데 자부심을 느꼈어요."

"그건 나도 마찬가집니다." 그가 말했다. "그때 우리는 다 함께 노래를 불렀죠."

"탱크에 맞서 싸우는 음악이었겠죠?"

"실은 펑크였어요. 시작은 그거였죠. 펑크는 권력자들의 신경을 흐트러뜨리니까요. 개인의 혼란을 정치적 혼란으로 만드는 젊은이들이 날로 늘어갔죠. 그리고 어느 날 갑자기 다시 솔제니친에 대해 말할 수 있게 되었어요."

그는 냅킨으로 입을 닦았다.

"그 일은 87년에 시작됐어요. 그로부터 2년 후에 나는 군대에 가야 했죠. 지금 우리가 생각하는 군대를 떠올린다면 오산입니다. 우리 발트 사람 중 군대에서 총을 구경한 사람은 없었어요. 말이 좋아

군인이지, 우리는 붉은 군대가 어디에다가 처박을지 모르는 상태로 끌려간 식민지 노예였어요. 시베리아 수용소에 경비병으로 배치되거나 아프가니스탄으로 보내질까 봐 두려워서 벌벌 떨었죠. 모두가 군대에 끌려가지 않고 살아남아 보려고 발버둥 쳤어요. 그래도 때가 되면 영락없이 끌려가야 했죠."

"당신도?"

"만약 끌려갔다면 살아남지 못했을 겁니다." 그가 말했다. "나는 라울루벨야크 공원*에 모여 에스토니아 국가를 부른 30만 명 중 한 명이었어요. 파랑과 검정, 흰색으로 이루어진 에스토니아 국기를 흔들었죠. 그렇게 독립 정부가 탄생했고 정부를 위해 일할 젊은이들이 필요했어요. 그 덕분에 나는 세계 역사상 가장 순진무구한 외교관 중 한 명이 되었죠."

그가 잔을 들었다. "하지만 철의 장막이 이렇게 한순간에 은빛 장막이 될 줄 누가 알았겠어요?"

그들은 건배했다. 그들 사이에 놓인 테이블 위에는 와이파이 스틱이 놓여 있었다. 그가 그녀에게 선물한 스틱이었다. 그녀는 취기가 도는 것을 느끼자 그의 특별한 선물을 잃어버리지 않으려고 깊은 주머니에 넣었다.

"스웨덴, 프랑스, 독일." 생각에 잠겨 냅킨을 작고 단정하게 접으며 레오니데스가 말했다. "우리보다 수십 배 더 부유한 나라들입니다. 그런 나라 이름을 들으면 나는 오래된 사진 한 장이 떠올라요. 말을 타고 가는 독일 귀족 나리들 옆에 내 조상들이 손에 모자를 들

---

*   Lauluväljak, 탈린 시내의 큰 공원.

고 졸졸 따라가는 사진. 대대로 내려온 잡동사니 상자에서 찾은 거예요." 그가 말했다. "역사가 항상 똑같이 되풀이되는 건 아닙니다. 하지만 큰 격변을 제외하면 흐름은 비슷하죠."

잠시 후 디저트로 그녀는 얼린 딸기를 먹고, 레오니데스는 설탕을 넣은 에스프레소를 마신 후 식당 밖으로 나왔다. 둘은 보도에 서서 잠시 망설였다. 그는 긴 코트를 입었고, 그녀는 붉은 와인 색 가죽 재킷을 입고 있었다. 케케묵은 옷이었으나 다행히 최근 다시 유행이 찾아온 스타일이라 입을 만은 했다. 그녀는 자기를 둘러싼 세상이 이전보다 선명해 보인다고 생각했다.

길가에 선 자작나무의 젖은 하얀 줄기, 회색 아스팔트 위 담배꽁초, 노란 낙엽과 아이가 먹다 버린 막대 사탕의 플라스틱 막대. 모든 것이 하나하나 스포트라이트를 받은 것처럼 선명했고, 서로서로 강렬한 색 대비를 이루었다. 그중에는 레오니데스의 반지르르한 코트도 있었다. 빳빳하게 세운 코트 깃의 안감에 도시의 하늘빛이 반사되었다.

레닌이 맥주를 마셨던 라빈톨라에서 청소용 전등이 눈부시게 빛났다. 여성 둘이 테이블을 닦고 있었다.

"마치 역사의 어두운 면을 지우려고 바쁘게 일하는 사람들 같군요." 그녀의 시선을 따라가던 레오니데스가 말했다. "누군가 그들에게 테이블을 치울 게 아니라 사람들부터 정리해야 한다고 말해 줘야만 해요."

"아마 저 사람들도 알고 있을 거예요. 몰라서가 아니라 해치워야 할 오늘 일이 남았을 뿐일 거예요."

"슬라브식 운명론적 비관주의인가요?" 그는 두 손을 코트 주머니에 넣었다.

"누구에게나 어두운 면은 있어요." 그녀가 말했다. "너무 많아서 한 번에 다 치울 수 없을 만큼."

"그럴 수도 있죠." 그는 다시 그녀를 빤히 쳐다보았다. 어느덧 그의 눈길에 익숙해진 그녀는 눈을 피하지 않았다 "오히려 자기는 그런 게 없다는 식으로 구는 사람들이 위험하죠. 진심으로 깨끗한 척 하는 사람, 고상해 보이는 사람, 동물 보호 단체나 국경없는의사회에 정기적으로 기부하는 사람. 하지만 정체를 파 보면 그들이야말로 인권재판소로 보내야 할 사람들이라는 게 밝혀질 거예요."

그들은 라빈톨라의 여자들이 닦은 테이블 위에 의자를 거꾸로 올려놓고 걸레로 가게를 샅샅이 닦는 모습을 한참 지켜보았다. 그녀는 그 모습을 좀 더 지켜볼 수 있길 바랐다. 그 순간이 조금 더 계속되기를 바랐다. 그녀는 레오니데스에게서 안정감을 느꼈다. 그의 흔들림 없는 자신감 때문인 것 같았다. 처음에는 그 분위기가 그녀를 불안하게 만들었다. 하지만 그에게도 서투른 면이 드러났고 그 미미한 서투름이 오히려 그의 자신만만함을 돋보이게 했다. 그건 그가 있는 그대로를 드러내도 괜찮은 사람이라는 뜻이었다.

그는 길을 건너 전설적인 레닌의 테이블을 구경해 보자고 청했으나 그녀는 거절했다. 그녀는 그에게 묻고 싶은 게 있었다. 그에게 어두운 면은 무엇을 의미하는지, 그 말을 할 때 누구를 떠올렸는지, 정치인인지 권력자인지 혹은 지극히 평범한 보통 사람인지를 알고 싶었다. 또한 브뤼셀에서 그가 하는 일이 어둠의 유령을 처단하는 것인지, 혹은 그들과 무슨 관련이 있는지를 알고 싶었다. 하지만 그녀는 입을 열지 않았다. 그녀는 이 저녁이 그저 두 사람이 함께 데이트한 평범한 저녁으로 남길 바랐다. 관계가 진전될 가능성을 은연중에 눈치챘지만 그래도 이날 저녁만은 두 사람이 더 깊이 얽히지 않길 바라는 마음이 간절했다.

그들은 헤어져서 각자 다른 방향으로 발걸음을 옮겼다. 모퉁이를 돌아서자 그녀는 무언가를 잃어버려서 찾는 시늉을 했다. 행인은 없었다. 그새 거리에는 어둠이 자욱했다. 그녀는 혹시 레오니데스가 마음을 바꾸어 트램 정류장 대신 그녀 쪽으로 걸어올 때를 대비하여 걸음을 늦추고 같은 자리를 어정댔다. 그를 기다리고 있었다는 티를 내고 싶진 않았다. 10분이 넘게 기다렸으나 그는 나타나지 않았다. 그제야 그녀는 그가 떠났음을 확신했다. 그리고 그녀도 발길을 돌려 그가 트램을 탄 정류장으로 갔다. 그녀도 대학에서 그리 멀지 않은 조용한 골목길의 호텔로 가야 했다. 그가 묵는 호텔에 그녀도 묵었다. 헤어질 때 레오니데스는 조만간 그들이 다시 마주치리라 짐작하는 것 같았다. 하지만 그녀가 같은 호텔에 산다는 것을 눈치채지는 못했다.

그녀는 호텔의 나선형 계단 옆에서 낡은 엘리베이터를 탔다. 격자문을 열고 철제 케이지에 들어간 다음 힘껏 문을 닫자 엘리베이터가 움직이기 시작했다. 엘리베이터는 알록달록한 유리창이 있는 계단을 스치며 올라갔다. 반쯤 올라갔을 때쯤 그녀는 계단에서 자기 모습이 보일지도 모른다는 사실을 떠올렸다. 혹시 레오니데스가 천천히 계단으로 올라가는 중이었다면 엘리베이터 안에 있는 그녀를 볼 수도 있었다. 오늘 휴무인 그녀가 직원들만 드나드는 7층으로 가는 걸 미심쩍게 생각할지도 몰랐다. 다른 사람의 내면을 꿰뚫어 볼 수 있는 사람은 아무도 없다. 브뤼셀에서 사람에 대한 통찰력을 익힌 레오니데스도 첫 만남에 그녀를 속속들이 알 수는 없을 것이다. 다만 그의 다정하고 작은 눈 앞에서 그녀가 극도로 긴장했던 만큼, 그녀의 행동이 부자연스러워 보이기는 했을 것이다.

결국 그녀는 다른 사람 눈에 띄지 않고 복도 끝 방에 다다르는 데 성공했다. 방 안 공기가 탁했다. 환기구라고는 난방용 통풍구로 이어지는 틈새가 전부였다. 그 어두운 방에는 신선한 공기가 들어오지 않았다. 원래는 세탁 바구니나 청소 도구 혹은 예비용 가구를 보관하는 장소인데 접이식 침대와 의자 하나를 놓고서 숙소로 쓰는 중이었다.

몇 년 전에도 그녀는 비슷한 방에서 며칠 밤을 보낸 적이 있었다. 어둠이 쉬이 찾아오지 않던 여름밤이었다. 그 방도 원래는 창고였다. 그래도 제대로 된 창문은 하나 있었다. 그 창문을 통해 먼지가 들어오고 귀뚜라미 소리와 체르토바호라 꼭대기에서 날아온 까마귀들의 울음소리가 들렸다. 구동독 사람들이 하라초프에 별장으로 만들어 놓고 떠난 창고 건물이었다. 그 무너져 가는 벽에는 '국영 방직회사 브루노 프라이탁'이란 글씨가 희미하게 남아 있었다.

그 여름은 유독 무더웠다. 어린 가문비나무들은 열기에 바싹 말랐고 땅은 쩍쩍 갈라졌다. 그 여름에 그녀는 어머니 몰래 입술에 립스틱을 바르고 손톱에 매니큐어를 칠하고 외출하기 시작했다. 그녀는 열기를 피해 어두컴컴하고 서늘한 바로 도망쳤다. 바텐더들은 그녀를 잘 알았다. 그녀는 어릴 때부터 하굣길에 잠시 바에 들르곤 했다. 그녀는 오후 나절의 바 분위기를 좋아했다. 두 개의 화면에서 소리가 나오지 않는 광고를 보면서 주방 세제 냄새와 담배 연기를 코로 들이마시는 걸 좋아했다.

그 여름에 새로운 바텐더가 나타났다. 그는 흰 셔츠를 입었고, 소매를 걷어 올린 오른쪽 팔뚝에는 은색 밴드를 찼다. 저녁이면 TV에서 틀어 주던 미국 드라마 속 남자주인공을 닮았었다. 아디나는 그에게 콜라 한 잔을 주문했다. 그녀는 더 이상 어린이가 아니었으므로 오렌지주스가 아니라 콜라를 주문했다. 그러고선 바 의자에 앉아 잔 속 얼음이 서서히 콜라 색으로 물드는 모습을 물끄러미 바라봤다. 가끔은 새 바텐더도 쳐다봤다. 키가 크고 머리 색이 검은 그는 다른 바텐더들에게서는 한 번도 보지 못한 미소를 지었다. 그는 와인을 다루는 자기만의 방식을 선보였고 그것은 조그만 동네에서 센세이션을 일으켰다. 바에서 잔을 채워 서빙하는 다른 바텐더들과 달리, 그는 와인병의 목을 냅킨으로 감싼 다음 병째로 테이블에 가져갔다. 그리고 손님들이 보는 앞에서 병을 높이 들어 천천히 잔에 따랐다. 그는 그것을 디캔팅이라고 불렀다. 그는 칭찬을 기다리는 듯한 미소를 지으며 테이블 곁에 가만히 서 있었다. 그리고 손님들이 잔을 부딪치면 그는 체코에서는 건배할 때 '나즈드라비'라고 한다고 설명해 줬다.

"한번 해 볼래?" 그녀에게 세 번째 콜라를 건네던 그가 물었다. 그는 셔츠 소매에서 밴드를 풀어 그녀의 팔뚝에 감았다. 그녀가 열여섯 살이 되기 직전의 여름이었다. 그는 타지에서 온 사내였다. 서유럽에서 호텔 직업훈련을 받았다고 했다. 적어도 다른 바텐더들이 그를 헐뜯으며 말하는 바로는 그랬다. 그들은 그가 잘난 체한다고 생각했다. 그는 프라하에 살면서 주말에만 그곳으로 와서 일했다. 집세를 아끼기 위해 무너질 것 같은 건물에서 혼자 지냈다. 그의 거처에는 접이식 침대와 전등을 놓았다고 했다. 그 말끝에 그가 "그렇게 멋진 곳은 아니지만 둘이라면 훨씬 낫겠지"라고 덧붙였을 때, 그녀는 망설이지 않고 그를 따라갔다. 그녀는 바 앞 거치대에 자전거를 세워 놓고 그와 함께 무너져 가는 국영 방직회사 창고로 들어갔다. 그녀는 인생의 어떤 일에 관해 알아도 될 만큼 나이를 먹었다고 생각했다. 그리고 새 바텐더는 그 일에 대해 잘 아는 것처럼 보였다.

그의 접이식 침대 위엔 기타 하나가 놓여 있었다. 노래를 특별히 잘 부르는 편은 아니었다. 하지만 그가 노래하는 동안 그녀는 그에게 익숙해질 수 있었다. 그는 주로 "테이크 미 홈 컨트리 로드"나 "보트 온 더 리버", "이프 유아 고잉 투 샌프란시스코" 같은 컨트리 팝을 불렀다. 그녀는 가사에 **리오**가 들어간 노래는 없냐고 물었고 그는 그런 노래는 모른다고 답했다. 곧 그녀는 지루해졌다. 낌새를 알아챈 그가 기타를 내려놓았다. 그녀는 그의 셔츠 안으로 손을 집어넣었다. 그리고 매끄럽고 차가운 그의 피부 위에서 반짝이는 자신의 매니큐어를 바라보며 건설 현장 입구에 둘러쳐진 붉은 안전선을 떠올렸다.

어느새 그녀는 알몸이 되었다. 그는 그녀를 높이 들었다. 그리고 그녀의 두 다리로 자기 허리를 단단히 감싸게 하고선 딱딱해진 자기 성기 위에 그녀를 올렸다. 그녀는 받침대 위에 올라탄 것 같은 기분이 들었다. 마치 건설 현장의 비계에 올라앉은 기분이었다.

얼마 후 그는 침대에 누운 그녀의 배 위로 희고 끈끈한 액체를 쏟아 냈고, 그녀는 곧장 휴지를 뜯어서 그것이 배꼽으로 흘러 들어가지 않도록 닦아 냈다.

"미안." 그가 말했다. "다음에는 콘돔을 준비할게."

하지만 막상 다음이 되자 그는 그녀에게 피임약을 먹이려고 했다. 그는 사랑에 빠진 것처럼 보였고 그녀 또한 사랑에 빠지고 싶었다. 그에게 그 사랑은 간단한 일이었다. 콜라 몇 잔이면 성사되는 사랑이었다. 하지만 그녀에겐 간단치 않았다. 그녀는 그와 자기 사이에 둘러쳐진 붉은 안전선을 보았다. 사랑에 빠지려면 그 선을 뛰어넘어야만 했다. 그녀는 좀 더 애써 보기로 마음먹었다. 그 첫 번째 노력으로 피임약을 구했다. 그녀는 스프라이트 한 병과 약상자를 들고 그의 거처로 가서 접이식 침대 위에 걸터앉았다. 그리고 아픈 데도 없는데 약을 먹는 것에 대해 곰곰이 생각했다.

그녀는 상자를 열어 약 한 팩을 꺼냈다. 포장 안에 든 약이 달각거렸다. 사람들은 그걸 '사랑을 위한 보석'이라고 불렀다. 하지만 사실 그것은 사랑도, 보석도 아니었다. 그건 마법의 물약이 아니라 그저 화학약품이었다. 알약을 삼킨다고 해서 사랑이 깊어지리란 보장은 없었다. 절정에 이르러 몽롱한 눈으로 그녀를 내려다보는 그의 기분을 느낄 수 있게 되는 것도 아니었다. 그저 실험실에서 만든 정보가 그녀의 뇌를 교란하도록 허락할 뿐이었다. 주기율표상의 원소들로 만든 공식이 그녀의 자궁을 속일 수 있도록 내버려 두는 것일 따름이었다. 지금 그녀의 평평한 배는 내막이나 난소, 자궁 등과는 아무 관련이 없어 보였다. 그녀는 생물학 교과서의 인체 해부도에서 자궁을 본 적이 있다. 그녀는 소머리를 닮은 자궁의 형체를 떠올렸다.

알약을 가만히 들여다보던 그녀는 자신이 인생의 어떤 일에 관해 알아보려고 이곳에 왔다는 사실을 떠올렸다. 이제 그녀는 그 일이 무엇인지 알게 되었다. 그래서 그것 말고 그에게서 더 바랄 것이 있을지를 자신에게 물었다.

밖에선 까마귀가 소란스레 울었다. 그녀는 자리에서 일어나 곰팡내가 풍기는 복도를 지나서 햇살이 눈부시게 비치는 곳으로 나갔다. 식료품 가게 옆을 지나는 길에 가로등 기둥에 매달린 철제 휴지통을 보았다. 그녀는 쓰레기통에 알약을 모두 쏟아 버렸다. 자연과학자로서 자기 뇌에 화학적 교란을 허락하는 것은 옳지 않다고 판단했다. 리오에서 그 얘기를 꺼내진 않았다. 곧 가을이 되었고 그녀는 열여섯 살이 되었다.

그때의 경험 때문에 그녀는 이런 방이 낯설지 않았다.

천장에 전선으로 매달린 백열전구에는 불이 들어오지 않았다. 어슴푸레한 방 한구석에는 칠이 벗겨진 에나멜 세면대가 서 있었다. 침대 발치에 떨어진 이불이 낡은 운동화를 덮었다. 그 옆에 세워둔 가죽 부츠는 원래 검은색이었는데 앞코가 하도 닳아서 지금은 회색으로 보인다. 호텔 로비의 구두닦이 기계에 여러 번 부츠를 넣어 보았지만 더 이상 광이 나지 않았다.

그녀의 방에서 몇 층만 내려가면 레오니데스의 방이다. 그의 방은 넓었다. 새로 정돈된 그의 침대엔 빳빳한 시트가 덮여 있었다. 이중창으로 보이는 안뜰에는 녹음이 우거졌다. 침대 옆에는 솜 패딩이 들어간 가죽 신발이 놓여 있었다. 베개 위에 누운 그의 티 없는 눈동자는 마치 침대 곁 아르데코 스타일의 조명과 경쟁하듯 은은한 빛을 발했다. "아르데코 스타일은 정말 근사해요." 레오니데스는 말했다. "나는 이 스타일을 좋아합니다. 내가 이 호텔을 높이 평가하는 이유예요."

레오니데스는 어둠의 유령들을 찾아서 유럽 재판소로 데려가는 사람이었다. 그녀는 그 생각을 하다가 잠이 들었다. 머리를 괸 자기 손이 마치 다른 사람의 손인 것처럼 상상하며 잠에 빠졌다.

어두운 면.

후에도 레오니데스는 그 표현을 사용했다. 그는 그 단어를 여러 번 입에 올렸다. 특정한 순간에 일종의 공식처럼 쓰는 말이었다. 그녀가 어떤 질문에 대한 답을 피할 때마다 그는 "어두운 면도 감내할 수 있다"라고 말했다. 그녀가 답하지 않는 이유를 설명하려 하면 "다른 사람을 안다고 믿는 사람이 자신은 제일 모르는 법"이라거나 "사랑에는 투명함이 요구되지 않는다"라고 말했다.

그들은 호텔에서 우연히 다시 마주쳤다. 라빈톨라에서 만난 지 2주 혹은 3주 후였다.

어느 저녁 그가 로비로 들어왔다. 그녀는 싱크대에 서서 둥근 솔로 맥주잔을 닦고 있었다. 그녀의 두 손은 종일 물에 젖어 빨갛게 불어 터져 있었다. 하지만 그의 눈길은 그녀의 손이 아니라 시계를 쳐다봤다. 약속 장소로 가던 길에 잠시 짬이 나서 충동적으로 그녀를 보러 온 참이었다. 그는 더 이상 호텔에 묵지 않았다. 대학은 장기 강의가 잡힌 방문 교수를 위해 숙소를 마련해 주었다. "나는 이제 이 도시 외곽에 삽니다. 자랑스러운 헬싱키의 주민이 되었죠."

이후 그들은 시내에서 만났다. 에스플라나디 공원과 오페라 극장 앞 톨로 호수, 시벨리우스 공원을 함께 거닐었다. 약속 장소를 정하는 건 그의 몫이었다. 그들은 함께 긴 산책을 했다. 톨로 호숫가를 따라 핀란드 홀을 지나 철길 위 나무다리를 건넌 다음, 예술가들이 사는 언덕 위 빌라까지 걸었다. 그리고 대성당에서 항구로 내려가서는 우펜스키 대성당 쪽으로 다시 올라갔다. 산책은 차츰 반경이 넓어졌다. 그들은 아르누보 양식의 주택가를 가로질러 바다로 갔다. 공동묘지의 돌담을 따라 한참을 걸은 날도 있다. 그 끝이 고속도로로 이어지는 흉측한 미로였다. 그래서 몇 킬로미터인지 모를 길을 돌아와야 했다. 그들은 모르는 거리를 계속 걸었다. 마치 멈춘다는 것은 생각할 수도 없다는 듯. 긴 산책의 끝에 무슨 일이 있거나, 둘 중 하나가 어떤 결심을 해야 멈췄지만, 둘 다 그럴 생각이 없어 보였다. 그녀는 그래서 다행이라고 생각했다.

하지만 어느 순간 이렇게 긴 산책이 그에게 너무 힘들어졌다. 하염없이 걷다 보니 그의 발에 물집이 잡혔다. 10월이 되자 하루도 빠짐없이 비가 오기 시작했다. 그때마다 비싼 카페로 피신할 수는 없었다. 자연스럽게 그가 그녀를 자기 숙소로, 그의 피난처로 초대했다. 그는 그곳이 임시 숙소일 따름이며 진짜 집으로 이사한 것처럼 느껴지지 않는다고 말했다.

그녀는 거절하고 싶었다. 잠시 자연스럽게 그들을 연결하던 보일 듯 말 듯한 실들이 끊어지고 있는 게 보였다. 그의 초대는 이 실들 하나하나가 그녀의 인생, 재산이나 나이, 그리고 축적된 경험과 두려움의 기억이라고 부를 수 있는 것들과 단단히 연결돼 있다는 사실을 상기시켜 주었다.

그의 집으로 가는 길은 미끄러웠다. 밤 서리가 녹아서 길 한중간에 깊은 물웅덩이가 생겼다.

그녀는 중앙역에서 교외로 가는 기차를 탔다. 철길 양쪽으로 자작나무가 늘어서 있었다. 떨어진 낙엽은 땅 위를 누렇게 덮었다. 그녀는 열차 창가에 자리를 잡고는 습기와 안개가 자욱한 도시를 바라보았다. 물이 들어오는 것을 막기 위해 도시 둘레에 쌓아 놓은 자갈 더미를 보았다. 그녀는 기차가 달려가는 반대 방향으로 고개를 젖혔다. 마치 발길을 멈출 수도 있다는 듯.

하지만 현실의 그녀는 물에 몸을 맡긴 것이나 다름없었다. 물은 계속 흘러갈 뿐이다. 무엇도 그 흐름을 막을 수는 없었다.

통나무 주택을 둘러싼 모랫길은 정원으로 이어졌다. 대문은 열려 있었다. 문 앞에는 레오니데스가 기다리고 있었다. 그는 그녀의 외투부터 받아 들었다. 그리고 한참을 만지작거린 후에야 옷걸이에 외투를 거는 데 성공했다.

"들어오세요. 몸이 꽁꽁 얼었겠군요."

그는 까다로운 작전이라도 수행하듯 그녀를 복도로 안내했다. 복도는 흰색이었다. 벽, 전등, 서랍장까지 모든 것이 흰색이었다. 마루에선 광이 났다. 그녀는 머뭇대며 부츠를 벗으려 했다. 그녀의 어머니라면 외출용 신발을 신고 집 안을 돌아다니는 것을 가만히 두지 않았을 것이다. 하지만 현관에는 신발장이 없었다. 바닥은 바깥에서 신던 신발을 신고 돌아다녔으리라고는 생각할 수 없을 만큼 깨끗했다. 신발이라는 건 존재하지도 않는 딴 세상 마룻바닥처럼 보였다.

레오니데스는 부드러운 검정 모카신을 신고 있었지만, 딱히 그녀의 신발에는 신경을 쓰지 않았다. 그래서 그녀는 신발을 신은 채 안으로 들어갔다. 복도 끝에는 아테네움 국립미술관에 전시된 추수철 풍경화의 포스터가 걸려 있었다. 벽에 걸린 포스터와 옷장 속 코트 외에 이곳에 사는 사람에 대한 단서가 될 만한 개인적인 물건은 하나도 보이지 않았다. 특정 장소에 사적인 흔적을 남기지 않는 것이 세계인의 정체성이라고 생각하는 사람의 집 같았다. 그런데도 그녀는 사진을 찾아 두리번거렸다. 그녀는 가족사진을, 타르투에 있을 이 교수의 아내와 자녀들의 사진이 있을지 살폈다. 찾지 못하길 바라면서.

따뜻한 방에 들어가자 그녀의 얼었던 손가락이 녹기 시작했다.

"나도 어릴 때 이런 통나무집에 살고 싶었어요."

복도 끝 방은 크고 환했다. 방 안 벽난로에는 장작이 타올랐고 창문으로는 한낮의 햇살이 쏟아졌다. 어느새 하늘은 개었다. 창밖에는 자작나무가 늘어서 있고, 거주자들의 편의를 위해 집들 사이에는 띠 모양으로 숲이 조성되어 있었다. 사람에게도 나무에게도 좋은 일이다.

"하지만 내 아버지의 가족들은 나르바에서 콧구멍 같은 집에 살았죠." 레오니데스가 말을 계속했다. "그 도시는 소련에 의해 파괴되었어요. 대신 회사에서 부모님께 작은 방 하나를 배정했죠. 나중에는 방이 두 개로 늘었고요. 그나마 오븐과 수도가 있는 집이었던 걸 행운으로 여겨야겠지만…."

그는 그녀를 바라보는 대신 창밖을 내다보았다. 그는 마치 이야기를 지어내고 있는 것처럼 보였다. 그녀의 방문에 맞추어, 그녀가 유리와 통나무와 크롬으로 꾸며진, 그의 국제적 분위기가 더욱 돋보이는 이 익명의 주택을 너무 낯설어하지 않도록 배려하느라 만든 이야기로 들렸다. 그만큼 그가 말하는 유년 시절은 현재 그가 발산하는 분위기와는 극명한 대조를 이루었다.

"근사하죠? 겨울에 벽난로 앞에 앉아서 눈을 보는 것 말이죠. 이번 겨울은 계속 헬싱키에 있을 계획인가요?" 마룻바닥에 흩어진 신문 위로 조명이 비쳤다. "전에 한번 물어봤던 것 같은데…교환 학생 기간이 몇 학기라고 했죠?"

그녀는 침묵을 지켰다. 그녀는 그에게 대학에 다닌다고 말한 적이 없다. 긴 산책을 하는 동안 자기 개인사를 꺼낸 적도, 그에게 물은 적도 없다. 오페라 하우스 앞에서, 시벨리우스 기념비의 강철 기둥과 그 정교한 파이프 앞에서, 그는 주로 음악에 관한 이야기를 했다. 핀란드 작곡가인 장 시벨리우스와 에스토니아의 아르보 패르트에 관해, 그들이 각자의 나라가 독립하는 데 얼마나 중요하고 상징적인 역할을 했는지에 관해 이야기했다. 그들은 바위 위에 깃털 구름처럼 가볍게 떠 있는 기념상을 두고 대화했다. 스테인리스스틸로 수백 개의 은색 파이프를 만들기까지 엄청난 노동이 투입되고 엄청난 가스가 발산되었을 것이다. 그리고 그 가스가 그 거대한 작품을 창조하는 동안 여성 예술가의 건강에도 영향을 미쳤을 것이다. 그들은 핀란드인들의 정신세계에 관해서도 이야기했다. 투박하면서도 침묵과 흥분 사이를 급격하게 오가는 그들의 성격은 에스토니아인들과도 비슷하다고 했다. 그런 얘기를 들으며 그녀는 레오니데스도 온 힘을 다해 개인사를 피하는 중이리라 짐작했다.

그는 신문을 발로 밀어 옆으로 치우면서 말을 이었다. "우리가 학교에서 한 번도 마주치지 않은 게 신기하군요."

그는 당연히 그녀가 대학에 다니리라 믿는 것 같았다. 그가 그녀를 초대한 것이 그 증거였다. 바닥엔 고급 마루가 깔려 있고 벽에는 유명한 전시회의 포스터가 걸린 방 네 개짜리 목조 주택에 거주하는 그는 그녀도 당연히 그만한 행운을 누리고 있을 것으로 여겼다. 자기 같은 사람, 즉 대학으로부터 특혜를 받은 덕분에 대학에서 청소비를 내 주는 집에 살게 되었고 진흙 묻은 외출용 신발이 마룻바닥을 더럽힐까 봐 걱정하지 않아도 되는 사람으로부터 초대받는 행운은 그녀에게도 별스럽지 않은 일일 거라 생각하는 것 같았다.

"에라스무스 재단에 있는 동료에게 들었는데 어학 과정 학생에게 지원하는 장학금이 증액되었다는군요. 기회를 쉽게 얻을 수 있을 겁니다."

그녀는 여전히 부츠를 신고 있었다. 그녀는 낯선 집 안을 긴장한 채로 걸어 다녔다. 그녀는 미리 타르투에서 온 교수이자 유럽의회 의원인 그가 실재하는 인물인지 확인하기 위해 그의 이름을 구글에서 검색해 보았다. 그의 주소를 입력하여 미리 그 동네를 살펴보고, 가장 가까운 이웃집과의 거리와 근처 역까지 가는 최단 경로를 검색했다. 그 동네의 집들은 하나같이 잘 가꾸어져 있었다. 동네 안까지 우거진 자작나무 숲은 상업지구가 시작되는 지점에 이르러서야 유리로 된 사무실 건물에 밀려났.

그녀는 노을이 지는 어스름에 이 외딴 동네에 온다는 사실을 그 누구에게도 알리지 않았다.

"나는 학교 얘기를 하려고 여기 온 게 아니에요."

그들은 주방으로 갔다. 그들은 초록 싱크대를 사이에 두고 마주 섰다. 그녀의 손바닥에 대리석의 냉기가 느껴졌다.

"아무리 당신이 교수라지만,"

그는 말이 없었다. 그제야 그녀는 이 남자가 지금까지 쉴 새 없이 떠들었다는 것을 깨달았다. 그는 마치 말을 하기 위해 존재하는 듯했다. 호텔 로비에서도, 식당에서도, 산책 중에도 그녀는 그의 말을 잠자코 들었다. 이제 와 그녀가 깨달은 바로는, 그 때문에 그녀가 영어를 제대로 구사하지 못한다는 인상을 주었을 것이다.

"나는 여기에 취조받으러 온 게 아니잖아요."

"미안합니다."

"취조받는 걸 좋아할 사람은 없어요."

주방 후드에 간접조명이 켜졌다. 그들은 빛의 섬 안에 있었다. 방 한가운데를 비추는 동그란 섬 안에 그들은 갇혀 있었다.

"하지만 당신이 맞아요. 내가 다양한 언어를 할 수 있었다면 좋았겠죠. 그럼 당신이 내게 익숙한 언어로 질문할 수 있었을 텐데."

"그저 담소를 나누려던 것뿐이에요." 그가 고개를 숙였고, 그의 얼굴은 대리석 광에 비쳐 환하게 빛이 났다. "나는 이런 식으로 소통하는 데 능숙하지 않아요."

"나에겐 그럴 필요 없어요." 그녀가 말했다. "담소 말이에요. 구태여 나 때문에 이런저런 얘기를 꺼낼 필요는 없어요."

그가 고개를 끄덕였다.

"나는 담소를 즐기는 사람이 아니에요."

"그 점에선 우리도 비슷합니다."

"그렇군요."

"우리 에스토니아인들은 말수가 적은 편이죠. 그리고 소소한 담소의 마지막 재미마저 소련인들에게 빼앗겼죠. 당신네 민족도 마찬가지일 겁니다. 그 덕분에 지금 우리는 서유럽 친구들 앞에서 멀뚱히 앉아 있지 않으려면 부단히 노력해야 하는 신세가 되었죠."

"소련 얘기는 그만하죠." 그녀가 말했다. "그리고 당신과 나는 절대 비슷할 수 없어요."

레오니데스가 싱크대 위에 손을 올렸다. 그는 마치 돌에 있는 주름을 펴려는 것처럼 연신 대리석을 문질렀다.

"우리는 절대 비슷하지 않아요." 그녀가 말했다. "하지만 비슷하지 않다는 것에 익숙해질 수는 있겠지요."

창밖에는 자작나무 잎사귀가 소리 없이 바람에 휘날렸다. 그들은 말이 없었다. 그의 얼굴이 솔직해졌다. 침묵 속에서 눈이 부드러워졌다. 그가 용기를 내어 그녀를 바라보았을 때 그녀는 약속이라도 한 듯 눈을 맞추었다.

"뭐 좀 마실까요?" 그가 입을 열었다. "차? 와인?" 그는 몸을 돌려 선반을 열고 티백 상자를 꺼냈다. "이 시간에 당신이 뭘 마시고 싶어 할지 알 수가 없어서…."

레오니데스는 그녀에게 등을 돌리고 섰다. 그래서 그녀의 눈에서 눈물이 흐르는 것을 보지 못했다. 짐작도 하지 못한 일이었다. 불쑥 솟아오른 눈물이 그녀의 양 볼을 타고 흘러내렸다.

주방은 따뜻했다. 조명은 아늑했다. 창밖의 하늘은 어둑했다. 선반에 놓인 과일 그릇, 차 상자를 손에 든 그의 신중함, 길에 스미든 물처럼 그에게 스미든 배려심. 그는 그저 간단한 질문을 했을 뿐인데 그녀는 이 순간이 계속되었으면 좋겠다는 생각에 사로잡혀 버렸다. 그녀는 이 순간뿐 아니라 다른 순간에도 이 주방에 있길 바랐다.

그들이 함께 보낸 첫 밤이었다.

라임 색 스웨터를 입고 돌아보며 "꼬냑을 마시기엔 아직 좀 이르죠"라고 말하던 레오, 나의 레.

푸른 여자가 보트 옆에서 나를 기다린다. 수면을 물들인 노을이 그녀의 얼굴에도 빛을 드리운다.

그녀는 아직 비닐 커버를 덮지 않은 작은 배의 널빤지에 기대어 해변을 바라본다. 맞은편 해안에는 창고와 고층 건물이 즐비하다.

그녀는 요트 클럽 회원이 아니다. 그녀의 보트가 아니다.

나는 그녀를 보게 되어 기쁘다고 말한다.

그녀는 그럴 수도 있겠다고 생각한다.

슈납스의 온기가 서서히 사라진다.

"살라, 고작 몇 방울로 정신을 잃어선 안 돼!" 하지만 주방엔 그녀 말고 아무도 없다.

레오니데스. 그녀가 하늘에서 뚝 떨어진 것처럼 굴던 사람. 그는 그녀를 공교롭게도 자기 앞에, 하필이면 궁핍한 개발도상국 출신이자 고도 근시에 거의 마흔인 레오니데스 실만 앞에 떨어진 기적처럼 여겼다.

그리고 지금 그는 그녀가 마치 땅속으로 불쑥 꺼져 버린 것처럼 굴지 모른다. 기적의 본질은 믿을 수 없다는 데 있으므로 그는 구태여 그녀를 찾지 않을 것이다. 처음부터 그녀를 기적으로 생각했으니 추적은 하지 않을 것이다.

"나에게 바라는 게 있어?" 가끔 그가 물었다. "나처럼 나이 든 남자에게 바라는 게 있어?" 어느 날 무언가를 골똘히 생각하던 그는 그녀에게 할 말이 있는 것처럼 천천히 운을 뗐다. 그들이 함께 본 영화 속 십 대 주인공들의 고백처럼. 하지만 그는 감성적인 표현에 서툰 편이었다. 그래서 직접 고백하는 대신 두 사람이 지닌 영혼 사이의 조화에 관해 이야기했다. 그리고 그녀와 자기가 마치 전생에서부터 알던 사이처럼 느껴진다고 고백했다.

그녀는 그와 함께 영화 보러 가는 걸 좋아했다. 어둠 속에서 그의 웃음소리를 들으면서 옆자리를 듬직하게 채운 몸과 입구에서 산시큼한 사탕 맛을 느끼는 게 좋았다. 영화가 끝나면 그들은 볼보를 타고 집으로 돌아오는 길에 방금 본 영화에 관한 대화를 나누었다. 그녀는 봉지에서 마지막 남은 사탕을 꺼내 운전하는 그의 입에 넣어 주었다. 그러다 보면 어느새 자동차 전조등 불빛 사이로 초록색 목조 주택이 나타났다. 반갑고도 낯선 그 집은 영화 속 주인공들의 집처럼 보였다.

현관에서 복도로 들어가기 전 그녀는 전등 스위치를 켠 다음, 외출 시 신었던 신발을 신발장에 넣었다. 그녀가 버튼을 눌러 커튼을 걷으면 한순간에 방 안이 환해졌다. 그녀는 소파에 가만히 앉아 그가 외투를 벗고 오후에 어질러 놓은 신문을 정리하고 욕실과 주방을 드나드는 소리를 들었다. 잠시 후면 주방에서 홍차 향이 흘러나왔다.

담요를 들고나온 그는 조심스레 그녀의 발끝을 덮어 주고선 "우리의 짧은 인생은 잠으로 둘러싸여 있지"라고 속삭였다. 그는 셰익스피어의 이 문장을 좋아해 몇 번이고 인용했다.

그는 그녀에게 아무것도 조르지 않았다. 하지만 딱 한 번, 에스토니아에 가자고 한 적은 있다. 그의 어머니는 돌아가셨고, 그의 아버지와 남동생이 탈린 근처에 살고 있다고 했다. 그는 그녀에게 탈린을 보여 주고 싶어 했다. "에스토니아에서 내세울 만한 도시는 탈린뿐이야. 물론 타르투도 괜찮지." 그는 어릴 때 여름을 몇 번 보냈던 작은 해변 마을에도 함께 가 보자고 했다. 가을이 되면 그곳 해변이 마가목 열매의 붉은색으로 화려하게 물든다고 했다. 어린 시절 그가 타고 놀았던 거대한 표석*도 남아 있을 거라고 했다. 그곳 여름 캠프 도서실의 색 바랜 책들을 그는 흔들리는 보트 안에 죄다 읽었다. 어깨 너머로 돌을 바다에 던지면서 소원을 비는 법도 책에서 배웠다. 그 동네 소년과 친구가 된 그는 돌을 바다에 던지면서 그 여름

---

* 빙하에 의해 운반되었다가 빙하가 녹은 뒤 그대로 남게 된 바윗돌.

캠프가 어서 끝나 그 새 친구 집에 놀러 갈 수 있기를 빌었다. 하지만 안타깝게도 그 친구가 사는 해변 동네는 통제구역이었고 소원을 담은 돌들은 소련 경비병들에게 마법을 부리지 못했다.

그녀는 아예 그의 집에서 지내게 됐다. 가져온 짐을 차곡차곡 정리하고 욕실 세면대 위 유리잔에 자기 칫솔을 꽂았다. 그것은 어머니의 습관이었다. 머리빗과 손톱깎이는 서랍장에 넣었다. 화장실 전등 스위치의 방향은 아직도 왼쪽 오른쪽이 헷갈렸으나 그녀는 이 새로운 삶에, 둘이 함께하는 생활에 적응하기로 했다.

밤에는 잠이 쉬이 오질 않아 소파에 누웠다. 아침마다 그가 깨울 때면 그녀는 소스라치게 놀랐다. 그들이 함께 아침 식사를 준비할 때면 그녀는 열기 힘들어하던 냉장고 문도 열 수 있었다. 그녀는 냉장고에서 달걀을 꺼내 그가 좋아하는 대로 바삭하게 부쳤다.

그녀는 어디에도 가고 싶지 않았다. 그녀는 그와 함께 사는 데 모든 에너지를 쏟아부었다.

그는 그런 걸 몰랐다. 알 필요도 없었다. 레오, 나의 레는 자기의 모든 충동과 영감을 따를 뿐이었다. 그는 소원을 남발했다. 그녀와 함께 에스토니아에 가고 싶다고 말하면 그렇게 될 줄로만 알았다. 하지만 그녀가 탈린에 간다면 그 또한 그녀가 살던 하라초프와 탄발트와 야블로제츠에 가야 마땅했다. 그렇게 하지 않으면 추가 한쪽으로 기울게 된다. 하지만 그는 그런 생각까지 하지는 않았다. 그런 생각을 전혀 하지 못했다. 그녀의 어머니가 살아 있었더라도 그녀의 어머니를 방문하겠다는 생각은 전혀 하지 못했을 것이다.

그건 불공평했다. 그 점은 레오니데스도 인정할 것이다. 그녀의 주장이 논리적이라고 여겼을 것이다. 만약 그녀가 하라초프에 대해, 강을 따라 내려가는 비밀스러운 오솔길에 대해, 눈이 쌓인 능선과 산속 호텔에 대해 말을 꺼냈다면, 그는 곧장 그녀의 어머니를 만나러 가고 싶다고 졸랐을 것이다.

"나는 아무 데도 가고 싶지 않아요."

"가고 싶지 않아?" 그가 소파 아래에 무릎을 꿇고 앉았다. "여자들은 보통 그런 것을 소중히 여기지 않아?" 두꺼운 안경 뒤로 블루베리 같은 그의 눈동자가 보인다. "가족이나 뭐 그런 것들을?"

"질문이 잘못된 것 같아요."

"발트해는 금방이야."

그녀가 그의 양 볼을 부드럽게 어루만졌다.

"당신은 내가 구식이라고 생각하겠지." 레오니데스가 항의하듯 말했다. 비록 소련의 지배 아래 보냈긴 했지만 그래도 그는 유년의 추억을 사랑했다.

"화내지 말아요, 레오."

"아버지는 영어를 못 해." 레오가 말했다. "러시아어는 알지만 죽어도 안 쓰지. 그러니까 아버지와 소통하는 데는 아무 문제가 없을 거야. 당신은 그냥 웃고만 있으면 돼."

그녀는 고개를 흔들자 그는 최후의 카드를 꺼냈다.

"어느 날 갑자기 내가 사라질까 봐 걱정되지 않아? 그럴 때 아버지를 알면 안심이 되잖아."

"아버지에 대한 책임감으로 내 곁에 있으려고요?"

"당신은 가끔 잔인할 때가 있어."

그녀가 미소를 지으며 그의 안경을 벗겼다. 안경을 벗은 그의 눈은 훨씬 커 보였다.

"당신 곁에 있기 위해 내게 필요한 건," 그녀가 나지막이 말했다. "당신뿐인데."

레오니데스가 그녀의 손에서 안경을 빼 들었다.

"안경이 없으니," 그가 다소 신경질적으로 안경을 다시 쓰며 말했다. "누가 말하는 건지 알 수가 없네."

그녀의 거절은 그에게 상처를 입혔다. 하지만 그 대화가 있고 나서 며칠이 지나자 그는 오히려 안도하는 것처럼 보였다. 마치 어깨에서 짐을 내려놓은 사람 같았다. 아마 그는 자기 가족을 소개하는 것이 예의라고 생각했을 것이다. 하지만 그는 가족을 부끄럽게 생각했다. 그는 자기 아버지를 부끄러워했다. 그의 아버지는 에스토니아가 어디 붙어 있는지도 모른 채 돈을 벌러 건너온 외국인 노동자였다. 정치학 교수이자 신생 공화국의 외교를 맡고 있는 레오니데스와는 수준이 맞지 않았다. 그가 보여 준 모순된 반응에 그녀는 다른 설명을 찾을 수 없었다. 또한 그녀는 다시 그 화제를 꺼내서 에너지를 낭비하고 싶지 않았다. 그래서 국제적으로 다양한 경험을 했음에도 불구하고 그의 심연에 남아 있었던 모종의 콤플렉스를 건드린 것이리라 짐작하고선 넘어가기로 했다. 그녀의 불안감을 자극하려던 그의 술책은 통하지 않았지만, 그녀는 그 일을 통해 관계의 불균형을 확인했다. 그녀는 이방인이었으나, 언제라도 고향에 돌아갈 수 있는 그는 아니었다.

그녀는 더 이상 야간에 근무하지 않았다. 대신 낮에 일했다. 그녀는 마치 등교하는 것처럼 집을 나서서 호텔로 간 다음 무허가 노동을 계속했다. 가끔은 대학 캠퍼스를 서성였다. 그녀는 대학 도서관에서 출입증을 발급받은 다음, 세계지도가 있는 서가로 가서 에스토니아 지도를 찾았다. 에스토니아는 작았다. 체코의 절반도 안 되는 크기에 그녀는 놀랐다. 그녀는 지형도를 모아 놓은 서가를 찾았고 한참을 그곳에 머물렀다. 그녀는 어릴 때부터 몇 시간씩 지형도에 푹 빠져서 등고선과 음영을 읽고 산과 계곡의 고도차를 상상하곤 했다. 이제 그녀는 에스토니아의 하천과 산악지대와 해안선에 푹 빠졌다. 라헤마 국립공원과 수오마 국립공원을, 페이푸스 호수와 한자 공원 사이의 철도 노선을 손가락으로 따라갔다. 에스토니아를 탐험하는 기분이었다.

    그곳에서 책을 읽을 수는 없었다. 도서실 전체를 밝히는 천장 조명이 구석까지 미치지는 않아서 글자가 흐릿하게 보였다. 집중하기 어려웠던 그녀는 책을 대출했다. 체코 문학을 모아 놓은 작은 서가에서 학교 때 읽던 소설 한 권을 찾았다. 다음에는 그녀가 예전부터 갖고 싶었던 책의 영어 번역판을 찾았다. 그녀는 대출 기간을 여러 번 연장해 가며 그 책을 읽었다. 프랭키라는 열두 살 소녀가 미국 한 소도시의 지저분한 슬럼가에서 찌는 듯한 여름을 보내는 이야기였다. 프랭키는 간혹 흑인 가정부와 카드놀이를 하는 것을 제외하고선 외로운 여름을 보냈다. 하지만 동시에 프랭키는 그녀도 잘 아는 어떤 약속을 굳게 붙들었다. 그녀는 잠이 오지 않는 밤이면 프랭키를 걱정하면서 소파에 누워 책을 읽었다.

    출장이 없는 날엔 레오니데스가 요리를 했다. 그는 이국적인 샐러드를 만들고 오븐에 생선을 구웠다. 때론 부엌 창가에 서서 그녀가 돌아오길 기다리기도 했다. 가끔 그는 그녀의 배낭을 받아 들고서 그 안을 들여다보았다. 하지만 그녀가 읽는 책을 두고선 아무 말도 않았다. 첫날 이후로는 대학에 관한 얘기도 꺼내지 않았다.

그녀는 금세 길을 익혔다. 그녀는 동네 집들의 지붕 색과 움푹 팬 도로 구간과 이웃들과 그들의 고양이까지 알고 있었고, 그 모두를 너무 잘 안 나머지 더 이상 그것들을 의식하지 않았다. 그녀는 이제 무심결에도 집을 찾아올 수 있었다. 그가 그곳 대신 브뤼셀에, 유럽회의 의원 회의나 세미나에, 러시아 인권운동가들과의 미팅에, 혹은 NGO 모임에 가 있을 때조차 그녀는 그 집으로 걸어갔다. 그곳은 이제 그녀의 주소지였다.

하지만 그 집의 분위기에는 결코 익숙해질 수 없었다. 그녀는 그 집을 당연하게 여길 수 없었다. 그건 레오니데스가 이 교수 숙소에 임시로 거주하는 것일 뿐, 그의 진짜 집은 타르투에 있기 때문만은 아니었다. 그가 헬싱키에 오래 머물지 않을 것임을 그녀는 처음부터 알았다. 그녀에게 그와 함께하는 몇 주 혹은 몇 달은 숨을 고르는 시간이었다. 살려면 숨을 제대로 쉬는 게 중요했다. 살려면 숨 쉬기를 멈출 수 없었다.

그래서 그녀는 당분간 숨 쉬기를 멈추지 않을 셈이었다.

푸른 여자가 모습을 보인다. 이곳은 우리 둘뿐이다. 나무 그늘이 드리운 물가 벤치에 그녀와 나, 둘뿐이다.

나는 요즘 매일 지하도를 걷는다. 과학연구소에는 한참 전부터 나가지 않았다.

보트 창고 앞에 수리 도구들이 그대로 놓여 있을 때도 있다. 바닥엔 페인트 통이 있다. 그 통 사이에 부식 방지제를 덮어쓴 풀들이 자란다.

휴대용 라디오에서 노래가 흘러나온다. 누군가 스위치 끄는 걸 잊어버린 채 두고 간 것 같다. 네모난 스피커에서 핀란드 유행가가 흘러나온다. 찌그러진 맥주캔이 자갈밭을 굴러다닌다. 이 경사진 언덕에 많은 사람이 오갔음을 알리는 증표다.

병에는 슈납스 술이 4분의 1가량만 남았다. 파란 라벨에 흰 글씨로 쓰인 '비루 발게'. 그 글씨 아래에는 여자 한 명이 병의 입구 방향으로 치켜든 나팔을 불고 있다.

하늘을 향해.

병에 든 술은 무색투명한 100퍼센트 에스토니아 보드카다. "이 술을 약처럼 먹으면 몸이 정결해져"라고 레오니데스는 말했다. 이제 주방은 캄캄해졌다. 그녀가 술을 한 모금 더 마신다. 그래도 술기운이 돌지 않는다.

바깥은 밤이다. **비루**는 번역할 수 없는, 병에 든 액체만큼이나 투명한 고유명사다. 그녀가 이 액체를 마시면 술이 혈관을 타고 흐르면서 그녀를 투명하게 해 줄 것이다. 그녀는 투명해질 것이다.

투명은 불투명의 한 형태다.

레오니데스는 탈린을 둘러싼 성곽의 문 이름이 **비루**라고 했다. 양쪽 둥근 탑을 아치로 연결한 문이다. **발게**는 흰색이란 뜻이다. 옛날에는 도시로 드나들려면 이 흰색 문을 통과해야 했다. 라벨에 그려진 여자는 개문을 알리는 신호나팔을 불고 있다.

그녀는 술을 마신다.

이것이 그녀의 식사다.

병뚜껑을 닫으려는데 아귀가 맞지 않는다. 뚜껑이 그녀의 손에서 튕겨 나간다. 빗방울이 맞은편 집의 평평한 지붕을 두드린다. 구부정한 가로등은 소리 없이 외벽을 타고 흐르는 검은 물길을 비춘다. 그녀는 언제부터 비가 오기 시작했는지 기억하지 못한다. 아마 꽤 오래되었을 것이다. 그녀가 문에 서 있었을 때부터 비가 왔다. 초인종 소리에 비 내리는 소리가 묻혔을지도 모른다.

계단실에 서 있던 남자는 낯선 인물이었다. 그 이웃은 이 건물에 사는 사람들이 불편함을 느끼지 않도록 공동현관 입구를 지켰다. 이곳은 회사에서 일하는 사람들이 퇴근 후 돌아오는 곳이다. 몇 평 되지 않는 작은 공간일지언정 사람들은 자기가 돈을 낸 방에서 방해받지 않고 저녁 시간을 보내고 싶어 한다. 계단에서 들렸던 목소리는 낯선 목소리였다. 시청에서 레오니데스에게 반갑게 인사했던 남자의 목소리가 아니었다. "오, 러시아 전체를 적으로 둔 내 친구!"라고 레오니데스를 부르던 그 목소리가 아니었다.

시청 연회는 샹들리에와 유화, 풍성하게 차려진 긴 식탁이 있는 화려한 회랑에서 열렸다. 9월 초였다. 사방에서 싱싱한 생화 내음이 풍겼다. 그날 저녁으로부터 일주일 남짓이 흘렀다.

그녀가 레오니데스를 떠난 지 아직 일주일도 되지 않았다.

"그만 해, 살라. 어떻게 그런 말을 아무렇지도 않게 할 수 있어?"

"내가 왜 이러는지 이유부터 물어야 하는 거 아닌가요?"

그녀는 바닥에서 병뚜껑을 주워서 힘껏 술병 입구를 누른다. 돌리는 방향이 맞는데도 뚜껑은 또다시 미끄러져 달아난다. 그녀는 구부정하게 몸을 숙인 채 서 있다. 부엌은 고요하고 아무 소리도 들리지 않는다. 주택가 사람들은 모두 잠자리에 들었다.

아무도 창문 밖을 내다보지 않는다. 유리를 따라 빗물이 흘러내린다. 폭우다. 나뭇가지가 어둠 속에서도 반짝인다. 깃털 같은 단풍잎과 팔락이는 보리수, 자작나무 가지 사이의 투명한 거미줄도 보인다. '비루 발게', 진정해.

그녀는 연회까지 검정색 리무진을 타고 갔다. 집 앞에 고급 승용차가 기다리자 이웃 중 한 명이 턱에 면도 거품을 묻힌 채로 달려

나와 구경했다. 그녀가 집에서 나오자 점잖은 유니폼을 입은 기사가 차에서 내렸다. 광을 잘 낸 그의 검은 구두가 햇살 아래에서 반짝였다. 아니, 반짝였었다. 과거 완료. 완료된 시간. 완료되었지만 완벽하지는 않았던 그 시간은 이제 끝이 났다. 그것은 완료되었고 영원히 지나가 버렸다. 그리 오래된 일이 아니라 불과 며칠 전 일이다. 작년 9월이 아니라 올해 9월의 일이다. 9월 초입에만 해도 여름의 기세가 완연했으나 중순으로 접어들자 발코니에 나오는 사람이 드물어졌다. 이제 거기에는 거미들만 남았다.

레오니데스는 절대 일이 이렇게 되도록 놔두지 않았을 것이다. 그는 이 상황을 허락하지 않았을 것이다. 그가 원하던 대로라면, 그녀는 여전히 그곳, 대학에서 제공한 그의 집에 머물렀을 것이다. 벽난로 앞이나 부엌 대리석 상판 앞에 앉아 있을 것이다. 특히 아침에는, 하루의 첫 햇살이 비치는 시간에는, 그녀가 가장 좋아하는 장소에 앉아 있을 것이다. 하지만 상황은 그의 원대로 되지 않았다.

늦여름에 그들을 태운 리무진은 시청으로 향했다. 좌석의 가죽 시트는 시원했고 엔진 소리는 거의 들리지 않았다. 차를 타고 가는 중에 레오니데스는 지갑에서 지폐 몇 장을 꺼내어 편지 봉투에 넣었다. 연회에서는 선의의 목적으로 기부금을 모은다고 했다. 그는 그녀에게도 5유로를 건네며 기부하라고 했다. 그는 관대함이 단순히 경제적 여유가 있는 사람들의 것이라고 생각하지 않았다. "기부는 궁핍한 사람들에게만 좋은 일이 아니야." 그가 말했다. "기부하는 사람에게도 도움이 되지. 베푸는 것도 인간의 권리야. 기부할 기회를 빼앗긴 인간은 자존감과 인정을 잃지. 그러면 모든 것이 거부와 증오로 변해."

시청은 기차역과 가까웠다. 거대한 석상 두 개가 지키는 거대한 성이었다. 바람에는 이미 냉기가 돌기 시작했지만, 햇볕이 내리쬔 계단은 따스했다. 그녀는 여인들의 화려한 드레스와 끊이지 않는 말소리에 둘러싸였다. 레오니데스는 정장을 했고 그녀 또한 드레스를 입었다. 비록 중고 가게에서 산 것이지만 유명 디자이너의 제품이었다.

유럽 각지의 사람들이 모이는 큰 회의의 환영회였다. 레오니데스는 이튿날 자기가 맡은 세션에서 기조연설을 하기로 예정되어 있었다. 연회는 회의 참석자 전원이 한자리에 모이는 기회였다. 그는 아마 식사 후에는 춤도 출 거라고 말했다. 그녀가 혹시 내뺄까 봐 걱정하는 기색이었다. "이 양식은 국민 낭만주의라고 불러야 할 것 같아." 대리석 계단참에 기댄 레오니데스가 그녀에게 속삭였다. "이 이상한 건축물을 흔히 성城이라 부르지."

레오, 나의 레. 승승장구를 거듭한 덕에 자신감과 카리스마가 넘치던 나의 레. 그는 신생 공화국의 외교 사절이었고 그 사실은 그의 날개였다. 그래서 그녀도 덩달아 날개를 단 듯 경쾌한 발걸음으로 계단을 올랐다.

그가 올라오는 것을 보고 외투 보관실 앞의 길게 늘어진 줄에서 여성 활동가가 튀어나왔다. 레오니데스와 줄기차게 통화하고 이메일을 주고받던 많은 이들 중 한 명이었다. 그녀는 생기발랄했고 확신이 묻어나는 투로 빠르게 말했다. 고개를 젖혀가며 크게 웃는 그녀는 연회 참석자 중 유일하게 드레스 코드를 지키지 않았다. 그녀는 이브닝드레스 대신 검게 태운 피부가 보일 만큼 훤히 비치는 흰 셔츠와 청바지를 입었다.

"세계의 구원자들이 여기 다 모였군. 하나같이 VIP가 된 기분에 들떠 있겠지. 엘리트들의 연례행사라는 게 이런 거군."

"나도 만나서 반가워, 크리스티나!"

인파 속에서 아디나는 한 걸음 뒤로 물러섰고 그는 그녀를 돌아보았다. "크리스티나는 나와 많은 일을 함께 한 사이야."

"함께 애를 많이 쓴 사이죠." 크리스티나가 말했다. "많은 서류에 많은 도장을 찍었고 많은 것을 승인했으니까요."

"말 그대로 도장을 찍었다니까. 아직까지 도장을 믿는 나라는 러시아와 유럽연합뿐이야. 세상에서 가장 위조하기 쉬운 인증 수단이지. 여전히 도장을 쓴다는 점에서 두 나라는 흥미로운 공통점을 갖고 있어."

"그런데 그렇게 애를 쓴 결과가 무얼까?" 크리스티나가 급하게 걸어가는 사람들을 요리조리 피해 가며 물었다. "바로 이런 저녁이지. 모두가 화려하게 치장하고 나오는 과시의 장."

"당신도 거울을 안 보고 나온 것 같진 않은데."

"이런 능구렁이 같으니. 당신은 최악의 칭찬을 하고서도 언제나 가장 아름다운 여자를 얻지."

레오니데스가 웃었다. "크리스티나, 당신이 다른 분야에 관심을 돌리기 시작한 이후로 내게 결함을 지적해 주는 사람이 없어졌어."

크리스티나는 그가 좋아하는 여자 중 하나인 것 같았다. 아디나는 그게 그리 나쁘다곤 생각하지 않았다. 그녀도 크리스티나가 마음에 들었기 때문이다.

"별로 그런 것 같진 않은데?" 크리스티나가 그녀에게 신중하고 강렬한 눈길을 던지며 말했다.

"아, 미안해. 이쪽은 살라야."

그녀는 쉽게 분위기에 적응했다. 연회는 호텔의 파티와 다르지 않았다. 사람이 훨씬 더 많았고, 와인을 따르는 사람이 그녀 자신이 아니라는 점에서만 차이가 날 뿐이었다.

웃음, 플러팅, 대화, 웃음이 멈추고 미소가 사라지는 순간, 대화 도중 더 중요한 사람을 발견한 상대가 자기를 버리고 갈 때 하던 말이 끊어진 사람의 얼굴에서 드러나던 상실감, 그리고 사람들의 얼굴에서 갑자기 나타났다 사라지던 피곤의 흔적. 그녀는 그 모든 것에 익숙했다. 레오니데스는 가끔 그녀가 사람을 너무 멀리한다고 잔소리하곤 했다. 하지만 이번엔 그렇게 멀리하지 않을 것이다. 이번에는 섬을 발견했으니까. 레오니데스와 크리스티나 그리고 그녀로 이루어진 섬 안에 머물 것이다.

"내가 아는 당신은 이번에도 엄청 많은 사람을 만나려 들겠지."

"물론." 레오니데스가 말했다. "그리고 당신도 그 덕을 보게 될 거야."

"설사 당신 말이 맞는다 해도 그래봤자 나는 계속 당신과 서류나 뒤적이는 신세를 면할 수 없을 거야." 크리스티나가 말을 계속했다. "안타깝지만 그런 노력으로는 해피엔딩에 이를 수 없어. 그보다는 확실한 선언이 필요하다고 생각해. 지난 수 세기 동안 주체적인 자기표현의 권리를 잃어버린 사람들이 자유를 상실했음을 깨닫고서 권리를 되찾겠다고 선언을 하는 거지."

"가끔 옛날이 더 나아 보이는 건 어째서일까?"

"옛날이 더 낫지." 크리스티나가 말했다. "적어도 그건 지나갔으니까."

누군가 그들 사이로 끼어들었다. 아디나는 그것이 사실이기도 하지만 다른 한편으로는 틀렸다고 말하고 싶었다. 좋은 현재도 있으므로 항상 옛날이 더 나은 것은 아니라고 말이다. 하지만 그녀에게 말할 기회는 돌아오지 않았다.

"나를 정치로 돌아오게 한 사람이 바로 크리스티나야." 그녀가 군중 속으로 사라지는 걸 보면서 레오니데스가 말했다. "그녀는 앞뒤 안 가리는 활동가야. 바리케이드를 밀고 앞으로 나아가는 사람이지. 겉으로는 그렇게 세 보이지 않지만, 불타오르는 땅에는 반드시 그녀가 있었어." 그가 웃었다. "우리는 그녀를 '락앤롤 크리스티나'라고 불러. 군중을 사로잡는 매력이 있지."

"나 때문에 얘길 다 못 했나 보군요."

"나는 그저 그녀 때문에 당신이 불안해할 필요는 없다는 얘길 하려는 거야."

"불안하지 않아요."

"아무렇지도 않아?"

"걱정할 것 없어요."

층고가 높고 원목 벽으로 에워싸인 시청 강당에 놓인 긴 테이블 위에는 과일과 티라미수가 은식기에 차려져 있었다. 접시와 수저는 별도의 탁자에 놓여 있었다. 접시에는 플라스틱 링이 달려 있어 각자 자기의 빈 유리잔을 올려놓을 수 있었다.

하지만 웨이터 여러 명이 돌아가며 그녀의 유리잔을 채웠으므로 링에 유리잔을 올릴 새가 없었다. 레오니데스가 그녀에게 속삭였다. "잠시 저쪽에 다녀올게, 응? 인사해야 할 사람이 있어."

"잠시 저쪽에 다녀올게." 고요한 부엌에서 그녀가 말했다. 그녀는 술병을 높이 들어 건배하는 시늉을 했다. "인사해야 할 사람이 있어."

그녀는 냉장고 문을 열어젖혔다. 냉기와 함께 이글대는 불빛과 양파 냄새가 그녀에게 몰려왔다.

"안녕하세요. 여기서 뵈니 반갑습니다." 그녀는 마치 냉장고 안에서 누군가 자기를 향해 다가오는 것처럼, 그녀의 등 뒤에서 다가와 레오니데스와 악수한 그 남자가 냉장고에서 나타난 것처럼 소리 내어 말했다. "오시는 길은 괜찮으셨나요?"

"오, 실만 씨. 내 친구." 그녀의 등 뒤에서 그 남자가 큰 소리로 말했다. "베를린의 센터에 한번 들러줄 줄 알았는데?"

"보시다시피 지금은 핀란드어의 장벽을 넘느라 정신이 없네요."

"에스토니아인에겐 식은 죽 먹기지. 당신네 모국어와 비슷하지 않던가?"

"얼추 알아듣긴 합니다. 하지만 능통하게 구사하는 건 전혀 다른 얘기지요." 레오니데스의 말소리가 그녀에게 들렸다. "한잔하시겠어요?"

"좋군, 아주 좋아."

"처음엔 길 이름을 외우는 것도 어려웠어요. 철자의 음가에 익숙해진 다음에야 기억이 되더군요."

그녀는 술병을 냉장고에 넣었다. 손등에 닿은 냉기 때문에 관절의 통증이 되살아났다. 그녀는 이럴 때 가만히 있어야 한다는 것을, 통증을 견뎌야 한다는 것을, 절대 돌아서면 안 된다는 것을 알고 있었다.

"보통 우리는 우리에게 도움이 되는 것을 기억하죠." 레오니데스가 말한다. "고통은 잊으려 하고요. 어둠 속으로 가라앉은 고통은 역사의 어두운 면이 됩니다. 소련이 물러간 뒤 우리의 첫 대통령이었던 렌나르트 메리는, 모두가 공산주의의 죽음에 대해 말하지만 그 시체를 본 사람은 아무도 없다고 말했지요."

"당신은 하나도 변하지 않았군." 그녀의 등 뒤에서 남자가 말한다. "그 명철한 두뇌도 여전하고. 친애하는 실만, 우리의 난민 프로그램이 지원사업에 선정되는 데 당신의 추천이 주효했어요."

"아, 과찬이십니다." 레오니데스가 말한다. "하지만 한 가지 빠뜨리신 게 있어요."

"물론이요, 내 친구. 당신을 말할 때 용기를 빠뜨릴 수 없지. 심지어 당신은 더 용감해졌더군. 러시아 전체를 적으로 돌리다니."

그녀의 등 뒤에서 남자가 헛기침을 한다. 그 소리, 바로 그 기침 소리로 그녀는 그가 누구인지 알아본다. 그 헛기침 소리는 언제라도 알아들을 수 있다. 땅이 불타오른다. 하지만 땅이 불타오르는데도 그 여자는 신호나팔을 불지 않는다. 그녀는 어디에도 보이지 않는다.

"유럽평의회의 1481호 결의안을 확대하자는 당신의 요구에 모두가 동의할 순 없소. 스탈린주의와 파시즘의 희생자를 위한 추모의 날을 유럽의회 차원에서 정하자? 아무리 당신이라도 그걸 통과시키진 못할 거요, 실만."

레오니데스는 웃는다. 느긋하고 편안한 웃음이다. "이런 일로 러시아의 적이 되는 건 전혀 부끄러운 일이 아니죠."

"지당하신 말이야. 하지만 모스크바와 유럽 내 극좌 진영에서 칼바람이 불 걸세. 그러면 당신은 파시즘에 맞선 공산주의자들의 영광스러운 역할에 오점을 남긴 인물이 되겠지. 홀로코스트의 엄중함을 상대화한다는 비판도 들을 테고."

"오, 동지여," 레오니데스가 말했다. "언제까지 이중 잣대를 댈 건가요? 당신들은 뉘른베르크 재판을 통해 나치 전범을 처단하지 않았습니까? 그토록 인권에 대한 의식이 투철한 유럽인들이 왜 소련의 범죄에 대해서는 뉘른베르크 재판을 열지 않는지, 중유럽과 동유럽 사람들이 납득할 수 있도록 설명해 보세요. 어째서 공산주의 독재자의 범죄는 법정에서 기록되지 않고, 그 이름을 나열하지 않나요? 소련이 서베를린을 봉쇄했을 때 연합군은 수송 작전을 펼쳐서 시민들을 먹여 살렸죠. 하지만 그동안 동유럽에서는 수백만 명이 추방당하고 고문당하고 살해당했습니다. 발트 지역에서는 한 가족이 온전히 살아남은 경우가 드물어요. 러시아가 이 문제를 해결할 것을 국제사회가 요구해야 합니다. 푸틴에게도요."

그녀는 냉장고 문을 꼭 잡았다. 그녀가 움켜쥔 문은, 곧 티끌 하나 없이 새하얀 보로 덮인 테이블의 가장자리였다. 그리고 그 테이블엔 접시와 플라스틱 링이 놓여 있었고, 그녀는 테이블 가장자리를 짚고서 비틀대며 홀 중심을 지나 사람들 목소리가 들리지 않는 쪽으로 걸어 나갔다.

"친애하는 실만, 당신은 진정 이상주의자로군. 그래서 내가 당신을 좋아하지."

그때 그 길로 계속 갔더라면. 그 독일 사람으로부터 계속 멀어져 갔더라면.

"정치 얘기는 이제 그만하시죠." 멀리서 레오니데스의 목소리가 들렸다. "여기, 당신에게 소개할 사람이 있습니다."

그녀는 멈추지 않고 걸었다. 연신 비틀댔고 목에 뱀 한 마리가 목구멍을 틀어막는 것처럼 숨이 가빴으나 그래도 걸음을 멈추진 않았다. 그 남자가 자기 앞으로 다가오리라는 예감 때문에 어깨가 움츠러들었다. 예의를 갖춰 관심을 표할 생각으로 고개를 돌렸던 독일 사람은, 그녀와 눈이 마주친 순간 경멸에 찬 미소를 지었다. 그리고 경멸하는 표정으로 레오니데스를 쳐다보았다. 레오니데스의 표정에는 변함이 없었다. 모든 것이 잘되고 있다는 듯 편안하고 느긋한 낯빛이었다. 독일 사람 앞에서 그녀와의 관계를 공개한 순간, 그의 낯빛은 오히려 더 밝아졌다.

저 멀리 떨어져 있는 줄 알았던 레오니데스의 손이 갑자기 그녀의 허리를 휘감았다. 어느새 그는 그녀의 뒤로 다가와 있었다. 그녀가 몸을 기댄 큰 창문으로 출입문이 보였다. 여전히 몰려드는 손님들의 무리가 보였다. 사람들이 성으로 몰려들고 있었다.

그녀는 그의 손에서 가벼운 압력을 느꼈고 고개를 들지 못했다.

"살라," 레오니데스가 조용히 말했다. "지금 가면 안 돼. 그는 중요한 사람이야. 이 바닥의 마당발이라고."

이것이 그녀가 그에게 들은 마지막 말이었다. 이 바닥의 마당발.

푸른 여자는 항상 그 시간에 나타난다. 마른 갈대와 바스락거리는 줄기, 바람에 깃발처럼 흔들리는 꽃의 이삭과 물결을 타고 밀려오는 갈색 해조류가 관찰되는 시간에 나타난다. 바람이 해조류를 해변으로 밀어낸다.

그녀는 서두르지 않는다.

해가 구름을 뚫고 직사광선을 쏘아 대자 그녀는 손으로 빛을 막아 눈을 보호한다.

그녀는 아주 오래전부터 여기에 있었던 것 같다. 보트와 항구가 생기기 전부터 이미 그녀는 이곳에 있었는지도 모른다.

나는 그녀에게 우리의 만남이 내겐 **예사롭지 않은** 일이라고 말한다.

그녀는 손사래를 친다. 그 손가락엔 반지가 없다.

그녀는 그렇다면 내게 **예사로운** 일은 무엇이냐고 묻는다.

집에는 빛이 없다. 그녀가 냉장고 문을 닫자 집 안은 암흑이 된다.

누군가 그녀의 눈에 검은 안대를 씌운 것처럼 어두워졌다. 분명 등 뒤에는 싱크대와 창문과 엽서가 있을 것이다. 하지만 칠흑 같은 어둠 속에서 그녀는 창문이 어느 방향인지, 스위치는 어디에 있는지, 그녀가 편지 초안을 작성한 노트북은 어디에 있는지 감을 잡지 못한다. 그녀는 이미 며칠을 여기에 살았다. 그런데도 이 집이 몸에 익지 않았다. 인터넷에 올라온 매물 중 가장 저렴한 것을 찾아 들어오느라 집의 평면도를 제대로 들여다보지 않았다. 방의 위치나 크기도, 발코니가 서향인지도 꼼꼼히 살피지 않았다. 그래도 가구가 갖춰진 집을 구한 건 다행이었다.

벽시계 소리도 들리지 않는다. 그녀는 눈을 크게 뜬다. 그녀는 손을 머리로 가져가 스카프를 벗으려 하지만 그 손은 그녀의 것이 아니다. 다른 손이다. 그리고 그 다른 손은 어딘가 다른 곳을 만지고 있다. 이 어둠 속에서는 정확히 어디를 만지는지 분간이 서지 않는다. 확실하게 느껴지는 것은 현기증뿐이다. 아마 그녀의 눈앞이 캄캄해지는 것은 현기증 때문일 것이다. 그녀는 무릎을 꿇는다.

발작이다.

그녀가 바닥에 쓰러지는 동안에도 사람들은 계속 대리석 계단을 통해 성으로 들어온다.

그녀는 그들이 엘리트들이라고 생각한다. 특권층.

사람들이 대리석 계단을 종종걸음으로 올라와 몰려가는 연회장에서는 그들이 직접 경험한 적이 없는 과거를 올바르게 기억하자는 주제로 열리는 대형 회의의 개막식 파티가 열렸다. 그녀는 그 파티장을 서둘러 떠나야만 했다.

"금방 다시 올게요, 레오. 잠시만 사라질게요." 그녀는 그 말대로 했다. 정말 사라져 버렸다.

그녀는 마주 오는 인파를 뚫고 강당 문을 빠져나갔다. 그녀는 아치형 천장에서 소음이 비처럼 쏟아지는 로비를 향해 힘겹게 발걸음을 옮겼다. 시장은 아직도 문 앞에 서서 사람들과 악수하고 있었다.

옷 보관소 옆에 크리스티나가 서 있었다. 불타오르는 땅에서 신호나팔을 부는 여자가 느긋하게 벽에 기대어 서 있었다. 그 벽에 걸린 유화 속 거구의 농부가 그녀 위로 건초 다발을 던지는 것처럼 보였다. 레오니데스의 아파트에 걸린 포스터 속 그림이었다.

크리스티나는 모든 것을 보고 있었다. 자기를 둘러싼 남자들과 건초 다발을 던지려는 거구의 농부와 살그머니 지나가려던 그녀까지도.

"어, 담배 피우러 가요? 잠깐만, 같이 가요! 얼른 담배만 챙겨 올게요."

그녀가 크리스티나보다 빨랐다. 그녀는 보관실에서 코트를 찾을 수 없었다. 보관증은 레오니데스에게 있었다. 모든 것이, 심지어는 그녀의 립스틱까지도 그의 손에 있었다. 그들이 외출할 때면 레오니데스가 자기 외투에 모든 소지품을 보관했다. 그녀는 핸드백을 드는 걸 좋아하지 않았으므로 한 번도 자기 가방을 든 적이 없다. 그 사실을 그도 알고 있었다. 신생 공화국의 외교 사절이자 방금 이 바닥의 마당발을 만난 레오.

택시 정류장에 선 그녀는 코트를 보관실에 두고 오길 잘했다고 생각했다. 그녀가 없어진 걸 알면 레오니데스는 일단 코트부터 찾을 것이다. 그리고 보관실에 걸린 코트를 보면 그녀가 여전히 강당 안에 있으리라 짐작할 것이다. 그렇다면 그녀가 없어진 줄 알고 마음을 졸일 일이 없을 것이다.

출발한 택시의 뒤 창문으로 그녀는 불붙지 않은 담배를 입에 문 채 계단참에 서 있는 크리스티나를 보았다.

그녀의 심장은 빠르게 뛰며 도망가는 그녀를 재촉한다. 그녀는 부엌에 웅크리고 앉아 있다. 어둠에 빠진 세상과 그녀 사이의 유일한 연결고리는 리놀륨 바닥 위에 놓인 그녀의 손바닥이다.

푸른 여자가 늦게 나타난다. 오후가 되어서야 그녀가 자작나무 숲 너머, 만이 끝나는 바위 곁에 선다. 바위 위에 블루베리 덤불이 바위가 갈라진 틈에 뿌리를 내리고 자란다.

나는 지하도의 반대편에는 **예사로운** 것이 많다고 말한다. 서로에 대해 품었으나 금방 사그라드는 기대. 서로를 임의로 판단하고 편견에 따라 평가하는 습관. 우리에게 유리하다면 잘못된 논리라도 쉽게 믿어 버리는 방식.

푸른 여자는 고개를 끄덕인다. 그녀는 패널 아파트 블록 너머로 가지 않는다. 특별한 이유는 없다. 그녀는 그쪽을 피하는 중이다.

그녀는 철판을 덧댄 듯 한 치 안을 볼 수 없는 얼굴들을 더 이상 볼 수가 없다.

부엌 바닥이 차다. 조금씩 벽이 제자리로 돌아간다. 싱크대 위에 뉴욕을 가로지르는 택시 모습이 보이고, 자동차들의 노란 전조등이 빛난다.

"좀 자, 살라."

레오니데스다. 그의 목소리는 부드럽다. 지금은 자는 게 맞다. 그는 그녀가 지금 자길 원한다. 이 시간에 잠드는 것은 그녀의 정당한 권리다.

그녀는 수도꼭지를 틀고 물줄기에 손을 집어넣는다. 타일 위로 물방울이 튄다. 물을 마시는 동안 그녀는 레오니데스의 목소리를 듣는다. "걱정하지 마, 살라. 그 사람은 그냥 이웃이야. 큰 개처럼 자기 집을 지키는 사람 중 하나지. 당신이 어디에 있는지 아는 사람은 없어."

그녀는 복도에 서서 자기 몸을 쓰다듬는다.

침실에 들어가서 불을 켜지 않고 침대를 찾는다. 침대 발치에 앉아 바지를 벗는다. 이불 아래로 미끄러지듯 들어가서 모로 누운 다음 무릎을 끌어당긴다. 그녀는 스웨터를 벗지 않은 채 그 자세로 가만히 누워 있다.

그렇게 잠을 기다린다.

자작나무 너머에서 모습을 드러낸 푸른 여자는 첫눈에 날 알아본다.

그녀는 나를 향해 손을 흔든다.

그녀는 내가 바위 위로 와서 자기 곁에 와서 앉길 바란다. 마치 나를 기다렸던 것 같다.

또는 우연일 수도 있다.

푸른 여자는 그녀의 침묵이 여러 가지 추측을 낳는다는 사실을 잘 알고 있다.

그녀는 잠든다. 이불을 훑고 지나가는 자동차 전조등 불빛 때문에 설핏 한 번 깬다. 그리고 또 한 번 시간을 알리는 희미한 교회 종소리를 듣는다.

그녀는 이불을 돌돌 말고 잔다. 침대 시트는 헝클어졌다. 목이 마르면 자리에서 일어나 물을 떠다 마신다. 그럴 때마다 그녀는 레오니데스의 목소리를 듣는다. 점점 멀어지는 목소리다. 그녀를 향해 말하는 게 아니다. 그는 자기가 말하는 것을 반박할 수 없음을 확실히 알리는 어조로 말한다.

20세기에 일어난 전체주의로 인한 모든 비극은 유럽의 공통된 역사로 인정을 받아야 마땅하며, 이 주장이 러시아나 중국 혹은 서방 좌파를 불편하게 만들지 모른다는 사실은 내게 아무 상관이 없습니다.

그는 어떤 아이디어가 떠오르면 그것을 신문 가장자리나 책의 빈 페이지에 적는다.

나는 신경 안 써. **아이 돈 케어**I don't care, **므녜 니 인떼레스나**Mne ne interessujet, **만 넬라바이 루피**Man nelabai rūpi. 젠장, 내가 알 게 뭐야. **아이 돈트 기브 어 플라잉 퍽**I don't give a flying fuck, **맘 또 프 두피에**Mam to w dupie, **마 에이 올레 미다기 발레스티 테이눗**Ma ei ole midagi valesti teinud.

그는 같은 문장을 그가 정복한 모든 언어로 쓴다. 그리고 그녀는 그를 반박하지 않는다. 레온, 나의 레. 그녀는 잠결에 웃는다. 그녀가 마음대로 할 수 있는 것은 단 하나, 잠드는 것뿐이다.

푸른 여자가 이곳에 오는 이유가 나 때문인지는 알 수 없다. 우리는 해 뜨기 전 어슴푸레 보이는 해안가 바위처럼 모든 것이 불확실한 가운데 움직인다.

나는 혹시 우리가 이전에 한 번이라도 만난 적이 있는지를 묻는다. 시내를 돌아다닐 때나 대학의 고등연구원에서 본 적이 있는지를. 혹여 그래서 그녀가 내게 손짓했는지를.

나는 그녀에게 내 얼굴을 아는지 묻는다.

그녀는 그런 식으로 물어보는 걸 싫어한다.

거기에 답해 봤자 우리의 혼란스러운 감정을 입맛에 맞게 정리하는 것밖에 되지 않는다고 말한다.

우리는 인류에 대한 범죄의 유럽적 개념을 확장해야 합니다.

확신에 차서 말하는 레오니데스의 목소리가 들린다.

여러분은 서방이 소련과 한 편이었다는 사실을 부정할 수 없을 것입니다. 서방은 12년이 아니라 70년간 지속된 이웃의 독재에 협력했습니다. 1968년, 프랑크푸르트와 파리의 시위대는 프라하의 시위대를 향해 발포한 책임자들의 얼굴을 플래카드에 내걸고 자랑스럽게 거리를 행진했습니다.

가끔 그는 아이디어를 메모해 둔 종이를 잊는다. 그는 신문 어느 귀퉁이에, 어느 냅킨에, 어떤 책에 적어 두었는지를 잊는다. 집 안 곳곳에는 볼펜이 있었고, 심지어 부엌 싱크대에도 볼펜이 놓여 있다. 그는 필요할 때 당장 필기구를 찾지 못하면 짜증을 낸다. 그는 책에 볼펜으로 글을 쓰는 데 거리낌이 없다. 책은 사고를 위한 것이며, 사고는 촉진해야만 한다. 레오니데스는 이 사실을 문자 그대로 받아들인다. 그래서 그는 저자들과 논쟁하고, 그들의 사고가 멈춘 지점에서 그들의 책을 이어 쓴다.

그녀는 잠결에 그의 목소리를 듣는다. 저 멀리 연단에 서서, 마이크를 찬 그가 카메라 앞에 서서 말하는 것을 듣는다.

여러분은 지난 수십 년간 포악한 탄압과 정치적 폭력을 일삼아 온 정권을 규탄해 왔는데, 여러분 스스로가 이런 정권과 협력해 왔다는 사실을 인정하기란 쉽지 않을 것입니다. 어렵다는 것은 압니다. 그러나 그 어려움이 제 것은 아닙니다.

그녀는 벽난로 앞에 앉는다. 의자에 앉아서 타오르는 자작나무 장작을 물끄러미 바라본다. 겨울에는 앙상하지만 봄이 되면 녹색 찬란한 어린잎을 틔워 올리는 나무. 그녀는 나무가 탁탁 소리를 내며 타오를 때 불꽃이 치솟는 광경을 좋아한다. 그녀는 불쏘시개로 신문지를 사용한다. 집에 신문지는 충분하다. 신문은 세계 곳곳의 뉴스를 실어 나른다. 뉴스 중독자인 레오니데스는 구할 수 있는 모든 신문을 구해 읽는다.

1899년 헤이그 평화회의에서 '인류에 대한 범죄'라는 개념을 주도적으로 만든 인물은 에스토니아 출신의 러시아 외교관이자 상트페테르부르크 대학교 국제법 교수가 아니었던가요? 바야흐로 러시아에 소련 이전의 자기 역사를 상기시킬 때가 되었습니다.

그가 말할 때 그녀는 끼어들지 않는다. 그녀는 자신이 더 이상 그 자리에 없으므로 그 말을 들을 수 없다는 사실을 그에게 알리지 않는다. 그를 부르는 자기 목소리에 잠이 깰 수 있다는 것을 꿈속에서도 알기 때문이다.

레온?

프랑스인이 그리고 독일인이 '아우슈비츠가 우리의 문제인 것처럼 굴라크*도 우리의 문제'라고 말할 준비가 되었을 때 비로소 우리는 서유럽, 동유럽, 중유럽으로 갈라진 유럽이 붕괴하는 상황을 막을 수 있습니다.

레오!

---

*   1930년부터 1955년까지 운영된 소련의 강제 수용소.

푸른 여자는 해가 질 때까지 머무른다. 해가 지자 날이 추워진다. 물은 아스팔트처럼 검은색을 띤다. 떠나던 그녀가 뒤를 한번 돌아본다.

그녀가 머뭇한다.

그녀는 사람들이 때때로 자기의 에너지를 소망에 간절히 쏟아부어 소망을 실현하고 싶어 한다는 것도 이해한다.

그녀는 벌써 만의 끄트머리, 자작나무 숲에 다다랐다.

창틈으로 자동차 소리가 들린다. 3차선 도로를 질주하는 차바퀴에 마가목 이파리가 으스러지는 소리가 들린다. 창틈은 넓지 않다.

마가목 열매는 반짝였다. 넓은 이파리에도 광이 난다. 다만 최근에 비가 내린 이후로 나무 꼭대기가 누렇게 변했다.

침실 공기가 얼음장처럼 차다. 시트 밖으로 흘러내린 그녀의 몸도 차다. 서서히 잠기운이 사라진다. 벽과 이불을 창백하게 물들인 햇살이 옷장 문에 반사되어 반짝인다. 한쪽 레일이 빠진 이후로 문은 비스듬하게 매달려 항상 열려 있다. 옷장 안에는 알록달록한 싸구려 옷걸이가 걸려 있다. 옷걸이는 비었다. 그녀의 물건 중 대부분은 여전히 레오니데스의 집에 있다. 그가 직접 세탁하지 않았다면 그녀의 셔츠는 여전히 빨래 바구니 안에 있을 것이다. 그는 세탁을 직접 하지 않는다. 세탁과 다림질은 다른 사람에게 맡긴다.

그녀는 그 셔츠가 가장 아쉽다. 옷깃을 반듯하게 세울 수 있도록 칼라 끝에 작은 단추가 달린 그 셔츠는 멋쟁이 대성당과 경쟁이라도 하듯 사람들이 우아하게 옷을 차려입는 이 도시에 잘 어울렸다. 헬싱키는 베를린보다 더 우아하다. 그녀는 중앙역에 도착한 바로 그 밤에 그 사실을 깨닫고선 여덟 시간 동안 함께 기차 여행을 했던 초록 스웨터를 벗어서 버렸다. 헬싱키에서는 역전을 떠도는 펑크족들마저 뮤직비디오 주인공 같아 보였다.

그녀에겐 갈아입을 옷이 없었다. 레오, 나의 레의 집에 모든 것을 두고 왔기 때문이다. 발에 맞는 신발 한 켤레도 없다. 고무장화는 말할 것도 없다. 곧 사람들이 고무장화를 신고 외출하는 계절이 찾아올 것이다. 날씨가 궂어지면 헬싱키 사람들은 그들의 우아한 복장과는 전혀 어울리지 않는 고무장화를 신는다. 그래도 그들의 아름다움은 훼손되지 않는다. 그들은 고무장화를 신은 채 비는 물론, 바다에 실려 사방에서 밀려오는 물에 맞선다. 파도는 방파제와 어선을 힘차게 넘어서 지하철의 종착역을 침수시킨다. 군도에서 몰아친 바람은 고풍스러운 객차를 부서뜨리고 화려한 거리의 웅장한 집들을 채찍질하듯 내리치며 사람들을 비싼 카페로 몰아넣는다. 스트린드베리나 카펠리 같은 유명 카페에서는 카푸치노 한 잔에 5유로, 작은 케이크 한 조각은 8유로를 받는다. 카페에 들어갈 때 사람들은 입구에서 신발을 갈아 신는다. 핸드백이나 배낭에서 하이힐이나 스니커즈를 꺼내 신고 고무장화는 현관에 세워 둔다.

하지만 레오니데스는 절대 고무장화를 신지 않았다. 그에게 장화는 농부들이 신는 신발이었다. 축축한 곳을 돌아다녀야 하는 사람에게만 필요한 장비로, 헬싱키 시내에는, 그리고 중앙 광장 주변에서도 최고의 카페인 카펠리에는 전혀 어울리지 않는다고 생각했다. 카펠리에서 사람들은 항상 화려한 거리가 내려다보이는 창가에 앉았다. 거기서 푹 젖은 신발을 신은 두 외국인은 쉽게 눈에 띄었다.

옷장 거울에 비친 아침 햇살이 희미하다. 그녀의 두 눈이 마치 누군가가 억지로 밀어 넣은 것처럼 뻥하다. 그녀는 머리뼈 중앙부터 눈썹 안쪽, 광대를 거쳐 눈 쪽 주변 뼈를 손으로 꾹꾹 누르면서 눈을 감는다. 감긴 눈꺼풀 아래로 탱탱볼 같은 눈알이 느껴진다. 지압하던 손을 떼자 눈에서 통증이 느껴진다.

머리다.

머리카락은 밀었다. 그러니 손가락 사이로 머리 뿌리가 잡히는 듯한 느낌은 환상일지도 모른다. 뒤통수를 더듬어 땜통 두 개를 찾는다. 그 부분에서 부엌 가위를 너무 거칠게 다루었던 것 같다. 하지만 이제 남은 머리카락이 없으니 더 이상 움켜잡을 것도 없다.

옷장 안에서 옷걸이 하나를 사용했다. 거기엔 시청 연회 때 입었던 드레스가, 헬싱키에서 제일 유명한 디자이너 브랜드의 여름 드레스가 걸려 있다. 꽃과 잎, 솔방울 무늬가 현란하게 그려진 드레스가 어두운 옷장 속을 환하게 밝힌다. 디자이너의 의도가 이런 것이었을지도 모른다. 드레스를 입는 사람이 숲의 고요함에 빠져서 급기야는 혈관에 나무 수액이 흐르는 듯한 느낌마저 받는 것을 의도했을 것이다.

정작 레오, 나의 레는 그 드레스를 딱히 좋아하지 않았으므로 그녀는 그 옷을 자주 입지 못했다. 그는 드레스의 무늬가 너무 들쑥날쑥하고 색이 지나치게 화려하다고 생각하는 것 같았지만 자기 생각을 드러내진 않았다. 그는 취향에 판단을 내리는 사람이 아니었다. 그는 그런 일차원적 태도를 배격했고 그래서 타인의 취향을 존중하는 것이 교양인의 덕목이라고 입버릇처럼 말했다.

"타인이라니, 그게 누군데요?"

"그렇게 꼬치꼬치 따지지는 말자고."

그녀가 그에게 거듭 물었다. "당신 생각은 어떤데요?"

"색이 당신을 집어삼켜." 마침내 그가 실토했다. "당신이 완전히 묻혀 버리는군."

그 드레스는 그녀가 증언할 때 입을 수 있는 유일한 옷이었다. 하지만 너무 얇았다. 북반구 북단의 9월에 어깨를 드러내는 드레스는 어울리지 않는다. 그녀는 택시 정류장에서부터 추위에 떨었다. 대리석 계단을 코트 없이 내려갈 때부터 오들오들 떨고 있었다. 하지만 다행히도 추위를 느끼며 오래 기다릴 필요는 없었다. 택시 정류장에는 택시가 줄지어 기다리고 있었고 운전사는 출발하자마자 히터를 틀었다. 그녀는 뒤 창문으로 시청과 계단 끝에서 담배를 입에 문 채 서 있는 크리스티나가 점점 작아지는 것을 바라보았다. 대도시의 도로가 그녀를 집어삼키기 전까지.

그녀는 돈이 없었다. 택시기사가 카드 단말기를 켰지만 그녀에겐 카드도 없었다. 기사가 영어를 이해하지 못했으므로 그녀는 집에 들어가서 돈을 가져오겠다는 설명을 할 수가 없었다. 레오니데스는 항상 지폐와 동전을 집 안 이곳저곳에 던져 놓았다. 기사는 그녀를 믿지 못해 차를 버려두고 쫓아왔다.

그녀는 빗물받이 아래에서 비상용 열쇠를 찾았다.

현관에 들어서자 면도 크림과 커피의 향이 그녀를 덮쳤다. 집 안은 평소보다 더 고요했다. 그녀의 기억 속엔 이 집이 이렇게까지 고요한 때가 없었다. 항상 나무가 삐걱거리고 마루가 울리고 냉장고가 윙윙거렸다. 그런데 지금은 그 어떤 소음도 없이 고요하다. 마치 귀가 먹은 것만 같았다. 그녀는 그 고요를 깨기 위해 손으로 귀를 막아 혈관에서 피가 흐르는 소리라도 들으려 애썼다.

그리고 택시가 아직 밖에서 기다린다는 사실을 깨달았다.

서랍장 하나를 열어 껌과 장바구니와 메모지 사이에 있는 구겨진 지폐 한 장을 찾았다. 그녀는 기사에게 택시비를 치르고 황급히 현관문을 걸어 잠갔다.

부엌에선 늦은 저녁 빛에 대리석이 반짝였다.

벽난로에는 어제 태운 나무가 재로 남아 있다. 침실의 침대는 정리되지 않았다. 어질러진 침대 시트 위에는 급히 서두른 기운이 남아 있다. 레오니데스는 외출 직전에 바지 주름의 날이 마음에 들지 않는다며 다른 바지로 갈아입었다. 탈락한 바지는 침대 위에 그대로 있었다. 불과 한두 시간 전에 속옷 차림으로 그가 앉아 있던 그 자리에. 그는 피부가 비칠 정도로 얇은 회색 양모 양말을 신고 있었다. 머리부터 발끝까지 몸에 걸친 모든 것이 통일성이 있어야 했다. 브뤼셀에 간 이후로 그는 쭉 그렇게 자신을 가꾸었다. 유럽의회에서 만난 친구가 전수한 습관이었다. 어느 날인가 옆자리에 앉아 있던 그 친구가 그의 양말이 전체 스타일을 해친다고 말했다. "타르투에서는 아무도 양말에 신경 쓰지 않아. 피투성이 양말이라면 모를까." 일화를 들려주며 그가 학창 시절에 들었던 오래된 농담을 덧붙이자 그녀도 그 말뜻을 알아듣고 함께 웃었다.

저녁 햇살이 큰 창을 통해 들어와 벽을 금색으로 물들였다. 옷장 거울 위로 마치 보이지 않는 손이 지나간 것처럼 하얀 그림자가 스쳤다. 헬싱키의 반타 공항에서 출발한 비행기가 지나간 비행흔이었다. 고요한 마루 위로 자작나무 그늘이 어른댔다.

의심할 바 없이 평안한 저녁.

모든 것이 고요하게 살아 있다.

시청에서 나선 후로 아무도 그녀를 쫓아오지 않았다. 그녀는 단숨에 사라졌고 다시 돌아가지 않았다.

어느 순간 그녀의 몸에서 낮은 주파수의 맥박이 들리기 시작했다. 그녀의 양손과 팔목, 그리고 목덜미에서 맥이 뛰었다. 그녀는 누군가에게 들킨 사람처럼 웅크리고 앉은 자기 모습을 거울로 확인했다. 그녀가 침입한 곳은 낯선 집, 어느 정치학 교수의 집이었다. 그녀는 무단으로 그곳에 들어왔다. 그녀는 부당하게 열쇠를 얻었다. 그녀는 레오니데스를 만나기 전, 그가 옆에 없었던 그때로 돌아가야 한다. 더 이상 이곳은 그녀의 집이 아니다. 누군가 경찰을 부른다면 그녀는 당장 체포당할 것이다. 레오니데스가 뭐라고 하든 간에.

그 순간 그녀는 힘이 빠졌다.

몸 안에서 물이 흘러나왔다. 그녀는 자기 몸에서 한순간에 물이 다 빠져나가는 상상을 했다. 체액이 바닥에 흘러넘쳐서 거실 마루에 난 틈으로 흘러 들어가 나무를 썩게 만들고 마루의 이음새를 풀어서 낱개가 된 판자들이 온 방을 떠다니는 모습을 상상했다. 그 곁에서 활동가인 크리스티나는 신호나팔을 부는 대신 담배를 피웠다. 신호음을 울리는 사람은 아무도 없었다. 등 뒤에서 헛기침하는 남자로부터, 갑자기 툭 튀어나온 그 독일 유령으로부터 그녀를 보호해 줄 사람은 아무도 없었다. 그 어둠의 유령은 순조롭던 현재를 갈기갈기 찢어 놓았다. 까마득한 시간에서 튀어나와 더러운 길을 따라 성으로 들어갔다. 바다 너머, 세 개의 국경 너머, 세 개의 언어 너머, 대륙 너머에 있는 그 저주받은 성으로. 하지만 그녀가 그런 얘기를 동화처럼 읊조릴 때면 그는 어디서나 그녀를 찾을 수 있다고 장담했다. 하지만 레오니데스는 독일 유령을 유럽인권법원에 끌고 가는 대신 그에게 속아 넘어갔다.

레오니데스. 그는 이렇게 말했다. **인권침해를 묵인하는 행위로 인해 유럽은 내부에서부터 썩어 들어갑니다. 그것은 새로운 글로벌 자본주의 독재로 가는 문을 열어 줍니다.**

그녀는 분노 때문에 몸에 힘이 하나도 없었다.

그녀가 옷장 문을 열었다. 단박에 불이 환하게 켜졌다. 불빛은 차곡차곡 개켜 둔 속옷과 정장, 양말, 그리고 그녀가 이 집에 산 1년 남짓 새 늘어난 사치스러운 옷더미 위를 비추었다. 그간 그녀는 더 나은 선택지가 있으리라는 희망으로 자신을 이곳으로 몰고 왔지만 이제는 그 희망에 분노를 느낀다. 그녀는 시간의 흐름을 원점으로 되돌려 그들이 함께 보낸 시간 이전의 과거를 모두 지우고 싶었다. 하지만 그들이 함께 보낸 시간이 핀란드제 주방 대리석 위에 차가운 뮈스카데 와인과 과일 한 접시를 놓고 시작되었다는 건 기억하지 못했다. 그렇게 시작된 시간은 독사처럼 갈라진 혀로 말하는 한 남자가 나타나자 끝나 버렸다.

그녀가 이 집으로 이사해 오던 날, 레오니데스는 옷장 반쪽을 비워 주었다. 과잉 호사였다. 그녀에게 소지품이라곤 문 앞에 세워둔 배낭이 전부였다. 그래도 그는 서랍과 선반을 비워 그녀에게 내 주었다. 몇 안 되는 그녀의 물건을 다 집어삼키고도 수납장은 텅 비어 있었다. "좋아." 레오니데스가 말했다. "텅 빈 옷장을 보면 새 옷으로 채우고 싶은 의욕이 샘솟거든."

그의 라임 색 스웨터는 제일 위 칸에 놓여 있었다. 신발 칸에는 신생 공화국의 외교관이 신는 검고 부드러운 모카신이 들어 있었다. 손바느질로 마감된 그 신발은 탈린의 나이 많은 장인에게 직접 주문해 받은 것이었다.

그녀는 모카신을 박박 찢어 버리고 싶은 충동을 느꼈다. **그렇게 해, 꼬마 모히칸!**

그러나 힘이 모조리 빠져 버린 그녀의 몸이 충동에 저항했다.

그녀는 되는대로 물건 몇 가지를 챙겼다. 소파 테이블 위에 노트북이 있었지만 충전기가 보이지 않았다. 평소처럼 벽 콘센트에 꽂혀 있지 않았다. 충전기는 그의 작업실에도, 그녀가 자주 앉던 눈 풍경이 내다보이는 벽난로 옆 의자에도 없었다. 충전기 없는 노트북은 아무 쓸모가 없다.

"그 물건은 더 이상 부품도 못 구해." 호텔 견습생이 말했다. 그 여드름투성이 청년은 플레이스테이션으로 디지털 적들을 죽이느라 걸핏하면 직원 방에서 밤을 새웠다. 그녀와 나이 차이는 거의 안 났지만 그래도 그는 견습 2년 차의 어엿한 성인이었다. 그는 자기 일을 그녀에게 떠넘기는 데 거리낌이 없었다. 특히 더러운 세탁물을 분류하고, 말라서 접시에 들러붙은 감자나 시금치 같은 음식 찌꺼기를 긁어내는 일을 그녀에게 떠넘겼다. 그의 일을 대신 하느라 그녀는 지하 주방에서 단체 여행객들의 아침 식사를 준비할 시간이 빠듯할 때가 많았다. 러시아인, 네덜란드인, 불가리아인이 뒤섞인 무리가 40명, 아니 50명씩 뷔페로 몰려와도 그는 느긋하게 걸어 들어와 접시 상태를 두고 흠을 잡았다. 어느 밤, 그가 레드불 하나를 꺼내려고 바 냉장고 안으로 몸을 들이밀었을 때 그녀는 뒤에서 그의 머리채를 붙잡고서 냉장고 안으로 쑤셔 넣어 버렸다. 비명이 들렸지만 아랑곳하지 않았다. 증류주와 곡주와 물병들 사이로 계속 그의 머리를 집어넣으며 그녀는 그의 도박중독을 발설하지 않는다는 조건으로 그의 오래된 노트북을 달라고 했다.

충전기는 침대 옆 콘센트에 꽂혀 있었다. 레오니데스가 그녀의 침대라고 말하는 쪽에. 배낭 하나 들고 온 그녀는 침대 반쪽을 차지하게 되었다. 하지만 그녀는 그런 말을 하지 않았다. 레온, 라의 레, 그가 그런 말에 상처를 받을 수 있기 때문에.

주방 아일랜드 대리석 위에 그의 기차 정기권이 놓여 있었다. 그녀는 그것을 주머니에 집어넣었다.

푸른 여자는 오후에 모습을 드러낸다. 쨍한 빛이 그녀 아래로 선명한 그림자를 드리운다.

배 한 척이 육지로 끌어 올려져 받침목 위에 올려진다. 선미에는 아직 물이 흐른다. 공기 중에 장작불과 테레빈유 냄새가 감돈다.

나는 좀 더 일찍 그녀와 이야기를 나누지 못한 것이 안타깝다. 그토록 많은 날을 잃어버리다니.

푸른 여자가 물가로 가서 손을 바다에 담근다. 그녀의 두 눈이 반짝이는 수면을 골똘히 응시한다. 그녀는 마치 세수하듯 수면에 비친 얼굴을 들어 올린다. 물에 비친 그녀의 모습이 서서히 바닥으로 가라앉는다. 물속에 잠긴 두 눈이 점점 흐려진다. 몇 주 후면 그 물은 얼어붙어 몇 미터 두께의 얼음이 될 것이다.

그녀는 수영할 수 없는 날을 잃어버린 하루라고 부른다.

초록색 집 앞으로 난 비포장 모랫길은 보행자와 자전거가 함께 사용하는 아스팔트 도로로 이어진다. 그 첫 번째 갈림길은 주차장과 연결되며 주차장 뒤로는 풀밭이 펼쳐진다. 풀밭 너머로는 바위 몇 개와 작은 해변이 있고, 거기에 바다가 있다.

9월에도 헬싱키는 관광객들로 가득하다. 그들은 퇴월외 만 Töölönlahti과 세우라사리 섬, 핏캬르비Pitkäjärvi 호수의 가장 아름다운 자리를 차지하고서 소풍을 즐긴다. 그맘때 야외 캠핑은 흔한 일이다. 금지하는 규칙도 없다. 그러므로 젊은 여자가 바위를 바람막이 삼아 이틀 밤을 보낸다 한들 불편하게 생각할 사람은 없다.

물론 잠자리는 편치 않았다. 그녀는 배낭을 머리에 괴고 잠을 잤다. 돈은 팬티 아래에 넣었다. 지폐 뭉치는 두꺼웠지만 그렇다고 밤새 배낭에 넣어 둘 수는 없었다. 그녀는 살에 돈이 닿아야 잠이 왔다. 그의 돈. 레오니데스가 서랍장과 과일 바구니에 넣어 두거나 때론 책갈피로 사용했던 유로화 지폐들. 그는 메모가 급한데 수중에 메모지가 없으면 지폐를 책갈피처럼 끼워 중요한 부분을 표시하곤 했다. 『위기에 빠진 현대사회*Modernity in Crisis*』나 《유럽정치학회지*The European Journal of Political Research*》 같은 책에는 그런 중요한 부분이 허다했다. 그녀는 지폐를 꺼내면서 그에게 미안했지만 그게 돈 때문은 아니었다. 레오니데스에겐 항상 새로 돈이 들어오므로 그가 책을 뒤져 돈을 찾을 일은 없을 것이다. 그녀는 그저 그가 해 놓은 표시를 지우게 되어 미안할 따름이었다.

아침이 되자 그녀는 인기척에 잠에서 깼다. 젊은 남자 둘이 그녀가 잠든 곳 가까이에 자전거를 대고 안에 입은 수영복이 나올 때까지 바지를 벗었다. 그러고선 겉옷과 서류 가방을 자전거 핸들에 아무렇게나 걸어 놓고선 물로 들어갔다. 바로 곁에 다 늘어난 원피스를 입고서 노숙하는 젊은 여자가 있는데도 그들은 귀중품을 도둑맞을지 모른다는 염려는 전혀 하지 않는 것처럼 보였다.

둘 중 한 명은 레오니데스처럼 몸에 털이 수북했다. 야외활동을 거의 하지 않는 사람들이 으레 그러하듯 레오니데스의 몸에는 근육이 없었고 살결은 창백했다. 그는 출근길에 호수에 들러서 수영할 생각 같은 건 한 적이 없었다. 한여름 햇볕으로 따뜻하게 데워진 물이라 해도 그에겐 냉수였다. 그에게 물은 항상 너무 차거나 축축했다. 옷을 입고 벗는 것도 번거로운 일이었다. 그 밖에도 젖은 몸에서 풍길 체취나 깊은 수심으로 인한 위험, 혹은 호수 바닥에 사는 가재 등 그에게 수영하지 않을 이유는 충분했다. 겨울에도 서슴없이 물에 들어가는 핀란드인들의 열정이 그에겐 생소했다. 그는 자기는 몸에 열이 없는 사람이라며, 체질상 찬물에 들어가는 것은 자해와 다름없다고 말했다.

작년 겨울, 반년 전, 추위로 얼어붙은 밤. 하늘 높이 뜬 별이 얼음 조각처럼 보이던 그 밤에 그들은 어두컴컴한 물가에 서서 사람들이 영하 20도인 물에서 헤엄쳐 나오는 것을 지켜봤다. 그때 레오니데스는 만약 자기가 그런 고통을 자처한다면 그 이유는 단 하나뿐이라고, 만약 그녀가 위험에 처한다면 그는 그녀를 구하러 차가운 물에라도 들어갈 것이라고 약속했다.

그 밤에 눈이 심하게 내렸다. 볼보에 시동이 걸리지 않아서 그들은 버스를 탔다. 도시 동쪽에 개발된 주거지역에 증기 사우나가 있었다. 그녀는 인터넷에서 핀란드식 사우나를 검색해 핀란드의 전통 사우나는 장작불을 때 돌을 데우고 그 위에 물을 붓는 증기식이라는 설명을 읽었다. 연통이나 굴뚝 대신 천장에 환기구를 설치하여 유독 가스는 내보내고 열기는 보존하는 방식이었다. 옛날에 그런 증기 사우나는 몸을 씻고 세탁을 하고 시신을 씻기고 아이를 낳는 성스러운 장소였고, 교회나 술집만큼이나 공동체 생활에 중요한 부분을 차지했다. 그리고 뜨거운 열기는 치료제로 여겨졌다. 사람들은 증기에 들어갔다 나오면 마치 다시 태어나는 것처럼 정결하고 새로워진다고 생각했다.

레오니데스는 인생에서 출생은 한 번으로 족하다고 생각했다. 에스토니아 남동부에도 증기 사우나가 있으나 한 번도 가 보고 싶다는 생각을 한 적은 없었다. 하지만 호기심 어린 그녀가 귀여운 나머지 마지못해 사우나까지 동행했다. 버스는 건강 산책로와 스키 트랙, 그리고 간이식당이 있는 휴양지에 그들을 내려 주었다. 물가에 그을음을 검게 뒤집어쓴 오두막 두 채가 서 있었다. 발코니 틈으로 연기가 뭉게뭉게 새어 나왔다. 오두막 문이 열리면 차가운 밖으로 열기가 대포처럼 쏟아져 나왔고 그 안에 있던 사람들은 땀으로 흐릿해진 시선으로 문이 열린 곳을 쳐다보았다. 그러고선 땀으로 흥건한 피부를 탁탁 내리치며 물가로 나와 호수 살얼음 위에 뚫어 놓은 구멍으로 들어갔다. 구멍 아래는 물이 얼지 않도록 모터가 프로펠러를 돌렸다.

그들은 네모난 상자처럼 생긴 탈의실에 소지품을 뒀다. 오두막까지 이어진 길엔 눈이 쌓여 있었다. 그들은 슬리퍼가 없었고 신발은 탈의실에 두어야 했기에 맨발로 눈길을 걸었다. 빌린 수건으로 간신히 몸을 가린 그들은 추위 속을 달리다시피 했다. 하라초프의 겨울보다 더 추웠다. 오두막 앞 나무 그루터기에 남자 하나가 앉아 있었다. 머리에 쓴 펠트 모자 외엔 실오라기 하나 걸치지 않은 그는 수영복 대신 수건으로 몸을 가리고 나타난 초짜들을 보고 웃음을 지었다.

오두막 안은 후끈했다. 문을 열자 활활 타오르는 불처럼 달아오른 열기가 그들을 덮쳤다. 어둠 속 어디선가 날아온 물이 거대한 오븐 속 뜨거운 돌 위로 쏟아지면 '쉬' 하는 소리와 함께 증기가 솟아올랐다. 삐쩍 마른 여자 하나가 다리 사이에 양동이를 끼고 구석에 앉아 하염없이 국자로 물을 퍼서 자욱한 연기 속에 흩뿌렸다. 하나뿐인 전등이 이글거렸다. 그녀 곁에 앉은 레오니데스는 어깨를 움츠리고 고개를 숙였다. 증기가 짙어질수록 그의 실루엣마저도 흐릿해져서 그녀는 그가 덮은 수건의 장미 무늬로 그의 위치를 가늠했다. 그리고 장미마저 사라지자 그녀는 방향감각을 잃었다.

증기가 눈꺼풀 아래와 입안에 들러붙었고 눈은 타는 듯 따가웠다. 하지만 증기는 문제가 되지 않았다. 수증기는 부드러웠고 어느 순간부터는 몸을 감싸는 느낌이 좋기까지 했다. 증기 속에서 사람들이 하나둘씩 모습을 드러냈다. 천장에는 한 줄로 나란히 앉은 그들의 그림자가 바들대며 걸려 있었다. 어디선가 그녀를 향해 손이 뻗어 나와 그녀를 자꾸 사우나로 깊숙이 밀어 넣었다. 문득 정신을 차리고 보니 그녀는 뜨끈뜨끈한 몸뚱이 사이에 끼인 신세가 되었다. 그러다 마침내 미끄러운 나무 벤치에 자리를 잡았다. 벤치 위에는 따뜻하고 축축한, 사람들의 몸에서 떨어진 물방울로 흠뻑 젖은 양털이 깔려 있었다. 그녀도 비 오듯 땀을 흘렸고 땀방울은 팔 아래와 가슴골을 타고 내려갔다. 그렇게 축축한 압박 속에서 돌연 그녀의 심장이 세차게 뛰기 시작했다. 그녀는 시원한 나무 그늘을, 자작나무 가지 사이로 진주알처럼 떨어지는 빛을 떠올리려고 애썼지만 열기에도 불구하고 몸을 떨기 시작했다. 공포의 물결이 밀려오며 그녀의 목을 졸랐고 그녀는 턱 밑까지 물이 차오른 것처럼 느껴졌다. 그리고 어느새 차오른 물은 그녀의 입안을 채우고 목구멍을 막았다. 그녀는 뻐끔대며 마신 공기를 삼키고 또 삼켰으나 자동으로 넘어가질 않았다. 거기엔 공기가, 산소가 없었기 때문이다. 거기엔 오로지 기도를 막아 버릴 물만 있었다.

누군가 헛기침을 했다.

증기 속에서 터져 나온 기침이 아니었다. 사우나 손님 중 하나의 기침도 아니었다. 그건 부드러운 기침이 아니었다. 누군가 관심을 유도하고자 정중하게 소리를 낸 것도 아니었다. 그것은 주의를 끌기 위한 헛기침이 아니었고, 아디나가 밤늦게까지 리오에 빠져 있는 것을 발견한 그녀의 어머니가 그랬던 것처럼 과장된 분노를 나타내는 불만 섞인 헛기침도 아니었다. 그것은 결코 무언가를 표현하기 위한 헛기침이 아니었다.

그 헛기침은 간헐적이고 조용했다. 그건 살 없는 목구멍에서 자동으로 나오는 메마른 반응이었다.

그건 죽음이 내는 소리였다.

푸른 여자는 물에 관한 이야기를 꺼낸다. 파도가 밀려올 때 물마루에서 일어난 거품이 그림자를 드리운다.

그녀는 물에 관해 이야기하면서 갈증을 말한다.

그녀는 갈증을 잊기 위해 만의 끝자락에 있는 항구로 향한다. 바다의 풍광은 항상 갈증의 기억을 지워 준다.

우리는 물가에 바짝 붙어 선 벤치에 앉는다. 나는 반문하지 않는다. 처음으로 푸른 여자가 긴 이야기를 시작했으므로 질문으로 흐름을 끊을 생각은 없다.

꼭 물이 부족해서 갈증이 생기는 것은 아니다. 오히려 물을 보면 갈증이 커질 수도 있다. 푸른 여자는 때때로 필요라는 감각과 실제의 필요는 완벽하게 분리된다고 말한다.

갈증에 대한 두려움이 군중을 자극하면 무리는 금세 자기의 필요를 주장하고 충족시킬 수 있는 자들과 그럴 힘과 수단이 없는 자들로 나뉜다. 후자는 물과 같은 존재로, 달에 의존하는 조수潮水 같은 존재로 여겨진다. 사람들은 이들의 성격을 강처럼 변화무쌍하고 바다처럼 믿을 수 없다고 설명하며 그들에게 그런 물의 이미지를 덧입힌다. 그들은 축축한 늪처럼 끈적하고 질퍽하고 물컹한 물의 정령으로 묘사된다. 물처럼 된 자는 물이 필요하지 않다. 물처럼 된 자는 마시지 않고도 견딜 수 있으며 목마름을 느끼지 않거나 느끼더라도 갈급하지는 않는다.

이렇게 주장하면서 어떤 사람은 자신은 원하는 만큼 오래 그리고 많이 마실 권리가 있다고 주장한다. 그러면서 다른 사람을 물탱크 취급하고 그들의 모공에서 체액을 짜내는 것을 당연히 여긴다. 마치 다른 사람을 쥐어짜는 것이 인간의 당연한 권리인 것처럼.

오직 물을 마시는 사람이 물을 이해하는 것처럼 여겨지고 그것은 일종의 규칙이 된다. 이를 통해 누군가는 지식인, 즉 물의 원천의 수호자가 된다. 수호자는 다른 사람이 원천에 접근하는 것을 폭력적으로 막는다. 가뭄이 오면 불필요하게 물을 마시려는 사람들을 신속하게 처단하는 것이 중요하기 때문이다. 목마른 사람들은 경쟁을 허용하지 않는다.

자연적 물 부족 현상은 억압받는 민중의 피할 수 없는 운명이 아니다. 갈증은 유전적으로 정해진 것도 아니다. 갈증은 언제나 새로운 이미지와 말에 의해 만들어진다. 부족하다는 생각이 갈증을 생생하게 일깨운다.

푸른 여자는, 이런 그릇된 구조를 드러내는 것, 글로 표현하려는 노력이 소중하다고 말한다.

나는 그런 말을 하는 사람들을 좋아하지 않는다. 글을 써야 할 이유를 나에게 설명하려 드는 사람들 말이다.

단, 푸른 여자는 예외다.

바깥에는 눈이 내리고 있었다.

큰 눈송이가 떨어졌다. 함빡 젖은 수건 위로 눈이 내렸다. 눈송이는 그녀의 얼굴과 두 손과 어깨와 양 볼과 눈꺼풀 위로 내려앉았다. 그녀는 몸을 감싼 수건을 열어젖히고 끝자락을 잡은 양손을 바깥쪽으로 멀리 뻗었다. 맨살에 눈이 내려앉았다. 찬 바람이 콧구멍을 찔렀다. 물가에선 사람들이 나체로 꽁꽁 언 바다에 뛰어들었다.

어느 순간 레오니데스가 그녀 곁으로 다가왔다. 그녀는 인기척을 느꼈지만 돌아볼 수는 없었다. 그들은 수건을 둘둘 감고서 나란히 섰다. 벌거벗은 남자가 또다시 그들을 보고 웃음을 지었다. 여전히 그루터기에 앉아 있던 그는 웃으면서 몸을 단련하는 데 그보다 더 좋은 방법은 없다고 말했다. 그러면서 그들에게 다음 번에는 펠트 모자를 가져오라고 말했다. 펠트 모자가 있으면 귀가 익어서 벌겋게 될 일은 없다고 했다. 그녀는 자기 머리를 만져 보았다. 머리에서 무게가 느껴지지 않았다. 마치 머리 뚜껑이 열린 것 같은, 두개골이 열린 것 같은, 일산화탄소가 두개골 뚜껑을 태워 날려 버린 것 같은 기분이 들었다.

"만약 얼음이 깨져서 내가 빠지면 말이에요," 그녀가 레오니데스의 따뜻한 손길을 느끼면서 말했다. "내가 익사하기 직전이라면," 그녀는 떨고 있었다. "그러니까 만약 내가 물에 빠져서 개죽음을 당할 지경이라면 당신은 어떻게 할 거예요?"

"당신을 구하겠지."

"어떻게?" 그녀가 잠시 기다렸다가 물었다.

"그건 모르지. 아마 사다리로?"

"마침 그런 게 있다면 그렇겠죠."

"보통 얼음 목욕하는 곳엔 하나쯤 있어. 물가에."

"사다리로 어떻게 사람을 구하는지는 알아요?"

"에스토니아에서는 어릴 때 학교에서 배우지."

"당신도 배웠나요?"

"닥치면 다 알게 되는 법이야." 그가 말했다. "직관적으로."

"119에 전화할 건가요?"

"그렇지."

"탈의실에 있는 외투 주머니에서 휴대전화를 꺼내서?"

소리도 없이 거센 눈이 내렸다.

"그렇담 소방관이 올 때까지는 내가 얼음물에 눌려서 점점 아래로 가라앉는 모습을 가만히 지켜봐야 하겠네요. 내가 얼마나 깊이 사라지는지를 보겠어요. 마지막으로 머리카락이 사라지는 것까지."

"살라, 내 말 안 들었어?"

"나는 소리조차 지르지 못할 거예요."

"내가 당신을 구하겠다고 했잖아."

"나를 따라 물속으로 뛰어들 건가요?"

"그래." 그가 짜증 섞인 투로 말했다. "필요하면 그렇게 할 거야."

하지만 그는 그렇게 하지 않았다. 일이 닥쳤을 때 그는 뛰어들지 않았다.

수영을 마친 젊은이들은 자전거를 타고 떠났다. 그늘이 드리운 물가는 여전히 시원했다. 여전히 아침이었고, 9월의 아침이었다. 9월은 끝날 것 같지 않았다. 쉽게 끝나지 않을 9월이었다.

그녀는 물가로 갔다. 이끼로 덮인 바위 위에서 조심스레 균형을 잡으며 물이 깊고 맑은 곳을 찾았다. 거기서 무릎을 꿇었다. 몸을 숙이고 아침 햇살이 드리운 수면에 자기 얼굴을 비추어 보았다. 이마로 흘러내린 머리카락과 불안한 눈빛, 턱에 묻은 얼룩을 보았다. 그녀는 얼룩을 문질러 닦았다. 그녀는 마치 세수하듯 수면에 비친 얼굴을 들어 올렸다. 물에 비친 그녀의 모습이 서서히 바닥으로 가라앉는다. 물속에 잠긴 두 눈이 점점 흐려진다. 몇 주 후면 그 물은 얼어붙어 몇 미터 두께의 얼음이 될 것이다.

이 또한 몸을 단련하는 데 좋은 방법 중 하나다.

푸른 여자가 지하도 출구에서 기다린다. 그녀는 터널 속 어두움이 환하게 변하는 지점에 서 있다. 그녀 뒤 양 길가에는 판자와 보트들이 줄지어 있다.

터널 안에는 쿰쿰한 냄새가 감돈다. 때론 바위를 뚫고 설치한 관에 지하수가 넘친다.

내 발소리가 메아리쳐 울린다.

나는 그녀에게 우리의 만남으로 내가 변했다고 말한다.

그녀는 웃는다. 그녀의 눈꼬리에 주름이 생긴다.

그녀는 그저 길을 지나간다는 것만으로 무언가가 변할 가능성은 그리 높지 않다고 생각한다.

집은 고요하다. 주거단지 사람들은 출근했다. 그들은 유리로 된 사무용 빌딩에서 일한다. 3차선 도로 너머에도 그런 건물들이 아직 공사 중인 채로 서 있다. 건설용 크레인도 서 있다. 고지대에서부터 습지로 이어지는 개발구역 곳곳에 그런 건물들이 서 있다.

"왜 그래, 살라? 무슨 일이야?"

레오니데스가 부드럽지만 권위적으로 묻는다. 그는 그녀가 아침에도 무뚝뚝하게 굴지 않고, 잠에서 깬 직후에도 심통이 나서 입을 꾹 다물지 않는 편을 좋아한다. 갓 갈아 낸 커피 원두의 향기를 맡으며 잠에서 깨는 것을, 숙면에서 기상으로 자연스럽게 전환하는 편을 선호한다.

"걱정되잖아. 아직도 안 일어난 거야? 당신답지 않아."

때로는 그녀에게 침대에 가만히 있으라고 할 때도 있다. 그럴 때 그녀는 그가 부엌으로 가서 커피가 있는 찬장을 열 때까지 누워서 기다려야만 했다. 그는 전기주전자의 전원을 켜고, 자동 그라인더에 원두를 붓는다. 그라인더가 작동하는 소리가 멈춘 다음에는 잠시 정적이 찾아온다. 그녀는 그가 싱크대 앞에 서서 신문을 읽으며 프렌치프레스에서 정확히 8분 동안 커피가 우러나길 기다리고 있다는 것을 안다.

그가 세미나에 가지 않아도 되고 아침 회의가 없고 브뤼셀에서도 전화가 오지 않는 몇 안 되는 날이면, 그는 흰색 이딸라 잔과 토스트가 담긴 쟁반을 들고 침실로 돌아온다.

레오니데스.

그는 온갖 신문을 사고, 모든 책을 읽고, 수많은 그림에 둘러싸여 사는데도 직감이 부족했다. 그는 그녀에게서 무언가를 알아차려야만 했다.

그녀가 계속 자는 척을 하고 있으면 그는 쟁반을 내려놓고 그 옆에 안경을 벗어 놓은 다음 그녀에게로 몸을 기울였다. 그리고 그녀의 눈꺼풀에 입을 맞추고선 그녀의 입에 토스트 한 조각을 넣었다. 조심스레 입안으로 커피가 흘러 들어오면 그녀의 눈꺼풀은 움찔대기 시작했다. "그대로 감고 있어." 하지만 그가 속삭였으므로 그녀는 눈을 뜨거나 움직일 수 없었다. 그가 커피잔을 협탁에 올려놓고 이불 속으로 들어와 그녀 가슴에 머리를 파묻고 혀끝으로 그녀의 배꼽을 간지럽힐 때까지 눈을 감고 가만히 기다려야 했다.

그는 전 유럽을 아우르는 공감 능력으로 그녀의 피부와 침대에서 움츠러드는 태도에서 무언가 잘못되었다는 것을 알아차렸어야 했다. **육체의 안녕은 행복의 기본조건으로 모든 사람에게 똑같이 중요하다.** 언젠가 그가 한 말이다.

"레오."

"응?"

"내 생각에는 속도가 문제인 것 같아요."

"내가 너무 빠른가?"

그들은 한동안 아무 말 없이 대학 로고가 박힌 빳빳한 침구 위에 가만히 누워 있었다.

"잠시 그냥 이렇게 있어도 될까요?"

"당신이 원한다면야."

"정리를 좀 해야 할 것 같아요."

"지금은 엉망인가?"

"가끔 모든 게 엉망인 것 같아요."

"이런 혼란이 때로는 해방감을 줄 수 있다고 생각해 보면 어때?"

"레오, 제발."

"항상 무슨 일이 일어나고 있는지를 정확하게 알아야 할까?"

"네." 그녀가 말했다. "나는 그걸 꼭 알아야겠어요."

어쩌면 그는 무언가를 알아차리고서도 그것에 대해 함구했을 수도 있다. 그녀가 멀어질 때도 그는 그녀를 붙잡지 않았다. 그녀가 누워 있는 그에게서 손을 하나씩 잡아 머리 양옆으로 올린 다음, 뒤집은 양 손바닥을 몸으로 짓이기듯 눌러도 그는 아무 말이 없었다. 그들이 사랑을 나눌 때 그녀는 그의 손을 침대 시트 아래 놓고 눌렀다. 그녀가 손을 풀어 주지 않아도 그는 말이 없었다. 아마도 그는 커다란 나무의 잎사귀처럼 그녀의 몸이 그를 감싸 안을 때마다 전해지는 그 압도적인 느낌을 사랑했는지도 모른다.

"모든 게 사라졌으면 좋겠어요."

"나도?"

"당신과 나만 빼고."

"정리를 하면 당신에게 도움이 될까?"

"내가 지금 어디에 있는지를 잊지 않는 데 도움이 되겠죠."

레오니데스. 부드러운 눈빛과 배려심을 가진 사람. 그는 그 누구에게도 설명이나 답변을 추궁하는 법이 없었다. 그녀에게도 마찬가지였다. 그는 절대 그녀를 추궁하지 않을 것이다. 그는 그녀가 먼저 말하기를 바랐다.

그리고 그것은 불가능했다. 법이 없는 그들의 애정 공간에서 최우선으로 적용되는 법칙이었다.

그가 그녀를 믿지 않을 수도 있었다.

그녀가 손바닥으로 그의 살결을 쓸어내렸다. 그녀는 그의 벨트를 풀고 천천히 바지 안으로 손을 집어넣었다.

"이건 고문이야. 그만."

"쉿."

그녀는 손만으로 그와 사랑을 나눴다. 그녀는 그가 잘 모르는 방식으로 그를 사랑했다. 그의 잠옷에선 그가 좋아하는 향수 냄새가 풍겼다. 그녀가 움직일 때마다 그 향기가 그의 몸을 휘감아 피부 위에 한 겹을 더했다.

"못 참겠어."

그녀는 삽입을 허용하지 않았다. 단 한 번도.

"계속 이렇게 하다가는," 그가 속삭였다. "너는 나를 죽이고 말 거야."

"이런다고 죽진 않아요."

"농담하는 건가?"

"쉿."

그때 그는 그녀에게서 무언가를 알아차렸어야 했다.

이런다고 죽진 않는다?

건물 어느 집에서 변기 물을 내린다. 그녀는 뒷벽에서 배관을 통해 물이 떨어지는 갑작스럽고 무거운 소리를 듣는다. 그녀는 이메일을 끝내야만 한다. 어제 문 두드리는 소리에 놀라 중단했던 부분부터 이어서 써야 한다. 그녀는 단체에 연락해야만 한다. 그렇지 않으면 끝내 진술하지 못할 것이다.

숙제다.

일단 그녀에겐 칼 한 자루가 필요하다. 아파트 단지의 가장자리에, 신축 단지와 단독주택 구역을 나누는 기차역 근처에 쇼핑몰이 하나 있다. 그 다목적 건물 안에는 미용실, 약국, 우체국, 슈퍼, 그리고 철물점이 하나씩 있다. 2층에는 병원과 도서관이 있다. 기차역에 인접한 패스트푸드점에서는 달콤한 소시지를 판다. 그곳에서 도심으로 향하는 기차가 출발한다.

그녀에겐 항상 칼 한 자루가 있었다. 처음에는 날이 무딘 낡은 과도였다. 나중에는 나무 손잡이가 달린 진짜 칼을 갖게 되었다. 이 칼은 버섯을 손질하거나 구이용 꼬치를 만들 때 쓰였다. 열여덟 번째 생일에는 손톱 줄, 손톱 주걱, 작은 톱, 코르크 따개, 칼날 다섯 개가 달린 스위스 만능칼을 선물 받았다. 하지만 그 어떤 칼도 비상시를 대비해 만들어진 것은 아니었다.

칼을 사려면 집을 나서야 한다. 집을 나서려면 샤워를 하고 입을 만한 옷가지를 찾아야 한다.

필요성이다.

일단은 자리에서 일어나는 데 성공해야 한다.

까마귀들이 산사나무에 앉아 가지를 흔든다. 그들이 열매를 배불리 먹고 고속도로 너머에 씨앗을 배설하면 캡슐 같은 껍질에 싸인 씨앗은 단단한 땅 위에서 겨울을 난다. 그런 씨앗은 최대 5년까지 휴면 상태를 유지한다. 그러다가 적절한 환경이 갖춰지면 싹을 틔운다.

"자, 살라."

이 낯선 발트해의 도시에서 5년 동안 휴면 상태를 유지한다면 그녀는 어떻게 될까.

"일어나!"

아파트 숲 너머에 발트해가 있다. 모든 도로가 끝나는 곳. 걷고 또 걸으면 물가에 닿게 되는데 해안의 암석과 낮은 수심 때문에 그곳은 바다가 아니라 큰 호수처럼 보인다.

저는 아디나 셰이발입니다. 감사합니다. 귀 단체에 정말 감사합니다. 한량없이, 진심으로 감사해서 이 기회를 통해 제 고마움을 전하려 합니다.

단체는 기부로 운영된다. 단체는 기부자들에게 달려 있다. 부유하고 선량하며 동정심이 많은 사람으로부터 지원받는다. 사람들은 사회적 책임 의식으로 주머니를 연다.

하지만 그녀처럼 통나무집에 살고, 여행하며 떠돌고, 바다에서 캠핑하고, 이름 없는 라빈톨라에서 다국어로 된 메뉴를 주문한 사람에겐 부유한 사람들의 동정이 필요치 않다.

푸른 여자가 언제 마지막으로 지하도를 통과했는지는 알 수 없다. 관광 시즌은 지났다. 밤에는 보트들만 외롭게 남는다. 항구를 지키는 사람은 없다. 저녁이 되면 나마저 지하도를 지나서 집으로 돌아간다.

나는 그녀에게 지하도 반대편으로 넘어가 본 지 얼마나 되었냐고 묻는다.

푸른 여자는 답하지 않는다. 그녀는 우리가 만나기 이전에 있었던 일들에는 관심을 두지 않는다. 그것에 대해 말해야 할 의무나 계약 조건 같은 것은 없다.

대화 중 그녀는 중요한 건 현재라고 말한다. 내가 매일 지하도를 통과하는 것을 보았다고 했다. 그것이 시작이었다고 말이다.

그녀는 담요를 내던지고 자리에서 일어나 욕실로 갔다. 전등을 켜고 변기를 사용하고 수도를 틀고 수건으로 몸을 닦았다. 수건마저도 그녀의 것은 아니다. 임대 계약서에 따르면 수건은 이 집의 기물 중 하나다.

그녀가 단체에 보내는 편지를 끝내지 못한다면, 혹시라도 완성하지 못한다면, 그녀는 사람들이 과연 자기를 믿을지 결코 알아낼 수 없을 것이다.

그녀는 마치 수건에 손이 망가질세라 조심스레 물기를 닦는다.

"그동안 당신이 어떻게 살아왔는지는 중요치 않아. 중요한 것은 당신이 사람들의 관심을 끌 수 있냐는 거야."

주방에 걸린 엽서에는 택시가 뉴욕을 가로지르고 있다. 저 멀리 수평선에는 송신탑이 우뚝 솟아 있다. 쓰레기통 옆에 커피 찌꺼기가 떨어져 있다. 그녀는 행주를 가져와 찌꺼기를 닦는다. 지금은 해가 들어서 춥지 않다.

맑은 날이면 송신탑 위로 높이 뜬 해가 제일 먼저 화분에 볕을 내리고, 다음으로는 거미가 집을 짓고 있는 창틀을 데우며, 마지막으로 탁자를 비춘다. 가끔 그녀는 오래오래 볕을 쬘 수 있도록 탁자의 위치를 옮긴다.

핀란드어 인터넷 사이트 상단에 영국 국기가 깜빡인다. 국기는 디지털 바람에 휘날리고 있다. 국기 뒤에는 영어로 슬로건이 쓰여 있다. **위기에 처한 여성들, 비전, 사명, 우리가 돕는 사람들에 대하여.** 그녀는 영국 국기를 클릭하지 않는다. 가끔은 아무 말도 이해하지 않는 편이 낫다. **엔 보이 뻬따 아니타니, 나엔 운따.**En voi pettää itseäni, näen unta.* 핀란드 사람들은 모음을 낭비하는 경향이 있다. 같은 모음이 겹으로 나올 때가 많아서 마치 아이가 생각해 낸 언어 같다. 아이들은 훌륭한 관찰자다. 그들은 단어의 의미를 문자 그대로 받아들인다. 그들은 사람의 말을 곧이곧대로 믿는다. 그 점에서는 레오니데스가 옳았다. 그러나 한 단어가 어디에서 끝나고 다음 단어가 어디에서 시작되는지조차 확실하지 않으면 그 언어에 접근하기 힘들다. 그런 언어는 종잡을 수가 없다.

저는 아디나 셰이발입니다. 저는 핀란드어를 모릅니다. 핀란드 국적자는 아니지만 여기에서는 안전합니다.

그녀는 "여기에서는 안전합니다"라는 문장을 지운다. 그녀는 세 개의 국경과 세 개의 언어권을 넘고 대륙을 가로질러 여기에 왔다.

저는 기억이 나를 지웠을까 두렵습니다. 그래도 시도는 해 보고 싶습니다. 용기를 내어 그 일이 어떻게 시작되었는지를 설명하려 합니다. 그 일은 어느 저택에서 일어났습니다. 독일 쪽 오데르에 있는, 슈베트 북쪽의 저택이었습니다.

파제발크와 앙클람을 지나 슈트랄준트에 이르면 항구가 나온다. 그곳에서 스칸디나비아로 가는 배를 탈 수 있다는 사실을 그때까지는 알지 못한 채 그녀는 항구까지 갔다. 아무 계획이 없었다. 북쪽으로 가겠다고 결심한 바도 없었고 염두에 둔 경로도 없었다. 그저 한 걸음씩 내디뎠을 뿐이다. 북쪽으로 갈수록 하늘은 어두워졌다. 그 어둠이 싫지 않았다. 그녀는 이 대륙이 끝나는 곳까지 계속 그 어둠 속으로 걸어가고 싶었다. 북쪽 끝으로, 도시도 집도 없는 곳

---

* 핀란드어로 "나는 나 자신을 속일 수 없다. 나는 꿈을 꾸고 있다"라는 뜻.

으로, 기차도 자동차도 버스도 다니지 않는 저주받은 땅으로 가고 싶었다.

혹시 단체에서 묻는다면 그녀는 그건 여행이 아니었다고 말할 것이다. 경치를, 나무와 바다와 수평선을 볼 수 있는 게 여행이다. 사람이 여행하는 이유는 나중에 그 이야기를 하기 위해서다. 그 여행이 자신에게 무엇을 남겼는지 이야기하기 위해서다.

도망치는 사람에게는 한 대륙도 너무 좁다.

그녀는 레오니데스에게 한때 정액제 티켓으로 유럽을 가로지르는 여행을 했다고 말한 적이 있다.

"혼자서?"

"일단 베를린으로 갔어요."

"모두 베를린을 원하지."

"그런가요?"

"그다음은?"

"제일 먼저 오는 기차에 올라탔어요."

"대모험이군."

"기차 여행이 모험인가요?"

"당신도 나처럼 순진하게 세상에 뛰어들었어. 그러니 궁금해지는 거야. 우리의 모험심은 소련 붕괴 후 무법천지 세월의 결과물인가? 아니면 그저 우리가 조금 방치된 채로 자랐던 탓일까?"

"당신은 내가 어떻게 자랐는지 모르잖아요."

"하긴, 나라면 친구 없이 그런 여행을 하지는 않았을 거야."

"일단 하나가 있어야 가능한 얘기죠. 내 말은, 친구가요."

"이십 대 초반이면 친구 하나는 있지 않아?"

"없이 살다 보면 없는 것에 익숙해진답니다."

"아무리 그래도," 그가 말했다. "모든 사람이 혼자서 유럽 일주를 하지는 않아."

"내가 그날을 얼마나 고대했는지 모르고 하는 말이에요."

"무섭진 않았어?"

"무서웠죠."

레오니데스. 이제 그녀는 그의 말을 듣고 싶지 않다. 세상사에 관한 그의 지혜가 그녀에겐 필요치 않다. 세상은 그의 관념처럼 단순하지 않다. 그는 결코 자기의 관념을 의심하지 않을 것이다. 혹여라도 세상이 자기 관념과 맞지 않는다는 것을 깨닫더라도 그 책임을 세상에 돌릴 것이다. 자기 관념에 문제가 있을 수 있다는 생각은 추호도 하지 않을 것이다. 그렇지 않으면 자신이 세상에 대해 틀린 부분이 있다는 사실을 받아들여야 하는데 그는 그걸 유쾌하게 여기지 않는다.

우리는 전체주의 체제의 생존자들에게 귀를 기울일 때 비로소 유럽의 이해에 도달할 수 있습니다.

"왜 전화를 안 하는 거야, 살라? 그 단체가 당신을 도울 수 있어. 일을 그렇게 복잡하게 만들지 마."

"내가 복잡한 건 당신 때문이에요."

"어서 전화해! 혹시 부끄러워서 그래?"

그녀는 자신의 목소리를 들려줄 수 없다. 전화기로는 한 마디도 꺼낼 수 없을 것이다.

그래도 살아남기 위해서는 이 문제를 해결해야 한다고, 그녀는 생각한다.

푸른 여자는 물을 바라보며 침묵을 지킨다. 저 멀리 습지대에는 갈대가 안개에 잠겨 물결치듯 흔들린다. 저녁이면 기온이 10도 아래로 떨어진다.

나는 처음부터 당신에게 관심이 있었노라고 그녀에게 말한다. 나는 그녀에 대해 좀 더 많은 것을 알고 싶다. 그녀의 갈망과 그녀가 언어에 집착하는 이유에 관해서도 알고 싶다.

나는 그녀의 이름을 묻고 싶지만, 너무 오랫동안 적절한 타이밍을 못 찾고 있다.

어스름 녘 항구는 황량하다. 녹슨 철근에 기대어 선 작은 배 위로 방수포가 정신없이 나부낀다.

푸른 여자는 자기에게 이곳은 황량한 항구가 아니라고 말한다.

내가 찾는 사람은 자기가 아니라고 말한다.

저는 아디나 셰이발입니다. 당신에게 메일을 쓰지 않으면 저는 무너져 버릴 것 같아요.

커서가 깜빡댄다.

"말해 봐, 꼬마 모히칸! 어떻게 된 거야? 무슨 일이 있었어? 어째서 이렇게 오랫동안 소식이 없었니?"

그것이 그들의 질문이다.

모션아이 카메라의 눈이 그녀를 바라본다.

그녀는 흔들리지 않고 시선을 되받는다. **리**오에서라면 쉬웠을 것이다. 리오에는 항상 이야기를 들어 줄 누군가가 있었다. 리오에서는 아무도 그녀가 부끄러워할 거라 생각하지 않았다. 리오에서는 사람들이 그녀를 거리낌 없이 믿었다. 그녀가 누구인지를 모두가 알고 있었기 때문이다. 그녀가 다른 이름으로 불릴 때, **꼬마 모히칸**이라고 불릴 때, 그녀는 남들 앞에서 자기 삶의 비밀을 가감 없이 말할 수 있었다.

지금 그녀는 어떤 이름으로 이메일을 써야 할지 몰라서 혼란스럽다. 니나일까, 아디나일까.

"살라!"

"내가 이 순간을 얼마나 고대했는지 알기나 하세요."

그녀는 레오니데스에게 그렇게 말했다. 비록 그녀가 그에게 말한 것이 모두 진실은 아니었다. 가끔은 생략도 하고 미화도 했다. 하지만 그 말 만큼은 진실이었다.

그녀는 열두 살 때부터 떠나는 날 아침을 기다려 왔다. 탄발트로 향하는 길을 따라 하염없이 달아나고 싶었다. 처음에는 막연한 동경으로 시작된 감정이었으나 쉽사리 사라지진 않았다. 그녀는 어렸고, 저 멀리 안개 낀 산봉우리 뒤에 숨겨진 세상에 대한 호기심으로 가득했다. 사람들은 그 방향으로 사라졌다. 빨치산도, 스키 여행객도, 태양도. 젊은 여자 둘이 탄 파란색 스코다 자동차도 하라초프를 지나 그 길로 사라졌다. 그곳은 사람이 발견하고 정복하고 활용할 수 있는 분주하고 흥미진진한 세계 같았다. 마치 꽉 찬 배낭처럼 온갖 인생으로 넘쳐나는 곳이었다.

"말 좀 해 봐, 꼬마 모히칸!"

하라초프에서 스코다는 특별하지 않았다. 하라초프에는 항상 스코다가 지나갔다. 특별한 일이라면 스코다가 지나가는 그녀 옆에 멈춰 선 것이었다. 네 바퀴에 은색 펜더가 달려 마치 날개를 펼친 백조처럼 보이는 차였다.

"긴장하게 하지 말고 빨리 말해 줘!"

파란 스코다는 우체국으로 가던 그녀 옆에 섰다. 차 안에는 스키복을 입은 여자 둘이 앉아있었다. 그중 하나는 투명할 정도로 밝은 금발이었다. 유독 눈이 많던 추운 겨울이라 그들이 길을 물으려고 입을 벌릴 때마다 공기 중에 숨결이 보였다. 그들은 독일어를 했다. 그들은 아디나가 이해하지 못하는 낯선 단어를 말했다. 그리고 낄낄거리며 휴대용 사전을 뒤적였다.

"나 너희들을 봤어!" 저녁에 다락방에 앉은 아디나는 리오의 친구들에게 말했다. "너희 지금 하라초프에 있지?"

아디나는 학교에서 독일어를 조금 배웠다. **카인, 나인, 니히트** 같은 부정형 정도는 안다. 하지만 여자들이 가는 길까지 태워 줄 테니 차에 타라고 했을 때 그녀는 부정형을 사용해 거절하지 않았다.

"너희들 백조처럼 보이는 파란 자동차를 타더라!"

뒷자리에서 보기에도 여자들은 서로 좋아하는 것 같았다. 눈이 반짝이는 운전자가 출발하려 기어 스틱을 잡았을 때 조수석의 여자가 그 위에 손을 포갰다.

"알다시피 너는 우리를 볼 수 없어, 꼬마 모히칸." 리오의 친구들이 답을 했다. 리오와 하라초프가 별개의 장소라는 것은 아디나도 잘 알았다. 그녀는 아디나이거나 최후의 모히칸이거나, 둘 중 하나만 될 수 있었다. 스코다를 탄 젊은 여자들은 여느 관광객과 마찬가지로 그냥 휴가객이었다. 길을 잘못 들었을 뿐이었다. 하지만 아디나가 그들을 숙소로 안내하기 위해 차 뒷좌석에 앉았을 때, 그녀는 마치 두 장소에 동시에 존재하는 듯한 기분이 들었다. 하라초프에 서 있으면서도 꼬마 모히칸이 된 것 같은 기분을 느꼈다.

그녀는 여자들에게 일부러 돌아가는 길을 안내했다. 좁은 마을 길은 빙판이었고 그들은 천천히 움직일 수밖에 없었다. 운전대를 맡은 여자는 자신이 타 본 슬로프와 산등성이에서 눈보라를 만나 사고가 났던 이야기를 꺼냈다. 그녀는 눈 기둥 옆에 생긴 몇 미터짜리 구멍에 빠졌고 혼자 힘으로는 빠져나올 수가 없었다고 했다. 사람들이 그녀를 발견한 것은 몇 시간 후였다. 그동안 그녀는 어둡고 차가운 얼음에 갇혀 점점 눈과 하나가 되는 듯한 기분을 느꼈다. 그녀는 모든 통제력을 잃었고 모든 책임감에서도 벗어났다. 그 순간 그녀에게 찾아온 부존재의 느낌이 행복처럼 느껴졌다고 했다.

아디나는 그 부존재를 상상해 보려고 애썼다. 그것은 그녀가 버스에서 머리를 숙이고 웅크리고 앉을 때와 비슷한 느낌일 것 같았다. 학교까지 가는 버스는 좌석 서른 개가 빈 채로, 오직 그녀만을 위해 하라초프까지 운행했다. 그녀는 언제나 맨 뒤에 앉아 몸을 작게 웅크렸다. 그러면 버스 안에는 더 이상 아무도 없는 것처럼, 그녀마저도 없는 것처럼 보였다. 하지만 그녀는 여전히 버스 안에 있었고, 그녀가 거기에 있는 한 버스 안은 분명 무언가가 존재하는 상태였다. 밖에서는 부존재일지 몰라도 분명 그녀는 존재했다. 그녀는 그 기분이 행복처럼 느껴지지 않았다.

"너희가 '무'가 뭔지 아니?"

"웬일로 네가 질문을 다 하네! 그럼 이렇게 말해 보자. 네가 노트북을 끄면 리오는 부존재하게 돼. 우리가 대화를 멈추면 우리도 부존재하는 거야. 하지만 그것은 일시적인 부존재일 뿐이고 너에게만 해당돼. 그 점을 잊어선 안 되지. 모두가 동시에 노트북을 끄는 일은 없으니까. 너는 네 얘기를 들려주려 했잖아."

행복은 검은색이 아니야. 잠시 후 조수석에 앉은 여자가 조용히 반박했다. 그러고선 룸미러로 아디나에게 윙크를 했다. 그때 아디나는 자신의 탐험에 관해 이야기할 용기를 얻었다. 그녀는 스스로 자연과학자라고 소개하고, 헤드 랜턴에 의지해 아무도 모르는 길들을 따라 유령 같은 숲을 탐험하고 있다고 설명했다. 여자들은 웃으며 독일에는 차세대 여성 자연과학자들을 위한 장학금이 있다고 말했다. 그녀와 같은 과학자들이 뮌헨이나 베를린에 오면 그 장학금을 받아 공부한다고 말했다. 그리고 그들이 내년 겨울에 다시 올 때는 그 장학금에 관한 안내 책자를 가져오겠다고 약속했다.

그날 아디나는 곧장 집으로 향하지 않았다. 여자들과 작별 인사를 한 뒤 돌아가는 척했지만, 실은 스키 점프대 근처에서 다시 방향을 틀어 그들이 묵는 펜션으로 돌아갔다. 아래층 창문 중 하나에만 불이 켜져 있었다. 주변은 이제 막 어두워지기 시작했고, 솟을지붕에 쌓인 눈이 바람에 날려 장작더미로 떨어졌다. 아디나는 그 장작더미 위로 올라가서 창틀 가까이 다가갔다. 입김이 들키지 않도록 손으로 입을 가렸다. 살짝 열린 창문 틈으로 바람에 휘감긴 커튼이 삐져나왔다. 그 뒤로 그림자 하나가 보였다. 곧이어 두 번째 그림자가 나타났고 그 두 그림자가 다가가 섞이기 전에 아디나는 눈을 감았다.

"나는 너희와 차를 같이 탔어."

"그런데 모히칸, 어째서 낯선 사람 차를 탄 거야?"

"너희들과 더 오래 있고 싶어서."

이튿날 그녀는 다시 펜션으로 갔다. 이번에는 추위에 떨지 않으려고 스키용 방한 내의를 입었다. 그녀는 장작더미 위에 올라가 천천히 몸을 일으켰다. 전자기력을 관찰하는 물리 수업에서 자석에 붙은 작은 금속 핀이 떨던 것처럼 그녀의 몸도 파르르 떨렸다.

창문 커튼이 걷혀 있었다. 스탠드 조명이 환하게 빛났다. 젊은 여자 둘은 서로 팔짱을 끼고 소파에 앉아 있었다. 그들이 입을 맞출 때 아디나의 온몸이, 심지어는 솜털까지도 그 기분을 함께 느꼈다. 마치 그 키스가 그녀를 감싸 안는 듯한 기분이었다. 두 사람이 그녀에게 다가와 그녀에게 손을 내미는 것 같았다. 그녀는 어디로 가는지 묻지 않고 따라가기만 하면 될 것 같았다.

"조심해, 꼬마 모히칸. 그리고 우리가 너를 보러 갈 리는 없어. 알다시피 우리가 직접 만난다면 **리오**가 왜 필요하겠어?"

리오의 친구들이 항상 모든 것을 이해하는 것은 아니었다. 예컨대 그들은 노트북을 꺼도 그녀에겐 **리오**가 여전히 존재한다는 것은 이해하지 못했다.

"바보 같은 소리 집어치우고 곧 또 연락해. 잘 자, 꼬마 모히칸."

이듬해 겨울, 그녀는 주말마다 마을 출구 표지판 앞에 서 있었다. 그녀는 탄발트 방향으로 뻗은 도로를 하염없이 바라보았다. 그렇게 1월과 2월, 그리고 3월이 지나갔다. 그녀는 가문비나무를 방패 삼아 몇 시간씩 한 자리에 서 있었다. 그곳은 독일과 네덜란드에서 온 관광객들이 마을로 올라가는 경로였다. 그들은 새로 생긴 대형 주유소보다 좀 더 아래쪽 갈림길에서 이 길로 접어들었다. 갈림길의 남쪽 길은 브르흘라비로 향했고, 반대쪽 길은 탄발트를 지나 야블로네츠로 향했다. 가끔 그녀의 어머니는 야블로네츠까지 가서 바지나 새 신발을 사오곤 했다. 야블로네츠를 지나면 리베레츠였고 그 뒤는 국경이었다.

아디나는 협곡에서 오는 자동차를 하나하나 주의 깊게 살펴보았다. 그중에는 빨간색, 초록색, 파란색의 스코다도 있었다. 그녀는 관광객이 탄 차라면 하나도 놓치지 않고 주의 깊게 살폈다. 눈보라 속에서 자동차가 색을 잃어서 순백의 눈 위에 선 가문비나무 그림자와 다름없어 보일 때까지 그 자리를 지켰다. 3월 중순에 이르러 눈이 녹기 시작할 때가 되어서야 아디나는 마을 출구 표지판 옆자리를 떠났다. 그녀는 버려진 옛 주유소를 지나 펜션으로 갔다. 펜션은 스키 슬로프 바로 곁에 붙어 있었다. 작은 경사면에 웅크린 것처럼 보이는 집이었다. 지붕 뒷면은 산과 맞닿아 있었다. 그래서 눈이 많이 쌓이면 스키 탄 사람들이 지붕 위를 지나가곤 했다. 슬로프에서 벗어난 그들은 지붕 끝까지 간 다음 굴뚝에서 떨어지면서 속도를 올렸다.

지금은 남은 스키어들이 없었다. 집 안은 컴컴했다. 솟을지붕 옆

장작더미는 그대로였으나 창문은 굳게 닫혀 있었다. 아무 소리도 들리지 않았다. 젖은 나뭇가지에서 떨어지는 물방울 소리 외엔 아무 소리도 들리지 않았다. 아디나는 몸을 구부렸다. 단단하게 쌓인 눈더미를 맨손으로 긁어 큰 덩이 하나를 손에 들었다. 며칠째 비가 왔고 물방울은 눈덩이 가장자리에 날카롭게 얼어붙었다. 그녀는 고통이 느껴질 때까지 눈덩이를 얼굴에 문질렀다.

"살라?"

몸을 일으키자 부드러운 3월의 바람이 그녀의 거친 피부를 어루만졌다.

"살라? 내 말 들려?"

저녁노을이 보트 창고와 물과 이끼로 뒤덮인 바위 위에 내려앉는다.

나뭇잎이 모래 위에 떨어진다. 노란 점이 박힌 푸른 자작나무 잎이다. 축축한 그루터기 위에서 이끼가 그림자가 질 만큼 높이 자란다.

푸른 여자가 물가에서 올라온다. 저녁 해의 붉은 기운은 그녀의 얼굴에 여운을 남기며 사라진다. 그리고 곧 새로운 광채가 그 여운을 밀어낸다. 이제 그녀의 피부는 모래의 잔물결을 닮았다. 그녀는 나에게 누군가를 떠올리게 한다.

나는 때때로 엄습하는 상실감에 관해 말한다. 내가 쓴 모든 책에는 내가 사랑하는 인물이 있었다. 세월이 흐르며 나는 그들과 헤어졌다. 나는 보통 사람이 감당하는 것보다 훨씬 많은 이별을 겪어야 한다. 가끔 나는 그들이 어떻게 되었을지 궁금하다. 무엇이 되었을까. 지금은 어디에 있을까.

푸른 여자는 오랫동안 말이 없다.

그러다 문득, 삶과 이야기는 서로 다르다는 것을 모르냐고 묻는다. 기껏해야 이야기 속 인물은 그 인물을 만든 창작자에 대한 정보를 제공할 뿐이다. 그것을 창조한 사람에 대한 정보를. 그녀는 내 질문은 내 존재가 무엇을 의미하는지 알고 싶을 때만 유효하다고 말한다.

그녀는 삶에 대해 소유권을 주장하지 않는다. 그녀는 단지 삶은 때때로 이야기로부터 보호받아야 한다고 생각할 뿐이다.

2장. 리키의 작업실

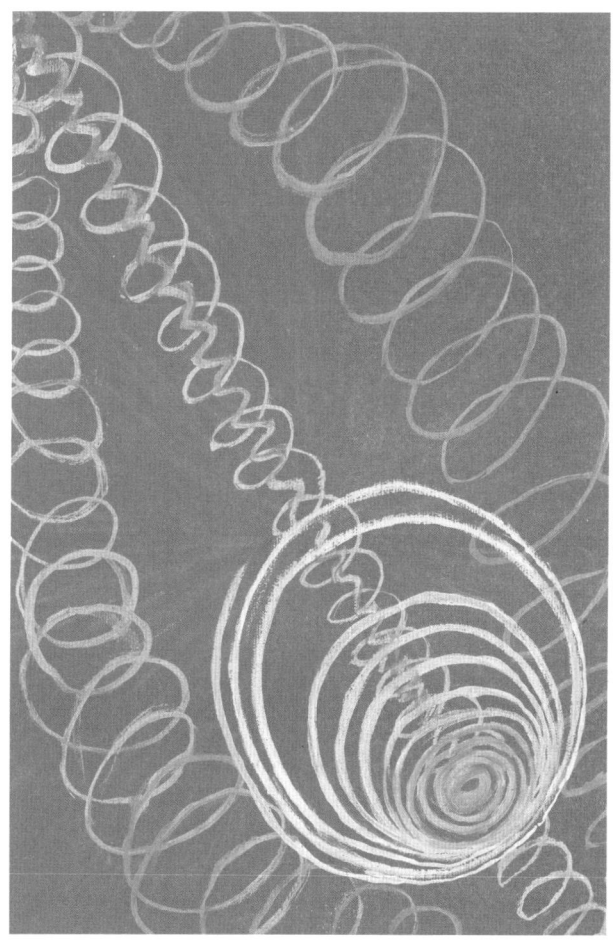

내가 이름 붙일 수 있는 것은 진정으로 나를 아프게 하지 못한다.
- 롤랑 바르트(Roland Barthes)

오래도록 고대해 온 아침, 그녀는 고속버스에 올랐다. 거의 만석이었으나 용케 창가 자리 하나를 찾았다. 창밖에는 그녀의 어머니가 서 있었다.

흐린 아침이었다. 해도 비도 바람도 없었다. 그녀는 그토록 고대해 온 날이 막상 그토록 아무렇지도 않게 흘러가는 것이 신기했다.

차는 20분 동안 달려 아무도 살지 않는 통제구역을 통과했다. 길을 따라 철조망이 이어졌다. 그것은 아무것도 아닌 곳에서 시작해, 아무것도 아닌 곳을 경계로 나누고, 다시 아무것도 아닌 곳으로 이어졌다. 그리고 아무렇지도 않게 끝이 났다. 잠시 후 그녀는 파란 바탕에 노란 별들이 그려진 표지판을 보았다. 그 위에는 '독일연방공화국'이라고 적혀 있었다. 창밖 풍경은 다시 아름다운 경치로 바뀌었다. 덤불과 초원을 지나서 한참을 달리자 마침내 나무 한 그루가 나타났다. 구름 사이로 해가 비쳤다. 버스는 드레스덴에서 한 번 정차한 후, 베를린의 방송타워 앞 중앙버스정류장으로 쉬지 않고 달려갔다. 그 방송타워는 마치 파리의 에펠탑처럼 보였다.

"살라, 너 지금 어디야?"

드레스덴에서 베를린으로 향하는 아우토반에서 그녀는 어릴 때부터 입었던 초록 면 스웨터를 둘둘 말아 쿠션처럼 대고서 창문에 몸을 기댔다. 그러고선 지금 도착한 나라에서 쓰는 언어를 조용히 연습했다. 독일어로 언어를 가리키는 모든 단어는 -이쉬$_{isch}$로 끝이 났다. 체코어, 슬로바키아어, 폴란드어, 프랑스어, 영어, 힌디어, 러시아어는 각각 체히쉬, 슬로바키쉬, 폴니쉬, 프랑쪼지쉬, 엥글리쉬, 인디쉬, 루시쉬라고 불렸다. 그러나 독일어만큼은 도이칠란디쉬나 도이치쉬가 아니라 도이차라고 불렸다. 자기 언어에 이렇게 특별한 지위를 부여하는 사람들은 분명 특별한 사람들일 거라고 아디나는 생각했다. 그녀는 차창 밖으로 지나가는 숲을 바라보았다. 하라초프의 숲보다 밝았다. 규칙적으로 심어진 소나무들은 아스파라거스 줄기처럼 가느다랬다. 소나무의 앙상한 가지가 너무 높게 뻗어서 마치 체코의 즐라타 비흘리드카 호텔 입구 화단에 심어 놓은 야자수처럼 보였다.

"도망치지 마!"

해가 지고 날은 추워진다. 항해등에서 뻗은 한 줄기 빛이 날카롭게 어둠을 가른다.

나는 푸른 여자에게 그 반대가 아닌지 묻는다. 이야기가 삶으로부터, 일상적이고 잊히기 쉬운 것들로부터, 그리고 시간의 흐름으로부터 보호받아야 하는 게 아닌지 말이다.

푸른 여자는 말없이 스카프를 차곡차곡 갠다.

매일 저녁 나는 지하도를 통과해 돌아간다. 매일 저녁 돌아가는 내 걸음 소리가 내가 했던 말의 울림을 덮어 버린다.

푸른 여자가 나를 쳐다본다.

그녀는 나에게 자기 정보를 감추기 위해 이야기를 거부하는 게 아니다. 사건을 하나의 이야기로 정리하는 과정에서 그녀는 낯선 인물이 된다. 낯선 인물들만이 자기 이야기를 강요받는다. 하지만 여기에는 나와 그녀만 있다. 그녀가 나를 항구에서 만난 것은 우연이 아니다.

이해하지 못하는 가운데 우리는 서로 가까워진다고, 그녀는 말한다.

어느 시인의 말이다. 누구의 말인지는 그녀도 기억하지 못한다.

아디나가 리베레츠의 버스터미널에서 독일로 가는 고속버스를 타고 떠난 것은 월요일이었다. 2006년 9월 18일 월요일. 그날은 독일 공화국 135년 역사상 처음으로 여성이 정부의 최종책임자 자리에 오른 날이다. 아디나는 그 뉴스를 라디오에서 들었다. 사상 최초로 독일연방 총리에 오른 여성은 의회 취임 연설에서 "우리가 무언가를 변화시키고 싶다면 익숙한 관례나 자동반사적인 환호는 그만두자. 아무도 우리가 새로운 길을 가는 것을 막을 수 없다"라고 당당하게 말했다. 아디나도 뜨겁게 동의했을 말이다. 그러나 아디나는 이 연설을 듣지 못했다. 새로 선출된 독일 총리의 취임 연설은 체코 라디오에서는 방송되지 않았기 때문이다. 이후 몇 주 혹은 몇 달 동안 앙겔라 메르켈의 목소리가 계속 흘러나왔으나 그녀는 무슨 뜻인지 이해하지 못했다.

아디나는 스물한 살이었다. 그녀가 탄 고속버스는 제대로 가고 있었고 그녀의 크로스백에는 돈이 가득 들어 있었다. 짐칸에는 50리터짜리 배낭이 실려 있었다. 그녀는 제일 좋아하는 부츠를 신고 있었고 버스는 따뜻했다. 때는 새로운 천년의 초입이었다.

드레스덴을 지난 지 30분쯤 되었을 무렵, 그녀는 갑자기 모골이 송연해지는 걸 느꼈다. 돈은 여전히 거기에 있었다. 모든 것이 착각이 아니었음을, 오랜 고대 끝에 이 버스에 오른 것이 환상이 아니었음을 확인하고자 손으로 빳빳한 신권 유로화를 더듬었다. 지폐에는 차가운 공기가 배어 있었다. 신권은 그녀가 은행에 가져간 부드럽고 축축한 종이들보다 훨씬 더 믿음이 갔다. 그녀는 축제에서 번 잔돈, 어머니에게서 받은 용돈, 그리고 글뤼바인을 팔아서 모은 돈을 모아 은행으로 가져갔다. 그 종이들은 자신의 무가치함을 축축함으로 증명했다. 그녀가 두툼한 종이 뭉치를 은행 창구에 올려놓자 직원은 손가락에 침을 묻혀 그것을 센 다음, 그보다 훨씬 얄팍한 유로화 지폐 다발을 내놓았다.

 그녀의 동급생 중 한 명은 대학입시를 마친 기념으로 인터레일 패스 티켓을 선물 받았다. 로마로 여행을 간 동급생도 있었다. 하지만 그녀는 학교를 졸업한 후 노동을 했다. 즐라타 바흘리드카에 있는 리조트에 주방과 사우나와 바를 오가며 잡일을 돕는 임시직으로 취직했다. 가끔은 생맥주도 따랐다. 하지만 대부분은 주방에서 설거지를 하거나 사우나에서 땀에 젖은 수건을 교체하는 일을 했다. 그곳의 사우나 풍경은 서유럽과 비슷했다. 기다란 의자에 앉은 손님 대부분이 러시아어를 쓴다는 것만 빼면. 러시아인들은 예전과 달랐다. 예전에는 군복 차림으로 깊은 산속, 이를테면 슈핀들레로바 보우다 같은 곳에 묵었다. 제2차 세계대전 때는 전쟁 포로를 가두던 독일 수용소였으나 후에는 붉은 군대의 기지로 쓰였던 슈핀들레로바 보우다는 소련 군대가 철수한 뒤 넓은 통창을 통해 파노라마 경치를 볼 수 있는 관광호텔로 변신했다.

 하지만 리조트에 온 러시아인들은 빡빡머리가 아니었다. 그들은 수영장 밖에서도 무릎까지 오는 통이 넓은 반바지를 입었고, 물에 젖은 채로 사우나 앞에 있는 마른 나무 벤치에 누워서 가는 곳마다 물 얼룩을 남겼다. 그들이 몰고 온 자동차는 마을 골목길에 비해 너무 컸고, 그들의 비키니는 그들의 가슴에 비해 너무 작았다. 휴식용 의자에서 일어난 그들은 베트남 여성에게 타이 마사지를 받으러 갔다. 그 베트남 여성은 마을에서 아시아 식료품점을 운영했다. 그녀는 비싼 오일을 사용했고, 러시아 여자들은 마사지가 끝나면 오일 범벅으로 샤워실로 가서는 타일에 끈적이는 자국을 남겼다. 러시아인들이 들어갔다 나오면 아디나는 매번 그 기름 자국을 닦아 내야 했다.

"그자들 곁에는 얼씬도 말아라." 그녀의 어머니는 말했다. 어머니는 그들이 무기 거래나 인신매매, 마약 거래 등의 범죄로 돈을 번다고 확신했다. "합법적으론 그렇게 부자일 수 없어."

어느 날 그들 중 하나가 바구니를 비우던 아디나 쪽으로 젖은 수건을 던졌다. 수건 끄트머리가 그녀의 얼굴을 찰싹 때리는 광경을 본 그 남자의 친구는 문신이 그려진 두툼한 팔을 수영장 가장자리에 걸친 채로 히죽 웃었다. 수영장 바닥 조명에 비친 그의 얼굴이 괴물 같았다. 물에서 낑낑대며 올라오는 그의 털북숭이 등에는 척추를 따라 하늘색 줄무늬가 그려져 있었다. 물리치료용 밴드를 붙인 걸 보니 더 이상 그가 무섭지 않았다.

아디나는 어머니가 부끄러웠다. 해가 중천에 떠서야 낡은 잠옷 바람으로 침실에서 나오기 때문은 아니었다. 전기세와 난방비를 내기 위해 화장품 사는 것을 포기했기 때문도 아니었다. 사실 아디나가 부끄러운 건, 어머니가 힘들다는 것을 알면서도 화를 내는 자신이었다. 어머니는 즐라타 바흘리드카의 리셉션에서 하루에 여덟 시간씩 야간 근무를 했다. 손님이 오면 객실 열쇠를 주고 스키 부츠를 따뜻하게 데우는 일을 도맡았다. 예전에 어머니는 좋은 기분으로 퇴근했고 얼굴도 그리 창백하지 않았다. 벌이가 좋았고 러시아인들 앞에 움츠러들 일도 없었다. 예전의 어머니라면 졸업하는 딸에게 어학연수를 선물했을 것이다. 다른 동급생들의 부모처럼 아디나가 편하게 독일에 다녀올 수 있도록 여행 경비를 대 주었을 것이다.

"그래봤자 한 달 반이야." 아디나가 떠나기 전날, 식탁에서 어머니가 말했다. "그새 세상이 뒤집어지기야 하겠어." 그건 마치 아디나 혼자 낯선 대도시로 보내도 큰일은 없을 거라고 자기를 설득하는 말처럼 들렸다. "눈 깜짝할 새면 네가 돌아올 거야!"

출발일이 되자 마치 자기가 떠나는 것처럼 흥분한 어머니는 매년 봄 눈 녹은 엘베 폭포 산장으로 여행을 갈 때 가져가던 보온병에 차를 끓여 담았다. 때가 되면 그들은 폭포 꼭대기 바위에 우주선처럼 자리 잡은 음침한 산장에서 하룻밤을 보내고 돌아왔다.

"네 할머니가 아신다면!" 어머니는 햄치즈 샌드위치와 네 조각으로 자른 사과 두 개를 비닐 봉투에 넣으며 말했다. 그 사과는 곧 갈색으로 변하고 물컹해질 터였다. "널 무척 자랑스러워하실 텐데."

사과 조각은 아주 어릴 때부터 아디나와 함께했다. 하이킹을 갈 때면 늘 작은 비닐 봉투에 잘라 넣어서 가지고 다녔고, 일요일엔 아침 식사로 나왔으며, 학교 도시락에 빠지지 않고 포함되어 같이 싸 간 햄샌드위치를 눅눅하게 만들었다. 이제 그녀는 아침 첫 햇살을 맞으며 고속버스를 타고 떠날 것이다. 그곳에는 영양 크림 맛이 살짝 나는 갈변한 사과를 꼭 먹으라고 챙기는 어머니가 없다.

베를린 시내에 가까워졌을 때, 그녀는 사과 조각이 든 비닐 봉투를 앞좌석 그물주머니에 버렸다.

베를린은 거대했다. 그녀는 그렇게 큰 도시를 본 적이 없었다. 산봉우리도 협곡도 계곡도 강도 모두 콘크리트로 덮여 있었다. 식물과 나무들도 시멘트에 둘러싸여 있었다. 그녀가 처음으로 읽은 단어는 케밥이었다. 케밥 가게 간판 아래서 푸들 두 마리가 짖고 있었다. 그 주변을 회색 외벽의 건물이 둘러싸고 있었고, 그 뒤로 더 많은 집과 외벽이 있었으며 더 많은 시멘트 더미가 서 있었다. 신호등과 광고판이 현란하게 색을 바꾸었고, 지하철은 노란색이었으며, 터널 안에서 한 남자가 하모니카를 불었다. 그녀는 지하철을 타고 한참 동안 어둠 속을 달렸다. 객차 안에서는 쇠와 마늘의 냄새가 뒤섞여 풍겼다. 그녀는 타일로 벽이 장식된 역과 알록달록한 그림이 그려진 다른 역을 지나쳤다. 하지만 그녀가 내려야 할 역은 결코 나타나지 않았고, 차츰 그녀는 역을 놓쳐서 이미 도시를 벗어났거나 아예 다른 도시에 있는 것은 아닐까 걱정이 되기 시작했다. 하지만 그녀가 리히텐베르크 역에 내려 계단을 올라가자 도시는 그대로였다. 집들과 케밥 가게, 시멘트도 그대로였다. 다만 그곳에서는 다른 성탑이 보였다.

리키는 그녀에게 처음으로 말을 건 사람이었다. 리키는 너도밤나무가 붉은 잎을 드리운 광장에 놓인 빨간 의자 위에 앉아 있었다. 길 건너 카페에서 나무 테이블과 함께 내놓은 의자였다. 테이블 위에는 종이 갓을 씌운 색색 조명이 빛났다. 바람이 세게 불면 곧 꺼질 것 같은 가녀린 불이었으나 다행히 나뭇잎을 부드럽게 흔드는 산들바람만 불었다. 리키는 그녀에게 차이라떼 한 잔을 샀다. "리히텐베르크에는 어쩐 일이야?"

우거진 나무가 왕관처럼 광장 위를 뒤덮었다. 광장 둘레에 주차된 자동차까지 늘어진 붉은 잎은 마치 광장의 녹슨 지붕처럼 보였다. 작은 카페 위에도 그늘이 드리웠다. 잠시 후 비가 내리기 시작했고 그녀는 우비를 호스텔에 두고 왔다는 것을 깨달았지만 다행히 나뭇잎 지붕이 비를 막아 주었다.

매일 아침 지하철을 타러 가는 길에 그녀는 이 붉은 너도밤나무를 지나쳤다. 호스텔은 광장과 매우 가까웠다. 외벽에 아무 장식이 없는 3층짜리 건물이었다. 로비에 세워진 검은 칠판에는 여러 행사가 예고되었다. 바비큐 파티, 피자 나이트, 와인 뷔페, 8월 마지막 주를 위한 특별 프로그램 등. 8월은 이미 한참 전에 지났다. 호스텔 입구 작은 마당에는 자전거 거치대와 쓰레기 수거함이 있었다. 마당을 지나 큰 대문을 열고 거리로 나오면 곧장 배달 전문 피자집이 보였다. 그 뒤로는 아직 파라솔을 펼치지 않은 커피숍이 있었다. 5호선 지하철역에 가기 전에 그녀는 꼭 광장 너도밤나무 아래에 잠시 서서 도시의 활기를 몸으로 느꼈다. 매번 그 활기가 실감 나진 않았으나 적어도 상상할 수는 있었다. 그동안에도 사람들은 잰걸음으로 그녀 앞을 지나갔다. 그들에겐 목적지가 있었다. 그녀에게도 목적지는 있었다. 그녀는 매일 도심의 한 현대식 고층 건물로 갔다. 그녀는 정신없는 도시의 단정한 교실에 앉아 독일어 동사의 변화와 분사의 활용을 고민했다. 비스듬히 열어 놓은 창문 틈새로 지하철 신호음과 자동차 소음이 끊임없이 들이닥쳤다. 그녀는 분사가 마음에 들었다. 분사는 하나로 단정할 수 없는 단어였다. 분사는 동사와 형용사가 동시에 될 수 있었다.

다른 수강생들은 그녀보다 나이가 많았다. 그들은 고국에 직장이 있거나 있었다. 쉬는 시간이면 그들은 출신 언어별로 어울렸다. 이를테면 시리아인은 리비아인과, 중국인은 대만인과, 조지아에서 온 엔지니어는 우크라이나에서 온 교수와 이야기를 나눴다. 초반에 아디나는 아는 단어가 나와도 자신이 없어서 수업 중에 입을 열지 못했다.

베를린에서 처음 맞는 일요일. 그녀는 배낭에 숙제와 문법책을 챙겨서 광장의 너도밤나무 아래로 나왔다. 날이 좋아서 거리로 나온 사람이 많았다. 카페에도 사람이 가득했다. 하지만 구석 자리 하나가 비어 있었다. 의자 다리가 인도 턱에서 미끄러지지 않도록 조심해 앉아야 하는 자리였다. 아이들은 길에서 땅따먹기를 하며 놀았고, 부모들은 긴 널빤지에 묶인 회람용 신문을 읽으며 큰 잔으로 커피를 마셨다. 나무는 시원한 그늘을 드리웠다. 산들바람에 나뭇잎이 바스락거렸지만 도로 소음이 그 소리를 가렸다.

그녀는 누가 주문을 받으러 테이블로 오는지 알 수 없었다.

곁에 온 사람은 웨이터가 아닌 리키였다.

"무슨 공부를 그렇게 열심히 해?" 리키는 아무렇지도 않게 그녀의 맞은편에 앉았다.

"독일어." 그녀는 즉시 책을 덮었다. 나무의 보호막 아래 앉은 그녀는 접속법이란 것을 연습해 볼 참이었다.

"너 여기 새로 온 거 맞지? 저기 호스텔에 묵니?"

리키는 특이해 보였다. 왜인지는 몰라도 그간 아디나가 알아 온 여자들과는 전혀 닮지 않았다. 그녀의 간결하면서도 단호한 몸놀림은 직설적이면서도 정확하다는 인상을 풍겼다. 목소리는 저음이었으나 남자들보다는 부드러웠다. 하지만 헐렁한 옷 아래 감춰진 가녀리고 굴곡 없는 몸매와는 어울리지 않았다. 그녀는 알록달록한 니트 바지 위에 검은 셔츠를 소매를 걷어 입고 그 위에 부드러운 가죽조끼를 걸쳤다. 그리고 그 모든 옷이 헐렁했다.

"클럽 죽순이는 아닌 것 같고. 그 흔한 배낭 여행객처럼 보이지도 않는데…."

리키는 머리에 아시아풍의 벙거지를 쓰고 있었다. 모자에 달린 거울 장식이 햇빛에 반짝였다.

"그리고 누가 봐도 너는 이 가게랑 안 어울려." 리키는 턱으로 카페에 앉은 사람들을 가리켰다. "여긴 독일 사람 중에서도 케이크 가격에 신경 쓰지 않아도 되는 사람이 오는 곳이야. 남부 부자들을 위한 카페지."

그녀는 손목에 시계처럼 보이는 장식을 차고 있었다. 하지만 가까이서 들여다보니 그 장식은 문신이었다.

"얼마 전까지만 해도 이 동네엔 노동자들이 살았어. 돈 없는 사람들이 먹을 만한 술집들이 많았거든." 리키는 목에도 장식을 두르고 있었다. 얇은 목걸이 줄에는 에메랄드빛 날개를 가진 나비 한 마리가 걸려 있었다. "연립주택이 다닥다닥 붙어 있는 게 그 증거지. 베를린 동쪽에는 이런 식의 노동자 주거지역이 많아."

"왜?"

"왜냐고?" 리키가 웃었다. "왜냐하면 쿨한 바람은 서쪽에서 부니까. 그건 그렇고 리히텐베르크엔 어쩐 일이야?"

"공부하려고." 아디나가 말했다.

"공부라면…?"

"지리학, 지질학, 지구물리학…."

리키는 잎담배 한 통을 꺼냈다. 그녀는 담배를 넣고 종이를 돌돌 말아서 끝에 침을 묻혔다. 그러고선 그 필터 없는 담배를 귀 뒤에 꽂아서 보관했다.

"야망이 있구나. 그렇지?"

아디나는 어깨를 으쓱했지만 속으로는 리키의 말에 전적으로 동의했다.

"그래, 무슨 말인지 알겠다." 리키가 말했다. "베를린을 세상으로 나가는 센터로 삼은 건 딱 좋은 시작이야." 그녀는 싱긋 웃었고 아디나는 그게 농담인지 진담인지 알 수 없었다. 기본적으로는 그 말에도 전적으로 동의했다.

리키는 테이블 위로 손을 뻗었다. "내 말에 흔들리지 마. 너는 잘될 거야. 내 눈에는 다 보이니까 한번 믿어 봐. 나는 사진작가야. 보통 네 또래는 파티에서 만족을 얻지. 이삼 일 베를린에 머물면서 체크포인트 찰리 한번 다녀오면 냉전 시대를 다 이해한다고 생각해. 그런데 너는 여기 앉아서 공부하잖아. 오히려 너한테는 기분 전환이 좀 필요할 것 같아."

리키는 테이블에서 손을 거두고 몸을 뒤로 젖혔다.

"예술을 접해 본 적이 있니?"

아디나는 고개를 흔들었다.

"그런 것 같았어." 리키가 말했다. "나를 한 번 쳐다봐. 어서, 한번 봐 봐."

아디나는 세 겹의 주름이 졌다가 펴지는 각진 이마와 해맑은 얼굴을 쳐다보았다.

"오, 잠깐." 그녀가 말했다. "좋은 생각이 떠올랐어. 나는 지금 대형 작품을 준비 중인데 너한테서 도움을 좀 받을 수 있을 것 같아. 테스트 촬영을 한번 해 보면 어때? 이것도 일종의 공부지."

오래된 정원 의자에 앉은 리키가 느긋하게 귀 뒤에서 담배를 빼 물었다.

"내 작품에 네가 어울릴 것 같아. 확실해. 나는 안드로진(양성적인) 미학을 추구하는 편이야. 아, 신체적으로 말이야. 나는 이 세상에 아름다움의 본질을 알려 주고 싶어. 말라깽이 모델이 아니라. 내 작품엔 말라깽이는 없어. 나는 경계인 동시에 경계를 뛰어넘는 몸을 주로 다루지. 혹시 **라곰***이 네게 뭔가를 건드린다면 내 말을 이해할 거야."

리키는 빠르고 압도적이며 너무 강렬했다. 그녀가 자주 하는 말, '강인하지만 용감하게'는 이를테면 그녀의 신조였다. 그녀의 벙거지 모자에 달린 서울 조각들 속에 도시가 비쳤다.

"어때? **유 앤 아이**? 내 작업실은 근처야."

그녀는 리키의 작업실에 가지 않았다. 첫날 치곤 과한 것 같았다. 혹은 리키가 완전히 진짜는 아닌 것 같다고 느꼈기 때문일 수도 있다. 그녀는 벙거지 거울의 반짝임 같았다. 그렇다고 리키가 그녀를 속이려 든다고 생각한 것은 아니다. 그저 만사가 급했던 탓에 조금 혼란스러웠을 뿐이다. 하지만 엄격한 문법의 규칙을 적용한다면 리오 또한 완전한 진짜는 아니었다. 리오는 가능태였다. 그녀는 그 가능태가 완전히 가짜는 아니라고 생각했다. 그곳에서 그녀는 미래에 있을 현실을 논했다. 말하자면 미래를 앞당겨 보여 주는 것이다.

"그 엿 같은 호스텔에서 살아도 괜찮을 사람은 이 세상에 없어." 리키가 하늘을 바라보며 말했다. "진짜야. 아무리 네가 동유럽에서 왔다고 해도 말이지."

"중유럽이야."

"그게 그거지!"

그 순간 여름 소나기가 너도밤나무 잎사귀 위로 쏟아졌다.

---

* '더 하지도 덜 하지도 않은', '균형'을 의미하는 스웨덴어.

밤이면 아디나는 초록 모직 스웨터를 둘둘 말아 베개로 썼다. 이층 침대가 두 개 놓인 4인실에서 오른쪽 2층이 그녀의 침대였다. 그녀는 혼자서 방을 썼다. 유럽 유레일패스 유효 시즌이 끝나갈 때라 호스텔은 절반쯤 비어 있었다. 그녀가 실망한 기색을 보이자 카운터 보는 남자는 비수기인 덕분에 지린내 안 나고 코골이 소음도 없으며 취객과 한방에서 지내지 않아도 되고 잠꼬대하는 사람도 없을 거라며 그녀를 위로했다. 그 말에도 기분은 크게 나아지지 않았다. 하지만 얼마 후 그녀는 상황이 그리 나쁘지 않다고 결론 내렸다. 괴괴한 방의 새하얀 벽에는 죽은 모기 자국이 선연히 남아 있었지만, 그 궁색에도 불구하고 그곳은 아름다웠다. 창밖은 베를린이었다. 반짝이는 도시가 손에 닿을 듯 가까웠다. 그 사실로 마음이 편해진 그녀는 스웨터를 머리에 베고 조용히 리키를 떠올렸다. 그 스웨터는 오래됐다. 그녀가 제일 좋아하는 '모험 스웨터'였다. 그녀는 '탐험'을 떠날 때마다 그 스웨터를 입었다. 스웨터는 그녀와 함께 자랐다. 어머니는 한참 전부터 스웨터를 버리라고 했으나 폭 90센티미터짜리 호스텔 침대에서 베개로 쓰기엔 딱이었다.

    매일 아침 아디나는 어학원에 가기 전에 어딘가를 한 바퀴 돌았다. 그녀는 정시에 일어나서 도시에 탐험할 수 있는 숲이나 산이 있는지를 연구했다.

    그녀는 너도밤나무가 서 있는 광장으로 가지 않고 반대 방향으로 향했다. 그녀는 트램 선로를 따라 걸으면서 아직 문을 열지 않은 가게의 진열창과 방금 문을 연 카페를 보았으며, 사방을 둘러싼 건물의 외벽을 올려다보았다. 그리고 지금 자신의 상태를, 산골에서 대도시로 넘어온 축복받은 청년의 존재를 만끽하려 노력했다. 여긴 그저 대도시가 아니라고, 아디나는 생각했다. 베를린은 유럽의 수도야.

그녀는 이곳에 이렇게 많은 사람이 살리라고는 예상하지 못했다. 사람들이 많다는 것은 어렴풋이 알고 있었다. 인터넷에서 인구를 찾아본 적도 있다. 하지만 막상 그녀가 두 발로 다녀 보니 도시는 아무리 걸어도 끝에 다다를 수 없을 만큼 컸다. 아무리 멀리 가도 집 뒤에는 다른 집이, 주거지 뒤에는 또 다른 주거지가 나타났다. 모든 길은 새로운 길로 이어졌다. 길은 갈라져서 두 배 혹은 세 배로 늘어났고, 그 끝은 다른 길과 교차하여 더 많은 길이 되었다. 그 길가마다 수많은 주거지와 여러 층의 건물이 서 있었고 각 건물은 마당을 사이에 두고 곁에 딸린 건물과 뒷 건물로 연결되었다. 이 건물들은 모두 5층 이상이었고, 층마다 서너 가구가 살았다. 그리고 각 가구에는 적어도 한 명이, 대개는 여러 명이 살았다.

그녀가 그 사람들을 한 번씩이라도 다 만날 수 있을까? 그 생각을 하자 그녀는 정신이 혼미해졌다. 시간이 너무 부족했다. 이 거대한 도시를 알아내는 데 6주는 충분치 않았다. 어쩌면 중요할지도 모르는 사람들을 만나지 못하고 돌아가야 할 수도 있다. 반드시 만나야 할, 그녀에게 중요한 의미가 될 수도 있는 사람들 말이다. 이런 생각 중에 그렇다면 도대체 그녀 인생에 누가 중요하고, 누가 중요치 않을지는 어떻게 결정할 수 있을까 하는 의문이 들었다.

매일 아디나는 리히텐베르크와 그 외곽을 탐색했다. 하지만 매번 그녀는 청동으로 만들어진 남자가 역시 청동으로 만들어진 물고기를 쥔 주먹을 높이 쳐들고 있는 분수 앞으로 돌아왔다. 가끔은 산책의 마무리로 카페에 들렀다. 그녀에게도 테이크아웃 커피 한 잔과 따뜻하고 향긋한 크루아상 하나를 살 만한 돈은 있었다. 그리고 위생 모자를 쓴 여자 점원들이 그녀에게 영어가 아닌 독일어로 답할 때 그녀의 가슴은 행복으로 벅차올랐다. 아디나가 현지인이 아니라는 것을 그들이 알아채지 못한 것이다. 아디나도 그들 중 하나가 된 것이다. 그녀는 카페 문 앞 활짝 펼쳐진 파라솔 아래에 앉아 세상에서 가장 값비싼 음료를 마시는 사람처럼 아주 천천히 커피를 음미했다. 시원한 거리의 바람이 그녀의 다리를 어루만졌다. 바람에선 담뱃재와 탄 우유 그리고 하수구에서 올라온 퀴퀴한 냄새가 뒤섞여 있었고 화물차가 지나갈 때면 아스팔트의 진동이 느껴졌다. 시끄럽고 아름다웠다.

거기서 리키를 보았다. 그녀는 파라솔 사이에서 나타났다. 번개가 하늘을 가로지르는 것처럼 한순간이었다. 하지만 번개가 지나간 후에도 그 자리엔 빛이 남아 있다. 리키의 얼굴 또한 500크로나 지폐에 박힌 보제나 넴초바*의 얼굴처럼 또렷하게 남았다.

어학원에 가는 5호선 지하철 안에서도 그녀는 리키를 여러 번 보았다고 생각했다. 거울이 달린 벙거지를 쓰고 알록달록 바지를 입은 리키가 승객들 사이에 있었다. 다리 사이에 핸드백이나 배낭을 끼고 귀에 이어폰을 꽂은 채 지하철 좌석에 앉은 이들은 모두 낯설었다. 하지만 아디나가 다시 단어장에 시선을 두는 순간 리키가 객차 한구석에서 그녀를 쳐다보는 것 같은 기분이 들었다. 그녀는 그런 상황을 원하지 않았다. 그래서 왠지 섬뜩했다.

어느 날 오후, 정말 리키가 거기 서 있었다. 그녀는 지하철역 출구로 햇살이 들어오는 계단 제일 꼭대기에 서 있었다. 그녀가 거기

---

* 19세기 체코의 계몽활동가이자 작가.

에 서 있다 해서 이상해할 일은 아니었다. 리키도 리히텐베르크에 살았으니까. 그녀의 작업실은 그 근처니까. 그런데도 화창한 오후에 예상치 못하게 그곳에 서 있는 리키와 마주친 아디나는 왠지 그녀가 자기를 기다린 것 같다는 인상을 받았다. 마치 리오에서 리키를 보낸 것처럼, 그녀를 위해 특별히 베를린에 파견되어 여기서 그녀를 기다리는 것 같다는 생각이 들었다.

배낭을 멘 사람 둘이 쌩하니 그녀 곁을 지나쳤다.

리키는 여전히 그곳에 있었다. 뒤에서 비치는 해 때문에 반대편이 잘 보이지 않는 것 같았다. 반대로 아디나는 얼굴 주위로 후광을 두른 리키가 선명하게 보였다. 아디나가 계단 끝에 다다르자 마치 마지막 깃털 구름이 사라진 것처럼 리키의 얼굴은 더욱 밝게 빛났다. 하늘은 우스꽝스러울 정도로 파랬다.

"어이," 리키가 말했다. 그녀 곁에 선 자전거 손잡이에는 물감 통이 걸려 있었다. "잘하고 있지? 강인하지만 용감하게?"

아디나는 다시 한번 자기가 잘못 이해한 부분이 있다고 생각했다. 접속사 '하지만'으로 연결되는 두 단어가 꼭 서로 반대말일 필요는 없는 것 같았다. '강인하지만 용감하게'는 일종의 리키식 유머였다. 언어를 구사하는 데 모든 것이 문법적으로 정확할 필요는 없었다. 비록 논리적으로 합당하지 않아도 편안한 기분으로 대화를 이끌고 자기만의 방식으로 언어를 다루는 능력이 더 중요했다. 리키는 정확하게 언어 구사는 자기 같은 사람에게 하나도 중요하지 않다고 말했다.

"오늘 계획 있어?"

물감 통 하나가 자전거 손잡이에서 떨어지려 하는 것을 아디나가 급히 손으로 잡았다.

"오늘 내 작업실로 와도 돼." 리키가 말했다. 이번 초대에도 딱히 이유는 없었다. 그들은 함께 걸었고 그들의 걸음을 베를린의 아스팔트가 떠받쳤다.

리키의 작업실은 뒷골목에 있었다. 대문에는 그라피티가 빼곡했다. 예전에 이곳은 그래놀라와 꿀과 아로마 오일을 파는 상점이었다. 당시에는 리히텐베르크가 지금 같지 않은 노동자 주거지역이었으므로 장사가 잘되지 않았다. "건설 현장 인부 몇 명이 여기서 아침을 먹곤 했는데," 리키가 설명했다. "그 사람들도 그래놀라보다는 소시지 샌드위치와 맥주가 더 좋았나 봐."

그녀는 저렴한 월세로 가게를 얻어서 아틀리에로 꾸몄다. 아틀리에는 리키의 표현이고, 실상은 길가로 창문이 난 1층의 크고 한없이 텅 빈 방이었다. 화장실은 복도에 있었다. 반투명 유리문 뒤에는 부엌이 있었고 부엌에는 뒤뜰로 나가는 문이 붙어 있었다. 부엌 창문은 툭 튀어나온 벽 위에 있어서 긴 쇠막대기로 밀어야 열 수 있었다. 작업실 안에는 긴 줄이 쳐졌다. 빨랫줄처럼 천장 아래를 이리저리 가로지르는 줄 위에는 비키니, 속치마, 브래지어, 나일론 스타킹 등이 어지럽게 걸려 있었다. 빨간 머리 가발 옆에는 보라색 하이힐 한 켤레가 집게로 단단히 고정되어 있었다. 아디나는 천장에 하이힐이 걸린 방은 처음이었다.

"이런 게 '라곰'이야?"

아디나는 그 단어를 기억하고 있었다. 왠지 어둡기도 하고 중의적인 뜻이 있을 것 같은 단어였기 때문이다. 직접 말해 본 적은 없어도 머릿속에는 계속 남아 있는 단어였다. 종종 그런 단어가 있었다.

"그건 예전에 했던 프로젝트의 남은 부분이야. 정치적인 거였지. 하지만 그걸 이해한 사람은 아무도 없었어. 이제 다 지나간 일이지만." 리키가 말했다. "정치적인 건 메인스트림으로 표현되어야만 사람들이 이해하지. 그래서 아무도 위험을 감수하지 않아. 예술가들은 더더욱 그렇고. 메인스트림이라면 똥을 싸도 상을 받으니까." 리키는 말을 이어갔다. "상을 많이 받을수록, 망가진 셈이지."

그녀가 물감 통과 쇼핑백을 부엌으로 옮기는 동안, 아디나는 찬찬히 방 안을 살펴볼 수 있었다. 벽은 오렌지색으로 칠해져 있었다. 부엌문 옆에는 빨간색 영화관 의자 세 개가 있었다. 방 한가운데에는 기다란 도배용 간이 테이블이 놓여 있었다. 구석에는 삼각대 몇 대가 서 있고 바닥에 깔린 시트 위에는 옷가지가 널브러져 있었다. 블라우스와 알록달록한 니트 바지, 그리고 리키가 항상 쓰는 아시아풍 벙거지도 몇 개 더 있었다.

"편하게 입어 봐도 돼." 그녀가 우물쭈물하며 서 있자 리키가 말했다. "변장을 좀 해도 나쁠 건 없지. 초점을 옮길 수 있으니까." 그녀는 시트 위에서 물건들을 뒤적거리다가 군청색 셔츠 하나를 잡았다. "이거 너한테 정말 잘 어울려. 진짜 독특하지. 나는 일반적인 것엔 큰 기대가 없어." 그녀는 아디나의 가슴팍에 셔츠를 대어 보았다. "버튼다운 스타일이야. 마음에 들어?"

셔츠는 실크처럼 부드럽고 가벼웠다.

"너 줄게. 이제 네게 필요한 건 제대로 맞는 '브라'뿐이네." 그녀는 빨랫줄에서 비키니 하나를 걷었다. "이게 너한테 잘 맞을 것 같아. 예전 친구 거야. 아니, 이렇게 말할까. 예전에 내가 친구로 생각했던 애였지. 우리 중 하나라고 생각했었어. 올바른 관점으로 올바른 책을 읽었고 성차별적인 권력 구조를 타파하려고 했고 우리의 언어를 공개적으로 사용했던 애니까. 좀 유난스럽긴 했지만 정치적 올바름이 있었어. 하지만 뒤늦게 깨달았지. 도덕적인 태도를 열정적으로 표방하지만, 사실은 권력자들에게 들러붙는 능력이 지나칠 정도로 뛰어난 인간이었다는 것을. 점점 나이 많은 남자들하고 친하게 지내더라니." 그녀가 비키니 끈을 풀면서 말했다. "그 인간은 자기 홍보를 위해서라면 물불을 안 가렸어. 심지어는 가짜 뉴스도 퍼뜨렸지. 자기가 고위 정치인의 후견을 받는다고 말이야. 우리는 모두 그 말을 믿었어. 그 남자는 이미 고인이었고 그 아내가 그 인간에게 주둥이 닥치라고 으르렁댔지만 이미 상황은 바로잡을 수 없게 되었지. 이 가짜 후견인 스캔들은 많은 관심을 끌었어. 아무도 의심하지 않았거든. 그렇게 대담한 거짓말이 가능하리라고 누가 상상했겠어. 그 인간은 이 방법으로 엄청난 상까지 받았고 그 뒤로는 아무도 건드릴 수 없는 존재가 되었어."

리키의 얼굴에 묘한 표정이 스쳤다. 그리고 그녀는 갑자기 뒤를 돌았다.

"상관없어. 이건 필요 없겠다." 그녀는 옷 무덤 위로 비키니를 사정없이 집어 던졌다. "뭐해?" 그녀가 답답하다는 눈빛으로 셔츠를 쳐다보며 물었다. "입어 봐!"

아디나는 깊은숨을 들이마셨다. 방금 전 지하철에서 내릴 때까지 그녀는 혼자였다. 수업에서도 간신히 입을 떼 몇 마디 했을 뿐이었다. 길고 긴 저녁을 홀로 보낼 예정이었던 그녀가 지금은 밖에서만 보았던 큰 건물 안에 누군가와 함께 서 있었다. 다시 혼자가 되고 싶진 않았다.

"지금?"

"그래, 지금."

리키는 식료품점을 세 내어 아틀리에로 꾸몄다. 하라초프에 사는 베트남 여자가 오래된 식료품점을 인수하여 아시아 식품점을 낸 것처럼. 하지만 베트남 여자가 한 일이라곤 선반에 물건을 바꾼 것뿐이었다. 리키는 가게 전체를 변신시켰다. 그녀는 예술가였다. 그녀는 예술과 접하는 사람이었다.

"혹시 내가 쳐다볼까 무서워?"

"그게 무슨 뜻이야?"

"내 앞에서 옷 벗는 게 무섭냐고?"

아디나는 옷을 벗을 생각조차 하지 않고 있었다. 그녀는 변장하고 싶지 않았다. 그녀는 변장을 원하지 않았다. 원하지 않는다는 게 딱 정확한 표현은 아닐지라도. 그녀는 변장하지 않고서도 리오로 갈 때마다 다른 사람이 된 기분을 느낄 수 있었다. 그녀가 다른 사람이 되는 데는 다른 옷이 필요치 않았다.

하지만 그녀는 리키를 위해 셔츠를 입었다. 옷감이 시원하고 부드러웠다. 그녀가 셔츠 끝자락을 바지 안에 넣어야 할지를 고민하고 있을 때 리키가 방 한가운데로 의자 두 개를 가져왔다. 그리고 자기가 의자 하나에 앉으면서 아디나에게 마주 앉길 청했다.

"시험 삼아."

어렵지 않은 부탁이었다. 의자에 앉는 것은 어렵지 않은 일이지만, 리키의 시선 아래에서 그녀는 그 간단한 동작을 잊어버린 듯한 기분이 들었다.

그녀는 서둘러 의자 위에 앉았다.

"아주 좋아." 리키가 말했다. "카메라는 잊어버려. 그냥 나를 쳐다봐."

리키는 촬영에 열을 올리기 전에 먼저 질그릇에 샐비어를 넣고 불을 붙였다. 그러자 한순간에 작업실은 날카로운 허브 향기로 가득 찼다.

아디나가 밤늦게 호스텔로 돌아왔을 때도 그녀에게선 계속 샐비어 향이 났다. 옷은 물론 머리카락과 피부에서마저 허브 향이 풍겼다. 그녀는 샐비어로 목욕을 한 것처럼 샐비어에 취했다.

그날부터 리키는 그녀에게 매일 보자고 했다. 오후 나절 항상 호스텔 로비에서 공용 컴퓨터로 서핑을 하거나, 드문드문 오가는 배낭 여행객들과 저렴한 티켓이나 관광 코스 등을 두고 비슷한 대화를 나누거나, 밤이 되도록 혼자 침대에 누워 단어를 중얼대던 아디나로서는 리키의 작업실에서 더 많은 시간을 보낼 생각을 하자 마음이 설레었다. 아디나는 아침에 일어나면서부터 오후를 기다렸다.

어학원이 끝나면 그녀는 방으로 돌아와 숙제를 했다. 수동태와 관계 대명사로 문장 만드는 법을, 이를테면 "길을 잃은 아이는 경찰에 의해 수색받고 있다" 같은 문장을 연습했다. 그런 다음, 배낭에 공책을 넣고 다음 날 아침에 입을 옷을 준비했다. 어릴 때부터 해오던 대로 바지와 웃옷을 의자 등받이에 가지런히 걸어 두었다. 그런 다음 리키에게로 갔다. 이제는 예전만큼 커 보이지 않는 붉은 너도밤나무 아래를 지나 광장을 가로질렀다. 서두르는 와중에도 카페 테라스 의자에 앉은 사람들을 훔쳐보았다. 항상 같은 사람들이었다. 그들이 남쪽 지방 부자들이라는 것쯤은 그녀도 이제 알았다.

리키는 해 질 녘 어스름에 작업을 시작하는 것을 중요하게 여겼다. 점점 희미해지는 빛이 크고 지저분한 창문을 통해 들어와서 방 안의 오렌지색과 어우러지면 그건 빛이 아닌 것처럼 보였다. 마치 부유하는 어떤 물질처럼 보였다. 리키가 커튼을 치고 조명 두 개를 켜면 서로 다른 방향에서 오렌지를 공격하는 것 같았다.

처음에 아디나는 어디를 봐야 할지 알 수 없었다. 머리를 어떻게 돌리고 팔 자세를 어떻게 취해야 할지 몰랐다. 그러던 중 리키가 다가와서 셔츠 위 단추를 풀고 셔츠를 부드럽게 끌어 내려 어깨가 드러나게 했다.

"아름답게 정의된 네 상완근을 보여 줘."

"상완근이 정의되었다는 게 무슨 뜻이야?"

"그냥 그거야. 근육 위에 지방 조직이 없을 때를 말하지."

"정의되었다는 말은 어떤 개념을 말할 때만 쓰는 줄 알았어."

리키가 원했으므로 그녀는 어깨와 목을 드러냈다. 리키의 따뜻하고 단단한 손이 잠시나마 닿으면 그곳의 긴장이 풀렸다.

"네 상완근도 개념이야. 아니라면 그게 무엇으로 만들어졌다고 생각해?"

지금까지 그녀를 이렇게 만지는 사람은 없었다. 가벼운 터치 후에 손은 사라졌다. 리키는 검은 셔츠와 가죽조끼를 벗었다. 작업할 때 리키는 니트 바지 위에 딱 붙는 니트 셔츠를 입고 거울 달린 벙거지를 썼다. 가슴은 납작했다. 거의 가슴이 없다시피 했으므로 아디나는 빨랫줄에 걸린 비키니는 리키의 것이 아니리라고 예상했다. 그 비키니의 캡은 너무 컸다. 만약 리키가 그 비키니를 입는다면 너무 깊이 내려간 안경을 쓴 것처럼 보일 것이다.

"너 나 못 믿니?" 리키가 물었다.

"믿어."

"그런데 왜 나를 보고 웃니?"

그녀는 비키니를 입은 리키의 모습을 상상하고는 너무 우스꽝스러워서 웃음이 났다.

"너 혹시 착취당한다고 느끼는 건 아니지?"

그녀는 웃었다. 그녀에겐 착취당할 만한 게 아무것도 없었기 때문이다.

"진짜로," 리키가 말했다. "왜 나를 따라온 거야?"

"네가 그랬잖아…."

"내가 뭐라고 했는데?"

"내가 너를 도와줘야 한다고. '유 앤 아이'라고 했잖아."

"자기야, 그러면 안 돼. 그런 식으로는 우리 사이가 발전할 수 없어. 그 부분을 네가 좀 더 확실하게 말해 줘야 해."

"나는 자연과학자야." 아디나가 단호하게 말했다. "탐험하는 연구자지."

"그래서 미지의 영역인 나를 연구한다?"

"정확해. 대부분 사람은 자기 영역만 알려고 하잖아."

"맞아." 리키의 표정이 밝아졌다. "그마저도 잘 모르지."

아디나는 약간 붕 뜬 기분이 들었다. 빛의 아지랑이가 그녀를 한 겹 에워싼 가운데 그녀를 칭찬하고 무언가를 질문하고, 때론 서두르지 말고 가만히 있으라고 야단치는 리키의 목소리가 들렸다.

"무슨 일이야?" 리키가 카메라 뒤에서 앞으로 나왔다. "뭐가 불편하니? 그냥 나야. 긴장 풀어."

"한 번도 이런 걸 해 본 적이 없어서."

"이런 게 뭔데? 모델로 앉아 있는 거?"

"응."

리키는 트램펄린처럼 생긴 은색 반사판을 펼쳤다. "해 보고 싶다고 생각해 본 적은 있고?"

"잘 모르겠어. 아니다. 리오에서 나는 항상 사람들이 모두 나를 봤으면 했었어."

"리우데자네이루? 브라질에 가 본 적이 있어?"

"아니, 컴퓨터에서, 채팅방 이름이야. 거기서는 아무도 내가 어떻게 생겼는지 몰랐어. 채팅방에 있는 사람들은 대부분 내 이름을 알았지만 진짜 이름은 아니었지. 그러니까 내 말은, 학교에서는 아무도 나를 그 이름으로 부르지 않았다는 뜻이야."

"뭐라고 불렸었는데?"

"리오에서 나는 '최후의 모히칸족'이었어. 하지만 대부분은 나를 꼬마 모히칸이라고 불렀지."

"귀엽네." 리키가 들어 올린 팔 사이로 아디나를 바라보았다. 그의 눈빛은 '역시! 이 산골 소녀의 보헤미안 이마 뒤에 뭔가가 꿈틀대고 있잖아'라고 말하는 것 같았다.

"어머니가 내게 카메라를 선물하려 했었어. 하지만 그때 마침 실직하셨지."

리키는 아디나의 머리 뒤 한 지점에 시선을 고정한 채로 물었다. "최후의 모히칸? 그리고 아무도 그를 본 적은 없다고?"

"응."

"그것 참 안타깝네."

"어머니는 다시 일자리를 구했지만 월급은 충분치 않았어. 즐라타 비홀리드카까지 가야 일을 구할 수 있었지. 독일 사람들이 '황금 뷰'라고 부르는 전망이 좋은 휴양 호텔이었어. 입구엔 야자수가 자랐지. 어머니는 거기 리셉션에서 야간 근무를 맡았어. 어머니는 야행성이 아니었는데도 말이야." 아디나가 말을 이었다. "어머니는 자연광이 필요한 부류야. 어머니가 디자이너로 일할 때는 아주 밝아야 했어. 빛이 없으면 무엇을 그리는 건지 도통 보이지 않으니까. 사람들도 치마나 블라우스를 사면 밝은 데서 입어 보려 하잖아. 내 말은, 밝은 데서 입으면 좀 더 예뻐 보이니까. 하지만 나는 밤도 좋아. 밤이라고 해서 완전히 어둡지만은 않아. 하얀 눈이 빛을 내거든."

그녀는 말이 꼬였다. 독일어 단어들은 제대로 연결이 되지 않았다. 그녀는 생각을 술술 말하기보다는 낯선 언어의 논리를 따져서 말해야 했으므로 원하는 것보다 적은 말만 할 수 있었다.

"눈은 모든 것을 빛나게 해." 그녀는 마치 원래 하고 싶은 말이 그것이었던 것처럼 덧붙였다. "그리고 정말 추운 밤에 밖에 나가면 별들이 아주 가까이 있는 것 같아."

리키는 조명을 만지작거렸다.

"그럼 거대한 우주 전체가 리오 주변을 맴도는 것 같아." 이렇게 말해 놓고 나니 아디나는 독일어에 자신이 생겼다. "생명이 되살아나는 거지. 마치 지금처럼."

"그 반대야." 리키가 눈을 치켜떴다. "나는 네가 죽어야 한다고 생각해."

"뭐라고? 왜 죽어? 그게 무슨 뜻이야? 네가 죽어야 한다고?"

"내가 아니라," 리키가 말했다. "유! 너 말이야. 네가 죽어야 한다고." 그녀의 얼굴에는 농담의 기색이 없었다.

아디나는 분이 났다. "무슨 뜻인데?"

"이봐, 내 말 잘 안 들지?"

"아니거든." 그녀는 자신이 우스꽝스럽게 여겨졌다. 그녀는 모든 것을 오해했다. 리오, 즐라타 비홀리드카, 그녀의 어머니. 리키 같은 사람에겐 그 모든 것이 바보 같은 소리로 들렸을 것이다. '강인하지만 용감하게'라든가, '너는 죽어야만 해'처럼 멋진 말을 하는 리키. 어쩌면 이 도시 사람들은 모두 그렇게 말하는 건지도 몰랐다. 아니면 리키만 그럴지도. 리키는 다른 사람들과는 다르게 자기 마음대로 언어를 사용했으니까.

"영어로 말해 줘?"

"아니!"

"자기야," 리키가 말했다. "문제는 네가 숨어 있다는 거야. 아주 오래전부터."

"하지만 나는 숨은 적이 없어."

"내 생각은 달라."

"내가 누구로부터 숨는다는 거야?"

"그걸 내가 어떻게 알아!" 리키는 카메라를 이리저리 만지작거리면서 흥분한 투로 말했다. "그걸 내가 어떻게 알겠어?"

"하지만 먼저 말을 건 건 너잖아." 아디나는 몸에 땀이 나는 걸 느끼면서 말했다. "카페에서. 만약 내가 숨어 있었다면 너는 나를 보지 못했을 거야."

"네가 누구로부터 숨었는지를 아는 게 도대체 뭐가 중요해?" 리키는 카메라에게 말하는 것 같았다. "네가 숨어 있다는 사실 자체가 잘못된 거야."

조명은 뜨거웠고 땀이 흘러 셔츠를 적셨다. 그녀에겐 땀을 닦을 만한 것이 없었다.

"왜 숨어 있으면 죽어야 하는 건데?"

"죽지 않으면 네가 그 숨는 곳에서 절대 나오지 않기 때문이야." 리키가 말했다. "너는 네가 숨고 있다는 사실조차 인식하지 못하잖아." 그녀는 계속 사진을 찍었다. "너는 너무 어려." 그녀는 뷰파인더를 보는 대신 아디나를 똑바로 쳐다보았다. "네가 어리지 않다면 '죽음' 같은 말을 그렇게 쉽게 할 수 없을 거야."

"그 얘긴 네가 먼저 시작했잖아!"

"자기야, 아디나 알렉시나야." 리키가 말했다. "이 세상에 알몸으로 태어나는 사람은 없어. 너는 네가 태어나기도 전부터 이미 옷을 입고 있지. 네가 스스로 입을 옷을 찾기도 전부터 사람들은 네게 옷을 입혀. 그리고 네가 무덤에 들어갈 때도 너는 옷이 입혀진 채로 들어가지. 언어가 바로 너의 '옷'이야. 어머니 양수에서 물고기처럼 헤엄을 칠 때부터 너는 언어로 둘러싸여 있었지. 네 몸에 딱 맞고 편안한 옷이라 너는 입은 줄도 몰라. 이를테면 너의 피부나 너의 움직임, 혹은 너의 기분과 같은 거지. 하지만 네게 행운이, 비정상적인 행운이 찾아온다면, 너는 다른 언어가, 원래는 금지되었던 언어가 네게 더 잘 맞으리란 사실을 깨닫게 될 거야. 그게 다른 일을 일으키지. 어느 순간 무언가 다른 것이, 다양한 세계가 있으리란 기분이 어렴풋이 찾아오는 거야. 아디나 알렉시나, 네가 나를 찾은 건 그 덕분이야. 고양이는 없고 미소만 남은 세계*를 눈치챘기 때문이지. 보통

---

* 『이상한 나라의 앨리스』에서 체셔 고양이가 몸이 먼저 사라지고 미소는 서서히 사라지는 것으로 묘사되는 것을 두고 하는 말.

사람들은 그걸 원하지 않아. 그런 세계를 두려워해. 보통 사람들은 그런 것보다는 어린아이처럼 숲에 가서 소나무 향을 맡고 싶어 하지. 아니면 손에 잡힐 듯 가까운 별 구경을 하거나. 해맑은 눈빛으로 말이야. 마치 한때는 순수한 눈빛을 가져 봤던 것처럼. 하지만 세상에 순수한 눈빛을 가진 아이는 없어."

"너는 그걸 어떻게 알아?"

"내가 안다고 누가 그래?"

"네가 방금 그랬잖아."

"아니라면 어쩔 건데?"

하지만 리키는 모르는 게 없었다.

그녀는 어떤 효과를 위해 조명을 썼다. 며칠 후 그들이 사진을 확인했을 때 이미 첫 번째 사진에서부터 그 효과가 분명히 드러났다. 아디나는 자신을 알아보지 못했다. 그녀의 얼굴은 희고 희미했다. 촬영할 때 아디나는 셔츠로 몸을 덮었다고 생각했다. 하지만 몸을 덮은 건 빛이었고 그 몸은 그녀의 것이 아니었다. 그것은 그녀가 자기라고 혹은 자기를 둘러싸고 있다고 느꼈던 몸이 아니었다. 카메라 앞 의자에 앉아 있던 것은 분명 그녀였다. 그녀가 자기라고 혹은 자기라고 느꼈던 몸도 맞았다. 하지만 이제 사진 속 몸은 전혀 달라 보였다. 아니, 오히려 여러 개의 몸이 겹쳐지고 뒤섞인 것처럼 보였다.

"**라곰**," 리키가 말했다. "우리가 제대로 해냈네. **유 앤 아이**. 그들이 원하는 게 딱 이런 거라고." 여기서 '그들'은 리키가 기대를 걸고 있는 구매자들, 예술 애호가들, 갤러리 주인들을 뜻했다. 이제 막 리히텐베르크로 이사를 들어와서 갤러리를 열 준비를 하고 있거나, 혹은 그러리라고 짐작되는 사람들이었다. 하지만 리키가 정확히 누구를 두고 하는 말인지는 알 수 없었다. "젠트리피케이션이 나쁘지만은 않아."

아디나가 화면을 보다가 고개를 들었을 때 그 앞에는 여자 셋이 앉아 있었다.

그날은 목요일이었다. 어학원에서는 목요일마다 단어 시험이 있었고, 아디나는 준비를 철저히 해서 문제를 다 맞혔다. 수업 후 그녀는 언제나처럼 리키를 찾아갔다. 찍은 사진을 확인할 생각에 평소보다는 좀 더 긴장했다. 마침내 리키의 눈에 비친 자신을 보게 될 터였다. 며칠간의 긴 촬영 세션 이후, 그녀는 자신을 리키의 시선으로 마주하게 될 것이었다. 다른 관객 혹은 손님이 있으리란 예고는 없었다.

일단 그녀는 다시 화면으로 눈을 돌렸다. 사진 속에서 여러 겹으로 존재하는 자기 모습을 바라보았다. 그러나 여자들은 사라지지 않았다. 그들은 멀티플렉스에 온 관객들처럼 조용히 좌석에 앉아 있었다. 표를 사서 들어와 영화가 시작되기를 기다리는 사람들 같았다. 그들 중 한 명은 커다란 검정색 선글라스를 끼고 있었다.

그 여자 셋은 그녀를 쳐다보고 있었다.

리키는 아직 눈치를 못 챈 것 같았다. 그녀는 다음 사진을 불러왔다. 사진을 200배까지 확대하더니 화면 위에 확대된 이미지를 이리저리 밀고 당겼다.

"흐음," 마침내 인기척을 느낀 리키가 말했다. "정시에 오라니까 말을 안 듣네. 그 전에 우리는 할 일이 있는데."

여자들은 발소리도 없이 들어온 것 같았다. 소매가 없는 검은 원피스를 입은 그들은 마치 자기들이 영화관 좌석의 주인인 양 앉아 있었다. 그중 한 명이 원피스 솔기 끝으로 삐져나온 실을 만지작대다가 툭 끊어 버렸다. 아직 아무도 입을 열지 않았다.

"타이밍이 나빠." 리키는 사진에서 눈을 떼지 않고 말했다. "내가 8시라고 하지 않았나? 아디나와 나는 먼저 셀렉 작업을 해야 하는데. 그렇지, 자기야?" 리키가 말했다. "8시 정각에 왔어야지."

리키는 대답을 듣지 못했다. 팔을 팔걸이에 걸친 여자들은 소금 기둥처럼 미동이 없었다. 리키의 얼굴에 슬그머니 미소가 번졌다. 오늘 8시에 열릴 행사에 관해서는 말한 적이 없었으므로 아디나가 지금 어떤 기분일지를 짐작하는 것 같았다.

그때 가운데 앉은 여자가 단정하게 빗어 넘긴 머리카락 위로 선글라스를 걷어 올렸다. "나 지금 웃겨서 죽을 것 같아." 그녀가 말했다. "자기들 언제부터야?"

아디나는 한참이 지나서야 그녀가 한 말을 이해했다. 그녀는 아주 뚜렷하게 말하고 있었다. 그녀는 단어 하나하나를 마치 황량한 고원의 봉우리 위에 따로따로 세워 두기라도 한 듯 또박또박 내뱉었다.

"뭐가요?"

"둘이 그렇고 그렇게 된 거?"

아디나가 리키를 쳐다보았지만 리키는 사진에서 눈을 떼지 않았다.

"테스트 촬영을 말하는 건가요?"

"테스트 촬영이라!" 그 여자의 눈은 강철 같은 회색이었다. "참 고상하게 깎아내리네. 자기, 쟤 좋아하니?"

"누구를요?"

"리키."

"왜요?"

"리키가 너 하자는 대로 하니까. 쟤는 원래 자기가 키우는 여자애들이 하자는 대로 해."

"저는 '쟤가 키우는 여자애'가 아니에요."

그때 여자는 정말 웃기 시작했다. 터져 나오는 웃음을 참기 힘들다는 듯 큰 소리로 웃었다. "혹시 쟤가 너한테 고양이 없는 미소를 찾는다는 말 같은 거 안 하든?"

이 말에 나머지 두 여자가 숨이 넘어갈 듯 웃기 시작했다.

"얘들아, 이제 그만 해." 리키가 차분한 목소리로 말했다. "너네 너무 일찍 왔어. 8시까지 부엌에 들어가 있어. 천장에 아직 페인트 칠할 면이 남아 있으니까 그것 좀 하고. 커피는 어디에 있는지 알 거고. 와인도 그 자리에 있어. 너무 웃어서 목이 마르면 좀 마시든지."

여자들은 자리에서 일어났다.

"나는 육체적 쾌락의 숭배에는 편견이 없어." 선글라스 쓴 여자는 짐짓 품위 있는 척하면서 방을 나갔다. "그저 저속함을 개탄할 뿐이야."

"그래, 그러든지."

리키는 그들이 나간 뒤 부엌문을 닫았다.

"미안해. 내가 너한테 먼저 말했어야 하는데." 여자들이 있을 때는 쿨하고 무심하게 굴던 리키의 태도가 한순간에 사라졌다. 그녀는 한탄하는 듯한 눈빛을 연기하며 천장을 바라봤.

"쟤네는 내 친구들이야. 환상적인 아이스크림을 만들지. 블랙 바닐라 아이스크림, 사프란이 들어간 허니 아이스크림. 모두 자기

만의 레시피로 만들지. 프란츠라우어베르크에 재네들이 하는 아이스크림 공장이 있어. 그리고 나한테는 세상에서 가장 신랄한 비평가들이기도 하지."

"저 사람들도 여기서 지내?"

"걱정하지 마." 리키가 말했다. "너한테는 아무 짓도 안 할 거야."

작업실 안은 좀 더 어두워졌다. 해는 맞은편 집 지붕 뒤로 넘어갔고 창문 앞 나무는 노을로 물이 들었다. 부엌에서는 아무 소리도 들리지 않았다. 마치 여자들은 아예 나타나지 않은 것처럼 느껴졌다. 아디나는 웃옷과 배낭이 놓인 의자 쪽으로 갔다. 그녀는 리키가 따라와서 사진 촬영을 계속하자고 붙들어 주길 바랐다. 예전처럼 둘이서만. 여자들은 마당을 향해 난 뒷문으로 들어온 게 분명하다. 그렇다면 그 문으로 다시 사라질 수도 있을 것이다.

그때 그녀는 문득 리키가 **딱 이런 걸 원한다**던 그들이 바로 검은 원피스를 입은 여자들일지 모른다는 생각을 했다. 그녀의 신랄한 비평가들. 그녀들이 사진을 주문했을지 모른다. 아마 아이스크림 공장 벽면을 사진으로 장식하려는 심산일 것이다. 그렇다면 촬영은 더 이상 그녀와 리키 사이의 일만은 아니게 된다. 다른 사람들, 즉 사프란이 들어간 허니 아이스크림을 사러 오는 낯선 사람들이 사진을 보게 될 것이다. 비록 사진에서 그녀를 식별하기란 쉽지 않겠지만, 어쨌든 그녀는 상대에게 신뢰를 보일 때 할 수 있는 방식으로 자신을 드러냈다. 그녀는 리키를 신뢰했지만, 사진이 다른 곳에 걸리는 것은 원하지 않았다.

그녀가 몸을 돌렸을 때 이미 리키는 그녀 앞에 서 있었다.

"나 너에게 고백할 게 있어." 리키가 그녀의 팔뚝에 손을 얹으며 말했다. "처음부터 말했어야 했는데, 너를 놀라게 할까 봐 겁이 났어. 내가 어떻게 생겼는지, 너도 알잖아."

리키는 딱 붙는 니트 티셔츠에 니트 바지를 입고 있었다. 언제나처럼 해맑은 얼굴이었고, 양 볼에는 세로 주름이 졌다. 창으로 들어온 빛에 두 눈은 초록으로 빛났다.

"나는 여자들과 섹스를 해."

"셋 모두랑?"

"쟤네들은 아니고. 내가 사진을 찍는 여자들과 자지. 눈에는 안 보이는 것들이 손으로는 보이니까." 리키는 절대 놓치지 않으려는 것처럼 아디나의 팔뚝을 세게 붙들었다. "몸은 다소 추상적이야. 내가 몸을 만질 수 있어야 숨겨진 곳을 드러낼 수 있어."

창밖에는 플라타너스가 서 있었다. 그 줄기에 밝은 무늬가 있었다. 그동안 아디나는 그라피티로 낙서된 문에 집중한 나머지 플라타너스와 그 잎사귀로 걸러진 빛이 인도에 드리우는 것을 알아채지 못했다.

"쌍!" 리키가 소리를 질렀다.

하지만 아디나는 이미 몸을 빼낸 뒤였다. 그녀는 손을 뿌리치고 리키의 팔 아래로 빠져나가 컴퓨터 쪽으로 갔다. 그녀는 빨랐다. 그리고 리키 앞에 있는 도배용 탁자까지 한달음에 갔다.

"그러지 마!"

화면에는 리키가 마지막에 보던 옆으로 돌린 얼굴 사진이 남아 있었다.

"나한테 상처 주려는 거야?"

볼과 코와 턱은 뭉개졌고 너무 흐릿하여 아디나의 얼굴과 일치하는 점을 찾아볼 수 없었다. 마치 그녀의 얼굴이 녹아서 흘러내린 것처럼 보였다. 하지만 그것이 그녀의 현실적인 얼굴이고 진실한 표정이라면, 뼈와 피부가 무너지고 윤곽이 흘러내린 것이 진짜 그녀의 얼굴이라면, 리키는 아무도 보지 못한, 심지어 아디나도 어렴풋이 짐작만 했지 실제로 보지는 못한 무언가를 드러낼 수 있는 사람이었다.

"**너무 겁 먹지 마**Don't freak out!" 리키가 말했다. "너는 다른 사람들과는 완전히 달라. 너는 나와 같아. 날 믿어. 우리 둘은 아주 닮았어. 유 앤 아이!"

화면 속 사진은 크게 확대돼 있었다. 그리고 아이스크림 공장 여자들의 갑작스러운 등장과 그들이 불러일으킨 감정 때문에 일어난 흥분이 가라앉자 아디나는 다시 평정을 되찾았다. 그녀는 차분하게 다시 사진을 살펴보았다. 이 사진이 다른 누군가에게 보여지리란 사실은 중요치 않았다. 사진이 찍혔다는 것도 중요치 않았다. 그보다는 무엇이 드러났는지가 중요했다. 그녀는 화면 속 사진의 주인공이 누구인지 알았다. 그건 명백했다. 리키가 그녀의 이목구비 뒤에서, 피부와 관절과 뼈 뒤에서, 최후의 모히칸을 찾아 드러냈다. 그건 리키의 능력이었다.

"내 말 좀 들어 봐." 리키가 말했다. "에로티시즘은 닮은 것에서는 작동하지 않아."

그리고 만약 그것이 사실이라면, 정말로 그렇다면, 실제로 리키가 '최후의 모히칸'을 끄집어낼 수 있다면, 그녀에게서 꼬마 모히칸을 분리하여 그를 여기 베를린으로 데리고 올 수 있다면, 그의 모습을 드러내어 그가 허상이 아니라는 것을 증명해 준다면, 그것이야말로 기적이었다. 그것은 샐비어 따위로는 만들어 낼 수 없는 신비한 마법이었다. 그렇다면 리키는 그녀의 인생에서 가장 중요한 인물이 되는 것이다.

"나는 그들과는 달라. 믿어 줘." 리키가 말했다. "대부분의 여성은 자신에 대한 감각이 없어. 그래서 무언가를 느끼려고 옷을 벗지. 하지만 발가벗은 몸도 가식적이긴 마찬가지야. 아무도 제거돼야 할 대상이 옷이 아니라는 걸 이해하지 못해."

리키의 니트 셔츠가 돌돌 말려 올라가서 배가 드러났다.

"여성이 어쩌고 하는 소리는 나랑 상관없어." 아디나가 말했다.

"여성이 어쩌고?"

"나는 이제 가야 해."

"자기야." 리키가 그녀에게 한 발 다가왔다.

아디나는 배낭을 멨다. 맨 처음 너도밤나무 앞에서 차이라떼를 마실 때나 지금이나 리키는 달라진 게 없었다. 리키는 강렬했다. 아디나는 호스텔로, 이층 침대가 있는 방으로 돌아가고 싶었다. 그녀는 초록 스웨터가 그리웠다.

"오늘 여덟 시에는 무슨 일이 있는 거야?" 아디나가 문 앞에 서서 물었다.

"여덟 시?"

"네가 친구들에게 그렇게 말했잖아."

"아…." 리키가 말했다. "그거 우리 취소해도 돼. 꼭 오늘 할 필요는 없어."

"뭔데?"

"가서 좀 자." 리키가 말했다. "시간을 좀 가져."

"말해."

"아디나, 자기야! 내일 아침에 다시 와."

"말해 주지 않으면 안 가."

"이봐."

리키의 얼굴 표정이 변했다. 그의 눈에 광채가 어렸다. 너는 가고 싶어 하지만 갈 수는 없을 거라는 걸 내가 안다고, 그녀가 온몸으로 이렇게 말하는 것 같았다. 아디나, 자기야! 쉽게 그럴 수는 없을 거야. 내가 너를 안아 주길 너는 바라고 있어. 내가 너를 붙잡기를. 왜냐하면 아름다운 무언가를, 우리를 연결하는 그 어떤 것을 너도 보았기 때문이지. 하지만 나는 그렇게 할 수 없어. 그랬다가는 너는 내가 덮쳤다고 생각할 테니까.

그리고 그건 그랬다. 리키가 옳았다. 그녀 같은 사람에겐 정밀한 안테나가 있었다. 그녀에겐 주위의 반향을, 감정의 메아리를 수집하는 일종의 레이더가 발달해서 다른 사람들은 미처 느끼지 못한 감각을 탐지했다. 그녀는 머릿속에 현실 세계에 대한 초음파 사진을 그리고 있다고 말한 적이 있다. 그리고 매번 그 사진에 맞춰 행동한다고 했다. 리키 같은 사람은 그렇게 하지 않으면 방향을 잡는 데 너무 많은 시간이 필요하기 때문이라고 했다. 그녀가 사는 환경은 그녀에게 알맞게 조성되지 않았다. 일반적인 언어는 그녀에게 적합하지 않다. 무엇보다 리키 같은 사람들은 서로를 알아보려고 그렇게 한다.

아디나는 내면에 방어벽을 치려고 애썼다. 나는 메아리를 보내지 않는다고 생각했으나 어불성설이었다. 아주 작은 영혼의 파닥임에도 메아리가 일었다. 아디나는 영혼이 눈 뒤에 있다는 것도 알았다. 그래서 그녀는 고개를 돌려 플라타너스를 바라보았다.

부엌에서 웃음소리가 들렸다.

"오늘 밤에 일어날 일이 네가 말한 은신처와 관련이 있어?" 마침내 그녀가 물었다. "혹시 그렇다면 여기 남을래."

"좋아."

그들은 더 이상 사진을 들여다보지 않았다. 그들은 검토를 포기했다. 그들은 더 이상 사진을 찍지 않았고 이미 찍은 것은 아직 아무에게도 보여 주지 않기로 결정했다. 아디나는 자기가 발견한 것을 말하지 않았다. 그녀에게도 그것은 너무 새롭고 놀라웠으며 불확실했다. 조금 부끄럽기도 했고 어쩌면 자기가 착각했을 수도 있다고 생각했다. 리키는 같은 사진을 전혀 다르게 볼지도 몰랐다. 일단 그 얘기는 리키와 단둘이 있을 때만 할 수 있을 것 같았다.

여자들이 부엌에서 레드와인을 갖고 나왔다. 그들은 창문을 열고 바닥에 술병과 잔을 늘어놓았다. 잔은 모두 다섯 개였다. 그러고선 방을 치웠다. 그들은 도배용 탁자 위를 정리하고, 카메라와 삼각대를 구석으로 밀고, 포트폴리오 앨범도 치웠다. 탁자에 놓인 노트북을 내리기 전에 앨범을 상자 하나에 차곡차곡 집어넣었다. 화면에는 최후의 모히칸 사진이 여전히 떠 있었다. 하지만 그들은 신경도 안 쓰고 노트북을 닫았다.

그들은 빨랫줄을 걷고 가발과 브라와 하이힐을 커다란 바구니에 던져 넣었다. 그들은 늘 하던 일인 양 능숙하게 움직였고 치우는 도중에도 끊임없이 말을 했다. 그들은 방금 전까지 억지로 입을 다물고 있었던 사람들처럼 열정적으로 떠들었다. 그들의 말투는 길에 부는 바람처럼 거칠고 냉랭했다. 하지만 그들은 아디나를 자기들 사이에 받아들일 준비를 하는 중이었다. 다섯 개의 술잔이 그 증거였다.

그들은 사진이나 아이스크림 제조법에 관해 이야기하지 않았다. 정치와 최근에 출판된 책에 관해 이야기했고 그러다 언쟁을 벌였다. 그 책은 유럽의 내전을 경고한 한 여성 학자의 선언문이었다. 한 여자가 자기가 참여했던 시위와 데모와 농성에 관해 얘기했고 앞으로는 모두가 그 일에 동참해야만 한다고 주장했다.

"정확한 지적이야." 리키가 말했다. 그녀는 시트 위에 늘어놓은 모자를 지키겠다는 듯 그 옆에 걸터앉아 있었다. "경제적, 기술적 진보에도 불구하고 독일은 역사적으로나 제도적으로나 여전히 성차별의 노예야."

"장광설은 집어치우고 도움이 되는 말을 해." 선글라스 낀 여자가 말했다.

"통계에 의하면 독일의 여성 CEO를 전부 합쳐 봤자 토마스라는 이름의 남성 CEO보다도 그 수가 적어."

"사회구조상 생활수준이 평균을 조금만 넘어서면," 가죽 밴드로 머리카락을 넘긴 다른 여자가 말을 받았다. "전업주부인 아내를 둔 백인 중년 남성들이 대부분이지."

선글라스를 쓴 여자가 웃었다. "그리고 리키는 죽치고 앉아서 사내새끼처럼 굴어."

"'처럼'이라는 단어에 밑줄을 치고 싶군." 리키가 말했다.

도배용 탁자 한중간에는 그물이 걸렸다.

"남자와 밥을 먹으러 식당에 가면," 가죽 헤어밴드를 한 여자가 말했다. "갈 때마다 실망해. 매번 내 고기 크기가 더 작아. 리키랑 같이 가도 내 고기가 더 작아. 서빙하는 고기의 크기를 머리카락 길이에 맞추도록 웨이터들을 교육했나 봐. 하지만 나는 그때마다 난리를 치지." 그녀는 우아한 스타일로, 거대한 고깃덩이를 먹어 치울 사람처럼 보이지 않았다. "그리고 최근에 연극을 보러 갔다가 엄청난 충격을 받았어. 절정 부분에 발가벗은 여자를 무대에 올려놓고 강간하는 장면이 나오는 연극이 아직도 있더라니까. 세금으로 지원되는 여성혐오가 도대체 몇십 년째야?"

"나는 연극을 너무 좋아해서 그래도 계속 극장에 갈 거야." 리키가 말했다.

선글라스를 낀 여자는 방 정리를 멈추었다. "그렇다면 총리는 어때?" 그녀가 물었다. "동독 출신이 서독 정치에서도 무언가가 될 수 있을 뿐 아니라 남성 위주 세계에서도 여성이 두각을 나타낼 수 있다는 증거도 될 수 있지 않을까? 양자물리학을 전공한 여성이 남성중심적이고 보수적인 의원들 사이에서 확실한 자기 목소리를 내고 있잖아."

"그래, 하지만 그 유럽의 지도자, 아니 민주주의 진영 전체의 지도자께서 하신 일이 뭐게? 자기가 남자가 아니라는 사실에 쏠린 관심을 다른 곳으로 돌리는 데에만 혈안이 돼 있어."

"그 눈속임마저도 잘 안 되지."

"너는 그녀에 대해 아는 게 하나도 없구나." 선글라스 낀 여자가 여전히 요 위에 앉은 리키에게 쏘아붙였다. "메르켈이 추구하는 실용주의는, 일찍이 자기 삶을 두려움에 맞서는 데 바쳐 온 사람만이 따를 수 있는 거야. 자기실현이 삶의 전부라고 여기는 사람은 불가능하지. 그녀는 자기만 내세우는 사람이 아니야."

리키는 집어치우라는 듯 손을 휘둘렀지만 따로 대꾸하지는 않았다.

어느새 도배용 탁자는 탁구대가 되었다. 한쪽에는 탁구채 세 개가, 맞은쪽에는 두 개가 놓였다. 손잡이에 고무 돌기가 나 있는 탁구채는 예전에 그녀의 학교 친구들이 학교 뒤 돌판에서 탁구 칠 때 쓰던 것과 같았다. 리키의 작업실에서 이런 골동품은 문화재로 숭배받았다. 여자들은 그걸 레트로라고 불렀다.

열린 창밖으로 한 무리의 관광객들이 지나갔다. 그들은 리키의 작업실을 헬스장이나 탁구클럽으로 생각할지 모른다. 그들은 아디나를 운동 회원 중 하나라고 생각할 것이다.

"그냥 탁구만 치는 거야?"

"키릴한테 물어봐." 리키가 선글라스 낀 여자를 가리켰다.

"그냥 탁구라니?" 키릴이 말했다.

"나는 우리가 뭔가 다른 걸 할 거라고 생각했어요." 아디나가 말했다. "리키가 말한 은신처와 관련된 무언가를."

탁구대 맞은편에 나란히 서 있던 여자 셋이 서로를 바라봤다.

"보통 리키는 자기가 키우는 여자애를 신중하게 골라. 그렇지 않고선 우리한테 아예 보여 주질 않지." 헤어밴드를 한 여자가 말했다. "그런데 너는," 그녀가 아디나를 향해 말했다. "너는 확실히 귀엽긴 하다."

"좀 시시하고." 세 번째 여자가 말했다. "한 가지 사실에서 한 가지만 본다는 점에서 시시하다는 거야."

"혹은 어려서 그런 걸 수도." 리키가 요에서 일어나며 말했다. "몇 살이지?"

"나는 벨벳혁명 세대예요." 아디나가 으스대듯 말했다.

여자들이 그녀를 쳐다봤다.

"'서방이 최고다!' 내가 어릴 때 건물 벽마다 이렇게 적혀 있었죠. 그 전에는 '평화와 사회주의를 위하여'라고 적혀 있었고."

여자들은 무슨 말인지 이해하기 어렵다는 듯이 뚫어져라 그녀를 쳐다봤다. 키릴만 웃고 있었다.

"나는 체코슬로바키아 사회주의 공화국이던 시절에 태어났죠. 내가 어릴 때 사회주의 공화국이 무너졌어요." 아디나가 설명했다. "체제 변혁의 과도기 속에서 자란 거죠. 그러니까 내가 바로 진정한 혁명 세대인 거예요."

사실 과도기는 그녀 머릿속에만 있다. 혁명 때는 너무 어렸다. 그래도 작가 대통령은 기억이 났다. 작가 출신 대통령이 있었던 삶은 한 권의 책 같았고, 책 속에서는 사람들이 실제로 죽지 않았다. 노란기가 도는 TV 화면으로 탱크들이 인도로 돌진하는 모습을 보았던 12월 29일처럼, 오직 혁명만이 사람들의 생명을 위기로 몰아넣었다. 매년 12월 29일이면 늦게까지 깨어 있을 수 있었다. 어머니는 근무 교대 후 귤 통조림을 사 왔고, 둘은 소파에 편히 앉아서 대형 화면에 대통령이 등장하는 모습을 지켜보곤 했다. 그는 부르주아의 아들로, 자기 나라를 유럽의 중심으로, 세계대전 이전의 위치로 회복시키고자 했던 인물이었다. 아디나는 어린이의 상상력으로 그가 말하는 회복이란 마치 의자 다리에서 사라진 사자 머리가 마법으로 돌아오는 것이리라 짐작했다.

그녀의 어머니는 그때 바츨라프 광장에 있었다. 어머니는 해마다 확신에 차서 바츨라프 광장의 사람들을 휘젓듯 TV 화면 위를 손가락으로 휘저었다. 해를 거듭할수록 영상물의 화질은 희미해졌고 결국 어머니는 자기 모습을 발견하지 못했다. 그래도 어머니는 프라하를 되찾는 데 힘을 보탰다. 도시의 거리와 광장에서 1968년의 탱크 소리는 사라졌다. 사람들은 힘을 모아 30년간 그 탱크를 지휘했던 정권을 열흘 만에 몰아냈다. 그 이후가 어찌 되었든 간에, 작가 출신 대통령이 얼마나 심각하게 마약에 중독되었든 간에, 어머니가 그 이전에 벌었던 돈과 지금 벌고 있는 돈 사이에 얼마의 차이가 있든 간에, 그 열흘의 낮과 밤 동안 일어난 일은 그것을 경험한 모든 사람을 영원히 하나로 묶어 주었다.

"우리 어머니는 정권이 무너질 때 그 자리에 있었어요."

"말은 참 똑 부러지게 하네." 헤어밴드를 한 여자가 말했다.

"누가 봐도 어른이야."

"너 여기는 혼자서 왔니?"

아디나는 여자들에게서 비아냥대는 낌새를 느꼈다.

"부모님은? 네 걱정 안 하시고?"

그들은 내내 정치 얘길 했으나, 막상 그녀 나라의 혁명과 체제 전복에는 도통 관심을 보이지 않았다. 전반적으로 그들은 그녀에게 별 관심이 없어 보였고, 리키가 그날 저녁에 무엇을 계획했는지에도 거의, 아니 전혀 관심이 없었다. 그것이 무엇이든 크게 중요치 않은 일처럼 굴었으므로 아디나는 진작 그 자리를 떠나지 않은 자신에게 짜증이 났다.

"아버지가 누군지는 몰라요." 그녀는 겨우 입을 열었다.

"'그날'의 영웅 중 하나겠지!" 헤어밴드를 한 여자가 탁자 위에 탁구공을 튕기며 말했다.

"헛소리 집어치우고." 리키가 탁구채를 집어 들었다.

"키릴, 너희가 서브할 차례야."

그들은 다섯 명이었으므로 돌아가며 탁구를 쳐야 했다. 차례는 시계 반대 방향으로 돌았다. 여자들은 능숙했다. 공을 정확하게 나누고, 잽싸게 치고, 잠시 멈췄다가, 스매싱을 날렸다. 아디나는 탁구채를 오랜만에 잡았다. 예전부터도 그다지 잘 치는 편은 아니었다. 그래도 계속 쳤고, 몇 번인가는 공을 빠르게 넘기는 데 성공했다. 그녀는 그저 그런 소녀가 아니었다. 너무 어린 소녀도 아니었다. 그녀는 혁명을 경험했고, 진짜 혁명에 관해서라면 아이스크림 여자들을 능가할 만큼 많이 알았다. 두 번이나 결승점 대결까지 갔지만 결국은 두 번 다 그녀가 졌다. 한 번은 리키에게 졌고, 한 번은 모든 단어를 수학 공식처럼 또박또박 말하는 키릴에게 졌다. 키릴은 공격적으로 경기에 임했다. 리키는 부드럽게 반격했지만, 키릴은 자비가 없었다. 그녀는 전력을 다해 공을 네트 위로 넘겼다. 서브를 넣을 때는 무릎을 살짝 굽히고 공을 낮게 쳐서 공이 네트 바로 앞을 스치도록 만들었다. 그 공을 받아쳐야 했던 아디나는 점수를 잃었다.

"조금 닿았어요."

"뭐라고?"

"공이 탁구대를 스치듯 닿았다고요."

"우리가 여기 있다고 우리가 여기 사는 건 아니야. 우리의 실존은 우리가 있는 곳 너머에 있지." 키릴이 말했다. "자아는 실재야. 하지만 그 자아가 나는 아니야. 너도 아니지." 그녀가 탁구채로 아디나를 가리켰다. "눈 깜짝할 사이에 사라지는 감각의 인식이야."

"하지만 누가 혹은 무엇이 인식하지? 누가 감각을 하냐는 말이야?" 헤어밴드를 한 여자가 말했다.

"나는 공이 닿았다고 말했을 뿐이에요."

키릴이 다른 여자들을 돌아봤다. "우리가 애 가르쳐야 할 것 같지 않니?"

"전혀!" 리키가 손을 들어 방어하는 자세를 취했다. "그건 내 일이야. 너희들은 끼어들지 마." 하지만 아무도 그녀의 말을 듣지 않았다. 키릴은 당당한 기세로 아디나에게 다가왔다. 뒷걸음질치던 아디나의 등이 벽에 닿았다. "조심해!" 그들은 서로 마주 서 있었다. 선글라스를 낀 강한 인상의 여자와, 어디를 봐야 할지 몰라 당황한 아디나. 그녀는 깊이 파인 원피스 아래에서 가슴이 거칠게 오르내리는 모습을 지켜봐야 했다.

"너 같은 애 수천 명이 여기서 운명의 순간을 기다리고 있어. 그쯤은 너도 알지? 제발 알고 있으면 좋겠다." 키릴이 리키를 바라보며 근엄한 목소리로 물었다. "너 애한테 확실하게 얘기한 거지?" 키릴이 다시 아디나에게 물었다. "너는 여기에 뭐 하러 왔니?"

그녀의 엄격한 표정에 작은 미소가 스쳤다. 마치 그 모든 것이 게임이라고, 탁구 경기의 연장이라고 암시하는 것처럼. 하지만 아직은 확실치 않았다.

"지질학자가 되려고요."

"하!" 키릴은 외마디 소리를 질렀지만 만족한 표정이었다. 그리고 조금 망설인 뒤 이렇게 덧붙였다. "너는 엄청난 스트레스를 견뎌야 할 텐데, 할 수 있겠어? 이 나라 문화에 동화돼야 한다는 스트레스, 다른 나라 사람이 돼야 한다는 스트레스, 낯선 규칙을 빠르게 익혀야 한다는 스트레스. 1년에도 너 같은 사람 수천 명이 독일로 와. 하지만 그중 3분의 1은 자기가 이민 온 나라에서 죽을 때까지 타자로 살아가지. 하지만 아무도 그런 얘길 들려주지 않아. 이미 20년 전부터 그래 왔는데."

그녀는 아디나가 이해력에 문제가 있는 것처럼, 이해력이 떨어지는 외국인인 것처럼 천천히 말했다.

"리키가 키워 주면 그게 쉽게 될 거라고 생각하니?"

"내가 왜요?"

"너 리키의 새 여자친구 아니야?"

"그 얘기라면 벌써 아니라고 했어요."

"그렇지. 그 얘기는 벌써 한 적이 있지. 그래도 우리는 모두 반복 강박의 지평선 안에 있는 존재들이니까 다시 한번 물어볼게. 다른 생각은 안 들어?"

아무도 그들 사이에 끼어들지 않았다. 리키조차도. 리키는 키릴에게 권력을 빼앗긴 것처럼 보였다.

"내가 무언가를 생각해 내야 하나요?" 아디나는 주눅이 든 목소리로 대답하면서, 어떻게 하면 이 대화에서 빠져나올 수 있을지를 필사적으로 생각했다. "리키가 여자들에 관한 얘기는 설명해 줬어요. 하지만 우리 사이의 일은 그거랑은 달라요."

"뭐가 다른데?"

회색 눈동자는 엄격했다. 그 눈빛 아래에서 아디나는 진실을 말하고 싶어졌다.

"아가씨, 질문은 내가 해!" 헤어밴드 한 여자가 말했다.

"사진 한 장에서 리키가 나를…"

"세상엔 리키가 수천 명은 되지." 키릴이 단호하게 말을 잘랐다.

아디나는 입이 바싹 말랐다. "그만 가야겠어요." 중얼거리면서 키릴 옆으로 빠져나가려고 애썼다. "말하기 연습을 해야 해요."

키릴이 그녀를 붙잡았다. "너네 들었어? 얘, 말을 연습한대."

"내 뜻은, 어학원 회화 수업 말이에요. 나는 독일어를 배우는 중이에요."

"말은 벌써 하잖아?"

아디나가 간절한 눈빛으로 리키에게 도움을 구했다. "우밈 플루빗 야코 후르비네크 아 스페이블.* 당신들은 이 말이 무슨 뜻인지 모르잖아요."

"꼬박꼬박 존댓말을 쓰는 걸 보니 참 예의가 바르네." 키릴이 말했다. "하지만 불필요해."

그물망 곁에 선 리키는 한 손으로 천천히 그리고 부드럽게 이제는 탁구대가 된 도배용 탁자를 쓸어내렸다. 창밖 플라타너스가 바람에 요란한 소리를 냈다. 아디나는 갑자기 길을 잃은 듯한 기분이 들었다.

리키의 부드러운 손길이 테이블 위에 놓인 것을 보며, 아디나는 그 소음과 싸우고 있었다. 그러나 그 소음은 점점 깊어졌다. 그녀는 언젠가 한 번 그런 소음을 들은 적이 있다는 걸 기억해 냈다. 어린 시절, 발트해와 접한 폴란드의 한 해변에서. 그때 그녀는 처음으로 집을 떠나 일주일 동안 여름캠프에 간 적이 있다. 그곳은 모든 것이 예상과 달랐다. 밤이 될 때마다 그녀의 심장은 미친 듯이 뛰었고 숨이 찼다. 어느 날 밤 그녀는 목숨을 걸고 해변을 가로질러 모래 언덕 위로 뛰어갔다. 그러나 언덕에 도착하자마자 추격자들에게 붙잡혔다. 그들은 도망자들을 날카로운 갈대숲에 던진 다음, 손목과 발목을 결

---

* Umím mluvit jako Hurvínek a Spejbl. 체코어로 "나는 후르비네크와 스페이블처럼 말할 수 있다"라는 뜻으로, 후르비네크와 스페이블은 철수와 영희 같은 이름이다.

박하여 해변으로 끌고 갔다. 그리고 캠프장 지도자의 발 앞에 도망자들을 내던졌다. 캠프 리더는 털북숭이 가슴팍에 낚시 그물을 두르고, 머리에는 해초로 장식된 왕관을 쓰고, 손에는 종이로 만든 삼지창을 들고 있었다. 그는 입에 초록색 탁구공을 물고 있어서 무슨 말을 하는지 알아듣기 어려웠다. 그래서 그가 웅얼대면 여자 그룹 리더가 그 말을 통역했다. 추격자들은 도망자들을 그의 발 앞에 무릎 꿇게 했다. 아디나가 거부하자 캠프장 지도자가 모래투성이 발로 그녀의 목을 짓밟았다. 의식은 계속됐다. 추격자들이 도망자 무리 중에서 여자아이와 남자아이를 지목해 가며 바다의 신 넵투누스의 발에 입 맞추게 했다. 아이들은 하나씩 굴복했다. 그들은 바다의 신의 이름을 부르며 그의 초록색 발에 입을 맞추었다. 아디나가 자기 목을 짓밟은 발을 떨쳐 내려고 하자 캠프장 지휘자는 해초로 그녀의 뺨을 때렸고 아이들은 웃음을 터뜨렸다. 마지막으로 아이들은 모두 물속에 던져졌다. 그 전에 우유와 소금, 식초, 겨자를 섞은 더러운 물을 마시게 한 후 살아 있는 해파리가 들어 있는 욕조에 아이들을 넣었다. 그들은 그녀의 코를 잡고 억지로 더러운 물을 삼키게 했고 머리채를 잡고 물에 처박았다. 그들은 원하든 원하지 않든 그녀가 바다의 신을 위한 인어가 되려면 이 세례를 받아야 한다고 말했다.

리키가 웃었다. 그녀는 더 이상 리키가 아니었다. 탁구대 옆에 선 한 여자일 뿐, 리키를 닮은 누군가였다.

"나는 누가 키우는 그따위 여자애가 아니에요."

"이것 봐. 말은 참 똑 부러지게 한다니까." 헤어밴드를 한 여자가 말했다. "말을 이렇게 잘하는데 배우긴 뭘 더 배워."

"말은 우리가 누구인지를 설명해 주지." 키릴이 이제는 한층 나

굳해진 어조로 말했다. "언어는 우리가 실재로 존재한다고 착각하게 만들어. 우리가 실재이고 어디에서부터 온 존재라고 믿게 만들지. 그런 면에서 우리는 눈 깜짝하면 사라지는 감각일 뿐이야." 키릴은 그녀에게 시선을 고정하고 있었다. 마치 엑스레이 사진을 들여다보듯, 아디나의 분노와 고통이 붉은 선으로 그려져서 정확히 눈으로 따라갈 수 있는 것처럼 그녀를 바라보았다. 이 불균형한 힘겨루기 와중에 리키가 말했다. "그만해. 아디나, 자기야. 쟤가 저러는 거 용서해 줘. 쟤는 동독 시절 소년개척단˙ 출신이야. 그곳에서 뭔가 안 좋은 일이 있었고, 돌이킬 수 없게 되었지."

"그런 얘기를 자꾸 들추는 건," 키릴이 아디나에게 눈을 떼지 않고 계속 말했다. "개척단 정신과 맞지 않아."

리키는 개의치 않았다. "소녀를 독재로부터 건져 낼 수는 있지만 그 소녀 안에 있는 독재를 건져 내는 건 어렵지."

"어떤 연관성이 보인다고 해서 반드시 그 연관성이 존재하는 것은 아니야."

"사회주의를 위한 카네이션!"

이처럼 짧고 날카롭게 공격이 오고 가는 동안 다른 여자들은 가만히 침묵을 지켰다.

"인간의 뿌리라는 건 일종의 은유일 뿐이야." 키릴은 아디나에게 모든 단어를 이해시키겠다는 듯이 천천히 또렷하게, 하지만 강하게 말했다. "우리 인간이 가진 유일한 뿌리는 입안에 있어. 가지고 다닐 수 없는 뿌리가 무슨 소용이 있겠어."

˙   Pioneerorganisation, 동독이 어린이들을 이념적으로 교육하여 사회주의 체제 유지에 기여하고자 설립한 관영단체.

"키릴이 옳아." 리키가 탁자에서 몸을 떼면서 말했다. "우리는 그걸 숭배하지."

그 말에 키릴이 갑자기 몸을 돌렸다.

"리키, 네가 정말로 저 애를 마음에 두고 있다면 더 이상 어린애 취급하지 마. 바깥세상은 호락호락하지 않아."

경기는 재개되었다.

여자들은 탁자 주변을 돌면서 서브를 넣고 스매싱을 날렸다. 아디나는 마취된 것처럼 벽에 기대고 서 있었다. 여자들이, 경기가, 리키의 작업실이 그녀의 눈앞에서 흐려졌다. 단 키릴의 말만은 무서워도 좀 더 이해해 보고 싶었다. 하지만 흥분 때문에 제대로 알아들을 수 없었고 질문할 용기도 없었다. 그들이 무엇에 대해 이야기하는지 알 수 없었고, 리키가 그걸 설명해 주리라 기대할 수도 없었다. 리키, 알록달록한 모자를 쓴 리키는 젊은 사제처럼 보였다. 그녀는 날카로운 백핸드를 구사했다. 공은 네트 바로 너머에 떨어졌고, 키릴은 반응을 늦게 한 나머지 게임에서 졌다.

"이 사기꾼!"

"그만 해, 키릴." 리키가 말했다. "네가 졌어."

잠시 도로를 달리는 자동차 소리만 들렸다.

"졌다고!" 리키가 갑자기 소리를 질렀다. 목에 핏대가 섰다. 그녀의 목소리는 굉장했다.

"졌어." 이제 그녀는 비명을 지르다시피 했다. "졌어, 졌어, 졌어, 졌어!"

키릴이 조용히 영화관 의자에 앉았다. 몸을 뒤로 젖힌 그녀는 손으로 눈을 가렸다. 보통 속도로 움직이는데도 동작이 끊겨서 부자연스러워 보였다.

"이제 어떤 기분인지 너도 알겠지." 모두가 침묵을 지키는 가운데 리키가 말했다.

손을 내리자 지친 듯한 키릴의 얼굴이 드러났다.

"너희와 달리 나는 진즉에 알고 있었어."

"그래," 리키가 말했다. "너는 항상 우리보다 아는 게 많지."

"아니야, 리키. 나처럼 사회주의 체제에 길들여진 짐승에겐 가계부 쓰는 법이나 근면한 노동부터 가르쳐야지."

리키가 영문을 몰라 그녀를 빤히 쳐다봤다.

"이 얘기 못 들었어? 요새 신문 안 읽니? 《프랑크푸르터 알게마이네 차이퉁Frankfurter Allgemeine Zeitung》에 실린 기사야. 독일에서 유명한 교육학자가 모든 동독 출신 여성에게 가계부 쓰는 법과 근면한 노동을 먼저 배우라고 추천했대. 나는 토씨 하나 바꾸지 않았어." 키릴이 말했다. "1991년에 동독 여성 중 상당수가 직장을 잃었어. 서유럽인들의 원시적 사고로는 여성 건축가, 여성 컴퓨터 공학자, 여성 버스 운전사, 여성 치과의사를 상상할 수 없었기 때문이야. 그러니까 나한테 밖으로 나가라는 설교 따위를 하려거든 집어치워."

작업실 앞 주차장 빈자리로 자동차 한 대가 들어왔다. 창문은 열려 있었다. 아디나는 몸을 구부려 바깥 공기를 들이마시려는 듯 그 틈으로 고개를 내밀었다.

바깥에선 어린아이 하나가 예전에 사다리로 쓰였던 긴 철제 가설물에 매달려 놀고 있었다. 아디나는 아이가 그 주위를 빙글빙글 도는 광경을 어지러워질 때까지 쳐다보았다. 감각이 둔해지고 현기증이 나서 시야가 흐릿해지자 비로소 그녀는 자신이 여기에 속하지 않는다는 사실을 인정할 수 있었다. 리키도, 키릴도 이 작업실에 속하지 않은 건 마찬가지였다.

이 거대한 도시에서 짧은 시간 안에 자신에게 중요한 사람 하나를 찾을 가능성은 매우 희박했다. 만약 리키가 정말 중요한 사람이라면, 그녀가 만난 사람 중 가장 중요한 사람이라면, 그녀는 리키에게 중요한 사람들을 중요하지 않게 여기거나 심지어는 불편하게 여겨선 안 될 것 같았다.

여자들은 경기를 계속했다. 싸움은 끝이 난 것처럼, 아니 아예 일어나지도 않은 것처럼 보였다. 혹시 그들이 아주 오랫동안 알고 지낸 사이라면 싸워도 아무 지장이 없을 수도 있다. 하지만 키릴은 동독에서 자란 것처럼 말하는데 리키는 그렇지 않은 것 같았다. 그렇다면 그들은 처음 만난 건 아무리 빨라도 열대여섯 살이다. 사회주의가 끝난 게 그 무렵이다. 하지만 그때부터라 해도 어떤 한 인생, 예컨대 아디나의 평생과 맞먹는 기간을 알고 지낸 셈이었다.

그들은 어른처럼 보이지 않았다. 어른이라면 자기가 그 사람이 아닌 다른 사람이 되어야 한다는 생각을 절대 하지 않을 것이다. 모든 사람은 뿌리가 있고 어디선가 왔다. 부모가 있었고, 설령 지금은 그 부모가 곁에 없더라도, 그 부모들에게는 또 부모가 있었으며 우리는 마치 보이지 않는 실에 매달린 인형처럼 그들에게 연결돼 있었다. 하지만 키릴에게는 그걸 의심할 만한 근거가 있었다.

하지만 그보다 중요한 건 사진이었다. 리오 밖에선 단 한 번도 모히칸의 정체가 드러난 적이 없었다. 아디나와 모히칸이 동시에 존재하는 건 불가능했다. 어떤 이름으로 그 인생의 비밀을 다른 사람들 앞에 공개한 장소는 리오가 유일했다. 그런데 리키는 첫 번째 사진에서 모히칸을 불러냈다. 사실관계로 알기 전에 무언가를 직감적으로 알아챘을지 모른다. 혹은 알아채지 못했을지도 모른다. 리키가 그 사진에서 그녀와 같은 것을 보았는지를 확인할 시간이 없었으므로 아직은 알 수 없는 일이다. 하지만 리키의 레이더가 감정의 음파를 포착한다면, 꼬마 모히칸의 감정도 감지했을 것이다. 그가 누구의 감정을 느끼고 있는지, 그가 느끼는 감정이 그의 것인지 아디나의 것인지는 알 수 없었지만, 그가 느낀 것이 허상이 아니며 근육 없는 환상이 아니라는 것만은 분명했다. 그 모히칸은 실제로 근육을 가졌고, 그것은 확실한 실루엣과 손에 잡히는 형체를 갖고 있었다. 단지 언어가 그것에 다 미치지 못할 따름이다.

그녀는 리키에게 묻고 싶었다.

그러나 리키는 경기에 몰두해 있었다. 키릴은 거의 매번 스매싱을 날렸다. 방 안에는 공이 똑딱대며 오가는 소리와 찍찍대는 신발 소리와 간간이 입에서 새어 나온 외마디 비명만 들렸다. 비록 그녀들은 어린아이처럼 탁구를 치고 있었지만, 그들이 진짜 어린아이처럼 보이지는 않았다. 그건 아마도 그들의 나이가 너무 많기 때문일 것 같았다. 적어도 서른 살은 되었을 것이다. 어린 시절과는 한참 떨어진 나이다. 아마 그들은 자기가 어디서 왔는지조차 잊었을 것이다. 아디나는 딱 봐도 어디서 왔는지 알 수 있었다. 일단 그녀의 악센트가 다른 곳에서 왔다는 것을 말해 주었다. 간혹 그녀가 안간힘을 다해 악센트 없이 말하는 데 성공했을 때는 마치 기차역 방송처럼 부자연스럽게 들렸다. 그녀가 다른 곳에서 오지 않았다면 달리 어디에서 왔을지를 가늠하기 어려웠다. 어차피 베를린에서는 모두가 다른 곳에서 왔다.

그녀는 언제라도 자신의 유년 시절 얘길 자랑스레 풀어놓을 수 있다. 그녀만의 독특하고 분명한 언어로, 하나도 빠짐없이 설명할 것이다. 리오에 대해, 파란 스코다 자동차에 대해, 초원이라는 이름에 어울리지 않게 험준한 고산지대인 랍스카 루카*를 탐험했던 것에 대해.

그녀의 독일어로도 충분할 것이다.

그녀는 독일어가 꽤 늘어서 이제는 하라초프의 옛 주유소 이야기를 할 수 있었다. 주유소에는 항상 멜빵바지를 입고 가슴팍 주머니에 붉은 손잡이의 펜치를 넣은 남자 직원이 있었다. 그는 몇 년 동안이나 그녀의 할머니 차에 무료로 기름을 넣어 주었다. 그 덕분에 할머니는 더 이상 운전을 잘하지 못하는데도 계속 차를 몰았다. 할머니는 마을 입구에 있는 주유소로 들어가기 전에 머리를 단정히 매만진 다음 스프레이로 고정했으므로 차 안에는 항상 희미한 스프레이 향이 풍겼다. 주유소 남자는 절대 할머니와 말을 섞지 않았다. 그는 그저 주유기에서 떼어 낸 주유 건을 천천히 자동차 주유구로 밀어 넣으며 할머니를 지긋이 바라보았다. 대개 그의 시선은 할머니의 단정한 머리를 향했다. 할머니는 주유기에서 숫자가 올라갈 때마다 짤깍짤깍 소리가 들리는 것 같다고 생각했다. 직원은 기름값을 받지 않았다. 주유기에 미국 담배 광고가 걸리는 날까지 할머니는 공짜로 기름을 넣었다. 할머니와 멜빵바지를 입은 남자는 조용히 사회주의를 망치는 데 협력했다. "절대 잊으면 안 돼." 어머니는 거듭 말했다. "체제가 전복되는 데에는 네 할머니도 한몫했어."

---

* Labská louka, 라베(Labe)강의 초원(louka)이라는 뜻을 가진 체코의 고산평원지대.

아디나는 부르주아의 가구를 감추기 위해 의자 다리에 톱질했던 증조부에 관한 이야기도 할 수 있었다. 혹은 스노보드를 타다가 스키장 기둥을 들이받은 로니의 콧수염에 대해서도, 고향 마을에서 자기가 마지막 청소년이었으며 빨치산의 후손이었다는 것도 말할 수 있었다. 이 대도시에서 그런 얘기는 낡은 탁구채처럼 레트로로 받아들여졌을 것이다.

"자, 돈 걸어!" 리키가 말했다.

하지만 그녀는 아무것도 말하지 않았다. 키릴이 뿌리를 의심하는 데는 그만한 이유가 있을 것이다. 그리고 다른 누구도 그 이유를 묻지 않았다.

길었던 저녁이 끝났고, 리키의 친구들은 작업실을 나설 채비를 했다. 헤어밴드를 한 여자가 리키에게 지폐 한 장을 건넸다. 그녀는 재빨리 돈을 건네고 반쯤 열린 가게 문으로 빠져나갔다. 금액이 큰 지폐였다. 100유로, 아니면 200유로였다. 리키는 손바닥으로 잽싸게 돈을 받아 바지 주머니에 집어넣었다. 헤어밴드를 한 여자와 헤어질 때 리키는 입을 맞췄다. 키릴은 희미한 가로등 아래 서서 손만 내밀었다. 리키는 아디나와 포옹하지 않았다. 그저 그녀의 어깨를 부드럽게 매만지고는 그라피티로 빼곡한 문 뒤로 모습을 감추었다.

이날 이후로 그들은 더 이상 그렇게 많은 사진을 찍지 않았다. 매일 오후 만나지도 않았다. 대형 프로젝트를 맡게 된 리키는 주말에만 시간이 났다. 10월이 거의 끝나갈 무렵 아디나 역시 객관식 시험과 듣기 시험을 준비하고 독일어로 에세이를 제출하느라 시간이 없었다. 하지만 아주 가끔 리키의 작업실에 들르면 모든 것이 항상 똑같았다. 부유하는 주황색 불빛도, 그녀의 어깨를 어루만지는 그

새 더 친숙해진 리키의 손길도, 간결한 지시와 격려하는 듯한 미소도. 그녀는 머릿속에 떠오르는 모든 것을 리키에게 물어보지 않기로 마음먹었다. 그녀는 죽은 모기로 뒤덮인 이층침대에 누워서 수호신 같은 리키의 존재에 몸을 맡겼다.

'누가 혹은 무엇이 인식하며, 누가 감각하는가?'

이 질문이 가끔 그녀의 머릿속을 스쳤다.

11월 초, 엘리베이터 안에서 그 질문이 다시 떠올랐다. 이유 없는 짧은 공포가 그녀를 덮쳤을 때였다. 그녀는 본능적으로 주머니 속 스위스 군용 칼을 꺼내 들었다. 신체의 일부처럼 따뜻하게 데워진 스위스아미 만능칼에는 금속 체인이 연결돼 있었고 그 체인은 다시 청바지 벨트 고리에 카라비너로 고정돼 있었다. 그녀는 그것을 더듬었다. 마치 어딘가에서 차가운 바람결이 그녀를 스쳐 지나간 듯한 느낌이었다. 엘리베이터에 함께 타고 있던 남자가 미소를 지었다. 그가 그녀를 보고 웃었다.

'누가 감각하는가?'

엘리베이터는 그녀를 베를린에서 멀리 떨어진 곳으로 데리고 갔다. 그녀는 떠나고 싶지 않았다. 적어도, 리키의 작업실에서 성대한 파티가 열리는 크리스마스 때까지만은 머물고 싶었다. 파티에서 그들은 처음으로 사진을, 그때까지 리키가 인쇄하지 않았던 모히칸 사진을 전시할 계획이었다. 그간은 계속 일이 있었다. 마침내 리키의 작업실 근처 복사 가게에서 전체 시리즈를 고급 종이에 인쇄하기로 약속했을 때 그 시리즈에는 모히칸 사진도 포함이 되었는데, 다시 키릴과 싸움이 벌어졌고 그 후 며칠간 리키는 대화할 수 없는 상태가 되었다. 커튼이 내려져 있었다.

그날, 문을 두드리고 이름을 부르고 벨을 눌러도 소용이 없던 날, 아디나는 혼자서 아이스크림을 먹으러 갔다. 아이스크림 공장은 리키와 키릴이 함께 운영했으나 지금은 키릴 혼자 운영하고 있었다. 그건 리키의 불성실함과 허술함 때문이라고, 헤어밴드를 한 여자가 아디나의 와플 콘에 사프란 아이스크림을 꾹꾹 눌러 담으며 말했다. 아디나에겐 근거 없는 말로 여겨졌다.

엘리베이터 안에서 남자는 그녀에게 격려하듯 미소를 지었다. 그러고선 조작부 버튼을 눌러 문을 닫았고 그렇게 문은 되돌릴 수 없이 닫혔다. 그녀가 스물한 살에 올라탄 엘리베이터의 문은 스물두 살이 되어서야 다시 열렸고 그녀가 내린 곳은 탄 곳과는 전혀 다른 세상이었다. 날씨가 너무 추워서 창문을 아주 조금만 열어 놓을 수 있는 곳이었다.

그 사이는 어둠이었다. 층과 층 사이에 걸린 엘리베이터 안 같았다. 엘리베이터는 멈췄다가, 다시 움직이다가, 떨어졌다가, 멈추고, 불이 나갔다. 그런 일은 가능했다. 한 사람이 여전히 거기에 있음에도 불구하고 사라지는 일이 일어날 수 있을지도 모른다. 그녀가 오직 자기 한 사람 때문에 하라초프까지 가는 버스에 탔을 때처럼. 머리를 무릎 사이에 박고 창 아래로 몸을 숨겨서 존재하기를 멈춘 것처럼 보였던 그때처럼. 그런 일은 일어날 수 있을지도 모른다. 가정법. 그 엘리베이터 안에서 그녀는 분명하고 무방비하게 부재했다.

그런 건 있을 수 없다.

한 사람이 다섯 달 반 동안 부재한다는 것은 불가능한 일이다. 마치 그 몇 달만 인생에서 지워지는 일 따위는 일어날 수가 없다.

일시적으로 죽을 수는 있는 사람은 없다.

푸른 여자가 나타나지 않는다. 자작나무 옆 그녀의 자리가 며칠째 비었다.

그녀는 내게 책임질 것이 없다. 어디에서 와서 어디로 가는지에 관한 설명은 한마디도 없었다.

지하도를 가로지르는 길은 고원에서 끝이 난다. 그곳에선 만灣이 한눈에 보인다. 동쪽 맞은편 해안의 가장자리를 따라 저장탑과 고층 빌딩이 즐비하다. 서쪽에선 항구와 경계를 맞대고 고물 처리장이 있다. 3차선 도로와 고물 처리장 사이는 철조망이다.

푸른 여자는 간다는 예고도, 돌아온다는 기약도 하지 않았다.

찾으러 다녀도 소용이 없다.

3장. 오데르강 변의 저택

우리를 관통하며 살아가는 삶,
우리를 타인으로 만들고,
우리의 얼굴을 창조하고 다시 지워 내는 삶.
- 옥타비오 파스(Octavio Paz)

저택은 오데르강으로 흘러가는 개천가에 외따로 서 있었다. 개천 이쪽 편 둑이 세워진 곳은 독일 땅이었고, 반대편 범람원 초지는 폴란드 땅이었다. 개천은 양편 둑을 모두 넘어 흘러넘쳤다.

위풍당당한 저택의 출입문을 지나면 양 머리 두 개로 장식된 지붕을 기둥이 떠받치고 있었다. 집 뒤로는 지붕을 씌운 콘크리트 마당과 낡은 헛간이 있었고 그 너머에는 오랫동안 농사를 짓지 않아 잡초가 무성한 밭이 펼쳐졌다. 아디나가 찬바람에 옷깃을 여미며 바르카스*에서 내렸을 때 오리나무와 개암나무 위로 날던 매가 쥐를 잡으려고 땅으로 내려오고 있었다. 공기 중에는 장작 타는 냄새가 풍겼다. 베를린에서 늦여름과 가을을 보낸 그녀는 다시 허허벌판에 둘러싸이게 되었다.

그녀는 힘없이 배낭을 어깨에 둘러멨다. 걸을 때마다 마른 풀이 버석댔다. 낙엽은 길가에서 썩어 가고 있었다. 마치 그녀는 칠이 벗겨지고 벽은 그을음과 비로 검게 변한 채 방치된 하라초프의 집으로 돌아온 것 같았다. 저택의 외벽은 장식물이 떨어져 어수선했고, 빗물받이가 깨져서 바닥에 물이 사방으로 튀었다. 저택은 오른쪽 절반만 수리되어 있었다. 수리가 된 쪽 창문에는 무거운 덧창이 달려 있었다. 1층 오른쪽으로 난 돌출창은 작은 테라스로 이어졌.

이 저택의 주인은 리키의 고객 중 한 명이었다. 그는 이 지역 출신으로 오데르강 변의 우커마르크 지역에 투자하는 몇 안 되는 사업가 중 하나였다. 몇 년 전 그는 근처 호숫가에 리조트를 오픈했고 리키에게 사진 몇 점을 구매했다. 리키는 그것을 장식품이라고 경

---

* 1961년부터 1991년까지 동독에서 생산된 미니버스 브랜드.

멸조로 말했다. '재산은 많지만 자기 내면을 들여다볼 능력은 없는 사람들을 위한 얄팍한 상품'이라는 뜻이었다. 저택은 정부 보조금을 받아 문화시설로 지어졌다. 동유럽으로 가는 문턱에서 문화 교류를 촉진하자는 정치적 의제에 부합하는 사업이었다. 그녀가 리키에게서 들어 아는 건 여기까지였다.

"과연 그게 전부일까." 베를린에서 그녀와 주차장을 함께 가로지르고, 낡은 바르카스를 같이 타고 온 사내가 말했다. "유명인의 자식 아닐까? 내기할까? 아마 유서 깊은 공산주의자 가문의 자식일 거야."

사내의 이름은 이라였다. 그는 말랐지만 허약하진 않았다. 목까지 내려오는 긴 머리카락 위에는 야구 모자를 썼는데 그 모자가 그를 방탕해 보이게 했다. 하지만 그건 어디까지나 누군가의 보호 안에서만 날뛰는 방탕함이었다. 모자챙에는 이런 문구가 적혀 있었다. "터프가이는 꿀을 먹지 않는다. 그들은 벌을 씹어 먹는다!"

사내는 시동을 걸고 라디오를 켰다. 그렇게 베를린을 떠나 아우토반을 달렸다. 그리고 이름이 '오우'로 끝나는 동네를 연거푸 지났다. 파소우, 카제코우, 탄토우.*

"그래도 괜찮은 사람이야. 세상과 눈높이를 맞출 줄 아는 사람이지."

다리 위에는 작업복을 입은 남자들이 서 있었다. 자동차들은 갓길에 멈춰 섰다. 모두 독일 차였다. 다리 위 남자들은 차창이 열리면 다가가 짧은 대화를 나눈 후 올라탔다.

---

* 'ow'는 슬라브어에서 장소를 의미하는 접미사로 독일 쪽 국경 지역에 남은 슬라브계 민족의 흔적이다.

"이제 곧 폴란드 땅이야."라는 여러 차례 했던 말을 반복하는 것 같은 어조로 다리 아래는 오데르 계곡이며 여름에는 홍수가 잘 나는 지역이라고 말했다. "저런 사람들이 와서 지붕을 고치거나 우물을 파 줘. 워낙 헐값이라 한 번에 여러 명 부릴 수 있지."

"오, 이런!" 그녀는 얼굴을 찡그렸다.

이라는 그녀가 무엇 때문에 그렇게 반응하는지 이해하지 못했다. 그녀는 슬라브 출신이자 동유럽에서 온 인턴이었다. 동서 문화의 교류를 돕고 동포에 대한 연대감을 보여 줄 뿐 어리석은 비평 따위는 하지 않아야 마땅한 역할이었다.

인턴십은 리키의 아이디어였다. 아디나에게는 돈이 필요했고, 리키가 고객 중에서 그 사업가를 떠올렸다. 그는 원대한 계획이 있었고 행동력과 책임감을 갖춘 젊은이들을 찾고 있었다. 헤어질 때 리키는 작업실 문 앞에 서서 웃는 얼굴로 인사했다. "크리스마스 연휴에는 기차를 타고 이리로 와."

보수가 많지는 않았다. 하지만 숙식이 제공되기 때문에 아디나는 돈을 아낄 수 있었다. 그녀는 50리터짜리 배낭 내부 주머니 깊숙이 비밀 칸을 만들어 돈을 숨겼다. 독일어 최고 어학능력 증명서를 취득할 때까지 어학원을 다닐 수 있을 만큼만 돈을 모을 셈이었다. 그러면 대학에 가는 길이 열릴 것이다. 그녀는 이미 어느 대학에 갈지도 정했다. 베를린에서 대학을 다니는 게 목표였다.

첫날 밤에 그녀는 자주 깼다. 커다란 철제 침대는 뒤척일 때마다 삐걱댔고 매트리스도 많이 낡았다. 바닥에 깔린 카펫은 눅눅하고 얼룩덜룩했다. 그녀의 방은 건물의 수리되지 않은 쪽에 있었다. 창문 앞 오래된 가로등의 철제 갓에는 풍뎅이들이 가느다란 거미줄에 매달려 있었다. 전구에서 시작하여 전등갓까지 촘촘히 얽힌 은회색의 거미줄에는 아마 초여름부터 벌레가 들러붙어 있었을 것이다. 희미한 가로등은 가끔 끔뻑거렸다.

이튿날 아침에 일어나 보니 간척지 위로 안개가 자욱했다. 수많은 복도와 계단과 통로로 이루어진 대저택의 구조가 그녀를 헷갈리게 했다. 그녀는 한참 걸려서야 1층 사무실에 있는 이라를 찾아냈다. 그들은 함께 할 일들을 검토했다. 제일 먼저 게시판을 조립해 벽에 걸어야 했다. 상자에서 막 인쇄되어 나온 전단지 뭉치를 풀어서 분류하고 접어서 봉투에 넣고 우표를 붙이는 일도 해야 했다. 아직 존재하지 않는 어떤 기관을 홍보하기 위한 것이었다.

둘 다 그날은 일을 많이 하지 않았다. 이라는 탁자 모서리에 걸터앉아 자신 앞에 펼쳐질 것이 확실한 미래에 관해 떠들어 댔다. 그는 2년 안에 프랑크푸르트 오데르* 대학을 졸업할 것이라고 했다. 그 후에는 대형 로펌 중 최고의 로펌을 골라 들어갈 것이고, 결혼해서 두 아이를 낳을 것이다. 첫째는 딸, 그다음은 아들로 반드시 순서대로 낳을 것이다. 배란 당일에 섹스하면 아들을 낳을 수 있지만, 딸을 낳는 건 그보다 복잡하다고 했다. 그건 우연에 맡겨야만 했다. 그의 계획 중 마음대로 할 수 없는 것은 그게 유일했다. 아이들은 수영장과 주차장이 딸린 자가주택에서 자랄 것이다. 집은 오데르강과 베를린으로 향하는 고속도로 사이에 지을 것이다. 그의 눈은 아디나를 넘어서 장차 그의 앞에 펼쳐질 인생을 바라보고 있었다. 그는 유럽 경제법 학위, 사업 수완이 뛰어난 가문과의 안정적인 결혼,

---

* 프랑크푸르트 오데르는 동쪽 국경 지역의 소도시로, 국제공항이 있는 서부의 대도시인 프랑크푸르트 암 마인과 다르다.

세상과 눈높이를 맞추는 남자들에 대한 자신의 감각만 있다면 계획대로 반드시 성공할 것이라고 확신했다. 그러고선《황금의 땅$_{Goldenes\ Land}$》이란 제목의 책을 읽어야 한다며 자리를 비웠다.

그녀는 짐을 풀었다. 배낭에 든 소지품을 싸구려 서랍장에 정리했다.

이라가 학교에 가는 아침이면 그녀는 혼자 사무실을 지켰다. 밖에서 들려오는 일꾼들의 폴란드어와 느슨하게 걸린 방수포가 외벽에 부딪히는 소리를 제외하면 사무실은 조용했다. 사장은 정오가 되어서야 나타났다. 그는 패딩 재킷을 입고서 위층 복도를 걸어 다녔다. 한번은 입에 담배를 문 채 일꾼들 사이에 서 있는 걸 보았고, 또 한번은 현관으로 벽지 롤을 나르는 것을 보았다. 그가 오전 내내 무얼 하는지는 이라도 몰랐다. 그만큼 집이 컸다. 후면에는 출입문이 두 개 더 있었고 세 번째 문은 넓은 지하실로 이어졌다. 철창이 쳐진 지하실 안에는 운동기구, 공구, 그리고 저장품들이 있었다. 그 집 한쪽에서 무슨 일이 일어나는지 다른 쪽에서는 알 길이 없었.

그녀는 전단지를 봉투에 넣고, 영수증을 정리하고, 공책에 숫자를 적었다. 혼자 있는 시간이 길어지자 주변을 둘러보기 시작했다. 그녀는 혼자서 복도를 거닐고, 뒤틀린 서랍장을 열고, 이 저택의 예전 모습을 담은 오래된 안내 책자를 넘겼다. 그림과 흑백 사진들은 이 저택이 변해 온 모습을 보여 주었다. 마치 페이지를 넘기면 건물과 창고가 애니메이션처럼 보였고, 그중에서도 나무의 성장이 뚜렷하게 드러났다. 마지막 페이지에는 연대표가 그려져 있었다. 1770년 귀족의 영지 설립으로 시작된 연대표는 1990년 지역 주민들이 허물어진 건물에 대한 복원 작업을 진행한 것으로 끝이 났다. "민주적으로 선출된 최초의 시장 군터 오틀러의 감독 아래 측면 건물의 지붕 수리 작업이 이루어짐." 영지 설립 초기에는 이렇다 할 사건이 없었다. 아이들과 말들이 태어났고, 모두 익숙한 이름으로 불렸다. 아이들은 빌헬름이나 프리드리히였고, 말들은 콩데나 티스베였다. 말들의 세계와는 달리, 인간의 후손 중에는 여자가 없었다. 적어도 기록되어 있지 않았다. 나폴레옹을 상대로 거둔 승리를 기념하는 비를 세운 후부터 영지는 더욱 위풍당당해 보였다. 앙리엣트 샤를로트 이첸플리츠 백작 부인은 새로운 농사법을 도입했다. 갈색 프록코트와 챙 넓은 모자를 쓴 여인의 그림 아래에는 "1810년 여름, 새 농법의 선구자인 귀부인의 방문"이라고 적혀 있었다. 1813년 7월 2일, 식물학자인 샤미소 씨가 영지에서 하룻밤을 보낼 무렵에는 공작새와 꽃밭이 생겼다. 그 꽃들은 1945년에 사라졌다. 트럭과 군인들에게 점령된 영지는 소련 공산당의 소유가 되었다. 1951년에는 학교로 사용되었고, 1980년부터는 웅장한 홀들이 동독 올림픽 대표팀의 훈련소로 사용되었다. 값비싼 마루 위에 아령과 역기가 놓인 사진이 보였다.

가끔 짬이 날 때면 아디나는 '앙리엣트 샤를로테 이첸플리츠 백작 부인'이란 이름을 최대한 빠르게 발음해 보곤 했다. 여러 번 반복하면 혀가 꼬였다. 그녀는 중얼대면서 현관 로비 바닥에 새겨진 소련 국기의 별 주변을 돌았다. 독일이란 나라는 크고 부유하고 도시에는 기회가 넘치는데 과연 누가 이런 외진 곳에 살려고 하는 건지 짐작이 가지 않았다.

그녀는 주방의 석재 바닥에 앉는 것을 제일 좋아했다. 팔각형의 흰 석재 타일을 보면 할머니가 떠올랐다. 석재 타일은 여름에는 시원하고 겨울에는 차가웠으므로 할머니는 오래 서 있기 위해 항상 슬리퍼를 신으셨다. 타일은 저택의 부엌 창문으로 들어온 11월의 가녀린 햇살 아래 반짝였다. 창틀과 창틀 사이에는 막스와 모리츠*가 그려진 장식용 접시가 걸려 있었다. 선반 위에는 나사, 고무줄, 성냥 등이 담긴 일회용 유리병들이 있었고, 싱크대에는 알루미늄 냄비가 쌓여 있었다. 어린 시절 그녀는 할머니가 앵두나 체리를 뜨겁게 끓여 조림 병에 담고 고무 호스를 통해 증기를 내보내는 동안, 그런 냄비들을 머리에 뒤집어쓰곤 했었다. 후덥지근한 여름의 부엌에선 항상 과일 냄새와 뜨거운 고무 냄새가 풍겼다.

그녀는 강둑과 범람원, 그리고 영지를 둘러싼 풀밭 위를 쏘다니고 싶었다. 하지만 밤에는 늑대에 가까운 큰 개들이 돌아다녔다. 현관문이 열려 있던 어느 아침에 그녀는 현관 안으로 들어와 사납게 짖어 대는 개와 맞닥뜨리기도 했다.

사장의 이름은 라츠반 슈타인이었다. 그는 그녀에게 신경을 쓰지 않았다. 그녀를 고용한 것은 그였으나 말을 걸지는 않았다. 인사한번 하지 않았다. 평상시에 그는 전화를 많이 했고, 가끔 시멘트와 모래를 반죽하여 모르타르를 만드느라 바쁜 일꾼들을 챙겼다. 그녀는 저녁 일찍 그가 바르카스를 타고 나가는 것을 보았다. 한번은 계단에서 맞닥뜨린 적도 있다. 그는 낯선 사람과 함께였고 그녀가 누구인지 알아보지 못했다.

매일 아침 그녀는 사무실에 앉아 전단지를 접었다. 세 번 접어서 엄지손가락 끝으로 가장자리를 벼린 다음, 봉투에 넣고 우표를 붙

---

* 1865년부터 독일에서 출판된 동화책 주인공.

였다. 전단지에는 안내 책자에서 본 것과 비슷한 연대표가 들어 있었다. 하지만 이 연대표는 1945년 귀족 가문 재산의 몰수에서 끝이 나고, 1990년에 다시 시작되었다. 지역 주민들이 진행한 수리 작업에 대해서는 언급이 없었다. 대신 슈투트가르트의 한 사업가가 영지를 매입했다는 기록이 추가되었다. 그 후 몇 년간 소유자가 몇 번 바뀌었고, 2004년 10월 2일 주정부의 지원을 받은 우커마르크 출신인 라츠반 슈타인에게 소유권이 넘어갔다.

얼마 후부터 아디나는 보지도 않고 전단지를 접을 수 있게 되었다. 창문 앞 일꾼들은 점점 모르타르의 색깔을 닮아 갔다. 그녀의 안색 또한 회반죽 색으로 변했다. 그녀는 크고 날카로운 눈으로 창문 밖 사람들을 주시했다. 할머니는 그녀의 눈을 사랑했다. 둘 다 어둡고 반항적인 눈빛을 갖고 있었다. 어린 시절 그녀는 그런 말을 자주 들었다. 그래서 항상 다른 사람의 눈빛이 아니라 자기만의 눈빛을 가지고 싶다고 생각했다. 게다가 할머니는 그 눈빛으로 모두를 혼란에 빠뜨렸다. 할머니는 호기심과 놀라움이 뒤섞인 눈빛으로 사람들을 주시했다. 자기도 모르게 혹은 자기를 잊어버린 듯한 시선은 온전히 상대방에게 집중되었다. 하지만 그렇게 많은 관심에 익숙한 사람은 아무도 없었기 때문에 할머니는 불편한 인물로 여겨졌다.

할머니 생각에 빠졌다가 정신이 돌아온 아디나는 재빠른 손놀림으로 머리카락을 귀 뒤로 넘겼다.

그녀는 자기 얼굴이 특별히 인상적이라고 생각하지는 않았다. 하지만 그렇다고 해서 무시당할 수만은 없었다.

"안녕하세요. 저는 전단지 접는 일을 맡은 사람입니다." 며칠 후 그녀가 라츠반 슈타인에게 다가가 말했다. "다른 일을 해 보고 싶습니다."

사장은 밖으로 나가던 참이었다. 그는 고무장화와 회색 셔츠 위에 패딩 재킷을 입고 있었다. 그가 가는 길을 그녀가 가로막았다.

"그렇군." 마주친 지 세 번 만에 그가 그녀를 제대로 쳐다보았다. "동유럽에 집착하던 그 여자가 찍은 사진에서 봤던 얼굴이군." 그리고 그는 그녀가 방금 자기에게 한 말의 뜻을 이제야 깨달았다는 듯 덧붙였다. "그럼 따라와."

그녀는 그를 따라 갤러리가 될 예정인 방을 가로질러 뒤쪽 계단으로 한 층을 올라갔다. 그가 문을 열자 1층 사무실들보다 한결 아늑하고 넓은 방이 나왔다. 방 안에는 커다란 가죽 소파가 있었고 창밖에는 발코니가 있었다.

"이름이 뭐지?"

"아디나입니다."

"이라가 잘 알려 주던가?"

그녀는 고개를 끄덕였다. 왼쪽 벽에는 고동색 나무 장식장이, 그 반대쪽에는 사람 키 정도 되는 냉장고가 서 있었다. 라츠반 슈타인은 그 냉장고에서 병 하나를 꺼냈다.

"그럼 좀 늦었지만 공식적인 환영회를 할까? 어때?" 그가 불빛에 병을 비추며 말했다. "제국주의 클래식으로 시작하지."

그는 협탁에 작은 잔 두 개를 올려놓고 술을 따른 다음, 그녀에게 잔 하나를 건넸다. "그때는 베를리너 바이세*에 시럽을 타지 않았어. 대신 품질 좋은 프로이센 퀴멜**을 넣었지." 그녀는 술을 마시

---

* 베를린 지역의 전통 맥주.
** 커민과 카다멈 등의 향신료로 맛을 낸 독주로 독일과 동유럽에서 인기가 있다.

지 않았다. 하지만 퉁명스럽게 잔을 내치는 대신 잔을 들어 입술에 대는 시늉만 했다. 투명한 슈납스에서는 달콤한 향이 풍겼다.

"내 직원들은 모두 이 불세례를 받는데…혹시 요조숙녀 과인가?"

그는 고무장화와 패딩 재킷을 입은 채 소파에 털썩 몸을 내려놓았다.

"그럼 시작해 봐."

그녀는 어리둥절하여 그를 쳐다봤다.

"말해 봐. 계획이 뭐야?"

그는 나이 많은 남자처럼 보이지 않았다. 근육질 몸매에 머리숱은 검고 풍성하였으며 눈은 연한 회색이었다. 하지만 그녀 나이 때 그는 탱크를 몰았다. 그가 3년간 동독 인민군에 있었다는 얘기는 이라에게서 들었다. 부친의 요구로 의무 기간보다 오래 복무했다고 했다. 그리고 그의 탱크가 사수하던 장벽이 무너지자 서독의 한 병원에서 치료를 받았다. 이라는 이것이 드문 사례라고 주장했고 거기엔 그녀도 동의했다. 그는 피부 발진이나 감기를 치료받듯 그곳에서 시대에 맞지 않는 세계관을 치료받았다.

라츠반 슈타인이 오데르 인근의 고향으로 돌아온 것은 세기가 바뀌기 직전이었다. 그는 주정부로부터 영지와 농경지와 숲 몇 헥타르와 강변 몇 킬로미터를 매입했다. 돈은 주은행에서 대출을 받아 충당했다. 그가 사들인 숲속에는 넓이가 수천 제곱미터는 됨직한 호수가 있었다. 그 안에 헤엄치는 물고기도 그의 것이었다. 물가에 보트 선착장을 지으려던 인근 별장 사람들은 사용료를 내야 했다. 그 대가로 라츠반 슈타인은 별장 맞은편 자기 리조트에서 모터 보트 투어와 비버 사냥, 해 질 녘 배낚시 등을 할 수 있는 관광상품을 제공했다. 관광 수익금은 지역 사회로 환원되었다. 바르카스에서 이라는 그를 행동하는 사람이라고 불렀다. 그는 황폐해진 지역에 발전을 약속했다. 예전에 이 지역은 노동자와 농민, 즉 민중의 소유였다. 라츠반 슈타인은 그 유산을 민중의 이익을 위해 관리할 적당한 후계자를 자처했다. 그리고 그는 그 일을 자기 손으로 직접 해내고자 했다. 지역 회생을 타지인들, 즉 슈투트가르트나 함부르크 혹은 뮌헨에서 갑자기 나타난 사람들의 손에 맡기고 싶지 않다고 했다. 그는 자기 영지가 오데르 주민 모두와 시너지 효과를 내야만 한다고 생각했다.

아디나는 이제껏 라츠반 슈타인 같은 사람을 만난 적이 없었다.

행동하는 사람.

그래도 괜찮은 사람.

그는 한 잔을 다 마셨고 두 번째 잔을 따랐다.

"저는 그림을 걸 수 있어요." 아디나가 말했다. "3개 국어를 하고 러시아어도 조금 합니다. 아직 경험은 그리 많지 않지만…"

"경험이라." 라츠반 슈타인이 말을 끊으며 넓은 팔걸이에서 오른손을 내려뜨렸다. "상황이 바뀌면 금세 쓸모없어지는 게 경험이지." 그의 중지에 낀 반지가 커튼 틈새로 파고든 햇살에 반짝였다. "물론 일반적으로는 경험이 소중한 것처럼 말하지만, 그런 경험 중 99퍼센트는 그냥 습관을 뜻하는 거야. 사람들이 항상 그렇게 해 왔기 때문에 절대 다르게 하지 않을 것들 말이야. 하지만 사람 몸에 기생하는 곰팡이 같은 습관은 여기서 필요치 않아."

아디나는 고개를 끄덕였다. 이 사람 앞에선 모든 기억이 희미해졌다. 바텐더도, 주유기 앞 멜빵바지 남자도, 심지어는 어머니도. 그와 비교하면 그들은 모두 무기력해 보였다. 그들은 일종의 도망자였다. 그들은 그들이 처한 것보다 더 아름다운 세상을 꿈꾸면서 현실을 차단하고 그 꿈속으로 숨어 버렸다. 그러면 아무 일도 생기지 않으므로 자기가 여전히 우월하다고 느낄 수 있었다. 그녀의 증조부나 리키 같은 사람들은 세상을 있는 그대로 받아들이는 수용자들이었다. 그녀도 마찬가지였다. 그러나 세상에는 받아들일 게 너무 많고, 그 많은 것을 다 받아들일 수가 없어서 그녀는 종종 패배했다는 기분이 들었다.

라츠반 슈타인은 세상과 눈높이를 맞추는 사람이었다.

"다른 것도 감당할 준비가 되어 있습니다."

"젊고 책임감도 있군." 그가 만족스레 고개를 끄덕였다. "너 같은 사람은 여기서 쓸모가 많을 거야."

방을 나가기 전에 그녀는 그의 개 얘기를 꺼냈다. 밤에 개를 묶어 두지 않는 이유를 물었다. 그녀도 개를 좋아하지만, 아침마다 일하러 가기 전에 풀밭을 한 바퀴 돌고 싶다고 말했다.

라츠반 슈타인이 프로이센 퀴멜을 홀짝였다.

"네가 조금 재밌어지려고 하는군." 그가 한숨 쉬듯 말하며 자리에서 일어났다. "재미없는 사람과 일하고 싶은 사람은 없지."

그다음 주에 한파가 찾아왔고 오데르강으로 이어지는 개천이 얼어붙었다. 아디나는 창문으로 작은 회색 얼음덩어리가 유리 조각처럼 물가를 날아다니는 모습을 지켜보았다. 라츠반 슈타인은 그녀에게 작은 번역거리를 주었다. 그는 그녀를 니나라고 불렀다. 진짜 이름을 기억하지 못했기 때문이다.

"니나, 도대체 어디에 있는 거야?"

일단 그녀는 거기에 익숙해져야 했다.

"니나!"

그의 목소리가 현관 로비에 쩌렁쩌렁 울렸다. 그녀는 그를 도와서 오래된 안내 책자를 정리하고, 서류를 분류하고, 손으로 쓴 메모를 컴퓨터에 입력했다. 한번은 일꾼들에게 줄 커피잔이 부족하다며 부엌에서 그녀를 불러 댔다. 드물게나마 그는 전시회에 출품을 원하는 예술가들의 사진을 보여 주었다. 그중에는 그가 소화할 수 없는 것들도 있었다. 그는 자기가 알아볼 수 있는 풍경이나 도시, 사람들에 관한 사진을 좋아했다. 그런 것들에는 그가 일화나 기억, 역사적 사실 등을 덧붙일 수 있었다. 그는 추상 작품에 관해서는 보헤미안 마을처럼 난해하다고 했다. 그리고 그 농담이 너무 재미있다고 생각한 나머지 그녀 앞에서 자꾸만 되풀이했다. 추상적인 모티프가 나오면 그는 자기가 투자할 가치가 있는지 그녀에게 판단하게 했다. 그녀가 리키에게서 배운 것 중에서는 기본적인 페미니즘 지식보다 사진 쪽이 훨씬 더 유용했다.

셋째 주에 그는 그녀를 회의에 데려갔다. "동유럽 여성을 데리고 다니는 것만큼 좋은 윤활유는 없어. 지원 프로그램도 매끄럽게 통과하지." 그녀 뒤에 선 남자는 기분이 좋아 보였다. 그는 주정부의 추가 재정지원 약속에 기뻐하며 주방에서 그녀에게 차 한 잔을 대접했다. 그럴 때 그는 선반에 고이 모셔 둔 차 상자를 꺼내 얼그레이를 마셨다. "잘했어. 대단해. 항상 그 눈을 잘 뜨고 있으라고. 그러면 너도 여기서 건질 게 있을 거야."

마침내 처음으로 정식 전시회가 열렸다. 두 명의 폴란드 사진작가가 오데르 계곡 아래의 국립공원을 찍은 작품들을 걸었다. 각 사진 옆에는 제2차 세계대전 당시 오데르강이 거대한 무덤이 된 모습이나, 오데르-나이세 선[*]을 보여 주는 역사적인 그림이 나란히 걸렸다. 채광이 좋은 방은 아니어서 간척지와 제방 사진 위로 관람객의 모습이 반사되어 비쳤다. 아디나는 그 점이 마음에 들었다. 마치 감상자가 그 풍경 안을 걸어다니면서 그 사진을 완성하는 듯한 기분이 들었다. 하지만 작가들은 사진을 다시 배치하길 원했고, 그녀는 체코어로 그들을 설득해야 했다. "폴란드어든, 체코어든, 초록은 동색이야." 라츠반 슈타인이 싸잡아 한 말이 틀리지는 않았다.

개막식에는 자율 소방대 소속 고적대가 연주를 맡았다. 프랑크푸르트 오데르와 슈체친의 정치인들이 검은 정장에 가죽 구두를 신고 반쯤 얼어붙은 공사판을 통과해 저택으로 터벅터벅 걸어 들어왔다. 그들이 기꺼이 그 자리에 참석한 것은 전시회 때문이 아니라 개막식 후 예정된 연회 때문이었다. 곧이어 돼지고기와 양고기 바비큐 파티가 벌어졌다. 집 뒤편에서는 이글대는 양철 석탄 통 위로 껍질이 벗겨진 짐승들이 통째로 꼬치에 끼워진 채 빙글빙글 돌아가고 있었다. 꼬치를 돌리는 건 자동차 배터리였다. 라츠반 슈타인은 인심 좋은 호스트였다. 사람들은 살가운 그를 좋아했다. 적어도 그는 오데르강 서쪽 남자들 중에선 보기 드물게 살가웠다. 차 한 대가 들어오면 그는 서둘러 마중을 나갔다. 그러고선 손님의 손을 두 손으로 감싸며 최근 출연작이나 지역 신문에 실린 칼럼을 칭찬했고 가족과 건강에 대한 안부를 물었다. 그는 그들의 부인과 아이들 이름

---

[*] 제2차 세계대전 종전 후 새로 확정된 독일-폴란드 간 국경.

이나 관상동맥 우회술이나 관절 수술의 전적을 기억하고 있었으므로 손님들은 그들이 서로 오랫동안 알고 지낸 사이인 것처럼 느꼈다. 그런 다음 그는 마치 레드 카펫 위를 걷듯 공사판 진흙탕으로 손님들을 안내했다.

그는 체코 작가협회 대표단에게 슈납스 대신 샴페인을 대접했다. 이는 라츠반 슈타인이 막연히 여성적 특성이 있다고 생각하는, 예술을 다룰 줄 아는 사람들에게 취하는 제스처였다. 협회는 독일과 폴란드 회원들이 한자리에 모이는 대형 회의를 위해 영지를 빌리고자 했다. 그는 아디나를 통역사로 불렀고 그녀는 여러 명의 유명한 남자들 사이에서 어색하게 서 있어야 했다. 그녀가 라츠반 슈타인의 말을 체코어로 되풀이하면 그들은 그녀가 아닌 라츠반 슈타인을 쳐다봤다. 그녀는 유년 시절 기억에서 대통령이 된 작가를 떠올렸다. 그도 한때는 이런 자리에 서서 독일인 영지 소유자의 환대와 아부를 받았을지 모른다. 그 말인즉슨, 이 자리의 남성들은 그녀가 언제나 동경했고 항상 그녀와는 동떨어졌다고 여겼던 그 바쁘고 흥미진진한 세계에 속해 있다는 뜻이었다. 산맥 너머, 저녁 해가 지는 저 멀리 알 수 없는 어딘가에 있으리라 막연히 생각했던 세계 속 인물들일지도 몰랐다. 이런 상상을 하느라 그녀는 대화의 실마리를 놓쳤다. 그래서 두 번이나 다시 물어야 했다. 그녀를 둘러싼 무리가 조용히 웃었다.

"도대체 왜 그런 거야, 니나? 졸기라도 한 거야?"

작가 대표단은 샴페인과 특별한 환대에도 불구하고 집을 한 바퀴 돌아본 뒤 확답을 주지 않고 돌아갔다.

"우리가 그렇게 융숭하게 대접했는데도 거절했다 이 말이지?

이래서야 내가 너를 어떻게 믿겠니!"

이후 며칠 그리고 몇 주간은 영지를 구경하러 끊임없이 사람들이 왔다. 지역 독서 모임과 예술협회, 문화 간 예술교류 후원금을 받은 독일-폴란드 작가연합에 소속된 사람들이었다. 체코 대표단의 거절은 아디나에게 큰 영향을 미쳤다. 그녀는 그 대화를 머릿속에서 반복 재생했다. 그때마다 그녀는 더 정확하고 더 확실한 문장을 고민했다. 열린 창가에 선 그녀는 들판으로 달려 나가고 싶은 불안정한 욕망과 거절감에 사로잡혀 있었다. 그 낯설지만 생생한 세계가 생각보다 훨씬 가까이에 있을지도 모른다는 확신이 들었다. 그 유명한 남자들이 온 곳은, 그녀가 온 곳이기도 했다.

이라가 손을 저었다.

"그 사람들은 그냥 공사판에서 회의하고 싶지 않았을 거야."

"슈타인 씨는 그게 내 통역 때문이라고 생각해."

"그럼 자기가 해 보라지."

"지금 그럴 생각 중인 것 같아."

이라가 웃었다. "물 건너갔어. 그래서 초조한 거야. 전국적 담론은 지역에서 별 영향력이 없어. 이런 촌구석에서는 더하지." 이라가 전문 지식을 뽐내며 말했다. "나는 그가 좀 더 영리할 줄 알았어. 집착할수록 사람들은 의심할 거야."

그녀는 그 일을 이라처럼 쉽게 받아들이지 못했다. 주말을 앞두고 라츠반 슈타인은 평소와는 달리 그녀의 서랍에 편지 봉투를 넣어 놓지 않았다. 다른 때는 보통 봉투에 50유로짜리 지폐가, 그리고 일이 잘 돌아간 주에는 10유로짜리 보너스가 한 장 더 들어 있었다. 로또 당첨금은 아니어도 봉투를 받으면 일한 보람을 느꼈다. 그래도 그녀는 봉투 얘기를 그에게 꺼내지 않았다. 그녀의 실망감에는 또 다른 중요한 이유가 있었다. 은연중에 그녀는 자기가 어떤 중요한 단서를 발견했다는 것을 알았다. 하지만 대표단이 저택을 선택하지 않기로 결정하자 그 단서가 무엇인지 영원히 알 수 없게 되었다.

상황이 나빠 보였다. 라츠반 슈타인의 예상보다 더 나빠 보였다. 일이 리조트 때처럼 수월하게, 그때처럼 부드럽게 되지 않는 것 같았다. 그때는 마치 크롬 담뱃갑에서 담배 한 대를 꺼내는 것처럼 순조롭게 진행되었다고 했다. 아디나가 보낸 전단지에 답이 오는 경우는 드물었다. 주정부 지원금도 무산됐다. 전시장에 작품을 걸겠다고 지원한 사람이 두 명 있었으나, 하나는 무명의 도예가였고 다른 하나는 자기 훈장을 전시하려는 퇴역 군인이었다. 저택 수리 비용은 하늘 높은 줄 모르고 치솟았다. 밭을 팔아 보려는 계획도 빗나갔다. 아무도 농경지를 원하지 않았다. 게다가 라츠반 슈타인은 중국인들에게는 땅을 팔지 않는다는 원칙을 지켰다. 그가 계단에 서서 거리낌 없이 큰 목소리로 통화하는 소리를 듣고 아디나가 알아낸 사실은 여기까지였다.

"사장님한테는 아무 말 마." 이라가 말했다. 하지만 아디나는 어느 날 그에게 찾아가 말했다. "저희는 걱정이 됩니다."

라츠반 슈타인은 며칠 전부터 삐뚜름하게 떨어지는 블라인드를 창문에서 떼어 내려고 사다리에 올라선 참이었다.

"이라와 저는 조만간 폴란드로 팔려 가나요?"

"어허, 이것 참." 그는 마지막 나사를 돌려 빼면서 말했다. 그러고선 그녀를 돌아봤다. "이리 와 봐."

그녀는 그가 있는 창가로 가서 섰다.

"걔 이름이 뭐지?"

"누구요?"

"그 사진작가."

"리키."

"맞다."

그는 사다리에서 부산스레 내려왔다. 앞마당과 저 멀리 풀밭까지 시야가 뚫렸다.

"나는 그 리키라는 애의 부탁을 들어줬지." 라츠반 슈타인이 탁자 위에 블라인드를 거칠게 내려놓으며 말했다. "유급 인턴. 나는 원래 그런 거 안 하거든." 그가 그녀를 쳐다봤다. "내가 무슨 말 하려는지 알겠어?" 그녀의 쓸모를 알아낸 이후로도 그는 그녀를 똑바로 쳐다본 적은 없었다. 그런 그가 처음으로 그녀의 눈을 바라보며 말했다. "알아들었으면 하나만 기억해. 내 밑에서 일하는 사람은 성급하게 백기를 들지 않아."

그녀는 고개를 끄덕였다. 그녀는 거리낌 없이 그의 눈을 쳐다봤다. 그녀 또한 오래된 공산주의 가문의 자녀이자 빨치산의 후예다.

"좋아. 그럼 가서 네 외투 가져 와."

얼마 전 그녀의 방문 앞에 비닐 봉투가 하나 걸려 있었고 그 안에는 외투가 들어 있었다. 비록 누군가가 입던 패딩 재킷이었지만 그래도 날씨가 변덕스럽고 추워지던 차에 받은 반가운 선물이었다. 가죽 재킷을 제외하면 그녀에게 외투라곤 얇은 비옷밖에 없었다.

라츠반 슈타인은 그녀를 데리고 현관 로비로 갔다. 그는 고무장화를 신었고 그건 따라오라는 뜻이었다.

문밖으로 나간 그는 개 두 마리에게 목줄을 채우고 풀밭으로 향했다. 나머지 개들은 짖으며 그들 뒤를 따랐다.

"천천히 둘러봐, 니나."

멀리서는 버드나무가 작아 보였지만 가까이 다가갈수록 굵은 나무 밑동과 하늘에서 떨어진 듯 길게 늘어진 무성한 가지가 눈에 들어왔다.

"원하는 만큼 오래 둘러봐도 돼." 라츠반 슈타인은 끈적이는 진흙탕 위를 쉬지 않고 거닐었다. "저주받은 땅. 공산주의가 무너진 이후로 여기엔 아무 일도 일어나지 않았어. 완전한 방치. 늪과 모래. 군인의 땅. 경작지라기보다는 황무지라는 말이 더 어울려. 독일 최악의 전투를 경험한 곳. 그것도 100년간이나. 하지만 그래도 다시 회복되었어. 확신과 헌신으로. 공동체의 힘으로. 그 모든 역경을 뚫고. 하지만 이런 데 누가 관심을 두겠어? 이곳 사람들이 가진 의견과 그들이 일군 삶의 업적, 그들이 겪은 고난과 그들의 존엄. 중앙정치는 이런 이야기에 아무 관심이 없어. 그렇더라도 누군가는 돌봐야 하지 않겠어?"

"그래야죠." 아디나가 말했다.

"나도 그렇게 생각해."

라츠반 슈타인은 그 자리에 멈췄다. 그리고 고무장화 신은 발로 버드나무를 짚고 손을 위로 뻗어서 줄기 하나를 꺾었다. "험한 땅이야." 그가 땅바닥에 줄기를 꽂아 넣으며 말했다. "지하수 수위가 이렇게 높은데 기초가 완전히 허물어지지 않았으니 기적이지. 하지만 탑을 높게 쌓으려면 기반을 오래 다져야 한다는 속담도 있으니까."

그는 땅에 꽂았던 줄기를 뽑아서 수위를 측정했다. "집 지하실은 오데르강 물에 반쯤 잠겨 있었어. 그 물을 다 빼고 완전히 말리느라 고생 좀 했지."

"어째서 엉망진창인 집을 산 거죠?"

"엉망진창인 꿈을 꾸는 사람이니까."

"그럼 나도 그걸 사야겠네요."

라츠반 슈타인이 웃었다. 풀밭 위로 은회색 빛이 쏟아졌다. 크고 우직한 그가 그녀 옆에 서 있었다. 그리고 그들은 함께 저 멀리 보이는 배수로 너머를, 오데르강이 흐르고 있을 그 어딘가를 바라보았다.

"내겐 아직 서구식 노하우가 부족해. 하지만 이 미약한 일이 창대해지는 날이 올 거야. 나는 쉽게 포기하지 않아."

그 풀밭, 공기에 섞인 물기의 냄새, 늪의 냄새. 그녀는 그 곁에서 편안함을 느꼈다. 밀린 월급과 독일어 완성 과정과 베를린 대학 진학에 대한 조바심이 사라졌다.

"세상이 어디로 가는지에 영향을 미치는 것, 그게 내가 항상 바라왔던 거였어. 그건 어디서 시작할까? 자기 목소리를 내는 사람들에게서, 예술가들과 문화에서 시작하지." 그녀는 그의 말을 들으며 자부심을 느꼈다. 라츠반 슈타인, 세상과 눈높이를 맞추는 사람인 그가 이제 그녀에게 물에 잠긴 초원을, 국경지대와 배수로를 보여주고 있었다.

"인생은 짧지만 예술은 길어."

그녀는 계속 가서 배수로 물길을 따라 오데르강의 이탄습지가 시작되는 합류점을 보고 싶었다. 물가에는 항상 길이 있었다. 그녀는 강에 대해 해박했다. 그리고 국경선을 대신한다고 말로만 들어온 그 강도 직접 보고 싶었다. 하지만 라츠반 슈타인은 그 자리에 서 있었다. 풀밭에서 습기가 올라오자 패딩 재킷 아래로 한기가 밀려들었다.

"여기서 미약한 일을 하는 것도 재미있어요." 그녀가 정확한 발음을 구사하려고 애쓰며 말했다.

"험한 땅이야." 라츠반 슈타인은 한 번 더 말하고선 개 목줄을 짧게 잡았다. 그리고 그들은 집으로 향했다.

그는 그녀 혼자서는 아무 데도 가지 못하게 했다. 풀밭에는 강물이 쉽게 범람했고 주변 지역은 안전하지 않았다. 그는 그녀에게 국경지대를 쏘다니는 대신, 움직이고 싶으면 지하실에서 러닝머신을 타라고 했다. 그는 그녀를 지하실로 데리고 가서 운동기구들과 욕실을 안내했다. 러닝머신 작동법도 알려 주었다. 그들이 지하실에서 올라올 때 그녀는 그에게 혹시 가족 중 전쟁 중에 살아남은 빨치산이 있는지를 물었다. 모든 빨치산 집에는 부르주아 가구가 있었는지, 혹시 그것들을 불태웠다면 그건 공산주의적 신념 때문이었는지 아니면 동료들에 대한 두려움 때문이었는지, 그리고 혹시 그에게도 동료들에 대한 두려움이 있었는지를 물었다.

라츠반 슈타인은 대답 대신 지하실 계단을 가리켰다.

그는 여전히 그녀를 알아보지 못했다. 그가 그녀의 턱을 잡았던 어느 아침, 그 사실은 분명해졌다. 만약 그가 그녀를 알아보았다면 그녀의 턱을 잡았을 리가 없다. 손도 대지 않았을 것이다. 하지만 그렇지 않은 일이 벌어졌다.

겨울이었다. 꽁꽁 얼어붙은 밤이 지나가고 시작된 아침이었다.

일주일 내내 얼음장 같은 추위가 이어지고 있었다. 아침이면 그녀는 덜덜 떨면서 부엌으로 나왔다. 방 안의 습한 냉기 때문에 손이 펴지지 않았다. 커피 한 잔으로 손을 녹이며 그녀는 부글부글 소리를 내는 라디에이터 옆에 앉았다. 라츠반 슈타인은 베를린에서 큰 건수를 물어 오느라 정신없이 바빴다. 그의 개들은 정오까지 목줄이 풀린 채 나돌아 다녔다. 개들은 추위에도 아랑곳하지 않았다.

아디나는 좀 더 오랜 시간을 모히칸으로 지내기 시작했다. 그녀는 바깥에 나갈 수가 없었다. 인터넷은 너무 느렸다. 밤이면 달리 할 일이 없었다. 만화책 몇 권 외에는 책도, 영화도 없었다. 이라가 자기 책을 빌려주었으나 눈에 잘 들어오지 않아 몇 페이지만 읽고 덮어 버렸다. 리키에게 편지를 쓰려고 애써 봤다. 하지만 리키에게 편지 써 본 적이 한 번도 없어서 어색하게 느껴졌다. 그래서 머리로만 썼다. 그 사진에 관해 썼다. 그녀는 자신의 흐릿한 얼굴선에서 최후의 모히칸의 형체가 나타났으며, 그것은 마치 얼어붙은 겨울 땅에서 돋아난 초록 잎사귀처럼 예상치 못한 출현이라고 설명했다.

그녀의 방에는 거울이 없었다. 하지만 욕실의 튀어나온 세면대 위에 거울이 하나 걸려 있었다. 아무 일도 일어나지 않는 집은 고요했다. 이라는 자기 집에 갔고, 리조트에서 슈체친 출신 건설회사 사장 아들의 결혼식이 열리는 중이라 라츠반 슈타인은 거기에 있었다. 그래서 그녀는 거울을 들여다보려고 화장실로 갔다. 그녀는 두 손으로 세면대 가장자리를 짚고 거울 속 상대를 찬찬히 들여다봤다. 모히칸을 실제로 본 적은 한 번도 없었다. 그가 갑자기 나타난 열두 살 때도 보이진 않았으며, 후에 **리오**에서 모두가 그 이름에 익숙해진 나머지 그녀의 진짜 이름을 기억하지 못하게 되었을 때도 육안으로는 확인되지 않았다. 그녀는 그가 어떤 모습일지를 한 번도 궁금해하지 않았다. 그녀는 느낌으로 그를 알았다. 그는 그녀와 함께 자랐다. 하지만 그 사진을 본 이후로 그녀는 그가 분명 아름다울 것이라는 확신이 저절로 생겼다.

욕실 네온등에서 회갈색 빛이 떨어졌다. 그녀는 가능한 한 거울에 바싹 붙었다. 눈을 흐리게 뜨니 얼굴선이 흐릿해졌다. 다시 시야를 또렷하게 맞추고 눈을 반쯤 감았다. 양쪽 둑이 개천의 경계를 짓듯이 눈꺼풀로 시야의 범위를 정했다. 개천 위로 그림자가 드리워졌다. 윤곽이 부드러운 빛나는 그림자였다. 아디나는 자신에게 집중했다. 거울 속에서 머리 하나가 모습을 드러냈다. 이목구비가 뚜렷하고 머리카락이 길었으며 첫눈에 높고 자랑스럽게 솟아오른 이마를 알아볼 수 있었다. 그녀는 거울에 코를 박고 그의 모습을 바라보았다.

그녀는 꼬마 모히칸처럼 걸어 보았다. 바지 허리춤을 치골까지 내리고 무릎을 아랫단은 무릎까지 접었다. 허벅지가 좀 더 단단해 보였다. 근육과 흉곽이 좀 더 강하게 느껴졌다. 그녀의 몸 전체가 좀 더 땅딸막해 보였다. 그녀 자신이, 혹은 자신을 둘러싼 몸이 느껴졌다. 그녀는 리키가 이것을 어떻게 생각할지 자문했다. 리키는 이런 것에 대해 아는 게 있을 것 같았다. 그래서 은신처에 대해 말한 것일지도 몰랐다. 하지만 리키에게선 전화가 오지 않았다.

이튿날 아침 그녀는 이라에게 장 볼 때 반짇고리를 사다 달라고 부탁했다. 그녀는 어머니가 하던 대로 티셔츠 세 장을 골라 솔기를 뜯었다. 바늘구멍이 너무 좁아서 실을 바늘에 꿰는 게 고역이었다. 그녀는 언젠가 구멍이 넓은 바늘을 발명해야겠다고 생각했다. 하지만 결국은 티셔츠의 둘레를 꿰매어 판초 비슷한 것을 만드는 데 성공했다.

그녀는 이 판초를 입고 집 안을 돌아다녔다. 떠다니는 것까지는 아니었지만 발소리 없이 조용히 집 안을 누볐다. 그것이 빛나는 그림자를 지닌 그의 방식이었다. 리키가 이걸 봤어야 한다. 리키는 좋아했을 것이다. 은신처에서 벗어나라고 말한 건 리키였으니. 아디나는 그 말대로 할 참이었다.

"그 여자한테 먼저 전화해 봐." 어느 날 이라가 자기 휴대전화를 건네며 말했다. 하지만 리키는 전화를 받지 않았다.

아디나가 빨갛게 얼어붙은 손을 라디에이터에 녹이고 있던 어느 아침, 여느 때보다 이른 시간에 라츠반 슈타인이 부엌으로 들어왔다. 그의 얼굴은 깔끔하게 면도가 돼 있었다. 정장을 입은 그의 손에는 자동차 열쇠가 들려 있었다. 그는 시간은 없지만 그 시간 안에 많은 것을 해내고자 하는 남자 특유의 힘찬 걸음으로 들어왔다. 그의 발에 말굽이 달려 있었다면 덜컹대는 소리가 났을 것이다.

"가자. 우리 서둘러야 해."

그녀는 천천히 고개를 들었다. 그의 연한 회색 눈빛이 반쯤 감긴 그녀의 눈과 마주쳤다. 모히칸은 자기 눈을 드러내지 않았다. 아무도 그걸 읽어 낼 수 없었다. 그때 라츠반 슈타인이 그녀의 턱을 잡았다. 그는 마치 선반에서 컵을 잡듯이 그녀의 턱을 잡았다. 컵을 부서뜨릴 수 있을 만한 악력이었다.

"이 음침한 여자야, 지금 뭐 하자는 거야? 한동안 네가 하는 괴상한 짓을 지켜봤어."

그런 식으로 그녀의 턱을 잡은 사람은 아무도 없었다. 그녀는 그를 밀쳐 내려 했지만 그가 더 빨랐다. 그는 허공에서 그녀의 팔을 붙들었고 그 몇 초간 그녀는 꽁꽁 얼어붙은 땅에서 나무가 뿌리째 뽑히는 소리를 들은 것 같았다.

"너 병 걸렸어? 나한테 미리 말 안 한 무슨 병이 있는 거야? 아니면 다른 사람들을 좀 본받아." 그가 말했다. "그리고 그 거적때기는 당장 치워 버리고."

라츠반 슈타인이 본받으라고 한 다른 사람들은 그녀의 룸메이트들이었다. 얼마 전부터 그녀는 다른 여자 둘과 방을 같이 쓰게 되었다. 먼저 온 폴란드 여자는 창고에서 올라온 침대 프레임에 솜 매트리스를 얹어서 잠을 잤다. 며칠 전에는 어린 여자 하나가 더 나타났고, 그녀에게는 이라가 바닥에 요를 깔아줬다. 민스크 인근 어느 작은 도시 출신인 어린 여자는 외풍이 심한 구석에 짐을 풀었다. 그녀를 방에 데려다준 것은 라츠반 슈타인이었다. "백러시아에서 온 새 동료야. 참, 이제는 벨라루스라고 부른다지." 그들은 다른 방이 준비될 때까지 좁은 방을 나눠 써야 했다. "너희 셋이 알아서 잘 지내." 그는 마치 아디나에게 그들을 돌볼 책임을 지우는 것처럼 그녀를 쳐다보며 말했다. 하지만 벨라루스에서 온 여자는 말이 적었다. 무언가를 말한다 한들 알아듣기 어려웠다. 그녀는 아주 이상한 러시아어를 썼고 아디나는 아주 간단한 단어도 이해하지 못했다.

그 둘은 밤에, 가끔은 아주 늦은 밤에야 방에 들어왔다. 그들이 벌써 누군가 자고 있으리란 생각을 하지 못하고 불을 켰을 때 아디나는 그들의 냉랭한 눈빛을 보았다. 그들은 술에 취해 있었다. 아디나는 냄새로만 그것을 짐작했다. 어린 여자들은 아무 말도 하지 않았다. 그들은 거의 소리를 내지 않았다. 그들의 눈에 담긴 표정보다 그 소리 없음이 더 불쾌했다. 그들은 운동화를 벗고 아무 말 없이 침대로 올라갔다. 아침이 되면 냉랭함은 사라졌다. 그들은 자기 침대에 누워 패션 잡지를 뒤적이다가 설거지를 하러 갔다. 그들은 주방 일을 하는 잡역부로 이곳에 왔다. 그들은 바닥을 닦고 계단의 먼지를 쓸고 현관에 묻은 건설 현장의 진흙을 털었다. 어떤 밤에는 아예 방에 없을 때도 있었다. 때때로 그들은 온종일 리조트에 있었다. 리조트에 손님이 많으면 평소보다 잡역부가 더 많이 필요했다.

처음엔 아디나는 더 이상 그 건물에서 혼자 자지 않아도 된다는 사실에 기뻤다. 하지만 그 둘은 그녀와 말을 섞지 않았다. 아디나가 방에 들어오면 그들은 등을 돌렸다. 아디나가 보는 앞에서 옷을 갈아입지도 않았다. 속옷은 공동 화장실에서 갈아입었다. 한번은 고장 나서 번쩍대는 창문 밖 가로등 때문에 눈이 부셔서 잠을 잘 수 없었던 아디나가 커튼을 치고 제자리로 돌아왔더니 폴란드 여자가 말없이 창으로 가서 도로 거칠게 커튼을 열어젖혔다. 그 힘이 어찌나 셌던지 커튼 봉에 달린 링이 쩔렁거렸다. 가로등 빛은 밤새 아디나의 얼굴 위를 비추었고 아디나는 담요를 머리에 뒤집어쓰고 뒤척여야 했다. 창밖에서 체르토바호라가 빛나던 작은 다락방이 그리웠다.

그들은 아디나를 좋아하지 않았다. 그게 아니라면 아디나를 믿지 않았다. 그것도 아니면 아디나를 믿지 않았기 때문에 좋아하지도 않았다. 그새 아디나는 독일어를 꽤 잘하게 되었다. 아디나는 저녁 늦게까지 깨어 있는 법이 없었다. 청소를 하지도 않았다. 셋이 방에 있으면 그 둘은 아디나가 마치 다른 방에 있는 것처럼 굴었다. 아디나는 그들과의 사이에서 보이지 않는 장막을 걷어 내는 데 실패했다.

라츠반 슈타인이 저녁에도 구석방에 있거나 밤늦게까지 사람들과 함께 위층 사무실에 있을 때면 그녀는 슬그머니 사라졌다. 그녀는 담배를 피우지 않았고 술도 마시지 않으려 했다. 모히칸은 슈납스를 경계했다. 술을 많이 마시는 밤이면 꼭 재미있는 일이 생기는 법이다. 라츠반 슈타인은 아디나 셰이발이 재미없는 사람이라는 것을 알았다. 너무 잘 아는 나머지 재미있는 일이 필요한 밤이면 벨라루스 여자와 폴란드 여자만 불러 술을 따르게 했다.

어느 날 이라가 깜빡하고 휴대전화를 부엌 탁자에 올려놓고 사라졌다. 잠금상태가 아니었으므로 그녀는 한 번 더 리키에게 전화를 걸었다. 자기와 같은 상황이면 리키가 어떻게 행동할지 물어보고 싶었다. 하지만 한 번은 통화 중이었고 또 한 번은 받지 않았다.

베를린에서 그들은 통화를 하기로 약속했었다. 하지만 리키는 오데르강의 저택으로 연락한 적이 한 번도 없었다. 아무래도 리키는 그녀를 잊은 것 같았다. 아니면 할 일이 너무 많은지도 몰랐다. 그것도 아니면 혹시 리키는 전화했는데 아무도 그녀에게 전하지 않은 것일지도 모른다.

라츠반 슈타인이 그녀의 턱을 컵과 혼동한 이후로 아디나는 리키라면 어떻게 했을지를 상상해 보려 거듭 애썼다. 그녀라면 어떻게 반응했을까. 두 룸메이트에 관해서는 어떻게 생각했을까. 혹시 리키는 그들도 찍고 싶어 했을까. 어쩌면 눈으로 보이지 않는 것을 손으로 볼 수 있기 때문에 리키는 그 여자들도 만져야 한다고 생각할지 몰랐다. 하지만 그녀는 리키를 충분히 알지 못했다. 서로를 다 알기에 7주는 부족했다. 그래서 그녀는 종종 실제와는 다른 상상 속에 빠져들었다. 자신을 최후의 모히칸이나 윤곽이 부드럽고 빛나는 그림자라고 상상했다. 그래도 판초는 방 안에서만 입었다.

모히칸이라면 짖어 대는 개들 곁을 무심하게 지나갔을 것이다.

이른 아침은 버드나무 옆 무성한 수풀 사이에서 보낼 것이다. 배려나 두려움 때문에 판초를 벗어 버리지 않을 것이다. 술 파티에도 참석하지 않을 것이다. 하지만 얼어붙을 듯 추웠던 겨울 몇 주가 지나자 모든 것이 변했다.

아침에 부엌에서 라츠반 슈타인이 사과했다. 그는 잘 다려진 셔츠 가슴팍에 그녀를 파묻으려는 것처럼 두 팔을 넓게 벌렸다. 그 바람에 그녀의 머리가 그의 배 주위에 닿을 뻔했다. 그런 다음 그는 냉장고 서랍에서 아이스팩을 꺼내 그녀의 아픈 어깨 위에 댔다. "여기지? 좀 나아? 종종 커다란 무언가가 나를 떠미는 기분이 들 때가 있어. 그러니 너무 미워하지 마."

그가 망상에 사로잡힌 건 아니었다. 그는 압박에 시달리고 있었다. 은행, 일꾼들, 자재 납품회사 등 모두가 그에게 손을 벌리고 있었다. 지붕과 빗물받이를 고칠 돈도 부족했다. 그리고 중앙정치 높은 자리로 가는 길은 아직도 열리지 않았다.

"말만 번드르르한 자식들. 그들 중 누구도 이… 뭐라고 부르더라… 늑대를 기다리는 땅*에 관여하려 하지 않아! 그치들은 베를린에 궁둥이 붙이고 앉아서 늑대를 기다려. 죽어 가는 작은 도시들에 양심의 가책이 느껴지면 벽화 칠할 푼돈이나 던져 주면서. 그렇다고 우리가 이대로 죽진 않아!"

그가 나가면서 말했다. "나는 있는 힘을 다해 재산을 지킬 거야!" 그건 라츠반 슈타인의 신조였다. 이 말을 할 때면 그는 항상 목청을 한껏 높였다. "앞으로는 너도 사무실에서 벗어나게 될 거야.

---

* Wolfserwartungsland, 사라진 늑대가 다시 돌아올 정도로 소외되고 방치된 지역.

좀 더 중요한 일을 해 보자고."

알고 보니 그 말은 그녀가 라츠반 슈타인이 그녀에게 준 특혜에서 이제 완전히 제외될 수는 없게 된다는 뜻이었다. 여전히 그녀는 위층 사무실에서 열리는 술 파티에는 참석할 필요가 없었지만 며칠 후로 예정된 큰 연회에는 가야만 했다. 라츠반 슈타인이 지역으로 끌어들이려고 구애 중인 베를린의 한 인사에게 예의를 표해야 한다고 했다. 그는 문화계와 정치권에서 '마당발'로 불리는 인사로, 라츠반 슈타인은 "그자가 동유럽에 대한 감각을 키우면 좋겠어"라고 말했다. 저택에서 그녀는 동유럽에서 생생한 유년기를 보내고 독일에서도 경험을 쌓은 유일한 직원이었다. 그녀가 중유럽이라고 아무리 고쳐 말해도 그는 무시했다. 그녀는 대도시의 분위기를 맛보았으며 사진작가의 아틀리에에서도 일한 적이 있으며 독일어도 유창했다. 하나같이 유용한 재능이었다.

"그자 계획이 뭔지 알아내. 그리고 우리 계획이 뭔지도 알려 줘. 일단 그자가 걸려들기만 하면 사소한 건 내가 다 알아서 할게."

글뤼바인 노점상 아르바이트생이었던 그녀가, 즐라타 비흘리드카에서 젖은 수건을 교체하던 그녀가, 이곳에 온 뒤로도 지루하게 전단지나 접던 그녀가, 체코 작가들 앞에서 통역 실수를 범한 이후 처음으로 제대로 된 업무를 맡게 되었다. 이것은 신뢰의 증표이기도 했다. 라츠반 슈타인이 독일 중앙 정치계 거물에게 자기 사업을 설명하는 막중한 책임을 그녀에게 맡겼다.

"네게 왜 거적때기를 벗어 치우라고 했는지 이제 알겠지?"

그녀는 그가 불평할 거리를 만들지 않아야겠다고 결심했다.

연회 음식은 그녀에게 맞지 않았다.

라츠반 슈타인은 기름지고 매운 고기완자에 흰콩과 속을 채운 파프리카와 페타치즈, 크고 번들대는 햄 덩이와 껍질 벗긴 통양파 그리고 큰 잔에 담긴 슈납스를 내놓았다. 그가 여는 연회에 자주 참석해 온 사람들은 그에게 루마니아의 피가 섞여서 그런 음식을 내놓는다고 말했다. 라츠반 슈타인은 오후에 흰색 바르카스로 국경을 넘어가 그리피노 마을에서 여자들을 실어 왔다. 그 여자들은 폴란드어로 동유럽에 대해 말하는 대가로 돈을 받지는 않았다. 그는 그들에게 아예 돈을 주지 않았다. 그렇게 쓸 돈도 없었다. 그들 또한 돈을 받으려는 생각 없이 따라왔다. 오데르강 이쪽과 저쪽의 농장을 통틀어도 그의 사업만큼 유망해 보이는 곳은 없었으므로 그녀들은 독일인 사업가 하나를 바라보고 저택까지 따라왔다. 연회에 언론인들과 정치인들이 초대받아 온다는 사실 또한 여자들의 마음을 동하게 했다. 이라는 강 건넛마을엔 늙은이와 병자 말고는 남자가 없다고 경멸조로 말했다. 여자들은 독일어를 떠듬떠듬했다. 그들은 아디나와 나이가 엇비슷했고, 체르토바호라의 밤처럼 칠흑 같은 머리카락을 갖고 있었다. 그들은 오로지 독일 남자들의 눈에 드는 데만 안달이라면서, 밤늦게 그들을 국경 너머로 데려다주고 돌아올 때면 빈 바르카스에서 술 냄새가 진동한다고 이라는 험담하듯 말했다.

이라는 라츠반 슈타인의 어머니에 대해서도 조금은 아는 바가 있었다. 그건 아무에게도 알려지면 안 되는 사실이었다. 그러나 이라에게는 언젠가 쓸모 있으리라는 짐작이 들면 악착같이 파고들어 알아내는 재주가 있었다. 그는 우연히 라츠반 슈타인의 모친에 관한 이야기를 알게 되었고, 도저히 혼자만 알고 있을 수는 없어서 전략적인 판단을 거스르고 그녀에게 털어놓았다.

열네 살 때 라츠반 슈타인은 자기 어머니를 강둑에서 찾아내 데리고 왔다. 겨울인데도 어머니는 외투도 입지 않은 채 유모차에 파프리카를 가득 싣고 둑을 넘어가고 있었다. 그녀는 자신이 '동구권의 곡창지대'에 있다고 말했고, 오데르강을 아름답고 푸른 도나우강이라고 생각했다. 그는 어머니를 쫓아갔고 마침내 따라잡았을 때 그녀는 그가 자기 물건을 훔치려는 강도라는 생각에 비명을 질렀다. 그로부터 몇 년 전 그녀는 루마니아 부쿠레슈티의 한 병원에서 아이를 사산했다. 라츠반 슈타인은 그 여동생의 얼굴을 한 번도 보지 못했다.

이 이야기에서 아디나가 가장 많이 놀란 부분은 라츠반 슈타인 같은 사람에게도 어머니가 있었다는 사실이었다.

음식은 입에 잘 안 맞았지만 적어도 아무 방해 없이 먹을 수는 있었다. 그리피노에서 온 여자들은 양편에 남자를 두고 사이에 앉았다. 아디나 옆에 앉은 여자만 재수가 없는 편이었다. 그녀는 일부러 호들갑스럽게 웃었다. 그녀가 오이와 토마토와 양파를 잡을 때 매니큐어를 바른 손톱이 번들거렸다. 그녀가 껍질 벗긴 양파를 통째로 입술로 물고 쭉쭉 빨자 즙이 흘러나와 입꼬리를 타고 가슴골로 흘러 들어갔다. 그러자 그녀는 마치 유령의 집에 들어간 것마냥 새된 소리로 비명을 질렀다.

연회 탁자는 방을 가득 채울 정도로 컸다. 하지만 사람이 너무 많아서 모두 바싹 붙어 앉아야 했다. 그리고 슈납스를 많이 마실수록 사람들은 점점 서로에게 가까이 다가갔다. 아디나는 몸을 웅크렸다. 사방에서 터지는 비명과 환호성에 어찌할 바를 몰랐다.

그녀의 잔은 비었고 기름진 음식은 갈증을 일으켰다. 물병은 탁자 한가운데 있었다. 병을 잡으려면 자리에서 일어나 탁자 위로 몸을 숙여야 했으므로 그녀는 마치 생각만으로 그것을 끌어당길 수 있을 것처럼 뚫어져라 쳐다보고만 있었다. 그런 그녀의 눈빛을 누군가가 발견했다. 같은 방을 쓰는 어린 폴란드 여자가 탁자 반대편 끝에서 그녀를 지켜보고 있었다. 그녀는 스파이였다. 화장 아래 그녀의 얼굴은 시체처럼 창백했다. 길게 늘어뜨린 인조 속눈썹 아래로 보여선 안 되는 것들을 감지하고 있는 것 같았다. 그녀는 자리에서 일어나 탁자를 한 바퀴 돌면서 잔을 가득 채웠다. 아무도 그 행동에 주목하지 않았다. 잔이 넘치지 않도록 조심스레 내려놓으면서 스파이는 그녀에게 구명 튜브를 던지듯 눈빛을 던졌다.

식사가 끝난 뒤 스파이는 그녀를 따라 위로 올라왔다. 그녀에게선 향수 냄새가 진동했다. 그 향이 아디나가 기름기 많은 음식을 게워서 나는 시큼한 냄새에 뒤섞였다.

방에 들어온 스파이는 아디나에게 손을 내밀었다. 스파이는 그녀를 잡지와 화장 도구가 나뒹구는 침대로 이끌었다. 그들은 침대 모서리에 말없이 나란히 앉았다. 전등은 켜졌지만 라디에이터는 꺼져 있어서 방 안은 추웠다. 스파이의 몸은 따뜻했다. 아디나는 어질러진 침대에 이렇게 따뜻한 몸과 나란히 앉아 있자니 초조한 기분이 들었다.

달짝지근한 향내가 구름처럼 그들을 에워쌌다.

그들은 한동안 말없이 나란히 앉아 있었다. 아디나는 베를린에서, 호스텔 로비 공용 컴퓨터에서 어머니에게 썼던 이메일을 떠올렸다. 그녀는 리키에 관해, 오데르강에서 하게 될 인턴십에 관해, 대학에 가려는 계획에 관해 썼다. 그래서 그녀의 어머니는 그녀가 어디에 있는지를 알았다.

 침대 모서리에 가만히 앉아 있기 불편해질 무렵, 스파이는 잡지 더미에서 한 권을 집어 들었다. 패션 잡지였다. 스파이는 책장을 넘겨 확대된 눈 사진을 펼쳐 아디나에게 들이밀었다. 그건 스파이의 눈과 달랐다. 평범하게 화장이 된 눈이었지 숨겨진 것을 보도록 특화된 눈은 아니었다. 아디나는 고개를 저었다. 매니큐어나 립스틱을 이것저것 칠해 보던 건 오래전 일이다. 얼굴 전체를 화장해 본 건 마을 축제 때 딱 한 번뿐이었다.

 스파이는 반짝거리는 병 하나를 들어 뚜껑을 열었다. 그녀는 아디나에게 눈을 감으라고 했다. 그러고선 아디나의 얼굴을 부드럽게 손으로 잡았다. 잠시 후 아디나의 눈꺼풀 위로 보슬비가 내리듯 미세한 물방울이 떨어졌다. 혀끝에 젖은 블루베리 맛이 감돌았다. 코에는 비 온 뒤 습기를 머금은 풀 냄새가 스쳤다. 진흙을 잔뜩 묻힌 채 신나게 마당에서 놀고 몸이 꽁꽁 얼어 집으로 돌아오면 앞치마를 두른 할머니가 열린 부엌 창가에 서서 버섯을 씻고 있을 것만 같았다.

 하지만 그 빗물은 아이섀도 병에서 떨어지는 것이었다. 그녀는 정신을 차리고 고개를 돌렸다. 스파이는 코웃음을 치면서 아디나의 뺨을 툭 쳤다. 그러고선 연회장으로 돌아갔다. 아디나는 침대 모서리에 그대로 앉아 있었다. 방 안은 추웠지만 스파이가 앉았던 자리에는 온기가 남았다. 아디나는 그 아래로 손을 넣었다. 낯선 체온 아래 손을 넣고 보니 이 심경의 변화는 참으로 희귀하고 이 다정함은 참으로 돌발적이라는 생각이 들었다.

 연회장 소리가 복도로 새어 나왔다. 그녀는 공동 화장실로 가서 화장지를 뜯어서는 얼굴에 남은 찐득한 자국을 닦았다. 그녀는 기뻤다. 화장을 해서가 아니라 침대 모서리에 스파이와 함께 앉아 있을 수 있어서 기뻤다. 스파이의 향기가 오랫동안 아디나 주위를 맴돌았다.

추위가 맹위를 떨쳤던 주에 라츠반 슈타인이 큰 건수를 지역으로 끌고 오려고 시도했던 이후로 현실은 점점 더 이상하게 변해 갔다. 모든 불이 꺼지고 어쩌다 한 번씩 개 짖는 소리만 들리는 밤이 찾아오면 그녀는 깊은 잠에 들지 못하고 자꾸 깼다. 일어나면 현실이 사라진 것 같았다. 현실은 외부에, 바깥 어딘가에, 오데르강의 얼어붙은 어둠 속에 있는 것 같았다. 판초는 의자에 걸쳐져 있었다. 처음부터 그녀와 어디서나 함께였던 포근한 초록 스웨터는 이제 베개 옆에 놓여 있다. 방 안은 잠든 사람들이 내뱉은 숨으로 가득했다. 부엌에서 라츠반 슈타인이 그녀의 턱을 잡은 것은 그날 아침 한 번뿐이었다. 스파이는 그녀의 얼굴에 색조를 좀 묻혀 보려고 갖은 노력을 기울였지만 그녀는 완강히 거부했다. 그럼에도 불구하고 그녀는 꼬마 모히칸이 단지 상상에 불과했을지도 모른다는 두려움을 느꼈다. 허튼 망상. 다락방에 너무 오래 혼자 앉아 있었던 아이의 환상. 그리고 고작 사진 한 장으로 무엇을 증명할 수 있겠는가.

이성적인 사람들은 그렇게 볼지 모른다. 그리고 아디나 역시 추위가 맹위를 떨쳤던 그 주 이후로 좀 더 이성적으로 행동해야 했기에 은연중에 그런 관점이 그녀의 머릿속에 자리 잡게 되었다. 그 책임은 요한 만프레드 뱅엘에게 있다. "마네라고 부르게." 그는 동유럽에 대한 감각을 키워야만 하는 사람이자 베를린에서 '마당발'로 불리는 인물이었다.

연회에서 그는 드넓은 식탁을 사이에 두고 그녀의 맞은편 옆자리에 앉았다.

지붕이 씌워진 콘크리트 마당에는 꼬치에 끼워진 양이 빙글빙글 돌아가고 있었다. 인근 마을 청년들이 아침에 양을 잡아 가죽을 벗겨서 두 다리를 꼬아 묶은 다음 꼬치에 걸었다. 라츠반 슈타인은 전문가처럼 그 곁에 서서 그 과정을 이끌었다. 그는 짐승 가죽 벗기는 법을 알았다. 그는 청년들에게 어느 방향으로 가죽을 벗겨야 뼈에 붙은 지방을 많이 남길 수 있는지를 말로 설명하다가 결국은 자기가 칼을 잡았다. 그가 맨손으로 짐승의 사체를 붙잡고 내장을 끄집어내자 청년 중 하나가 건물 벽 쪽으로 달려가 속을 게웠다. "고기는 먹고 싶고 피는 보기 싫은 작자들을 나는 수도 없이 많이 봤어!" 그 청년은 어머니를 도와 당근이나 다듬으라는 핀잔과 함께 곧 그 집에서 쫓겨났다.

요한 만프레드 벵엘은 오전에는 거기에 없었다. 오후에 도착한 그는 양이 이미 꽂혀 돌아가는 것을 보고선 "좋군, 아주 좋아"를 연발했다. 그는 운동화 차림의 아주 늙은 남자였다. 금발엔 흰머리가 많이 섞였고 주름진 얼굴은 구릿빛이라 한겨울에도 오랫동안 햇볕 아래 서 있다가 온 사람처럼 보였다. 그의 랜드로버 자동차는 흙탕물을 튀기며 입구로 들어왔다. 헛기침 소리만 듣고도 아디나는 그가 아주 늙었다는 것을 알아챘다. 그의 헛기침은 노인 특유의 가물가물한 기침이었다.

남자들은 지붕 아래에 나란히 서서 양을 살펴보았다. 라츠반 슈타인은 양팔을 허공에 휘저으며 도축 과정을 상세히 설명했다. 요한 만프레드 벵엘은 라츠반 슈타인보다 덩치가 작았다. 라츠반 슈타인의 어깨에 겨우 닿을 것 같았다. 그런데도 둘이 나란히 서 있으면 라츠반 슈타인이 더 작아 보였다.

그와 함께 집 안으로 들어온 라츠반 슈타인은 부엌에 있는 아디나에게 차를 준비해 달라고 부탁했다.

"니나, 오래된 얼그레이와 마이센 찻잔을 내와. 혹시 우유와 설탕도 넣으시나요?" 그가 복도에서 큰 소리로 말했다.

"좋군, 아주 좋아!" 요한 만프레드 벵엘의 목소리는 라츠반 슈타인보다 한결 경쾌했다. "각설탕은 두 개. 나는 단 것에 약하단 말이야."

"두 개!" 라츠반 슈타인이 경박하게 그 말을 받았다. "각설탕 어디 있는지 알지? 두 개 넣어 드려." 그가 명령했다. "그리고 출발 준비해."

잠시 뒤 그들은 랜드로버에 올라탔다. 라츠반 슈타인은 국도를 타고 숲으로 가서 자기 손님에게 꽁꽁 얼어붙은 호수를 보여 주고 싶어 했다. 호수 얼음 뒤로 리조트의 불빛이 반짝이는 풍경은 분명 사람의 마음을 끄는 데가 있었다.

"마네라고 부르게." 차가 공사판 자갈밭을 전속력으로 달릴 때 요한 만프레드 벵엘이 라츠반 슈타인에게 말했다.

국도에 들어서자 그가 잠시 몸을 돌려 아디나를 쳐다봤다.

"숙녀 분은 이름이 어떻게 되시나?" 그가 룸미러를 조정하며 물었다.

"니나입니다."

"독일어를 할 줄 아나?"

그녀는 베를린에서 온 남자의 뒤에 앉아 있었다. 차창 밖에선 밭과 밭 사이 움푹 팬 골 사이로 농장이 나타났다가 사라졌다. 그리고 한동안은 풀밭 위에 남은 자동차 매연만 보였다. 그녀는 라츠반 슈타인이 자기 인턴이 독일어를 잘한다고 자랑하는 소리를 들었다.

운전석에 앉은 남자가 고개를 끄덕였다. "대단하군. 니나, 러시아 출신이신가?"

"완전히 그렇지는 않습니다." 그녀의 목소리는 자동차 소음에 묻혀 거의 들리지 않았다.

"러시아 동포로군. 예쁘네. 아주 예뻐요."

"제가 보기에도 그렇습니다." 라츠반 슈타인이 말했다. 차 안에는 룸미러에 매달린 방향제 향이 풍겼다. "니나, 우리의 문화 홍보 대사께 러시아에서 보낸 자네의 유년 시절 이야기를 좀 들려드리지."

베를린에서 온 남자의 시선이 다시 그녀에게 쏠렸다. "아, 좋았던 그때처럼!" 그가 외쳤다.

"캬르 파스례드리예 브르마 Как последнее время!" 그녀는 농담으로 그의 말을 "요즈음처럼"이라고 받아쳤으나 그 또한 앞자리에는 제대로 전달이 되지 않은 것 같았다.

그들이 도착한 호수는 숲에 둘러싸여 있었다. 나무 사이로 창문에 못을 박은 주말 별장들이 간간이 보였다. 호수 맞은편 물가에는 리조트가 모습을 드러냈다. 라츠반 슈타인은 브란덴부르크의 척박한 모래땅에 자기 손으로 첫 삽을 박아 넣었을 때부터 시작해 군인들이 점령했던 황량한 땅을 쓸모 있게 만든 이야기를 늘어놓았다. "땅을 세 겹이나 덮은 후에 지하수에 독이 있다는 사실이 드러났어요. 해바라기를 심으라고 했지요. 농부들이 해바라기가 중금속을 흡수한다고 했거든요. 마치 반 고흐의 그림 속 풍경이 펼쳐지더군요. 두 번의 여름 동안 해바라기가 만발한 풍경은 정말 장관이었어요."

자동차 헤드라이트 불빛이 어스름한 호수 위를 꿰뚫었다. 시동을 끄자 사방은 암흑으로 변했다.

"주말이면 서쪽 사람들이 이 척박한 야생이 좋다고 몰려옵니다. 이 별 볼 일 없는 촌구석 공기를 마시겠다고…." 라츠반 슈타인은 하던 말을 끊었다. "리조트는 잘됩니다. 하지만 마네, 우리 지역 사람들은 줄곧 주변인으로 살아왔어요. 그 주변부 근성에서 벗어날 비전이 필요합니다. 그러려면 당신의 도움이 있어야 해요."

남자들의 옆모습은 회색 얼음의 절단면처럼 날카로웠다. 아디나는 아무 말 없이 뒷자리에 있었고 라츠반 슈타인은 옛날 일을 주절대기 시작했다. 그는 군에 복무했던 여름날의 일화를 끄집어냈다. 그는 감시하는 장교가 없을 때면 동료 사병들과 탱크를 몰고 자갈 채취장에 가서 세차를 했다고 했다. 하루는 그가 T-72 전차를 전속력으로 몰아 지금 보이는 것과 비슷한 호숫가의 공공 수영장에 빠뜨려 버렸다. 호숫가에 앉아 있던 사람들은 수건을 펄럭이며 사방으로 흩어졌고 여자들은 놀라서 가슴에서 비키니 끈이 풀리는 줄도 모르고 도망쳤다. 신이 난 아이들은 작은 개구리들처럼 미끄러운 차체를 기어올라 탑승구로 들어갔다. 아이들과 군인들에게는 즐거운 시간이었다.

아디나는 이 이야기를 이미 알았다. 그는 상대가 공감하는 기미를 보일 때마다, 도움이 된다고 생각할 때마다 그 이야기를 꺼냈다. 그가 공감해 주길 바라는 사회 체제는 이미 끝이 났다. 하지만 그에 대한 기억만은 마치 지붕을 씌운 마당에서 벌겋게 타오르던 석탄처럼 그의 머릿속에서 작열하고 있었다. 기회가 된다면 그녀는 이라에게 말해야 했다. 그가 병원에서 시대에 맞지 않는 세계관을 치료

받았는지는 모르나 그 세계관의 뜨거운 열기는 사라지지 않았다고.

"이 호수를 가졌다는 게," 라츠반 슈타인이 스키 모자를 쓰면서 말했다. "당신에게 그리 흥미로운 이야기는 아닐지 몰라요."

그는 얼음 위를 걸어 보자고 제안했다. 최근 몇 주간의 추위 덕분에 얼음은 걸어도 될 만큼 두꺼웠다.

그러나 요한 만프레드 벵엘은 일어서지 않았다. 그는 호수를 가만히 바라보았다. 얼음 위로 불빛이 약하게 흔들렸다. "자네는 그 시절을 싫어했지. 그렇지 않은가? 하지만 그때 굴욕을 당했던 하사관은 어엿한 사업가로 변신하지. 동구권 성공담은 주로 그런 식이더군."

라츠반 슈타인은 대답이 없었다. 그는 조수석에 앉아 차선을 벗어나지 않도록 조심하려는 듯 전방을 주시했다.

"내 친구," 요한 만프레드 벵엘이 다시 입을 열었다. "우리에겐 아버지가 있어." 그는 팔로 핸들을 꾹꾹 누르며 헛기침했다. "내 아버지는 서베를린으로 도망쳤어. 그곳은 장군들로부터 안전했으니까."

그날 저녁, 남자들이 얼어붙은 호수 위를 걸으러 나가고 아디나가 차에 남아 있던 그 30분 동안에도 모든 것이 달라질 수도 있었다. 삶은 다른 방향으로 전개될 수 있었다. 그녀의 삶은 물론, 어두운 숲을 배경으로 밖을 거닐던 자의 삶도. 얇은 얼음층이 한 군데만 있었어도 가능했다. 호수 위에 따뜻해진 지점이 하나만 있었어도, 균열 하나만 있었어도. 많은 것이 필요치는 않았다. 라츠반 슈타인이 소유한 얼음판에 금이 가서 남자들의 발자국 아래가 깨질 수도 있었다. 그러면 아무 흔적도 남기지 않은 채, 소리도 없이, 몸뚱이들은 물속으로 가라앉고 그 위에는 잠시 공기 방울만 떠다니다가 곧 가장자리에서부터 구멍이 닫힐 수도 있었다. 그들의 머리카락이 위로 치솟겠지만 그마저도 천천히 가라앉으며 끝내는 시야에서 사라졌을 것이다. 아디나가 그 생각을 한 건 그로부터 한참 후였다. 돌이켜 보니 그녀에게 그 30분은 가능성이었다.

하지만 남자들이 호수가 잘 얼었다는 것을 증명하며 어둠 속에서 돌아오는 모습이 보이자 아디나는 랜드로버에 시동을 걸었다. 자동차 히터가 돌았다. 호숫가로 올라온 남자들이 하는 말이 파편처럼 그녀 귀에 꽂혔다. "목표 합의… 내 친애하는 친구." "배신당하고 팔려 갔지." "여기서 태어난 것은…" 그녀는 요한 만프레드 벵엘이 하는 말을 들었다. "큰 전망 없는 운명이야."

"한 번이라도 그 이유를 생각해 본 적 있는가?" 바람결에 실려 온 마지막 문장이 또렷이 들렸다. "어째서 이곳엔 중소기업 하나, 제대로 된 기업이 없는지를?" 대꾸하는 라츠반 슈타인의 목소리에는 불쾌감이 실려 있었다.

"당신이 잘 아실 것 같군요."

"열성적인 사람들은 많았어. 체제 전환 후 그들은 작은 기업들을 사유화했지. 수공업 회사도 있었고, 목수였던 내 삼촌처럼 건설 회사를 차린 사람도 있었지. 하지만 그들에겐 빚이 떠넘겨졌어. 사회주의 국가가 지원했던 운영자금이 부채로 돌아왔지. 갑자기 그들은 한 번도 본 적 없는 돈을 갚아야 할 처지가 되었어. 당연히 그들에겐 자본이 없었지. 동독 사람 그 누구도 저축을 하지 않았으니까. 그들은 대출도 못 받았어. 그들 중 몇몇은 새로운 사업체를 살리기 위해 몇 달씩 임금을 포기했어. 아무 소용없는 일이었지만. 얼마 가지 않아 모두 나자빠졌어. 그러자 서독 사람이 나타나 그 사업체를 부지까지 포함해서 단 1마르크에 사들였어. 그리고 어떻게 했는지 아는가?"

"회사를 폐업시켰죠."

"맞아. 하지만 그 전에 그 서독 사람은 동독에 투자한 돈에 대한 세금을 감면받았어. 그 후에는 놀랍게도 조작된 채무까지 탕감받았지. 동독 출신 사업가들은 절대 받지 못했던 혜택이야. 어떻게 그럴 수 있었는지 논리적으로 설명할 수 있을까?" 그들은 한동안 입을 열지 않았다.

"내게는 그 모든 어려움에도 불구하고 이곳 사람들에게 전망을 보여 주는 것이 중요합니다." 라츠반 슈타인이 잠시 멈췄다가 덧붙였다. "여긴 내 고향이니까요."

"그렇지, 내 친구! 우울하기 그지없는 자네의 고향. 멜랑꼴리로 가득한 고향. 그 기운이 모든 정책을 압도해 버려." 요한 만프레드 벵엘이 말했다. "사람들도 그 영향을 받았겠지."

"전투폭격기가 사람들에게 미친 영향을 말씀하는 건가요?" 이제 라츠반 슈타인은 한결 차분해진 목소리로 말했다. "나치들이 이 들풀 사이에 활주로를 깔았고, 그 후에 소련이 폭격기를 들여오면서 온 마을이 흔들렸어요. 친애하는 친구여! Tu-22 폭격기가 이륙하는 걸 본 적이 있습니까? 지옥 같은 소음이죠! 사회주의는 반항적인 시민들을 골라 소음이 가득한 이곳으로 유배를 보냈어요. 공화국 전체에서 문제아로 지목당한 사람들은 우커마르크에 모여서 전투기가 뜰 때마다 벽이 흔들리는 걸 느꼈죠. 내가 아는 한 내 고향이 우울한 이유는 이것입니다."

"그 얘길 들으니 노래 가사가 떠오르는군. 어떻게 시작하더라?

숲은 캄캄한 채 침묵하고 초원에서 흰 안개가 솟아오르니…"

남자들은 차에 가까워졌다. 헤드라이트가 어둠을 가르고 아디나는 그 빛줄기 밖에 서 있었다.

"클라우디우스의 시던가. 내 어머니는 내가 아플 때면 밤새 침대 가에 앉아서 이 노래를 불러 주시곤 했지."

"저는 대단한 낭만주의자가 아니라서요."

"그래도 낭만주의 시대에 지어진 가사라는 건 아는 모양일세. 낭만주의에 관한 한, 동과 서는 크게 다르지 않아, 친구. 낭만주의가 그 둘을 모두 사로잡았지. 나는 시의 마지막 절에서 소름이 돋았어. 그러니 형제들이여, 하느님의 이름으로 눕거라. 저녁의 숨결이 차구나. 그리고 평안히 잠들자. 우리의 병든 이웃도 그러하길!" 요한 만프레드 벵엘이 잠시 생각에 빠졌다가 말을 계속했다. "하지만 하느님의 이름으로…이렇게 끝이 나던가."

그들은 차에 타지 않고 계속 서 있었다. "요즘에도 이 구절에 소름이 돋아. 내가 신실해서가 아니라, 오히려 하느님을 잃어버린 무리가 되었기 때문이지. 내 외할머니는 침대마다 십자가를 걸어 두셨어. 바깥에는 알프스 자락이 펼쳐지고 집 안에는 성경과 십자가에 못 박힌 예수님이 계셨지. 그리 오래된 일도 아니건만 그땐 그랬어."

"이제 그만하죠, 마네." 라츠반 슈타인의 목소리에서 대화의 흐름을 탐탁지 않아 하는 낌새가 느껴졌다. "군대, 집단농장, 그리고 석유화학 공단의 소음. 이런 것들은 분명 입지적으로 불리한 점입니다. 연방정부가 198번 도로를 연장하지 않는 한, 베를린으로 가는 빠른 길도 없지요. 그래서 아무도 투자하지 않는 거예요. 사람들이 무언가를 하고 싶어 하는데 기회가 주어지지 않습니다. 내 고향 사람들에게는요! 제가 중학교 때까지 살았던 저 위쪽 가르츠 마을 사람들은 자연환경을 잘 살려서 가족 친화적인 자전거 코스를 조성했어요. 하지만 독일에서 가장 실업률이 높은 지역에서 아이들과 자전거를 타고 돌아다니려는 사람이 누가 있겠습니까? 문신투성이 스킨헤드들이 덤불 속에서 뛰쳐나올까 무서워서 못 오지요."

"그럴 만해." 요한 만프레드 벵엘이 말했다. "그 사건은 전국적으로 보도되었으니까."

"사람들에게 그들이 나치라고 주입하면 언젠가는 정말 나치가 되는 겁니다."

멀리서 한 줄기 빛이 호수 위를 스쳤다가 사라졌다.

"친구여, 하지만 단번에 풀릴 상황은 아닌 것 같은데?"

"스킨헤드로 머리를 민 사람들 90퍼센트가 슬라브계 혈통이라는 건 우리도 동의하는 바예요. 하지만 일단은 연방의회 소파에 앉으신 나으리들이 이곳에 관심만 가져 준다면 그 문제는 제가 해명할 수 있어요. 템플린*이란 지명을 검색해 본 적이 있어요? 신임 연방 총리가 우커마르크 출신이라는 걸 아무도 모르는 것 같아요. 지역에서 총리를 배출한 후로도 재정적으로나 혹은 다른 면에서 달라진 점을 느낀 적이 없으니까요."

"정치인이 출신 배경을 어떻게 연출해야 하는지까지 자네가 조종할 수는 없어. 하지만 나는 전적으로 자네 편이야. 정치에서 고집은 건강하게 받아들여지기 어렵지. 그녀가 좀 더 영리했다면 출신을 이용해서 이득을 볼 수도 있었을 텐데."

---

* 우커마르크 군에 속한 작은 도시. 앙겔라 메르켈 총리의 고향.

"저는 여자가 고집부리는 꼴은 못 참겠더라고요."

"총리를 두고 하는 말은 아닐세." 요한 만프레드 벵엘이 헛기침을 했다. "그러나 여성의 반항이 매력적이라는 것은 인정하네. 특히 검은 머리 여성이라면."

"저는 머리를 검게 염색하는 건 싫어해요." 라츠반 슈타인은 이렇게 말하며 웃었지만 요한 만프레드 벵엘이 함께 웃지 않자 금세 멈췄다. "저 윗동네 폴란드 여자들은 머리를 새까맣게 염색해요. 오늘 저녁에 보실 수 있을 겁니다. 하나도 빠짐없이 모두 다 그래요. 죽은 까마귀 떼 같지요. 그 여자들이 무슨 의도가 있어서 그러냐 하면, 그것도 아니에요. 그럼 도대체 '무슨 뜻일까' 궁금해지죠."

그들은 아디나를 발견하고선 대화를 멈췄다. 요한 만프레드 벵엘은 운전석 문을 닫고 손을 문질러 따뜻하게 데운 후 클러치를 밟고 차를 출발시켰다. 그는 눈을 정면에 둔 채 그녀에게 말을 걸었다.

"정말 멋진 일이 될 거예요. 과거의 나라에서 온 사람에게 미래의 장소에서 전도유망한 계획에 동참하는 것만큼 멋진 일은 없을 겁니다."

돌아오는 길에 그는 아디나가 오데르강의 저택에서 어떻게 지내는지, 마을 아이 중 따라다니는 친구는 없는지, 고향이 그리운지 등을 알려 했다. 그녀는 대답하지 않았다. 집 뒤 콘크리트 마당에서 요한 만프레드 벵엘을 처음 본 후로 그녀는 이 남자에게 좋은 인상을 주기 위해서는 모든 말을 신중하게 내뱉어야 한다는 느낌을 받았다. 이 마당발은 라츠반 슈타인에게 매우 중요한 상대였기 때문이다. 하지만 조심하려는 결심의 바닥에는 그와는 전혀 다른 맥락의 감정이 희미하게 깔려 있었다. 그녀에게 맡겨진 임무와는 상반

되게도 그녀에겐 요한 만프레드 벵엘의 관심을 피해야 할 것 같은 기분을 강하게 느꼈다.

그들이 숲에서 빠져나와 국도로 접어들었을 때 라츠반 슈타인이 그녀에게 눈길을 보냈다. 슬쩍 고개를 돌려 바라봤을 뿐이지만 그녀는 이글거리는 눈빛을 느낄 수 있었다. 그래서 하는 수 없이 여기 오기 전에는 베를린에 있었다는 얘길 꺼냈다. 그 도시가 마음에 들었고 최대한 빨리 그곳으로 돌아가고 싶다고 말했다. 마을에 친구가 있냐는 질문에는 답하지 않았다. 대신 이곳에서 많은 것을 배웠고, 부엌의 석재 바닥을 보면 빨치산의 딸이었던 할머니 생각이 난다고 말했다.

그녀의 이야기를 듣던 요한 만프레드 벵엘이 눈썹을 치켜떴다. 자동차 헤드라이트가 커다란 도로 표지판을 비추면서 빛이 그의 얼굴을 비추었으므로 후방 거울로도 표정이 확인되었다.

"러시아에서 온 니나, 잘 쉬었어요?" 저녁에 다시 만난 그는 식탁 옆자리에 앉은 그녀에게 말했다.

"저는 러시아에 대해 아는 게 별로 없어요."

"부정할 것 없어요. 나는 러시아 사람들을 사랑해! 폴란드 사람들도 나쁘게 생각하지 않아요. 참 친절한 사람들이야. 오데르-나이세 라인 지역도 좋아하고. 슬라브 사람이라면 모두 좋아한답니다. 사람들이 참 솔직하고 전통적이란 말이야. 진정한 정통성은 소련에 있지만요."

탁자 위에는 커다란 햄 덩어리를 자를 용도의 사냥칼이 여러 개 놓여 있었다.

"나는 크루즈로 당신 나라를 여행하면서 정말 많은 것을 보았어요, 니나! 네바강, 레닌 할아버지, 백야, '소련의 곡창지대'인 우크라이나, 흑해!" 요한 만프레드 벵엘은 칼 하나를 집어서 엄지손가락으로 날을 점검했다. "강철 칼이군요. 천년은 끄떡없겠어요. 달로 가는 길은 카를교를 지난다는 얘기도 듣고."

그는 칼날을, 칼날에 비친 자기 모습을 관찰하며 말했다.

"아인슈타인은 달로 가려면 다리 측면의 작은 탑에서 왼쪽으로 꺾어야 한다고 생각했어요." 그녀는 그 답을 미리 준비해 두었다. 그녀는 라츠반 슈타인이 이런 기회에 어떻게 행동하는지를 보아 왔다. 그는 언제나 손님들이 지루해하지 않도록 많은 정보와 재미있는 이야깃거리를 준비해 두었다. 그래서 그녀도 사무실 컴퓨터로 몇 가지 정보를 미리 찾아 두었다.

요한 만프레드 벵엘은 식탁보로 칼날을 닦고서 칼끝으로 페타치즈를 찍었다. "오, 그 말이었군요. 러시아는 다민족 국가라 나도 모르는 게 많아요."

그녀는 당황했다.

"저는 프라하를 말한 거였어요. 프라하의 카를교."

벵엘이 이해한다는 듯이 고개를 끄덕였다.

"몰다우강 위로 뻗은, 흐라드친 성으로 가는 다리 말이에요." 분명히 해 두고 싶은 마음에 그녀가 덧붙였다. "체코슬로바키아는 소비에트 연방국이 아니었어요."

"당신들은 우리가 들어오는 걸 기껍게 여기지 않았죠." 요한 만프레드 벵엘은 페타치즈를 입에 집어넣으며 말했다. "하지만 일단 철의 장막 뒤에 들어가면 기차 궤도가 달라지지요. 서유럽의 경계를 넘으니 소비에트의 광궤가 펼쳐졌어요.* 우리가 일단 소비에트 궤도에 올라타고 나니…하지만 이건 내가 말할 필요가 없겠죠. 당신이 누구보다 더 잘 알 테니까요." 그가 우물거리며 말했다. "말을 놓아도 되겠죠. 이제 말 놓을게. 올바른 외환이, 강한 미국 달러가 나타나면 어떻게 되는지는 누구보다 자네가 잘 알잖아. 그건 당신들에게 엄청난 가치였어!"

그때 연회장 날개 문이 열리고 웅성거림과 박수 속에서 쟁반 하나가 들어왔다. 쟁반 위에는 양의 머리가 놓여 있었다. 오전에 양을 잡았던 청년 둘이 그릴에 구운 짐승을 꼬치에 꿰어 들고 왔다. 그들은 격식을 차리며 손님들 사이를 지났고, 요한 만프레드 벵엘은 서둘러 페타치즈 두 조각을 입안으로 집어넣었다. 라츠반 슈타인은 음악을 튼 적이 없었지만 현관 로비에서부터 노래가 울려 퍼졌다.

청년들은 짐승의 몸통을 테이블 끝까지 옮긴 다음, 준비된 금속 팬 위에 조심스럽게 올렸다. 라츠반 슈타인 앞에는 머리가 놓였다. 그는 세심하게 눈구멍에서 눈을 파내기 시작했다. 날카로운 칼을 손에 든 그는 손놀림에 주저함이 없었다. 입으로는 눈 뒤 근육을 자르면 안 된다는 것과 귀를 어떻게 자르는지를 설명했다.

"귀 한쪽은 당연히 우리 귀빈께 드리겠으나 아시다시피 양에겐 귀가 두 개니까요." 좌중이 웃었다.

접시가 탁자를 돌았다. 그 위에는 커다란 고깃덩이가 놓여 있었고 그릇과 식기가 쨍그랑거리는 소리 뒤로 현관 로비에 선 남자들의 목소리가 들렸다. 그러다가 누군가 숟가락으로 잔을 쳤고 순식

---

* 서유럽은 표준궤간을 사용하는 반면, 소련과 그 영향권의 국가들은 그보다 100밀리미터가량 더 넓은 광궤를 사용했다.

간에 연회장은 조용해졌다.

"거대한 기계 속 작은 나사에 불과한 저를 이토록 융숭히 대접해 주셔서 감사합니다." 요한 만프레드 벵엘이 의자를 뒤로 밀고 일어서며 말했다. "흔히들 문화계와 창의적인 인재가 사회의 신경중추라고 말하지만, 진짜 조종장치는 다른 곳에 있는 것 같군요." 그가 잔을 들었다. "정말 훌륭해요!" 요한 만프레드 벵엘이 잔을 들고 주위를 둘러보며 말했다. "멋진 장소에서 멋진 사람들과 함께하게 되어 기쁩니다. 그중 한 사람과는 이미 친밀해질 기회를 얻어서 더욱 기쁘고요." 요한 만프레드 벵엘은 아디나를 바라보며 그녀에게 건배를 청했다. 그리고 탁자 끝에서 역시 잔을 들고 서 있는 라츠반 슈타인을 보았다. "사랑하는 라츠반, 자네가 여기서 무언가를 만들어 내려고 애쓰는 걸 잘 알아. 자네는 이 황무지에 문명의 상징을 가져오려고, 이 놀라운 황야에 깃발을 꽂아서 쓸모 있는 땅으로 개척하려 하지. 내 눈에도 그 모습이 보이네. 그 점을 인정하고 자네에게 존경을 표하는 바야. 조만간 이곳은 공산주의식 난개발에서 벗어나 민주주의적 문화경관으로 거듭나게 될 걸세. 쁘 아 쁘.*" 그가 헛기침을 했다. "최근에 내 절친한 외무장관이 무슨 말을 했냐 하면…" 그가 말을 멈추고 잔을 높이 들었다. "우리가 자네와 연결될 방법을 조만간 마련해 보겠네!"

라츠반 슈타인과 요한 만프레드 벵엘은 멀리서 잔을 높이 들고 부딪치는 시늉을 했다. 그리고 슈타인이 감사를 표했다. "천천히 드십시오! 원하는 대로, 마음껏!"

* Peu à peu, '차츰차츰'이라는 뜻의 프랑스어.

그는 연회장 전체를, 상다리가 부러져라 차려진 식탁과 슈체친에서 온 정치인들, 양고기 청년들과 그리피노에서 온 여자들까지를 모두 얼싸안는 제스처를 취했다. 그리고 그때 엄숙해 보이는 검은 정장 차림의 가수가 연회장으로 들어왔다. 그 뒤로 검은 드레스 차림의 여자가 따랐다.

"당신의 방문을 기념하여 소박하게나마 전통 음악을 준비해 보았습니다. 우리의 문화 홍보 대사님은 고유성을 중요하게 여기시니까요." 라츠반 슈타인이 가수에게 고개를 끄덕이자 가수는 등 뒤에 메고 있던 발랄라이카*를 앞으로 내려 배에 걸고 연주를 시작했다. 그는 이해할 수 없는 언어로 노래를 불렀다. 그 옆에 있는 여자는 눈을 감고 리듬에 맞춰 몸을 흔들었다.

좌중을 얼싸안는 라츠반 슈타인의 손끝이 아디나까지 뻗쳤으나 그녀는 몸을 아래로 숙여 간신히 그 반경에서 벗어났다. 접시 위 고기에서는 허브와 짐승 냄새가 풍겼다.

"노래 가사의 뜻을 알고 들으면 더 재미있으실 거예요. 가수는 지금 자기 마누라에 관한 노래를 하고 있거든요." 라츠반 슈타인이 말했다.

"집시들이 하는 말은 또 언제 배운 거야, 라츠반?" 요한 만프레드 벵엘이 웃으며 말했다. "죄송하지만 친구, 이건 집시 말이 아니에요." 그가 말을 바로잡았다. "이 노래 가사는 루마니아에 사는 신티족의 말입니다."

요한 만프레드 벵엘의 무릎이 아디나의 허벅지를 건드렸다. 그

---

* 러시아의 민속 현악기. 기타와 비슷하게 생겼다.

녀는 옆으로 비켜 앉았다가 그의 눈을 보았다. 요한 만프레드 벵엘은 더 이상 가수를 보고 있지 않았다. 그의 한쪽 팔은 아디나의 의자 등받이에 걸쳐져 있었고 그의 손가락은 그녀의 머리카락을 맴돌며 폈다 오므렸다를 반복하고 있었다.

"아주 멋진 노래입니다." 라츠반 슈타인이 외쳤다. "그는 자기 마누라의 마지막 남은 치아에 대해 노래하고 있어요!"

여자는 한 번도 멈추지 않고 계속 리듬에 맞춰 몸을 흔드는 중이었다.

"이런 가사예요. 정말 아름다워, 당신의 마지막 치아. 당신의 입 안에서 별처럼 빛나고 있네."

"좋군, 아주 좋아." 요한 만프레드 벵엘이 감탄하자 라츠반 슈타인은 의자를 박차고 벌떡 일어섰다. 그가 춤추는 여자를 붙잡는 시늉으로 춤을 추며 몇 걸음 다가갔을 때 늙은 여자는 입을 벌려 웃었고 그 안에는 정말 남은 이가 하나밖에 없었다.

아디나는 눈을 둘 곳이 없었다. 그래서 어두워진 창밖을 골똘히 응시했다. 역겨움을 느꼈지만 무시하려고 애썼다. 그 역겨움이 누구를 향하는지, 가수인지, 그 곁에서 춤추는 여자인지, 아니면 그녀 옆에 앉은 귀빈인지도 분간되지 않았다. 라츠반 슈타인에게는 역겨움보다는 수치심을 느꼈다. 그는 베를린에서 온 이 남자 앞에서 납작 엎드리는 중이었다. 그 남자 곁에 있으면 라츠반 슈타인은 원래보다 더 작게 느껴졌다.

벵엘의 기분이 최고조에 달했다. 그는 지역 정치인들을 향해 말했다. "동유럽 사람들에게는 놀라운 역사가 있습니다. 그렇지 않습니까, 신사 여러분? 그들은 타고난 이야기꾼입니다. 유머와 냉소가 교차하는 그들의 이야기 속에는 항상 세계의 종말이 등장하지요. 저는 이런 이야기를 듣고 읽는 것을 언제나 좋아합니다. 언제라도 기꺼이 읽고 듣지요. 여러분은 러시아 문학에서 가장 비극적이면서도 코믹한 인물이 누구인지 혹시 아십니까?" 그가 도전적인 눈빛으로 좌중을 둘러보았다. "감히 제가 말씀드리자면, 바로 패션 감각이 뛰어난 세련된 여성이었습니다. 젊고 생명력이 넘치고 독창적이지만, 안타깝게도 다리 사이 성별이 시대와 맞지 않았지요. 약 150년 전에 고골과 레르몬토프의 친구가 이 주인공에 대한 매력적인 드라마를 썼고, 그 결과 주인공과 작가 모두가 사회에서 추방당했습니다. 자, 사랑하는 친구들, 이런 게 바로 제 일입니다. 주류와는 동떨어진 지식을 전달하고 새로운 관점을 제시하는 것이지요." 그의 앞 접시에는 양의 귀가 고스란히 남아 있었다. "흥미롭게도 러시아 여성들은 자기 할머니 이야기를 하는 걸 좋아하더군요. 니나, 자기가 설명을 좀 해 줘야 할 것 같아." 그는 손을 그녀의 의자 손잡이에 포개면서 말했다. "당신들은 독일에 오면 모두 할머니에 관한 이야기를 꺼내지. 바로 그거야. 할머니를 둘러싼 희귀한 이야기와 별난 정보들, 이게 진정한 시가 아니고 무엇이겠나, 라츠반!" 그가 소리쳤다. "자네가 나를 기쁘게 하고 싶다면 러시아 사람들과 무언가를 시작해 보게나. 구소련의 예술가들과 함께." 그가 말을 이어갔다. "체제에 비판적인 시를 구해 오면 우리 의회가 지원할 방안을 마련해 보지. 어쩌면 유럽연합에서 나온 자금을 자네에게 돌릴 수 있을지도 몰라. 러시아로 눈을 돌리면 주머니가 두둑해지지."

"요한, 당신이 우리의 재무장관이 되기를!"

요한 만프레드 벵엘이 웃었다. "유럽연합 자금을 받으려면 끝도 없이 서류를 작성해야만 할 걸세. 하지만 그것만 해낸다면 우리 난민 프로그램의 수혜자가 될 수도 있어."

아디나는 신물이 올라오는 걸 느꼈다. 그녀 옆에 앉은 여자는 양파를 훑고 있었고 그걸 본 지역 정치인이 그녀에게 냅킨을 건넸다. 응접실에서는 청년들이 그릴에 구운 짐승의 뒷다리를 조각으로 자르고 있었다. 멀리서는 개 짖는 소리가 들렸다. 강가의 버드나무는 겨울밤의 밝은 하늘을 배경으로 시커멓게 서 있었고 양 머리의 빈 눈구멍은 그 하늘을 바라보고 있었다. 라츠반 슈타인이 술병을 잔에 바짝 붙여 프로이센 퀴멜을 따르는 동안, 요한 만프레드 벵엘은 새로 서빙된 페타치즈 덩어리 위에 사냥용 칼을 꽂았다.

요한 만프레드 벵엘은 아디나의 입술 앞에 페타 치즈가 꽂힌 칼날을 들이밀었다.

"아, 주둥이 벌려." 그가 헛기침을 섞어 말했다.

바로 스파이가 물병을 잡아 들었던 순간이었다. 그녀는 보지 말아야 할 것을 보고 말았다.

연회 중간에 따라 나온 이후 스파이는 그녀를 친절하게 대했다. 더는 아디나가 방에 들어와도 등을 돌리지 않았다. 오히려 오른쪽 어금니 때운 자국이 드러나도록 웃었다. 밤이면 먼저 커튼을 쳐 주었다. 아디나에게 잡지도 빌려주었고, 한번은 그녀의 침대 위에 폴란드 초콜릿을 올려 두기도 했다. 그래도 속옷을 갈아입을 때는 여전히 벨라루스 여자와 공동 화장실로 갔다. 하지만 그건 그녀들이 그날 입은 속옷을 바로 세면대에서 빨기 때문이었다. 라디에이터 증기구 위에는 그녀들의 속치마가 똑똑 물을 떨어뜨리며 걸려 있었다. 아디나는 속옷을 그렇게 자주 빨지 않았다. 그녀는 벗은 것을 옷장에 모아 두었다가 지하실 세탁기에 넣고 돌렸다.

위층 사무실 장식장을 청소하던 스파이는 오래된 보드게임을 발견하고 가져왔다. 집에 아무도 없고 모든 청소를 마친 저녁에 그들은 요 위에 보드게임판을 올려놓고 편안히 앉았다. 한 명이 마음속으로 네 자리 색상 코드를 설정한 뒤 색색의 플라스틱 패를 꽂으면 다른 둘이 추리로 알아내는 게임이었다. 슬롯은 네 개, 패의 색상은 여섯 가지였다. 아디나는 벨라루스 여자와 함께 머리를 굴려서 다섯 번 혹은 여섯 번 만에 코드를 밝혀내곤 했다.

어느 날 그들은 아디나에게 담배를 권했다. 아디나는 담배를 피우지 않았지만 하나를 받아 들고서 개들로부터 안전한 저택 뒤 콘크리트 마당으로 함께 내려갔다. 재떨이 앞에 셋이 서 있자니 벨라루스 여자가 추워서 몸을 벌벌 떨었다. 그녀에게는 라츠반 슈타인이 구해 준 패딩 재킷이 없었다.

스파이가 라이터의 부싯돌을 굴렸다. 화르르 일어난 불꽃이 그녀의 엄지를 휘감았다. 그녀는 욕지거리를 퍼부었다.

"가스 다 됐네." 역시 라이터를 갖고 있던 벨라루스 여자가 말했다. 그녀의 라이터는 얇고 번들대는 재킷 주머니에 있었다. 주머니는 한참 위에 달려서 마치 그녀가 옆으로 손을 넣으면 자기 가슴을 만지는 것처럼 보였다. 그녀가 아디나에게 불을 건넸다. "그건 어때?" 바람에 불꽃이 흔들리는 것을 보며 그녀가 물었다.

"담배 말이야?"

벨라루스 여자는 고개로 저택을 가리켰다. "저거, 괜찮아?"

"응."

"잘됐네."

조심스레 아디나가 담배를 빨았다.

"그 사람도?"

아디나가 어리둥절한 표정으로 두 여자를 쳐다봤고 스파이가 말했다. "베를린에서 온 손님, 네가 공들이고 있는. 그 사람 괜찮아?"

"그 사람은 내가 러시아에서 온 줄 알아."

벨라루스 여자가 눈알을 한 바퀴 굴렸다.

"내버려 둬." 스파이가 말했다. "뭐 어쩌겠어. 그게 그 사람의 페티시야. 하지만 무슨 일이 생기면 우리한테 말해."

"무슨 일이 생기는데?" 아디나가 기침을 시작했다.

"진짜 담배 처음이야?"

"한 번은 해 봤어. 근데 맛이 없었어."

벨라루스 여자가 깔깔대며 웃었다.

"담배가 맛있어서 피우는 사람은 없어." 스파이가 말했다.

"그럼 왜 피워?"

"담배를 피우면 안 죽었다는 뜻이잖아. 죽으면 담배 못 피우지. 담배 피우면 죽는다고 상자에 적혀 있잖아."

"너는 믿어?"

"뭐?" 스파이가 빙그레 웃었다. "담배 피우면 죽고 안 피우면 안 죽는다는 말?"

아디나는 다시 한번 담배를 들었고 그걸 모히칸이 빼앗았다. 그는 사방으로 연기를 내쉬었다. "젠장 Sakra!"

아디나가 체코어로 욕을 하자 스파이가 콧김을 뿜으며 웃었.

그때 아디나는 용기를 내어 전부터 궁금했던 것을 물었다.

"너희는 밤에 위층에서 뭐 해? 밤새 방에 안 들어올 때 말이야."

스파이는 담배를 깊게 한 모금 들이마신 후, 반 남은 담배를 바닥에 떨어뜨리고 짓이겼다.

"확실히 너는 얼굴에 색조가 더 필요해." 그러고나서 문 쪽으로 걸어갔다.

벨라루스 여자도 이를 덜덜 떨며 고개를 끄덕였다. "색조는 방어 마법이야. 악령을 물리치지. 담배처럼."

아디나는 그 말을 이해했다. 표면적으로는.

이튿날 라츠반 슈타인이 바르카스에서 내리자 그녀가 그를 불러 세웠다. 그녀는 그가 지나가지 못하도록 막았다. 그는 막 차에서 모르타르를 채운 손수레를 내리던 참이었으므로 고개로 그녀에게 비키라는 신호를 했다. 그녀는 버티고 섰다. 그 남자가 그녀를 러시아 여자라고 생각하는 건 있을 수 없는 일이었다. 그녀는 러시아에 가 본 적도 없었다. 그녀의 언어에는 키릴 문자가 없었다. 그녀는 그에게 그렇게 말했다.

"나는 러시아인이 아니에요. 게다가 그 남자는 러시아에 페티시가 있어요."

"그래? 잘됐네!" 라츠반 슈타인이 큰 소리로 말했다. "그리고 너는 문법이 꽤 많이 늘었구나." 그가 손수레를 내렸다. "니나! 다른 사람보다 좀 더 많은 걸 감당할 생각은 아예 안 해? 아니면 러시아인들에게 무슨 반감이라도 있어?"

"왜 내가 러시아인에게 반감을 가져야 하죠?"

그가 코웃음을 쳤다. "'내가' 해결할 수 있는 일이라면 얼마나 좋겠니."

"왜 못 하죠?"

"왜냐하면 그 사람을 홀린 건 너니까. 그는 좀 이상한 구석이 있지만 어쩌겠어. 사람들이 다 네 마음대로 되는 건 아니잖아."

"어차피 곧 탄로날 거예요."

"그럼 더 잘됐네." 라츠반 슈타인이 바르카스의 문을 쾅 닫으며 말했다. "나는 이해받는 것보다는 용서를 구하는 게 낫다고 생각해."

추위는 그대로였다. 하지만 내리는 눈은 달라졌다. 축축하고 미끄러워서 오래 쌓이지 않았다. 저택에는 한 무리의 폴란드 신진 여성 번역가들이 며칠 머물렀다. 그들은 새로 수리된 별관 단체 숙소에 묵은 첫 숙박객이었다. 번역가들은 커다란 공동 주방에서 직접 요리하여 식사를 해결했다. 어느 날 아디나는 그들이 젊은 독일 청년과 감자 껍질을 벗기다가 언쟁하는 소리를 들었다. 그날 세미나의 주제는 독일 청년이 쓴 소설이었다. 매일 아침 아디나는 오버헤드 프로젝터가 달린 세미나실에 커피와 물과 과자를 두었고 벨라루스 여자는 저녁에 더러워진 접시를 치웠다. 그 독일 청년도 부엌에서 요리했다. 아디나는 문밖에 서서 그가 폴란드 대통령의 권위적인 통치 방식을 비판하는 소리를 들었다. 그는 교육을 적대시하고 문화와는 거리가 먼, 자기중심적인 독재자들이 정권을 잡는 게 전 세계적인 추세인데 그 선봉에 폴란드가 있다고 말했다. 번역가들은 그 말을 반박했다. 그들은 폴란드 사회 저변에는 여전히 모든 권위주의에 맞서 싸우는 반정부 세력이 존재한다고 주장했다. 그러자 독일 청년이 그들의 순진함을 지적하면서 폴란드 역사를 설명하기 시작했다. 하지만 부엌문 뒤에 서서 그 광경을 훔쳐보던 아디나는 논쟁의 초점이 다른 데 있다는 것을 눈치챘다. 그들이 논쟁하는 것은 각자 주장이 다르기 때문이 아니라 작가의 태도 때문에 일어난 것처럼 보였다. 그 작가는 마치 번역가들의 실력이 자신의 호의에 달린 것처럼 그들을 대하고 있었다. 아디나도 그 대화에 끼고 싶었다. 어쩌면 그들 사이에서는 평소와 다른 이야기를 할 수 있을 것 같았다. 하지만 그럴 기회가 없었다. 젊은 여성 번역가들을 위해서는 연회가 열리지 않았고 샴페인 환영회도 없었다. 그들이 떠나자 저택에는 이전보다 더 막막한 공기가 흘렀다.

크리스마스를 한 달 앞둔 대림절 주간에 그녀 앞으로 카드 한 장이 도착했다. 카드 앞면에는 아이가 그린 것 같은 꼭두각시 그림이 있었다. 뒷면에는 "톨스토이 읽어 봤어? 리키로부터!"라고 적혀 있었다. 그 아래에는 키릴 문자로 몇 줄 더 적혀 있었는데, 리키는 지금 러시아 극동의 캄차카반도에 있으며 아디나가 크리스마스 연휴를 즐겁게 보내길 바란다는 내용이었다. 리키의 작업실에서는 크리스마스 파티가 열리지 않을 예정이라고 했다. 리키가 캄차카에 얼마나 오래 머무를지는 알 수 없고 비자는 반년 후에 만기라고 했다. 아디나는 삐딱한 꼭두각시가 그려진 카드를 뒤집어 보았지만 그 이상의 메시지는 없었다. 그녀는 침대 아래에서 배낭을 꺼냈다. 그리고 완행기차표를 사려고 따로 지갑에 넣어 두었던 돈을 다시 깊은 주머니로 옮겼다. 카드는 쓰레기통에 던졌다.

대림절 양초는 크리스마스가 오기도 전에 심지가 다 탔다. 크리스마스 연휴를 앞두고 인사를 하러 온 이라가 주유소에서 가져온 것이었다. 그는 연말에는 부모님과 함께 프랑스어권 스위스로 스키를 타러 간다고 했다. 스파이는 어머니가 사는 브로츠와프에 갔고, 라츠반 슈타인은 연휴 동안 예약이 꽉 찬 리조트에서 할 일이 많았다. 농장에는 벨라루스 여자와 하루에 한 번 개들에게 먹이를 주러

오는 남자만 남았다. 개들은 장에 갇힌 채 크리스마스를 보냈다.

크리스마스를 한 주 앞두고 아디나는 어머니에게서 편지를 받았다. 흐리고 추운 날이었다. 두 장짜리 편지에서 어머니는 더 이상 야간에 근무하지 않는다고 했다. 탄발트의 작은 수공업 공장에 직장을 구해서 민속적인 쿠션커버나 식탁보를 재봉틀로 마감하는 일을 한다고 했다. 예전만큼 벌이가 좋지는 않고 자기 디자인을 선보이지도 못하지만 일은 재미있다고 했다. 그녀는 아디나가 얼른 집으로 돌아오길 바라고 있었다.

아디나는 판초를 뒤집어쓰고선 창가에 턱을 괴고 앉았다. 그녀는 한참을 그렇게, 면 스웨터의 따스함에 잠겨 있었다. 적막했다. 버드나무가 내는 가늘고 여린 소리가 그녀의 귀를 스쳤다. 뼈가 시리도록 춥고 적막한 밤이었다.

그녀는 크리스마스 연휴 동안 범람원 풀밭이나 오데르강 변을 다녀오기로 마음먹었다. 그녀는 그 소문이 자자한 강을 가까이서 보고 싶었다. 하지만 연휴 내내 그녀는 아팠다. 연휴 첫날부터 열이 나서 침대에 누워 있었다. 창문 앞 가로등에 걸린 연회색 거미줄에 꽁꽁 묶인 것 같았다. 모히칸이 나서서 거미줄을 잘라 내자 질식한 벌레들이 바닥으로 떨어졌다. 눈을 떴을 때는 양배추 수프를 냄비째 들고 서 있는 벨라루스 여자가 보였다.

감기가 가라앉자 그녀는 벨라루스 여자와 보드게임을 했다. 그들은 집에 사람이 살고 있다는 표시를 내기 위해 연회장과 복도에 불을 켰다. 대림절 초는 마지막 심지가 화르르 타오르면서 꺼질 때까지 그냥 두었다. 그 게임은 누가 이길지 모르는 진짜 게임이 아니었다. 누가 이길지는 항상 정해져 있었다. 가끔 아디나는 마지막 차례까지 비밀 코드를 알아맞히지 못했지만, 벨라루스 여자는 틀리는 법이 없었다. 수학과 논리적 사고는 벨라루스 여자의 전공 영역이었다. 독일에 온 이유도 그것 때문이었다. 벨라루스 여자는 수학적 능력이 요구되는 전공을 택하여 학사학위를 딸 계획이었다. 그녀의 고향에서 여학생들은 시험장에 갈 때 망사 스타킹과 미니스커트를 입었다. 시험은 남자 교수들과 문을 닫고 치렀다. 그녀의 부모님은 딸이 그런 일을 겪지 않도록 모은 돈을 건넸으나 그녀는 돈을 주고 학위를 사고 싶지 않았다. 그래서 독일까지 왔지만 논리적 사고로는 풀 수 없는 문제가 또 생겼다. 그녀는 독일 체류라는 문제를 아직 풀지 못한 상태였다.

12월 31일에 라즈반 슈타인이 와서는 리조트 일을 도울 사람이 필요하다고 했다. 직원이 부족하다며 그는 아디나에게 시간당 5유로를 줄 테니 주방 보조를 맡으라고 했다. 그 밤은 아주 길었다. 파티 음식 중 그녀가 본 것은 찌꺼기뿐이었다. 덥고 끈적대는 주방에는 더러운 접시가 탑처럼 쌓였다. 자정이 되자 직원들은 리조트 문 앞에 서서 라즈반 슈타인이 하늘에 쏘는 불꽃 쇼를 구경했다. 그녀는 새해 아침 6시 30분에 다시 주방으로 돌아왔다. 야간 근무조가 조식을 미리 준비해 놓았으므로 그녀는 점심 식사 준비 인력이 올 때까지 깨끗한 그릇을 보충하기만 하면 됐다. 모든 일이 순조롭게 흘러가던 중 식기세척기 한 대가 고장 났다.

그녀는 수면 부족으로 인해 지친 몸으로 버튼을 이리저리 눌러보았지만 기계는 작동하지 않았다. 아예 물을 빨아들이지 않았다. 조식 담당 웨이터가 두 번이나 그녀에게 짜증을 냈다. 그날 아침 라즈반 슈타인은 리조트에 없었다. 그녀는 긴급 수리 서비스를 떠올렸다. 하지만 전화 연결이 되지 않았다. 그녀는 주방 유니폼을 입고 객실부에 들어갈 수 없다는 것을 알면서도 리셉션으로 갔다. 리셉션 직원은 피곤에 절은 얼굴로 어깨를 으쓱했다. 그래도 컴퓨터로 인근 마을의 회사 전화번호 하나를 검색해 주었다. 다행히 그 회사에는 휴일에도 전화를 받는 사람이 있었다. 그들은 한 시간 안에 도착할 것이라고 말했다. 아디나는 더러운 접시를 다른 식기세척기로 옮기고 고장 난 식기세척기에서 광택제를 씻어 내고 산처럼 쌓인 접시를 개수대에서 닦았다. 설거지가 끝나갈 때쯤 남자 둘이 나타났다. 그들은 고장 난 식기세척기 문을 열고 닫길 반복했다. 그들은 그녀가 알아들을 수 없는, 심지어는 어디 말인지도 모를 말로 대화를 나누었다. 그러다가 한 남자가 어색한 독일어로 그녀에게 절전모드를 사용했는지 물었다. 그녀는 절전모드를 사용했으며 그렇게 하라는 지시를 받았다고 답했다. 그는 절전모드만 사용했기 때문에 기계가 고장 났다고 설명하며, 가져가서 고쳐야 한다고 했다. 둘은 능숙하게 기계를 분리하고 호스를 풀고 손수레에 올렸다. 그리고 100유로의 선금과 그녀의 서명을 요구했다. 다른 남자가 80유로 추가 운송비 영수증을 내밀었다. 그녀는 자신이 없어 서명을 거부했다.

"수리할 거예요, 말 거예요?"

남자들이 식기세척기를 다시 내리는 시늉을 했다. 그때 주방으로 돌아온 조식 담당 웨이터가 그녀를 옆으로 밀어내고는 화난 얼굴로 남자들을 노려보았다. 그녀는 다시 리셉션으로 갔다. 리셉션 직원은 졸린 눈으로 수리업체의 영수증을 확인한 뒤, 1,000유로짜리 지폐를 금고에서 꺼내 주면서 영수증을 꼭 받으라고 당부했다.

식기세척기가 실린 트럭이 마당을 떠난 후에야 그녀는 무언가 미심쩍은 낌새를 느꼈다.

제일 먼저 주방장의 불호령이 내려졌다. 정오가 돼서야 나타난 그는 그녀의 이야기는 들으려 하지도 않았다. 그는 그녀가 기계를 도둑맞았다며 야단을 쳤다. 그는 제대로 된 회사는 현장에서 기계를 수리한다고 했다. 그러면서 인터넷에 그런 사기꾼들에 대한 경고가 많은데 인터넷도 안 보냐고, 바보냐고 으르렁댔다. 아디나는 평생 식기세척기를 가져 본 적이 없었다. 주방장이 길길이 날뛰는 통에 그녀는 그 일을 혼자서 처리한 게 아니라고 설명하는 것도 잊어버렸다.

한참 후 정장 재킷에 색종이를 붙인 채 돌아온 라츠반 슈타인은 기분이 좋았다. "그렇게 멍청한 소리는 오랜만에 들어보는군." 그는 상황을 한마디로 정리했다. 그 순간 그녀는 식기세척기야 아무래도 상관없다는 기분이 들었다. 그녀는 너무 피곤했다. 그녀의 손은 알칼리성 세제 때문에 화상을 입은 것처럼 쓰라렸다. 그나마 서빙 카트에 기대고 있어서 주저앉는 걸 피했다.

"아, 이 사람아!" 라츠반 슈타인이 그녀의 어깨를 감쌌다. "그런 속임수에 넘어가는 게 너 하나겠어? 유능한 사람들도 깜빡 속지. 그런 사기꾼들은 완전히 합법적인 걸 모방하거든." 그는 그녀를 주방 밖으로 밀어내는 동시에 화난 눈빛으로 주방장을 노려보았다. "고친다는 약속으로 그걸 헐값에 사들이고 그걸로 엄청난 이득을 취하는 거지. 마치 통일 이후 서방 기업들이 그랬던 것처럼. 보험사, 전력망, 은행, 그리고 수십억에 이르는 부채 청구권까지 모두 그렇게 그들의 손에 들어갔어. 어떻게 보면 너는 그 100유로를 사기꾼들에게 지원한 셈이지."

그는 그녀를 바르카스에 태우고 농장으로 갔다. 능숙하게 국도 위로 차를 몰면서 라디오를 켜고 휘파람을 불었다. 그녀는 조수석에서 깜빡 잠이 들었다. 코까지 골면서 자다가 자동차 문이 열리고 얼어붙은 땅바닥에 한 다리를 내리고 나서야 잠에서 깼다. 그가 말했다. "그래도 100유로는 나한테 갚아야 해. 속이 좀 쓰리겠지만 어쩔 수 없는 일이야, 니나. 내가 만약 서독 사람이었다면 새 식기세척기 살 돈까지 너한테 물라고 했을 거야."

요한 만프레드 뱅엘이 돌아왔다. 그는 2월 중순에 검은 랜드로버를 몰고 저택 앞에 도착했다. 조수석에서 패딩 코트를 입은 여자도 같이 내렸다. 그녀의 장화는 공사장 진흙과 질척대는 풀밭에도 문제없을 것처럼 보였다. 그녀는 눈을 깜빡이며 저택을 쳐다보았다. 아디나도 사무실 창으로 그녀를 쳐다보았다. 하지만 더러운 창문을 비추는 햇빛 때문에 상대편에서 아디나를 볼 수는 없었다. 여자는 꼼꼼하게 주위를 둘러보았다. 그러고선 단체 숙소 쪽으로 몇 발자국 옮겨서 새로 놓인 자갈길을 걸으며 건물 외벽과 지붕을 찬찬히 뜯어보았다. 지붕 끄트머리 쪽, 쓰고 남은 건축 자재가 쌓인 곳으로 몸을 돌려 헛간에 놓인 오리나무 줄기도 발견했다. 반쯤 썩은 나무는 이미 비버가 한참 갉아먹은 상태로 곧 장작이 될 운명이었다. 그녀는 젊지는 않았으나 챙이 좁은 모자를 쓰고 있어서 젊어 보였다. 그녀의 모든 것은 우아하고도 말끔하여 황량한 풍경과는 어울리지 않았다.

요한 만프레드 뱅엘도 차에서 내렸다. 그는 이전과 마찬가지로 운동화 차림이었고, 주름이 자글자글한 구릿빛 피부도 여전하여 혼자서 영원한 여름 속에 있는 것 같았다. 그는 버드나무까지 갔다가 다시금 저택으로 돌아와서 돌출창과 외벽을 검사관처럼 뜯어보는 여자 곁을 웃는 얼굴로 따라다녔다. 그녀는 자기 앞에 놓인 풍경과 저택을 빨대로 빨아들이는 듯한 표정을 지었다.

따뜻하고 포근한 겨울날이었다. 아주 오랜만에 처음으로 햇살이 비쳤고, 집은 손님 맞을 준비를 마쳤다. 라츠반 슈타인은 비질과 걸레질을 하고 책상을 정리하는 것을 준비라고 불렀다. 그는 직접 집 뒤편 바비큐장에서 진흙투성이 고무장화와 자동차 배터리를 꺼내 지하실로 옮겼다. 아디나는 전단지 몇 장을 챙겨 열린 현관문 앞에 놓았다. 신선한 바람이 집 안으로 들어왔다. 주위를 꼼꼼히 둘러본 여자가 요한 만프레드 벵엘의 팔짱을 끼고 당당하게 입구 계단으로 올라왔다. 팔짱을 낀 그들에게서 서로를 신뢰하는 듯한 인상이 풍겼다. 아디나는 그녀가 그의 부인일지도 모른다는 생각이 들었다. 라츠반 슈타인은 부인 얘기를 한 적이 한 번도 없다. 하지만 요한 만프레드 벵엘이 부인과 동행한다는 소식을 미리 알리지 않은 탓일지도 모른다. 벵엘이 출발하기 직전에 부인이 함께 가고 싶다는 말을 꺼낸 것일 수도 있다. 벵엘이 그녀의 의견을 중요하게 받아들였다면, 라츠반 슈타인의 앞날도 이 여성의 재량에 달려 있을지 모른다. 생각이 여기까지 미치자 아디나는 기분이 한결 가벼워지는 걸 느꼈다. 그녀는 공기 중에 반짝임을 느꼈고, 햇빛이 비치는 풀밭이 빛나는 것을 보았다. 요한 만프레드 벵엘이 부인을 데려온 데서 그녀는 그의 새로운 면모를 발견했고 지난번에 무례를 범하지 않아 다행이라고 생각했다.

아디나는 밖으로 나갔고 손님에게 전단지를 건넬지 말지를 결정하지 못한 채 그 주변을 서성였다. 요한 만프레드 벵엘은 이미 모든 자료를 받았다. 그러므로 여자 손님이 전단지를 받지 못한다면 무시당한 기분을 느낄지도 모른다. 아디나는 손님에 대한 정보가 없는 자신에게 화가 났다. 제대로 모르면 실수는 계속될 것이다. 마침내 여자 손님이 웃으며 그녀에게 다가왔고 그녀는 엉겁결에 손에 들고 있던 전단지 뭉치를 한꺼번에 건넸다.

라츠반 슈타인은 평소처럼 요란스럽게 그녀를 소개했다.

"제 인턴입니다. 동유럽 문화에 이만큼 정통한 사람도 없지요."

러시아에 대해서는 아무 말도 꺼내지 않았다.

현관 로비에서 요한 만프레드 벵엘은 아디나의 손을 잡고 인사했다. 그는 자글자글한 얼굴에 미소를 지으며 손을 굳게 잡고선 신경질적인 나비가 날갯짓을 하듯 중지로 그녀의 손바닥을 간지럽히며 중얼거렸다. "이렇게 또 잡아 보네. 좋군, 아주 좋아." 그러고선 라츠반 슈타인과 그 여자가 눈치채기 전에 얼른 그들을 따라 위층 사무실로 올라갔다.

그녀는 소련 국기의 별이 새겨진 현관 로비에서 여전히 팔을 뻗은 채 잠자코 서 있었다. 그녀는 그의 중지가 훑고 지나간 자기 손을 마치 낯선 물건처럼 공중에 들고 있었다.

그 모습을 목격한 것은 단 한 명, 군청색 군복 차림을 한 거구의 귀족이었다. 흰 머리에 삼각모를 쓰고 프릴 블라우스를 입은 그는 그녀에게서 눈을 떼지 않았다. 계단 중간에 걸린 금색 액자 속에서 그녀를 응시하고 있었다.

그녀는 손을 등에 숨겼다.

"씨발Doprdele!"

엉겁결에 체코어 욕설이 나왔다. 그 귀족은 줄곧 그녀를 지켜보고 있었다. 그녀는 그를 계속 쳐다보며 계단을 올랐다. 그리고 어느 순간 그가 누구인지를 알아보았다. 지금까지 그녀는 그림 속 인물이 농장의 전 주인이라고 생각했다. 하지만 군복을 입은 그 인물은 라츠반 슈타인이었다. 그는 옛날 유화 스타일로 자기 초상화를 그리게 했다. 그림이 실제와 닮은 부분은 눈과 입, 그리고 주걱 모양의 손톱뿐이었다.

귀족은 위협적인 눈빛으로 로비를 노려보고 있었다. 그녀는 더 이상 그 앞에서 손을 숨기지 않았다. 그녀는 유화 속 라츠반 슈타인 앞에서 손을 꺼내 중지를 쳐들었다.

만지지 마.

손 치워!

엿이나 처먹어!

이런 생각은 최후의 모히칸의 것이다. 오직 그만이 그런 생각을 한다. 앞발 치워!

그가 아직 있다. 그는 생각한다. 고로 존재한다.

그녀는 한 번에 두 계단씩 올라갔다. 그녀는 계단 끝까지 올라가서 두 남자와 한 여자의 목소리가 흘러나오는 사무실을 지나쳐서 수리가 되지 않은 창고 방으로 갔다. 그 방에는 아무도 없었다. 그녀는 판초에 몸을 쑤셔 넣고 창문을 연 다음 얼어붙은 고요한 풀밭을 향해 소리를 질렀다. "누가 무엇을 인식하냐고? 누가 느끼냐고? 그가 여기 있어, 이 씨발 놈들아! 네 눈에는 안 보이냐? 그는 사라지지 않았어!"

요한 만프레드 벵엘이 데려온 여자는 그의 부인이 아니었다. 그녀는 대형 재단에서 온 사람이었다. 풀을 먹인 식탁보처럼 빳빳하고 매끄러운 스위스인이었다. 하지만 그날 오후에 아디나는 그 사실을 전혀 몰랐다. 그녀는 판초를 입고 활짝 열린 창문으로 얼어붙은 풍경을 향해 최후의 모히칸 존재를 열렬히 알렸다. "그가 나타났어. 그는 너희 모두를 합친 것보다 강해! 그 누구도 그를 쫓아낼 수는 없을 거야!"

이로쿼이 부족처럼 초원 귀퉁이에 우뚝 선 버드나무들이 그녀에게 화답하는 것 같았다.

"누굴 보고 그러는 거야?"

문 앞에 이라가 서 있었다.

"달." 그녀가 답했다. "아니면 누구겠어?"

"집에 손님이 온 거 알아?"

"물론. 나도 아래에 있었어."

"그렇다면 달을 보고 짖으면 안 되지. 손에 든 건 뭐야?"

"뭐?"

"그거 칼이야?"

"아니야."

그녀가 창밖으로 몸을 기울일 때 칼에 달린 작은 체인이 창턱에 걸렸다. 그 바람에 칼이 주머니에서 미끄러져 나와서 그녀의 허벅지에서 대롱거리고 있었다.

"그러지 마." 이라가 체인을 뺏으려 하자 그녀가 말했다.

"이런 게 왜 필요해?"

그녀는 몸을 돌려서 창문을 닫으려 했지만 이라가 체인을 놓지 않았다.

"이런 게 허락된다고 생각해?"

"네가 뭔데?" 아디나가 물었다. "호수의 보안관이라도 돼?"

"스위스인이 손님으로 왔는데 칼을 들고 다닌다? 그건 분명 허락되지 않을 거야. 스위스는 나토에도 가입하지 않았어!"

"이거 스위스 만능칼이야."

"진짜?"

그는 그녀가 피할 새도 없이 체인을 잡아당겨 카라비너를 열었다. 칼은 붉은 몸통을 드러내며 그의 손으로 날아갔다.

"멋지다! 미용 세트, 드라이버…" 그는 칼날을 자세히 들여다보았다. "스위스챔프 모델이네." 그는 인정한다는 듯 말했다.

"그래. 서른세 가지 기능이 있지. 이제 내놔."

"나한테도 이런 아웃도어 장비가 있으면 요긴할 것 같아."

"돌려줘."

"이 집에 스위스라니. 스위스인은 전투적인 평화주의자야."

"평화주의자는 전투적이지 않아."

이라가 칼을 그녀의 코앞에 들이밀었다.

"그럼 잡아 봐! 오, 좋아. 잡아 봐!"

그의 눈에 광기가 어렸다. 그는 취해 있었다. 그는 이미 취한 상태로 들어왔다. 아마도 뭔가를 들이마셨을 것이다. 가끔 그에게선 마리화나 냄새가 풍기곤 했다. 방 안에서 추격전이 벌어지자 그는 더욱 흥분했다. 그녀가 그의 팔을 잡으려 하자 몸을 돌려 도망쳤고 그녀는 허공에서 허우적거렸다. 그녀는 그저 칼을 되찾고 싶었다. 하지만 이라는 웃으며 그녀를 떨쳐 냈다.

"너 약 했지?"

"아니, 약은 네가 했지."

그녀가 멈춰 섰다. "이라, 원하는 게 뭐야?"

"얼마나 줄 수 있는데?"

"내 말은 이 방에 왜 왔냐고?"

그도 숨을 헐떡이며 멈춰 섰다. 그녀는 여전히 판초를 입고 있었다. 하지만 이라는 그 금지된 옷을 알아보지 못했다. 그는 야구 모자 아래로 머리를 긁적였다. "아, 맞다. 이제 기억났어." 그는 오늘 밤 대화를 나누는 자리에 그녀가 초대되었다는 소식을 전하러 왔다고 했다. 그는 분명 '초대되었다'라고 말했다. 그러고선 칼집에서 이쑤시개를 꺼내어 중지로 잡고선 허공에 휘둘렀다. 그러다가 작은 톱을 찾아냈다.

"너 정말 대단하다, 아디나. 이걸로 무얼 자를 생각이냐? 뼈?"

"무슨 대화를 하는데?"

"벵엘이 인맥을 끌어왔어." 이라는 이쑤시개를 제자리에 집어넣었다. "내가 아는 바로는 스위스에서 온 여사님이 50만 유로짜리야." 그는 톱도 다시 제자리에 집어넣었다.

"정말? 어떻게?"

이라는 어깨를 으쓱했다. "사장님이 분위기를 조성하고 싶으신가 봐. 너는 가서 체제 변화에 대해 말하면 된대."

"아, 또?"

"오늘날 동유럽 젊은 세대의 처지에 관해 말하는 거야. 서방에서 들어와서 금송아지를 나눠 먹은 건 너도 잘 알잖아. 서유럽이 너희를 얼마나 무시했는지, 얼마나 악용했는지, 반서구적이고 자극적인 목소리로 분위기를 만드는 거지. 사장님이 이런 것까지 말씀하신 건 아니고. 이건 내가 하는 말이야."

"싫어."

"싫어?"

"나는 마트료시카가 아니야!"

"좋아." 이라가 말했다. "그럼 네 칼은 내가 가질게."

"이제는 내가 자기 마트료시카가 아니라는 것을 벵엘도 깨달아야 해."

"주유소 얘길 들려줘. 서방이 최고다! 멋진 얘기잖아. 사장님이 너한테 재능이 있대." 이라는 보란 듯이 칼을 바지 주머니에 넣었다. "일이 잘되면 사장님이 몇 주째 밀린 우리 돈도 주시겠지. 스위스가 개입하면 말이야."

"우리?"

"너와 나, 우리 둘."

"사장님이 네 월급도 안 줬어?" 거기까지는 생각을 못했다.

"곧 줄 거야." 이라가 말했다. "믿어도 돼. 그러니까 스위스 사람이 개입하도록 최선을 다해 봐."

라츠반 슈타인은 50유로짜리 봉투를 두 번 밀렸고, 그녀는 그에게 식기세척기 값 100유로를 빚졌다. 그 돈은 서로 상쇄될 수 있었다. 하지만 라츠반 슈타인이 그렇게 제안하지는 않았기 때문에 그녀는 그가 봉투를 주는 걸 잊어버렸다고 생각했고 지금까지는 상기시키는 걸 주저했다. 하지만 이라도 보수를 받지 못했다는 사실을 알게 되었으니 그녀에게 동맹이 생긴 셈이었다.

"그렇다면 알겠어." 그녀가 말했다. "할게. 하지만 이게 마지막이야."

세탁실에는 스파이가 거울 앞에 서 있었다. 마스카라의 나선 모양 붓으로 속눈썹을 촉촉하게 적시는 중이었다. 그녀는 아디나에게 잠깐 눈길을 주고는 다시 손끝을 놀리는 데 집중했다. 낡아 빠진 타일 앞에 선 그녀가 쿨하고 아름다워 보였다. 그래서 아디나는 화장을 약간 해서 얼굴을 조금만 생기 있게 해 달라고 부탁했다. 스위스 손님과 마주 앉았을 때 자기도 쿨하고 아름다워 보였으면 했기 때문이었다.

스파이가 눈을 가늘게 떴다. "정말?"

"응."

스위스 손님은 어떤 큰 재단에서 왔다. 이라는 그녀가 아주 많은 돈을 관리한다고 했다. 벵엘 같은 남자보다 그녀를 설득하는 게 분명 더 어려울 것이다. 이라는 라츠반 슈타인이 그 일을 해낼 수 있다고 생각하지 않았다. 그녀를 위한 연회는 열리지 않았다. 돼지도 양도 잡지 않았다. 그녀가 채식주의자라서 그럴 수도 있었다. 하지만 그건 요한 만프레도 벵엘도 마찬가지였다. 어쨌든 그는 지난 연회 내내 자기 접시에 놓인 고기를 건드리지 않았다.

"싫은데 나 때문에 할 건 없어."

스위스 손님의 지원을 받으면 큰 성과를 거둘 수 있었다. 그녀의 영향력과 의견에는 무게가 있어 보였다. 그리고 언제부터인가 아디나는 성공하고 싶다는 생각을 해 왔다. 그녀도 이라처럼 많은 것을 이루고 싶었다. 아니, 이라보다 더 많이 이루고 싶었다. 그러려면 촌구석에 머물러서는 안 됐다. 베를린으로 가야 했다.

"해 줘."

그녀는 좋은 인상을 주고 싶었다. 그래서 바텐더와 빨치산, 그녀의 어머니와 할머니 그리고 주유소의 멜빵바지 남자가 요한 만프레드 벵엘과 스위스 손님에게 연민이 아니라 존경을 얻도록 만들 것이다. 스파이는 싱긋 웃으며 메이크업 도구를 가지러 갔다.

아디나는 저녁 늦게 방을 떠나면서 저 멀리 아스라한 범람원 풀밭을 보았다. 그녀는 양 볼에 파우더를 바르고 눈두덩에는 파란색 글리터 섀도를 칠했다. 스파이는 전문가의 말투로 '시크하다'고 말했다. 아디나는 혀를 입술에 살짝 갖다 대 달콤하고 찐득거리는 립글로스를 느꼈다. 문을 나서기 전 그녀는 뒤를 돌아봤다. 의자에 판초가 걸려 있었다. 의자는 침대 옆에 있었다. 깨끗하게 정돈된 침대 위 베개 옆에는 반듯하게 개켜진 초록 스웨터가 놓여 있었다.

순간 그녀는 자기가 보는 것이 과거 같다고 생각했다. 그러고선 몸을 꼿꼿하게 펴고 새로 수리된 건물 구역으로 건너갔다.

위층 사무실은 문이 열려 있었다. 복도로 빛과 함께 남자들의 목소리가 새어 나왔다.

"도로 공사에나 어울리는 인간들과 일할 때는 참 재수가 없었지." 요한 만프레드 벵엘의 목소리가 들렸다. "그 상원의원 작자 말이야. 다행히 몇 년 전 일이고 지금은 브뤼셀로 보내 버렸지."

그는 팔을 넓게 벌린 채 가죽 소파에 앉아 있었다. 라츠반 슈타인은 문 뒤에 등을 기대고 서 있었다. 탁자 위에는 사용한 잔이 여러 개 세워져 있었고 가득 찬 찻잔 옆에는 그릇에 담긴 각설탕과 병 두 개가 놓여 있었다. 그 뒤로 냉장고가 낮게 그르렁대며 배경음을 깔았다.

"그자는 일을 거칠게 했어." 요한 만프레드 벵엘이 말했다. "떠올리고 싶지도 않아. 베를린의 모든 단체가 공포에 떨었지. 그의 정치적 비전은 단 하나, 인정사정없이 예산을 깎는 거였으니까."

스위스 손님은 거기 없었다. 아마 늦게 오는 것 같았다. 아니면 바다까지 내려오는 긴 커튼 뒤에 서서 그 빨대 같은 표정으로 농장의 밤 경관을 관찰 중일지도.

"그렇게 회의를 많이 하자고 한 건 그 상원의원뿐이었어. 모든 회의가 위기였지." 요한 만프레드 벵엘이 말했다. "한번은 우리가 그 작자 앞에서 제발 예산을 반으로 깎지 말라고 간청하는 회의에서 그 똥구멍 같은 놈이 핸드폰으로 마누라와 수다를 떨더라고. 그때 나는 인생에서 찬란한 순간을 맞았지. '이봐, 친구'라고 내가 말했어. '핸드폰과 탐폰의 차이가 뭔지 알아?'"

요한 만프레드 벵엘은 아디나가 온 것을 눈치채고서도 말을 끊지 않았다.

"탐폰은 똥구멍에 못 넣지만 핸드폰은 넣을 수도 있을걸? 지금 당장 전화 안 끊으면 내가 그걸 보여 주지."

남자들이 웃음을 터뜨렸다.

"내가 그놈 수준을 딱 맞춘 거야. 그때부터는 말이 잘 통하더군."

아디나가 문에 난 유리창을 두드렸다. 라츠반 슈타인이 문을 열었다.

"마침내 와 줬군, 니나!" 그가 몸을 일으키는 힘찬 동작은 그의 눈빛과 묘한 대조를 이루었다. "와서 앉아. 편하게." 라츠반 슈타인은 마치 그녀를 위해 자리를 비워 두었음을 암시하듯 소파를 가리켰다. "우리 문화 홍보대사께서 궁금한 게 많으신 것 같아."

그녀는 가만히 서 있었다.

남자들이 그녀를 빤히 쳐다봤다.

"뭐해? 안 들어오고."

"스위스 손님께서 제 고국의 상황을 알고 싶어 하신다고 해서 온 거예요. 이라가 그렇게 전하던걸요." 남자들의 시선을 받자 그녀는 갑자기 화장한 얼굴이 신경 쓰이기 시작했다.

"일단 앉아."

"저는 서 있는 편이 더 좋아요." 그녀는 얼굴을 그림자 아래에 숨기려고 애썼다.

몇 초간 침묵이 흘렀다.

"그럼 편할 대로 해." 라츠반 슈타인이 말했다. "차 한 잔 줄까?"

이 침묵엔 어딘가 이상한 구석이 있었다.

"니나는 이 귀한 프로이센 퀴멜을 거부한답니다." 라츠반 슈타인이 요한 만프레드 벵엘에게 굳이 설명을 했다. 그리고 다시 아디나를 돌아보며 말했다. "나는 다시 리조트로 가야 해. 마네와 좀 친해지도록 해."

그리고선 그녀와 눈을 맞췄다. "내가 너를 믿어도 되겠지?"

"스위스 손님은 어디 계시죠?"

라츠반 슈타인은 자기 잔을 찬장에 놓았다. 아직 술잔엔 술이 남아 있었다.

"스위스 손님…오는 거 아니에요?"

"이제 좀 앉아!" 그의 말투에 그녀가 움찔했다.

"네가 계속 그렇게 서 있으니까 나까지 미칠 것 같잖아."

그녀는 문가에 서 있었다. 문에서 소파까지는 몇 걸음이 되지 않았다. 어쩌면 스위스 손님은 화장실에 있을지도 몰랐다.

"사람은 그 수준에 맞춰서 다뤄야 해." 회색빛 금발을 쓰다듬던

요한 만프레드 벵엘이 미소 띤 얼굴로 말했다. "그때 그때 아주 섬세하게 수준을 맞춰야 하지."

스위스 손님이 화장실에 없다는 것을 확인하고서 그녀는 깜짝 놀랐다. 스위스 손님은 아예 오지 않은 것 같았다. 어쩌면 애초에 오기로 되어 있지 않을지도 모른다.

등 뒤의 문은 아직 열려 있었다.

"그분이 오지 않는다면," 그녀가 말했다. "저도 다시 가 볼게요."

"말도 안 되는 소리를 하는군."

"저는 여기에 있고 싶지 않아요."

라츠반 슈타인은 창문으로 지평선에 걸린 범람원을 바라보았다. 그것은 그가 무언가 중요한 고민을 하고 있다는 암시였다.

"알다시피 사람은 마음에 들지 않는 일을 해야 할 때도 있어."

"나는 그러고 싶지 않아요."

그때 라츠반 슈타인이 그녀의 팔을 잡았다. 그 손아귀 힘은 그녀도 이미 잘 알고 있었다.

"실수는 한 번으로 족해." 그는 그녀만 알아들을 수 있는 작은 목소리로 으르렁댔다.

요한 만프레드 벵엘은 차에 각설탕을 넣으며 흐뭇한 미소를 지었다.

"니나, 당신은 전문가니까," 그가 소파를 손가락으로 두드리면서 말했다. "러시아어에서는 신체 반응에 대한 진행형을 수동태로 표현하지 않던가요? '나는 헛기침을 한다'가 아니라 **내게 헛기침이 난다**라고 하는 것처럼. 그럼 이렇게 말할 수도 있겠네요? 흥분을 하면 **내게 헛기침이 난다**."

차는 뜨겁고 달았다.

그녀는 손가락을 동그랗게 튜브처럼 만들어 뜨거운 찻잔을 잡았다. 스파이는 거기에 없었다. 벨라루스 여자는 오전에 이라가 리조트로 데려갔다. 이라는 칼도 가져갔다.

"쭉 들이켜요. 수줍어할 것 없어." 요한 만프레드 벵엘은 그녀의 다리 옆으로 난 소파 가죽 돌기를 손가락으로 문지르면서 웃었다.

그녀는 목마른 사람처럼 마시지 않았다. 그녀는 물에 빠진 사람처럼 마셨다.

남자들은 눈빛을 주고받았다. 돌이켜보건대 그날 밤엔 모든 것이 모호했으나 그 눈빛만은 노골적이었다. 불에 달궈진 석탄 같은 눈빛에는 포장이 없었다. 그 눈빛이 라츠반 슈타인의 뒤통수를 꿰뚫었다.

그는 방을 나가기 전 그녀에게 몸을 숙이고 속삭였다.

"이런다고 죽진 않아." 그는 생각을 많이 해 보았다는 듯 말했다.

라츠반 슈타인이 옳았다. 그녀는 여전히 살아 있었다.

아디나는 늪 속에, 범람원의 차가운 진흙 속에 누워 있었다. 찐득하고 무겁고 축축하고 바닥이 없는 수렁에. 똑바로 일어나려고 애쓸수록 더 깊이 빨려들었다. 썩은 내가 후각을 압도했다. 그런 그녀 위로 웃는 얼굴이 드리웠다.

늪에 빨려 드는 공포에 짓눌린 그녀가 로켓처럼 벌떡 일어났다. 그 얼굴은 계속 그녀 뒤를 따라왔다. 불에 탄 비계 같은 얼굴로.

방 안은 추웠다.

창문 가장자리에 아직 달이 걸려 있었다.

늪의 무게가 그녀를 짓눌렀다. 팔과 다리는 차갑게 얼어붙었고 숨이 죄었다. 그녀가 다시 눈을 떴을 때, 자기 침대 위에 누워 있는 자신을 보았다. 그녀는 하체에 둔중한 움직임을 느꼈다. 마치 어떤 물체가 그곳에서 이리저리 뒤척이는 것 같았다. 그제야 그녀는 다른 두 명이 느껴졌다. 그들은 각각 자기 침대에 누워 자고 있었다. 그녀가 언제 잠들었는지, 언제 돌아왔는지 기억이 없었다. 혼자서 돌아왔는지 아닌지조차 기억나지 않았다. 침대 곁 바닥에는 그녀의 청바지와 양말이 놓여 있었다. 그녀는 속옷 바람으로 잠을 잤다. 혹시 지난밤에 속옷만 입고 추운 복도를 걸어온 건 아닐까. 아무 기억이 없었다.

그녀는 이불을 걷어 내고 침대 끄트머리로 가서 손으로 그 아래를 더듬었다. 먼지, 오래된 수건, 그리고 배낭. 그녀는 어깨끈을 잡아끌었다. 서두르지 않으면 죽을지도 몰랐다.

그녀는 조용히 잠든 사람들 곁을 지나쳤다. 스파이의 눈가에는 덩어리진 마스카라가 들러붙어 있었다. 눈 아래에는 다크서클이 짙게 드리워졌다. 배신자들은 그렇게 생겼다. 배신자들이 눈가에 다크서클을 드리운 채 잠을 자고 있었다. 임무를 완수한 배신자들이 잠을 자고 있었다. 그들은 잠에 빠져서 깨지 않았다.

아디나는 서랍을 열어 짐을 싸기 시작했다. 양말과 티셔츠를 챙겼다. 누가 깨기 전에 사라지고 싶었다. 청바지가 손에서 떨어졌다. 그녀는 바지에 다리를 끼워 넣는 데 실패하고 비틀거렸다. 그녀는 서랍장에 기대어 시야가 어둠에 적응할 때까지 손바닥으로 눈을 어루만졌다. 그런 다음 청바지를 버려두고 운동복 바지를 입었다. 그녀는 마취된 사람처럼 방을 나갔다. 공동 화장실은 눈부시게 환하고 추웠다. 그녀는 씻으면서 거울을 보지 않았다.

그때 칼이 보였다.

그녀의 눈에 칼이 확대되어 보였다. 그녀는 어떤 손이 그쪽으로 뻗는 것을 보았다. 부드럽고 빛나는 그림자가 서서히 흐릿해지다가 사라졌다. 손에 칼이 잡히지 않자 그녀는 최후의 모히칸이 자신을 떠나는 모습을 보았다. 그가 그녀에게서 멀어져서 화장실을 나갔다. 머리를 목 뒤로 느슨하게 묶은 그가 복도로 걸어갔다. 그는 소리 없이 걸었다. 벽들이 그를 감쌌다. 직선으로 멀리까지 뻗은 벽들이 복도 끝에서 그를 에워쌌고 그는 사라졌다.

그녀는 물기를 닦는 것도 잊은 채 젖은 손으로 뛰쳐나왔다. 그녀는 누런 벽지를 더듬으며 벽을 따라 걸었다. 그녀는 최후의 모히칸이 모습을 감춘 단단하고 흠 없는 벽을 손으로 더듬었다. 그녀도 그 뒤를 따르고 싶었다.

마침내 그녀는 지하 계단에 다다랐다. 계단은 바깥으로 이어졌다. 밖에 나가자 구역질이 나기 시작했다. 차가운 바람이 그녀를 세차게 때렸다. 그녀는 집 외벽에 기대어 눈을 감았다. 그녀는 불행했다. 무게에 눌려서 숨이 죄였다. 몸속 어딘가 부드러운 무언가가 찢어졌다. 베를린의 마당발은 그녀의 고통에 아랑곳하지 않았다.

그는 그 고통을 확장했다.

그녀는 헐떡이며 숨을 마셨다. 절대 눈을 감아선 안 된다. 무언가를 섣불리 지나쳐서도 안 된다. 가볍게 행동해서도 안 된다. 그 무엇도, 본능마저도 믿어선 안 된다. 절대, 절대, 절대.

하지만 그녀의 본능은 아직 작동하고 있었다. 콘크리트 마당 옆에서 꼿꼿하게 말라 버린 쐐기풀과 썩어 가는 오리나무 줄기가 찬 공기를 온몸으로 맞서고 있었다. 그 일을 한 것은 그녀의 다리였다. 팔다리는 포기하지 않았다. 라브스카 루카에서 본능적으로 길을 찾았던 그녀의 팔다리가 스위스 손님에게 가는 길을 찾아냈다. 스위스 손님은 아침 산책 중이었다. 긴 패딩 코트를 입고 풀밭을 거니는 그녀의 모습은 멀리서도 또렷하게 보였다. 개들은 없었다. 그날 아침은 개들이 장에 갇혀 있었다.

아디나가 그녀를 따라잡았다.

시간이 흘러 그녀가 그 잔인한 아침을, 그 이후로 반복될 여러 잔인한 아침 중 첫 번째였던 그날을 복기할 때 제일 먼저 떠오른 것은, 얼어붙은 노란 잔디 속에서 두더지가 쌓은 언덕이 마치 지구의 용암 속에서 꺼져 가는 눈처럼 그녀를 노려보던 장면이었다. 그녀의 모든 것은 감시하에 있었고 그녀에겐 숨을 기회가 없었다. 그녀는 그 와중에 자기가 무언가를 말할 수 있었다는 사실이 놀라웠다. 그녀는 입을 열었다. 입술 사이로 마구잡이로 말이 나왔다. 공포와 분노의 위력은 그날 밤이 지나도 계속됐다. 요한 만프레드 벵엘이 그녀의 반항을 더 이상 참지 못했던 밤. 그가 팔에 찬 항공시계는 11시 반을 가리키고 있었다.

"진정해요. 제발 진정부터 좀 해 봐요. 휴지 필요해요? 기다려 봐요. 한 장 줄게요." 스위스 손님은 패딩 코트 주머니에서 포켓 휴지를 꺼냈다. "여기 있어요. 잠시만. 내가 펼쳐 줄게요. 웃웃 단추를 좀 잠글까요? 너무 추워 보여요. 떨고 있잖아요. 옷이 너무 얇아요!"

스위스 손님은 요한 만프레드 벵엘을 잘 알았다. 그녀는 9년 전부터 그와 함께 일해 왔다. 그는 믿음직한 동료였고 노련했다. 좀 다혈질이긴 했으나 똑똑하고 존경받는 인물이었다.

"지금 무슨 말씀을 하시는 거죠?"

그는 그녀가 일하는 조직이 유럽 전체로 뻗어 나갈 수 있도록 지원했다.

"확실해요? 당신이 착각한 게 아니라고 확실히 말할 수 있어요?"

그는 자녀가 셋이었다. 그는 아내를 사랑했다.

"제발 좀 진정하세요. 이건 심각한 고발이에요."

그는 두 번이나 스위스 손님을 집으로 초대했다. 벽면이 책으로 가득한 밝은 집에는 알록달록한 빈백 소파가 놓여 있었다. 그는 그녀를 위해 신선한 아보카도와 라임 에이드를 곁들인 채식주의자용 바비큐를 손수 요리했다.

"요즘 이런 고발이 상당히 유행하는 건 알죠?"

스위스 손님은 아디나가 자신의 행실에 대해서도 고민해 봤는지, 자신에게 치우친 관점은 아닌지, 그런 관점에서 그녀가 경솔하게 위험을 감수하려는 것은 아닌지를 물었다. 스위스 손님은 어떤 잘못이 있었다면 그것은 분명히 해명할 방법이 있을 거라고 말했다. 그녀가 기꺼이 중재하겠다고도 했다. 하지만 일단은 그러려면 아디나가 먼저 진정해야 한다고 했다.

"격렬한 감정은 모든 것을 두 배로 보이게 하는 거울과 같아서 때론 현실보다 상황을 커 보이게 만들지요."

"저 여자가 말하는 현실은 우리와는 별개로 우리 것이 아니야."

아디나는 저 멀리서 누군가가 말하는 소리를 들었다.

그 말을 해석하자면, 스위스 손님이 빨대를 입에 문 듯한 표정으로 포착한 현재는 일부분에 불과하다는 뜻이었다.

교차로에 이르자 표지판이 보였다. '파제발크 45킬로미터'. 그들은 거기서 발걸음을 돌렸다. 그들 앞 배수로 너머로 저택이 보였다. 아디나는 방향을 꺾고 싶은 충동을 느꼈다. 그녀는 도망치고 싶은 게 아니었다. 그저 더는 돌아가고 싶지 않을 뿐이었다.

그때 스위스 손님이 격려하듯 고개를 끄덕이며 손을 내밀었다. 그들은 정문을 통과해 저택으로 들어가게 될 것이다. 스위스 손님에게는 그것이 당연했다. 그녀는 평화를 이룰 수 있다는 확신을 품고 있었고, 그 확신에 반하는 어떤 것에도 영향을 받지 않는 낙관주의자였다. 그녀의 낙관주의는 북대서양조약기구NATO에 들어가지 않고 수 세기 동안 중재자 역할을 노련하게 해 온 나라의 국민이라 가능했다. 외교의 장에는 언제나 해결책이 있었다.

그들은 정문을 통해 저택으로 들어갔다.

현관 로비에는 아직 잠옷 차림인 라츠반 슈타인이 서 있었다. 벽에 걸린 장교 초상화 위로 그의 커다란 그림자가 드리워졌다. 스위스 손님은 당당하게 그 앞으로 걸어갔다. 요한 만프레드 벵엘도 오래 지나지 않아 모습을 드러냈다. 그는 아침 산책에서 돌아온 동료의 안부를 묻기 위해 계단을 내려왔다. 그는 턱에 남아 있는 면도크림의 거품을 닦으며 로비 바닥에 새겨진 소련의 별을 조심스레 피해 걸었다.

라츠반 슈타인은 웃었다. 잘 다듬어진 웃음이었다. 그는 기분이 좋았고, 그래서 스위스 손님도 밝은 아침 햇살로 충전한 미소로 화답했다. 그들은 어제 재정적 지원 방식에 대한 합의를 보았고 이제 남은 것은 몇 번의 서명뿐이었다. 하지만 아침 햇살 속에 나타난 스위스 손님이 지난밤 일에 관해 물을 때 어조의 변화가 생겼고 그것이 그의 심기를 건드렸다.

요한 만프레드 벵엘의 얼굴에선 영원할 것 같던 미소가 사라졌다. 스위스 손님이 반사적으로 손을 들었다. 마치 그의 뺨을 때리려는 것처럼 같았다. 하지만 알고 보니 그건 그저 면도크림을 닦아 주려는 제스처였을 뿐이었다. 그는 서둘러 자기 손등으로 턱에 남은 크림을 닦아 냈다.

"아직은 어린 체코인 동료가 힘들어 보입니다. 어젯밤 무슨 일이 있었든 간에 저는 그것을 최대한 빨리 해결할 것을 촉구합니다."

스위스 손님은 이렇게 말하면서 동시에 논쟁의 여지가 있는 주제를 입에 올렸다. 그녀의 재단에서 실시하는 난민 프로그램에 참여하기 위해서는 재단의 지향점에 걸맞은 직원 교육이 반드시 전제되어야 한다고 했다. 그중 다양한 배경을 가진 직원들의 문화적 다양성을 존중하는 교육이 필수였다. 여기까지 말한 스위스 손님은 그날 오전 중으로 인턴들의 노동조건을 검토할 수 있도록 준비해 달라고 요청했다.

요한 만프레드 벵엘은 말이 없었다.

잠시 후 라츠반 슈타인이 입을 열었다. "좋은 지적입니다." 그는 머리카락을 쥐어뜯으며 흔들리는 시선으로 아디나를 쳐다봤다. "자네는 오늘 하루 쉬는 게 어때. 가서 좀 쉬어."

스위스 손님의 얼굴에 안도의 미소가 어렸다. 그녀의 미소는 풀 먹인 식탁보처럼 매끄러웠다. 그녀는 발랄하게 요한 만프레드 벵엘의 팔짱을 꼈다. "남성 분들은 중요한 사안을 다룰 때 정서적 요소를 놓칠 때가 많은 것 같아요."

요한 만프레드 벵엘은 그녀의 손을 다정하게 쓰다듬었다. "그래서 내가 더러 무례한 녀석이란 소릴 듣는다오." 그가 중얼거렸다.

"그 말이 맞지, 맞아."

아디나는 환한 현관 로비에 홀로 서 있었다. 태양이 비쳤다. 하늘에서 떨어진 태양은 사라지지 않았다. 태양은 복도를 불태우고, 이제는 당연하게도 정당한 현재가 되어 버린 이 잔혹한 세상 앞에 다시는 닫히지 않을 문들을 불태웠다.

초상화 속 귀족은 그녀 너머 먼 곳을 바라보고 있었다. 버드나무 뒤, 지평선의 한 점에 고정된 그의 시선은 이렇게 말하는 것 같았다. 여기서 아파할 새 없다. 얼른얼른 살아치워라!

일단 그녀는 칼을 되찾아야 했다.

그녀는 전시장에서 이라를 찾아냈다.

"그거 이제 나한테 없어." 이라가 말했다.

"어째서?"

"이제 나한테 없어."

"너한테 없어?"

"방금 그렇게 말했잖아."

"거짓말." 그녀가 말했다. 칼이 없으면 모히칸은 돌아오지 않는다.

"사장님이 가져갔어."

"너 어제도 나한테 거짓말했지?"

이라가 깜짝 놀란 표정을 지었다.

"스위스 손님은 거기에 없었어."

"그런들 내가 별 수 있겠어." 이라가 말했다. "나는 그 일에 끼어들지 않을 거야. 그건 사생활이니까."

"사생활이라는 게 무슨 뜻이야?"

"사람 간에 일어난 사적인 일이라는 거지. 그 작자와 거기서 무슨 일이 일어났는지 내가 어떻게…" 그는 슬쩍 웃었고 그녀는 거기서 경멸을 보았다.

"그자가 나를 욕보인 것을 두고," 그녀는 여기까지 말하고선 있는 힘을 짜 내어 말을 맺었다. "사람 간에 일어난 사적인 일이라고 말하는 거야?"

하지만 이라는 어깨를 으쓱할 뿐이었다.

그녀는 그를 세워 놓고 지하실로 갔다. 창고에서 정원용품과 고무장화 사이를 뒤져 보았지만 칼은 없었다. 그녀의 칼이 없어졌다. 기다란 선반에는 두껍거나 얇은 유리병이 대부분 무언가로 가득 찬 채로 즐비했다. 그녀는 무턱대고 '영웅'이라고 적힌 보드카 병을 잡았다. 그날 그녀는 그 누구보다 용맹했다. 그녀는 병을 열고 고의적이고 공격적으로 입을 가져다 댔다. 그녀에게 남아 있던 마지막 자존심을 걸고. 그녀는 자기 몸을 지키고자 했다. 그녀가 그의 팔뚝을 물어야겠다고 생각했을 때, 그가 손목에 찬 항공시계는 11시 반을 가리키고 있었다.

하지만 그때 벽으로 들어갔던 모히칸이 다시 불쑥 튀어나오며 그녀에게 경고했다. "불공평한 무기로 전쟁에 나가면 아무리 강한 전사도 이길 수 없다."

보드카가 불타올랐다. 하지만 그걸로는 충분히 취하지 않았다. 그저 신체 말단의 고통이 조금 줄어들었을 뿐이다. 그녀는 병을 들고 욕실로 갔다. 재킷을 벗고, 운동복 바지를 벗고, 속옷을 몸에서 뜯어내고, 샤워하러 들어가서는 한참을 나오지 않았다. 물은 흐르고 또 흘렀다. 흐르는 물을 맞자 팔목과 다리 사이의 통증이 되살아났다. 그녀는 따뜻한 물 때문에 라벨이 다 떨어져 나갈 때까지 오랫동안 술을 마시면서 그가 하수구로 사라지는 모습을 상상했다. 그녀는 모든 것을 다 알고 있었다. 그녀는 그렇게 바보가 아니었다. 단지 너무 느렸다. 벨라루스 여자와 스파이가 위층 사무실에 불려가면 밤새 돌아오지 않는 일과 자신은 아무 상관이 없다고 생각했다. 하라초프에서 온 아디나는 그녀들과는 달리 정상적인 복도를 지나 정상적인 문을 열었다고 생각했다. 그녀는 리키가 자리를 알선해준 인턴이었고 리키는 꼬마 모히칸을 볼 수 있게 드러낸 사람이었으므로 그런 일은 일어나지 않을 거라고 생각했다.

아니 어쩌면 그 일은 일어나지 않았을 수도 있다. 아무 일도 일어나지 않았을 수도.

그녀가 물을 잠갔다.

잠시 후 그녀는 샤워 부스 옆에서 스파이를 발견했다.

"너는 네가 남자들과 다름없이 소중하다고 생각하겠지만 그건 틀렸어."

"나 좀 내버려 둬."

스파이가 그녀를 바닥에서 일으켰다. "하지만 너는 강해." 그녀는 아디나가 옷 입는 것을 도와주었고 계단 오르는 것을 도와주었으며 복도를 지나고 문들을 지나 방 안으로, 침대로, 머리맡과 발치에 철제 난간이 있는 침대로 데려다주었다.

화장한 스파이의 얼굴이 시체처럼 창백했다.

"어째서 그렇게 창백한 거야?"

"아닌데."

"맞아."

"화장이겠지."

"화장을 왜 그렇게 창백하게 해?"

"창백하지 않아." 스파이가 말했다. "뽀얀 거야. 막 꺼낸 담배 종이처럼 뽀얗지. 담배 피우는 나는 죽지 않았다는 말, 기억하니? 어쨌든 지금은 좀 자."

그녀가 깼을 때는 늦은 오후였다. 개 한 마리가 짖었고 다른 개가 따라 짖었다. 그녀는 잠들었던 그 자리에 누워 있었다. 그녀는 다른 데 가지 않았다.

그녀의 배낭은 침대 옆에 세워져 있었다. 그녀는 남은 물건을 챙겼고, 다 챙기고 난 뒤에는 침대 끄트머리에 앉았다. 창문에는 유황색 하늘이 걸려 있었다. 그녀는 기다렸다. 어쩌면 어제가 되길 기다렸는지도 모른다. 아니면 리키를 기다리고 있었던 것일 수도 있다. 오랜 기다림 끝에 그녀는 리키가 오지 않을 것임을 깨달았다. 리키는 캄차카에 있었다. 1층 주차장에는 아직도 랜드로버가 서 있었다.

복도에서 라츠반 슈타인이 그녀를 불렀다. 그녀는 그가 다가오는 소리를 들었고 몇 초 후 그는 방에 들어와 서 있었다.

"여자들이 염소 같다는 걸 진작부터 알고 있었어, 니나. 서로 눈을 할퀴거든. 너도 그런 여자 중 하나라고는 예상 못했지만."

그는 침대로 다가와 배낭을 열고서는 그 안을 들여다보았다.

"진심이야? 너 그런 사람이었어? 고난이 닥치면 다 버리고 도망치는 사람?"

그녀는 자기 임금을, 아직 받지 못한 봉투 두 개를 요구했다.

"항상 돈! 돈!" 그가 말했다. "돈에 안달복달하는 건 너나 나나 다를 게 없군."

"하지만 나는 돈이 필요해요."

그러자 그는 소리를 질렀다. "그 입 좀 다물어."

그때 그녀의 눈에서 눈물이 터져 나왔다.

"니나, 제발 질질 짜지 마! 내가 뭘 할 수 있는지 한번 볼게. 일단 마네에게 다녀온 후에 말이지. 지금 우리 둘이 할 일은 그거야."

그녀는 멈추지 않고 계속 고개를 저었다. 그러자 그가 그녀를 침대에서 잡아끌었다.

"나와. 그리고 제발 치과의사 앞에 끌려가는 것 같은 표정 좀 짓지 마."

그는 그녀를 복도로, 계단으로 몰았다. 위층 사무실 앞에서 그가 주춤했다. 그 망설임에 그녀는 기대를 걸었다. 그는 세상과 눈높이를 맞출 줄 아는 사람이니까. 괜찮은 사람이니까. 열네 살에 어머니를 도랑에서 건져 낸 사람이니까. 어제는 비굴하게 굴었지만 오늘은 다를지 몰라. 하지만 그녀는 너무 많이 기대하지는 않으려 했다. 그녀에겐 기차표 살 돈이 있었다. 역까지 혼자 갈 수 없을 뿐이었다.

사무실 바닥에는 슈납스 병들이 놓여 있었다. 크고 작은 상자에 담긴 그 병들을 이라가 치우는 중이었다.

"재고조사 중이야." 라츠반 슈타인이 말했다. "이라는 이런 일을 하는 데 매우 성실하지."

이라는 바쁜지 그녀 곁을 지나가면서도 고개를 들지 않았다.

"마네가 그런 건 지하실에 둬야 한다는군." 그는 이라를 내보내고 문을 닫았다. "이제 오늘 아침에 무슨 일이 있었는지 설명해 봐."

창가에서 요한 만프레드 벵엘의 어두운 실루엣이 나타났다.

아디나의 온몸이 떨리기 시작했다.

"이것 보세요, 마네. 얘는 아무것도 몰라요. 어떻게 자기가 우리를 곤경에 빠뜨릴 뻔했는지도 모른다니까요."

요한 만프레드 벵엘은 소리도 없이 창가에서 물러났다.

"저 아이가 허황된 옛이야기를 지껄이도록 내버려 두는 이유가 뭔가?"

라츠반 슈타인은 무언가를 말하려고 했으나 가로막혔다.

"저 아이가 우크라이나 빨치산의 자손이랬나?"

"맞아요. 그렇지, 니나?" 라츠반 슈타인이 말했다. "그렇다고 했잖아."

"빨치산들은 전쟁을 음흉하게 하지." 요한 만프레드 벵엘이 말했다.

라츠반 슈타인이 그녀의 어깨에 얹었던 손을 내리면서 말했다. "니나는 지금 후회하고 있어요. 그렇지? 오늘 아침에 있었던 일을 후회하는 거 맞지?"

그녀는 떨리는 몸을 주체할 수가 없었다.

"친애하는 라츠반, 지금까지 나는 자네가 하려던 일에서 물러서려는 한다는 인상을 받은 적이 한 번도 없다네."

라츠반 슈타인은 당황하는 기색이었다.

"자네, 아직도 그 마음이 여전한가?"

"물론이죠. 저는 여전합니다."

"고향 사람들의 필요성을 채우고 위엄을 지키고 삶의 성과를 인정받겠다는 마음이 여전하다는 거지?"

라츠반 슈타인은 고개를 끄덕였다.

"좋군, 아주 좋아." 요한 만프레드 벵엘이 말했다. "동유럽은 지금 요주의 대상이야. 특히 외무부에서. 나는 그런데 얽혀서 시험대에 오르는 것을 원하지 않는다네." 그가 헛기침을 했다. "자네 서류를 검토하겠다고 고집을 피우는 스위스 동료를 설득하느라 비용이 제법 들었지. 세금 신고서나 여직원들의 노동 허가서 같은 걸 하나하나 들여다보는 건 꽤 번거로운 일이 테니까. 그렇지 않나?"

창문으로 빛이 쏟아졌다.

"누군가 자네 서류를 꼼꼼하게 들여다본다면, 난민 프로그램에 자네를 참여시키겠다는 생각은 분명 사라지고 말 거야."

라츠반 슈타인이 어깨를 들어 올렸다. 그는 말이 없었다. 세상과 눈높이를 맞추는 남자가 입을 닫았다. 함께하는 사람들에 대한 두려움이 그에게 재갈을 물렸다.

그 두려움이 그를 위험으로 몰아넣었다.

"과거사는 역사학자들이 하라고 남겨 두세. 그게 맞겠지, 친구?"

태양이 찬란하게 빛났다. 라츠반 슈타인의 눈에서 검은 구멍을, 감옥을 눈치챈 그녀는 몸을 돌려 도망치려 했다. 동시에 비명을 질렀던 것도 같다. 남자들을 향해 소리를 지르고, 모국어로 욕설을 퍼부었던 것도 같다. 미친 듯이, 절망적으로. 결국 그들 중 한 명이 폭발했다. 그녀는 기억한다. 그중 한 명이 저 여자 때문에 온 집 안이 시끄러워졌다고 불평했던 것을.

감옥은 환상이 아니었다. 과장된 인식의 결과물도 아니었다. 공간은 비어 있었다. 병은 없었다. 병들은 다 치워졌다. 이라가 재고 정리를 했다. 문이 닫혔고 공간은 캄캄해졌다. 저항도, 발길질도 소용이 없었다. 손이 미끄러졌다. 꽉 묶인 손은 바닥에 닿지 않았다. 앉거나 몸을 일으킬 수도 없었다. 선반 위에 앉은 그녀가 할 수 있는 동작은 몸을 웅크리는 것뿐이었다. 그녀는 분노가 치밀었고 그래서 눈물이 흘렀다. 울지 마, 울지 마. 차갑고 매끄러운 벽들이 그녀를 가두었다. 공포에 가득 차 지르는 비명조차 그 벽들 사이에 갇혔다. 그녀는 소리 지르길 멈췄다. 밖에선 아무 소리도 들려오지 않았다. 아주 작은 소리도 들리지 않았다. 잠잠했다. 남자들이 아직도 밖에 있다고 믿을 만한 증거가 하나도 없었다. 만약 라츠반 슈타인이 요한 만프레드 벵엘과 아무 말도 없이 베를린으로 떠났다면 그녀가 어디에 있는지를 아는 사람은 아무도 없을 것이었다. 스파이도 냉장고는 열어 보지 않았다.

그녀는 머리가 터지도록 고민했다. 냉장고는 밀폐인가? 냉장고에 자물쇠가 있던가? 공포에 휩싸이지 말자. 공포에 휩싸여 정신을 놓을 수는 없었다.

그래서 그녀는 머리가 아플 때까지 열심히 바깥에서 나는 소리에 귀를 기울였다.

몸이 점점 차가워졌다. 추위가 손가락, 손, 그리고 등에 파고들었다. 발가락은 감각이 없었다.

다리에 쥐가 났다. 하지만 벽 때문에 꿇은 무릎을 펼 수가 없었다. 머리를 삐딱하게 들고 있느라 목의 오른편이 뻐근하게 결렸다. 그녀는 몸을 바로 세워 일어서고 팔다리를 쭉 펼치고 무릎을 펴고 싶었다. 그것 외엔 다른 생각을 할 수가 없었다. 하지만 그때 냉철함을 먹고 자란 얼음송곳이 그녀의 두개골 안을 파고들었다.

진정해, 꼬마 모히칸. 에너지를 허투루 쓸 수 없었다. 에너지는 열로 변환될 수 있었다. 에너지 보존의 법칙이다. 냉장고 안 온도는 섭씨 6도다. 6도에서는 물이 얼지 않는다. 물라바강의 잔잔한 지점도 6도에는 얼지 않는다. 평소와 다름없이 흐르는 강물처럼 혈액도 평소와 다름없이 흐를 것이다. 땅이 얼지 않으면 눈도 녹는다. 좀 추워도 한동안은 떨지 않고 야외에 있을 수 있었다. 몸은 그렇게 쉽게 저체온증에 걸리지 않았다. 열역학 제3법칙에 따르면 절대영도에는 도달할 수 없다. 그녀는 눈구덩이에 빠진 게 아니다.

밖에서는 아무런 소리도 들리지 않았다. 몇 시간 혹은 며칠이 지났을 수도 있고, 고작 몇 분이 흘렀는지도 모른다. 온갖 곳이 아팠다. 그리고 갈증이 밀려왔다. 그녀는 입술을 핥았다. 터진 피부는 바짝 말랐고 혀는 잇몸에 들러붙었다. 슈납스 때문에, 슈납스를 너무 많이 마셔서 물이 필요했다. 그녀는 사과 생각이 났다. 어머니가 네 조각으로 잘라 비닐 봉투에 넣어 주었던 신선하고 아삭한 사과 조각을 드레스덴에서 베를린으로 향하는 버스 그물주머니에 버리고 온 게 떠올랐다. 그때 그걸 먹거나, 아니면 냉장고에 넣어 뒀더라면. 지금 그녀가 이 냉장고에 있는 것은 그 사과 조각들의 복수였다.

어디선가 시끄럽게 덜거덕거리는 소리가 들렸다. 그녀는 그 소리에 귀를 기울였고 결국 자기 이가 세게 부딪치는 소리라는 것을 깨달았다. 그런데도 통제가 되질 않았다. 그녀의 입은 너무 건조했다. 입술도 마찬가지였다. 그녀는 침을 삼키려고 애썼다. 하지만 목구멍이 사막처럼 바싹 말랐다. 공기가 너무 건조했다. 그녀는 과일과 채소를 저장하는 데 공기가 필요한지를 물리학 기본지식을 통해 알아내려고 필사적으로 머리를 굴렸다. 가게의 과일들은 진공포장이 되어 있으므로 공기가 필요치 않다. 어쩌면 냉장고에는 산소가 전혀 없을 수도 있고 그렇다면 그녀는 질식하게 될 것이었다. 그녀는 혹시 자신이 질식하지 않고 온도가 0도 이상이라 동사하지도 않는다면 결국 갈증으로 죽게 될 텐데 그 셋 중 어떤 사인이 최악일지를 자문했다. 그런 기본 지식은 수업에 포함되지 않았다. 그녀는 한 번도 그런 걸 배운 적이 없었다.

그녀는 물을 상상했다. 거품이 일어나는 따뜻한 물을. 수도꼭지만 틀면 물은 쏟아질 것이었다. 그녀는 엘베강의 폭포와 퐁퐁 솟아오르는 그 강의 원천을, 햇볕이 따뜻하게 데워 놓은 바위 위로 솟구치던 그 소용돌이를 떠올렸다. 입만 열면 그녀 입으로 물이 쏟아져 들어올 것 같았다. 그녀에게 변화를 일으킨 것은 팔과 다리의 통증, 몸을 뒤흔드는 추위, 그리고 아무도 자신을 찾지 못하리라는 두려움이 아니라 갈증이었다.

그녀는 멍청한 짓을 했다. 자기가 어디서 왔는지를 말한 것은 멍청한 짓이었다. 거짓말을 했어야 했다. 무언가가 그녀에게 달라붙었다. 그것은 그리피노에서 온 화려한 여자들, 벨라루스 여자, 그리고 스파이에게도 붙었다. 그래서 스파이는 그렇게 창백하게 화장을 했던 것이다. 라츠반 슈타인에게도 그것이 달라붙었지만 그에겐 돈이 있었다. 돈은 모든 것을 바꾸었다. 라츠반 슈타인은 유화물감으로 자기를 뒤덮었다. 산뜻한 색깔로 본모습을 가린 그는 이제 부르주아의 일원이 되었다.

어떤 연관성이 보인다고 해서 반드시 그 연관성이 존재하는 것은 아니야.

키릴. 그 말을 한 건 키릴이었다. 그녀에겐 출신의 의미를 의심할 만한 근거가 있었다.

그녀는 집에 가고 싶어졌다.

4장. 먼 길을 가로질러

나는 해변을 따라 기어가느니 차라리 별의 안내를 받아
바다 한가운데로 노를 저어 가겠다.
- 조지 엘리엇(George Eliot)

푸른 여자가 자취를 감춘 이후로 항구의 작업이 재개된다. 자갈밭에 작업대가 세워진다. 보트 창고의 문이 열린다. 사람들은 나무에 새 페인트칠을 하기 전에 사포 기계로 페인트를 벗겨 낸다.

받침목 위에 놓인 작은 커터선에서 기름이 뚝뚝 떨어져 모래로 흐른다. 남자 둘이 스크류에 기름을 칠한다. 그들은 여기서 여자를 본 적이 없다. 그들은 푸른 여자가 여기에 있었다는 사실의 증인이 될 수가 없다.

그녀가 다시 나타날지도 의심스럽다.

그들의 말이 들리는 듯하다. 의심은 타당하다고.

그녀는 북쪽으로 걸었다. 얼마나 오래 걸었는지는 중요한 게 아니었다. 다리가 그녀를 지탱해 주는 한 그리고 그 다리가 번갈아 가며 앞으로 나아갈 수 있는 한, 사람은 계획이 없이도 먼 길을 갈 수 있었다. 멈추지 않고 걷기만 하면 되었다. 그녀는 탐험에 익숙한 자연과학자였다. 그것은 그녀의 승리였다.

나는 매일 지하도를 통과한다. 벤치에 앉아 두 손을 바다에 담근다. 빛이 바위 위로 낮게 비치면 한 손으로 눈 위에 차양을 씌운다. 저녁에는 지하도를 통과해 돌아온다.

나는 허기를 느끼지 않는다. 갈증은 있다. 나는 목이 말라 더는 잘 수 없을 때가 되면 일어난다. 엽서 두 장을 찾아서 개수대 위에 붙인다. 한 장에는 파리의 노상 카페가, 다른 한 장에는 뉴욕의 가로등이 박혀 있다.

지하도를 다르게 지나가야겠다는 생각이 든다. 어쩌면 푸른 여자의 등장과 내 걸음걸이 사이에 어떤 연관성이 있을지도 모른다. 혹시 내가 좀 더 조심해서 걸으면 만의 끄트머리 자작나무 숲에서 그녀가 나타날지도 모른다.

지하도는 마법의 통로다. 그 안에는 의미가 흘러넘친다.

숲의 바닥은 바다의 바닥이 되었다. 그녀는 물결 모양의 젖은 모래 위를 걸었다. 마치 흐르는 공기 위를 떠다니는 것 같았다. 나무의 어린 싹들이 흔들렸다. 약한 물줄기에도 떠밀리는 수중식물처럼 흔들렸다. 저 높이, 한참 위로 무성한 소나무 가지가 수면에 잔물결을 일으키는 게 보였다. 그 위로 따뜻한 봄 햇살이 점을 찍듯 내리꽂혔다. 물은 그녀 머리 위로 덮였고, 바다는 그녀를 감싸 숨겨 주었다.

지하도가 비에 잠긴다. 어두컴컴한 터널 속에 물이 무릎 높이까지 찬다.

고속도로의 콘크리트 표면 위에서는 물이 빠지지 않는다. 밤사이 내린 서리가 도랑에 모였다가 녹아서 터널은 깊은 수로가 된다.

날이 더 추워지면 보행로가 얼어붙어 항구로 가는 길이 막힌다.

푸른 여자는 나에게 확신이 부족하다고 말할지도 모른다.

패널 건물들 뒤로 기울던 해가 평평한 지붕에 부딪혀 반짝인다. 서서히 줄어드는 황혼은 아스팔트 물웅덩이를 아스라이 비추다 결국 가로등 불빛에 밀려난다. 이제 9월이다. 은색 지구 위로 비행기 그림자가 드리운다.

집은 깨끗하다. 조리대 위에는 찌꺼기 하나, 커피 얼룩 하나 없다. 창틀이나 TV에도 먼지가 없다. 벽시계는 2시 40분을 가리킨다.

그녀는 마음을 다스리고자, 조금이라도 더 진정하고자, 손바닥을 탁자 상판 위에 얹는다. 깨끗하고 질 좋은 나무는 베어지고 쪼개지고 톱질을 당하고 압축되고 정확한 크기로 재단되어 값어치 있는 물건이 되었다. 사람들이 그 앞에 앉고 싶어 하는 탁자가 되었다.

벽시계가 8시 10분을 가리킨다. 대륙에 어스름이 깔린다.

그녀가 시계를 한 번 더 들여다본다.

"집중해, 살라."

시간은 그녀를 빼놓고 흘러가는 것 같다. 그녀는 시간이 멈춘 것 같은 곳, 다른 곳에서 흐르는 시간이 닿지 않는 패널 건물에 와 있다. 그녀는 지금이 몇 시인지 알지 못한다. 하루가 어디로 갔는지도 모른다. 마지막으로 씻은 때가 언제인지 기억나지 않는다. 복도 수납장 안에는 양동이와 걸레가 있다. 욕실에는 샴푸와 비누가 있다. 세면대 귀퉁이에는 포장지 위에 놓인 비누 조각이 있다. 비누 거품이 스며든 포장지는 축축했다.

"오늘 아침에 샤워 안 했어?"

레오니데스다. 그는 분명 여자들은 하루에 몇 번씩 샤워하리라 짐작하는 것 같았다. 하지만 그녀는 여자가 아니다. 그에게 그런 말을 한 적은 없었다. 그래서 그는 그걸 알지 못한다. 그녀는 남자도 아니다. '꼬마 모히칸'은 그런 구분을 하지 않는다. 그런 것은 다른 사람들이 만들어 낸 쓸모없는 필요에 불과하기 때문이다. 레오니데스는 샤워를 자주 하는 데 거리낌이 없다. 이 나라에는 물이 차고 넘친다. 수도 요금은 대학이 낸다.

열린 발코니 문으로 한기가 집 안으로 들이닥친다. 차가운 공기에서 핀란드의 냄새가 난다.

핀란드는 어둠과 비와 축축한 가죽 냄새를 풍긴다.

푸른 여자는 여전히 나타나지 않는다. 자갈밭과 해안 사이에 마가목 한 그루가 서 있다. 그 잎사귀가 노랗게 물들었다.

새들이 가지를 흔든다. 열매로 배를 채운 새들은 무겁게 낮게 드리운 하늘로 날아오른다.

고속도로와 저장탑과 공사 중인 건물 위로 비구름이 다가온다. 건물들은 외관이 모두 엇비슷해 그 끝이 하늘의 어느 방향을 향하는지로만 구분된다.

잠시 후 하늘을 뒤덮은 구름이 그 구분마저 지워 버린다.

그녀는 유리창으로 둘러싸인 발코니로 나간다. 그녀의 체온으로 인해 창문에 김이 서리고 유리에 수증기가 맺힌다. 그녀는 창문에 손을 대고서 거리 맞은편에 있는 단풍나무를 바라본다. 단풍나무의 크기가 그녀의 손바닥과 딱 맞아떨어진다. 그녀는 그곳을 누른다. 손으로 단풍나무를 눌러 부순다. 가지와 줄기가 꺾이고 부러지고 나무즙이 흐른다.

피다.

습기를 문지르면서 그녀는 어머니의 목소리를 듣는다. "한 손이 다른 손을 씻어 주는 거야."

어머니는 이 단풍나무에 대해 아무것도 모른다. 방향감각을 상실한 식물들도, 백야도, 그리고 똑같이 생긴 도로 옆에 똑같이 세워진 패널 건물도 모른다. 어머니는 '살라'라는 이름을 들어본 적이 없다. 어머니는 4월의 밤에 독일의 숲이 어떻게 생겼는지 모른다. 해가 지면 도로변 배수로가 모두 똑같은 시냇물처럼, 물라바강의 실개천처럼 보인다는 것도 모른다. 가끔 가까이 다가왔다가 파제발크 방향으로, 슈체친 방향으로 사라지던 국도의 자동차 소리나 어두운 가로수 사이에서 튀어나와 다시 어두움 속으로 사라지던 헤드라이트의 불빛에 관해서도 모른다. 언젠가 그 불빛이 그녀의 얼굴을 비쳤다. 그녀는 이 밤, 이 장소에서 자신을 증명할 수 있는 것은 그것뿐이라는 듯, 얼굴을 꼿꼿이 들고 걸었다.

어머니는 절대 사라지지 않을 것이다. 어머니는 낙엽송이 지키는 집에 계속 살고 있을 것이다. 멀리 떠나고 싶지만 떠나기에는 너무 늙은 사람들과 함께. 아침마다 눈을 치우고, 밤에도 일하며, 삶에 최선을 다하려 노력하지만, 생각만큼 잘되지 않는 사람들과 함께. 그녀의 어머니도 그들 중 하나다. 어머니는 기차역 화장실에서는 머리를 어떻게 감는지 모른다. 독일의 작은 역에서 풍기는 지린내에 관해서도 아는 바가 없다. 사람이 돈 없이 사는 법을 얼마나 빨리 터득하는지도 모른다. 그녀의 어머니는 역 앞 간이식당 테이블 근처에서 굶주린 배를 부여잡고 서서 누군가 감자튀김을 반만 먹고 버려 주길 기대하는 심정을 모른다. 배낭을 멘 젊은 여성이 역무원 앞에서 당황하자 옆자리에 앉아 있던 중년 남자가 네 명까지 함께 쓸 수 있는 자신의 기차표를 내밀며 동승자라고 말해 주었다. 어머니는 낯선 사람이 베푸는 그런 식의 호의에 대해서 알지 못한다.

다만 발트해를 건너는 페리에 관해서는 들은 적이 있을 것이다. 페리는 하루에 세 번 독일의 슈트랄준트에서 출발한다. 항구 아스팔트 위에 그려진 흰 선 위로 자동차들이 줄을 선다. 여러 해에 걸쳐 뜨거운 매연을 뒤집어써 온 아스팔트는 갈라지고 휘어졌다. 아디나는 그 위에서 정해진 방향 없이 얽히고설킨 자동차를 지겹도록 지켜보았다. 그녀는 식당과 환전소와 보행자 다리 사이를 하염없이 오갔다. 무거운 배낭을 멘 등으로 땀이 흘러내렸다. 페리 한 대가 출항한 후 텅 빈 항구에는 그녀와 오렌지색 조끼를 입은 안내원들만 남았다. 그들 중 한 명이 그녀에게 다가오면 그녀는 고개를 푹 숙인 채 급히 그 자리를 떠났다. 멀리 물러나 다시 차들이 얽히고, 캠핑카와 캐러밴이 몰려들고, 페리가 접안하고 출항하기를 기다렸다. 그날은 폭풍우가 몰아쳤다. 알록달록한 차들 사이에서 라스타파리교* 신자 하나가 밖으로 나와서 소리쳤다. **이런 엿 같은 날**

---

* 자메이카에서 시작된 신흥 종교로, 머리카락을 굵게 꼬아 늘어뜨리는 드레드록 스타일로 교도들을 쉽게 알아볼 수 있다.

씨에 히치하이킹을 하다니, 제정신이야? 그녀는 배낭과 함께 라스타파리교 신자의 낡은 피아트 자동차 뒷자리에 탔다. 차는 아무런 제재를 받지 않고 선체로 들어갔다. 주차구역 C3. 그녀는 알파벳과 숫자를 기억해야 했다. 그녀는 주차구역 C3를 머릿속에 저장해야만 했다. 약에 취해 북극권으로 가는 중이던 라스타파리교 신자와 그녀의 남자 친구는 알파벳과 숫자를 기억하지 못할 것이기 때문이다. 아디나는 갑판으로 올라가는 계단에서 코를 찌르는 배기가스 냄새를 맡으며, 이동 중인 북극권에 관한 설명을 들었다. 북극권은 기껏해야 하루에 1미터씩 움직이지만, 양방향으로 동시에 움직인다고 했다. 그래서 매년 북쪽으로 15미터씩 이동하는 동시에 남쪽으로도 450미터를 움직인다. 이 과도한 편차는 어떤 좌표 체계도 신뢰할 수 없게 만든다. 라스타파리교 커플은 자기들 눈으로 그 현상을 확인하고 싶다고 했다. 설명을 듣고 보니 아디나도 좌표계의 신뢰성에 의심이 생겼다. 자연스럽게 그들과 한 팀이 될 수도 있을 것 같았다. 그러나 그녀는 히치하이커인 동시에 배낭 여행객이었다. 기차로 유럽을 일주하던 중 돈이 떨어졌다고 자신을 소개했다. 리키는 그런 걸 '유랑'이라고 불렀다.

그녀는 2유로짜리 동전 하나로 샤워를 하고, 달콤한 소시지와 무료로 제공되는 저알코올 맥주를 마셨다. 그리고 그들이 피아트를 타고 다시 페리에서 내려올 때 뒷자리에 그대로 앉아 있었다. 몸은 지쳤고 마음은 마비된 상태였다. 라스타파리교 커플은 그런 그녀를 개의치 않았다. 어쨌든 둘보다는 셋이 낫다고 생각하는 것 같았다.

스웨덴의 룰레오에 이르러 그녀는 더 이상 그들과 함께 있을 수가 없게 됐다. 그들이 피우는 마리화나의 축축하고 곰팡내 나는 연기에 속이 뒤집어졌다. 차가 출발하는 동시에 구역질이 나기 시작했다. 며칠을 자동차 뒷자리에서 밤을 지새웠더니 온몸이 쑤시기도 했다. 그 나라에서는 어디서나 캠핑을 할 수 있으므로 라스타파리교 커플은 2인용 텐트에서 잠을 잤다. 그 나라를 여행하는 며칠 동안 그들은 캠핑장을 찾을 필요가 없었다. 호숫가나 침엽수로 둘러싸인 주차장에 텐트를 펴면 잠을 잘 수 있었기 때문이다. 라스타파리교 여자는 룰레오가 빌어먹게 재미없는 도시인 데다가 모기가 득실거리므로 아디나를 두고 갈 수 없다고 했다. 숯 성분이 든 모기 퇴치제를 아무리 뿌려도 40년 동안 굳건히 버티던 독일 장벽을 닮은 그 동네 모기들은 얼굴 앞에 버티고 서서 꿈쩍하지 않았다. 그들은 아디나를 오울루까지 태워 주기로 마음먹었다. GPS 지도를 보아하니 오울루는 대도시였다. 거기까지 가는 세 시간 반 동안 본 것이라곤 도로변에서 풀을 뜯는 순록뿐이었다. 오울루 역에 도착하니 기차 두 대가 대기 중이었다. 그중 하나가 헬싱키행이었고 거기서는 집에 가는 비행기를 탈 수 있었다. 헤어질 때 라스타파리교 남자는 기회가 되면 갚으라며 그녀의 주머니에 50유로를 찔러 주었다. 그는 정말 그럴 수 있으리라 믿는 것 같았다. 떠나겠다고 한 사람은 그녀였으나 막상 헤어질 때가 되니 버려지는 기분이 들었다. 다만 라스타파리교 남자의 친절로 그 기분이 누그러졌다. 그들은 기차역 매점에서 마지막으로 콜라를 함께 마시고 드레드로 꼬아 놓은 머리카락 위로 대마초 구름이 떠오르는 것을 구경했다. 기차는 여덟 시간을 달렸다. 그녀는 한밤중에 헬싱키에 도착했다.

  하지만 이 사람은 도대체 누구일까? 거짓말을 하고, 남의 돈과 기차 정기권을 훔치고, 커피에 슈납스를 타고, 집으로 돌아갈 수 없는 사람, 아니 도저히 돌아갈 수 없는 사람. 예전처럼 문 앞에서 서서 "아호이, 나 왔어!"라고 외칠 수 있을까? 계단참에 낙엽송 그늘이 드리우고 대문 앞에는 눈이 푹푹 쌓이는 집을 향해 걸어갈 수 있을까? 어머니는 눈삽을 들고 장화가 눈을 밟는 뽀드득 소리를 들으며 마당으로 내려가는 계단 세 칸을 쓸고 있을 것이다. 어머니는 눈더미나 누군가 만들어 놓은 눈사람 때문에 딸이 돌아오는 길이 막히지 않도록 언제나 길을 치워 놨을 것이다. 사람이 다가오는 소리가 들리면 고개를 들 것이다. 하지만 발소리가 착각이라는 것을 깨닫고 이내 실망할 것이다. 어머니가 보낸 편지에는 오래도록 답장이 오지 않았다. 그래도 그건 아이가 바쁘기 때문이라고, 아이는 새 환경에 적응했고 자립했으며 친구를 사귀었고 잘 지내고 있기 때문이라고 생각한다. 돈이 충분히 모이면 몇 주 안에, 늦어도 반년 안에는 독일어 자격증을 딸 것이다. 어머니가 다시 한번 고개를 든다. 그리고 손에 든 눈삽을 내려놓는다. 2년간 어머니의 얼굴에서 사라지지 않았던 염려가 한순간에 날아간다. 어머니는 아디나를 얼싸안은 팔을 풀지 않는다. **할머니가 너를 자랑스러워했을 거야.**

지금은 9월이다. 9월에는 하라초프에 눈이 없다.

그녀 또한 이렇게 돌아가려고 더 큰 세상에 나온 것이 아니다. 어딘가 묶여 있다가 억지로 풀려 난 사람처럼 무기력하고 허망하게 돌아갈 수는 없다. 그녀는 좋은 나라로 왔다. 라스타파리교 여자가 말해 준 것처럼 웃음을 금지하거나 무장한 사람들이 가면을 쓰고 돌아다니는 그런 나쁜 나라가 아니라 좋은 나라. 나쁜 여건에서 출발한 것도 아니다. 더 큰 세상에 나오기 전까지 어머니는 그녀를 정성껏 키웠다. 해 줄 수 있는 모든 것을 다 해 줬다. 아디나가 너무 작아서 자동차 조수석에 앉아 계기판이 보이지 않을 때부터 그들은 여행을 다녔다. 어머니는 아디나를 방석 위에 앉히고서 리베레츠의 영화관이나 브르흘라비 성으로 차를 몰았다. 크리스마스 연휴에는 함께 방직공장으로 갔다. 그들은 거대한 산맥을 둘러싼 공장들을 돌아다녔다. 여름에는 축축하고 겨울에는 침침한 골짜기에는 단조로운 공장 건물이 빼곡했다. 계곡을 덮은 젖은 눈 위에는 높은 굴뚝에서 나온 그을음이 쌓였다. 산에서 구불구불 흘러나온 계곡물은 강으로 향했다. 낮은 산기슭에서부터 강바닥이 넓어졌고 그 강을 따라 도로도 굽이쳤다. 강은 넓고 도로는 좁았다. 강가에는 차가 다닐 공간이 거의 없었다. 강 한쪽은 바위산이었고 다른 한쪽은 우거진 숲이었다. 계곡을 둘러싼 숲은 하루에 몇 시간만 햇빛이 비치는 음지였다. 도로가 좁으니 마주 오는 차를 대비해 속도를 줄여야 했다. 커브에서는 사람이 걷는 속도만큼 느려졌다. 겨울이면 제설이 되지 않은 도로 위에 트럭이 멈춰 섰다. 소나무에서 도로로 눈덩이가 떨어져서 앞이 보이지 않았다.

　가끔 소련 군인들의 더러운 초록색 군용트럭과 마주칠 때도 있었다. 점령군 병사들이 집으로 가는지, 아니면 다른 어디로 가는지는 몰랐다. 그들이 보이면 어머니는 가속 페달을 밟았다. 붉은 군대를 추월하는 것은 금지였다. 그런데도 어머니는 속도를 올렸다. 어머니는 러시아인들을 두려워하지 않았다. 마주 오는 차가 없는 것을 확인하면 좁은 도로에서 가속 페달을 끝까지 밟아서 군용트럭을 빠르게 추월했다. 그리고 다음 급커브에서는 숨이 헐떡거리도록 웃으며 괴물 같은 강철 트럭 앞에서 급브레이크를 밟았다. 그러면 트럭의 커다란 바퀴가 진흙을 짓이기며 둔중하게 정거했다. 그때마다 뒤 창문으로 보이는 소련 병사의 얼굴은 똑같았다. 영양실조에 걸려 핼쑥한 얼굴에 슬픈 눈을 가진 그는, 마치 노란 소형차 때문에 급히 브레이크를 밟아야 하는 일 따위야 아무래도 좋다는 듯이 무표정했다. 군용트럭들 사이에 낀 어머니의 자동차는 반짝이는 점 같았다. 우중충한 초록색 사이에서 해처럼 노랗게 빛났다. 그리고 잠시 후 어머니는 다음 번 추월을 위해 가속 페달을 밟았다.

방직공장은 강이 굽어지는 어귀의 넓은 둑 위에 서 있었다. 길게 늘어선 벽돌 건물의 커다란 창문에는 블라인드가 내려져 있었고, 공장마다 빌라가 한 채씩 딸려 있었다. 주로 언덕 위에 세워진 빌라는 한때 방직공장으로 큰돈을 번 대부호의 소유였다. 하지만 부호들은 쫓겨나고 빌라는 유치원이나 요양원으로 용도가 전환되었으며 그때부터 퇴락하기 시작했다. 창문틀과 기둥이 썩어 들어갔다. 하지만 노인들은 늙었고, 아이들은 권리를 주장할 능력이 없었다.

그녀는 지제라 계곡에 접한 작은 도시, 유일레므니체에 있는 공장을 제일 좋아했다. 커다란 공장 안은 따뜻했고 엄청나게 시끄러웠다. 한쪽에서는 수백 개의 실이 방직 기계로 끌려들고, 반대쪽에서는 커다란 천이 나와 자동으로 두꺼운 롤에 감겼다. 그녀의 어머니는 그 기계에 대해 잘 알았다. 어머니는 방직 엔지니어 교육을 받았고, 그 후에는 고급 훈련을 받고 디자이너가 되었다. 방직공장 노동자들은 어머니를 존경했다. 어머니는 관료가 아니었다. 무작정 천을 뒤적거리지 않았다. 그녀는 보푸라기 하나를 갖고 방직 실수라며 트집을 잡지 않았다. 그녀는 롤을 펼쳐서 그녀가 종이 위에 펼쳤던 상상력이 천 위에서 얼마나 아름답게 구현되었는지를 점검했다.

유일레므니체에서 아디나는 상자에서 쿠키를 꺼내 먹었고 뜨거운 코코아를 마셨다. 그녀의 어머니는 점검이 끝나면 방직 여공들이 가져갈 수 있도록 천의 길이를 미터 단위로 잘랐다. 그리고 그 몇 미터의 천들에 도장을 찍었다. 수출에 부적합한 불량품을 표시하는 도장이었다. 강가에 세워진 공장들에서 생산된 천들은 소련과 동유럽 사회주의 국가 밖으로 수출되었다. 하지만 불량품 도장이 찍힌 천들은 수출되지 않고 이 나라에 남았고, 어머니는 거리에서 자신이 디자인한 천을 발견할 수 있었다.

이탈리아 디자이너의 셔츠나 스커트나 바지의 소재로 생산된 아름답고 값비싼 천 중 불량품 도장이 찍힌 몇 미터는 방직공장 여공들의 몫이었다. 여공들은 고마움을 담아 어머니에게 비싼 커피나 럼이 든 고급 초콜릿을 선물했고 어머니는 그것들을 벽장에 세워 두었다. 그걸 볼 때마다 어머니는 한 손이 다른 손을 씻어 주는 거라고 말했다. "소비에트 시절에는 다 그렇게 살았어. 요즘이라고 다르겠니."

한 손이 다른 손을 씻어 준다.

그녀는 발코니 문을 열어 놓는다. 거실을 가로질러 욕실로 간다. 세면대 가장자리에 비누가 놓여 있다. 그녀는 물을 틀고 그 아래에 비누를 넣은 다음, 한 손으로 다른 손을 씻는다. 그리고 수건으로 손을 닦는다. 이 거친 수건도 임대 계약서에 포함된 기물이다.

여기서 궁금한 점은 레오니데스가 누구의 손을 씻겨 주었는가 하는 것이다. 그가 인권을 지킨다면서 그 인권을 침해하는 자들의 손을 씻겨 주는 건 아닌지 궁금하다. 비록 그것이 가장 기본적인 인권, 자기 몸에 대해 스스로 결정할 권리에 관한 것이었다 하더라도.

"그게 무슨 권리든 똑같아!"

하지만 그 질문에 대답해 줄 사람은 여기에 없다.

기다리는 동안 내가 할 수 있는 건 기억하는 일뿐이다. 나는 지난날 우리가 나누었던 대화를 기억에서 소환한다. 평범한 대화들. 침묵과 보안 속에 생겨난 친밀감.

"이해하지 못하는 가운데 우리는 서로 가까워진다."

나는 도서관에서 이것이 일제 아이힝거의 문장이라는 것을 알아냈다. 안다고 크게 도움 될 것은 없었지만.

빛 속에서 바다를 바라보던 그녀의 모습을 떠올린다. 그녀 눈에서 푸른 빛이 흘러나오기 시작했다. 그녀의 미소에서도. 어쩌면 착각일지도 모르지만.

내가 그녀라면 다시 항구로 올 것이다. 바위 위, 자작나무 숲 너머, 만의 끄트머리에서 모습을 드러낼 것이다. 가만히 서서 머리를 정리할 것이다. 내 손에 든 스카프는 바람에 펄럭일 것이다.

나는 그녀가 올 거라고 확신해야 할 것이다.

그렇지 않으면 결국 내가 만난 건 나 자신이었다고 믿어야 할 테니까.

부엌 장에는 냄비와 접시, 깨끗한 잔과 식기가 있다. 서랍에는 양념이 있다. 붙박이장과 창문 사이 좁은 틈에는 빗자루와 쓰레받기가 세워져 있고 그 옆 고리에는 장바구니 두 개가 걸려 있다. 선반 위에는 상자 하나가 놓여 있다. 그녀는 팔을 뻗어 상자를 내렸다.

굶주림이다.

굶주린 사람은 파스타의 소비기한을 확인하지 않는다. 굶주림 앞에 그녀는 매우 약해진다. 그녀는 곁들여 먹을 게 없는 걸 알면서도 일단 봉지를 뜯어 끓는 물에 면을 집어넣는다. 토마토소스도 없고 오일도 없다. 하지만 면에는 탄수화물이 들어 있다. 소비기한이 지난 면이라 해도 탄수화물은 사라지지 않는다. 탄수화물은 신체에 에너지를 공급한다. 진술하려면 그녀에게 에너지가 필요하다.

진실을 한 번 말하는 것은 그리 대단한 일이 아니다. 그녀와 세상 사이에는 엄청난 거리가 있다. 이곳은 나무가 없는 황량한 땅이다. 그녀가 나무 재질의 벽으로 둘러싸인 법정에서 검은 법복을 입은 여성 판사 앞에서 무슨 말을 하든, 그녀는 이 황량함에 아무런 영향을 미치지 못할 것이다. 하지만 시간이 조금만 지나면 아예 그럴 기회조차 없을 것이다. 오데르강 저택에서 일어난 모든 일은 어둠 속으로 사라질 것이다. 영원히 생에서 추방되어 어두움이 될 것이다. 어릴 때부터 사람들에게 공포를 가르치는 그림자들 중 하나처럼.

숟가락이 적막 속에서 달그락거린다. 괴로운 적막은 이제 더 이상 없다. 설거지할 때는 물줄기가 힘차게 싱크대를 때린다. 침실에는 꽃과 솔방울이 그려진 드레스가 걸려 있다. 오늘 당장 이 집을 떠날 생각은 아니다. 그래도 그녀는 가진 것 중 가장 아름다운 것을,

유명 디자이너의 드레스를 입는다. 그녀는 배와 엉덩이를 매만져서 구김을 없앤 다음, 노트북 앞에 앉아 카메라 렌즈를 바라본다.

렌즈가 가만히 그녀와 눈을 맞춘다.

그녀는 감사할 게 없다. 카메라 렌즈에 눈을 맞추고 동정을 구걸하는 건 우스꽝스럽다. 그녀는 걸인이 아니다. 그녀에게 필요한 건 꽃과 희망으로 꾸며진 단체가 아니다. 그녀는 부자들의 양심을 달래는 데 기여하고픈 마음이 없다. 그녀는 그들의 자선과 동정에 의지하지 않을 것이다. 그녀가 바라는 것은 오직 하나, 굳건하고 열린 마음으로 다른 사람을 살피고 돌아볼 줄 아는 사람이다. 그런 사람 하나면 된다. 저녁이면 뮈스카데 와인을 사서 퇴근하는 회원을 거느린 조직이나 협회는 필요치 않다. 그녀에겐 안온한 체념으로 쉽게 주저앉는 그 스위스 손님 같은 사람이 아니라 맑은 정신으로 존재의 무게를 견딜 수 있는 사람이 필요하다. 스위스 손님 같은 사람들은 언제나 틀림없이 변명을 준비하고 있다. 적절한 변명을. 자기 영혼의 평안을 사수하기 위해서라면 그들은 분명한 논리를 피해서 터무니없는 논리를 택할 수도 있다. 그게 바로 스위스 손님이었다. 하지만 이제 와 스위스 손님을 떠올리는 것은 부질없는 일이다.

그녀는 다시 일어나 냉장고로 가서 병을 꺼낸다. 그녀는 제대로 된 음료가, 하라초프의 바텐더들이 만들어 내놓던 사과주스와 레몬이 들어간 칵테일을 마시고 싶었다. 하지만 냉장고 안에 있는 거라곤 누군가 냉동실에 남겨 둔 사각 얼음뿐이었다.

그녀에겐 바리케이드로 나아가는 사람이 필요했다. 불타오르는 땅에 서 있을 사람이. 레오니데스의 말에 따르면 크리스티나가 바로 그 사람이었다.

불이 붙지 않은 담배를 입에 문 채 시청 계단 초입에 서서 멀어지는 택시 꽁무니를 바라보던 크리스티나. 그녀가 아는 것은 단지 이름 하나, '크리스티나'뿐이다.

나는 목이 말라 잠에서 깬다. 자리에서 일어나 유리창으로 둘러싸인 발코니로 간다. 나는 깜깜한 유리창에 손을 대고 그 너머 웅덩이를 쳐다본다.

낮에는 대학에 간다. 거기서 다시 내 연구를 재개한다. 빌린 자전거로는 거기까지 30분이 걸린다. 자전거 도로를 나무뿌리가 가로막을 때도 있었으나 아직 눈은 없으니 탈 만하다. 연구소는 시내의 어느 내리막길 가에 있다. 바로 곁에는 오래된 도서관과 무인 카페가 있다.

레오니데스가 길을 건너 카페로 들어온다. 매우 지쳐 보인다. 회의에서 문제가 생겼다고 말한다. 에스토니아 출신 박사 과정생 두 명이 일어나 그가 국가를 배신했다며 공개적으로 비판했다. 그가 유럽연합에서 2007년 4월 탈린에서 일어난 러시아계 주민들의 유혈 폭동을 격렬하게 비판하지 않았다는 이유에서였다. 탈린 시내에서 청동 군인상을 철거하려 하자 반대하는 사람들이 폭동을 일으켰다. 군인상은 전쟁이 끝나고 소련이 세운 것이었다. 소련은 에스토니아가 붉은 군대 덕분에 해방을 맞았다는 사실을 상기시키려는 목적으로 에스토니아의 유명 레슬링 선수를 모델로 삼아 소련 군인상을 만들었다. 4월 27일 밤, 에스토니아 정부는 기념비를 철거하여 탈린 외곽의 군인 묘지로 옮겼다. 그러자 탈린에 거주하던 러시아계 민족 중 일부가 봉기하였고, 푸틴은 비공식적으로 에스토니아를 제재함으로써 그들에게 힘을 실었다. "우리가 역사의 어두운 면을 지우는 데에만 치중한다면 폭동은 몇 번이고 거듭될 것입니다." 박사 과정생들은 이 문장을 걸고넘어졌다.

그는 내게 그동안 어디에 있었냐고 묻는다.

그의 넥타이에 얼룩이 있다. 나는 그에게 커피 한 잔과 시나몬 롤을 권한다.

잠시라도 푸른 여자를 생각하지 않으니 좋지만 그래도 그녀 생각을 놓을 수는 없다.

크리스티나는 흔한 이름이다. 팝 가수, 테니스 선수, 하물며 여왕 중에도 동명이인이 있다. 크리스티나는 이 세상에서 가장 인기 있는 이름 중 하나다. 검색엔진은 그 이름을 폴란드어와 스페인어, 독일어와 영어, 그리고 핀란드어와 점자로 어떻게 표기하는지를 알려 주었다. 크리스티나는 Christina일 수도 있지만 Krystyna이거나 Kristina일 수도 있었다. 이름의 주인이 꼭 여성이거나 기독교인이라는 법도 없다. 스웨덴에는 크리스티나라는 수호성인이 있다. 인터넷은 많은 것을 알고 있다. 하지만 흰 셔츠를 입은 여인이 누구인지 알아내지 못하는 한, 아무것도 모르는 것과 다름없다.

그녀는 새로운 검색어를 시도한다. 레오니데스의 말을 떠올려, 검색창에 '불타오르는 땅, 크리스티나'라고 친다. 물잔에서 얼음 조각이 덜거덕거린다. 개인 병원과 오스트레일리아의 산불과 팝송 클립이 검색되었으나 모두 쓸모가 없다. 링크 중 하나가 독일 시집으로 연결된다. 그녀는 오랫동안 독일어를 쓰지 않았다. 오데르강의 저택에서 나온 뒤로는 모든 독일어에서 헛기침이 들렸다. 모니터에 뜬 독일어는 운문 형식이었다. 에리히 뮈잠이란 작가의 시였다. 그녀는 소리 내어 시를 읽었다. 그래야만 겨우 뜻을 알 수 있었다. 그녀는 마치 부엌과 거실 사이에 누군가 숨어서 듣고 있기라도 한 것처럼 한 구절씩 소리 내 읽었다.

"별들은 그 어느 때보다 낮게 깔려
　두려움의 맹위 속에서 땅을 응시한다.
　그들은 슬픈 고통에 잠긴 인류를 비춘다."

슬픈 고통, 그녀는 이 말을 레오니데스에게 했어야만 했다. '두려움의 맹위'는 가정법이 아니라 현재형이다. 네덜란드 화가의 그림 속 자연이 펼쳐지는 레오의 유럽에서도, 그녀와 그의 시간 끝에서도. 그건 비단 100년 전에 지어진 시구 속 이야기가 아니다. 표현뿐 아니라 그 감정도 여전하다. "두려움은 맹위를 떨친다. 땅은 불타오른다."

"창공의 별들 앞에서 부끄러워하기를!"

이런 호통 앞에서 헛기침도 잠잠해진다.

레오니데스 실만이 내게 관심을 보이기 시작한 것은 2년 전이었다. 내가 과학연구소 장학생으로 수학하던 학교에서 그가 유럽 문화정책에 관한 강연을 한 적이 있었다. 그날 나는 투오마스에게 마사지를 받는 것 외에는 학교에 다른 볼일이 없었다. 과학연구소 조교들은 한 달에 한 번 무료로 마사지를 받을 수 있었다. 투오마스가 마사지를 끝냈을 무렵 눈보라가 심하게 내렸다. 나는 그칠 때까지 기다리기로 마음먹고선 연구동과 연구동을 잇는 구름다리를 건너서 천천히 도서관으로 향했다. 눈보라가 치는데도 도서관 안은 쾌적했다. 커다란 타원형 채광창 덕분에 모든 층에 환한 빛이 흘러 들어왔다. 거기서 나는 옆 건물로 갔다. 어느 강당 앞에 한 무리의 사람들이 모여 있는 게 보였다. 어떤 강연을 들으려 모인 학생들이었다. 아무 계획이 없었으므로 나는 그 인파와 함께 강당으로 들어갔다. 영어로 하는 강연이었다. 무슨 말인지 정도는 이해할 수 있으리라 생각했다. 내가 들어온 곳은 의대나 수학과 건물이 아니라 인문학과 강당이었기 때문이다. 어쩌면 배울 만한 게 있을지도 모른다고 기대했다.

강연자를 본 순간 나는 실망했다. 번들대는 회색 셔츠 위에 코듀로이 재킷 차림으로 교단 위로 올라온 그는 무기력해 보였다. 전형적인 동유럽 사람 행색을 한 그는 소련 붕괴 후 제작된 영화에서 작은 도시의 시장 역할을 맡았던 배우를 닮았다. 하지만 그는 흠잡을 데 없이 완벽한 영어를 구사했다. 말하는 동안 그에게선 동유럽의 촌티가 사라지고 서 있는 형세가 늠름해졌다. 그가 네덜란드 회화를, 회화의 황금기에 그려진 풍경화를 설명할 무렵부터는 그에 대한 인상이 긍정적으로 바뀌었다. 그는 드넓은 들판 한가운데 배치된 나무와 그 위로 펼쳐진 구름이 드리운 하늘을 묘사했고, 자기가 보기에 유럽 문화의 본질을 가장 잘 표현하는 색은 파랑과 초록, 그리고 흙색이라고 말했다. 그리고 한 여학생이 유럽인의 자의식에 가장 큰 영향을 미친 것이 무엇이라고 생각하느냐고 묻자 그는 "고흐와 베르메르의 풍경화, 나이팅게일의 노랫소리, 모차르트, 핀란드식 사우나, 솔제니친의 수용소 군도, 그리고 나치 수용소"라고 답했다. 그 순간 나는 그에게 흥미가 생겼다.

"핀란드 밍크 농장에서 착취당하는 루마니아인들은요?" 내겐 보이지 않는 저 뒤쪽에서 누군가가 소리쳤다. "독일 남자들의 바지를 내리고 빨아 주는 젊은 동유럽 여자들은요? 하나의 유럽은 빌어먹을! 그런 건 한쪽이 다른 쪽을 착취할 때 필요한 변명일 뿐이에요!"

내 앞줄에 앉았던 나이 지긋한 몇 명이 자리에서 일어나 강당을 나갔다.

"제가 말하겠습니다." 레오니데스 실만이 차분히 입을 열었다. "유럽 내에는 상반된 기억체제에 근거한 두 개의 현실이 존재합니다. 이에 우리는 시급하게 대응해야 합니다."

나는 레오니데스가 에스토니아 출신이라는 것을 알아채는 데까지 한참이 걸렸다. 처음에 그는 브뤼셀과 스트라스부르에서의 전체 회의 주간이나 유럽연합 3자 합의체 회의나 대표단 시찰이나 개발 위원회 혹은 인권 소위원회의 회의 등과 같은 얘기만을 했다. 그런 주제에서 그가 에스토니아인임을 짐작할 단서는 없었다. 그러다 어느 순간 나의 혼란을 간파한 그는, 레오니데스가 전형적인 에스토니아식 이름이 아니라서 눈치채지 못했을 거라며 내게 사과했다. 나는 그의 이름이 전형적인 에스토니아 이름이었다 해도 알아채지 못했을 것이기에 그저 웃기만 했다. 그때까지 나는 타르투라는 도시의 이름도 들어본 적이 없었다. 에스토니아 남동부에 위치한 타르투는 대학 도시로, 그의 아내는 타르투의 한 중학교에서 교사로 근무 중이라고 했다. 그는 최근 들어 브뤼셀에 자주 갈 필요가 없게 되면서 아내 얼굴을 예전보다 많이 볼 수 있게 되었다. 그는 일주일에 사흘을 헬싱키에서 지냈고 대학에서 제공한 숙소에 살았다. 그는 내게 숙소를 보여 주고 싶다고 말했지만 다른 누군가와 함께 지내고 있었으므로 그럴 수 없다는 것을 나는 알고 있었다. 그는 동거인에 대한 소문을 동네방네 퍼뜨리고 싶지 않은 것 같았다. 복잡한 사연이 있는 것 같았고 그에 대해선 내게도 함구해 주길 부탁했다. 말하는 동안 그의 귀가 불에 덴 것처럼 붉어졌다.

그 이후로 나는 그와 좀 더 친해져야겠다고 마음먹었다. 나는 복잡한 사연에 관심이 많다.

나는 그의 아내에 관해 묻는다. 그는 커피에 설탕 한 봉지를 다 털어 넣는다. 부인은 잘 지내시냐고 묻자, 그는 고개를 끄덕이며 미소 짓는다. 그의 아내의 학급에는 IT 분야에서 큰 재능을 보이는 여학생들이 있다고 한다. 그런 다음 그는 헬싱키에 있는 다른 여자에 관해 대답할 준비가 되었다는 듯 나를 쳐다본다.

하지만 그 질문 대신 나는 박사 과정생들의 비난에 대응할 생각이 있는지를 묻는다.

곤란한 질문을 피하게 되어 안도한 표정으로 그는 고개를 젓는다. 그리고 커피를 한 모금 마신다. 요즘처럼 어려운 시기에는 우익의 목소리가 점점 커지기 마련이라고, 그가 말한다. '에스토니아는 에스토니아인들만의 것'이라는 식의 목소리가 힘을 얻는다고. 그는 그런 주장들 때문에 발트해 국가들이 독립성을 유지하면서도 동시에 모든 개인에게 존엄과 자부심 있는 삶을 보장해 주는 사회적, 도덕적 질서를 지켜 나가는 데 어려움을 겪는다고 말한다. 1990년대에는 가장 쉬운 일처럼 보였던 것이 이제 와서는 가장 어려운 일이 되어 있다는 것이다.

그의 의견에 따르면, 젊은 민주주의는 무엇보다 먼저 소수자와 그들의 입장을 존중하는 법을 배워야 한다고, 비록 러시아와의 관계에 있어서 그 점이 쉽지는 않겠지만 그게 옳다고 말했다. "1990년 전에 우리 발트인의 얼굴에 총구를 겨누었던 사람들이 지금은 소수자가 되었지요. 물론 서유럽은 그 사실 자체를 묵인하지만."

내 질문에 그는 기분이 좋아진 것 같다. 만약 그가 내 소설 속 인물 중 하나가 되었다는 걸 알게 되더라도 그는 그것이 옳다고, 이치에 맞는다고 생각할 것이다. 레오니데스는 어떤 일에 헌신하는 것을 좋아하고 그 헌신이 곧 자신의 목소리이자 자아의 구현이라고 믿는 사람이다.

작가는 항상 누군가를 팔아넘긴다고 조앤 디디온은 말했다.

푸른 여자는 그것을 아주 예민하게 감지한다.

그녀가 낯선 시인의 시구를 소리 내어 읽자 땅이 불붙기 시작한다. 불꽃의 반사광 앞에 검은 셔츠를 입은 크리스티나가 가슴 앞에 팔짱을 끼고 서 있다. 유화 속 거구의 농부가 그녀에게 건초 다발을 던지려는 것처럼 보였던 바로 그때처럼.

온라인에서 찾아낸 크리스티나는 Kristiina로, i를 겹으로 썼다.

그녀는 며칠 전 시청에서 레오니데스에게 농담을 건네던 여자와는 전혀 다른 사람 같았다. i를 겹으로 쓰는 크리스티나는 사회학 박사이자 인권활동가이고 2006년부터는 핀란드의 국회의원이었다. 레오니데스는 의원직에 대해선 이야기한 적이 없다.

그녀의 연구는 고용차별과 문화적 규범과 인식, 그리고 직장과 가정에서 인종주의의 영향에 초점을 둔다. 그녀는 미래, 고용 및 평등 위원회 소속이다.

아디나는 노트북에서 눈을 떼어 저 멀리 미래를 내다본다. 누군가를 원망할 생각은 없지만 그렇다고 고민까지 접을 수는 없다. 다만 희망과 용기를 쥐어짜는 억지 미소는 짓지 않는다. 아무것도 잡히지 않아 막막할 때 그런 미소는 오히려 사람을 지치게 한다. 크리스티나는 느긋해 보인다. 그녀의 금발과 용모와 몸가짐 전반에서 여유가 묻어난다. 핀란드 탐페레 인근에 있는 작은 마을 출신인 그녀에게 출신과 어울리지 않는 여유가 흘러넘친다. 작은 마을에서는 원래 그런 여유를 키울 수 없다.

만약 내가 당신께 편지를 쓰지 않으면 나는 죽을 것입니다.

크리스티나는 그 어떤 권리라도 싸워서 쟁취할 수 있는 사람처럼 보였다. 그녀는 자기 몸에 대한 권리를 굳이 싸워서 쟁취할 필요가 없어 보이지만 그래도 필요하다면 싸울 것 같았다.

화면이 흐려진다. 모니터가 깜빡이기 시작한다. 그녀가 유리잔 가장자리에서 마지막 물방울을 핥는다. 입이 쓰다. 그 순간 모든 것이, 거실과 탁자와 머리 위에 걸린 벽시계가 물구나무를 선다. 그녀는 두 손으로 탁자 모서리를 꽉 붙든다. 쓴맛과 현기증과 분노는 익숙한 감정이다. 그런데 하필이면 그것들이 한꺼번에 거세게 그녀에게로 몰아친다. 타오르는 불길 속에서 환하게 빛나는 크리스티나를 보노라니 마음이 들끓는다. 만약 내가 좀 더 나은 조건을 갖췄더라면, 자존감이 높았더라면, 여유가 있었더라면, 상황이 그렇게 불리하게 흘러가는 것을 막을 수 있었을 텐데. 그녀가 크리스티나 같은 사람이었다면 누구도 그녀의 권리를 침해할 엄두를 내지 못했을 텐데.

모니터가 다시 환하게 빛난다.

"다른 생각 마, 살라. 집중해."

화려한 크리스티나의 사진 옆에 Contact라는 글씨가 보인다. 그녀는 커서를 끌고 와서 그 글씨를 누른다. 한 페이지 가득 네모 칸으로 채워진 조직도가 열린다. 표 한참 아래에 크리스티나가 있다. 제일 위를 차지한 인물은 핀란드 대통령이다. 짧은 머리에 둥근 얼굴, 작고 둥근 안경을 쓴 여성 대통령은 소박하고 명랑해 보인다. 그녀는 간호사와 건설 노동자의 자녀로 태어나 대통령에까지 오른 입지전적 인물이다. 이곳이 소박한 가정 출신도 대통령이 될 수 있는 나라라면, 이 낯선 땅에 휩쓸려 들어온 야간 근무자의 딸도 존중받아야 마땅하다. 그녀에겐 비록 조건도, 자존감도, 여유도 부족하지만 그래도 도움을 청할 수는 있다.

전송 버튼을 누르기 전에, 그녀는 이메일에 서명을 첨부한다.

- 최후의 모히칸.

푸른 여자가 내 뒤에 서 있다. 그녀가 나를 돌려세운다. 그녀가 웃는다.

그녀는 내내 거기에 있었다.

나는 단지 돌아서기만 하면 됐는데. 딱 한 번 뒤를 돌아보며 어깨 너머로 흘깃 쳐다보았으면 됐는데.

그녀의 장화 아래로 얼었던 풀이 녹는다.

나는 그녀에게 말한다. 내가 그녀의 존재에 의존하고 있다고, 우리의 만남이 내 계획을 바꾸어 놓았다고, 그녀는 내가 본래 품었던 본질에 의문을 품게 만든다고.

추상적인 개념에 대한 신뢰는 끝났다. "핀란드는 동서의 접점이다"라는, 내가 어느 에스토니아 정치학자로부터 들었던 개념은 이제 무의미해졌다.

중요한 것은 그녀다. 그녀가 없으면 나는 글을 쓸 이유가 없다. 책은 의미가 없어질 것이다.

그러나 나는 혼란에 빠지지 않을 것이다.

그녀는 추상적인 개념이 무의미하다는 말도, 그녀가 중요하다는 말도, 모두 과장이라고 생각한다.

침실 창문 앞에 마가목이 검은 그림자를 드리운다. 회색 시트 위에 놓인 검은 손, 낮보다 더 가늘어진 두 다리, 반짝이는 피부, 뼈만 남은 무릎. 그녀는 종아리를 감싸 안고 몸을 앞으로 구부려 무릎 사이로 머리를 파묻는다.

번개가 하늘을 가로지른다. 흰 빛이 번쩍인다. 천둥소리 없이 번갯불만 번쩍인다. 마치 우주의 전기가 방출되는 것처럼 강력한 전기 충격이 방을 밝힌다. 전류는 그녀의 몸으로 흘러들고 그녀는 경련하듯 반응한다. 하늘 위 광선과 동기화된 두 번째 박동이 원래의 심장박동보다 더 빠른 속도로 날뛴다. 그리고 거기에 그가 있다. 그녀는 벽을 따라 돌아다니는 빛 속에서 그를 붙잡는다. 얼굴과 손이 있고, 근육과 무릎이 있으며, 자신만의 맥박을 지닌 모히칸. 그의 몸은 그녀의 몸이므로 그녀가 손끝으로 다리를 쓰다듬고 다리 사이에서 묵직하고 단단한 성기를 느낄 때 기분이 좋아진다. 그리고 부풀어 오른 음순. 모히칸이 거기에 있다. 그가 돌아왔다. 그는 벽 사이로 사라지지 않는다.

그녀는 차분해진다. 그녀의 팔다리에 새삼스레 무게가 느껴진다. 힘이 들어간 팔다리가 든든하다. 이제 그것은 그녀만의 팔과 다리가 아니다. 그리고 갑자기 졸음이 쏟아진다. 그녀는 잠들 수 있고, 잠이 든다. 그새 폭풍우가 사그라든다. 그녀의 꿈속에는 오직 마가목이 부스럭대는 소리만이 들린다.

날이 밝았고 잠에서 깬 그녀는 물을 마시러 간다. 마음이 불안하다. 복도의 그림자와 어두운 얼룩이 어떤 경고처럼 느껴진다. 근심과 염려는 결국 하나의 질문으로 수렴한다. 혹시 크리스티나가 답장을 하지 않으면 어떻게 해야 할까. 만약 그녀의 풍족하고 복잡한 삶 속에 직장에서 인종차별을 받고도 아무 대응을 할 수 없었던 누군가가 들어갈 자리가 없다면 이제 어떻게 해야 할까. 혹은 크리스티나가 그녀를 믿어 주지 않는다면, 또는 그녀의 이메일에 대해 알게 된 레오니데스가 수치심에 사로잡혀 그녀에게 귓속말을 하고 그녀가 거기에 넘어간다면 상황은 더 나빠질 것이다. 그리고 혹시 그 헛기침하는 남자가 아직 헬싱키에 있다면.

사방은 환해졌으나 노트북에서 바뀐 것은 날짜뿐이다. 9월 17일은 기필코 18일이 되었다. 받은 편지함은 여전히 비어 있다. 크리스티나의 답장은 오지 않고, 모히칸은 펼쳐 놓은 노트북 앞에서 끈질기게 기다린다. 그의 얼굴, 가슴, 팔을 비추던 아침 햇살은 얼마 후 배와 다리 위로 떨어진다.

거의 1년 만에 처음으로 그녀는 리키를 떠올린다. 그녀가 서 있는 그 집은, 그녀가 빌린 그 집은, 한순간에 리키의 작업실로 변한다. 플라타너스가 빛을 걸러 낸다. 그 빛 아래에서 리키의 눈은 초록에 가까운 색을 띤다. 그 두 눈이 그녀를 쳐다본다. 사람을 쳐다보는 리키만의 방식으로. 키릴도 거기에 있다. 그녀는 벽에 붙은 영화관 접이식 의자에 앉아 있다. 키릴은 이해하기 힘든 인물이다. 그녀에 대해선 할 말이 많다. 리키가 그녀에게서 돌아서서 주방으로 간다. 새 와인을 가지러 가거나, 혹은 누군가와 다투고 난 후 열을 식히러 가는 것이다. 그러자 키릴이 말한다. "쟤는 좌파 자유주의자라 동유럽에 약해. 동유럽이라면 바다처럼 너그러워지지. 그래서 너한테 꽂힌 거야. 이건 사랑이 아니라는 걸, 아디나 너는 분명히 알아야 해. 적어도 사랑 때문만은 아니야."

다른 누구도 보지 못한 것을 보았던 리키. 그녀를 은신처에서 끌어낸 사람. 그녀, 그러니까 최후의 모히칸을.

사랑이 아니거나, 적어도 사랑 때문만은 아니거나.

4월에, 비가 내리던 그날에, 그녀는 다른 방향으로 걸을 수도 있었다. 그녀는 북쪽으로 걷지 않을 수도 있었다. '파제발크 45킬로미터'라고 쓰인 노란 표지판에서 돌아갈 수도 있었다. 새벽 세 시, 비에 젖은 국도에서 베를린 방향으로 걸을 수도 있었다. 리키의 작업실까지 걸어간 다음, 묶였다가 풀려난 힘 없는 손으로 굳게 닫힌 창문을 두드릴 수도 있었다.

리키는 그녀를 믿어 줄지 모른다. 그렇게 상상해 본다. 상상은 그녀의 권리다.

푸른 여자가 내 팔을 잡는다. 그녀는 내 팔꿈치를 잡고 이리저리 돌리며 내가 여전히 자기 마음에 드는지를 확인하는 것 같다.

사람의 신뢰는 그리 쉽게 무효화되지 않는다. 개념은 그렇게 쉽게 무의미해지지 않는다.

우박이 보트 창고의 지붕을 콕콕 찌른다. 보트를 내리는 경사로가 얼어붙는다. 보트를 묶어 둔 타이어 안에는 물이 고여 있다.

나는 의욕이 없다. 푸른 여자는 나를 너무 오래 기다리게 했다. 속으로 포기한 지 오래다. 기다리는 동안 은연중에 그녀를 향한 관심을 잃었다.

나는 몸을 돌린다. 돌아서서 그녀를 그냥 두고 간다. 나는 푸른 여자를 자작나무 옆에 남겨 둔 채, 여기 오는 것은 이번이 마지막이라고 결심하며 지하도로 발길을 옮긴다.

*

"기다려!"

푸른 여자가 나를 따라온다. 그녀는 바위를 넘어 얼어붙은 이끼 위를 걷는다. 목에 감은 스카프가 펄럭인다. 그녀의 스웨이드 코트는 패딩 코트로 바뀌었다. 발에는 방수 장화를 신고 있다.

그녀가 뒤에서 나를 부른다.

바람이 천막을 잡아당긴다. 얼음 웅덩이에서 물이 튄다. 푸른 여자는 숨을 헐떡이며 내 앞에 멈춰 선다.

그녀는 지하도 반대편까지 나를 데려다주겠다고 말한다. 내가 원한다면 그녀도 함께 가겠다고, 푸른 여자가 말한다.

하지만 나는 그 제안을 받아들이지 않는다. 나는 그녀를 믿지 않는다. 그녀는 절대 지하도 반대편으로 가지 않을 것이다.

하지만 지난 며칠간 나는 오로지 그것을 바라지 않았던가?

그녀가 옳다. 나는 우리가 만났을 때부터 쭉 그러길 바랐다. 하지만 내내 일어나지 않던 일이 왜 지금, 왜 하필이면 오늘인가?

어떤 일은 상황이 허락할 때 해야 한다고 나는 말한다.

주어지는 것은 이유 없이 주어지지 않는다.

푸른 여자가 내 말에 동의한다. 그녀는 자신의 이유를 언제나 드러내고 싶어 하지 않는다.

*

우리의 발아래에서 이끼가 바스러진다.

돌연 '살라'라는 이름이 내 머릿속에 떠오른다. 그리고 동시에 그 이름을 내 입으로 크게 소리 내어 말하지 않을 수 없었다. 너무 갑작스러운 나머지 우리 둘 다 깜짝 놀랐다. 푸른 여자는 한 발 뒤로 물러선다. 나는 우리 모두를 만족시킬 수 있는 어떤 설명을 찾고자 하는 마음에서 다시 한번 살라를 부른다. 그녀가 또 말도 없이 사라질지 모른다는 두려움에서 벗어나고 싶다. 나는 그녀를 떠올릴 때마다 그 이름이 생각난다고, 말한다.

살라.

그녀는 비에 젖은 처마에서 반짝이는 눈송이를 응시한다.

그 이름이 그녀의 마음에 든다.

스페인어일수도, 이탈리아어일 수도, 혹은 라틴어일 수도 있는 이름. 세계 곳곳에서 사용되는 이름. 그 사람의 출신에 대해 반드시 무언가를 말해 주지는 않으며, 그 사람의 현재에 대해서는 더욱 아무것도 말해 주지 않는 이름이다.

그녀는 살라가 자기에게 잘 어울리는 이름이라고 생각한다. 어쩌면 진짜 자기 이름일지 모른다고.

나는 그녀에게 다행이라고 말한다.

*

푸른 여자가 붉은 과일이 든 봉지 하나를 내민다. 내 안도감을 숨기는 데 과일이 도움이 된다.

마가목 열매냐고 묻는다.

푸른 여자는 아니라고 말한다. 그건 새들이 먹어 치웠다. 열매를 먹은 새들은 고속도로 너머, 잿빛 안개 속 희미한 도시의 잔해 속에 씨앗을 배설한다. 딱딱한 바닥에서 겨울을 나기 위해 씨앗은 단단한 껍질에 갇혀 있다가 적합한 조건이 갖춰지면 비로소 싹을 틔운다.

봉지에 든 과일은 체리다.

머나먼 북유럽에서, 그것도 이 계절에 체리를 얻는 것은 있을 수 없는 일이다.

그녀는 진짜 체리라는 것을 증명하기 위해 봉지를 열어 몇 알을 내게 건넨다. 길 위에 씨앗과 꼭지가 떨어진다.

*

어둠이 내리기 전에 돌아가고 싶다고 푸른 여자가 말한다. 그녀는 지하도 입구에 멈춰 선다. 그녀가 나를 바라본다. 그녀의 한쪽 면은 밝지만, 다른 면은 이미 지하도의 어둠 속으로 들어가고 있다.

그녀는 내가 왜 울었는지 알고 싶어 한다.

나는 울지 않았다고 말한다.

"방금 내가 불렀을 때 네 눈에 눈물이 고여 있었어."

나는 고개를 흔들면서 그 말을 부정한다. 그저 눈에서 물이 나와서 얼굴을 타고 흐른 것뿐이라고 말한다. 추위 때문에 눈에서 물이 나왔을 뿐이라고.

푸른 여자는 그 변명을 받아들이지 않는다. 그녀의 시선이 나를 붙든다. 제대로 된 설명을 듣지 않으면 지하도로 들어가지 않겠다고 한다.

나는 지난밤의 악몽에 대해 말한다. 우박이 창문을 두드렸다. 나는 누군가에게 얻어맞은 사람처럼 잠에서 깼다. 입안의 이가 전부 부서진 것 같았다.

푸른 여자가 고개를 끄덕이며 말을 더 해 보라고 다독인다.

나는 멀리까지 돌아가 이야기를 시작한다. 우리가 지하도로 들어가는 동안 나는 어린 시절로 돌아간다. 나는 70년대에 대해, 전쟁 시절의 교육법과 아이들의 무력감에 관해 설명한다. 당시 어머니들은 젖먹이가 울면 울도록 놔두라는 가르침을 받았다. 어머니들은 우는 아기를 달래기 위해 요람으로 달려가지 않았다. 그들은 아기의 비명에 반응하지 않았다. 아이의 행동을 바꾸기 위해 아이를 혼자 두었다.

그 결과 한 세대의 무력한 아이들로 자랐다. 어머니들은 아이들이 불러도 대답하지 않았다. 나도 그렇게 자랐다고 푸른 여자에게 말한다. 아무도 나의 외침에 답하지 않았다고. 나는 절망의 사례를 한 번 더 수집하여 내 무력감을 확인하려는 듯이 나를 피하는 그녀를 쫓아다녔다. 그녀는 나를 피했고 며칠 동안 나타나지 않았다. 그녀를 그리워하는 마음은 내게 고통이 되었다.

푸른 여자는 아무 말도 하지 않는다. 그녀는 내 손을 자기 손으로 감싼다.

절망의 경우도 좋은 점은 있다고, 그녀가 나지막이 말한다. 지금은 온 세대가 그들을 돌보고 있다고.

*

우리는 길 아래를 통과하는 중이다.

경사진 길은 지하도 중간에서 다시 높아진다.

우리가 어디로 가는지는 확실치 않다. 푸른 여자는 이 항구, 즉 지하도 이쪽 편에만 있을지 모른다. 지하도 너머 다른 곳에 가면 사라질지도 모른다.

그녀를 내 아파트로 초대할 수는 없다. 욕실 난방기 위에는 아직 속옷이 걸려 있다. 소파 탁자 위는 책들이 어질러져 있고 그 맨 위에는 레오니데스의 책이 있다. 식기 건조대가 달린 부엌 찬장은 문이 열려 있다. 바람이 드나들도록 아래쪽 바닥 판이 뚫린 찬장인데도 나는 그 문을 닫는 게 꺼림칙하다. 핀란드의 가정집에서는 접시와 컵을 그렇게 건조하는 게 보통이라지만 젖은 식기를 찬장 안에 넣어 두는 것이 내겐 잘못처럼 느껴진다. 동유럽 출신이라 유별나게 구는 걸까. 레오니데스에 대한 신뢰를 잃은 뒤로 나는 어떤 것이 옳은 것인지를 더 이상 분간할 수 없게 되었다.

푸른 여자는 내 집에 오려 하지 않는다. 그녀는 쇼핑몰에 있는 도서관에 가자고 제안한다. 거기에 아직 도서관이 있는지는 그녀도 잘 모른다고 한다. 고속도로를 넘어서 그곳에 가 본 지 한참이 되었다고 말한다.

사람이 어디에 이르게 되는지는 우연일까?

푸른 여자는 우연히 다른 곳에 이르게 되는 사람은 극히 드물다고 말한다.

그러면 돈이 우연에 맞설 수 있는 걸까? 돈이 아니라면 운이?

푸른 여자는 운이란 우연의 다른 말이라는 것을 상기시킨다. 둘 다 삶의 흐름을 정확하게 설명하는 말이라고.

그녀의 목소리가 강철 나사로 바위에 고정된 함석판에 부딪혀 메아리친다.

그렇다고 자신의 운명에 대해 고민할 필요가 없다는 뜻은 아니다. 오히려 우연이 있어야 비로소 선택이 가능해진다. 선택과 의도가 의미라는 감각을 만들어 낸다. 그러므로 길 아래를 통과해 저쪽으로 가려는 의도와 선택은 우연이 아니라 이전 사건들의 논리적인 결과처럼 느껴진다.

그새 우리는 지하도 출구에 도착했고 오후의 햇빛이 그 문턱에서 일렁이고 있었다.

*

빛은 항구나 만의 끄트머리보다 강하다.

푸른 여자는 그것이 착각이라 생각할지 모른다.

나는 며칠 전 그녀가 권한 대로 빛에 관해 쓰기 시작했다고 말한다.

바라건대, 꿈의 해석보다 빛에 관해 더 잘 이해하길 바란다고. 하지만 내 추측은 믿을 게 못 된다고.

그녀가 말하는 사무적인 태도가 나를 아프게 찌른다.

정말 과거의 교육 방식이 내 감정에 그토록 큰 영향을 미쳤다고 생각하는지. 정말 그래서 밤에 이가 빠지는 악몽을 꾼다고 믿는지. 전쟁이 어머니들에게 그렇게 큰 영향을 미쳤다고 생각하는지. 그런 생각이 나를 더 풍요롭게 만드는지. 아니면 그녀와 나, 즉 우리가 그런 생각으로 더 궁핍해지는 건 아닌지.

내가 응수한다. 폭력은 세대에 걸쳐 유전되었다. 학자들이 그 사실을 입증했다.

푸른 여자가 미소를 머금고 말한다. 그보다 본질적인 것은 그리움도 유전될 수 있는지 여부다. 그녀의 미소가 나를 사로잡는다. 지하도는 패널 건물로 향하는 인도로 이어진다. 거리의 이름은 군대 계급에서 따왔다. 마유린카투Majurinkatu, 소령의 거리. 코만타얀카투Komentajankatu, 사령관의 거리. 궂은 날씨에도 힘들지 않게 버스를 탈 수 있도록 몇백 미터 간격으로 정류장이 배치되어 있다.

푸른 여자의 눈길은 앞서 걷는 사람들에게 향한다. 배낭이나 쇼핑백을 든 사람들의 지갑 속에는 배우자나 자녀, 혹은 반려동물의 사진이 들어 있다. 때로 그들은 자기가 내릴 정류장 이름이 방송에 나올 때까지 낯선 이들에게 그 사진을 꺼내 보이며 걱정을 늘어놓곤 한다.

나는 그녀와 걸음을 맞추려고 노력한다.

*

사령관의 거리와 소령의 거리가 교차하는 모퉁이에서 산악자전거를 탄 남자 하나가 그녀 앞을 스치고 지나간다. 푸른 여자는 아무런

주의를 기울이지 않는다. 자전거를 탄 남자 덕분에 나는 그녀가 여기에 있고, 내 옆에 함께 걷고 있다는 사실을 확인할 수 있다. 빌딩 숲 사이에서 그녀는 잡힐 듯 잡히지 않는다.

나는 그녀에게 내가 자란 동네에 관해 이야기한다. 그곳은 지금 이곳과 비슷하다. 내가 자란 동네에도 5층짜리 신축 아파트 단지가 사각형으로 배치되어 있다. 다만 그때는 집마다 철문으로 굳게 잠긴 지하실이 있었다. 통조림을 채운 나무 상자로 공습 대피소를 만든 것이다. 나는 방공防空 대피소라는 단어를 영어로 옮겨 보려 애쓴다. 독일어로 '방공Luftschutz'이라는 단어는 마치 공기Luft로부터 자신을 보호Schutz해야 한다는 말처럼 들린다. 언제라도 공중에서 폭탄이 떨어져 빨래를 말리는 우리 집 뒷마당을 터뜨릴 수 있기 때문이다. 내 어린 시절은 원자폭탄의 영향력 아래 있었다. 잠들기 전엔 항상 신축 아파트 단지에 폭탄이 떨어져서 빨랫줄이 걸려 있는 우리 집 뒷마당이 무너져내리지 않을까 전전긍긍했다. 이른 아침에는 아픈 배를 부여잡고 잠에서 깼다. 한번은 복통이 너무 심해서 부모님이 나를 응급실로 데려갔다. 하지만 의사는 아무런 이상도 찾지 못했다. 의학적으로 확인할 수 있는 원인은 없었지만 분명 배가 아픈 데는 이유가 있었다. 그건 목숨을 걸고 우리 뒷마당을 방어하기 위한 나만의 준비 의식이었다. 나는 푸른 여자에게 군대 계급을 딴 거리의 이름이, 전쟁을 미화하던 동독을 떠오르게 한다고 말한다.

그녀는 내가 꿈에 관해 이야기한 이후로 전쟁이 마치 불가침의 권위를 지닌 것처럼 말한다고 지적한다. 그녀는 핀란드에서는 제2차 세계대전이라는 것이 아예 존재하지 않았다고 말한다.

푸른 여자는 항구처럼 평온하게 말한다.

소련처럼 '대조국전쟁' 같은 것은 없었다고 한다. 1939년부터 1945년 사이에 핀란드는 세 번의 전쟁을 겪었다. 소련에 맞선 겨울전쟁, 독일과 손을 잡고 소련에 맞선 계속전쟁, 그리고 독일 군대를 몰아내기 위한 라플란드 전쟁이었다. 핀란드 사람들은 '어머니의 가혹함'보다는 '난쟁이의 끈질김과 영리함'에 대해 이야기한다고 한다. 군대 계급에서 따온 거리의 이름은 이 작은 나라가 불리한 상황에서 두 강대국에 맞서 거둔 성공을 기념하기 위한 것이라고 그녀는 말한다.

나는 그녀에게 말한다. 매일 싸워서 얻어야만 하는 평화는 모두 군인들, 소령과 사령관들이 지어낸 허구일 뿐이라고. 그것은 영원한 전쟁 상태라고.

나는 체제 전환 후 우리는 그런 거리 이름을 모두 바꾸었다고 말한다. 거리는 그렇게 바뀌었다. 사람들도 그렇게 바뀌었을까. 그녀는 사람들도 정말 그렇게 바뀌었는지 궁금해한다.

나는 알 수 없다고 말한다. 하지만 우리가 머릿속에 가지고 있는 말들이야말로, 우리가 살아가는 세계라고.

그녀는 내 말을 수긍한다.

어쩌면 그건 배려일지도 모른다. 그녀는 이제 경계하고 있다. 눈물 따위는 더 이상 바라지 않는다.

*

집 앞에서 푸른 여자는 머리를 매만진다.

나는 그녀에게 원한다면 아래에서 기다려도 된다고 말한다. 나는 집에 들어가서 지갑을 가져와야 한다고, 항구에 갈 때는 절대 무언가를 들고 가지 않는다고 말한다.

작가의 거리 두 번째 집 입구 앞에서 우리는 마주 서 있다. 계단 바닥에는 솔 세 개가 달린, 구두 광내는 기계가 놓여 있다.

푸른 여자가 함께 올라가겠노라고 말한다.

나는 내키지 않는다.

현관문에서 우리는 거의 부딪칠 뻔했다. 나는 갑자기 가까워진 그녀에게서 물러나고 싶은 충동을 가까스로 억누른다.

그녀가 앞장선다.

3층에서 그녀가 멈춰 선다. 그녀는 내가 임시로 머무는 집 문 쪽으로 한 걸음 다가간다. 초인종 옆 이름표마다 핀란드 이름이 적혀 있다. 내가 묵는 초인종 옆에도 핀란드 이름이 붙어 있다. 그녀는 현관 매트를 보니 내 집인 것 같다고 말한다.

야자나무 줄기로 만들어진 문 앞 매트에는 "환영, 잘생긴 남자 분들 Tervetuloa komeat miehet"이라고 적혀 있다. 푸른 여자가 웃는다. "이게 아직도 여기 있네. 예전에 뒤집어 놓았는데."

그녀는 고개를 숙이고 집에서 무슨 소리가 나는지 듣는다. 집 안에서는 아무 소리도 들리지 않는다.

*

복도에는 햇빛이 든다. 신발을 벗으려다 우리는 서로 부딪친다. 좁은 복도에서 전해지는 몸의 온기를 피할 수 없다. 그녀가 외투를 벗자 팔목에서 두툼한 은팔찌가 빛난다. 나는 그녀가 장신구를 하지 않는다고 생각했다.

그녀는 미소 짓는다.

나는 그녀가 현관 매트를 알아볼 수 있다는 것이 미심쩍게 느껴진다. 또 내가 묵는 집의 문을 어떻게 알아보았을까. 그래도 나는 아무 말을 하지 않는다.

그녀는 양말 바람으로 부엌에 들어간다. 내 양말은 회색이고 그녀의 양말은 검은색이다. 식기건조대가 달린 찬장이 열려 있다.

엽서 앞에서 그녀가 멈춰 선다. 그녀는 엽서도 알아본다.

나는 그녀에게 최근에서야 그 엽서를 찾았다고 말한다. 파리와 뉴욕 같은 장소를 떠올릴 수 있어서 그것들을 걸어 두었다고 설명한다. 그녀가 안 보이는 동안 그 사진들이 내게 도움이 되었다고.

푸른 여자는 그런 식의 흔한 동경심에서 삶의 동력을 얻을 수 있다고 말한다.

나는 막연한 방랑벽이나 뉴욕과 파리에 대한 동경심 때문에 엽서를 걸어 놓은 게 아니라고 반박한다.

그녀의 시선이 불분명하다. 밝은 부엌이 그녀와 극명한 대비를 이룬다. 밝은 빛이 그녀의 어두운 스웨터와 눈꼬리의 그림자에 충돌한다. 나는 복도에 있는 워킹스틱도 그녀의 것이냐고 묻는다. 발코니 선반에 사는 거미와 초인종 옆에 적힌 이름에 대해서도 알고 있는지. 욕실에 있는 속옷은? 모두 당신의 팬티와 브래지어인가요? 엽서와 현관 매트처럼?

푸른 여자는 물 한잔을 청한다. 우리는 좁은 통로나 다름없는 부엌에 서로 붙어 서 있다.

바다 때문에 여기에 남아 있다고, 푸른 여자가 순순히 털어놓는다. 바다에서 멀어지는 순간 갈증이 되살아난다고.

내 감정의 폭발에 그녀가 불편해하는 기색은 없다.

그녀는 물잔을 비운다.

나는 그 갈증이 어디서부터 시작되었는지를 묻는다. 그녀가 얼마나 오랫동안 그 문제를 겪었는지, 그리고 그 문제로 의사를 찾아가 보았는지도. 갈증은 당뇨나 혹은 다른 병의 증세일 수도 있다.

그녀의 얼굴에 너그러운 표정이 서린다. 그녀가 집에 들어온 것이 내겐 힘들다.

그녀는 갈증의 원인 대신, 헬싱키의 식수원에 관한 이야기를 풀어놓기 시작한다. 그 물은 120킬로미터 길이의 화강암 터널을 통해 헬싱키로 흘러든다. 매년 헬싱키의 상수도로 공급되는 7000만 세제곱미터의 물은 파이엔네 호수에서 끌어온다. 지난 20년간 그 사용량이 40퍼센트나 증가했다. 이 호수의 물은 아주 부드러워서 그녀는 설거지를 할 때 석회 제거제를 쓴 적이 없다. 또한 너무 깨끗해서 오히려 알레르기를 유발할 가능성이 있다는 의혹마저 받는다.

나는 그녀의 말이 마치 헬싱키 수자원공사의 직원 같다고 말한다.

그녀는 웃으며 어떤 것들은 경험을 통해 정확해지는 법이라고 응수한다.

*

나는 감정을 폭발한 것에 부끄러움을 느낀다. 우리는 말 없이 헬싱키의 수돗물을 음미한다. 나는 그녀에게 이 집에 살았는지, 살았다면 언제, 얼마나 살았는지를 묻고 싶다. 나는 현관 매트에 적힌 글씨가 무슨 뜻인지를 알고 싶다. 하지만 그 기회를 놓쳐 버린 것만 같은 기분이 든다.

그때 쿠르트 투홀스키가 떠올랐다. 우리는 그를 주제로 삼아 대화를 나눈다. 그녀는 독설을 일삼는 그 작가를 좋아한다. 그는 외국에서는 물맛이 다르게 느껴진다는 사실을 알아챘고, 그녀는 그 점이 마음에 들었다. 단 아쉬운 점이 있다면 투홀스키가 여행자로서가 아니라 무국적자로서 그것을 경험했다는 것이다. 나 역시 그 의견에 동의한다.

주방이 한순간에 변신한 것처럼 느껴진다. 마치 물건들이 내 존재를 지워 버린 것 같다. 푸른 여자가 사용했던 잔과 싱크대와 찬장 속 건조대는 내가 없었던 시간을 담고 있다. 그녀가 한 번도 석회 제거제를 쓰지 않았던 모카포트와 그녀가 누웠던 침대와 욕조를 다시 사용하는 것이 내겐 선을 넘는 일처럼 여겨진다. 건드려선 안 되는 개인사를 건드린 기분이다. 그녀가 나 없이 영위했던 생활에 손댐으로써 나는 푸른 여자의 경계를 침범했다.

요동치던 심정을 물로 가라앉힌다.

집의 임대는 그 안의 가구나 식기, 변기 등이 이미 사용되었다는 사실을 전제로 한다. 사람들은 대부분 이전에 누군가 거주한 적이 있는 집에 들어가서 산다. 나는 그 점에 별 신경을 쓰지 않고 살아왔다. 딱 한 번, 1990년대 중반에 포츠담-골름의 작은 학생 기숙사에 살 때 그 생각을 해 본 적이 있다. 캠퍼스는 브란덴부르크의 주도와 마을을 잇는 작은 기차역 옆 넓은 들판에 있었다. 기차가 들어오면 역에 딸린 작은 초소에서 경비원 한 명이 차단기를 열었다. 1950년대 혹은 1960년대에 지어진 건물들은 리모델링을 한 적이 없었다. 기물 또한 모두 1960년대 것이었고, 공동 샤워실 타일도 마찬가지였다. 내 방은 최소한의 가구로 꾸며졌다. 탁자는 갈색으로 코팅된 합판이었고 빨간 소파는 커버가 닳아 군데군데 구멍이 뚫려 있었다. 침대의 스프링 매트리스는 동독 시절 국가안전부로부터 심리전 교육을 받은 남학생들이 자던 것이었다. 내 체온으로 매트리스가 따뜻하게 데워질 때면, 그 안에서 보이지 않는 증기가 올라왔다. 그건 옛날에 그 위에서 자던 장교들이 악몽을 꾸며 흘린 땀이었다. 그때 나는 병에 걸렸다. 고열에 시달렸고 몇 주 동안 침대 신세를 졌다. 그리고 이미 오래전에 이사해야 했다는 걸 깨달았다. 피부는 투과성이 있다.

푸른 여자가 나를 가만히 쳐다본다. 그녀는 내 말의 뜻을 이해할 수 없을 것이다. 그녀는 나 같은 사람을 겪어 본 적이 없으므로. 우리는 항구에서 만난 후 많은 대화를 나누었지만 입을 꾹 다물고 있는 내 모습은 그녀에게 수수께끼처럼 보일 것이다. 하지만 내가 하고 싶은 말은 간단하다. 그녀가 이전에 누워 잤던 그 침대에서 잔다는 것은 내게 숨 막히는 일이다.

그렇다고 내가 그녀를 믿는다는 뜻은 아니다.

나는 푸른 여자가 이곳, 작가의 거리 4번지 D동 3층에 살았다고 믿지 않는다. 이 말을 하면 그녀는 의심하고 말고는 내 마음이라고 답할 것이다. 진실을 보장할 방법은 드물다. 마치 갈증이란 단어는 있지만, 갈증이 해소된 상태를 일컫는 단어가 없는 것처럼. 목마르지 않도록 잔뜩 마실 수는 있다. 하지만 포만이란 단어는 음식에 한정된다. 햇살이 그녀의 옆얼굴을 비추고 밝은 속눈썹을 빛나게 한다.

그녀가 나를 창가로 이끈다. 창틀에 기대어 그녀는 내게 버섯을 좋아하는지 묻는다. 그녀는 만 너머 남쪽에는 버섯이 많다고 말한다. 그래서 그곳에 살게 되면서 자주 버섯을 따러 간다고 한다. 아주 가끔은 독성 있는 버섯구름이 연상되어 고통스러울 때도 있다고 말한다. 그녀는 지하수에 여전히 방사능이 남아 있을 가능성이 있다고 생각한다.

나는 항구의 남쪽에 거주지가 있으리라곤 생각지 못했다고 말한다. 나는 그쪽엔 숲과 갈대밭과 대대로 내려오는 목초지뿐이리라 짐작했다. 다만 가끔은 멀리서 공중에 번쩍거리는 빛이 보이곤 했노라고.

그녀는 고개를 끄덕인다. 그것은 새를 관찰하는 사람들의 망원경이라고 한다. 그들은 갈대밭 높은 언덕에 서서 희귀종을 찾는다고.

혹시 그녀가 작가의 거리를 떠난 것은 그 때문인가. 버섯 때문인가. 아니면 갈대밭에 사는 새들 때문인가.

그녀는 떠나지 않았다고 말한다.

푸른 여자가 내 눈을 피한다.

혹시 여기에 살지 않았나?

왜 그런 생각을 하는 거지?

이 패널 건물, D동, 3층에 살지 않아?

나는 남쪽에 있는 나무 집에 살아.

원래부터?

그녀가 고개를 끄덕인다.

그렇다면 어째서 이 집을 그렇게 잘 아는 거지?

푸른 여자는 실례하겠다며 욕실로 간다.

*

그녀의 침묵에 나는 평정심을 잃고 어린 시절로 돌아간다. 푸른 여자가 의식 속에 가라앉아 있던 한 겹의 기억을 건드린다. 마치 내 삶이 한 가닥 붉은 실에 매달려 있다는 듯이, 나는 과거를 되짚어 태생의 기억으로 돌아간다. 나는 또다시 아이가 된 꿈을 꾼다.

나는 그단스크에서 베를린 템펠호프 공항으로 향하던 중 피랍된 폴란드 투폴레프 비행기에 관한 소설을 발표한 후로는 동독과 연관된 일을 하지 않았다. 당시 내 나이는 서른이었고, 동독에서 산 세월만큼이나 통일된 연방공화국에서 산 지도 오래되었다. 독일의 담론은 나를 지루하게 했다. 동독 출신 여성 작가라고 불리는 것도 지겨웠다. 그 장르에서는 후발 주자가 나타나면 선두 주자는 곧장 잊혔다. 세상에 동독 출신 여성 작가는 한 명뿐이라야 한다는 듯이. 그 한 명이 군인의 딸이건 국영 예술가의 딸이건, 아니면 나처럼 교사의 딸이건, 그런 데 신경 쓰는 사람은 아무도 없었다. 신문 문화면에서 우리의 책을 다룰 때도 우리의 출신은 대충 뭉뚱그려져 엇비슷하게 그려졌다. 문화면을 독차지한 건 서독이었다. 중앙지도 모두 서독 신문이었다. 문화계를 운영하는 것도 서독이었다. 출판사들도 서독에 있었다. 독일 통일 이후의 상황에 대해 자기 목소리를 낸 유일한 동독 여성 작가는 중앙지에 의해 스캔들의 주인공이 되었다. 그녀는 동독 비밀경찰에 협조했다는 비난을 받고서 침묵에 들어갔다. 이러한 동서 간의 불균형은, 불행하게도 서독이 주도하는 담론 속에서 의견의 독재를 보고자 하는 사람들의 주장에 힘을 실어 주었다. 표현의 자유가 보장된 나라에서조차 말할 자유가 제한된다고 느끼는 사람들의 우려는 그렇게 확인되었다.

적당한 시간이 지나자 나는 저절로 서독 사람이 되었다. 스모그에 노출되면 그 안의 물질들이 신체로 흡수되듯 서독에 노출된 내 안에서 자동으로 사회화가 일어났다. 파리, 뉴욕, 헬싱키의 북적임과 태평양의 짠 공기와 라플란드의 광활함을 경험한 후에야 서독의 스모그는 사라질 것이다.

그러나 내가 그 모든 장소를 다 다녀 볼 만큼 운이 좋진 않았으므로 지금은 지루한 이야기의 실마리를 다시 잡아야 한다.

나는 이제껏 내가 모른 척한 역사 때문에 여기에 있다. 내가 처한 독특한 상황마저 간과했을지도 모른다. 레오니데스의 생각처럼, 그것은 핀란드의 상황과도 비교된다. 유럽의 관점에서 핀란드는 동서 간의 접점이다. 비록 내가 그 사실을 잠시 잊었을지라도.

과학연구소를 함께 쓰는 한 여성 정치학자가 그 점을 일깨워 주었다. 그때 우리는 휴게실 일광 램프 아래에 앉아 함께 일광욕 중이었다. 그 여성학자는 《유럽국제관계학저널》에 쓸 기고문을 고민하고 있었다. 나로서는 그런 이야기는 처음 듣는 것이었고 그중 일부는 그날 듣고 그날 잊어버렸다. 하지만 한 가지 측면은 내 마음 깊이 새겨졌다. 바로 동유럽과 서유럽은 지리적으로 다를 뿐 아니라 시간적으로도 다르다는 관점이었다. 서유럽이 제2차 세계대전의 경험을 극복하며 유럽 정체성을 완성했다고 생각하는 동안, 동구권 국가들에서는 수십 년간 조직적으로 은폐되었던 전쟁에 대한 기억이 소련이 붕괴한 후에야 비로소 녹아내리기 시작했다. 그 전까지는 기억에 대한 억압이 너무 심해서 사람들은 자기가 경험한 것조차 감히 진실로 받아들이지 못했다.

그리하여 어떤 사람은 앞을 바라보고 또 다른 사람은 뒤를 돌아본다. 그러면서 식민주의 혹은 오리엔탈리즘이라며 서로를 비난한다. 하지만 핀란드 사람들은 아무 어려움 없이 양방향을 모두 볼 수 있다. 냉전 중 핀란드는 사회적 자본주의 유럽 국가로 동독과 같은 학교 시스템과 서독과 같은 사회주의 시장경제를 영위했었다. 말하자면 하나의 뇌가 두 가지 기억을 갖춘 셈이다.

레오니데스 덕분에 나의 이런 관점은 더욱 날카로워졌다. 그와 함께 있을 때 나에겐 말할 기회가 거의 없었다. 나를 대화의 중심에 세울 생각 같은 건 그에게 추호도 없었다. 그는 나의 역할이 청중이라는 데 일말의 의심도 없었다.

푸른 여자는 단 한순간도 내게 청중 역할을 맡기지 않았다.

*

그녀가 내 집을 이전부터 알고 있었는지 아닌지는 풀리지 않은 수수께끼로 남는다.

그녀에게 어떤 꿍꿍이가 있다고는 생각하지 않는다.

하지만 나는 항구에서 다시 그녀를 만날 것이다. 우리가 이 집 안에 함께 있는 동안 나는 거리감을 상실한다.

나는 내 변명을 기다린다는 그녀의 말을 듣는다.

*

벽시계가 8시 10분을 가리킨다. 바깥에선 이제 막 빛이 사라지기 시작한다. 이 계절에는 오후 무렵부터 어스름이 깔리는 게 내겐 낯설다. 11월에는 세 시면 빛이 사라지고 네 시면 밤이 된다.

나를 지켜보던 그녀가 시계가 멈춰 있다고 말한다. 그녀가 아직 욕실에 있으리라 짐작했던 나는 소스라치게 놀란다.

"시계에서는 1분 만에 지구를 한 바퀴 돌아. 우주선으로도 1시간 반이 걸리는데 그보다 더 빨라. 그녀는 그걸 좋아했어. 그녀의 세계관과 부합하거든."

그녀라니, 누구에 관한 이야기지?

"반대로 그녀의 머릿속 시곗바늘은 이 집에서의 1분이 적어도 1시간은 된다고 쳐."

푸른 여자가 시계를 뒤집는다.

"그녀는 내가 시계를 뒤집는 걸 절대 허락하지 않았을 거야."

"그녀가 누군데?"

그녀는 건전지 통을 열어 빈 건전지를 꺼낸다.

"그녀는 시곗바늘이 부러질까 봐 두려웠던 거야. 비행기가 하늘에서 떨어질지도 모르니까."

그녀라니, 누구에 관한 이야기지?

우리는 그녀를 살라라고 불러, 푸른 여자가 웃으며 말하고선 위를 쳐다본다.

살라가 크리스티나의 사무실에 간 것은 수요일이었다. 그녀는 발목에 버클이 달린 통굽 부츠를 신고 있었다. 그녀의 발걸음은 당당했지만 눈빛은 그렇지 않았다. 그녀의 시선은 벽과 썬팅이 된 큼지막한 창문과 선반의 책과 서류철 사이를 헤매다가 마침내 포스터 한 장에 고정되었다. 하늘색 부르카*를 입은 포스터 속 사람들은 눈 덮인 핀란드 섬을 걷고 있었다.

"들어가도 될까요?"

크리스티나는 핀란드와 스웨덴 사이 동보트니아 인근의 밍크 농장에서 일하는 루마니아 출신 임시 노동자들의 상황을 개선하기 위한 열 가지 항목의 계획을 수립하는 임무를 맡았다. 그녀는 다음 원내 회의에서 그 계획을 발표해야 했다. 하지만 그녀는 그 일에 집중할 수 없었다. 우선 전날 저녁에 담배를 너무 많이 피워서 잠을 잘 자지 못했다. 또 임시 노동은 정부가 추진하는 프로그램과는 상관없는 주제였다. 게다가 오전에 그녀의 동료 중 한 명이 넘겨준 동물 보호 단체의 전단지가 그녀를 더욱 괴롭게 했다. 그 단체는 모피를 얻으려는 사람들이 밍크와 여우, 담비 등을 가스로 질식시키거나 항문을 감전시켜서 잔인하게 죽인다며 보트니아만 인근의 밍크 농장의 영업을 금지할 것을 요구하고 있었다. 전단지에는 작고 하얀 동물들이 귀가 잘리거나 깊은 상처를 입은 채 좁은 우리에 갇혀 있는 사진이 실려 있었다. 그녀의 업무는 동물 보호가 아니었다. 그러나 그 동물들이 임시 노동자들보다 훨씬 끔찍한 상황에 처해 있다는 인상을 피할 수는 없었다.

---

*   이슬람 여성들이 입는 전신을 덮는 겉옷.

문이 열리자 그녀는 전단지를 서류 아래로 숨겼다. 젊은 여성은 어디선가 본 적이 있는 얼굴을 하고 있었다. 뒤집어쓴 후드 아래로 눈에 익은 낯이 보였다. 그때 크리스티나는 이메일을 떠올렸다.

"최후의 모히칸?"

"네."

그녀는 딱 1초 머뭇거렸을 뿐이다. "상상했던 그대로네요."

그 말이 전부 사실은 아니었다. 그제 아침 그녀는 여느 날과 다름없이 받은 메일함을 훑었다. 한두 통이 그녀의 눈에 띄었고, 그중 하나는 서명까지 되어 있었다. 독특한 서명이었다. 하지만 당장은 회의에 가야 했다. 그래서 비서에게 약속을 잡아 달라고 부탁했고, 그 독특한 서명이 달린 이메일도 그중 하나였지만 사실 그보다 깊게 생각할 여유는 없었다.

젊은 여성의 시선은 벽에 걸린 포스터를 향해 있었다. 햇빛을 받아 붉게 변한 눈밭은 하늘색 부르카와 선명한 대조를 이루었다.

"제 친구가 찍은 사진이에요. 원본은 작년에 키아스마 미술관에서 열린 전시회에 걸렸고요. 부르카가 핀란드의 풍경을 바꾸어 놓았죠."

"이 사람들은 숨어 있어요." 젊은 여성은 후드를 벗지 않은 채 말했다.

"그렇게 생각하세요?"

"이 사람들 숨어 있지 말고 밖으로 나와야 해요."

"나는 그들이 훌륭하다고 생각해요. 자기 고통에서 탈출한 여성들이죠. 하지만 본질적인 것은 가져왔죠. 바로 자기 자신. 그들의 고향은 온 세상이에요."

"그들에겐 온 세상이 고통이었죠."

"그럴 수도 있겠네요." 크리스티나는 젊은 여성이 뒤집어쓴 후드를 보고선 어떤 비유가 떠올랐지만, 곧바로 그 생각을 지워 버렸다. 머리를 감추는 데는 다양한 이유가 있기 때문이다. "저한테 용건이 있으시다고요?"

젊은 여성이 조심스레 후드를 벗자 짧고 삐죽삐죽한 머리카락이 드러났다. 그녀는 크리스티나의 책상 앞에 놓인 의자의 가장자리에 엉덩이를 걸치고 앉았다. 잠시 정적이 흘렀다.

그때 크리스티나의 눈으로 작은 먼지가 들어갔다. 그녀는 몸을 숙이고 눈을 잠시 비빈 다음, 손가락으로 안구 주변을 꾹꾹 눌렀다. 닫힌 눈꺼풀 안 어둠 속에서도 어떤 시선이 느껴졌다. 맞은 편에 앉은 젊은 여성의 시선이었다. 그리고 눈앞에서 무언가가 타오르고 있었다.

그녀가 눈을 떴을 때 젊은 여성은 손에 성냥을 들고 있었다. 그녀는 성냥을 얼른 불어서 끄고 타고 남은 부분을 갑에 넣은 다음, 껌이나 클립 등이 들어 있는 접시 위로 성냥갑을 던졌다. 그러고는 한 번도 불이 켜진 적 없던 굵은 양초를 책상 중앙에서 옆으로 밀어냈다. 그녀가 고개를 들었다. "당신에게 정의가 중요한가요?"

크리스티나의 입속에 어떤 말이 맴돌았으나 끝내 뱉지는 않았다. "선물로 받은 초예요."

"먼지가 잔뜩 쌓였던데요."

"용건이 있어서 온 거예요, 아니면 이 '피쿠' 의사당 건물 안에 더 태우고 싶은 게 있나요?" 크리스티나가 촛불도 마저 불어서 껐다. "운이 나쁘면 화재감지기가 울릴지도 몰라요. 운이 더 나쁘면 화재경보가 날 수도 있죠. 얼마 전에 새로 설치된 장치라서 당분간은 언제 작동하는지 알아봐야 해요. 그래서 그동안 초를 못 켰고요. 먼지 쌓인 초를 볼 때마다 다시는 이런 사무실에 앉고 싶지 않았어요."

화재경보는 울리지 않았다. 하지만 벽에 비친 빛의 반점이 시시각각 다른 모양으로 오후의 흐름을 나타내는 동안, 그녀는 자기가 이 젊은 여성에게 사과해야 할 것 같은 기분이 드는 이유가 무엇인지 자신에게 되묻고 있었다. 입구에 비서가 앉아 있는 사무실의 주인이자 새로 구성된 의회의 의원이라는 달갑지 않은 자신의 직책에 대해 왠지 그녀에게 사과해야만 할 것 같았다.

그녀는 이 젊은 여성을 어디서 보았는지 기억하려 애썼지만 도무지 떠오르지 않았다.

"정의가 중요하지 않았더라면," 크리스티나가 마침내 입을 열었다. "내가 이 '피쿠' 의사당 건물에 다시금 발을 들이는 일도 없었을 겁니다."

"'피쿠' 의사당이 무슨 뜻이죠?"

"작은 의사당이라는 거죠. 보조적인 기능을 하니까."

"그렇다면 당신은 왜 큰 의사당에 가지 않았어요?"

크리스티나는 웃을 수밖에 없었다. 방 안에는 성냥의 탄내가 맴돌았고 그녀는 담배를 피우고픈 욕구를 느꼈다. 하지만 점심 휴게 시간은 한참 전에 끝났다. 그때 그녀의 머릿속에 무언가가 떠올랐다. 가방에서 담뱃갑을 꺼내 시청 계단을 내려가는 자기 모습과 제일 아래 계단에 서서 담배와 라이터를 손에 든 채 바라보았던 택시의 뒷모습이 떠올랐다. 사무실에 와 있는 이 젊은 여성은 레오니데스가 성에서 열린 연회에 데려온 바로 그 여자였다. 그래서 낯이 익었던 것이다. 여성의 외모는 많이 변했다. 검은 옷과 삐죽삐죽한 헤어스타일은 그때와 사뭇 달랐다. 하지만 분위기는 여전했다. 시청에서 봤을 때부터 그녀에겐 충동적인 무언가가 느껴졌었다. 대접을 받는 데 익숙한, 풍족하고 세련된 손님들 사이에서 그녀는 미완성의 인상을 풍겼다. 각진 턱과 통제되지 못하고 흔들리는 시선이 눈에 띄었다. 크리스티나는 그녀가 입었던 마리메꼬* 스타일의 민소매 원피스도 기억이 났다. 고급 옷이었으나 그녀의 몸에선 왠지 영화 소품처럼 느껴졌고 그래서 그걸 입은 그녀를 더욱 앳되어 보이게 만들었다. 드러난 팔뚝과 꼿꼿한 다리 골격에는 군살이 없었지만 그렇다고 너무 마르지도 않았다. 그래서 그녀는 실제보다 더 어려 보이는 것 같았다. 하지만 아무리 그렇다 해도 레오니데스에겐 너무 어린 여자였다. 그와 같은 남자가 어린 여자를 찾는 게 드문 일은 아니었다. 나이가 들수록 그 증세가 심해지는 것 같았다. 어쨌든 크리스티나는 중성적인 분위기의 어린 여자와 같이 있는 레오니데스를 보고 무척이나 놀랐던 것이 기억났다.

    그녀는 살라와 담배를 피우려고 계단참으로 향했으나 살라는 따라오지 않았다. 그녀에게 흔히 일어나는 상황은 아니었다. 보통은 회의나 행사에서 그녀를 둘러싸는 사람들을 피하는 건 그녀 쪽이었다. 그녀가 의회에 들어온 이후로 그 수는 더 많아졌다. 하지만 시간이 흘러 호언장담했던 약속을 실천해야 할 때가 오면 그들은 말끝을 흐렸다. 그래도 감히 그녀에게 대놓고 반대하지는 못했다. 그건 그녀에게서 어떤 분명한 '아름다움'이 느껴지기 때문이었

---

* 핀란드 디자이너 브랜드.

다. 하지만 그녀 자신은 그것을 자신의 성과로 여기지 않았다. 감당이 안 될 정도로 풍성한 머리카락은 타고난 것이었다. 남자들도 우러러보게 하는 권위도 일부러 만든 것은 아니었다. 그 사실을 깨달은 후로 그녀는 더 이상 권위를 가진 이들을 경멸하지 않았다. 대신 그들을 권위자로 만들어 주는 사람들을 경멸하게 되었다.

"원하면 저 너머 큰 의사당 건물로 가 볼 수도 있어요."

크리스티나는 시청에서 보았던 젊은 여성이 건강하지 못한 안색에 고슴도치 같은 머리를 하고 이 사무실에 와 있다는 것에 놀랐다. 무슨 일이 일어났음을 의미했다.

"그 건물은 신고전주의를 오도한 사람들이 만들어 낸 최악의 실수 중 하나예요. 통로를 지나서 본회의장에 갈 때면 나는 잘못된 영화를 보는 기분을 느껴요."

빛의 반점이 벽에서 깜빡인다. 이것은 맞은편 꼭대기 층 창문을 강타한 햇빛이 기울기 시작하리라는 신호다. 임시 노동자를 돕기 위한 열 가지 계획은 내일에나 수립할 수 있을 것 같다.

"그를 상상해 본 적 있나요?" 젊은 여성이 작은 소리로 물었다.

"그라면, 누구를 말하는 거죠?"

"최후의 모히칸 말이에요."

"솔직히 말하자면…."

"어땠죠?" 그녀가 물었다.

"뭐가 어땠다는 건지…?"

"당신이 상상한 모히칸은 어땠어요?"

"그거야 보기에 따라 다르죠."

"그게 무슨?"

"무얼 보고자 하는지에 따라 달라지는 것 아니겠어요."

"그럼 당신은 무얼 보고자 했죠?"

크리스티나가 시계를 쳐다봤다. "일단은 당신이 왜 여기에 있는지부터 말해 줘요. 미안하지만 나는 30분 후에 나가야 해요. 다음 일정이 있어서요."

"그러니까 당신은 아무것도 보지 못했군요."

젊은 여성은 말할 때 크리스티나를 쳐다보지 않았다. 그녀는 불이 꺼진 채 책상 가장자리로 밀려난 초에 시선을 고정했다. 순간 크리스티나는 레오니데스는 이 고집스러움을 어떻게 다루었을지 궁금해졌다.

"내 눈에는 자기 목소리를 따라갈 수 있는 능력이 있는 사람이 보여요." 크리스티나가 망설임 없이 부드러운 어조로 말했다. "아름답고 강인한 사람이죠. 그 사람이 마리메꼬를 입었든 후드티를 입었든 나는 상관하지 않아요."

젊은 여성은 대답이 없었다. 그녀는 후드티 주머니에 두 손을 찔러 넣었다.

그러고선 크리스티나의 무릎 쪽으로 몸을 돌리며 말했다. "레오니데스를 염두에 두고 하는 말이라면, 그는 이제 제 곁에 없어요."

"당신 살라 맞죠? 우리 지난주에 레오니데스를 통해서 인사한 적 있죠?"

"그는 떠났어요."

"그날 그렇게 일찍 가서 아쉬웠어요. 하지만 부럽기도 했어요. 나도 따라갈 수 있었더라면 좋았을 텐데."

그녀의 기억 속에 그날 레오니데스는 선명하게 남아 있다. 그는 여느 때보다 한층 여유만만하고 유쾌하고 매력적이었다. 젊은 여성이 느닷없이 택시를 타고 자리를 떠난 것과는 무관해 보였다. 아마 그날의 파티가 젊은 여성에게는 별로 즐겁지 않았으리라는 추측을 할 수 있다. 계단에서 통성명한 이후에 무슨 일이 일어난 게 분명하다. 크리스티나는 기다리기로 결심했다. 지금 이 순간처럼 그녀가 직감적으로 '깊은 취약함'이라고 느끼는 상황에서는 생각을 말로 옮기는 것이 몹시 불안정했고, 단어 하나 찾는 일조차 예민하게 흔들렸고, 방 안의 빛도, 공기도 움직여선 안 될 것 같았다. 그녀는 햇빛마저 그 규칙을 지켜 주길 바랐다.

"내가 여기 온 것을 그 사람이 알아선 안 돼요." 살라가 침묵을 깼다.

크리스티나가 고개를 끄덕였다.

"그 사람이 알게 될 일은 없을 겁니다."

"좋아요."

살라의 얼굴에 어떤 기색이 드러났다. 그것이 내적 갈등의 표시라는 것은 크리스티나보다 섬세하지 못한 사람도 능히 알 수 있을 정도였다.

"잠시만요." 미동도 없이 그녀의 말을 기다리던 크리스티나가 손짓을 했다. "다음 일정을 취소하라고 말할게요."

내선 전화의 수화기를 들면서 크리스티나는 살라의 벨트 고리에 카라비너로 연결되어 있는 체인을 보았다. 체인의 끝은 살라의 오른쪽 바지 주머니에 들어가 있었다. 그녀는 그게 시계일지 칼일지 눈대중으로 확인하려 애썼다. 만약 그 끝에 달린 것이 칼이라면 보안검색대에서 체인을 압수했을 것이다.

그녀가 미인일 거라고 짐작해선 안 된다. 푸른 여자의 목소리는 황혼 속을 떠다닌다.

중요한 것은 말할 때 단어 밖으로 빠져나오는 얼굴이다. 마치 단단하게 굳어진 흙이 진흙 바닥에서 떨어져 나가듯, 단어와 분리되는 얼굴,

무언가를 하겠다고 강한 의지를 밝히는 사람도 그 얼굴을 보면 정반대의 말을 하고 있을 때가 있다.

결국 어떤 말의 진의를 누설하는 건 얼굴이다.

"돌이킬 수 없어요." 크리스티나의 사무실에서 살라는 감초 맛 초콜릿 한 조각을 떼어 내며 말했다.

크리스티나는 비서에게 이민국 담당자와의 약속을 취소하고, 생수와 과일과 초콜릿을 준비해 달라고 부탁했다. 초콜릿은 최악의 영양결핍을 해소하는 데 도움이 되기 때문이다.

살라가 돌이킬 수 없다고 말할 때마다 크리스티나는 여전히 실연이, 실연의 아픔이 문제의 원인일 거라 짐작하며 슬며시 웃음을 지었다. 돌이킬 수 없다니. 그녀의 책상 앞에 창백하게 앉아 5분 안에 커다란 초콜릿 한 판을 다 먹어 치울 기세인 이 젊은 여성은, 어딘가 마음을 건드리는 데가 있었다. 충동적인 분위기와 각진 턱을 지닌 이 여성은 서투르고 예민하다. 그래서 자기중심적인 남성에게, 자기 말고 다른 사람에겐 별 관심이 없는 남자에게 예상치 못한 감정을 불러일으켰을 것이다. 하지만 그런 남자일수록 자기주장 외엔 중요한 것이 없다. 아마 레오니데스는 그녀에게 싫증이 났을 것이다. 어쩌면 그녀가 어떤 요구를 해 대기 시작했을 수도 있고, 아니면 교육 수준이 문제가 되었을 수도 있다. '낮은 교육 수준'이란 표현은 동유럽 이민자라는 배경을 둔 사람들을 얘기할 때 흔히 쓰이는 단어다. 아니면 그에 비해 그녀가 너무 어려서 문제였을지도 모른다. 그 나이에 실연의 고통은 난생처음일 거라고 크리스티나는 생각했다. 그렇지 않다면야 돌이킬 수 없다고 생각할 리가 없다. 그녀는 이메일 하단에 한 종족의 최후가 된 인물의 이름으로 서명을 했다. 그는 제임스 페니모어 쿠퍼가 창작해 낸 매우 위태로운 상징을 지닌 인물이었다. 살라는 어떤 상황과 모히칸을 연관 짓는 것 같았다.

하지만 크리스티나는 아침 여덟 시부터 에어컨 바람을 맞으며 일했다. 창문을 활짝 열고 일하는 데 익숙한 사람에게는 적대적인 생활환경이었다. 그녀는 지난 2년간 책상 앞에 묶여 있는 대신, 바깥에서 식물이 뿜어내는 신선한 산소를 공급받으며 중력의 법칙을 고스란히 따르는 생활을 해 왔다. 인공적으로 제습된 사무실의 공기 속에서 그녀는 영혼이 완전히 마르는 것 같은 기분을 느꼈다. 그래서 만사를 조금 삐딱하게 보고 있는 건지도 몰랐다.

"당신을 모히칸이라고 부르는 게 좋을까요?" 그녀가 부드럽게 물었다.

잠시 침묵이 흘렀다. 살라가 초콜릿 조각을 하나 더 집어 들 때 나는 초콜릿이 부서지는 소리와 의자의 회전판이 돌아가는 소리만이 들렸다. 살라는 초콜릿 조각을 입에 넣고 씹었다. 그러고선 푹 숙인 고개를 흔들었다.

"당신이 내게 왔었다는 이야기를 레오니데스에게 할 이유는 없어요." 크리스티나가 대화를 이어가려고 애쓰며 말했다. "그저 그걸 숨겨야 하는 이유를 알고 싶어요."

살라는 여전히 말이 없었다.

"말해 봐요."

젊은 여성은 계속 자기 무릎만 쳐다봤다. "레온은 자기가 인권을 위해 일한다고 했어요."

"네, 맞아요. 그 사람은 그런 일을 하죠."

"그게 자기에게 해가 되지 않는 한에서만 그렇죠." 그녀가 작은 소리로 말했다.

"그게 무슨 뜻이죠?"

"그는 신경 쓰지 않아요. 아니, 아무것도 몰라요. 전혀 몰라요."

크리스티나는 쟁반에서 병따개를 들어 생수 두 병을 따서 한 병을 탁자 위로 건넸다. "이기심은 나이가 들수록 커지지만 그로 인한 기쁨은 줄어드는 법이죠."

젊은 여성은 물병에는 손을 대지 않았다.

"그럼 레오니데스가 무얼 알아야 하나요?"

"자신이 범죄자와 손을 잡았다는 것을 알아야죠." 살라가 갑자기 격분했다. 그가 방문한 것을 다른 사람에게 전하지 말라고 말할 때 뿜어져 나왔던 것과 같은 열기였다. "그것도 모르면서 어떻게 유령의 정체를 밝혀서 유럽 재판소로 데려갈 수 있겠어요?"

"유령이요?"

"그 사람이 한 말이에요."

"물 좀 마셔요." 크리스티나가 말했다. 그녀는 젊은 여성이 불쌍했다. "아니면 사과라도 한 쪽 먹어요." 그녀는 더 많은 것을 주고 싶었지만 갖고 있는 건 그게 다였다. "그가 어떤 범죄자와 손을 잡았다는 거죠?"

"어느 독일인이요."

"독일인 범죄자와? 레오니데스가요?"

"성에서."

"그렇게 보이진 않던데…"

"어쩌면 당신도 그와 손을 잡았을지 몰라요."

"내가요?"

"네."

"그럴 리는 없어요."

"그러면 공범이 되는 거 아닌가요?"

살라는 책상 위에 있는 그 무엇도 건드리지 않았다. 그녀의 눈은 열병에 걸린 것처럼 긴장해 있었고, 얼굴에는 그늘이 드리워져 있었다. 크리스티나는 그새 해가 졌다는 걸 깨달았다.

"핀란드에서는 악수를 잘 안 하죠." 그녀가 말했다. "나는 아무하고나 선뜻 손을 잡지 않아요."

일단 말은 해 놓았지만 자기 귀에도 차갑고 선을 긋는 듯한 말투였다.

"의례 때문에 할 때는 있지만." 그녀가 이렇게 덧붙이며 책상 옆 스탠드 조명을 켰다. "제가 알기로는 손을 잡는 것만으로 죄가 되진 않아요."

무례하게 초에 불을 붙인 것과 시청의 연회에 범죄자가 있었다고 말하는 것, 이 모든 것은 감정이 앞서 튀어나온 행위들이었다는 것을 크리스티나는 감지하고 있었다. 갈등 상황에서 본래의 목표와는 관련이 없는 행동을 하는 사람들은 치명상으로 인한 예민한 상처를 숨기려는 것이다. 성에 초대된 손님 중에 불청객이 섞였을 가능성은 희박했다. 초청장을 받은 사람만 참석할 수 있는 파티였다. 초청장을 받은 사람 중 답신을 보낸 사람들로만 명단이 꾸려졌고 입구에서 명단을 확인했다. 살라의 잠재적 분노가 무엇 때문일지를 정확히 따져 보던 크리스티나는 자신이 자기합리화를 하고 있다는 사실을 알아챘다. 그것은 비난을 전제로 한 자기합리화였다. 머리가 그쪽으로 돌아가자 연민이 사라졌다. 젊은 여성을 불쌍히 여기던 마음이 사그라들었다.

그리고 요트를 탔던 기억이 떠올랐다. 몇 년 전에 레오니데스는 길이가 20미터나 되는 우아한 나무 요트에서 서른다섯 번째 생일 파티를 열었다. 나부끼는 흰색 돛 아래에는 빅토리아풍으로 꾸며진 객실이 있었다. 밤에도 해가 지지 않는 6월이었다. 그는 백야의 아들이었다. 그의 죽마고우가 에스토니아 캐스무에서 헬싱키까지 요트를 몰았다. 발트해를 요트로 가로지르고 싶다던 레오니데스의 소망이 이루어졌다. 헬싱키에 도착한 요트는 테르바사리 마리나에 정박했다. 그녀는 레오니데스를 만나기 위해 그 배에 올랐다.

그날 크리스티나는 건설 현장에 나가 있었고 집에 다녀올 시간이 없었으므로 마리나 화장실에서 옷을 갈아입었다. 얼룩투성이 회색 작업복 바지를 벗고서 깨끗한 청바지를 입었고 그 위에는 심플하게 흰 셔츠를 걸쳤다. 그녀는 더 나은 세상을 바라는 저임금 노동자들의 임시 숙소에서 나와서 현상이 유지되기만을 바라는 부자들의 세계로 들어갔다.

그녀는 좁은 잔교를 건너 배에 올라탔다. 파티는 흥이 오를 대로 올라 있었다. 참석자 중 몇 명은 크리스티나도 인사한 적이 있는 인사들이었고 그 외에 TV에서 낯을 익힌 유명인들도 있었다. 전 주핀란드 미국 대사와 에스토니아 대사가 왔고, 연방 장관도 둘이나 있었다. 그 외 정치학자들을 비롯한 학계 인사들은 대부분 나이가 지긋했고, 문화계와 NGO 연합, 인권재단 동료들, 전국 여성위원회 의장도 보였다. 그녀는 그들에게 말을 걸진 않았다. 거기에 길게 머물 생각도 없었다.

"이런 걸 누가 상상이나 했겠어요?" 그녀가 레오니데스를 발견했을 때 그가 말했다. 그는 돛대에 설치된 마이크를 테스트 중이었다. "모두가 캐비아에 열광하고 있어요. 카스피해에서 온 진짜 벨루가의 캐비아죠."

레오니데스에겐 지위 상징이 중요하지 않았다. 그에겐 소유도 중요하지 않았다. 어린 시절부터의 친구도, 그들과 함께 돛대 앞 작은 무대에 서 있던 가스프롬* 사람이 '럭셔리의 미학'이라고 부르는 물건들에도 관심을 보이지 않았다. 무대 역할을 하는 것은 선장실의 지붕이었다. 조타실, 돛대, 각종 장비, 빅토리아풍 객실의 가구까지 선장실 안은 모두 정교하게 복원되었다. 돈은 모두 가스프롬 사람의 주머니에서 나왔다. 투자의 규모에서 역사적인 배에 대한 열정이 느껴졌다. 짧은 연설을 통해 레오니데스의 죽마고우는 그것이 '자기 가족에 대한 보상'이라고 말했다. 그의 가족은 에스토니아 북부 발트해 연안의 작은 마을인 캐스무 출신이었다. 그의 외할아버지는 항해학교를 나와서 선장이 되었다. 손자가 할아버지를 본 것은 검은 리본을 두른 영정 사진이 전부였다. 레오니데스에게 마이크를 넘기기 전에 그의 친구는, 이 범선의 복원으로 할아버지가 검은 리본에서 해방된 것 같은 기분을 느낀다고 말했다. 그리고 가스프롬 사람에게 감사를 표했다.

레오니데스가 친구의 말을 이어받아 열한 살 때 보트에서 게임을 하다가 친구를 만나게 된 이야기를 시작했다. 그해 여름 그는 캐스무에서 열린 소년개척단 캠프에 몇 주간 참여했었다. 캠프는 '소련 국경 수비대의 보호와 감시 아래' 있었다. 수비대는 소련의 1차 점령기부터 그곳에 있었다. 그 과묵하고 무장한 남자들은 죽마고우의 할아버지 때부터 그곳에 있었다. 할아버지는 그 과묵한 남자들과 말을 트는 데 성공했다. 항해학교에서 그런 기술을 배웠을 수

---

* 세계에서 가장 큰 천연가스 회사 중 하나인 러시아의 반(半)국영 에너지 기업.

도, 아니면 타고난 사회성 덕분일 수도 있다. 어쨌든 그에겐 희망이 생겼다. 말을 튼 사람에게 총구를 들이대진 않으리라 믿었기 때문이다. 그래서 그는 참고 견뎠다. 전쟁 중에도 다른 이웃들처럼 재산을 싸서 핀란드로 넘어가지 않았고, 두 번째 대규모 이주가 있을 때도 발트해 연안을 지켰다. 그러던 어느 날 국경 수비대 한 명이 그에게 언질을 주었다. 할아버지의 가족이 추방자 목록에 올랐으며, 이튿날 오후 2시에 사람들이 선장의 가족을 잡으러 올 것이라고 말이다. 그때는 1949년이었다. "여기서부터는 내 친구가 여러분에게 하지 않은 이야기"라고, 레오니데스는 목소리를 조금 높여 말했다.

그의 친구가 비밀로 간직했던 것 이야기는 바로 그의 어머니가 열두 살이었던 어느 날 아침 그의 할아버지가 사우나에 간다며 집을 나섰던 때의 일이었다. 몇 시간 후 주택 관리인이 할아버지가 사우나에서 나오지 않는다며 집으로 달려왔다. 그리고 할아버지는 영원히 집으로 돌아오지 않았다. 그는 소련 비밀경찰 트럭이 집 앞에 멈춘 두 시 직전에 목을 맸다. 사우나 아궁이 옆 발코니 난간에 밧줄이 매달려 있었다. 러시아어를 할 줄 아는 관리인이 비밀경찰에게 상황을 설명했다. 그리고 마침내 남은 가족을 고인이 묻힌 땅에 남겨 두자는 결정이 내려졌다.

"이 할아버지 덕분에," 레오니데스가 말했다. "나는 친구를 만날 수 있었습니다. 마을 사람 수천 명은 소련의 핵실험장이 있던 세미팔라틴스크로 끌려갔지만, 친구의 어머니는 가까스로 위기를 피했고 시간이 흘러 내 친구를 건강하게 낳아 주셨습니다." 소년개척단 캠프에서 친해진 열한 살 소년들은 둘 다 선장이 꿈이었다. 검은 리본을 두른 영정 사진 속 젊은 남자처럼 되는 것이 그들의 꿈이었다.

흥겨운 파티에 전혀 어울리지 않는 이야기였다. 반짝이는 물결과 캐비아를 녹일 듯이 온화한 여름 공기와도 어울리지 않았다. 그 사실을 밝은색 드레스를 입고 맨 앞줄에 서 있던 여자가 눈치채고선 레오니데스에게 다가가 팔로 그를 감쌌다. 다른 사람들이 줄을 서서 축하를 전하기 전에 아내인 자기가 포문을 열려는 것 같았다. 그녀는 열정적이고 생기가 넘치는 사람이었다. 크리스티나는 레오니데스의 부인을 테르바사리 마리나에 정박한 요트에서 보았다.

레오니데스의 생일 파티는 죽마고우의 가족에 대한 보상 행위였다. 그와 더불어 레오니데스는 오래 품었던 소망을 실현했다. 그 비용은 가스프롬의 임원 중 한 명이 댔다. 가스프롬은 소수자를 억압하고, 비판적인 보도를 봉쇄하고, 고문을 허용하고, 대량 살상을 독려하는 러시아 국영 기업이었다. 그들은 공산주의 이데올로기를 따르지 않고서도 스탈린 때부터 살아남았다. 그런 국가의 특성은 스모그처럼 마주치는 사람들의 몸속으로 슬며시 스며들었다. 그렇다면 그 요트 전체가, 그날 승선한 모두가 범죄자였다.

살라가 기침을 했다. 초콜릿을 잘못 넘긴 것이다.

"그런 연회에는 범죄자가 갈 수 없어요." 기침 소리에 정신을 차린 크리스티나가 말했다. "초청장이 있어야 들어갈 수 있으니까요."

젊은 여성은 기침을 멈추고 생수병을 들어 물을 마셨다. 그녀는 쉬지 않고 물 한 병을 다 비우고선 말했다. "내가 여기 온 것은 그 사람을 법정에 세우고 싶어서예요."

"레오니데스를요?"

"아니요, 레오니데스가 아니라 다른 사람이요. 그 독일인." 그녀가 한 손으로 후드를 붙잡고 말했다. "그렇지 않으면 공포에서 벗어날 수 없을 것 같아요."

밤이 되어 그들이 작은 의사당 건물을 나설 때 크리스티나는 그녀가 다른 사람 눈에 띄지 않으려고 후드를 쓴다는 걸 눈치챘다. 머리를 가리는 것은 일종의 보호막 같았다. 복도에는 이미 야간 조명이 켜졌고, 동료들은 거의 퇴근한 후였다. 사람이 없는데도 살라는 후드를 뒤집어썼다. 거리로 나가서는 후드를 더 깊이 내려 얼굴을 덮었다. 헬싱키는 그렇게 위험한 도시가 아니었다. 핀란드는 유럽에서 가장 치안이 좋은 나라에 속했다. 핀란드의 안전지수는 80퍼센트에 육박했다. 범죄율도 매우 낮았다. 크리스티나는 최근 통계에 해박했다. 핀란드는 90퍼센트의 어린이가 혼자서 버스나 트램을 타고 등교하고, 초등학교 1학년 아이들도 부모 없이 등하교를 할 수 있는 나라였다. 크리스티나는 종종 파티에 갔다가 밤늦게 집으로 돌아왔지만 거리에서 공포를 느낀 적은 한 번도 없었다. 하지만 이 젊은 여성은 변화한 시내 중심에서도 공포에 사로잡혀 있었다. 아마도 그녀의 주머니에 든 것은 칼인 것 같았다.

그날 저녁 크리스티나는 몇 가지 새로운 사실을 깨달았다. 우선 그녀는 이제까지 알지 못했던 한계에 부딪혔다. 보통 그녀는 힘든 일을 꺼리지 않았다. 오히려 불편하거나 위험한 상황을 자청할 때도 많았다. 그녀는 임시 노동자들과 저임금 근로자들을 위해 싸웠으며, 거기엔 항상 저항이 뒤따랐다. 그래서 그녀는 트라우마에 관한 최신 연구와 빈곤과 소외에 관한 최근 통계를 수시로 업데이트해 왔고 그래서 웬만한 고통은 다 이해한다고 자부했었다. 하지만 살라가 벽에 걸린 포스터에 시선을 고정한 채 이야기를 시작했을 때, 처음에는 더듬거리던 말이 점점 유창해졌을 때, 하지만 끝까지 감정을 섞지 않고 최대한 건조하게 독일의 한 저택에서 겪었던 일을 설명했을 때, 크리스티나는 본능적으로 동물 보호단체 전단지를 접어서 서류 더미 아래로 쑤셔 넣었다. 밍크도 상황이 좋지는 않았다. 하지만 밍크는 종이로 된 4색 인쇄물 안에 있었다. 그보다는 지금 자기 앞에서 생생하게 성폭행과 고문에 대해 증언하는 사람이 훨씬 힘든 상황이라는 것을 인정하지 않을 수 없었다.

크리스티나는 그녀를 도와야 할 사람이 바로 자신이라는 것을 깨달았다. 신호등에서 그녀와 헤어져야 하는 순간, 그 사실을 깨달았다. 살라가 손을 내밀었다. "고맙습니다." 그때 크리스티나는 누군가 그녀를 도와야 한다면 그건 자신이라는 것을 깨달았다. 의협심이나 의무감 때문이 아니라, 그렇다고 연민 때문도 아니라, 단지 자기가 그 일을 할 수 있기 때문이었다. 동시에 그녀는 부끄러워서 살라를 똑바로 볼 수 없을 것 같은 기분이 들었다. 그래서 그녀의 손을 잡을 때 일부러 그 크고 어두운 홍채 안에 시선을 고정했다.

"집까지 혼자 갈 거예요?"

"네."

"무슨 기차를 타야 하는지 알아요?"

"네."

"기차표도 있어요?"

"네."

"내가 같이 가 줄까요?"

젊은 여성은 수줍게 웃었다. 어쩌면 살짝 비웃은 것 같기도 했다. 어쨌든 크리스티나는 그녀가 웃는 것을 처음 보았다. 그러고선 그녀는 기차역 가로등 아래로 사라졌다.

크리스티나는 사람들을 좀 알았다. 정확히 말하자면 사람들을 많이 알았다. 그녀에겐 든든한 인맥이 있었다. 그녀가 가끔 점심을 함께하는 사람 중에는 성폭력 피해자를 대리하는 전문 변호사도 있었다.

그날 밤 크리스티나는 걸어서 집으로 갔다. 고속도로를 지나는 마지막 구간에서만 버스를 탔다. 집에 가자마자 창문을 열고 어머니에게 전화를 걸었다. 어머니는 여름에 집 계단 근처에서 발견한 송이버섯으로 일본식 저녁 식사를 차렸다고 말했다. 비록 곁들일 사케는 없었지만 송이버섯만으로도 일본에서는 고급 요리라고 말했다. 그녀의 어머니는 버섯에 관해서라면 무엇이든 알고 있었다. 자라는 곳과 요리법을 알았고 버섯에 생식기관이 80개나 있다는 것도 알았다. 어머니는 책을 찾아보지 않고서도 50종이 넘는 버섯을 구분했고, 경험이 부족한 버섯 채취자들을 위해 일반적인 버섯은 남겨 두고 흐릿한 빛깔의 버섯이나 커다랗고 번질번질한 버섯을 골라 꺾었다. 어머니는 청소년기에 버섯 도감을 읽으며 지식을 쌓았다. 외할아버지가 네 명의 남자 형제들 앞에서 어머니를 칭찬한 적이 딱 한 번 있었는데 바로 버섯을 구분했을 때였다. 외삼촌들은 모든 면에서 어머니보다 나았지만 버섯에 관해서라면 아주 단순한 것에도 서툴렀다.

크리스티나는 숲 너머로 달을 쳐다보았다. 문득 어렸을 때 먹었던 꽃송이버섯에 스크램블 에그를 곁들인 맛이 혀끝에 맴돌았다. 어린 시절에 구운 포르치니보다 더 좋아했던 요리였다. 포르치니는 어머니가 자주 쓰던 요리 재료였다. 숲에는 그 버섯이 지천이어서 쉽게 찾을 수 있었다. 크리스티나는 버섯 따는 어머니를 따라다니길 좋아했다. 하지만 어머니가 등색그물버섯이나 턱수염버섯의 작은 조각을 뜯어서 맛보려 할 때는 그러다가 독에 중독될지도 모른다는 두려움에 사로잡히곤 했다.

"별일 아니면 어두워지기 전에 얼른 호수에 들어갔다 오려구."

"엄마, 이미 어두워. 그리고 날이 너무 추워." 크리스티나가 말했다. 그 순간 그녀는 바깥으로 나가는 문이 삐걱거리는 소리와 함께, 어머니가 바위에서 호수로 내려가는 미끄러운 나무 계단으로 걸어가며 내는 거친 숨소리를 들었다. 그녀는 언제나처럼 그 무엇도 어머니를 막지 못할 것이라는 걸 알았다.

그녀는 휴대전화에 저장된 지인의 번호로 전화를 걸었다. 그녀는 독일문화원 핀란드 지부에서 일했다. 크리스티나는 그에게 요한 만프레드 벵엘에 관해 아는 게 있는지를 물었다. 지인이 고민하는 동안, 그녀는 담배 한 대를 물었다. 그녀는 연민과 쾌감이 뒤섞인 알 수 없는 기분을 느끼며 달을 향해 연기를 내뿜었다.

독일문화원 직원은 그에 관해 아는 게 없다고 말했다. 아마 자기가 독일을 떠난 지 너무 오래되어서일 거라고 했다. 하지만 자기가 알기로 독일엔 그런 인간들로 가득하고 그녀가 핀란드로 이주한 것도 그런 이유에서라고 했다. "미쳐버릴 각오를 하고서 말이야!" 그날은 꽤 늦은 수요일 밤이었고, 그 지인은 술을 마시지 않았다고 했지만 그 말에 어울리지 않을 정도로 너무 과장되게 웃었다. "80년대에 여자가 독일에서 헬싱키로 온다면 거의 예외 없이 미쳐 버렸지." 그리고 자신만은 미치지 않았다고 했지만, 그녀의 사나운 헤어스타일을 떠올려 보건대 그녀가 미치지 않았다는 말에 믿음이 가진 않았다. 크리스티나는 마음이 급했다. "물론 그동안 핀란드가 많이 좋아지긴 했지만." 지인은 독특한 악센트로 한번 알아보겠노라 약속했다.

크리스티나는 레오니데스에게 연락하지는 않았다. 그녀는 밤이 되자 배가 고팠다. 초콜릿과 사과 외에 배 속에 든 게 없었다. 그녀는 허기진 채로 양쪽 중 한쪽만 사용하는 더블베드에 누워 젊은 여성을 떠올렸다. 그녀는 어떤 침대에서 잠을 잘까. 잠을 자기나 잘까. 어떤 기분일까. 자기 상처에 의미를 부여하기 위해 얼마나 오랫동안 기억을 재구성했을까. 하지만 이 질문은 틀렸다. 살라가 성폭행에 관한 이야기를 입 밖으로 꺼낸 것은 이번이 처음이었다. 이제 그로 인해 어떤 일이 그녀에게 생길 것이다. 나에게도 어떤 일이 생길 것이다. 크리스티나는 생각을 멈추고 자리에서 일어나 부엌 선반을 뒤져 비스킷과 통조림 캐비아를 꺼냈다. 장보기를 잊어버릴 때를 대비하여 대용량으로 비축해 놓은 비상식량이었다.

그녀의 머릿속에서는 살라가 떠나질 않았다. 이튿날 지루한 회의를 두 번 연거푸 하는 중에도, 이민국 담당자와 핀란드어가 외국인 구직의 최대 장애물이라는 얘기를 할 때도, 불쑥불쑥 살라가 떠올랐다. 헤어질 때 잡았던 손의 느낌과 후드에 가려진 창백한 얼굴이 생각났다. 그녀가 극복해야 할 장애물이 떠올랐다. 시청에서 만났던 드레스 차림의 그녀는 독립적이었다. 아마도 그런 드레스를 자주 입는 것처럼 보이지 않았기 때문에 더욱 그런 인상이 남았던 것 같다. 최후의 모히칸, 칭가츠국Chingachgook. 퇴근길에 크리스티나는 그 역사소설을 찾으러 도서관에 들렀다. 그리고 표지에서 카리스마 넘치는 주름진 얼굴을 발견하고선 한참을 들여다보았다. 그의 머리에는 깃털 두 개가 꽂혀 있었다.

푸른 여자가 거짓말을 한 것인지는 알 수 없다. 우리는 점점 희미해지는 그림자의 흐물흐물한 반경 안에서 돌아다닌다.

나는 그녀가 이 집에 관해 아는 것은 직접 살았기 때문이라고 추측한다. 그녀가 여기에 살았다고. D동, 3층에.

푸른 여자가 나를 빤히 쳐다본다.

나는 나 때문에 진실을 숨기는 거냐고 묻는다. 나 때문에 사실을 왜곡하는 거냐고. 나를 기쁘게 하려고 무언가를 꾸며내냐고. 내가 기쁘면 좋겠냐고.

그녀는 가타부타 말이 없다.

그럼 내가 오해해도 괜찮겠어?

반박하는 그녀의 목소리가 크지 않다. 우리는 워낙 가까이 붙어 있어서 큰 소리를 낼 필요가 없다.

그런 식의 비난은 심연을 보기 좋게 가리는 것에 불과하다고, 푸른 여자가 말한다. 그럴듯한 포장지로 불쾌한 것을 가리는 것뿐이야.

'거짓말을 하는 여자'의 신화는 늘 이런 식으로 만들어진다.

"누가 나를 찾아왔어." 라시팔라치 광장에서 점심을 먹으며 크리스티나가 말했다. 레스토랑 테라스는 가스난로의 열기로 후끈했다. 그곳은 평상시의 반값으로 점심 뷔페와 음료 한 잔을 제공하는 인근의 여느 레스토랑 중 하나였다. 레스토랑과 같은 건물에 이 변호사의 사무실이 있었다. 크리스티나의 사무실도 거기서 멀지 않았다. 그런데도 둘은 2주 만에 처음 얼굴을 보았다. "체코 출신 젊은 여성. 어린 나이에 대장정을 겪었더라."

"연애사?"

변호사의 말투에 경멸이 깔려 있었다. 그녀답지 않았다. 적절하지도 않았다. 크리스티나는 약속을 잡을 때 이미 전문적인 상담을 원한다고, 법률적인 조언을 구하고 싶다고 말해 둔 상태였기 때문이다. 전화를 거는 건 쉽지 않았다. 숙면에 도움이 된다는 차를 마시고, 명상 CD를 듣고, 수면유도제까지 먹었지만 끝내 잠들지 못했고, 새벽 5시에 침대에서 일어나 거실의 커다란 탁자에 잠옷 차림으로 앉았다. 동이 트는 기운이 아스라이 느껴졌다. 그녀는 임시 노동자를 위한 열 가지 계획에 몰두하는 대신, 커피 한 잔을 들고 창밖이 밝아지는 과정을 물끄러미 바라보았다. 빨간 독버섯 같은 태양이 자작나무 뒤로 모습을 드러낼 때까지. 누군가에게 전화를 걸기에 무례하지 않은 시간이 될 때까지.

가을이라 테라스는 쌀쌀했고 가스난로는 한쪽으로만 열기를 내보냈다. 크리스티나는 은회색 머리카락을 어깨까지 늘어뜨리고 활기찬 미소를 짓는 매력적인 여성 앞에서 평정을 유지하려 애썼지만 쉽지 않았다. 그들은 동등한 입장이었다. 둘 다 자기 신념을 좇는 열정 면에서는 서로에게 뒤지지 않았다. 하지만 변호사에겐 크리스티나보다 더 오랜 세월 쌓아 온 우아함과 깊이와 지식이 넘쳐흘렀다. 경멸로 맞대응하기에 변호사는 너무 똑똑했다.

"내가 궁금한 것은 그녀가 법정에서 이길 확률이야."

테이블에 샐러드 두 접시가 놓였다. 변호사는 자기 접시를 건드리지도 않고 대화에만 귀를 기울였다. 그리고 마침내 여러 판례를 인용하며 답변을 내놓았다. 그 속에선 더 이상 경멸이 느껴지지 않았다.

"법정에서는 왜 반년 전에 신고하지 않았는지를 물어볼 텐데."
"그런 일로 인한 트라우마는 종잡을 수가 없는 거잖아."
"생계는 어떻게 유지한대?"
"곧 방법이 생길 거야."

순간 변호사의 얼굴에 어떤 표정이 깃들었다. 크리스티나도 잘 아는 그 표정의 뜻은 신중과 집중이었다.

"그 사람은 여기서도 경찰에 갈 수 있어. 경찰관들이 쓸데없이 거칠게 굴지는 않을 거야. 독일 경찰에 신고할 수 있다면 더 좋지. 거기서도 소송을 제기할 수 있어."

늦은 점심을 먹으려는 사람 한둘이 접시 가득 음식을 채워서 바로 옆 테이블에 앉았다.

"내가 알기로, 독일에서 신고된 강간 사건 100건 중에 유죄판결을 받는 건 10건에 불과해. 그 비율이 유럽 전체 평균보다 낮지. 독일에선 성범죄자 대부분이 무혐의로 풀려나."

"그게 두려워서 그만두지는 않을 것 같아."

"독일에서 발생한 성범죄 중 실제로 신고되는 건수가 5퍼센트에 불과한 이유지. 스칸디나비아에서는 절반 정도는 신고하거든."

"흡연자는 악마처럼 다루는 나라 아니었나?" 크리스티나가 소리쳤다. "남성들의 범죄가 사회에 미치는 피해에 관해서는 아무도 상관하지 않나 보지? 성폭력 피해자들은 수십 년 동안 치료를 받아야 해. 그새 경력도 단절되지. 잠재력을 발현할 기회마저 빼앗기는 거야. 이 정도면 폐암보다 더 심각한 피해 아니야?"

변호사는 감정에 요동이 없어 보였다.

"누군가가 함께해야 할 거야."

"그건 나도 알아." 크리스티나도 이미 그 생각을 했다. 그 생각에 붙들려 지난 밤에 잠을 이루지 못했다. 하지만 뭐라고 대답을 하기도 전에, 담뱃갑을 들었다 놨다 하던 그녀의 오른손을 변호사가 덥석 잡으며 물었다.

"할 수 있겠어?"

"나도 잘 모르겠어."

반짝이던 그녀의 갈색 눈동자에 금세 어둠이 서렸다. 변호사는 휴대전화를 꺼내 무언가를 입력했다.

"냉장고 감금은 신체 상해, 자유 박탈, 강요 혐의를 충족해." 그녀가 화면을 보며 말을 이었다. "질식사할 수도 있었을 테니까."

"갈증이 심했대."

"증인이 있어? 똑같은 증언을 해 줄 사람이 있으면 좋을 텐데. 혹시 뒤늦게 죄책감을 느낀 저택의 주인이 보낸 메시지 같은 건 없대?" 변호사가 휴대전화를 내려놓았다. "냉장고 감금은 형벌을 강화하는 사유가 될 수 있어. 하지만 여기서 중요한 건 다른 문제야."

크리스티나가 담배 한 대를 꺼내 물었다. 라이터 부싯돌을 세 번이나 돌린 끝에 겨우 불을 붙였다.

"문제는 그녀가 이걸 할 수 있느냐는 거야."

"그건 나도 잘 모르겠어."

"의학적 치료가 필요할 거야."

"그녀는 치료를 원하지 않아. 그녀는 진술을 원해."

"이건 공소권이 있는 범죄야. 일단 시작하면 돌이킬 수 없어."

"그녀도 그렇게 말했어."

"그래도 한 번 더 잘 생각해야 할 거야. 그녀에겐 묵비권이 없으니까."

크리스티나는 움직이는 변호사의 손을 좇고 있는 자신의 시선을 깨달았다. 가늘지만 힘이 센 손이었다. 오른손에는 미세한 떨림이 있었는데 변호사 자신도 그걸 제어하지는 못했다. 그 손이 닿았을 때 그녀의 모든 부분이 반응했다. 확신과 무언의 힘으로 가득한 손길은 밤새 그리고 아침이 되어 한 번 더 그녀의 몸을 무너뜨렸다. 그래서 그녀는 침대를 정리했지만 시트를 갈지는 않았다. 이불과 베개에 묻은 헌신, 눈물, 그리고 단 한 번뿐일 그 밤을 함께한 그녀의 체취.

"그 점을 확실하게 이해시켜야 해!"

"그녀는 아무 상관도 안 할 거야!" 크리스티나도 날카롭게 대꾸했다.

"피고가 바로 뒤에 있을 수도 있어. 50미터도 채 떨어지지 않은 곳에."

"진술을 같은 방에서 해?"

"상대측 변호사가 그녀만 알아들을 수 있는 모욕적인 말을 속삭일 수도 있어. 다른 사람은 못 듣고 그녀만 들을 수 있게."

"언제부터 피해자와 가해자가 같은 법정에 서게 된 거야?"

"피고의 변호사는 그녀를 무너뜨리려고 할 거야. 상황에 따라 가해자와 똑같은 수법을 쓸 수도 있어. 말로 한다는 게 다를 뿐."

"법정에서?"

변호사가 머리를 쓸어 넘겼다. 하지만 이내 크리스티나의 시선이 약지에 낀 다이아몬드 반지에 닿는 것을 느끼고선 테이블 아래 트위드 치마 위로 손을 내렸다.

"만약 독일에서 변호사가 피고와 피해자가 물리적으로 만나지 않도록 해 달라고 요청하면 비웃음거리만 될 거야. 역사 때문인지 감자 때문인지는 몰라도 독일 사람들은 정신적 상해에 대한 감각이 없어. 적어도 법 제도에 반영되지는 않았지. 그들은 개인의 불가침성을 하찮고 사소하게 여기지." 변호사는 검지와 엄지를 눈곱만큼 벌려 보이며 자기 말을 강조했다. "그들에게 중요한 건 재산이야. 그 차이를 형량으로 비교하면 역겹다니까. 모든 절도가 신체상해에 비해 강한 처벌을 받아. 그러니까 독일 사람의 지갑을 훔치면 큰일 나. 하지만 다리 사이에 손을 집어넣는 건 괜찮지."

"지갑을 도둑맞은 사람에게 혹시 도둑에게 누명을 씌우려는 것 아니냐고 의심하는 사람은 없어. 누가 도둑을 맞았다면 그냥 그런 줄 알지. 하지만 성추행이나 성폭행을 당했다고 하면 아무도 믿질 않아. 그건 핀란드에서도 마찬가지고!"

"전 세계가 마찬가지야. 성범죄는 그 어떤 범죄보다 덜 심각한 대접을 받지."

"그런데 지금 우리 여기 앉아서 농담이나 하고 있는 거야?" 크리스티나의 속내가 불쑥 튀어나왔다.

변호사는 포크를 집어 들고 미세한 떨림이 있는 오른손으로 양상추와 비트잎과 치커리를 하나씩 찍었다. 하지만 포크를 입으로 가져가지는 않았다. 포크를 그대로 접시 가장자리에 걸쳐 놓은 그녀는 손으로 턱을 괴었다. 그녀의 시선이 크리스티나를 향했다.

"당신은 강한 전류 같아. 당신을 만나면 호흡이 빨라져. 인생이 더 빠르게 흐르지." 변호사가 특유의 온화한 목소리로 말했다. 그녀의 갈색 눈동자에는 더 이상 어둠이 서리지 않았다. "나는 내 남편을 사랑해, 크리스티나." 갈색 눈동자에 함께 보낸 밤의 기억이 깔려 있었다. "크리스티나?"

"알아. 당신이 벌써 그렇게 말했잖아."

"나는 두 번 다시 그를 떠나지 않을 거야."

크리스티나가 라시팔라치에서 점심을 함께 먹은 여자는 헬싱키 변호사 중 가장 세다고 정평이 난 사람이었다. 판사들조차 그녀가 무섭다고 말했다. 그리고 이 강인하고 아름다운 여자가 마음을 열고서 체면을 버리고 자신의 불안을 드러낼 때마다 크리스티나의 가슴 깊은 곳을 찔렀다.

그녀에게 무언가가 떠올랐다. "리브, 당신은 원하는 걸 해내는 사람이잖아. 나를 찾아온 젊은 여성에게도 비슷한 인상을 받았어."

"그럼 다음에는 그 똑똑한 의뢰인도 데려와."

레스토랑을 나서는 길에 변호사가 크리스티나의 팔을 잡고 살짝 기댔다. 그들이 서로에게 내보일 수 있는 감정의 고백으로서는 이것이 가장 최대치의 것이었다.

만네르헤임민티에 거리에서 크리스티나는 달려오는 트램을 보지 못했다. 경적이 울리고서야 정신을 차린 그녀는 간신히 인도로 몸을 피했다. 금요일이었다. 도시는 사람들로 가득했다. 트램이 출발하자 크리스티나는 걸음을 내디뎠다. 그녀는 어떤 부름에 응답해야 했다. 부름에 따르면 그녀와 함께할 때 호흡이 빨라지고 삶이 빠르게 흐른다고 했다. 그 생각에 따라오는 쓴맛은 애써 무시했다. 공기가 좋았다. 햇빛도 좋았다. 그녀는 원내 회의를 빠지기로 했다. 잠시 걷고 싶었다. 그녀는 오른쪽으로도 왼쪽으로도 갈 수 있었다. 왼쪽은 의회로 돌아가는 길이었으므로 그녀는 오른쪽을 택했다. 스토크만 백화점을 지나 스웨덴 국립극장과 에스플라나드 공원까지, 대학가를 한 바퀴 돌기로 했다. 대성당에서 기차역 뒤 한산한 구역을 지나 다시 만네르헤임민티에로 돌아오는 경로는 아름다울 것이다.

대학 과학연구소에 레오니데스가 있을 가능성도 있었다. 그녀는 그를 만날 기분이 아니었다. 하지만 산책을 나온 김에 잠깐 그에게 들를 수는 있었다. 최근 그녀의 당에서 제출한 법안이 의회 가결에 실패했다. 그녀가 반년간 핀란드의 오지를 찾아다니며 준비한 법안이었다. 레오니데스에게 조언을 구할 필요가 있었다. 임시 노동자들의 주거상황을 해결하는 것은 그녀의 정당과 연정을 맺은 집권당의 우선순위에 없었다. 전략적인 조언을 받아서 나쁠 건 없을 터였다. 물론 레오니데스를 찾아가야 할 다른 이유도 있었지만, 그 생각은 나중으로 미루기로 마음먹었다.

처음에 그녀는 반대편 건물로 잘못 들어갔다. 그래서 경비원에게 안내받아 제대로 된 길을 찾아 돌아가야 했다. 겨우겨우 짜증을 억눌렀다. 다시 한번 국회의원에 출마했던 것은 실수였다고 그녀는 생각했다. 데모, 청원, 항의로는 더 이상 많은 것을 이룰 수 없다고 판단해 선택한 것이었다. 성취에 대한 만족감은 의회 쪽이 더 컸다.

이해 충돌과 정당 간 협상과 권력 다툼의 맷돌에 끼인 목표가 가루가 되어 버리기도 했지만 그렇지 않을 때도 있었다. 재선된 대통령의 위엄과 정의감에 탄복한 나머지, 출마하라는 설득에 넘어갔다. 하지만 타르야 할로넨 대통령조차 맷돌에 갈리는 신세를 벗어나려면 기적이 필요할 것이었다. 레오니데스는 정의로웠다. 직업 정치인들에겐 없는 순수가 그에겐 남아 있었다. 그건 더 나은 세상을 만들고자 하는 사람에겐 없어선 안 되는 도덕적 원칙을 향한 믿음이자 진심이었다.

그는 외투를 입는 중이었다. 그녀는 예의를 생략하고 단도직입적으로 물었다. "내 의안이 가결에 실패했어. 당신 조언이 필요해."

그 가벼운 외투는 그에게 아주 잘 어울렸다.

"미안해, 크리스티나. 지금 막 나가려던 참이었어."

"당신이 언제 안 바빴던 적 있나."

"하지만 오늘은 좀 급해. 타르투에 가기로 했거든." 레오니데스가 가죽 가방의 지퍼를 잠그며 말했다. "마지막으로 주말에 집에 간 게 언제인지 기억도 안 나."

"당신네 남자들은 밖에서는 영웅처럼 굴다가 방패에 조그만 흠이라도 나면 울 준비를 하고선 집으로 뛰어가지요."

생각 없이 튀어나온 말이었다. 방 안 공기는 건조했다. 크리스티나는 자기가 내뱉은 말실수를 습기 부족 탓으로 떠넘겼다.

"벌써 소문이 났나 보군."

"무슨 소문?"

"내가 버림받았다는 것 말이야." 레오니데스가 전에 없이 감정을 담아 말했다. "방금 그 얘기를 하려던 거 아니야?"

그의 뒤쪽에 있는 창문에서 맞은편 집 외벽이 밝게 빛났다. 그녀는 그에게 한 발 더 다가갔다.

"미안해." 그녀가 그의 팔에 손을 얹었다. "그냥 튀어나온 말이야. 실은 얼마 전에 시청에서 살라가 택시 타고 가는 걸 봤어. 원래는 같이 담배 한 대 피우자고 했는데 갑자기 계단을 내려가더니…"

"아, 그 끔찍한 연회 얘기로군."

"도망치는 사람 같았어."

그의 외투는 흠잡을 데 없이 세련됐다. 크리스티나는 그 점이 새삼스러웠다. 평소 레오니데스는 패션 감각이 별로였다.

"나도 자책하고 있어." 그가 말했다.

"왜? 당신 때문에 도망간 거야?"

그는 불행한 표정을 지었고 크리스티나는 그의 팔에서 손을 뗐다. 어쩌면 이 세련된 외투는 그의 부인 취향일 수도 있겠다는 생각은 지워 버리기로 했다. "그래, 페리 타러 가." 그녀가 말했다. "붙들고 늘어지지 않을게."

"그때 그 연회에 억지로 데려가지 않았더라면 좋았을 텐데."

"당신이 억지로 데려간 거야? 그 사람은 왜 가기 싫어 했는데?"

"몰라. 그동안 머리를 싸매고 생각해 봤는데도 이유를 모르겠어." 레오니데스가 가죽 가방을 다시 내려놓았다. 갑자기 그는 떠나지 않으려고 마음먹은 것 같았다. "그녀는 괜찮았어. 몇 번이나 괜찮다고 했어."

"나는 그녀가 아주 친절하다고 생각했어. 힘들어 보인다는 인상을 받진 않았어."

"그게 바로 이해가 안 되는 부분이야. 그러다 갑자기 사라졌거든."

"둘이 싸운 적 있어?"

"가끔, 둘 사이에 오해가 있을 때는." 레오니데스가 말했다. "대부분 언어가 달라 생긴 문제였지. 하지만 그날? 아니! 우리는 즐거운 시간을 보냈어. 우리는 우리를 태우러 온 리무진을 보고 웃었어. 운전사가 제복을 입고 오는 게 좀 웃기긴 하잖아. 당신도 알 거야."

"지금 살아 있는 사람들 대부분이 태어나지도 않았던 시절의 영광과 화려함이 느껴지지."

레오니데스가 안경 아래로 눈을 비볐다.

"만약 그녀가 그냥 내게서 도망친 거라면," 그가 말했다. "그녀를 찾아다닐 이유가 없지."

"그녀가 도망친 이유를 알고 싶지 않다면야 그렇겠지."

"나는 감도 못 잡겠어."

크리스티나는 대꾸하지 않았다.

"하물며 어디로 가야 그녀를 찾을 수 있을지조차 몰라." 레오니데스가 말했다. "이런 일로 내가 위기에 빠질 줄 누가 생각이나 했겠어." 그는 마치 몸에서 공기가 빠져나간 사람처럼 책상에 몸을 기댔다.

"바보에게도 위기는 찾아오지." 크리스티나는 급히 화제를 바꾸려 했다. "하지만 위대한 러시아 시인의 말을 인용하자면, 우리를 힘들게 하는 것은 일상이야. 그래서 당신 조언이 필요해, 레온."

레오니데스는 시계를 올려다보았지만 시간을 보지는 않고 그저 확인하는 척만 하는 것 같았다. "적어도 작별 인사는 할 수 있었을 텐데. 누군가 떠날 때 인사 정도는 바랄 수 있는 거 아닌가? 어떻게 생각해? 그녀는 내게 제대로 알아볼 기회조차 주지 않았어!"

크리스티나는 서류 가방을 뒤적여 담배를 찾았다.

"설명은커녕 말 한마디 없었어. 최소한 그 정도는 기대할 수 있는 것 아니었을까? 그녀는 아무 말도 없는 이별이 내게 남길 고통 따위는 생각조차 하지 않은 게 분명해. 이별이 맞겠지? 달리 뭐라고 불러야 할지…"

레오니데스의 기분이 점점 나빠지고 있었다. 언제든 안경알이 뿌옇게 흐려질 만큼 감정이 격앙된 상태였다. 크리스티나는 예전에도 그런 우려스러운 광경을 관찰한 적이 있었으므로 쉽게 그 낌새를 느꼈다. 크리스티나는 자신의 연약함을 발견한 남자들은 그 점에 과몰입한 나머지 쉽게 감상에 빠진다고 생각했다. 그 감상주의는 세상이 오직 자기들 때문에 존재하리라는 확신에서 기인했다. 그런 확신은 말로 표현되거나 넌지시 암시되지도 않는다. 너무 당연해서 공감을 얻을 필요도 없기 때문이다. 감상주의와 폭력 사이엔 연관성이 있었다. 크리스티나는 다른 사람이 저지른 잘못으로 레오니데스를 책망할 의도는 없었다. 그럼에도 불구하고 그의 하소연은 그녀에게 강한 반감을 일으켰다. 그 강도가 너무 세서 그녀 스스로 놀랄 정도였다.

"당신이 유부남이라는 걸 살라도 알아?"

"그게 이유라고 생각하는 거야?" 그는 놀란 게 분명했다. "혹시 당신이 그 얘길 했어?" 그녀가 뭐라고 하기도 전에 그는 손을 내저으며 말문을 막았다. "나는 그저 상황을 파악하고 싶은 거야."

"내가 그런 말을 할 이유가 없잖아."

"그렇다면 거기 온 사람 중 한 명이 했을 수도. 빌어먹을 연회!"

"진심으로 그렇게 생각하는 건 아니지?" 담배 한 대를 꺼낸 크리스티나가 이번엔 라이터를 찾아 가방을 뒤적이기 시작했다. "그녀는 당신이 유부남인 걸 모른다는 얘기군."

"그녀를 캐스무에 데려갔다가 탈린에도 함께 가려고 했어." 그가 말했다. "거절한 건 그녀야."

"당신 부인은 어때?"

문득 자기 고통에 사무친 레오니데스가 눈을 위로 향했다. "뭐가? 다음 페리를 탄다고 메시지를 보냈어."

"당신이 하룻밤도 아니고 며칠씩 밖으로 나다니는 걸 부인은 그냥 받아들이는 건가?"

"내 아내?"

"받아들일 수 있을까?"

"크리스티나, 우리는 자유로운 사람들이야."

크리스티나는 그의 어조가 살짝 바뀌는 것을 감지했다.

"우리는 그걸 싸워서 얻어 낸 거야. 우리 안의 개별성, 고유성, 특이성, 우리를 유일하게 만들고 나눌 수 없게 만드는 그 모든 것을 말이지." 그가 마치 강단에 올라간 것처럼 말했다. "부르주아 자본주의 가치체계도 우리에게서 그걸 앗아갈 수는 없어."

"그런 걸 받아들일 수 없다고 생각하는 사람들도 있어."

"자유로움의 본질은 그것을 거부할 수 있는 선택의 가능성에 있지 않을까?"

오후의 빛이 창틀 모양의 황금빛 그림자를 벽에 드리웠다. 크리스티나는 자신이 가진 반감의 원인이 레오니데스에게 있지 않다는 사실을 인정해야만 했다. 다른 곳에서 비롯된 반감을 여기로 가져온 것에 불과했다. 점심 때부터 그녀를 괴롭혔던 감정은 자신의 무력함에 대한 반감이었다. 그녀는 비에 스모그가 녹아내리는 것처럼 그 감정 또한 의식의 파도 아래로 내려앉기를 바랐다. 리브는 그녀를 무방비로 만들었다. 반지 낀 손으로 머리를 쓸어내리던 리브, 목에 섬세하고 독특한 주름이 있는 리브, 섬의 햇볕에 피부가 그을린 리브. 그녀가 상대를 무력하게 만드는 시선을 의도적으로 던질 때면 무방비 상태에 익숙지 않은 크리스티나 같은 사람은 평정을 잃었다.

과학연구소 앞마당에서 갈매기가 울었다.

"혹시 살라가 친밀한 관계를 맺는 데는 문제가 없었어?" 그녀는 최대한 무신경하게 물었다.

레오니데스의 두 눈동자가 두꺼운 안경알을 뚫고 그녀를 빤히 쳐다보았다. 그의 동공이 수족관에 갇힌 작은 물고기처럼 보였다.

"내 말은 그녀가 육체적으로도 당신에게 다가갔냐는 거야. 가령 옷을 입지 않은 상태에서 서로를 만질 수 있었어?"

그들은 넓은 의미에서의 친구였을 뿐 마음을 터놓는 친구는 아니었다. 지금 서로의 체취와 체온이 느껴지는 거리가 너무 가깝게 느껴질 정도의 사이였다. 그러므로 그녀는 연애사에 관한 질문으로 그를 귀찮게 할 자격이 없었다. 하지만 그가 계속 이런 식이라면, 계속 불신에 가득한 눈빛으로 말없이 쳐다만 본다면, 그녀는 에스토니아행 페리가 더 이상 운행하지 않는 시간까지 그를 붙들고 늘어질 셈이었다. 크리스티나는 이 유럽의회 의원이 살라에게 섹스 말고 무엇을 원했는지 지금 당장 알고 싶어졌다. 만약 살라의 말이 진짜라면 그들 사이에 섹스는 쉽지 않았을 것이다. 크리스티나는 살라의 말이 진짜라고 믿었다. 시청에서 그녀를 처음 만났을 때부터 갖게 된 믿음이었다.

레오니데스가 창문으로 다가갔다. 그가 창문을 열자 건조했던 실내 공기가 숨 쉴 만하게 바뀌었다.

"당신, 선을 넘네."

크리스티나가 손에 쥐었던 담뱃갑을 놓고 손을 주머니에서 뺐다. "미안해. 하지만 가끔 사랑하는 사이에도 사랑과는 무관한 일이 일어나지. 그리고 그 일은 관계가 없는 모든 일에 영향을 미쳐."

"스핑크스 수수께끼 같은 얘기로군."

"통계에 따르면 여성 세 명 중 한 명이 성적 학대나 폭력을 경험해."

"살라가?" 레오니데스가 발끈했다. "아니, 절대 그럴 리 없어! 나는 그 말을 믿을 수 없어."

"세 명 중 한 명이야."

"그래서 당신이 하고 싶은 말이 뭔데?"

"나는 그저 현상을 말하는 거야."

"그런 말이야 아무나 할 수 있지." 레오니데스가 오른쪽 커튼의 주름을 바로잡으며 말했다.

"참 말이 안 되는 숫자지?"

"그럴 수도 있다고 생각해, 크리스티나. 하지만 네 통계보다 가능성이 높은 얘기를 해 볼게." 그가 제정신이 돌아온 것처럼 말했다. "살라의 세대는 이전 세대가 수십 년간 경험치 못한 자유와 마주하게 되었어. 소련이 붕괴한 뒤 무법천지가 찾아왔으니 자유를 다루기가 어려웠겠지. 그래서 많은 이들이 방향을 상실하고 헤맸어. 또 많은 이들이 순진무구하게 다른 세상을 찾아 떠났지. 하지만 살라는 괜찮은 길을 찾았어. 그녀는 내 마음에 들기 위해 대학에 다니는 척을 했거든. 언젠가는 그녀가 학업에서 진정한 기쁨을 발견하리라고 생각해."

"당신 부인과 살라, 그리고 나만 해도 여자가 세 명이야. 이 중 한 명은…"

"당신은 사회적 병폐를 너무 많이 봤어."

"아니, 레온. 나는 내가 아주 예외적인 경우라는 사실을 깨달아가는 중이야."

"사실은…" 레오니데스가 잠시 고민하는 듯 머뭇대더니 크리스티나와 눈을 맞추지 않고 말했다. "실은…" 그가 또다시 말을 멈췄다. "살라가 돈을 좀 가져갔어." 그가 안경을 추켜세우며 말했다. "500유로 정도 될 것 같아. 나한테는 지폐를 책갈피로 쓰는 버릇이 있어. 그 바보 같은 버릇만 고쳤어도…"

"그게 사실이야?"

"솔직하게 돈을 달라고 했더라면 나는 언제라도 줄 수 있었어."

창틀이 붉게 빛났다. 그 순간 크리스티나는 살라의 소심하고 냉소적인 미소를 떠올렸다. 그러자 그녀 안에는 오직 하나의 충동만이 일어났다. 그녀에게 그런 강한 충동이 있으리라곤 그녀의 어머니도 상상치 못했을 것이다. 그건 살라를 보호하고자 하는 충동이었다.

"체제 변화로 인해 사회 전체에 평가절하가 일어난다는 걸 잘 알고 있지." 레오니데스가 말했다. "화폐의 가치도 절반으로 줄어들고, 사람의 가치도 절반으로 줄어들어. 그걸 안다 해도 그녀가 나를 믿지 않았다는 생각을 하면 가슴이 아프지."

"정말 그렇겠네."

그날은 참 특이한 금요일 오후였다.

"당신이 무슨 생각을 하고 있는지 알 것 같아." 레오니데스는 외투를 벗어 손님 의자 중 하나에 걸었다. 마치 싸울 준비를 하는 사람처럼. "하지만 이 상황에서 결혼 여부는 아무 상관 없다고 생각해."

원내 회의는 한참 전에 시작되었다. 아마 지금 회의실에 앉아 있다면 크리스티나의 머릿속은 주말 계획을 짜느라 바빴을 것이다. 대충 계산해 봐도 사우나나 오랫동안 미뤄 온 카약 여행을 가기엔 시간이 빠듯했다. 왜냐하면 일요일에 헬싱키 근교의 레파바라로 가서 서구 민주주의 국가에서 폭력을 경험한 젊은 여성이 어떤 권리를 행사할 수 있는지를 설명하려면 그 전에 임시 노동자를 위한 열 가지 계획을 마무리해야 했기 때문이다.

"살라가 당신을 두고 떠나서 그녀를 도둑으로 모는 건가?"

"미쳤어? 당신을 믿으니까 한 얘기야."

"도둑맞았다고 주장하기는 쉬우니까."

눈 깜짝할 새 레오니데스는 무언가를 파악한 기색이었다.

"우리가 매일같이 그 많은 문젯거리를 해결할 때를 떠올려 봐. 불신이 가장 큰 적이지. 크리스티나, 뭐 좀 마실래?"

때는 금요일 오후 네 시였다. 이미 마지막 페리를 놓친 레오니데스가 그런 질문을 하는 것은 그들의 대화 방식에 전환이 필요하다는 신호로 보였다. 술을 마시기에는 아직 일렀지만 레오니데스에겐 항상 코냑 한 병이 있었다. 그는 센 술이 필요한 상황에 대비해 단기로 쓰는 사무실에도 코냑을 준비해 두었다. 그는 공용 주방에서 블랙커피 두 잔을 가져오겠다고 했다. 커피와 코냑을 섞은 술은 남자들의 음료였다.

창문은 열려 있었다. 대학 캠퍼스는 전체가 금연 구역이었다. 하지만 레오니데스가 방을 나가자 크리스티나는 욕구를 더 이상 억누를 수 없었다. 그녀는 담뱃갑을 꺼내 들고 창밖으로 몸을 깊이 숙여 불을 붙였다. 한 모금 크게 들이마셨으나 연기 감지기는 작동하지 않았고 아래층에서 경고의 말도 들리지 않았다. 맞은편 건물 위층에서도 여자 하나가 담배를 입에 문 채 창가에 서 있었다. 그녀는 반가움에 손을 흔들 뻔했다.

담배 연기가 햇살에 엉기어 앞마당을 독성 가득한 빛으로 물들였다. 크리스티나의 마음속에 도서관에서 오래도록 바라보았던 책 표지의 주름진 얼굴이 떠올랐다. 칭가츠국. 사서는 요즘 아이들은 기껏해야 만화를 읽는다며 그런 책은 대출하는 사람이 없다고 말했다. 모히칸의 얼굴은 서서히 살라의 모습으로 바뀌었고, 마침내 표지에 들어간 살라가 원주민의 눈으로 크리스티나를 바라보았다. 크리스티나는 일요일에 라파바리에 가면 모히칸에 대해서부터 알아봐야겠다고 결심했다. 아무리 고민해 봐도 살라가 이런 가명을 사용하는 이유가 이해되지 않았다. 윤리적인 관점에서도 이해가 어려웠다. 결국 그가 속한 인구 집단은 마지막 한 사람까지 말살당했기 때문이다. 다른 관점에서 보더라도 살라는 최후의 인물과는 거리가 멀었다. 그녀가 겪어야 했던 경험을 고려해도 그녀는 세 명 중 한 명이었다.

크리스티나는 담배를 건물 벽에 비벼서 껐다. 창문에서 물러나면서 그녀는 책상 위를 바라보았다. 그곳엔 여러 문서가 놓여 있었고, 그중 하나가 책상 모서리에 반쯤 걸쳐 있었다. 그녀가 그걸 제자리에 밀어 넣으려 하다가 마지막 페이지를 쓰레기통으로 떨어뜨렸다. 애초에 그걸 읽을 생각은 아니었다. 하지만 그녀가 종이를 주우려고 몸을 굽혔을 때 영어로 쓴 한 줄이 눈에 들어왔다. "…**저의 전폭적인 추천**my unreserved recommendation." 그 문서의 내용은 한눈에 파악이 되었다. 그녀는 이해력이 빨랐다. 일찍부터 읽고 이해하는 능력 면에서는 동급생보다 우월했던 그녀가 그 종이를 책상 위로 되돌려 놓는 부드러운 동작 중에 편지를 읽지 않기란 불가능했다.

문화부에 보내는 편지였다. 대학은 문화부와 함께 2년에 한 번씩 인권과 언론의 자유에 기여한 인물을 정해 국제적 권위를 인정받는 상을 수여했다. 올해의 수상자는 망명 중인 언론인과 학자, 예술가들의 안정적인 거주를 위한 장학금을 조성하고, 지금까지 유럽연합 내 일곱 개 국가와 우크라이나, 스위스가 참여하는 국제적 네트워크를 설립한 남성이 될 예정이었다. 그중 5개국은 이미 난민들을 위한 레지던스를 설립했으며 헬싱키 대학 내 과학연구소도 그중 하나였다. 그리고 여섯 번째 레지던스는 구동독 지역의 브란덴부르크 주에서 건설 중이었다.

레오니데스 실만이 전폭적인 추천을 표명한 대상은 요한 만프레드 벵엘이었다.

푸른 여자는 시계를 다시 돌리려 한다. 그래서 부엌을 뒤져 건전지를 찾는다.

그녀는 모든 서랍을 열어 본다. 그녀는 수저 칸에 수저가 아닌 도마가 들어 있다는 사실을 모르는 듯 수저 칸을 연다. 그녀가 이 집을 잘 알고 있다는 추측이 힘을 잃는다.

나는 애써 그녀에게 간단한 질문을 한다. 푸른 여자에게 그녀를 좋아하는지 묻는다.

누구?

살라.

푸른 여자가 고개를 끄덕인다. "시간이 흐를수록 점점 더 그녀를 잘 이해하게 되었어."

세제 칸에 건전지 박스가 포장이 뜯어진 채 놓여 있다. 그녀는 그중 두 개를 꺼내 벽시계의 건전지 칸에 넣는다.

음극에 팽팽한 스프링이 닿는다.

크리스티나에게는 그 사안을 어떻게 다룰지 고민할 시간이 없었다. 상황을 의심할 겨를도 없이 헤쳐 나가야 했다. 이미 탁자에는 일회용 컵에 담긴 커피 두 잔과 꼬냑 한 병, 그리고 유리잔 두 개가 놓여 있었다.

레오니데스가 술을 따랐다. 그 프랑스산 꼬냑은 예전에 그가 직접 샀던 것보다 훨씬 고급 브랜드였다.

"요새 이런 사람들한테서 꼬냑을 받는 거야?" 크리스티나가 책상에 놓인 편지를 레오니데스 앞으로 내밀며 말했다.

"벵엘한테서? 아니, 이건 브뤼셀에서 프랑스 동료가 선물로 준 거야. 한번 마셔 봐."

"왜 하필이면 이 남자를 택한 거야?"

"우리가 수상자를 선별하는 과정에 관해 묻는 건가?"

"내 말은, 이 사람보다는 차라리 나를 추천하는 편이 훨씬 낫지 않냐는 뜻이야."

레오니데스가 웃었다. "크리스티나, 겸손은 어디로 갔어?"

"도덕적인 척하면서 어물쩍 넘어갈 생각이라면 관두는 게 좋을 거야."

"핀란드인들은 수줍음이 많다고 들었는데 말이지."

창밖 갈매기 울음소리가 주말을 예고하는 것처럼 들렸다. 요트들은 햇살과 바다 소금을 차단해 주던 커버를 벗고 출동 준비를 마쳤다. 하지만 그 모든 주말의 기분은 무산되었다. 한 남자 때문이었다. 그 남자는 오로지 자신이 남자라는 사실 때문에 규칙 따위는 지킬 필요가 없다고 생각한다. '하지 말라'는 그에게 해당되지 않았다. 폭력을 쓰지 말라. 죽이지 말라. 강간하지 말라. 그는 이러한 금지어를 무시할 뿐 아니라 사회로부터 반복적으로 보상을 받기까지 했다. 모두가 그 일에 긴밀하게 협력하고 있으며 이 사무실과 레오니데스도 무관치 않다.

그 사실에 크리스티나는 화가 났다. 빈정대는 레오니데스야 아무래도 상관없었다. 벵엘 같은 사람들이 세상의 변화를 막았다. 그들은 풍요롭지도 아름답지도 않은 세상을 지배하며 변화를 막는 것으로 생명력을 유지했다. 그들이 땀을 흘릴 때 그 작은 방울은 사방으로 퍼져서 주위 모든 사람의 땀구멍으로 스며들었다. 그 방울은 기름 덩어리로 응고되어 혈액순환을 느리게 하고 시냅스를 막았다. 그 기름기 덕분에 벵엘 같은 사람은 권위자가 되고 점점 더 많은 사람을 지배할 수 있는 위치에 오를 수 있었다.

"핀란드인의 수줍음이 나와 무슨 상관이겠어." 그녀가 말했다. "여성에겐 조국이 없어. 여성으로서 내겐 온 세상이 조국이야. 버지니아 울프는 읽었겠지?"

레오니데스가 그런 말이라면 그만하라는 듯이 손바닥을 내밀었다. 당연히 그는 버지니아 울프를 읽지 않았을 것이다. 그와 같은 사람은 지그문트 바우만이나 움베르트 에코나 자크 르 고프를 읽는다. 문화부에 보내는 편지를 눈앞에 둔 채 크리스티나는 생각을 정리하려고 노력했다.

"잘못된 추천을 할까 봐 불안하지는 않아?"

"명성과 명예에 구애받지 않고 행동하는 것이 당신 신조 아니었어? 왜 갑자기 우리 에바-리사-만네르 상에 관심을 두는 거지?"

"수상자 선정에 착오가 없다고 어떻게 그렇게 자신하지?"

"걱정할 것 없어." 레오니데스가 인내심을 갖고 말했다. "몇 달

동안 조사한 후에 내린 결정이야. 전문가들로 구성된 선정 위원회에서."

그의 인내심조차 크리스티나를 화나게 했다. 끈질기게 이해시키려고 노력하는 그 평온한 태도에 화가 났다. 인권이라는 이름으로 수여된 상을 남용하는 것은 인권을 침해하는 것이나 다름없다는 중요한 사실을 그가 간과했기 때문이다. 하지만 그보다 더 화가 나는 건 침묵하고 있는 그녀 자신이었다. 이 상에 관해 알게 된 이상 살라의 청을 들어주는 것은 현명치 않은 처사가 분명했다. 그보다 크리스티나는 자신의 침묵이 살라가 아니라 가해자를 보호하는 행위가 될까 두려웠다. 레오니데스 또한 그 책임에서 자유로울 수 없으며 그녀는 그를 면책할 생각이 없었다. 그녀는 요트에서 열렸던 생일 파티를 떠올렸다. 가스프롬 직원과 레오니데스의 호화로운 소망, 그리고 그 광범위한 사교 활동을 떠올렸다. 누구나 속을 수 있었다. 하지만 크리스티나에게 그런 가능성은 너무 낯설고 어두운 것이어서 수용하고 싶지 않았다.

"당신 추천이 결정적일 거야. 그렇지?"

레오니데스는 조명에 유리잔을 비추며 그 안에 금빛 액체가 반짝이는 모습을 바라보았다.

"사람은 자고로 꼬냑 한 잔 정도만큼은 삶을 앞서 나가야 해."

분노에 취한 크리스티나는 자아도취에 빠진 그를 거세게 비난하고 싶은 마음을 겨우 참았다. 어떤 흥미로운 생각에 잠시 집중력이 분산되었기 때문이다. 여성의 겸손에 관한 격언은 정숙함을 가르치는 규범에서 비롯되었다. 자신을 낮추고, 말을 아끼고, 가명 뒤에 숨는 것은 여성을 덮어 감추던 옛날 옛적 규범의 유산이었다. 그리고 이 규범 덕분에 레오니데스 같은 사람은 세상에 나와 자신을 삶의 개척자로 이해하게 되었다. 사람들은 가려진 여성이 좋은 여성이라는 생각을 스스럼없이 받아들였다. 이 원칙은 오늘날에도 여전히 유효했다. 그 효과는 훨씬 은근해졌다. 그래서 레오니데스와 같은 사람은 결코 감지하지 못하겠지만 어쨌든 결과는 비슷했다. 겸손이란 덕목은 여성들에게서 상을 빼앗는 탁월한 도구로 기능했다. 생각이 여기에 이르자 크리스티나는 다시 살라에게 마음이 기울었다.

그녀는 마치 화장실 휴지를 잡는 것처럼 손가락 끝으로 추천서를 집어 들었다.

"요한 만프레드 벵엘. 연회에 그 사람도 왔었지."

레오니데스의 얼굴에 경계하는 표정이 스쳤다.

"이래도 돼? 친한 친구를 추천해도?"

"동서 유럽의 공정한 기억 문화를 위해 힘쓰는 독일인 동료를 브뤼셀에서 알게 된 건 기쁜 일이야. 역사적인 배경 때문에 독일인 사이에선 그 주제는 그다지 호응을 얻지 못하니까. 하지만 아무리 그래도 나 혼자서 수상자를 결정하는 건 아니잖아."

"아니, 이건 당신한테는 이해관계 충돌이야."

"국제적인 권위를 인정받는 상은 대의를 지향해, 크리스티나."

"당신은 독재정권을 연구하는 사람이잖아?"

"박해받는 언론인과 작가들의 대부분은 독재정권이 아니라 권위주의 국가에서 나왔어."

"당신이 그런 말을 하다니 정말 끔찍하군."

"내 말 좀 끝까지 들어! 권위주의 국가가 선두에 서는 것이야말로 글로벌 독재로 가는 지름길이란 얘길 하려는 거야."

"그딴 거대 담론! 그것 때문에 20세기에 얼마나 많은 사람이 죽었는지 누구보다 당신이 잘 알잖아? 그런데 당신이 그런 표현을 쓴다고?"

그녀는 종이를 바닥에 떨어뜨렸으나 휴지통에 넣지는 못했다. 잠시 정적이 흘렀다.

"당신은 보물 창고에 숨겨진 정보를 쌓아 놓고선 내 앞에서 숨기는군." 레오니데스가 의자를 뒤로 밀며 말했다.

그의 관심은 사라졌다. 그는 화가 나 있었고, 자리를 뜨려고 몸을 돌렸다.

"당신은 살라가 어디에 있는지 말해 줄 생각이 없는 것 같으니 나는 4시에 출발하는 페리를 타러 가겠어."

그녀는 웃음을 터뜨렸다.

"왜 웃어?" 그가 기분이 상한 눈빛으로 그녀를 쳐다봤다. "그녀가 있는 곳을 모른다면 당신이 여기 있을 이유가 없잖아!"

"레오니데스 실만, 당신은 정말 교활한 전략가야. 하지만 나는 당신을 도와줄 수 없어."

"벵엘에 관해 당신이 말하려는 게 뭐야?"

"여기서 뜬구름 잡는 소리 해 봤자 우리 둘 다에게 아무 도움이 안 될 것 같네."

그것은 명백한 회피였다. 밖에서는 건물 안뜰을 탈출하려 애쓰는 갈매기의 비명이 들렸다.

"호텔에는 이미 가 봤어." 레오니데스가 크리스티나와 눈을 맞추며 말했다.

"살라는 헬싱키에 아는 사람이 없어. 집에는 돌아오지 않았으니 도움이 필요하다면 아마 당신을 찾아갔겠지."

그 모든 분노와 고통 속에서도 그는 걱정하고 있었다. 그는 진심으로 살라를 걱정하고 있다. 중요하다고 여기는 것에 흔들림 없이 집중하는 그의 능력은 크리스티나가 그를 높이 평가하게 된 이유 중 하나였다.

"그녀가 인터넷으로 당신을 찾았을 거야. 맞지?"

하지만 그녀는 약속을 지켰다. 그녀는 레오니데스에게 아무것도 말하지 않았다. 거의 아무것도.

"시상식이 언제지?"

"수요일. 초청장은 이미 나갔어."

"비서에게 내 초청장은 반송하라고 해야겠네."

"참 안타까운 일이군." 레오니데스가 말했다. "멋진 축사를 들을 기회를 놓치다니."

문 쪽으로 반쯤 걸어간 그녀 옆에 그가 다가와 섰다. 그 말을 들은 크리스티나는 본심을 말하지 않을 수 없었다.

"그것 때문에 당신은 망하게 될 거야."

이번에 웃은 쪽은 레오니데스였다.

"그 축사를 하면 당신은 끝이야."

안뜰을 탈출하는 데 성공한 갈매기는 지붕 위를 한 바퀴 돌고는 바다 쪽으로 날아갔다.

이제 크리스티나는 자기 생각을 돋보기로 들여다본 것처럼 확실해졌다. 수정처럼 맑고 깨끗한 집중력은 내면의 온도를 끌어올렸다. 그녀는 자기 내면에 몰두했다. 저녁 햇살을 받으며 레오니데스의 사무실을 떠나면서 그녀는 자기 안에서 걷잡을 수 없이 타오르는 불길을 느꼈다. 지난 2년 동안 그렇게 큰불이 일었던 적이 없었다. 그녀는 며칠간 더욱더 잠을 못 잘 것 같았다. 몸 안에선 아드레날린이 솟구쳤다. 그녀는 전체 일정에 지장을 주지 않는 선에서 주말에 잠시 어머니를 방문할 참이었다. 그녀의 어머니는 훌륭한 조정자였다. "네가 누군지 알 수 없겠다 싶으면 나한테 전화해." 크리스티나가 분노 때문에 자기가 누군지를 잊어버린다고, 그 분노가 말하는 근육과 생각하는 근육을 쥐어짜서 결국 아무것도 표현할 수 없게 되고 극도의 불안에 빠진다고 하소연했을 때 그녀의 어머니가 말했다. "전화하면 내가 알려 줄게." 어머니는 장난으로 한 말일 수 있었지만 그녀는 그 제안이 고마웠고 항상 그 말을 염두에 두고 있었다. 이번에도 그녀의 어머니는 적절한 대처법을 알고 있을 것이다. 살라의 운명은 참담했다. 하지만 그것은 많은 이들의 운명이기도 했다. 그런 운명을 낳은 구조와 법률을 뒤집어엎는 것이 개별 사례에 얽매이는 것보다 더 중요할 수도 있었다.

크리스티나의 설명으로 레오니데스는 잃어버린 퍼즐 조각을 찾아낸 것처럼 기억의 구멍을 메꿨다. 그리고 자기가 어떤 끔찍한 일과 연관되어 있다는 사실을 깨닫고는 완전히 다른 사람처럼 변했다. 얼마간 그는 문자 그대로 말을 잃었다. 정신을 차린 후에도 처음에는 혼란스러워하다가 다음에는 무기력에 빠졌으나 결국은 어떤 행동을 취하기 시작했다. 그는 서류를 들었다가 다시 내려놓고 누군가의 전화번호를 찾으려 했지만 찾지 못했다. 그리고 마침내 접시 위에서 말라 가던 쿠키 하나를 들어 입에 집어넣었다. 이전까지 이해할 수 없었던 살라의 행동들이 하나씩 이해되기 시작했다. 그럼에도 그는 기억 속에서 그녀의 기억을 불러내되 세세한 것까지 떠올리진 않았다.

꼭 잔인한 독재정권 치하가 아니라도 사람들 사이에선 살인적인 행동이 일어날 수 있다. 레오니데스는 그 사실을 잘 알고 있었다. 그리고 그날 그는 생전 처음으로 자신에게서 살의를 느꼈다. 하지만 그는 사람의 주저함 속에서 의미를 찾는 연구자였다. 사람은 대부분 서로에게 고통을 가하는 상황을 두려워했다. 그들을 훈련시키고 훈육하고 약물로 무감각하게 만들고 전체 시스템을 구축하고 이데올로기적 장치를 설치해 부끄러움을 제거하고 압력을 가해야 비로소 서로에게 폭력을 행사하게 되었다. D. H. 로렌스가 주장했다시피 사람은 본래 악한 동물이 아니었다.

"사람?" 크리스티나가 소리쳤다. "어떤 '사람'?"

레오니데스는 정기적으로 회의에서 벵엘을 만났다. 그들은 구내식당이나 바에 나란히 앉아 식사했고 의회에서 조찬모임도 같이 했다. 그 남자는 자유주의 체제 출신이었다. 그는 그 어떤 압박도 받지 않았다. 그 어떤 이데올로기가 잔인한 행동으로 그를 몰아넣은 것도 아니다. 그 잔인함이 살라와 연결되었다는 사실을 떠올릴 때마다 레오니데스는 몸서리가 쳐졌다. 그는 그 남자와 수도 없이 손을 잡아 왔다. 무의식적으로 손을 잡고 흔들고 난 뒤에 아무것도 느끼지 못했다. 하지만 그 사실은 그에게 아무런 위로가 되지 않았다. 만약 그가 살라를 정말 사랑했다면 무언가를 느끼고 알아챘어야 했다. 이제 그는 자기가 그녀를 정말 사랑한다는 사실을 알았다. 가볍고 경솔한 말이 아니라 진심이었다. 그는 정신을 차리려고 꼬냑을 크게 한 모금 들이켰다. 하지만 크리스티나의 입에서 벵엘이 젊은 여성을 어떻게 했는지에 대한 얘기가 나오려 하자 그는 완강히 듣기를 거부했다. 그는 그녀의 말을 잘랐다. 이번에도 그는 세세한 것까지 알고 싶지 않았다. 그는 그것을 감당할 수 없었다.

"당신과 나, 우리가 이 상을 막아야 해!"

충격의 신체적 반응은 시간이 좀 흐른 뒤에야 나타났다. 그는 이마와 콧잔등에 맺힌 땀을 연신 손수건으로 닦아 냈다. 그의 낯빛은 점점 더 창백해졌다. 방 안에 갑자기 퍼진 냄새는 건조한 공기에서 나는 게 아니었다. 그것은 오랫동안 흘리지 않았던 남성의 땀 냄새였다.

"그래." 크리스티나가 말했다. "이럴 때 나서지 않으면 그간 우리가 한 일에 무슨 의미가 있겠어?"

"나는 벵엘에게 개인적으로 배신당한 기분이야."

"그것뿐이야?"

레오니데스는 그 상을 진짜 막을 수 있을지 회의적이었다. 이의를 제기하기엔 너무 늦었다. 증거를 찾을 수 있을지는 불확실했다. 법이 요구하는 증거가 필요했다. 하지만 법은 지금까지의 유일한 증거인 살라를 배제했다. 게다가 상을 수여하기로 한 결정 뒤에는 위원회 전체의 의지가 있었다.

"하지만 내 의지에 관해선 알려진 바가 없잖아!" 크리스티나가 신경질적으로 반박했다. 비이성적이고 억제되지 않는 분노가 다시 한번 폭발했다. 그들 손엔 아무 증거가 없었다. 실제로 기소가 이뤄지리라 장담하기도 어려웠다. 요한 만프레드 벵엘은 아직 핀란드에 있는 것으로 확인되었지만 기소가 된다고 해도 형사사건은 독일로 넘겨질 확률이 매우 높았다.

"당신은 20세기에 일어난 끔찍한 사건들을 밝혀내고 세상이 그것을 실제 사건으로 인정하도록 만드는 일에 힘써 왔어. 그렇다면 당신 자신이 속한 세기에서 일어난 끔찍한 일에 관해서는 어떻게 해야 할까?"

"크리스티나, 내 말 안 들었어?"

"뭘?"

"그가 빼앗은 건 우리의 존엄이야! 수 세기에 걸쳐 서유럽인들은 자신의 살인 본능을 외부로 이양하고 그로 인한 이득을 보았어. 어두운 면은 집에서 멀리멀리 내치고 집 안은 좋은 일로만 가득 찬 척했지. 나는 스스로 물어야겠지. 내가 눈이 멀었나? 무지했었나? 정신을 잃었었나?" 그는 점점 흥분했고, 말투가 산만해졌다. "내가 자기기만의 달콤한 거짓말에 빠져서 서유럽의 지정학이 신체의 예속, 그것도 수많은 비서유럽인들의 몸, 여성과 아이들의 몸을 노예화하는 데 기반해 있다는 사실을 깨닫지 못했던 것 아닐까?"

크리스티나가 웃었다. "서유럽의 정치만 그런 건 아니지!"

그의 머리카락은 잔뜩 헝클어졌고 낯빛은 햇빛과 연기의 독성에 질려 버린 것 같았다. 그런 몰골에서 뿜어져 나오는 즉흥 연설은 무시무시할 정도였다. 그녀는 그의 말 한마디 한마디가 아주 마음에 들었다. 너무 좋아서 그를 껴안고 싶을 정도였다. 하지만 핀란드 여성과 에스토니아 남성은 그렇게 빨리 서로를 껴안지 않는다. 그녀는 그의 제안에 동의했다. 그는 위원회의 다른 위원들에게 전화를 걸어 나쁜 소식을 전하는 역할을 맡기로 했다. 벵엘이 공개적으로 망신당하면 유럽의 기억 유산에 관한 정책은 몇 달간 후퇴할 수도 있으며 브뤼셀의 중요한 네트워크가 사라질 수도 있었다. 하지만 그는 시상식에서 원칙과 근본을 지키는 연설을 하겠다고 말했다.
"그 전에 그녀를 보고 싶어. 그녀에게 전해 줘. 아니면 그녀가 어디에 있는지를 알려 줘."

푸른 여자는 시계를 다시 벽에 건다. 자기의 진술에서 모순에 주목하는 것이 중요하다고 말하면서.

우리는 부주의하여 다른 사람의 말에서 모순을 놓치곤 한다. 푸른 여자는 때로는 오히려 그게 나을 수도 있다고 말한다.

그녀가 웃는다.

마치 그녀와 나도 거기에 해당한다는 듯.

벽시계가 8시 10분을 가리킨다. 송신탑의 전선에서 반짝이던 해가 지붕 끄트머리를 비추자 그 그늘이 소파를 덮는다. 크리스티나가 앉아 있던 자리의 소파 커버에 주름이 잡혔다. 그 흔적 덕분에 제법 사람 사는 집처럼 보인다.

불과 몇 분 전에 크리스티나가 집을 떠났다. 그녀는 코트를 입은 채로 문 앞에 서서 한 번 더 뒤를 돌아보며 포기하지 말라고, "이제는 용기를 잃지 말라"고 당부했다. 발코니로 나가면 사령관의 거리로 접어들어 모퉁이로 사라지는 그녀의 뒷모습이 보일 것이다. 모퉁이를 돌아 기차역 쪽으로 향하는 길엔 치과와 도서관과 우체국과 슈퍼마켓이 있다.

벽에 걸린 시계는 멈춰 서 있다. 빨간 비행기는 계속 같은 자리를 가리키고 있을 뿐 며칠째 비행하지 않았다. 부엌 주전자에는 아직 커피가 남아 있다. 그녀는 대문자 알파벳이 그려진 잔에 커피를 따른다. 슈납스는 마시지 않는다. 냉장고의 술병은 거의 비었다. 그녀는 크리스티나가 그 병을 안 봐서 다행이라고 생각한다. 아디나가 한 사람이 한 번에 다 해치울 수 없을 만큼 많은 식료품을 찬장과 냉장고에 집어넣는 동안, 크리스티나는 발코니에서 담배를 피웠다.

"살라, 너를 위해 건배!" 그녀는 커피잔을 치켜들며 얼룩진 창문을 향해 고개를 끄덕인다. "너와 앞으로의 일들을 위해!"

결심이다.

그녀는 발코니로 나가지 않는다. 늘씬하고 온화한 크리스티나가 자신에게서 멀어지는 모습을 보고 싶지 않다. 그녀는 리키와 하나도 닮지 않았다. 하지만 그녀가 소파에 앉아 있을 때, 문득 리키의 부재가 느껴졌다. 그리고 즉시 사라졌다.

복도에는 아직 낯선 향기가 남았다.

그녀는 현관문이 잘 잠겼는지 확인한다. 안전고리를 채운다. 크리스티나가 여기 왔었고 다시 갔다. 그녀는 이 집에 들어왔다가 두 시간도 채 되지 않아 떠났다. 그 두 시간 남짓 동안 어두운 면을 물리쳐 온 동력이 사라졌다. 조만간 집으로 돌아가 어머니를 부르며 "아호이, 나 왔어요"라고 말할 수 있으리란 기대가 그 두 시간 동안에 철저하게 무너졌다.

그녀는 진술하지 않을 것이다. 크리스티나는 의심의 여지를 남기지 않았다. 그녀는 상황이 어떤지를 설명했고, 그런 상황에선 진술하지 않는 게 당연하다고 말했다. 이걸로 끝이다. 하지만 아직 그 사실이 의식에 스며들지 않았다. 아직 해는 떨어지지 않았고 그 마지막 금빛 광선이 복도에 쏟아진다.

그녀는 안전고리를 풀고 다시 문을 연다. 건물 안은 조용하다. 계단에는 아무도 없다. 리트리버처럼 현관을 지키고 서 있던 옆집 남자도 없다. 크리스티나의 흔적도 남지 않았다. 마치 아무도 다녀간 적이 없는 것 같다. 현관 매트는 뒤집혀 있었다. 'Tervetuloa komeat miehet.' 바닥쪽 면에 적힌 그 세 단어의 뜻을 그녀는 알지 못한다. 크리스티나에게 뜻을 물어볼 수도 있었으나 매트가 뒤집혀 있는 바람에 생각을 못 했다. 이것은 그녀가 마침내 이메일 답신을 받았고 이 집을 나갔었다는 증거다. 형식적인 인사 다음으로 시내 주소와 날짜, 시간이 포함된 이메일이 화면에 떴다. 도착하면 리셉션에 방문 등록을 하라는 요청이 덧붙었다. 그날 모든 지휘권은 마지막 모히칸에게 위임되었다.

선의였다.

집을 나서면서 그녀는 현관 매트를 뒤집어 두었다. 돌아온 후에 자신이 밖에 다녀왔다는 것을 상기하고 싶었기 때문이다. 무슨 일이 일어나든, 의회에서 무엇이 기다리고 있든, 그녀는 자신이 무언가를 해냈다는 사실을 믿을 수 있길 원했다.

그녀는 약속 시간보다 일찍 출발했다. 이른 오후에 건물을 나섰다. 그녀의 발길은 기차역 옆 단층 건물에 있는 슈퍼마켓으로 향했다. 간판에 적혀 있던 '프리스마'라는 글자가 모든 선반, 과일과 채소 상자, 그리고 얼음 위에 놓인 생선과 바닷가재가 있는 냉동고에 걸려 있었다. 선반 사이마다 놓인 특가 매대에는 팬티와 냅킨, 소형 가전제품과 후드티를 팔고 있었다. 그녀는 자석에 이끌리듯 그중 한 판매대 앞에 섰다. 그 위에 놓인 후드티는 모두 검은색이었다. 제일 작은 사이즈를 입었는데도 그녀에겐 한 사이즈 정도 컸다. 펄럭이는 소매가 손목 위를 푹 덮었다. 그 느낌이 자연과학자의 애착 옷이었던 초록색 스웨터를 닮았다. 그녀는 여덟 시간 동안 기차를 타고서 이곳에 도착한 날 밤, 텅 빈 기차역 쓰레기통에 그 스웨터를 버렸다. 옷에 밴 대마초 냄새를 기차 화장실 물비누로 지워 보려 했지만 털실 깊이 스며들어 빠지지 않았다. 그 냄새 때문에 사람들이 그녀를 노숙자로 오해할지도 몰랐다. 그녀는 노숙자가 아니었다. 그저 잠시 어디로 갈지 몰랐을 뿐이었다.

후드티를 입은 채로 그녀는 몰래 가격표를 뜯어냈다. 때로는 망설이지 않는 것이 도움이 되었다. 가전제품과 주방 도구가 있는 통로에서 그녀는 다양한 형태와 크기의 주머니칼을 발견했는데 하나같이 비쌌다. 게다가 이라가 훔쳐 간 그녀의 예전 주머니칼처럼 기능이 많은 것은 없었다. 그녀는 빨간색 칼로 결정했다. 선반에서 칼을 담은 박스를 꺼내려고 몸을 굽혔을 때, 갑자기 그녀의 부츠 위로 한 여자아이가 나타났다. 그 여자아이는 부츠 위에 앉아 눈물이 그렁그렁한 눈으로 그녀를 올려다보았다. 아이는 혼자였다. 따라오는 사람도, 찾는 사람도 없었다. 두려움에 질려 쫓아오는 부모도 없었다. 마치 세상을 홀로 사는 것 같은 아이는 두 살 혹은 세 살 정도 돼 보였다. 아이의 나이를 짐작하는 건 어려웠다. 그녀는 손에서 박스를 놓쳤다. 심장이 목 밖으로 튀어나올 것 같았고 숨이 막혔다. 그녀는 돌아서서 도망치고 싶었지만 그녀의 부츠 위엔 아직도 아이가 앉아 있었다. 집을 나선 것은 실수였다. 그녀가 아직 준비되지 않았다는 사실을 아이는 분명히 보여 주었다. 그녀는 가장 기본적인 것조차 제대로 할 수 없었다. 사소한 사건에도 평정을 잃었다. 이런 상황에서 어떻게 진술을 할 수 있을까. 게다가 그녀에겐 품격도 여유도 없다.

그러나 모히칸은 달랐다. 평정을 유지했다. 그는 상자를 뜯어서 재빨리 그녀의 바지 주머니에 칼을 찔러넣었다. 그런 다음 아이를 단호하게 들어 올려 선반에 기대어 세웠다. "겁먹지 마." 그가 말했다. 마치 간절하게 말하면 언어가 달라도 의미는 전달되리라는 듯이. "엄마를 찾아 줄게!" 그녀는 훔친 물건을 모두 몸에 지닌 채 프리스마 직원을 찾아갔다.

슈퍼를 나갈 때 삐 소리가 났다. 그녀의 손에는 값을 치른 미트볼 한 봉지와 사과주스가 들려 있었다. 후드티는 입고 있었다. 삐 소리가 나자 모히칸은 영수증을 흔들어 보였다. 다른 손은 주머니 속 칼을 꼭 쥐고 있었다. 그녀는 그 칼을 절대 놓지 않을 것이다. 하지만 그날 그녀에게 칼을 놓으라고 말한 사람은 아무도 없었다. 의회 보안검색대도 그냥 통과했다. 슈퍼마켓에서는 아무도 그녀를 붙잡지 않았다. 프리스마 전체가 아이의 엄마를 찾느라 정신이 없었다.

모히칸은 기차역으로 가는 길을 권하지 않았다. 그는 반대 방향으로 갔다. 그들은 혹시 그 헛기침하는 남자가 아직 도시에 있을 경우를 대비해 주요 교통수단을 피해야만 했다. 그들은 지하도를 통해 3차선 도로를 지나 다른 쪽 바다로 갔다. 방음벽이 고속도로를 차폐했다. 아스팔트 길은 해안가를 따라 이어졌고 만의 물을 가로질러 부교가 낮게 떠 있었다. 그들은 해수욕장에서 작은 오솔길을 따라 고급 빌라가 늘어선 지역으로 들어갔다. 해안 산책로는 갈대밭에 둘러싸여 있었다. 한참을 걷다 보면 공동묘지 담장에 다다를 것이다. 그녀는 레오니데스와 함께 이 긴 담장을 따라 걸었었다. 레오니데스는 발에 잡힌 물집 때문에 아파하며, "죽어서 여기에 묻히지 않는 한 이 담장은 끝나지 않을 것 같다"고 투덜댔다.

공동묘지가 나오기 전에 그들은 트램 종착역에 도착했다. 초록색과 노란색 트램이 도로변에서 대기 중이었다. 전광판 시계가 이미 늦은 시간을 가리키고 있었으므로 그녀는 후드를 깊이 눌러쓰고 맨 뒤 칸에 올랐다. 레오니데스는 그녀가 의심이 많다고 비난했지만 이제는 그 반대다. 이제 부츠에 검은 후드티를 입은 그녀가 다른 사람들에게 의심을 불러일으키는 쪽이 되었다. 하지만 객차에는 그녀에게 눈길조차 주지 않는 노부인 한 명뿐이었다. 노부인의 얼굴은 평화로웠다.

계단에는 저녁 빛이 걸렸다. 일요일의 고요함 속에서 난간과 계단이 빛났다. 그녀는 집으로 들어가기 전 현관 매트를 뒤집었다.

'Tervetuloa komeat miehet.' 그녀는 해냈다. 외출을 했다. 그녀는 바깥에, 의회에 다녀왔다.

행운이었다.

의회에서 자신을 소명하는 데 성공한 사람은 슈납스 한 잔을 마실 자격이 있다.

자신을 너그럽게 대하라고 크리스티나는 말했다. "뭐라도 먹어요. 충분히 자요. 아무도 인간으로서 불가능한 일을 당신에게 강요하지 않을 거예요."

크리스티나. 종이봉투를 팔에 끼고 문 앞에 서 있던 그녀에게 들어오라고 허락할 필요는 없었다. 그녀는 문득 집으로 들이닥쳤다. 봉투가 무겁다고 말하며 허락도 없이 복도로 들어왔고 뒤꿈치로 신발을 벗고선 소란스럽게 부엌 조리대에 장 본 물건들을 늘어놓았다.

"자, 이 정도면 한동안은 충분할 거예요."

봉투 안에는 달걀과 우유, 치즈, 통조림 생선과 파스타, 커피, 토마토, 사과, 초콜릿 두 판과 크래커가 들어 있었다. 그리고 맨 아래에는 파란색 튜브가 놓여 있었다.

"이 안에는 뭐가 들어 있어요?"

"캐비아."

"튜브에?"

"우주 비행사 식사랍니다." 크리스티나가 말했다. 튜브에는 웃는 아이 얼굴이 그려져 있었다. "이런 건 유통기한이 따로 없어요. 집에 아무것도 없을 때 먹으면 좋아요."

"한 번에 이렇게 많이. 이걸 다 어떻게 정리하죠?"

크리스티나가 손을 내저었다. "천천히 하세요." 그녀는 누군가를 방문할 때 먹을 것을 한가득 사 오는 일이 전혀 이상하지 않은 것처럼 굴었다. 하지만 그건 분명 이상한 일이었다. 그녀가 봉지에서 우유와 치즈와 달걀을 꺼내 냉장고에 넣는 동안 크리스티나는 담배를 피우러 발코니로 나갔다. 그녀는 자신의 알량한 적선이 처리되는 모습을 지켜보고 싶지 않았다. 그녀는 가난한 사람, 구걸하는 사람, 적선에 경계심을 보이면서도 기꺼이 받는 사람들을 너무 많이 봐 왔다. 동정은 나쁘지만 그래도 누군가는 상황을 돌보아야만 한다. 크리스티나는 많이 망설인 끝에 장을 봐 왔다. 기부는 궁핍한 사람들에게만 도움이 되는 게 아니라고 레오니데스가 말한 적이 있다. "기부하는 사람에게도 도움이 돼." 어쩌면 레오니데스가 한 말이 아닐지도 모른다. 어쩌면 크리스티나가 생각해 낸 말일지도 모른다.

"커피를 마셔야 할 것 같아요." 담배 한 대를 끝까지 피운 뒤 그녀가 방으로 돌아와 말했다. "한 잔 만들어 줄 수 있어요? 오늘 하루가 24시간보다 훨씬 길게 느껴지는군요."

크리스티나. 모카포트에서 커피가 끓는 동안 인테리어 업자처럼 집을 둘러보던 그녀. 그녀는 소파 위에 있는 쿠션을 정리하고 반질반질한 패션 잡지를 펼쳐 보았으며 벽시계를 쳐다본 후 삐걱대는 의자를 햇빛 아래 놓고 앉으려 했다. 하지만 의자 시트가 떨어지자 숨을 들이켜고선 결국 소파에 앉았다.

"패널 건물 치곤 나쁘지 않네요."

소파 커버엔 주름이 졌다. 그 주름은 햇빛 아래에 선명하게 드러났다.

"하지만 돌아오는 주말에 당신은 여기서 나가야 해요. 맞죠?"

예상치 못한 질문이었다. 그 질문은 마치 젖은 걸레처럼 그녀 얼굴을 찰싹 내리쳤다. 등 뒤에선 뜨거운 커피가 끓는 중이었다.

"그게 무슨 말이죠?"

"관리사무실과 얘길 했어요."

"나에 대해서요?"

"난방비 포함 일주일 임대료가 200유로예요. 2주면 400유로죠."

"그래서요?"

"패널 건물 치곤 너무 비싸요."

"나는 가난하지 않아요."

"알아요."

"그렇다면 왜 돈에 신경 쓰는 거죠?"

"당신에게 남은 돈은 100유로뿐일 테니까요. 그걸로는 모자라요. 그렇다면 다음 주말에는 어떻게 할 건가요?"

"레오니데스에게 말했군요."

"아니, 하지만." 크리스티나가 말했다. "맞아요. 그랬어요."

한동안 그들은 입을 다물고 서로를 쳐다봤다. 상대가 먼저 침묵을 깨길 기다리면서.

"왜 그랬어요?"

"당신을 도우려고."

"왜 당신이 나를 도와야 한다고 생각했죠?"

"나한테 도움을 부탁한 거 아니었어요?"

"아니에요."

"아니라고요?"

"나는 그 독일 사람을 법정에 세워 달라고 부탁했어요."

해가 눈부시게 빛났다. 크리스티나는 낮은 소파 가장자리에 쭈그리고 앉았다. 그 모습이 마치 구걸을 하는 사람처럼 보였다.

"솔직히 말할까요? 당신을 도와야 내 마음이 편해요. 그래야 잠을 잘 잘 수 있어요."

"조력자 증후군인가요?"

"그런 증세가 있어야 하나요?"

크리스티나 같은 사람은 아무것도, 아무에게도 부탁할 필요가 없고 그 무엇에 대해서 사과할 일도 없었다. 그런 사람과 한 공간에 있는 건 힘든 일이었다.

"그 돈은 그냥 빌린 거예요. 다시 돌려줄 거예요."

"알아요."

다시 한번 긴 정적이 이어졌다. 커피는 끓기를 멈췄다. 그녀는 가스레인지에서 주전자를 내리러 갔다가 달궈진 플라스틱 손잡이에 손을 데었다.

"레오니데스와 이야기하는 것은 아무 도움이 되지 않아요."

"나도 그렇게 생각했어요." 크리스티나가 거실에서 나와 말했다. "하지만 잘못된 판단이었어요."

크리스티나. 자기가 옳다고 생각하는 일을 하는 그녀. 그리고 그녀는 레오니데스와 이야기하는 것이 옳다고 생각했다. 마치 자신이 그 문제를 결정해도 되는 사람인 것처럼. 마치 하룻밤 새 그녀가 이 문제의 주요 결정자가 된 것처럼. 그 진술이 마치 자신에게 중요한 일인 것처럼. 레오니데스가 이 일을 알아선 안 된다는 것을 그토록 강조했으나 이제는 모든 것을 알게 되었다. 그리고 크리스티나는 그에 대해 사과하지 않았다.

이케아 잔 두 개에 커피가 채워졌다. "그에게 말하지 않기로 약속했잖아요."

"그가 당신을 보고 싶어 해요."

"그런데도 그에게 모든 것을 말했군요."

"그럴 필요는 없었어요. 그는 모든 걸 알고 싶어 하지 않았으니까요."

크리스티나는 고개를 숙인 채 소파에 앉아 있었다. 커피를 건네받을 때도 그녀를 쳐다보지 않았다. 그녀는 다리를 꼬고 그 위에 깍지 낀 손을 얹고 있었으며 어쩌다가 한 번씩 그녀의 엄지손가락이 움직였다. 그녀는 거의 자기 잘못을 인정하고 있었다. 신호나팔을 부는 여자는 잘못을 저질렀지만 그걸 말로 표현하는 데는 서툴렀다.

"레오니데스에게 좋지 않은 일이 있군요. 그렇죠? 그래서 그에게 그 얘길 한 건가요?"

크리스티나가 고개를 저었다.

"당신은 그가 힘들어하는 것을 원하지 않았어요." 크리스티나는 외곽의 초록색 집에 가서 부엌에 있는 그를 발견했다. 조리대 곁에 선 그의 모습은 평상시와 달랐다. 잘못된 양말을, 전체 복장을 해치는 양말을 신은 채 혼자서 뮈스카데 병을 들고 있었다. 그렇게 되는 게 당연했다.

"그가 당신을 만나고 싶어 해요." 크리스티나가 말했다.

"그건 내 마음에 달렸어요."

"당연하죠. 그건 당신이 결정할 일이에요."

"그가 힘들어하는 것도 나 때문이에요."

"실연은 복잡한 문제를 초래하기 마련이죠."

"그 사람은 뭘 입고 있던가요?"

"살라, 내 말 잘 들어요. 그는 당신을 걱정하고 있어요."

"혹시 이상한 양말을 신었던가요?"

"그는 당신이 자기를 믿어 주길 원해요. 당신을 보고 싶어 해요."

"싫어요."

크리스티나가 고개를 끄덕였다. 그리고 말했다. "앞으로도 당신은 여러 번 같은 이야기를 하게 될 거예요. 경찰에서, 법원에서, 아마도 감정인 앞에서도. 그것에 대해서 생각해 봤어요?"

조용히 현관문이 닫혔다. 그녀는 안전고리를 채우고 잠금장치를 두 번이나 돌렸다. 그녀는 더 이상 그 누구도 그렇게 쉽게 들이지 않을 것이다. 이 집은 그녀의 것이며, 침실 창문 앞 마가목도 그녀의 것이다.

거실은 아직 밝다. 소파에는 아직도 주름이 남아 있다. 그녀는 주름과 멀찍이 떨어져 앉는다. 그렇게 어스름이 방 안을 흐릿하게 감쌀 때까지 한동안 가만히 앉아 있다.

진술 포기는 결코 결단력 부족을 의미하지 않는다. 크리스티나는 그렇게 말했다. 법원은 정의로운 기관이 아니다. 법원은 독립적인 판결을 내리기 위해 존재하는 기관이다. 하지만 크리스티나는 독일 법원의 모든 판결이 독립적이라고 생각하지는 않는다. 그녀는 특히 성범죄에 대한 판결에서 독일 법원을 신뢰하지 않는다.

"벵엘은 무죄 판결을 받을 가능성이 높아요. 그걸 염두에 둬야 해요, 살라."

"그럼 그가 나에게 한 짓이 범죄가 아니라는 건가요?"

"아직 변호사와 논의 중이에요."

"그럼 나는 어떻게 해야 하죠?"

"그를 철장에 넣는 게 목적이라면 포기하는 게 낫다."

"변호사가 그렇게 말하던가요?"

"그녀가 국가기관이 자기 이야기를 들어 주고 그에게 겁을 조금 주고 싶은 거라면 그렇게는 할 수 있다."

그에게 겁을 조금 주고 싶어 한다면?

그녀는 화장실로 갔다. 그녀는 급하게 화장실을 가야 했다.

그녀는 어두운 복도로 뛰쳐나와 화장실로 갔다. 거울장 위 형광등이 몇 번 깜빡이더니 켜졌다. **겁 조금.** 겁 조금은 언제라도 줄 수 있다. 겁은 법정에 나가지 않고서도 줄 수 있다. 거울 속에서 자신을 바라보는 그 얼굴, 그런 표정, 창백한 얼굴을 찡그린 그 표정으로 그를 기습하면 된다. 그것만으로도 그는 바지를 적시게 될 것이다. 문화 홍보대사의 정장 바지가 오줌으로 얼룩질 것이다. 그 겁은 조금이 아닐 것이다. 그러기 위해서는 그가 지금 어디 있는지만 알아내면 된다.

아무도 인간으로서 불가능한 일을 그녀에게 강요하지 않을 거라고, 크리스티나가 말했다. 제아무리 판사도 그럴 수는 없다고. 판사는 그녀의 편은 아니지만 객관적이다. 객관적으로 보면 그녀는 잃을 것은 없지만 뭔가를 얻을 수 있다는 혐의를 받을 수 있다.

"내가 얻을 것이 있다고요? 거꾸로 말한 거 아니에요?"

벵엘을 고발함으로써 그녀에겐 얻을 수 있는 이익이 있다. 금전적 이익, 직업적 이익, 언론의 주목을 통한 이익.

"그렇다면 그들은 내가 거짓말을 한다고 생각하겠군요."

판사는 그녀의 편도 아니고 그녀 반대편도 아니라고, 그 점만은 믿을 수 있다고 크리스티나는 말한다.

"하지만 판사는 내가 거짓말한다고 생각하겠군요."

판사에게 중요한 것은 법이다. 법 앞에서 모순을 드러내고 기억의 오류를 밝혀야 한다. 모순은 그 기억이 진실이 아니거나 진실일 수 없음을 나타내는 단서가 된다. 그렇다면 그것은 거짓으로 간주된다. 또한 특정 사실, 즉 피해자 측 증인이 자발적으로 그 상황에 처해졌다는 사실은 배제되어야 한다. 자발적으로, 자기 의지로, 스스로.

"무슨 뜻인지 이해했어요?" 크리스티나가 물었다. "피해자 측 증인은 당신을 뜻해요."

그녀는 다시 한번 그 끔찍한 유령과 같은 방에 서 있어야 한다는 사실을 이해한다. 그녀가 영혼과 블라우스가 함께 찢어진 그 시점으로 되돌아가는 모습을 그는 미소 띤 얼굴로 지켜보고 있다. 판사와 검사, 변호사와 배심원들은 모두 그가 아니라 그녀를 의심한다. 그녀가 거짓말을 한다고 추정된다. 벌건 대낮에 찢어진 블라우스를 입고 자기 상처를 드러내는 그녀를 사람들은 거짓말쟁이로 의심한다. 이 사실이 레오니데스에게도 알려질 것이다. 레오니데스가 민주적인 법원을 전적으로 신뢰한다는 것을 그녀는 알고 있다.

"법은," 크리스티나가 말했다. "그걸 만든 사람들과 비슷한 데가 많아요. 구멍이 많죠. 오늘날의 법은 애초에 남성들에 의해 만들어진 법의 파생물이에요. 그러므로 헌법에 뭐라고 쓰였든 간에 그 구멍으로 빠지는 건 그들이 아니라 당신이에요. 핀란드라고 크게 다르진 않아요."

"그들은 내가 거짓말한다고 생각할 거예요."

"신빙성을 따지는 거예요. 그들은 당신 진술에 신빙성이 있는지 검증하려 할 거예요."

"그렇다면 그들은 믿을 수 있나요? 사람이 자발적으로 고문을 당했다고 믿는 사람들에겐 신빙성이 있나요?"

크리스티나는 서서히 간청하는 사람이 아니라 판사의 역할로 돌아서기 시작했다.

"피고는 당신이 동의했다고 생각하지 않을까요? 당신 스스로 동유럽 문화권에 대한 피고의 입장을 판단하기 어렵다고 진술했습니다. 그렇다면 피고는 당신을 강간한 것이 아니라 다소 '거친 섹스'를 했다고 생각할 수도 있지 않을까요?"

자발적이란 단어는 폭이 넓어서 다양한 의미를 품고 있었다.

거울 속 그녀의 머리는 뽑다 만 잡초 같았다. 군데군데 두피가 훤하게 드러났다. 귀 주위에는 피부염이 생겼다. 할머니가 보셨다면 웃었을 것이다. "이런 재앙이 어디 있니. 더 이상 스프레이를 뿌려서 부풀릴 것도 없겠구나!"라고 했을 것이다.

동유럽 문화권에 대한 피고의 입장. 그녀는 그것을 판단할 수 없었다. 그 점에선 판사가 옳았다. 그 점에 있어서 그녀는 그를 충분히 알지 못했다. 그저 피고에게는 러시아인을 향한 페티시가 있다는 것만 알았다. 그리고 러시아인을 향한 페티시가 있는 사람이 강간을 하면 법정은 그것을 거친 섹스로 간주한다는 것을 알게 되었다. 이제 그녀는 이해했다. A는 B가 되는 물리학 법칙 같은 것이다. 하지만 법칙이 유효성을 획득하려면 보편적으로 적용할 수 있어야 한다. 그녀가 레오니데스에게서 가져온 돈에도 이 법칙이 유효하게 적용된다. 레오니데스가 절도라고 생각한 것은 그녀가 세상을 바라보는 발트 국가적 관점에선 친절함으로 간주한다. 그렇다면 레오니데스가 도둑맞은 물건은 그녀에겐 선물이다. 피고는 무죄다.

결론이다.

마법 같은 논리로 상황은 정리되었다.

그녀는 거울 앞에 가만히 서서 거울에 비친 모습을 지켜보았다.

라디에이터가 윙윙대면서 뜨겁게 달아오른다. 아무 생각 없이 서 있던 그녀는 문득 소변이 보고 싶었다. 근육이 쪼그라들었다. 방광은 뇌에 신호를 보내지 않는다. 하지만 뇌는 속일 수 없다. a는 b다. 변기에 앉은 채로 수도꼭지를 틀자 흐르는 물이 도기를 때리며 배수구로 꿀럭꿀럭 넘어간다. 그녀는 힘을 주어 소변을 본다.

그녀는 진술하지 않을 것이다. 아무리 애써도 정보가 의식으로 스며들지 않는다. 그녀는 절대 법정에 서지 않을 것이다. 높은 등받이 의자들과 배심원들, 여성 판사는 그녀에게 존재하지 않는 것이다. 그건 미국 드라마 《바텐더》에나 존재한다. 그녀의 진술은 기록되지 않을 것이며 말로 표현되지 않은 채 남아 있을 것이다. 죽을죄가 추궁받지 않을 것이며, 감옥에 갇히는 사람도 없을 것이다. 자신이 거짓말쟁이로 몰릴 것을 알고도 진술을 할 사람은 없다. 그녀가 진술한다면 실제로 일어났던 모든 일이 마치 지어낸 것처럼 알려지고 박제될 것이다.

"모두 다 거짓말이야!" 그녀가 큰 소리로 말한다.

하수는 꿀렁꿀렁 벽을 타고 빠져나갔다.

"불공평한 무기로 전쟁에 나가면 아무리 강한 전사도 이길 수 없다"고 모히칸은 말한다. 그도 법정에 서 본 적이 없을 것이다. 그는 그런 권리조차 가져 본 적이 없을 것이다. 그녀에겐 그의 피부와 머리카락으로 생생하게 느껴지는 그의 몸이 다른 사람들에겐 인정받지 못했을 것이다. 크리스티나는 그를 바로 알아보았다. 그녀가 사무실에 들어서자마자 문 앞에서부터 알아보았다.

"당신을 모히칸이라고 부르는 게 좋을까요?"

수요일 오후 의회 건물에서 만난 그녀는 비록 머리 모양은 엉망이었고 기억도 희미했지만 잠시의 망설임도 없이 그렇게 물었다. 크리스티나는 그녀를 기억하지 못했다. 자기 앞에 검은색 후드티를 입고 선 사람이 누구인지 알아채지 못한 눈치였다. 자기 사무실 문턱에 선 사람의 형체는 시청에서 만났던 사람과 연결되지 않았다. 그래도 크리스티나는 사무실에 찾아온 사람이 누구인지를 단박에 알아보았다.

"당신을 모히칸이라고 부르는 게 좋을까요?"

직설적인 눈빛의 크리스티나. 사무실에서 그 눈빛을 받을 사람은 그녀밖에 없었다. 오직 그녀, 바다까지 훤히 보이는 유리 탁자 너머에 선 아디나만이 그 눈빛 앞에 무방비로 서 있었다. 그녀는 순간적으로 법률적 지식과 합리적 이력을 갖춘 정치인 앞에 모히칸을 끌어들여서는 안 된다는 생각을 했다. 그래도 그는 그 자리에, 그녀의 안과 주위를 맴돌았다. 그녀는 크리스티나의 신뢰를 사기 위해서라면 어떤 것도 할 수 있었기에 그때라도 할 수 있다면 이메일에 쓴 서명을 지워 버리고 싶었다.

알고 보니 그런 고민은 불필요했다. 어느 순간 크리스티나는 서두르지 않았다. 그녀는 그날 오후에 다른 약속이 없는 것처럼, 후드티를 입은 형체가 자기 사무실로 들어와 초콜릿을 먹으며 한 단어씩 천천히 말해 주기만을 기다린 사람처럼, 회전의자를 이리저리 돌려가며 그 자리를 지켰다. 테이블 끄트머리에 촛불을 켰을 때도 그녀는 그게 무슨 의미인지를 바로 알아차렸다. 어찌할 바를 몰라 얼떨결에 저지른 그 행동으로 그녀의 생각을 정리하는 데 필요한 시간이 훨씬 줄어들었다. 그녀는 나무들을, 자작나무와 무화과나무, 버드나무와 소나무를 떠올리며 시간을 초월한 것 같은 나무의 일생은 얼마나 평화로운지를 떠올렸다. 나무를 떠올린 사람은 악행에 대해 침묵할 필요가 없기 때문이다.

"지금 여기서 저에게 말하고 싶은 게 확실한가요? 원한다면 사무실처럼 생기지 않은 다른 곳으로 공간을 옮길 수도 있어요."

그녀는 그 자리를 선택했다. 크리스티나의 눈을 보니 확신이 들었다.

"그렇다면 가능한 한 자세히 말해 주세요. 무슨 일이 일어났나요? 언제인가요? 그 저택은 어떻게 들어가게 된 거죠? 얼마나 오래 지속됐는지 어림잡아 말할 수 있나요? 30분, 아니면 한 시간? 왜 그때 도망치지 않았죠? 그 사람이 당신을 붙잡았나요? 그 사람 말고 다른 사람이 또 있었나요? 그가 억지로 옷을 벗겼나요? 그가 위협을 했나요? 잠시 쉬었다가 다시 할래요? 도와달라고 소리를 질렀나요? 당신이 비명을 지르자 그가 가죽 천으로 당신 얼굴을 덮었다는 거죠? 그때 그 사람 손을 물진 않았나요? 삽입이 있었나요? 그가 왜 웃은 거죠?"

그 일은 30분이 아니라 1시간 30분 동안 일어났다. 그녀는 그가 손목에 찬 조종사 시계를 보았다. 그가 그 일을 끝냈을 때 시계는 11시 30분을 가리키고 있었다. 그때쯤 그녀의 손목은 관절이 찢겨 나간 것처럼 너덜너덜해졌다. "주둥이 벌려." 그는 그녀의 얼굴 오른쪽 왼쪽을 번갈아 가며 두 번씩 때렸다. "주둥이 벌려." 그의 80킬로그램이 넘는 몸무게가 그녀의 53킬로그램 남짓한 몸 위에 얹혀 있었다. "주둥이 벌려. 그리고 삼켜." 그는 자기 색욕과 공격성을 한없이 분출했다.

그녀는 피곤해졌다. 상체를 똑바로 들기 힘들었다. 그래서 상체가 앞으로 쏠리지 않도록 허벅지에 팔꿈치를 올려 몸을 지탱했다. 벽에 파란 부르카가 어른거렸다. 진술 후 기대했던 후련함은 그녀에게 찾아오지 않았고, 그리고 얼마 지나지 않아 그녀는 자신이 무슨 말을 하고 있는지도, 크리스티나가 무슨 말을 하고 있는지도 모르게 되었다. 그녀가 느낀 것은 오직 하나, 거대한 실망감이었다. 전혀 논리로 설명되지 않는 종류의 실망감이었다. 처음에 그녀는 크리스티나가 자기를 모히칸이라고 부를까 봐 안절부절못하였으나 정작 그렇게 불리우지 않자 거대한 실망감에 사로잡히고 말았다.

"그래도 웃어." 그녀는 거울을 향해 중얼거렸다. 싸울 상대가 그 안에 있기라도 한 듯.

아디나, 니나, 살라.

이것이 이름이다.

모히칸이 그녀를 향해 미소를 짓는다.

라디에이터가 불처럼 달아오른다. 그 위엔 젖은 속옷을 얹어 두었다. 저택에서부터 그녀는 그렇게 했다. 속치마와 스포츠브라를 라디에이터에 올려놓고 천이 뻣뻣해질 때까지 말린다. 부엌 냉장고에는 플라스틱병이 있다. **비루 발게.**

보상이다.

저녁 어스름이 패널 건물의 외벽과 발코니를 감싼다. 그녀가 덧창을 연다. 아래층은 이미 어둠에 잠겼다. 저녁 바람이 방 안으로 들어온다. 아직 9월인데 바람은 소스라치게 차다. 목이 긴 가로등에 불이 켜진다. 길 건너에 사람 키만 하고 날렵한 그림자가 드리운다. 노간주나무를 닮은 그림자다. 아까는 거기에 노간주나무가 없었다. 아까는 거기에 아무것도 없었다.

그녀가 덧창을 소리 없이 닫는다. 냉장고에는 슈납스가 있다. 그녀는 병을 열고 창밖의 어둠을 응시한다. 하지만 거기 서 있는 사람이 누구든 그녀와는 상관없다. 창문과 문은 단단히 잠겨 있고 그녀는 신경 쓰지 않는다. 이제 그녀는 그 무엇에도 신경 쓰지 않는다. 생각해야 할 것은 단 하나뿐이고, 그래야 다른 모든 것처럼 그것도 지나가게 될 것이다.

부끄러움에 관한 생각. 수요일, 그들이 함께 사무실을 나와서 트램을 타러 갔을 때 크리스티나는 부끄러움을 느꼈다. 사무실을 나오자마자는 아니었고, 야간 조명이 켜진 의회의 복도를 걸을 때까지도 그렇지 않았다. 하지만 계단을 내려와 거리로 나오자 부끄러움이 몰려왔다. 그녀는 그 부끄러움을 숨기고 싶었다. 걱정하는 척했던 것은 그래서였다. 하지만 그건 쉽게 드러났다. 그녀의 걱정은 과했다. 기차표 있어요? 무슨 기차 타야 하는지도 알아요? 애초에 그녀는 걱정할 필요가 없는 사람이었다. 국경 세 개와 유럽대륙의 절반을 가로지른 사람은 자기가 어디로 가는지 알았다. 크리스티나도 그 사실을 알았다. 사무실에서, 유리 탁자 너머로 바라본 살라는 불쌍하거나 무력하지 않았다. 살라가 두려움이 없고 강하다는 사실은 크리스티나도 인정했다. 그녀는 자신의 목소리를 따르는 사람이었다.

하지만 어쩌면 크리스티나는 진심으로 걱정했을지도 모른다. 어쩌면 걱정을 숨길 수 없었을지도 모른다. 그녀가 진심을 숨길 이유는 없다. 만약 그녀가 크리스티나의 걱정이 진심이라고 믿지 않는다면, 그건 그녀가 다른 사람에게 불편함을 초래하는 존재로 스스로를 생각하기 때문이다. 그것마저도 하나의 생각이다. 지나가게 될 생각.

그녀는 병을 든다. 식도를 타고 가벼운 열기가 몸 안으로 들어간다. 크리스티나가 부끄러움을 느꼈다면 그건 그녀 앞에서 자기가 느낀 감정이다. 그녀를 부끄러워 한 것은 아니다.

비루 발게.

그녀는 다시 술병을 내려놓는다. 더 이상 슈납스를 마시지 않을 것이다. 단 한 방울도.

"빌어먹을!"

그녀가 뒤돌아서서 술을 배수구에 쏟아 버린다.

이것이 그 잔재다.

푸른 여자는 소파를 발견했다. 그녀는 다리를 끌어당기고 팔로 무릎을 감싸 안는다.

나는 모순이 대화의 일부분이라고 주장한다. 모든 단어는 그 반대의 의미를 포함하기 때문이다. 나는 모순의 생산성을 믿는다. 완벽하게 기억하는 사람은 없다. 오류가 있는 기억이 오히려 믿을 만한 기억이다.

푸른 여자는 너그러운 미소를 짓는다.

그 미소가 어느 상황이나 통하는 건 아니라는 듯.

마지막 황혼을 맞으며 과학연구소를 떠날 때 크리스티나는 무언가를 이룬 것 같은 기분이었다. 레오니데스가 이제 모든 것을 알게 되었다. 상황을 파악했고 경고를 보낼 준비를 하고 있었다.

거리는 북적거렸다. 금요일 밤 도시는 사람들로 가득했다. 그녀는 영화관에 가거나 가라오케 바에 들르고픈 생각이 들었다. 아니면 예고 없이 리브를 찾아가고 싶었다. 그녀 부부가 사는 집 문 앞에 불쑥 그림자를 드리우고 나타나 어두침침한 레스토랑으로 그녀를 납치하듯 데려가고 싶었다. 통유리 창으로 거리가 내다보이는 바에는 젊고 세련된 커플들이 앉아 비싸고 양이 적은 칵테일을 마셨다.

하지만 그녀는 놀라운 자제력을 발휘하여 그중 아무것도 하지 않았다. 그런 건 클럽이나 퀴어파티의 댄스플로어에서 뿜어져 나오는 황홀한 흥분에 비교할 바가 못 되었다. 그곳에서 그녀는 유희적인 힘의 자극적인 가능성에 밤새 매료되었다. 그건 모든 것이 사회적으로 승인되고 아무 위험도 없으며 익숙한 관행과 예측 가능한 흐름으로 단조롭게 흘러가는 이성애자들의 연애와는 사뭇 달랐다. 그녀가 일찍이 커밍아웃을 한 데에는 동성에게서 신체적 자극이 느껴진다는 것 외에 이성애자들의 단조로움을 피하고 싶다는 욕망도 있었다. 그녀는 미묘함과 위험성에서 예전 경험을 능가하는 성애를 느꼈다. 미러볼 조명 아래에서 눈빛을 주고받다가 술을 마시고 키스를 하고 하룻밤의 사랑을 나누었다. 그 상대는 경찰관일 때도, 영화 평론가일 때도, 페리선 선장일 때도 있었다. 그러다가 헌신과 저항 사이를 오가는 짧은 연애를 했고, 이제는 리브를 알게 되었다.

하지만 크리스티나는 인내심이 부족한 편이었으므로 그런 회상에 오래 잠기지 않았다. 그녀는 일을 재빠르게 해치웠다.

일요일이 되어서야 그녀는 그 황홀했던 밤들을 다시 떠올렸다. 아침에는 젊은 여성과의 대면을 철저하게 준비했다. 크리스티나는 배려보다는 솔직함을 훨씬 중요하게 생각했다. 배려 뒤에는 자기 이익을 위해 교묘하게 상대를 조종하려는 의도가 숨어 있을 때가 많기 때문이다. 하지만 이 상황에서는 신중하고 조심스럽지만 솔직하게 접근해야 했다. 트라우마를 해결하려는 의식적인 시도는 수월하게 될 때도 있지만 까다롭게 꼬일 때도 있으며, 지금 그 책임은 온전히 그녀에게 달렸다. 아침이 밝아올 무렵 그녀는 거리낌 없이 근처 숲으로 조깅을 나갔다. 그녀는 무심코 짧은 코스가 아니라 긴 코스를 선택했다. 무성한 채소와 꽃이 자라는 작은 텃밭 구역을 지나는 길이었다. 자작나무들 사이에서 오아시스처럼 나타나는 그 텃밭에는 아침 이른 시각이어서 그런지 국화를 수확하거나 사과나무 가지를 치는 사람은 없었다. 그녀는 추워진 가을 날씨 때문에 긴팔 네오프렌 슈트를 입고 공기로 채워진 부이를 준비해 만으로 내려갔다. 부이 두 개를 양쪽 끝에 세운 뒤 그녀는 팔을 크게 휘둘러 수면을 가르며 헤엄쳐 그 사이를 오갔다.

그런 다음 커피를 끓였다. 커피를 마시면서 그녀는 변호사와의 대화를 메모해 놓은 쪽지를 훑어보았다. 그리고 잠시 뒤 쪽지를 치워 버렸다. 실망스러웠다. 그녀에게 가장 큰 걱정은 시상식이었다. 살라가 납득시킬 수 있는 사람은 아무도 없을 것이다. 아무리 신중하게 말한다 해도 마찬가지다. 그녀도 자신이 없었다. 그래서 크리스티나는 일단 그 사실은 비밀로 하고 기다리기로 마음먹었다. 이미 그녀는 탐페레로 가는 기차 안이었다. 가방에는 임시 노동자를 위한 열 가지 계획 보고서가 들어 있었으나 창밖을 바라보던 그녀는 잠이 들었다. 30분 후 목적지에 도착했을 때쯤에는 목이 아팠다.

점심으로는 링곤베리를 곁들인 버섯 라구가 나왔다. 그녀의 어머니는 전날 숲에서 신선한 버섯을 한 바구니 따 왔다. 마늘과 셰리주, 신선한 허브에 버터를 잔뜩 넣은 라구는 매우 맛이 좋았다. 일요일 음악이 배경으로 흘렀다. 요키스야르비Jokisjärvi 호수에 접한 어머니의 집은 소나무로 둘러싸여 있었다. 음악 덕분에 그 집의 주방 겸 거실에는 아늑하지만 약간은 멜랑꼴리한 분위기가 흘렀다. 일요일의 플레이리스트에는 운토 모노넨의 탱고 음악이나 게오르크 맘스텐Georg Malmstén의 "몰리-요리Molli-Jori"가 들어 있었다. 그 노래들에 맞춰 어머니는 월요일 오전 10시 기차역 바로 뒤 댄스클럽에서 열리는 사교댄스 수업을 준비하곤 했다.

식사를 마친 후에도 그들은 접시와 그릇을 정리하지 않고 그대로 둔 채 한동안 더 앉아 있었다. 크리스티나는 일요일의 분위기를 깨고 싶지 않았다. 하지만 그녀에겐 조정자가 필요했다. 그녀는 쉽사리 동의할 수는 없지만 진지하게 받아들이게 될 의견을 들어야만 했다. 언제나처럼 오늘도 그 의견이 그녀의 행동에 가장 큰 영향을 미칠 것이다. 그녀가 여기 온 이유는 그 때문이다.

"왜 너를 찾아온 거라니?" 어머니는 서슴지 않고 물었다.

크리스티나는 "우리에게 어떤 기회가 있을지는 더 두고 봐야 한다"면서 살라와 자신을 우리라고 칭했다.

그녀의 어머니는 "요새는 사회문제 상담 기관이 많은 걸로 아는데"라고 말했다. 어머니는 짧은 머리를 젤로 스타일링하고 다림질이 필요 없는 블라우스를 입었다. "그런 문제는 그런 데서 다루지 않니?"

반박할 말이 없지는 않았지만 그 무엇으로도 어머니를 이해시킬 수는 없을 것 같았다. 그래서 크리스티나는 침묵했고 어머니는 이를 동의의 표시로 오해했다.

"그 아이는 대체 누구니? 걔에 대해서 얼마나 알고 있어?"

"알아야 할 만큼은 다 알고 있어요."

"그 아이가 집으로 돌아가는 게 더 간단하지 않을까? 유럽 저쪽 편에 가족이 있을 거 아니야. 그 아이 어머니가 기다리고 있을 거라고 생각해."

"그녀의 어머니와 어떤 관계인지 잘 몰라요."

"아무리 그래도 어머니는 어머니잖니."

"그녀는 일단 어떤 보상을 받아야 한다고 생각해요."

어머니는 자리에서 일어나 음악을 끄고 선반에서 베리 시럽을 꺼냈다. "그 아이에게 여기는 완전히 낯선 나라일 텐데." 그녀는 탁자 위에 놓인 물잔 두 개에 시럽을 한 스푼씩 넣고 우유를 조금 부은 다음, 방금 끓여 식힌 커피로 잔을 채웠다. "대체 무엇을 보상해야 한다고 생각하는 걸까?"

"그건 말하지 않았어요."

어머니는 생각에 잠긴 채 크리스티나의 음료를 먼저 저어 주고 그다음 자기 음료도 저었다. 생각이 복잡해 보였다. 시럽이 천천히 녹아들면서 커피 색이 밝아졌다.

"그녀 입장에선 사회가 뭔가를 보상해야 한다고 생각하겠지." 어머니가 마침내 입을 열었다. "나는 그런 생각이 드네. 하지만 너는? 그런 일에 얽히지 마. 나쁜 소문 돌기 십상이야."

"만약 그렇게 되면 그 사람에 대한 나쁜 소문을 퍼뜨리는 게 과

연 누구에게 도움이 되는지를 물어봐야겠죠."

"아이고, 크리스티나. 꼭 그렇게 해야겠니? 너는 열두 살 때부터 그런 일에 나서서 싸웠어."

"엄마처럼요."

그녀의 어머니는 손을 내저었다. "이제는 그 무엇도 내 평화를 깰 수 없어. 비가 와서 버섯 따러 못 갈 때만 빼면 내 평화는 완전해."

그녀의 어머니는 음료를 젓던 손을 멈추고 숟가락에 남은 시럽을 핥고선 시럽 병을 선반에 되돌려 놓았다. 어머니는 크리스티나를 돌아보지 않고 고개만 흔들었다.

"세상이 달라졌다고 말하려는 거면 하지 마세요, 엄마. 그때나 지금이나 별반 달라진 건 없어요."

그녀의 어머니는 뜻밖의 속도로 몸을 홱 돌렸으나 중심을 잃진 않았다. "사랑하는 우리 딸, 설사 네 말이 옳다 하더라도 그때는 그런 문제를 상담할 기관이 없었잖니."

"그때 그런 기관이 있었던들 무슨 일을 했을까요? 엄마의 아버지에게 편지를 써서 당신의 딸도 다른 네 명의 자녀들과 마찬가지로 소중하다고, 차이가 있다면 그 네 명이 우연히 사내로 태어난 것뿐이라고 알려 주었을까요? 그렇다면 엄마의 아버지는 어머니 얼굴에 편지를 던지며 말했겠죠. '아이고, 미안하다. 내가 너를 쓰레기통으로 착각했구나.'"

"네 할아버지는 그런 편지라면 아예 받지도 않았을 거다. 하지만 그분에 대해서 그런 식으로 말하지는 마."

"어쨌든 좋아요. 하지만 나라면 아무리 아버지라도 엄한 처벌을 내렸을 거예요. 그리고 지금 그 개자식에게도 그렇게 할 거예요."

크리스티나는 살라가 사는 패널 주택 3층에 앉아 맞은편 패널 주택들을 바라보며 클럽에서 보낸 광란의 밤들을 떠올렸었다. 방에는 싸구려 갈색 소파 한 채와 망가진 의자 하나가 있었다. 그녀는 소파에 앉는 편을 택했다.

살라는 부엌 문틀에 기대고 있었다. 청바지에 색이 바랜 반팔 티셔츠 차림이었다. 크리스티나는 이미 시청에서부터 근육이 발달한 그녀의 날씬한 팔뚝을 눈여겨보았다. 예전이었다면 그녀는 그 근육에 열광했을 것이다. 다른 나이였다면, 다른 조건, 다른 장소에서 그녀를 만났다면, 이완할 때는 거의 보이지 않다가 수축할 때 놀랍게도 완벽한 곡선을 드러내는 근육 앞에 기꺼이 흥분했을 것이다.

살라는 가슴 앞에 팔짱을 끼고 베를린에서 지냈던 이야기를 했다. 그녀는 두 달 남짓을 독일 수도에서 보냈다. 이십 대 초반의 크리스티나에게 대도시는 광란의 연관검색어였다. 하지만 살라는 그 광란에 한 번도 빠지지 않았다. 살라는 클럽이나 바를 방문하지 않았다. 남자를 유혹하지도, 춤을 추지도 않았으며, 밤의 관능적인 매력에 취하지도 않았다. 그녀는 호스텔 4인실에 묵었고, 금전적 어려움을 겪었으며, 어떤 사진작가에게 이용당했다. 그 사진작가는 그녀를 여러 가지 이야기로 세뇌했는데, 그 이야기가 크리스티나에게는 너무 수상하게 들린 나머지 그 사진작가를 범죄 혐의로 고소해야 할지도 모르겠다는 생각마저 하게 되었다. 하지만 크리스티나는 만사를 검증 없이 넘어가는 타입이 아니었다. 그녀는 마음속으로 체크 표시를 했다. 만약 이 일이 소송으로 이어진다면 그 사진작가를 증인으로 소환해야 할 것이다.

베를린에서 살라가 바랐던 것들은 정반대로 이루어졌다. 그녀의 베를린과 크리스티나의 헬싱키는 서로 거리가 멀었는데 그 이유가 공간적 거리만은 아니었다. 혹은 한 도시는 유럽의 중심이고 다른 도시는 정치적으로 변방에 머물며 그다지 영향력 없는 곳으로 여겨졌기 때문만도 아니다. 예컨대 지난 세기 한 대통령이 외국 정상을 사우나에 초대해 대화를 나눴다는 일화는 당시 헬싱키가 어떤 문화적 맥락 속에 있는지를 보여 주는 대표적인 사례다. 완전 탈의를 한 정치인들로 가득 찬 사우나 사진을 볼 때마다 크리스티나는 그곳에 여성을 위한 자리는 없다는 사실을 분명하게 인지했다. 그 사우나 대통령은 크리스티나 어머니의 어린 시절과 청소년기 전체에 걸쳐 25년간 이 나라를 통치했다. 그녀의 어머니는 남성의 욕망과 필요에 따라 명명되고 정리되며 파괴되었던 세기에 태어났고 그것이 삶으로 각인되었다. 게다가 자신의 아버지마저 가정 안에서 그 사회 질서를 그대로 되풀이했다면 현실이 자신의 욕구나 바람에 따라 바뀔 수 있다고는 아예 상상조차 하지 않게 된다. 그리고 믿게 된다. 그에 저항하는 사람은 불명예를 입게 된다고. 크리스티나는 이 사우나 대통령 이야기를 들었을 때부터 늘 분노했고, 늘 맞섰다. 온전히 여성들이 이끌어가는 정부에 대한 비전은 그녀의 가슴에 불길을 당겼다.

어쨌든 다른 도시들에 비해 대도시에서의 경험은 개인차가 좀 더 극명하게 나뉜다. 그리고 그녀와 살라의 경험은 그 차이가 너무나 뚜렷해서 마치 둘이 속한 세기가 서로 다른 것처럼 느껴진다.

하지만 크리스티나는 패널 건물에 있었다. 나무 벽 사이로 통풍이 원활한 어머니 집에서 요키스야르비 호수의 습도 높은 공기를 모유처럼 흡수하는 데 익숙해진 사람에게 밀폐된 건물은 그 자체로 고역이었다. 세포와 뇌, 그리고 폐가 완전한 기능을 하는 데 물질의 자유로운 교환은 필수적이었다. 그런 점에서 패널 건물은 육체와 정신을 가두는 감옥이었다. 이 건물의 열악함을 강조하기 위해서라면 그 외에도 끌어다 붙일 비유가 무궁무진했다.

다른 한편으로 이 장소를 세기 단위로 끊어 설명해 볼 수도 있었다. 패널 건물은 근대의 프로젝트였고, 그 근대는 지난 세기와 함께 사라졌다. 그 이후에도 원거리 난방이 공급되는 계획도시 개발은 여전히 진행되었다. 창밖을 잠시만 바라봐도 그 미래가 환경친화적이거나 인간친화적이지 않다는 사실을 알 수 있다. 풍경에서 아름다운 구석을 찾을 수는 없었다. 크리스티나는 그 계획을 수립한 도시계획 및 주택 위원회 소속 의원 중 몇 명과 아는 사이였다. 그녀가 알기론 그중 누군가가 동보트니아의 밍크 농장에 있는 주거용 컨테이너를 패널 건물로 교체하자고 제안한 것을 알고 있다. 임시 노동자들도 이를 반겼을 것이다. 하지만 여기서 간과하면 안 될 한 가지 사실은, 가끔 사회적 대책이라고 세워진 것이 오히려 삶에 부정적인 영향을 미칠 수 있다는 역설이다.

"…동화에서처럼 생명을 불어넣었어요."

크리스티나는 집중력을 잃었다. 젊은 여성이 하는 말이 귀에 들어오지 않아서 넋이 빠진 사람처럼 멍하지 쳐다만 보고 있었다.

"당신이 모히칸에 대해 물었죠. 모히칸을 처음으로 본 사람은 리키가 처음이었어요."

"그 사진작가요?"

"네, 당신 전에는."

"나 전에?"

"당신이 두 번째예요. 당신이 그를 봤고 그래서 나를 모히칸이라고 불러야 할지를 물었잖아요." 살라가 머쓱한 미소를 지었다. "기억 안 나세요?" 그녀는 커피잔을 들었다. "나도 어젯밤에 거의 못 잤어요."

"내가 그렇게 피곤해 보이나요?"

크리스티나는 그녀의 말을 얼마나 놓쳤는지 알 수 없어 마음이 불편해졌다. 사실 무슨 질문을 받았는지조차 기억이 나지 않았다.

"그래서요?" 크리스티나가 이 곤란한 상황에서 벗어나기 위해 입을 열었다. "내가 모히칸이라고 불러 줬으면 좋겠어요?"

"가끔은 그래요."

얼굴에 햇살이 비치자 크리스티나는 졸음이 쏟아졌다. 문득 살라가 보는 앞에서 소파에 편하게 누워 잠을 잘 수 있다면 얼마나 좋을까 하는 생각이 들었다. 살라가 곁에 있다면 콘크리트 건물에서도 편하게 잘 수 있을 것 같았다. 갑자기 그런 확신이 들었다.

"시계가 멎었어요." 그녀가 벽에 시선을 돌리며 말했다.

살라가 고개를 끄덕였다. "시간은 멈췄다가 내가 진술하면 그제야 다시 흘러요."

"아무도 인간으로서 불가능한 일을 당신에게 강요하지 않을 거예요." 크리스티나가 반쯤 잠이 든 상태로 말했다.

그녀는 진짜 잠들었다. 그리고 눈을 떴을 때 바닥엔 모히칸이 앉아 있었다. 소파에 기댄 그의 뒤통수가 보였다. 그리고 그 카리스마 넘치는 얼굴이 그녀를 바라보았다. 푸른 빛이 느껴질 정도로 새까만 머리카락 속 깃털은 비현실적으로 느껴질 만큼 하얗게 빛났다. 그녀가 그를 향해 손을 뻗었다. 그녀는 체코어로도 모히칸은 모히칸인지, 아니면 다른 발음이 있는지 알지 못했다. 그러니 영어로 발음하는 게 더 나을 것 같았다. 크리스티나는 인간의 존엄성은 정확한 이름으로 불리는 데서 시작한다고 생각했다. 때론 그 고집이 너무 교조적이라고 생각하는 사람들에게 비난받기도 했다. 유럽 본토와 서신을 주고받을 때 크리스티나의 이름에서 i를 하나만 적어 보내면 그녀는 기필코 ii로 수정해 주길 요구했다.

"인간으로서 불가능한 일은 아무것도," 크리스티나는 중얼거리는 자기 목소리를 들으며 잠에서 깼다.

살라는 방에 없었다. 크리스티나는 발코니에 서 있는 그녀를 보고선 따라 나가기 위해 자리에서 일어났다. 유리를 통과한 햇볕 때문에 발코니는 따뜻했다. 살라는 접이식 의자에 앉아서 책을 읽고 있었다.

"잠이 너무 부족했나 봐요. 나도 모르게 그만."

살라는 책을 덮었지만 말은 하지 않았다.

"무슨 책이에요?"

"『결혼식 멤버 *The Member of the Wedding*』. 벌써 여러 번 대출했어요."

크리스티나는 들어본 적 없는 제목이었다. "그 모히칸은 어떻게 생각하게 된 거예요?" 그녀가 잠들기 전 대화를 이어가려 애썼다.

살라는 단층 건물 앞에 선 나무들을 바라보았다. 마치 질문을 듣지 못한 것 같은 표정이었다. 하지만 결국은 입을 열었다. "내가 생각해 낸 게 아니에요. 어느 날 그가 거기에 있었어요."

"적어도 책이나 영화로 먼저 접한 게 있었겠죠."

"논리적으로는 그렇죠." 젊은 여성이 말했다. "예전에 책으로 읽은 적이 있어요."

상대의 말을 반박하는 그 말투는 대답을 요구하지 않았다. 살라 뒤쪽 벽에는 빈 화분이 쌓여 있었다. 먼지가 쌓인 걸로 보아 여기에 있은 지 이미 오래된 것 같았다. 젊은 여성은 그 앞에 말없이 앉아 있었다. 당당하게 고개를 쳐든 자세에서 범접하기 힘든 분위기가 풍겼다. 크리스티나는 그녀를 과소평가하지 말자고 다짐했다.

"내가 살던 동네에는 아이가 없었어요." 잠시 후 살라가 나무에서 시선을 떼지 않은 채 입을 열었다. "그 동네 아이는 없었죠. 나뿐이었어요. 내가 마지막이었죠. 예전에는 그게 이유라고 생각했었어요. 어느 순간 그렇게 생각하지 않게 되었지만요."

"당신이 자란 체코의 동네 말인가요?"

"이 얘기를 하는 게 그리 달가운 일은 아니에요."

"이해해요."

"뭘 이해해요?" 살라가 고개를 돌려 냉담한 눈빛으로 그녀를 빤히 바라보았다.

"당신이 그 질문을 받고 싶지 않으리란 것을 이해해요." 크리스티나가 좀 더 정확하게 말을 풀었다.

"맞아요. 그러고 싶지 않아요."

"괜찮아요. 묻지 않을게요. 그리고 이번에는 약속을 지킬게요."

크리스티나는 이 일요일에 자기가 살라에게 했던 모든 말, 즉 재판이나 소송 개시 전에 넘어야 할 장애물에 관한 설명이 그녀에게 부담이 되리라는 것을 잘 알고 있었다. 그 부담을 살라는 드러내지 않고 강인하게 견뎠다.

"약속할게요." 크리스티나가 말했다. "그래도 당신이 묻지 않았으면 하는 것들에 관한 질문을 많이 받게 될 거예요."

살라는 딱히 읽으려는 생각 없이 그저 책장을 넘겼다. "그가 최후의 모히칸이에요. 그에겐 역사가 없기 때문이죠." 그녀가 생각에 잠긴 듯이 말했다. "별로 나쁜 일은 아니죠. 사람들은 항상 역사가 옛날 것이라고, 자기 뒤 그리고 과거에 있다고 생각해요. 하지만 나는 그게 사실이 아니라는 것을 깨달았어요. 그보다 훨씬 복잡해요." 그녀는 잠시 말을 멈췄다. 그리고 더 이상 말을 하지 않을 것 같다고 느껴지는 순간에야 다시 말을 이었다. "내 어머니와 할머니는 내 과거예요. 하지만 그들이 나보다 앞서 있죠. 그들이 나를 앞서가요. 그렇다면 사실은 뒤에서 따라오는 사람들이 곧 내 앞에 있는 거 아닌가요? 그들이 내 미래 아닌가요? 나에 대해 이야기하는 사람들이 내 미래라니, 이상하죠?"

"당신에게 모히칸은 새로운 어떤 것과 연결되는 거죠?"

살라가 고개를 끄덕였다. 그렇게 빨리 이해받게 될 줄 몰라 놀랐다는 듯 고개를 들었다. 크리스티나는 처음 그녀를 만났을 때 가졌던 생각을 잊지 않고 있었다. 그녀는 자기가 오해하지 않았음을 알았다.

"베를린에서 누군가 그러더라고요. '지나온 길은 그렇게 중요하지 않아, 네가 어디서 왔든 그게 너를 규정하지 않아'라고요. 그 말 자체도 의심해 볼 여지가 있다고 생각해요. 하지만 중요한 것은 내가 어디서 왔는지가 아니라, 아무도 나를 따라오지 않는다는 사실이에요." 살라가 잠시 머뭇거렸다. 그녀의 짧게 깎은 머리 위로 늦은 오후 햇살이 반짝였다. "누군가 제 뒤를 따라오지 않는 한 지금까지 있었던 일들은 아무 일도 없었던 게 되는 거예요."

"그게 무슨 뜻이죠?"

"내가 진술하지 않는 게 나을 거란 뜻이에요."

"아직 완전히 진 건 아니에요." 크리스티나가 용기를 북돋우려 어조를 높이며 말했다. 하지만 말이 나오는 즉시 소용없음을 스스로 깨달았다.

"자아라는 건 그저 눈 깜빡할 새에 사라져요." 살라가 말했다.

"그럴지도 모르죠." 크리스티나가 여전히 꿈에서 깨지 못한 기분으로 말했다. "그래도 이제는 용기를 잃지 말아요."

"네, 그러진 않을 거예요."

"나와 논의 중인 변호사는 헬싱키에서 제일 유능한 사람이에요. 우리는 해낼 거예요!"

살라가 그녀를 쳐다봤다.

"우리는 해내려고 노력할 거예요." 크리스티나가 자기 말을 고쳤다. "여자들이 스스로 돕지 않으면 아무도 여자들을 돕지 않아요."

살라는 계속 크리스티나를 쳐다보고 있었다. 마치 그 말은 시작일 뿐이니 계속 말을 해 보라는 것 같았다.

"그 개자식은 잘못된 세대와 맞붙게 되었다는 걸 곧 깨닫게 될 거예요!" 크리스티나가 말했다. 그녀는 "모히칸 얘기는 그때 가서 합시다"라고 덧붙였지만, 젊은 여성의 이야기를 다시 한번 검토할 인내심이 없어서 하는 말이 아니라는 걸 자신할 수는 없었다. "모든 일을 해치운 다음에 말이죠."

그때 살라가 웃었다. 그녀는 티셔츠를 입고 끝단을 바지에 단단히 집어넣었다. 유리창으로 둘러싸인 발코니에 냉기가 돌았다. 어느덧 해가 지붕 너머로 사라졌다.

"자," 크리스티나는 살라의 얼굴에 나타난 기대감 가득한 표정에 어떻게 대응할지 아이디어가 떠오르지 않았다. 하루는 서서히 끝나 가고 있었다. "우리가 두 층만 위에 있었다면 여기서 바다도 보이고 내가 사는 동네도 보였을 거예요."

"아름답나요?"

"여기보다는 확실히 아름답죠. 원한다면 우리 같이 버섯 따러 갈 수도 있어요."

"버섯을 잘 알아요?"

"어머니가 버섯을 찾는 데 천부적 재능이 있어요. 저도 어깨너머로 조금 배웠죠."

"아, 네. 버섯은 그렇게 어렵지 않죠." 살라가 말했다. "핀란드에 완전히 다른 종류가 자라지 않는 한, 별 기술 없이도 할 수 있을 거예요."

"핀란드에는 핀란드 버섯이 자라지요." 크리스티나가 분위기를 띄우려는 듯 응수했다.

나중에 그녀는 자기 말에 불쾌감이 깃들어 있었음을 알아챘다.

그때 그녀는 버스에서 내려 집으로 돌아가는 길이었다. 바위 언덕을 조금 올라가다 보면 오른쪽에는 유리병 수거함이 있고 왼쪽에는 나무 뒤로 바다가 보였다. 2주 전에 리브가 일몰을 보며 감탄했던 지점이었다. 그 정도 풍경이 드물지는 않으므로 그건 진정한 감탄이라기보다는 집에 늦게 들어가기 위한 시간 끌기에 가까웠다. 크리스티나는 나무 난간을 잡고 계단 세 개를 한 번에 올라가려다 발을 헛디뎌서 계단에 정강이를 부딪혔다. 그녀의 분노에는 꾸밈이 없었다.

살라는 버섯이 풍부한 산악지대에서 자랐을지도 모른다. 크리스티나는 그렇게 생각하면서도 그래도 자기만큼 버섯에 대해 잘 알지는 못할 거라고 짐작했다. 결코 그럴 순 없었다. 자기 어머니 같은 어머니 아래에서 자라지 않는 한, 자기를 이길 수는 없었다. 아침 수영 후 난간에 걸어 놓은 네오프렌 슈트를 보면서 그녀는 그 정체가 오만함이라는 걸 깨달았다. 하지만 그건 어떤 감정이 단순하게 표현된 것에 불과했다. 분노의 발단은 다른 곳에 있었다.

크리스티나를 불쾌하게 만든 것은 살라의 성급한 결정, 즉 진술하지 않겠다는 결정이었다. 그녀는 더 이상 비집고 들어갈 새도 없이 철저하게 거절 의사를 밝혔고 그 태도는 오만할 정도였다. 사실 거기서 크리스티나는 자기가 밀려났다는 기분을 느꼈다. 애초에 자기가 애달파할 이유가 없는 일이었다. 그런 곳에 낼 시간적 여유도 없었다. 그런데도 싸워 보지도 못하고 항복해야 하는 상황이 그녀를 짜증나게 만들었다. 유치하기 짝이 없는 감정이었다. 그래서 그녀는 그런 감정이 밀려올 때마다 하던 대로 차를 한잔 마시면서 차분하게 생각을 정리하려고 애썼다.

그녀에겐 시간이 별로 없었다. 일곱 시면 레오니데스에게서 전화가 올 것이다. 그때까지 리브의 사진을 보면서 차를 두 잔 정도 마실 수 있을 것 같았다. 그녀는 자신이 가진 유일한 리브의 사진을 가끔 서랍에서 꺼내 달력 끄트머리에 클립으로 붙여 두곤 했다.

갓 우려낸 찻잔에서 김이 올라왔다. 홍차에서는 그녀가 좋아하는 특유의 쓴맛과 거친 맛이 느껴졌고 코에는 타르의 향기가 감돌았다. 크리스티나는 자기 감정을 올바른 시각으로 바라보려면 그 감정을 낳은 상황에 초점을 맞춰야 한다고 생각했다. 그렇다면 21세기 초에도 젊은 여성이 남성의 차별적 대우에 맞서 자기 권리를 주장할 수 없다고 생각하고 물러서게 만드는 상황은 도대체 무엇일까? 크리스티나는 모든 사회 형태, 모든 종교, 그리고 모든 인종에서 보편적으로 나타나는 성적 차별에 맞서야 한다고 배웠다. 그래도 그녀는 무사했다. 그녀는 아버지나 삼촌, 형제나 남편, 교사나 상사에 의해 영혼이 말살당하지 않은 소수에 속했다. 규범으로 평가절하되거나 무시당하지 않은 소수였다. 놀랍게도 크리스티나가 아는 한 유명한 여성 중에서도 무시당하거나 비하당했을 뿐 아니라 성적 학대나 강간을 당한 경우가 많았다. 버지니아 울프도 그중 하나였다. 그러니 뒷걸음질 치는 살라를 비난할 수는 없었다. 그녀를 비난한다면 그것이야말로 여성들을 어리석거나 무력한 존재로 간주하여 결국 책임을 그들에게 돌리는 고리타분한 기제를 따르는 것이었다.

식은 차를 마시자 기분이 한결 가라앉았다.

레오니데스는 좋은 소식을 가지고 오지 않았다. 그는 전화로 얘기하는 대신, 월요일 아침 과학연구소 앞 카페에서 만나자고 했다. 오후에는 수상자 심사위원회가 임시로 소집될 예정이었으므로 거기에도 동행해 달라고 졸랐다.

월요일 아침, 그는 초조해 보였다. 잠을 제대로 못 잔 듯한 인상이었다. 그는 어제 밤늦게 타르투에서 돌아온 참이었다. 넥타이에는 얼룩이 묻어 있었다. 그녀는 일단 그에게 커피부터 권했다. 크리스티나는 게살 토스트와 계란을, 레오니데스는 시나몬 롤을 앞에 두고 마주 앉았다. 저 멀리서 그릇과 컵이 부딪치고 에스프레소 머신에서 원두가 갈리고 뜨거운 물이 빠져나오는 카페의 소음 속에서 둘은 한동안 말이 없었다. 마침내 레오니데스가 자세를 바로잡고 말을 시작했다. 그의 주말은 예정과 다르게 흘렀다. 오랜만에 긴 주말을 기대하며 금요일에 휴가를 낸 그의 아내는 아침부터 장을 봐서 그녀의 자랑거리인 케이크를 구운 다음, 탈린에서 오는 기차의 도착시간에 맞춰 플랫폼에 서 있었다. 하지만 그는 늦은 밤에야 도착했고 그때 아내는 친구와 약속을 잡아 영화관에 가 있었다. 아내는 토요일도 그와 함께 보내지 않았다. 그는 일부러 상처를 주려고 자기를 무시하는 아내의 태도에 크게 마음 쓰이진 않았다. 그리고 주말의 대부분을 서재에서 통화를 하며 보냈다. 저녁 무렵이 돼서야 아내의 냉담함이 뼈저리게 느껴졌다. 그는 자신이 그토록 따뜻하게 추천했던 인물에게 왜 이제 와서 상을 줄 수 없다고 하는지, 아내를 납득시킬 만한 변명을 끝내 찾지 못한 채 헬싱키로 돌아왔다.

게다가 그가 국가를 배신했다고 비판하는 학생들의 목소리가 인터넷을 타고 점점 확산되는 추세였다. "'에스토니아는 에스토니아 국민에게'라는 태그가 붙었다는군. 당신도 봤겠지?" 말하는 그의 입술에 시나몬 롤 부스러기가 묻어 있었다.

그는 사방에서 압력을 느꼈다. 수상자 선정 위원회 위원장의 지원은 기대할 수 없을 거라고 말했다. 예상 못한 일은 아니었다. 위원장은 자고로 일이 순조롭게 흘러갈 때나 도움이 되는 사람이었다. 문제가 생기거나 문제가 생길 만한 작은 징후라도 보이면 위원장은 일단 그 문제를 제기한 사람에게 책임을 돌리는 법이었다. "위원장은 마치 내가 벵엘의 조끼에 얼룩을 묻힌 것처럼 말하더군." 레오니데스는 커피 온도를 확인하기 위해 티스푼을 입에 가져가며 말했다. "내가 입을 다물지 않아서 대학의 명성을 망치고 상의 명예를 더럽힌다는 그런 식의 사고방식." 그가 덧붙였다. "옛날이 생각나서 정말 미쳐 버리겠어."

그래도 위원회의 대다수는 합리적인 사람들이었다. 그래서 갑작스레 오후에 소집된 모임이 더없이 중요했다.

"살라와 얘기해 봤어?"

"무엇을?"

"그녀를 설득해서 같이 오게 해야 해."

"그녀는 원하지 않을 거야."

"당사자는 그녀야. 사람들이 그녀의 얘기를 들어야 해."

"그녀에게 그런 걸 요구할 수 있다고 생각해? 진심이야?"

"그녀는 그가 처벌받길 원하는 거 아니야?"

크리스티나는 게살 샌드위치를 씹으며 살라에 관해 그는 여전히 어떤 지점을 못 보고 있다고 생각했다.

"한번 이렇게 상상해 봐." 그녀가 입안의 음식을 다 먹은 후 차분하게 말했다. "탈린에서 붉은 군대가 당신의 고환을 쐈다고 상상해 봐. 그리고 그가 처벌받아야 한다고 주장하려면 네 망가진 성기를 증거로 보여 줘야 한다고."

"락앤롤, 크리스티나!" 레오니데스가 두 손을 들며 외쳤다. "대담한 표현력은 여전하군."

크리스티나는 진지한 표정을 잃지 않았다. "우리의 임무가, 국가와 사회로부터 위임받은 임무가 바로 그런 거 아니야?"

"나는 국가가 아니야."

"아니, 레온. 우리가 바로 국가야. 유럽 차원에서는 불의 하나하나를 강경하게 짚고 넘어가는 사람이 개인적인 일에서는 숫자도 셋까지 못 세는 사람처럼 구는군."

"나는 지금 막 셋을 세었어." 레오니데스가 의미심장하게 대답했다. "그리고 그 결과 둘보다 셋이 더 많고 강하다는 걸 깨달았지."

그건 단지 재치 있는 말싸움일 뿐이었고 그들은 둘 다 그걸 즐기고 있었다.

오후에 크리스티나는 늦게 도착했다. 과학연구소 2층 회의실은 좁았고 남는 좌석이 없어서 그녀는 문 참에 서 있었다. 그녀가 들어왔을 때 레오니데스가 그녀를 쳐다보던 시선은 그녀의 기억에서 오래도록 지워지지 않았다. 하지만 그 순간에는 가능한 한 빨리 논의의 진행 상황을 파악하느라 크리스티나는 그의 눈을 스치듯 바라봤을 뿐이다. 그녀는 그렇게 어두운 눈빛을 한 그를 본 적이 없었다.

논의의 상황은 형편없었다. 레오니데스는 이미 보고서를 제출한 상태였고, 지금은 거의 자포자기한 듯 가만히 앉아 있었다. 진행되는 회의를 잠시 듣고 나서 크리스티나는 여론을 파악했다. 참석자들은 수상자에 대한 레오니데스의 염려에는 일리가 있다고 보았으나 그의 분노는 지나치다고 여겼다. 매우 유감스러운 일이었으나 흔히 발생하는 사건에 그렇게까지 분노할 것이 있냐는 분위기였다. 그의 분노는 과민반응으로 일축되었고 일부 사람들은 그의 순진함을 비난했다. 그와 살라의 관계에 대해 알고 있는 사람들이 은연중에 그런 낌새를 풍겼다. 그가 음란하고 교활한 여자에게 속아 넘어갔다고 암시하는 말에는 동정마저 묻어 있었다. 물론 크리스티나가 너무 예민하게 해석한 것일 수도 있었다. 방 안이 답답했다.

또 성적인 실수는 누구에게나 있을 수 있으며 개인의 결점을 하나씩 문제 삼기 시작하면 그 상을 받을 후보자는 아무도 없을 거라고 했다.

"본 상은 그 사람의 감정적 생활이 아니라 객관적인 성과에 대한 평가입니다!" 누군가 짜증스러운 목소리로 주장했다. 크리스티나와 안면이 있는 중도당 의원은 이 회의가 갑작스레 소집된 이유가 전혀 이해되지 않는다는 듯 말했다. "법원에서 문제가 없는 한, 우리가 신경 쓸 일이 아닙니다. 이렇게 하지 않으면 앞으로 우리가 수상자를 발표할 때마다 불만 있는 사람들이 나타날 것입니다."

"우리는 중립을 유지해야 해요." 누군가 그를 거들었다. "그렇지 않으면 우리도 공격당할 수 있어요. 우리를 눈엣가시로 여기는 독재적 지도자들이 옳다구나 하고 이 길로 우리를 공격해 올 겁니다."

"그리고 우리는 결코 박해받는 난민들을 다시금 위험에 빠뜨리고 싶지 않아요!" 한 여성이 슬라브 억양으로 외쳤다.

"주께서 이 논리를 지켜 주시길!" 이 발언이 누구 입에서 나왔는지, 크리스티나는 확인할 길이 없었다. 그러다가 그녀의 앞에 앉은 남자의 등이 약간 구부정한 것을 보았다. "이는 곧 우리가 증오하는 나라로부터 박해받는 사람들을 우리 자신의 국가 체제 안에서 박해받았다고 여겨지는 한 여성보다 더 소중하게 여긴다는 뜻입니다. 억압받는 집단끼리 서로 대립하게 만드는 것이 독재자와 극우 정당의 전략이라는 것을 잊지 마십시오!"

"이론적으로는 당신이 옳소, 크옐. 하지만 여기는 논리학 세미나가 아니잖소."

그때 크리스티나가 참지 못하고 자기소개를 하며 끼어들었다. "제가 오해한 게 아니라면 에바-리사-만네르 상은 한 여성 시인의 이름으로 수여되는 것입니다." 그녀는 최대한 냉정을 잃지 않으려 애쓰며 말했다. "그런데도 한 여성이 폭행당한 사실이 이 수상자를 심사하는 데 중요하지 않다고 말씀하시는 건가요? 강간, 신체 상해, 자유 박탈은 법원에서 중대한 범죄로 인정받습니다."

"누구신가 했더니 게살 양념장 들고나왔던 분이시로군!" 중도당 의원이 외쳤다. "틀림없어요! 몇 년 전에 지하철 창문을 게살 양념장으로 발라 버렸던 그분이랍니다." 그가 다른 사람들에게 소개하듯 말했다. "게들처럼 우리도 자본가들에게 으깨진다는 뜻에서 벌인 시위였지요. 이분 정말 못 말리는 강경파예요." 그가 웃으며 물었다. "제 말 맞죠?"

"게가 아니라 캐비아였어요." 크리스티나가 지지 않고 응수했다. "그리고 가끔 그런 시위를 할 필요가 있겠네요. 결과가 아주 만족스럽군요." 그때 창가에 있던 젊은 남자가 입을 열었다. "성차별과 성범죄를 가볍게 여기는 관행이 서구의 민주주의를 좀먹고 있습니다." 조용하지만 강렬한 그의 화법에 모두가 놀라서 그에게 시선을 돌렸다. "생명을 물건처럼 대하는 것은 결코 사소한 일이 아닙니다. 그것은 노예제나 다름없습니다. 그리고 우리는 노예제도에 반대하지요. 그러므로 요한 만프레드 벵엘의 혐의가 무죄로 입증될 때까지 수상을 중단해야 합니다."

한둘이 그 말에 동의했다.

"나는 왜 이리 야단법석인지 이해가 안 되는군요." 한 나이 많은 교수가 끼어들었다. 크리스티나는 호흡에 문제가 있어 보이는 이 여교수를 알고 있었다. 그녀는 냉소적인 칼럼으로 대학 밖에서도 유명세를 누리는 인사였다. "그렇게 세상 물정 모르는 소녀라면 집에 있었어야죠."

평소엔 창백했던 레오니데스의 얼굴이 붉게 달아올랐다. 하지만 그가 발언할 틈도 없이 논쟁이 격화될 낌새를 느낀 과학연구소장이 자리에서 일어났다. 그는 자신만의 관료적인 방식으로 말했다. "여기서 확실히 해야 할 것은, 우리가 이 문제를 100퍼센트 해결할 수 없다는 것입니다. 최소한의 의심으로, 우리가 들은 바를 종합하여 의심할 여지가 있다고 해서 우리의 난민 프로그램을 위험에 빠뜨리는 것은 실수라고 생각합니다. 유감스럽긴 합니다. 하지만 이 프로그램은 인권을 실현하고 유럽 전체를 네트워크로 묶는 장기적인 목표와 관련이 있습니다. 지금 순간에도 많은 박해받는 사람들의 생존이 이 프로그램에 달려 있습니다. 아시다시피 이런 프로그램에 대한 재정적인 지원은 항상 제일 먼저 삭감됩니다. 만약 우리가 이 네트워크의 창설자를 성급하게 비인도적인 인물로 낙인찍는다면 아마 그런 일이 발생할 우려가 커 보입니다. 그래서 저는 예정대로 진행할 것을 제안합니다. 우리는 누구나 약점이 있고 누구나 실수합니다. 만약 그 젊은 여성이 독일에서 끔찍한 일을 겪었다면 독일의 해당 기관에 연락하겠지요. 하지만 우리는 큰 그림을 잊지 말아야 합니다."

조용하게 말했던 젊은 남자는 이번에도 조용하게 일어나서 이전보다 크지 않은 목소리로 말했다. "그럼 저는 더 이상 이 자리에 관여치 않겠습니다." 그는 마치 멍에를 지듯 가방을 어깨에 걸치고 아무도 쳐다보지 않은 채 회의실을 떠났다. 그러자 방 안에서 약간의 웅성거림이 일어났다.

하지만 심사위원회의 위원장이 이 해결책에 더없이 동의하고 절차적으로도 편하다는 이유로 상은 계획대로 수여하기로 합의되었다. 다만 증서의 시작 부분에 서문을 추가하여 다원적 민주주의와 비폭력주의 그리고 평등주의가 원칙임을 다시 한번 천명하기로 했다.

레오니데스는 감정 표출을 억제하려 애썼으나 바닥까지 내려앉은 기분을 감추지 못하며 축사를 거부했다.

바깥에선 가을바람에 첫 낙엽이 휘날렸다.

"우리를 한번 봐!" 트램을 타러 가는 길에 레오니데스가 말했다. "이 상으로 우리는 많은 사람이 자신이 저지른 추행에도 양심의 가책을 느끼지 않고 계속 나아갈 수 있도록 하는 면죄부를 얻게 되었어. 그리고 지금 우리 모습을 한번 봐!"

"그 젊은 남자는 누구야?" 크리스티나가 딴 생각을 하며 물었다.

"박사과정 학생이야. 북부 어디 출신이라는 것만 알아."

"아." 그녀가 왼쪽 손바닥을 가림막 삼아 담뱃불을 붙이면서 말했다. 그녀는 그 젊은 남자의 흔들림 없는 태도에 깊은 인상을 받았다. 그녀는 북부 사람들은 식민지 지배에 대한 경험이 있어서일 거라고 짐작했다. 수십 년 동안 순록이 사는 초원에서 적대적인 침입에 맞서 자신들의 노래와 몸을 지켜 온 그들에겐 급진적인 면이 있고 그건 배울 점으로 보였다.

레오니데스가 멈춰 섰다.

"살라를 봐야겠어, 크리스티나. 무조건. 그녀에게 어떻게 다가갈지 전혀 감이 오지 않지만, 그래도."

"당신만 생각하지 말고 그녀 생각도 좀 해."

"그녀가 나를 믿어 줄까?"

"나는 최선을 다해 당신 뜻을 전했어."

요한 만프레드 벵엘은 투르쿠와 탐페레에서 한 주를 보낸 후, 미냐마키에 있는 코네KONE 재단을 방문했다. 국제적 권위의 상을 받을 예정이라는 사실 덕분에 그는 가는 곳마다 관심과 환대를 받았다. 다음 날 그녀는 사무실 자동 응답기에 남긴 레오니데스의 짧은 메시지를 통해 그 사실을 알게 되었다. 크리스티나는 주저하지 않고 리브의 번호를 눌렀다. 휴대전화 번호가 아니라 그녀의 사무실 번호였다. 리브의 비서가 전화를 받았고 크리스티나는 꼭 필요하다는 확신으로 면담 약속을 잡았다. 리브가 법률적인 차원에서만 접근한다면 살라를 설득할 수 있으리라고 생각했다. 그 비용은 개인적으로 부담할 심산이었다.

그녀는 지쳤다. 그녀는 이런 문제로 작아지는 사람이었다. 그녀는 항상 무언가를 쟁취해 왔다. 임시 노동자들과 이민자들의 권리를 위해, 그리고 궁극적으로는 그녀 자신을 위해 싸워 왔다.

그녀도 북부 출신의 젊은 남자와 다르지 않다. 좀처럼 흔들리지 않는다.

나는 무장해야 해, 푸른 여자가 말한다. 거기엔 시간과 인내가 들어간다.

그녀는 주저함을 내려놓았다. 그녀는 더 이상 물러서지 않을 것이다. 늦은 오후의 빛 속에서 그녀는 깊게 숨을 들이쉰다.

뿌리를 내리는 것에 관한 생각은 죽음의 경험이나 죽음에 대한 반응에서 비롯한다고, 그녀가 말한다. 그 외 다른 모든 것은 관습에 불과하다고.

"그녀는 자기를 돌볼 줄 알았어."

누구에 관한 이야기일까.

"그녀는 자기를 보호하는 법을 배웠어. 그녀는 일상을 뒤로하고 떠났지. 그녀는 일상의 관습에서 벗어나는 법을 알고 있었어."

나는 그녀가 누구에 관한 이야기를 하고 있는지를 묻는다.

푸른 여자는 살라라고 답한다. 그녀는 몸을 뒤로 기대며 내게 미소를 짓고선 이야기를 시작한다.

지는 해 아래에서 그녀가 설명을 시작한다. 순서대로, 처음부터.

고개를 들면 발코니에 달린 돌출형 빗물받이가 보인다. 발코니 바닥에 고인 물이 빗물받이를 통해 흘러 인도로 배출되면 그녀에게도 몇 방울은 떨어질 것이다. 그녀는 집 앞 거리에 서 있다. 하지만 유리로 막힌 발코니에는 빗물이 고이지 않는다. 그녀가 사는 3층 발코니는 단풍나무 꼭대기와 높이가 같다. 아래에서 보면 발코니가 훨씬 작고, 오후의 태양이 반사된 창문은 낯설어 보인다. 금요일까지 임대료를 치렀으나 그녀는 지금 여기서 나가야 한다. 금요일이면 어차피 9월이 끝난다.

이제 어디로 갈지는 정해지지 않았다. 하지만 국경 세 개와 대륙의 절반을 넘었던 사람이니 무언가를 떠올리게 될 것이다. 노숙자는 되지 않을 것이다. 그녀는 곤경에 처하지도 않았다. 어쩌면 한때는 그랬을지 모른다.

사령관의 거리와 소령의 거리가 교차하는 모퉁이에서 청바지에 흰 셔츠를 입은 크리스티나가 기다리고 있다. 그녀가 천천히 손을 흔든다. 그들은 서두르지 않는다.

크리스티나는 세상이 불타는 그 순간에도 곁에 있다. 그녀는 친구이자 동지다. 오늘도 크리스티나는 그녀를 설득하려고 애쓸 것이다. 시내로 들어가는 열차 안에도 설득을 멈추지 않을 것이다. 그녀는 그러기로 결심했고, 그것이 옳은 일이며, 크리스티나처럼 끈질긴 사람은 없기 때문이다. 그녀는 말하는 것이, 진술하는 것이 중요하다는 것을 이해시키려 들 것이다. 그래서 그녀가 입을 열어 자신을 다른 사람으로 만들지도 모르는 말을 하게 만들려 할 것이다. 진술하면 그녀는 찢어진 블라우스와 상처 입은 영혼과 함께 남은 인생을 살아가게 될지도 모른다. 레오니데스가 철저하게 신뢰하는 법정에서 거짓말쟁이로 낙인이 찍힌다면 그녀조차 자신을 믿지 못하게 될 것이다.

크리스티나는 온갖 수를 다 써서 레오니데스와 그녀가 재회하도록 애쓸 것이다. 무슨 이유인지는 알 수 없으나 크리스티나는 레오니데스에게 집착한다. 그러나 지금 이 순간 그건 중요치 않다. 중요한 것은 크리스티나가 그녀를 돕는다는 사실이다. 비록 그 도움이 크리스티나가 생각한 것과는 다를지라도 말이다. 돕는 사람은 도움을 받는 사람이 그것을 어떻게 받아들이고 이용할지를 미리 알 수 없다. 크리스티나도 그것을 결정할 수 없다. 그것은 그녀와 상관없는 일이다.

레파바라 역에서 열차를 타고 헬싱키 시내로 간다. 출근 시간이라 지하철은 만원이다. 그래도 크리스티나는 앞쪽 칸에서 나란히 앉을 자리 두 개를 찾아낸다. 그리고 시내까지 가는 20분 동안 호텔에서 했던 불법 노동에 대해, 호텔이 지불한 시급에 대해, 노동 시간에 대해 물었다. 그녀 외에 다른 사람이 창고에 살았는지도 물었다. 크리스티나는 의회에서 할 연설을 위해 이 정보가 필요하다. 그녀는 자신에게 필요한 것을 분명하고 강렬하게 설명하는 사람이다. 심지어 그녀의 가방에는 계획서도 있다. 거기에는 그녀가 연설에서 언급하고자 하는 요점들이 적혀 있다. 그녀는 보고서의 정확성을 증명하기 위해 적어 놓은 것을 읽어 내린다. 그녀가 일반적인 의견에 반대되는 무언가를 크게 말하자 승객 하나가 돌아본다. 그래도 그녀는 신경 쓰지 않는다. 신경 쓸 필요가 없다. 그녀의 강렬한 아우라에 사람들은 지레 대립을 피한다. 오늘 그녀는 헬싱키 이전의 삶에 대한 질문은 피한다. 차를 타고 가는 내내 레오니데스의 이름도 언급하지 않는다. 크리스티나는 살라가 그를 만나는 데 암묵적으로 동의했다고 생각하는 것 같다. 대학에 가면 그와 마주치는 게 불가피할 것이기 때문이다. 크리스티나는 중앙역에서 대학까지 걸어서 10분 거리라고 말한다.

크리스티나. 그녀는 한동안 오늘 그곳에서 수여될 상에 관해 말하지 않았다. 그 얘기를 처음으로 꺼낸 것은 월요일이었다. 월요일 저녁에 크리스티나는 예고도 없이 문 앞에 나타나 초인종을 눌렀다. 그리고 산책하자고, 집에서는 보이지 않지만 작은 항구가 있는 바닷가까지 함께 걷자고 제안했다. 크리스티나는 3차선 도로 바로 뒤에 발트해가 있으며 도로만 없었다면 바다 옆에 사는 셈이었다고 말한다. 그녀는 살라와 함께 지하도를 지나고 언덕을 내려가서 항구로 향했다. 그곳에는 보트 창고와 겨울에 보관할 보트를 끌어 올리는 녹슨 레일들이 있었다. 그들이 걸을 때마다 지하도 벽이 울렸다. 크리스티나와 그녀의 발걸음 소리가. 반대편에서 밝은 빛이 비치자 지하도의 어둠은 돌연 끝이 났다.

그때와 마찬가지로 크리스티나는 그녀와 나란히 도심의 화려한 거리를 걸었다. 그녀의 걸음은 힘찼다. 그리고 누군가 그녀 곁에 있다는 것을, 필요할 때 그녀를 도와줄 사람이 있다는 것을 확인시켜주기 위해 가끔 그녀의 팔꿈치나 팔을 스치듯 휘저었다. 크리스티나. 그녀는 살라가 시상식에 참석할 수 있도록 도와주었다.

그들은 입구를 무사히 통과한다. 크리스티나는 언론을 통해 잘 알려진 정치인이자 활동가이므로 그녀의 초대장은 동반자에게도 유효하게 적용된다. 행사는 큰 채광창을 통해 환한 빛이 들어오는 대강당에서 열린다. 참석자들의 모습은 성에서 열렸던 연회 손님들과 다르지 않다. 아마도 같은 사람들이 모였을 것이다. 아마 이런 행사에는 항상 같은 사람들이 초대될 것이다. 낯선 언어들이 들린다. 모두가 들떠서 돌아다닌다.

무대 가장자리에 레오니데스가 서 있다. 교수답지만, 사람들을 피하고 있는 듯한 분위기에 얼굴은 잿빛이다. 그의 커다란 안경 뒤에 얼굴이 숨어 있는 것 같다. 그는 손목을 들어 여러 번 시계를 확인한다. 그는 평소에 긴장하는 타입이 아니고 그녀와 있는 동안 단 한 번도 긴장한 적이 없으나 지금은 멀리서도 그의 긴장감이 뚜렷하게 보인다. 레온, 나의 레온. 한때의 후광을 잃어버린 그는 코듀로이 재킷을 입고 있었다. 그가 가진 것 중 썩 좋지 않은 옷을 입음으로써 그는 무언가를 표현하려 했을 것이다. 어쩌면 그 낡은 정장이 일종의 입장 표명으로 받아들여지길 바라는지도 모른다.

그는 그녀를 알아보지 못한다. 그녀의 머리모양이 바뀌었고 주변에 사람이 너무 많아서 아직 발견하지 못한 것 같다. 그녀는 계속 들키지 않으려고 사람들의 그림자 속에 머무르려 노력한다. 그가 여기 온 것은 레오니데스 때문이 아니다. 그녀는 그 남자가 머무는 곳을 알아낼 수 있는 유일한 기회라고 생각하고 그녀는 시상식에 오기로 결심했다. 그는 이 밤의 주인공으로 여기 올 것이고 곧 무대에 올라 만인의 시선을 받을 것이다. 헛기침하는 독일 유령에겐 유명세가 곧 약점이다.

크리스티나가 바닷가에서 말했다. "그런 남자들을 무력화할 수 있는 곳은 대중에게 공개된 공간뿐이에요." 크리스티나는 민주적 공공성의 가치를 높이 매긴다. 그녀는 폭로야말로 벵엘 같은 사람을 처치할 수 있는 유일한 방법이자 최선의 선택지라고 생각한다.

크리스티나는 그를 붙잡으려면 그의 어두운 면을 공개적으로 드러내어 그것을 공공의 빛 아래로 가져와야 한다고 말한다. '어두운 면'은 원래 레오니데스의 단어였으나 이제는 크리스티나의 단어가 되었다.

살라의 계획을 크리스티나는 모른다. 그건 살라와 헛기침하는 남자와의 문제이기 때문이다. 지금은 그렇게 되었다.

이보다 더 좋은 기회는 다시 없을 거라고 모히칸이 말한다.

리오에서라면, 다른 곳에서는 말할 수 없었던 것도 기꺼이 말할 수 있었던 유일한 장소인 그곳이 남아 있었다면, 그녀는 자기 계획을 털어놓았을 것이다. 이름 하나에 온 삶의 비밀을 담을 수 있었던 그곳에서라면 작은 악마 얼굴의 이모티콘이 돌아왔을 것이다. **끝까지 버텨라, 꼬마 모히칸.**

평소에는 항상 무대 위에 있던 레오니데스가 이날은 줄곧 무대 아래에 서 있다. 강당 안에는 그를 아는 사람이 많은데도 그는 잿빛 얼굴로 외롭게 서 있다. 그 모습을 보자 명치에서부터 위장까지 위액이 불길처럼 솟구친다. 인파에 몸을 맡긴 채 황무지를 가로질러 서서히 그에게 다가가고 싶은 기분을 느낀다.

"앉을 자리를 찾을까요?"

크리스티나는 밀려나지 않고 그녀 곁을 지키려고 애쓴다. 크리스티나의 앞에는 끊임없이 누군가 나타나서 인사하거나 자기주장을 내세우거나 욕설을 퍼붓는다.

"아직 마음을 바꿀 시간이 있어요."

"나는 그냥 여기 서 있을게요."

"괜찮겠어요?"

그녀가 크리스티나의 손을 잡고 충동적으로 자기 쪽으로 끌어당겼다. 둘은 잠시 누가 누구를 껴안고 있는지 모를 자세로 부둥켜안았다.

크리스티나가 부드럽게 포옹을 푼다. "견딜 수 있겠어요?"

"걱정 말아요."

"정 안 되겠다 싶으면 저쪽 무인 카페에서 우리를 기다려요. 이 우스꽝스러운 일이 끝나자마자 우리가 갈게요."

군중 사이로 사라지는 크리스티나의 모습이 아직 시야에 보인다. 자기를 둘러싼 사람들에게 길을 비켜 달라고 말하는 그녀의 흰 셔츠에서 잠시 광채가 비친다. 크리스티나가 앞쪽 자리에 앉자 그가 등장한다. 무대 위로 올라오라는 요청을 받자 운동화를 신은 그가, 인자한 얼굴의 노인이 나타난다. 그 얼굴을 보자 그녀 안에서 어떤 예감이 떠오른다. 그녀는 그의 비명이 어떻게 들릴지 예감한다. 그건 아무나의 비명이 아닌, 그가 상징하는 세계처럼 자기 자신을 더 이상 통제하지 못하는 한 남자가 공포에 질려 내지르는 비명이다. 그는 세계를 통제하기는커녕 그 세계 안에서 공포와 폭력을 무한대로 증폭시킬 것이다. **그의 비명이 건물 전체를 뒤흔들 것이다.**

그녀가 어떻게 무대 뒤까지 갔는지는 알 수 없는 일이다. 그건 중요치 않다. 중요한 것은 그녀가 거기 있다는 것, 맞춤한 시간에 어두컴컴한 무대 커튼 뒤에 서 있다는 것, 그가 무대로 올라간 측면 통로 끝에서 녹색 비상구 표시등이 불타오르고 있다는 것뿐이다.

그녀의 손엔 빨간색 칼이 들려 있다. 체온으로 데워진 칼날은 아직 한 번도 사용된 적이 없다. 매끈하게 벼려진 강철 칼 중 하나가 펼쳐져 있다. 날은 손가락으로 살며시 문질러도 소리가 나지 않을 만큼 날카롭다.

    오늘 벽으로 들어갈 사람, 벽으로 사라져 버릴 사람은 모히칸이 아니라 그다.

    그건 당연한 얘기다.

    벽에는 유령만 살기 때문이다.

푸른 여자가 창가로 다가간다. 그녀는 갈비뼈 모양의 저녁 하늘을 바라본다.

3차선 도로의 자동차 소음이 어슴푸레 들린다.

그녀가 말을 마쳤을 때, 말하기를 멈추었을 때, 모든 말이 끝난 것처럼 보였을 때, 말하지 않기로 결정한 상황 속에서도 인생은 계속 흘러가더라고 말했을 때, 내가 물었다. "왜죠? 왜 그를 죽이지 않았죠?"

푸른 여자가 손가락을 관자놀이에 대고 피부를 위로 당긴다. 그녀의 눈은 가늘어지고 얼굴은 웃는 가면이 된다.

"굳이 내가 왜요?"

한참 전에 뉴욕에 갔던 나는 블로그에 이렇게 썼다. "뉴욕은 내게 헬싱키를 향한 그리움을 불러일으킨다." 하지만 내가 그리워한 것이 무엇이었는지는 쓰지 않았다. 발트해, 마가목, 거리의 완곡한 리듬, 그리고 서서히 뜸을 들이는 대화법에 관해서는 쓰지 않았다.

나는 헬싱키에 있는 사령관의 거리와 소령의 거리 사잇길인 작가의 거리 4번지에, 그 좁고 하얀 책상 앞에 앉아 있다. 4주간 이곳에 머물렀고 오늘이 마지막 날이다. 창밖의 단풍나무는 잎을 다 떨어뜨렸다.

"작가는 항상 누군가를 팔아넘긴다"라고 말한 작가의 책을 제외하고 모두 다 읽었다. 가방도 쌌다. 여전히 벽에 걸린 엽서들은 거기에 그냥 두기로 한다.

내가 그토록 오래 찾았던 도마는 수저 서랍 안에서 발견되었다. 접이식 도마를 깨끗하게 닦고 접시들은 찬장 건조대에 정리한다. 올리브오일은 아직 반쯤 남았다.

어제 처음으로 푸른 여자와 버섯을 따지 않았던가? 그녀는 버섯을 땄고, 나는 놀라워하며 그 광경을 지켜보았다. 마귀곰보버섯 같은 독버섯도 조리하여 맛있게 먹을 수 있다는 사실을 처음 알았기 때문이다. 우리는 한참 뜸을 들여 가며 대화를 나누었다.

욕실에 쳐 놓은 빨랫줄 위에는 마치 전날의 소풍을 증명이라도 하듯 비옷이 걸려 있다.

접이식 도마, 간이 빨랫줄은 모두 공간 절약을 위해 지혜롭게 고안된 논리를 따른다. 핀란드에서는 일상에 필요한 모든 물건이 현대적으로 간소화되었다. 그러나 그것을 일컫는 문자는 하염없이 낭비한다. 자음과 모음을 이렇게 많이 겹쳐 쓰는 언어도 없을 것이다.

나는 벌써 이곳이 그립다. 등을 돌리자마자 그리움이 밀려온다. 사람은 무엇에든 적응할 수 있다는 것을 나는 안다. 그래서 나는 다시 한번 완곡한 리듬의 거리로 나아가 마가목과 바다를 향해 걸어간다.

감사의 말

나는 8년에 걸쳐 이 소설을 썼다. 많은 것을 희생해 가면서도 이 불투명하고도 더없이 만족스러운 작업을 계속할 수 있었던 것은 여러 기관의 재정적 지원 덕분이다. 헬싱키 고등연구대학, 독일 문학 기금, 라파예트 대학교의 막스 카데 기숙사, 로버트 보쉬 재단의 탈경계 프로그램, 헬싱키 괴테 인스티튜트, 브란덴부르크주 과학학술문화부, 아렌쇼프의 예술가 집에 감사한다.

황무지에도 길은 있다.

유익한 정보를 제공해 준 티트 알렉세예프, 크리스티나 클렘, 마리아 멜크수, 알렉산드라 슈탕, 토마스 셰츠베르크에게 깊은 감사를 드린다. 또한 인내심을 갖고 내 글을 집중하여 읽어 준 클라우디아 벵엘, 우테 베트레이, 카린 그라프, 올리버 포겔에게도 진심으로 감사한다.

특별히 레나 파스터나크의 관대함과 따뜻함, 그리고 식지 않는 열정에 감사한다.

마지막으로 차이아 알렉산더에게 진심으로 감사한다. 내 시야를 넓혀 주는 사랑스러운 그녀가 내 삶에 동행하지 않았다면 아디 나는 절대 나를 찾아오지 못했을 것이다.

해설

독문학자 잉고 마이어Ingo Meyer는 한 인터뷰에서 오늘날보다 더 많은 독일 소설이 있었던 적은 없지만 몰락의 경향을 간과할 수 없다고 언급한 바 있다. 1980년대 이후 독일 소설들에서는 지극히 개인적인 이야기들의 나열일 뿐, 역사를 심도 있게 다루는 거대 서사를 좀처럼 찾아보기 어렵기 때문이다. 그렇다면 최근 독일 소설은 해석의 여지가 없는, 소위 통속문학으로 존재할 수밖에 없는 것일까.

이러한 문제 제기에 반박하듯 2021년 독일 문학상Deutscher Buchpreis을 수상한 안트예 라비크 슈트루벨의 『푸른 여자』(2021)는 최근 독일 소설의 또 다른 가능성을 증명하였다. 국내에서 아직 알려지지 않은 작가 라비크 슈트루벨은 1974년에 태어나 포츠담과 뉴욕대학교에서 문학, 심리학, 영문학을 전공하였다. 그리고 2001년부터 본격적인 작품 활동을 시작하였고, 존 디디온과 버지니아 울프 등 다수의 책을 번역하기도 하였다.

"동/서 소설, 권력남용의 이야기, 탁월한 줄거리들의 얽힘과 분위기 묘사"라는 심사평을 받은 『푸른 여자』는 크게 두 가지의 서사로 나뉘어 진행된다. 중심 서사에서는 동유럽 출신의 한 소녀 아디나가 베를린, 우커마르크 그리고 헬싱키에서 겪게 되는 일련의 사건들이, 부분 서사에서는 1인칭 화자와 작품의 제목이기도 한 푸른 여자의 시간들이 서술된다. 이는 다양한 테마와 해석의 지점을 제공해 주는 한편, 너무 많은 이야기가 담겨 있다는 인상마저 준다. 아니나 다를까 라비크 슈트루벨은 한 인터뷰에서 작품이 너무 복잡하지 않느냐는 질문을 받았다. 그러나 그는 왜 소설에서 한 가지 테마만을 다루어야 하는지 되물으며, 오늘날 소설의 정의를 재고하였다. 그렇다면 라비크 슈트루벨이 결코 쉽게 읽히지 않는 작품을 통해 말하고자 하는 바는 무엇이었을까.

동/서 소설: 전후문학 이후의 새로운 시선

큰 틀로 보자면 이 작품은 아디나의 여정을 담고 있어, 마치 한 소녀의 성장기처럼 보인다. 그러나 좀 더 자세히 들여다보면, 아디나의 내면적 사고보다는 사회적인 문제의식을 제시하는 데 더욱이 주목했다는 것을 알 수 있다.

체코의 리젠게비르게산맥에 위치한 하라초프에서 마지막으로 남은 10대 소녀 아디나의 이야기는 학교를 졸업하고 난 후, 베를린으로 향하며 시작된다. 그러나 그의 새로운 도약은 결코 순탄하게 흘러가지 않는다.

> "소녀를 독재로부터 건져 낼 수는 있지만 그 소녀 안에 있는 독재를 건져 내는 건 어렵지."

베를린에서 만난 포토그래퍼 리키를 통해 알게 된 독일인 친구들이 아디나를 향하여 던지는 이 메시지는 독일 소설의 새로운 시선을 내포한다. 그들은 아디나가 옛 소비에트연방 동구권 출신이라는 이유로 비아냥거리며 무시한다. 심지어 아디나를 향해 누구나 독재 정권에서 벗어날 수는 있지만, 독재주의는 여전히 내면 깊숙이 남아있을 것이라고 비난한다. 다시 말해 인간은 그가 속한 정권으로부터 육체적으로 벗어날 수 있을지라도, 이미 내재되어 있는 사상과 인식 자체는 결코 변할 수 없다는 것을 암시한다. 명백한 차별적 시선이다. 서유럽에서 다채롭고 자유로운 삶의 방향성이 있을 거라는 희망을 품었던 아디나가 아직 온전하게 자리를 잡지 못한 시민 의식과 충돌하게 되는 모습은 안타깝지 않을 수 없다.

 이는 지극히 현실적이기도 한데, 그 이유는 두 가지의 진영 체제 사이에 놓여 있던 독일, 더 나아가 유럽의 현재를 묘사하고 있기 때문이다. 독일은 성공적인 통일을 이루어 내며 거대한 경제적 성장을 했다고 볼 수 있다. 그러나 동-서유럽 정치적 분단의 상징이기도 한 베를린 장벽이 무너진 지 30년이 지난 지금까지도 진정한 마음의 통합, 즉 사회 문화적 갈등과 불평등이 해소되지 않았다는 사실이 여러 매체를 통해 보도된 바 있다.

 "진짜야. 아무리 네가 동유럽에서 왔다고 해도 말이지."
 "중유럽이야."
 "그게 그거지!"

위 단락에서도 알 수 있듯이, 아디나는 '동유럽'이라는 표현 자체에도 거부감을 내비친다. 베를린 장벽을 기준으로 동-서로 나뉘어

지칭하는 것은 공산주의 시대의 역사를 내포하므로 지양하고 싶기 때문이다. 이는 정치, 문화적 차이뿐만 아니라 동유럽이 서유럽보다 경제적으로 어려운 국가라는 인식이 각인되어 있음을 알린다. 소설에서도 동유럽 출신의 사람들을 언급할 때, 낮은 교육 수준이라는 표현이 함께 사용된다. 실제로 체코나 폴란드에서는 지도에 따라 중유럽이라고 지칭하려 노력하지만, 그럼에도 여전히 많은 사람들이 아무런 문제의식 없이 동유럽이라고 말한다. 이와 같이 소설에서는 아디나의 일상을 통해 독일의 현실과 더불어 여전히 해결되지 않은 유럽 내 첨예한 불평등 및 차별적 인식의 잔재를 보여줌으로써 잔인한 현실을 폭로한다.

    문학의 역할 중 하나는 바로 시대상을 반영한다는 점임을 부정할 수 없을 것이다. 즉 이전 독일 소설들에서는 전쟁 직후 혹은 그로 인해 감당해야 했던 역사적 부채 의식에 주목하였다면, 최근에는 전쟁을 겪지 않은 세대들의 또 다른 시선, 이를테면 지금까지도 통합을 이루지 못한 시민의식 및 유럽 전체를 아우르는 비판적인 통찰이 고스란히 서술되고 있다. 이처럼 최근 독일 소설의 동향이 기존 세대들과 달라지고 있는 것은 확실하나, 진정성과 성찰이 완전히 부재한다고 보기는 어렵다.

권력남용의 이야기: 지극히 개인적이면서도 사회적인

결국 베를린에서의 생활은 오래 지속되지 못한다. 아디나는 리키의 제안으로 베를린을 떠나, 근처 우커마르크 군에 설립되는 문화원에서 실습을 시작한다. 그러나 그곳에서 후원 연설을 하기 위해 방문한 문화 홍보 대사 요한 만프레드 벵엘 로부터 동유럽 여성이라는 이유로 언어 및 신체적 성폭력을 당하며, 다시금 새로운 도약이 가로막히게 된다. 아디나는 그의 폭력을 문화원 사람들에게 고발하지만, 달라지는 것은 아무것도 없다. 심지어 그들은 분노하고 호소하는 아디나를 냉장실에 가두어 버린다. 결국 아디나는 문화원에서 탈출하여 헬싱키로 떠난다. 그리고 생계를 위해 일을 하던 호텔에서 교수이자 인권 보호를 주 업무로 담당하는 유럽 의회 의원 레오니데스를 알게 되고, 그와 가까워진다. 그리고 어느 한 날, 그를 따라 연회에 참석하는데, 그곳에서 또다시 벵엘과 마주치게 된다. 아디나는 그를 보자마자 공포에 질려 도주한다. 뒤늦게 이야기를 전해 들은 레오디네스는 충격을 받고, 그를 돕고자 위원회에게 알린다. 벵엘이 수상을 앞두고 있었기 때문이다. 그러나 그들은 법적 근거가 없다는 이유로 예정대로 수상을 진행하겠다고 답한다. 심지어 아디나는 벵엘을 고소하기 위해 소개받은 레오디네스 친구 크리스티나의 변호사 지인으로부터 실제로 폭력사건의 유죄 판결은 10퍼센트에 불과하고, 그로 인해 피해자의 5퍼센트만이 고소를 진행하고 있다는 현실을 전해 듣는다. 결국 아디나는 시상식 당일, 레오디네스 그리고 크리스티나의 도움으로 무대 뒤에 침입하여 칼을 들고 벵엘을 기다린다. 결과는 소설에서 나오지 않는다. 다만, 벗어날 수 없는 문제 안에서 아디나가 느끼는 공포와 모멸감은 이루 말할 수 없다는 사실만이 독자를 압도한다.

    라비크 슈트루벨이 이 테마를 중심 서사에서 다루었던 이유는 분명해 보인다. 최근 독일에서는 신체적 폭력에 대한 처벌이 절도, 학력 위조와 같은 범죄보다 훨씬 더 미약하다는 통계에 주목하고 있다. 재산과 물질적 소유물이 신체적 안위보다 더 보호되고 있다는 사실에 분노할 수밖에 없는 것이다. 라비크 슈트루벨은 이 작품을 무려 8년에 걸쳐 집필하였다고 언급하였는데, 오랫동안 사회가 달라지지 않았다는 것에 다소 무력감을 느꼈으며 글을 쓰는 내내 괴로웠다고 말하기까지 하였다. 개인적 차원으로 정의를 이루기 위해서는 국가적 차원의 정의가 먼저 이루어져야 할 것이다. 그리고 이 작품은 개인적인 이야기를 통해 사회적 현상을 고스란히 보여줌으로써 토론의 장을 마련하고 있다.

탁월한 줄거리들의 얽힘과 분위기 묘사 - 정체성의 혼용

중대한 사회적 문제를 다룬 테마 외에 작품의 또 다른 흥미로운 지점은 심사평에서도 알 수 있듯이, 바로 소설의 구성적 요소이다. 앞서 언급한 바와 같이 이 작품은 두 가지의 서사로 진행되는데, 이들은 사실상 다른 작품으로 이해될 수 있을 만큼, 시제와 문체가 모두 다르다. 실제로 라비크 슈트루벨은 한 인터뷰에서 푸른 여자는 별도의 이야기였는데, 아디나의 여정을 쓰는 과정에서 중간에 삽입을 해야겠다는 생각이 불현듯 들었다고 말하였다.

> "푸른 여자가 보인다. 그 형체가 너무도 선명해서 다른 모든 것을 압도한다. ···푸른 여자가 서서히 다가온다. ···그녀는 가만히 서서 머리를 정돈한다. 그녀의 손에 들린 스카프가 바람에 휘날린다. 푸른 여자가 나타나면 모든 이야기는 멈춰야 한다."

위 단락은 부분 서사에서 처음으로 푸른 여자가 등장하는 장면이다. 그리고 여기서 멈춰야 하는 이야기는 바로 중심 서사, 즉 아디나의 이야기이다. 라비크 슈트루벨은 폭력이 멈추길 바랄 때마다 푸른 여자를 드러냈다. 실제로 그는 아디나의 무거운 사건이 진행되는 과정 안에서 너무나도 괴로워 잠시 숨을 고를 수 있게 푸른 여자를 중간에 넣을 필요성을 느꼈다고 언급했다. 비교적 짧은 단락들이 중심 서사 중간중간에 삽입된 것이다. 그렇다면 푸른 여자는 구체적으로 무엇을 형상화하는 것일까.

"나는 글을 쓰는 의도를 언급한다. 나는 보통 낯선 이들에게 내가 작가라고 말하지 않는다."

"푸른 여자에게 그녀를 좋아하는지 묻는다. …푸른 여자가 고개를 끄덕인다. 시간이 흐를수록 점점 더 그녀를 잘 이해하게 되었어."

"푸른 여자가 함께 올라가겠노라고 말한다. …3층에서 그녀가 멈춰 선다. 그녀는 내가 임시로 머무는 집 문 쪽으로 한 걸음 다가간다. …그녀는 현관 매트를 보니 내 집인 것 같다고 말한다. …푸른 여자가 웃는다. "이게 아직도 여기 있네. 예전에 뒤집어 놓았는데."…나는 그녀가 현관 매트를 알아볼 수 있다는 것이 미심쩍게 느껴진다. 또 내가 묵는 집의 문을 어떻게 알아보았을까. 그래도 나는 아무 말을 하지 않는다.…엽서 앞에서 그녀가 멈춰 선다. 그녀는 엽서도 알아본다."

둘의 대화에서는 중심 서사를 어떻게 풀어가야 하는지에 대한 고민이 담겨 있다. 라비크 슈트루벨은 자신이 헬싱키에서 거주할 때, 실제로 푸른 여자의 형상을 본 적이 있다고 말하였다. 즉 1인칭 화자는 작가 본인을 상징하며, 그가 집필의 고뇌, 사유, 다시 말해 이 무겁고도 암담한 현실이 담긴 폭력 소설을 어떻게 지속해야 하는지에 대한 도움이 필요할 때마다 푸른 여자와 대화를 나눈다고 해석될 수 있다. 그뿐만 아니라 1인칭 화자가 말하지 않았음에도 푸른 여자가 모든 것을 알고 있다는 점, 1인칭 화자는 실제로 낯선 이들과는 집필에 관한 이야기를 나누지 않는다고 언급했음에도 푸른 여자와는 고뇌를 함께 나눈다는 점을 미루어 보았을 때, 결국 이는 스스로와의 대화이자 라비크 슈트루벨, 그 자체라고도 볼 수 있다. 푸른 여자는 작가의 또 다른 정체성인 셈이다. 라비크 슈트루벨은 아디나를 도와주고 싶었을 것이다. 그리고 변하지 않는 사회에서 무력감에 빠졌을지도 모른다. 작가 스스로의 정체성을 작품 안에 혼재시키는 이러한 시도는 다채로운 해석의 가능성을 제공해 줄 뿐만 아니라 고도의 집중력을 요구하고 있음이 분명하다.

지금까지 살펴본 것처럼 라비크 슈트루벨은 『푸른 여자』를 통해 동/서간의 시민의식과 사회문제를 적나라하게 드러내고, 문학적인 요소마저 잃지 않음으로써 다시 한번 독일 소설의 새로운 가능성을 제시하였다. 표면적으로 이 소설은 아디나를 통해 동유럽 여성의 인권 위기를 다룬다고 볼 수 있다. 그러나 이와 더불어 권력관계 및 국가 간의 갈등이 개인의 권리와 삶에 얼마나 많은 영향을 미치는지 문제적으로 접근하고 있다는 사실에도 주목해야 한다. 여전히 힘이 있고, 없는 자의 이분법적인 구분이 잔인하게 존재한다는 현실은 지속적으로 생각해 보아야 할 부분이다. 독일에서도 이 소설은 여성뿐만 아니라, 넓은 의미에서 인간, 즉 출신에서 비롯된 사회적 약자들의 인권도 연결 지어 논의되고 있다. 누군가는 아디나의 여정을 따라가는 내내 자극적이고 과도하다는 생각과 이해가 되지 않는 인물들로 인해 불편한 마음이 들 수도 있을 것이다. 어쩌면 마주하고 싶지 않은 현실 앞에서 눈을 감고 싶었는지도 모른다. 그러나 작가가 기어코 푸른 여자와 함께 이 이야기를 수면 위로 내세운 데는 분명한 이유가 있을 거라 생각된다.

　이처럼 문학이 점차 휴식 시간에 향유할 수 있는 문화로 자리매김한다는 우려 속에서 그럼에도 문학이 존재해야 하는 이유는 여전히 그 안에 사회적인 문제의식, 문화 그리고 인간에 관한 다양한 시선들을 담고 있기 때문이지 않을까. 문학 작품들을 읽으면서 멈추게 되는 지점은 사회를 향한 시선과 삶에 대한 고민으로 연결된다. 그리고 미처 말로는 설명할 수 없었던 감정들과 고뇌들이 글로 표현됐을 때, 인간은 비로소 무언가를 깨닫는다. 이것이 바로 변하지 않는 문학의 힘일 것이다.

　문학이 점차 휴식 시간에 향유할 수 있는 문화로 자리매김한다는 우려 속에서 그럼에도 문학이 존재해야 하는 이유는 여전히 그 안에 사회적인 문제의식, 문화 그리고 인간에 관한 다양한 시선들을 담고 있기 때문일 것이다. 문학 작품들을 읽으면서 멈추게 되는 지점은 사회를 향한 시선과 삶에 대한 고민으로 연결된다. 그리고 미처 말로는 설명할 수 없었던 감정들과 고뇌들이 글로 표현됐을 때, 인간은 비로소 무언가를 깨닫는다. 이것이 바로 변하지 않는 문학의 힘일 것이다.

옮긴이 이지윤

한국 외국어 대학교 영어과를 졸업하고 《프레시안》 정치부 기자로 일했다. 이후 독일 풀다 대학교에서 〈다문화 의사소통〉으로 석사학위를 받았다. 번역 에이전시 〈바른번역〉 소속으로, 『인생의 지혜』, 『아비투스의 힘』, 『사랑하지 않으면 아프다』, 『죽음이 삶에 스며들 때』 등 다수의 독일 책을 번역했다.

해설 김경민

보훔대학교에서 반영웅과 산보학을 연결한 논문으로 박사학위를 받고, 현재 중앙대학교 독어문학과 조교수로 재직 중이다. 독일현대문학을 통한 인간의 다양한 정체성 연구에 관심을 가지고, 국내외 주요학술지에 다수의 논문을 발표하였다.

푸른 여자

초판 1쇄 펴냄 2025년 10월 1일

지은이	안트예 라비크 슈트루벨	ISBN	979-11-989600-2-3 (03850)
옮긴이	이지윤	펴낸곳	PADO
			서울특별시 중구 청계천로 11 6층
펴낸이	강호병	등록번호	중구 제 2024-000021호
편집	김동규 박소현	전화	02-767-6879
디자인	스튜디오 코스모스	팩스	02-724-0989